無住と遁世僧の伝承世界

小　林　直　樹　著

塙　書　房　刊

目次

目　次

目　次

無住と遁世僧の伝承世界

序説　無住と遁世僧の伝承世界

鎌倉時代の日本では、仏教の基本的修行項目である戒・定・慧のいわゆる三学のうち、慧（教学）のみを重視して戒・定という実践面を軽視しがちであった顕門寺院を離脱し、三学兼備・諸宗兼学をめざす遁世僧が輩出した。[1] 折しも宋代の中国では三学の兼修[2]と仏教の総合化[3]が志向される傾向にあり、日本から遁世僧の入宋が相次いだ。宋代はまた大蔵経の開版に代表されるように、仏典の出版事業が本格化したことで仏教文化史上画期とされる時期にもあたっていた。[4] そのため入宋僧は帰国時に開版された多くの仏教典籍を日本に請来し、それらの典籍は入宋僧ゆかりの寺院に収蔵されるとともに、遁世僧の閲覧に供されることともなったのである。

そうした寺院で学ぶ遁世僧の中に、仏教説話集『沙石集』の著者として知られる無住道暁（一二二六～一三一二年）もいた。常陸在住の無住は二十八歳で遁世すると、まずは「五六年」ないし「六七年」（『雑談集』）の律学を開始した。それは戒・定・慧の三学を修めるための第一階梯と目されていた。その後、無住は、鎌倉寿福寺、大和菩提山正暦寺、山城東福寺などで顕密禅にわたる定・慧の学を修め、三学の兼備をめざすのである。

前述のとおり、無住が修学を行った東福寺をはじめとする寺院の経蔵には、入宋僧によって請来された多くの典籍が蔵されていた。修学の過程で、無住はそうした典籍を披見する機会を得、宋代仏教の最新の知識を吸収する一方、教学に関する説話の抄出、採録にも力を注いだ。

無住は他方、遁世僧のネットワークを通して、多くの口承説話を採録している。それは遁世僧に関するものに留まらず、遁世僧と接触のあった金剛王院僧正実賢のごとき官僧の説話にも及んだ。

さらに、口承説話には武士に関するものも少なくない。中でも、鎌倉幕府第三代将軍源実朝や執権北条泰時の説話は注目すべきものである。その背景には無住が源頼朝の側近梶原景時の末裔にあたるという出自がもとより関与していようが、そうした説話は鎌倉寿福寺をはじめとする幕府ゆかりの寺院を通じて入手された可能性が高い。そこには、鎌倉幕府によって喧伝された撫民倹約の時代思潮が濃厚に反映していた。そして、その時代思潮は無住の学んだ律の思想とも深く共鳴するものであったのである。

やがて、東福寺における師円爾を介して智覚禅師延寿の『宗鏡録』百巻に出会った無住は『沙石集』の編纂を志し、修学の過程で収集した口承および書承の説話はここに大いに役立つことになるのである。

本書『無住と遁世僧の伝承世界』は、無住をはじめとする三学を志向した遁世僧の著作を主要な対象に据え、あわせて遁世僧の伝承世界と外縁を接する武家伝承の世界をも視界に収めながら、その豊かな伝承世界の内実を多角的に分析し闡明しようとするものである。

本書の柱となる第一部では無住の伝承世界について、学問、ネットワーク、時代思潮を切り口に分析を試みた。中でも学問の考察に比重を置いているのは、無住の修学が『沙石集』という著作を生み出すことに直結し、遁世僧ネットワークや時代思潮とも密接に関わるとともに、彼の人間観の形成にも多分に与っている面があるからである。

『沙石集』の末尾近く、金剛王院僧正実賢と山中の老僧の説話を語った後で(5)無住は次のように記している。

凡、世間出世、格ヲコエテ格ニアタルニ、アタラズト云事ナシ。格ノ中ニシテ格ヲイデザルハ、或ル時ハアタリ、或時ハアタラズ。其故ハ、礼義ヲ存ジテ又ヲリ〔ヲ〕シリ、時ニ随テ礼義ニカ、ワラザル、コレ格ヲ

越タル人ナルベシ。（米沢本巻十末―一二）[6]

新編日本古典文学全集は「格を越えるというのは、禅が重視する「越格」の思想をいうのであろう」と注するが、禅宗史研究者の柳田聖山氏は「「格に入りて格を出づ」という句について、出典を探して久しい。いまだに、明確な資料を見つけていない。だいいち、中国製か日本製かの見当すらつかないのだが、さいきん、それにちかいもの二つの所在に気付いた」として、先の『沙石集』の例と蕉風俳諧伝書である『祖翁口訣』の例とを挙げ、「今のところ、中国の古典にその先例を見つけにくい」としている。[7]

実は、無住のこの「格ヲコエテ格ニアタル」という発想と類似の発想が、中国南宋代の詩人呂本中（一〇八四～一一四五年）の詩論にも認められる。劉克荘撰『江西詩派小序』の呂紫微の項に「紫微公作夏均父集序云[8]」として次のように引かれる。

学レ詩、当レ識二活法一。所謂活法者、規矩備具、而能出二於規矩之外一、変化不レ測、而亦不レ背二於規矩一也。……

「詩を学ぶには『活法』を知る必要がある。いわゆる活法とは、規則を守りつつも、規則の外に超え出ることである。量り知れないような変化を遂げつつも、規則を踏み外さないことである。……[9]」

作者呂本中は、仏教に深い関心を寄せ、禅僧大慧宗杲（一〇八九～一一六三年）と親昵な関係にあったことが知られる。[10]無住もまた大慧の語録である『大慧普覚禅師法語』を愛読していた。[11]両者の発想の近似は偶然とは思われない。[12]

ともあれ、「格ヲ越タル人」は無住の理想とする人間像であった。「世間出世」のうち「出世」においては、それは菩薩の姿とも捉えられた。

> 礼義ヲ存ジテ格ニカヽハラザルハ、菩薩ノ生死ヲ出テ、菩薩ニ住セズシテ、群生ヲ利スルガ如シ。サレバ、経ニハ「大智ノ故ニ生死ニ不レ染セ、大悲ノ故ニ菩薩ニ不レ住」ト云ヘリ。内ニハ万法ノ自ラ虚ナル処ヲ達シ、外ニハ衆生ノ愚ニ迷ヘルヲアハレンデ、生死〔菩提〕ノ二際ヲ達シテ、共ニ住セズシテ三世ニ利益スル、コレ大乗ノ菩薩ノ格ヲ越タル心也。

一方、「世間」において「格ヲ越タル人」と捉えられた典型は、俗人中、無住がもっとも高く評価する北条泰時であったろう。『沙石集』には法を十分に理解しながら、情をもって柔軟に運用していく執権泰時の姿が描かれている[13]（米沢本巻三）。

このように宋代の新しい典籍による無住の学問は、その人間観の形成にも資するところがあったと思われ、『沙石集』の説話伝承世界をさまざまな角度から支えているのである。

本書第二部では、無住の前後の時代に成立し、『沙石集』同様、律を基本に「行」（実践修行）への志向性を有する『閑居友』や『三国伝記』といった遁世僧に関わる説話集を主要な対象に、テキスト内部から律や禅の要素を注釈的に掘り起こし、そこから明らかになる作品の禅律的特色を成立環境的視点に基づく先行の研究成果と照合することで、両者に架橋することを試みた。あわせて遁世僧の説話伝承を通してその死生観にも触れている。

第三部では、『沙石集』と成立時期においてほど近く、遁世僧の伝承世界と外縁を接する『吾妻鏡』の源氏将軍伝承、就中『沙石集』でも重視される第三代将軍源実朝や執権北条泰時に関わる伝承を中心に取り上げ、その背景や『吾妻鏡』における位置づけを検討した。

第一部と第二部は主として遁世僧の学問の点で、第一部と第三部は時代思潮において、それぞれ相通ずるところとなっている。

〈注〉

(1)上島享「鎌倉時代の仏教」(『岩波講座 日本歴史 第六巻 中世1』岩波書店、二〇一三年)。
(2)大塚紀弘『中世禅律仏教論』(山川出版社、二〇〇九年)。
(3)柳幹康『永明延寿と『宗鏡録』の研究――一心による中国仏教の再編――』(法藏館、二〇一五年)。
(4)竺沙雅章『宋元佛教文化史研究』(汲古書院、二〇〇〇年)、福州版一切経調査研究会編『宋版一切経(福州版)調査提要――本源寺蔵の調査を通して』(勉誠出版、二〇二二年)、神奈川県立金沢文庫編『称名寺大蔵経　重要文化財 宋版一切経目録』(臨川書店、二〇二三年)など参照。
(5)本書第一部第四章、第五章、第八章、参照。
(6)北野本により補訂した箇所に〔〕を付した。
(7)柳田聖山「格に入りて格を出づ」(『禅の語録』第一五巻付録〈禅語の発掘 その一六〉筑摩書房、一九八一年)。
(8)引用は知不足齋叢書による。
(9)浅見洋二「〈書評〉「水」と「斧」――王宇根『万巻:黄庭堅和北宋晩期詩学中的閲読与写作』」(『未名』第三六号、二〇一八年)。
(10)中西久味「『大慧普覚禅師年譜』訳注稿(一)~(七)」(『比較宗教思想研究』第一四号~二〇号、二〇一四年~二〇二〇年)。
(11)本書第一部第十章。
(12)最近、古瀬珠水「円爾における密教と禅宗の関係」(『興風』第三四号、二〇二二年)は、『聖一国師語録』に『大慧普覚禅師語録』からの引用が認められることを指摘しており、あるいは東福寺における円爾膝下の修学環境でこのような発想が育まれた可能性もあろう。
(13)藤本徳明「『沙石集』の思想的位置――泰時説話をめぐって――」(『中世仏教説話論』笠間書院、一九七七年、初出は一九六七年)。ちなみに、長又高夫「寛喜飢饉時の北条泰時の撫民政策」(『御成敗式目編纂の基礎的研究』汲古書院、二〇一七年、初出は二〇一三年）は、泰時が寛喜の大飢饉に際し、人身売買を認める法令を発したことについて、「泰時が、国家公法たる律令法の原則に反することを承知の上で、人身売買を容認したのは、人身売買が飢民の命を繋ぐ最後の手段であったからである。まさにそれは未曾有の大飢饉を乗り越える為の非常手段であった。……泰時が発令した人身売買を認める追加法は、まさに非常の断であり、臨時の格法的性格を有するものであったと思われる。つまり当該追加法は、飢饉が収束するまでの臨時法として制定されたものであったと言えよう。単なる例外的処置、或いは超法規的な処置として泰時が人身売買を認めたわけではなかったのである。……建前を論じ困窮せる民を見殺しにするのは、人道的にも、また民を撫育する立場にある為政者としても許されることではないというロジックを用いて立法を正当化したに違いない。真の撫民とは何かということを朝廷に問い、自らが信ずる撫民政策を実践したのが北条泰時であった。良民の人身売買を禁ずるのが撫民の為であるように、大飢饉という非常事態に、その売買を認めるのもまた撫民の為であった。未曾有の飢饉に対処する為に人身売買を容認することは、撫民という律令の目的と矛盾するものではないと泰時は確信していたはずである。律令の法理に通暁せる泰時だからこそ、人身売買容認令を発することができたと評価したい」と論じている。

第一部　無住の伝承世界

――学問・ネットワーク・時代思潮

第一章　無住と北条政権――『沙石集』における徳目の背景

はじめに

無住の主著『沙石集』には、特定の徳目をめぐる教訓的説話が集中的に現れる箇所がある。古態を留めているとされる米沢本など十二帖本では巻七に相当する部分である。そこで説かれる「正直」「芳心」「孝」「忠」「義」「礼」といった徳目は、『十訓抄』『五常内義抄』『寝覚記』など同時代の教訓的作品の等しく主唱するところであって、一見しただけでは至極ありふれた現象のように映る。したがって、従来『沙石集』の徳目をめぐる説話群が考察の俎上にのぼされることはほとんどなかった(1)。だが、それら教訓的説話が採録された背景を探る時、そこには『沙石集』説話の伝承経路を考えるための重要な鍵が秘められているように推察されるのである。本章では、『沙石集』に説かれる徳目の背後に北条政権によって鼓吹された武士道徳の影響が看取されることを明らかにしたい。

一　無住の出自と「芳心アル人事」

米沢本『沙石集』巻七は冒頭「正直」の徳についての説話からはじまる。が、論述の都合上、ここではまず第四「芳心アル人事」を取り上げ、そこを叙する無住の意識を探ることからはじめたい。本条は四つの説話から構成される。

最初、語られるのは財力と「芳心」とを兼ね備えた地頭の話である。この地頭は、自分とは対照的に生活不如意な近隣の地頭の所領を毎年買い取ってやっていたが、やがて貧しい地頭は死に、その息子は「迷者《マヨヒモノ》」となって一門の間を転々とすることとなる。気の毒に思った一門の者たちは、豊かな地頭の「芳心」を頼み、「列参」して息子のために「屋敷一所」を乞うた。すると、地頭は買い取った地券一切を返却し、あまつさえ息子に「子息トコソ憑奉ラメ」と申し出、その「情有ル」振舞いは人々を驚かせた。息子も地頭を「親トモ主トモ一筋ニ憑」んだという。

「芳心」とは「有情詞」（『黒川本色葉字類抄』(2)）をいう。本話は豊かな地頭の「芳心」、「情有ル」振舞いを描くことを主題としながら、同時に貧しい地頭一門の固い結束ぶりをも背景に浮かび上がらせるように語られる。

ここで注意されるのは、本話に「迷者」という語が二度繰り返されている点である。「迷者」とは土地を失って流浪する者の意で、無住自身にとってもそれは切実な境涯であった。『雑談集』巻一「自力他力事」で、無住は自らの生い立ちを振り返って次のように述べている。

貧道生テ二武家ニ一可ニレ継グ二其跡ヲ一、而ルニ先祖夭亡ノ事有レ之。仍テ為テ二孤露身ト一自然ニ入二遁世門ニ一。近来ノ明匠、禅教ノ祖師ニ値遇結縁之事、併《シカシナガラ》依ル二貧家ノ事ニ一。倩《ツラツ》ラ思二此事ヲ一、不レ継ガ二武家之業ヲ一、自成ル二貧賤ノ身ト一事、酬《ムクフ》二多生ノ宿善ニ一。是則老子ノ云ヘル、禍ハ之福《サイハヒ》之所レ依ル。夭亡ハ則チ道行ノ因縁也。カヽル迷物ノ末葉トナレル、悟ルベキ因縁ナルベシ。サレバ、迷物トナレル、コレ悟ベキ端《ハシ》ナリ。

迷コソ悟リナリケレ迷ハズハ何ニヨリテカ悟開ラカン

無住は武士の家に生を受けながら、「先祖夭亡」のためその業を継げず、「迷物」とならざるを得なかった。彼はそれを悟りの道へのきっかけとして肯定的に受け止めているものの、地頭職にある武家に生まれながら「迷者」となった本話の息子の身の上が「無住自身の少年時代と重なる」[3]ことは間違いない。本話を叙する際、無住の脳裡を自らの「迷物」の境涯がかすめた可能性は十分にあろう。

さて、次に語られるのは鎌倉御家人葛西清重に関する挿話である。彼は「弓箭ノ道ユリタリシ人」であり、また「心モタケク情モ有ケル人」であった。源頼朝が訳あって武蔵武士江戸重長の領地を召し上げ、それを清重に与えようとした際、清重は同じ秩父一門の江戸を庇い、以下のように頼朝に抗弁した。

　御恩ヲカブリ候(ママ)テハ、親《シタシキ》者ドモヲモ顧ンガ為也。身一ハ、トテモカクテモ候ヌベシ。江戸既ニ親ク候。僻事候ハヾ、他人ニコソ給リ候ハメ。

さらに、ならば汝の所領も取り上げるぞという頼朝の脅しにも、清重は頑として屈せず、その態度に頼朝もついに折れ、江戸の所領は事なきを得たという。

一門の江戸を「他人」ではなく「親《シタシキ》者」であると明確に言い切る清重。前話ではやや背景に退いていた一門の結束の強さが、ここでは前面に押し出されている。秩父一門に対する清重の「情」ある態度を描くことに本話の主眼があろう。

が、注意を要するのは、前話において認められた無住自身の生い立ちに関わる意識が、本話においても看取されることである。無住は、『雑談集』の先掲箇所で既に「先祖夭亡ノ事有レ之」と記していたが、同書巻三「愚老述懐」でも「然ルニ、先祖、鎌倉ノ右大将家ニ召仕テ寵臣タリト云ヘドモ、運尽テ夭亡シ了ヌ。仍テ其ノ跡継事ナシ」とやや詳細に触れており、その「先祖」とは「鎌倉ノ右大将家」源頼朝の「寵臣」梶原景時と推定されている。(4) その点を考え合わせると興味深いのが、本話冒頭近くで葛西清重を紹介する際、和田合戦における彼の活躍に触れて言及される以下のくだりである。

和田左衛門、世ヲミダリシ時、葛西兵衛ト云テ、アラテニテ、鬼コ、メノ様ナリシ和田ガ一門ヲカケチラシタリシ武士也。

「鬼コ、メノ様」と形容された和田左衛門、すなわち侍所別当和田義盛は、頼朝死後、梶原景時排斥の急先鋒を担った人物である。義盛に関する記述は『雑談集』巻七「礼義事」にも現れる。

世間ノ人、礼アレバ家ヲ治テ身ヲ全クス。礼ヲミダリ慢ヲ長ゼシ人、昔ヨリミナホロビ失ニキ。将門、純友、信頼、清盛等也。近比モ、ヲゴレル人、夭亡シキ。輪《（ママ）》田、畠山ミナ其類也。礼アル人ハ、ミナ家ヲタモチアエリ。

「慢ヲ長」じて「夭亡シ」た人物としては、むしろ一般には梶原景時のごときが真っ先に想起されてしかるべきところ、(5) ここでは畠山重忠とともに和田義盛の名が挙げられている。この点、『真名本曾我物語』(6)が和田・畠山両名を「武キ明将軍達」（巻六）と称揚する一方、「日本国の侍共の如二鬼魍《コ、メ》一の怖合候梶原平三景時」（巻四）のように景時に「鬼魍《コ、メ》」の形容を用いているのとまさに好対照をなす。『沙石集』の先引箇所に戻れば、ここには和田に対する無住の負の評価が滲んでいるものと読み取るべきであろう。(7) 裏を返せば、本話を叙する無住の脳裡に前話以来の自らの出自に関わる意識、梶原の末裔との意識が持続していることを、このことは証しているように思われる。

次話に進もう。第三話は尾張武士山田重忠をめぐる挿話である。「心モタケク、器量モ人ニ勝レタリケル者ナガラ、心ヤサシクテ、民ノ煩イモ思シリテ、ヨロヅ幽ナル人」と評される重忠は、自領のうちに住む山寺法師が所有する八重躑躅に惹かれるが、法師の心中を考えると気の毒で言い出せない。ある時、法師が大きな咎を犯し、領地から追放されそうになった際、重忠は一計を案じ、藤兵衛尉を検断役として派遣すると、「此科料ニ、七疋四丈ノ絹ヲヤマイラスベキ、八重ノ躑躅ヲヤマイラスル」と言わせた。躑躅を惜しむ法師は高価な絹の方を申し出たが、「主ノ心ヲ知」った藤兵衛尉は、躑躅を強く要求し、法師もいやいやこれに従う。藤兵衛尉は、さらに検断役の徳分として自身のための躑躅の折枝一本を所望し、代わりに絹を進ぜようと再度惜しむ法師から、とうとう枝を手に入れてしまう。

　山田重忠は前々話以来の主題となっている「情」ある人物であると同時に、八重躑躅を愛する風雅の仁、「心ヤサシ」き人であった。無住が長く住した尾張国の長母寺はこの山田氏の菩提寺であり(8)、当然無住は重忠と彼をめぐる人々の「心ヤサシ」き振舞いを相応な思い入れを込めて記したであろう。だが、それだけではなく、前話に認められた無住の先祖梶原氏への思いもここには二重写しにされているように思えるのである。

　『吾妻鏡』では専ら讒言の主として総じて評価の低い梶原景時であるが、その一方で、住吉社頭での詠歌（建久六年四月二十七日）や頼朝との連歌（建久元年十月十八日）、四人の僧の詠歌を「褒美」した挿話（文治五年十二月二十八日）など、彼の風雅に関する記事はきちんと書き留められている。「雖レ不レ携二文筆一巧二言語一之士也」（養和元年五月十一日）という景時に対する有名な評言もこの点と関わらせて考える必要があろう(9)。『吾妻鏡』には、さらに景時の長男景季（文治五年七月二十九日）や次男景高（文治五年八月二十一日）の詠歌も記録されており、梶原一族の文芸の方面での才は一定の評価を得ていたものと想像される。ちなみに『源平盛衰記』(10)巻三七では「梶原ハ心ノ甲モ人ニ勝レ、数寄タル道モ優也ケリ」とし、景時と頼朝の連歌の挿話を語った後、景時を「ヤサシキ男」と評している。無住自身、『沙石集』に景時の連歌や三男景茂の詠歌に関する挿話を収めている(11)（巻五末）が、それらは、ややもすれば否定的な評価の多かった先祖についての数少ない誉れとして、彼にとって誇らしい大切な伝承であったに違いない。翻って『沙石集』の山田重忠説話にもう一度目を転じる時、重忠らの「心ヤサシ」き振舞いに無住が我が先祖の「ヤサシキ」姿を重ね合わせて見ていた可能性は十分にあろうと思われるのである。「芳心アル人事」の条は、この後さらに本話からの連想で、上東門院と奈良の大衆との八重桜をめぐる「ヤサシキ」遣り取りを伝える挿話を語って閉じられるが、これまで見てきたところから、本条を叙する無住の脳裡に、武士としての自らの出自に関わる意識が常に揺曳している様子を窺うことができたのではなかろうか(12)。

二　北条政権と徳目

ところで、「芳心アル人事」で描かれる、武士の情けや一門への思い、風雅の嗜みといった要素は、無住の同時代、鎌倉の支配者層の間で盛んに説かれるところだった。

まず、北条重時の晩年の家訓、『極楽寺殿御消息』(13)を取り上げよう。本書は、長く六波羅探題を務めて兄の執権泰時を助け、後には連署として執権時頼を支えた重時が、連署を辞めて出家した康元元年（一二五六）から弘長元年（一二六一）に没するまでの間に執筆したものと推定されている(14)。この中で重時は、たとえば弓矢の道について次のように述べている。

弓矢の事はつねに儀理をあんずべし。心ののかうなると《(ママ)》、弓矢の儀理をしりたるとは、車の両輪のごとく、儀理をしると申は、身をも家をもうしなへども、よきをすてず、つよきにをごらず、儀理をふかく思ふ、是は弓矢とり也。其儀理は無沙汰なれども、敵をほろぼすはかうの物也。おなじくは車の両輪のかなふごとく

に心得給ふべし。……（第八七条）

理想的な武士は「弓矢とり」と「かう（甲）の物」の双方の要素を兼ね備えたものでありたい。前節で見たように、無住は葛西清重について「弓箭ノ道ユリタリシ人」、「心モタケク情モ有ケル人」と評していたが、頼朝の叱責に対し、「御勘当ヲカブル程ノ事ハ、運ノキワマリニテコソ候ハメ。不ㇾ及ㇾ力候。サレバトテ、給ルマジキ所領ヲ争カ可ㇾ給候」と自らの身をも顧みず、あくまで筋を通そうとする清重の姿は、武勇を誇るだけではなく「弓矢の儀理」をもわきまえた、重時語るところの理想的な武士の姿を体現していると言えよう。それに対し、「鬼コ、メノ様ナリシ和田」はさしずめ武勇一方の「かうの物」ということになろうか。

また、重時は武家の惣領たる者の心得を次のように説く。

兄弟あまたありて、親のあとを配分してもちたらんに、惣領たる人は公方をつとめ、庶子を心やすくあらすべし。またく恩と思ふべからず。我がれうを扶持すべしと親も見給ひ、家をゆづり給ふうへは、一門・親類を育むべし。さやうにあればとて、無礼にすべからず。然ば又惣領をうやまひ、一大事の用にたつ事まめやかなるべし。仏・神の御はからいあり、又は前生の宿執あるらんと思ひて、よきをばよきにつけ、あしきをば我見すてゝはたれか他人は扶持すべきと、ことにあはれみふかゝるべし。（第五四条）

これに対して、庶子への教訓は次のようである。

庶子として思ふべき事、いかに我は親のもとよりゆづり得たりとも、扶持する人なくば、たからに主なきがごとし。たゞ惣領の恩と思ふべし。されば主とも、親とも、神・仏とも、此人を思ふべし。たとひ庶子の身にて君にみやづかふとも、惣領の義を思ひ、われ各別と思ふべからず。たゞ君と兄とを同じうすべし。又、物領・庶子のかなしみのあらんを、各別とてはなすべからず。ふるきことばにも、「六親不和にして三宝の

加護なし」といへり。（第五五条）

惣領に対しては「一門・親類を育むべし」「ことにあはれみふかゝるべし」と説き、庶子に対しては惣領を「主とも、親とも、神・仏とも、此人を思ふべし」と説く。実際には「末代ハ、父子兄弟親類アタヲ結ビ、楯ヲツキ、問註対決シ、境ヲ論ジ、処分ヲ諍フ事、年々随テ世ニ多ク聞ユ」（「芳心アル人事」）というのが現実であるゆえ、このように説かなければならないという事情があるのだろうが、ともかく「芳心アル人事」に登場する貧しい地頭の一門や葛西清重は、重時が説くような「一門・親類」の理想的な融和を実現した人物であると言えよう。重時の教訓の最後に「ふるきことばにも」として引かれたのと近似した文言を、無住もまた清重の挿話を語った後に、次のように記している符合も注目される。

仁王経ニハ、「六親不和天神不レ憐」ト説テ、父子兄弟等ノ不和ナル時ハ、天神地祇モ人ヲ助ケ取リ給ハズ。

ちなみに重時のこの教訓に関わっては、その兄泰時にも興味深い逸話が存在する。それは『吾妻鏡』寛喜三年（一二三一）九月二十七日の条が伝える以下のような出来事である。泰時が評定の最中に、弟の朝時の屋敷に賊が入ったとの情報が入る、すると、泰時は評定を中座し、直ちに朝時の屋敷に急行した。実際には、この時、朝時は不在で、留守の侍らが賊を搦め取って事なきを得たが、戻った泰時に対し、被官の平盛綱は重職にある者の行動としては軽率であると諫言する。それに応えた泰時の言葉は以下のようであった。

所レ申可レ然。但人之在レ世、思二親類一故也。於二眼前一被レ殺二害兄弟一事、豈非レ招二人之謗一乎。其時者定無二重職詮一歟。武道争依二人体一哉。只今越州被レ圍レ敵之由聞レ之。他人者処二少事一歟。兄之所レ志、不レ可レ違二于建暦承久大敵一。

「親類」を思う気持ちは執権という「重職」よりもなお重い。弟の屋敷への賊の侵入は、「他人」にとっては些細なことかもしれないが、「兄」たる自分にとっては「建暦」の和田合戦や「承久」の乱に匹敵する大事であるという。これを聞いた朝時はいよいよ泰時に信服し、今後子々孫々に至るまで泰時の子孫に対し忠を尽くし、決して害心をさしはさむことがあってはならない旨を誓状に記すと、一通は鶴岡八幡宮の別当に遣わし、もう一通は後の廃忘に備えて家蔵の文書に加えた。

名越光時ら朝時の子孫（名越流）のその後の得宗家に対する反逆の動きを考慮すれば、『吾妻鏡』におけるこの挿話が得宗家の側からの名越流に対する批判的解釈を含むものであることは間違いなかろうが、それにしても、ここでの泰時の肉親に対する思いの強さは『沙石集』の葛西清重に勝るとも劣らないものがあろう。『吾妻鏡』は元仁元年（一二二四）九月五日条にも、泰時が父義時の遺領配分の際、舎弟らに多くを譲り、自分は少分しか取らなかったという、彼の兄弟思いの逸話を伝えている。

一方、既に梶原景時に関わって前節でも触れるところがあったように、『吾妻鏡』には武家における和歌・連歌等、風雅の嗜みについての記事も少なくない[15]。武家の政権も安定期を迎えるにつれ、文芸への関心が次第に高まっていったのであろう。『吾妻鏡』仁治二年（一二四一）十一月二十五日条では、北条泰時が諸将を招いて自邸で酒宴を催し「理世事」を談じた際、長子経時に「好文為レ事、可レ扶二武家政道一」と諌め、好学の士金沢実時とその場で盟約の盃を取り交わさせている。文事は既に武家の「理世」のため、不可欠のものと見なされるに至っていた。北条泰時自身の和歌や連歌についての挿話も『吾妻鏡』には散見され[16]、そのさまあたかも前代の梶原景時を髣髴させるようでもある。

泰時の和歌の才は無住も知るところであった。内閣文庫本『沙石集』巻三裏書には次のような記事が見える。

泰時ノ事、世間ニ沙汰セシム。承久ノ時、大将軍ニテ今ヲ（ママ）、武勇ノ道ユ、シカリケルガ、和歌ノ道又生カ、リテ其骨ヲ得テ、選集ニヲ、ク其ノ歌入レリト云ヘリ。奥州ニ或尼公、訴訟セル事有リテ、悦ノヨシニ、杉箱ノヲカシゲナルガ、イト目モタヱヌヲ一進タリケル。「ナニ物ゾ」ト開見ルニ、金ヲ千両入タリケレバ、「コハイカニ」トテ、

イニシヘノ浦嶋ガコノ箱カトテアケズハイカニクヤシカラマシ

本歌ノ取リ様、優ナルヲバ。彼レハ明ケテクヤシカリシヲ、アケズハト云ヘル、メデタシ。……

無住は泰時の本歌取りの技法を称賛するが、この引用のさらに後につづく部分では「カタハライタク侍レ共」と謙遜しつつも、泰時に倣って自らの「愚詠」まで披露するに至っている。「武勇ノ道」のみならず「和歌ノ道」にも通じた泰時の「心ヤサシ」き面に、無住も自らの先祖梶原氏と共通するものを感じ、親しみを覚えていたのかもしれない。

とはいえ、繰り返しになるが、無住が共感していた文武に通じる武士の姿は、『吾妻鏡』においてむしろ積極的に描かれている類のものであった。『吾妻鏡』は治承四年（一一八〇）から文永三年（一二六六）までの記事を収める鎌倉幕府の公式的な記録である。そこに載録された挿話はいずれも政治的な意味合いを帯びていようが、ことに執権政治体制の確立者である泰時の場合、情愛譚にせよ風流譚にせよ、それぞれの挿話は編纂者の側が前面に打ち出そうと意図した、その当時の理想的な為政者像、武士像を担うものであったろう。[17]『吾妻鏡』の編纂時期をめぐっては、前半部については文永二年（一二六五）から同十年（一二七三）頃、後半部については正応三年（一二九〇）から嘉元二年（一三〇四）頃の成立と見る八代國治氏の説[18]が早くから行われ、近年では十三世紀末ないし十四世紀初頭の成立と考える五味文彦氏の説[19]が提出されている。が、いずれにせよ、無住が『沙石集』執筆を行っていた弘安（一二七八〜一二八八）の前後、後に『吾妻鏡』に盛り込まれる理想的な武士像やその徳目が、

幕府周辺で喧伝されたであろうことは、北条重時の家訓の内容などから見て、十分に想像されるところである。『沙石集』「芳心アル人事」で説かれる徳目も、おそらくそうした背景をもつものであったのであり、鎌倉武士を出自にもつ無住はそれらの要素に共鳴しつつ説話叙述を進めていたものと思われるのである。

三　泰時説話と徳目

ここで再び『沙石集』巻七で説かれる徳目に目を戻すことにしよう。これまで見てきた「芳心アル人事」の前には「正直之女人事」「正直之俗士事」「正直ニシテ宝ヲ得タル事」の三つの記事が布置される。そこで説かれる徳目は、標題通り「正直」である。一方、「芳心アル人事」の後につづく記事を見ると、第五「亡父夢ニ子告テ借物返タル事」、第六「幼少ノ子息父ノ敵ヲ打タル事」、第七「母ノ為ニ忠孝アル人ノ事」、第八「盲目ノ母ヲ養ヘル童事」、第九「身ヲ売テ母ヲ養タル事」、第一〇「祈請シテ母ノ生所ヲ知事」と五つ続けて父母に対する「孝」が主題となる。次の第一一「君ニ忠有テサカヘタル事」では、鬮により公卿である主人への引出物を用意しなければならなくなった貧しい家人が、妻の献身によって立派に役目を果たすという話。標題にあるように主人への「忠」にも触れながらも、主眼は「妻ノ志」の「マメヤカ」なること、すなわちその貞女ぶりを描くことにあろう。さらに、第一二「共ニ義有テ富タル事」は、奉公熱心な貧しい家人が妻の間男の現場を押さえた際、「義ヲ存シテ振舞」った故、主人から御恩を蒙るという話である。ちなみに、無住によれば「義ト云ハ、正直ニシテ道理ヲ弁ヘ是非ヲ判ジ偏頗ナク奸邪ナキ事」（古活字本・巻三第七「孔子物語事」）を指すのであった。そして最後の第一三「師ニ礼有事」では仏法の世界における「師弟ノ礼」が主題となる。

このように巻七で取り上げられる徳目は、「正直」「孝」「忠」「貞」「礼」といった、当時にあってはごく一般的なものであって、一見したところ何ら注目すべきものとは認められないであろう。しかしながら、これらが「芳心アル人事」の前後で語られている点を考慮するなら、そうした徳目の背後にも鎌倉政権に鼓吹された武士的な徳目としての側面を積極的に汲み取るべき余地があるのではなかろうか。

試みに「孝」について説く三つの「事」を見てみよう。第五「亡父夢ニ子告テ借物返タル事」では、武蔵国の武士とおぼしい二人の「俗」が登場する。夢告にしたがって父親の生前の借財を返済しようとする一方の息子の申し出を、貸主の側の息子がそれは亡父のものであって自分には受け取る権利はないと拒否し、鎌倉の問注所における対決にまで持ち込まれる。が、結局二人はともに奉行人から「至孝ノ志」を賞されることになるという話である。本話は鎌倉幕府の裁判の場で、「孝」という徳目が非常に重視されたことを伝えていよう。次の第六「幼少ノ子息父ノ敵ヲ打タル事」も武蔵国の武士の家庭が舞台である。父の不在中、母のもとに通う間男を幼い兄弟が父親の敵と見なして殺害する話で、伯父が兄弟を連れて鎌倉に出向き事情を説明したところ、奉行人は「弓箭トル者ノ子共ハ如何ニモ様有《ヤウアレ》バ」と言って感涙を流したという。本話もまた鎌倉幕府の裁定の場で「孝」がいかに重要視されていたかを伝えるものであろう。さらに第七「母ノ為ニ忠孝アル人ノ事」は、北条時頼のもとに祗候する女房の息子が、母を「虚誕ノ者」にすまいと我が身を犠牲にして尽くす話である。事情を知った時頼は「至孝ノ志深キ者也」と感激し、息子に所領を与えたのみか、以後大いに目をかけたという。ここでも鎌倉幕府の中心人物が「孝」を嘉する姿が描かれているのである。

もとよりこれらは巻七の説話の一部であり、そこで語られる挿話は全体としては必ずしも武士世界に関するものばかりではない。たとえば第一一「君ニ忠有テサカヘタル事」にしても、そこに描かれるのは武家の世界ではなく、公家の主従間における「忠」であった[20]。だが、ここで問いたいのは、そうした各説話の個別の出自に関わる事柄ではなく、無住をしてこれらの徳目に目を向けさせた背後の動きについてなのである[21]。

この時、想起されるのは、北条泰時の説話が『沙石集』に目立って多く採録されているという事実である[22]。既に前節で泰時の和歌の才を語る挿話には触れたが、これ以外に巻三にさらに三説話が収録される。巻三第二「問注ニ我レト負人ノ事」では、地頭と領家の代官とが問注所において対決する。その最中、地頭は相手側の発言に「道理」を見出すと、即座に自らの負けを認めた。執権としてこの珍事を目の当たりにした泰時は感動し、「正直ノ人ニテヲハスルニコソ」と言って涙を流したという。本話を承けて、無住は「サレバ、人シテ(ママ)物ノ道理ヲシリ、正直ナルベキ物ナリ。……」と「道理ヲシ」ることと「正直」であることとを関連づけて説いている。

次の第三「訴詔(ママ)人ノ蒙ㇾ恩事」では、地頭の二人の息子が問注所において対決する。二人の父親は自分に「孝養ノ義」がある兄を差し置いて、弟に全所領を譲ってしまった。明法家に諮問がなされ、結局所領は譲状をもつ弟のものとなる。が、泰時は兄を不憫に思い、しばらく自らの下で養った後、父の所領よりも大きな欠所が生じると、そこを兄に与えたという。かかる泰時について、無住は次のように述べている。

> 実ニ情ケアリテ、万人ヲハグクミ、道理ヲモ感ジ申サレケル。実ニマメヤカノ賢人ニテ、仁恵世ニ聞ベキ。道理ホド面白キ者ナシトテ、道理ヲ人ノ申セバ、涙ヲ流シテ感ジ申サレケル、トコソ伝ヘタレ。民ノ歎ヲ我ガ歎トシテ、万人ノ父母タリシ人也。……

ここで泰時は「実ニマメヤカノ賢人」と称えられるが、巻七第一「正直之女人事」でも主人公の「女人」は「正直ノ賢人」、巻七第二「正直之俗士事」でも「俗士」は「賢人」と称されており、正直者と「賢人」とは多分に重なり合う概念であったことが知られる[23]。

巻七第三ではさらにもう一話、泰時邸の粗末な板塀を修理するよう勧める人々の声に、泰時が「民ノ煩ヲ思テ」その申し出を辞退するという、「情ケ」に基づく倹約の姿勢を伝える話を語るのである。

これら泰時説話で触れられる「正直」「情ケ」「賢人」といった要素は、先に見た巻七における徳目と重なるものである。そして、何より注目すべきなのは、このようなまとまった泰時の善政説話を伝える文献として、『沙石集』は『吾妻鏡』や『梅尾明恵上人伝記』と並んでごく初期のものに属する[24]という事実であろう。おそらく無住は早くに泰時説話と接点を持ちうるような環境に身を置き、彼に対する特別な思い入れを有していたものと判断されるのである。ちなみに、『沙石集』の巻頭、巻一第一「大神宮ノ御事」では、伊勢神宮の社殿の質素な構造を神の倹約と正直を尊ぶ精神と関係づけて次のように述べている。

又、御殿ノ萱ブキナル事モ、御供タヾ三杵ツキテ黒キモ、人ノ煩ラヒ、国ノ費ヘヲ思食故也。カツヲ木モスグニ、タル木モマガラヌハ、人ノ心ヲスナヲナラシメムト思食ス故ニ（ママ）也。サレバ、心スナヲシ（ママ）テ民ノ煩ラヒ、国ノ費ヲ思ハン人ハ神慮ニ叶フベキ也。

これによれば、正直の「賢人」にして「民ノ煩ヲ思」う泰時はまさに伊勢の神慮にも叶う人であった。

ところで、無住によって「実ニ情ケアリテ、万人ヲハグクミ、道理ヲモ感ジ申サレケル」と評された泰時の政治姿勢が端的に反映しているのが『御成敗式目』であることは言うまでもない。泰時が『御成敗式目』制定の趣旨を弟重時に宛てて記した貞永元年（一二三二）九月十一日付書状では、「ま事にさせる本文にすがりたる事候はねども、たゞ道理のおすところを被記候者也」[25]と式目の条文が「道理」なる規範に基づくことを記し、同じく八月八日付書状では、その「道理」の背後にあるものを次のように説明している。

詮ずるところ、従者主に忠をいたし、子親に孝あり、妻は夫にしたがはゞ、人の心の曲れるをば棄て、直しきをば賞して、おのづから土民安堵の計り事にてや候とてかやうに沙汰候を、……

主への「忠」、親への「孝」、夫への「貞」という武士道徳が行われるならば、訴訟においてよこしまな心によるものは退け、「正直」な心によるものは認めることで、自然と土民安堵のための方策となろうか、そう考えてこの式目を制定したのだという。[26]「忠」「孝」「貞」それに「正直」といった徳目が実現していることが、すなわち「道理」に叶うことなのであり、『御成敗式目』の目指すところであったのである。[27]

ちなみに、泰時から書状を受け取った重時の『極楽寺殿御消息』においても、当然のことながら、「正直」（第一、四七、五六、八五、九九条）、「孝」（第四、二四条）、「忠」（第二条）、「貞」（第四九条）といった徳目について説かれており、また、『吾妻鏡』にも「正直」「廉直」を中心に関連記事が散見する。[28]さらに、永仁四年（一二九六）成立の式目注釈書『関東御式目』[29]でも、その前文において「武州禅門大賢人ナリ」と泰時を称揚した後、以下のように盛んに「正直」の意義を説くのである。

○縦無才無智ノ人ナリ共、寛仁廉直ナラバ、自然ニ本文ニ叶ベシ。……其ノ心不直ナラバ、文ヲ知テ不行ル法曹儒也。非成業ナリトモ正直ナラバ、法意ヲ守ル人ナリ。……

○武家ノ政コト、尤厳重ナルベキ歟。厳重ハ正直ニアリ。……

○君臣文武共ニ陰陽ニ象ル。天ノ四季寒暑ヲナス様ニ、上下和合シテ賞罰ヲ明ニシ、正直ヲ先トセバ、堯舜ノミナラズ延喜天暦ノ上世ニモ反リ、源右幕下、武州禅門ノ徳政ニモ違哉。……

既に見たように、『沙石集』における泰時も、『御成敗式目』の理念に支えられた徳目を体現する人物として描かれていた。『沙石集』に顕著な泰時尊重の姿勢と、前節における「芳心アル人事」の考察とを念頭に置く時、『沙石集』巻七に説かれる徳目全体の背後にも、北条政権により鼓吹された武士道徳の影響を認めるのがもっとも自然であるように思われるのである。

四　泰時・景盛・行勇

以上、米沢本『沙石集』巻七の徳目説話と泰時説話とが、北条政権の主唱する言説の影響を直接間接に受けた、一連のものである可能性を指摘してきた。では最後に、無住と北条政権との繋がり、接点が想定されるとすれば、それはどこに求められるのかという点について考えてみたい。

その際、考察の緒を提供してくれるのが、『梅尾明恵上人伝記』(30)に収載される泰時説話である。『梅尾明恵上人伝記』に泰時関係記事は四箇所に亘って見えるが、ここで問題にしたいのは、「秋田城介入道大連房覚知、語りて云はく」ではじまる挿話である。そこでは、泰時が明恵に「天下を治むる術」を尋ねた際、まず為政者が「無欲」になることだと教えられ、強い感銘を受けた泰時が、その後、この教訓を守り続けたこと、父義時死後の遺領配分の折、自分は少分を取り、弟たちに多くを譲ったこと、訴訟の際には無欲なる人を賞し、欲ある者には厳しく処したため、不当な訴えがなくなったこと、寛喜元年の飢饉の折には、貧窮者に利分を取らずに米を貸し与えたこと、さらに、家中においても毎時倹約に努めたことが語られる。そして泰時の執権在任中は「天下、日に随ひて治まり、諸国も年を逐ひて穏やかなり。孝の宜しきを見るは繁く、訴への曲めるを聞くは少なし」と順調であったのが、彼の死後は「漸く父母に背き、舎弟を失はんとする訴論多く成りて、人倫の孝行、日に添へて衰へ、年に随ひて廃れたり」というありさまとなったと述懐される。ちなみに「無欲」とは、「正直の心は無欲也」(『極楽寺殿御消息』第九九条)とされるように、「正直」と本質的に重なり合う概念であった。すなわち、ここには

『御成敗式目』の理念を体現した、その意味で『沙石集』のそれとも甚だ近似した泰時像が描かれているのである。

この注目すべき泰時像を語っている人物、「秋田城介入道大連房覚知」とは鎌倉幕府の有力御家人の一人、安達景盛のことである。景盛は頼朝の側近として知られた安達藤九郎盛長の子、父の後を承けて幕政の中枢に関与し、北条執権政治を支えた人物である。多賀宗隼氏はその点につき、次のように述べている。[31]

景盛が執権政治に参与してその重きに任じていた事は、なお、泰時との深い関係によっても知られる。彼は夙に明恵上人高弁に帰依し、京の栂尾に在ってその教えを聴いていた。承久役に際し、官兵の栂尾に遁入せるを追うて入山してこれを索めんとしたのは彼景盛であった。が、慈悲深い上人の断乎たる拒絶にあって、泰時と共にその浅慮軽卒を謝し、爾後両人は上人の言に深く聴従して以て施政上に資するところ少なくなかったのであるが、殊に、泰時が政治上に於て上人に負うところの深きを感謝せる趣の述懐を後世のわれわれに伝えているのは明恵上人伝記によれば、他ならぬ景盛の口を通じてであって、以て景盛に、泰時の重きを寄するところ如何に大なるものありしか、従って執権政治の中枢に与ることの如何に深かりしかをみるべきである。

景盛は泰時の逸話を伝えるに誠に相応しい人物であったと言えよう。景盛の娘（松下禅尼）は泰時の嫡子時氏の正妻となり、その子、経時・時頼は相次いで執権の地位を襲い、ここに安達氏と北条氏との関係はいよいよ緊密なものとなった。その後、建保七年（一二一九）正月二十八日、[32]景盛は将軍実朝の暗殺を契機に出家、高野山に入って大蓮房覚智と号した。『高野春秋編年輯録[33]』建保五年九月十六日条には、「秋田城介入道覚智〈字大蓮房〉」の動きを報じる中で、以下の注記を付している。

城介泰盛（ママ）入道、自二山家一時々出二覲于鎌倉一。是則北条氏外戚昵近故也。住山之初、随二逐金剛三昧院長老行勇師一、剃髪染衣。仍兼二宮武一、為二山事一、成二内奏一。或寄二知事一、又定二法式一。誠可レ謂二信心之檀越一者也。

景盛が出家後も「北条氏外戚」として執政に関与していた状況を記しているが、ここで注目したいのは景盛の出家の師を「金剛三昧院長老行勇」とする点である。行勇は栄西門下、退耕と号し、栄西の後を承けて寿福寺二世となった人物である[34]。『吾妻鏡』建保七年正月二十八日条には、源実朝室が「荘厳房律師行勇」を戒師として落飾したことを記し、併せて「秋田城介景盛」ら御家人「百余輩」が出家を遂げたことを伝えている。景盛の戒師もおそらく行勇であったのだろう[35]。勿論この時点では、行勇は鎌倉在住、寿福寺長老であり、『高野春秋編年輯録』が伝えるような「金剛三昧院長老」の地位にはない。その行勇が後に長老職を務めることになる金剛三昧院について、弘安四年（一二八一）三月二十一日付「関東下知状案[36]」は、次のごとく、北条政子に建立を願い出た「本願」として他ならぬ「大蓮上人」景盛の名を挙げている。

金剛三昧院草創子細事……是以当院本願大蓮上人、申二関東二位家一、早建二当伽藍一、専致二関東武将之祈祷一、始置二不退勤一、奉レ訪二三代将軍之菩提一。是則二位家雖レ為二先亡出離之資糧一、兼擬二自身得脱之勝因一。草創志趣大旨如レ此矣。

さらに、『金剛三昧院住持次第[37]』は行勇の長老就任の経緯を以下のように説明する。

当寺自二貞応年中一令レ居二住僧衆一雖レ致二朝暮之勤一、為レ被レ行二持斎梵行之寺一、以二行勇法印一可レ被レ補二長老一之旨、依レ被レ執二申城入道大蓮房一、天福二年〈甲午〉十月五日将軍家御教書下賜為二長老一。

これによれば、行勇の長老への推挙を行ったのも「城入道大蓮房」すなわち景盛であった。

かく景盛と太い絆で結ばれた行勇は、やがて再び鎌倉寿福寺に呼び戻される。『高野春秋編年輯録』延応元年

（一二三九）三月の条は次の記事を伝える。

　行勇禅師将二覚心上座一、自二金剛三昧院一還二住鎌倉亀谷山寿福寺一。是依二北条氏之〈泰時〉悃請一也。

行勇は弟子の覚心を連れて鎌倉に下向しているが、この時、行勇を寿福寺へ招請したのは、やはり景盛と昵懇の泰時であった。

　一方、その寿福寺は無住にとっても所縁深い寺院である。『雑談集』巻三「愚老述懐」に「十三歳ノ時、鎌倉ノ僧房ニ住シテ、……」と記される寺は、同書巻八「有無ノ二見ノ事」の「鎌倉ニ戒堂ト名テ、寿福寺ニ、ウス墨染ノ唐衣ノ僧見ヘ侍シヲ、小童部ニテ侍シ時、見侍シカドモ、……」の記述と照らして、寿福寺のことと推定されている[38]。嘉禄二年（一二二六）生まれの無住の十三歳時は暦仁元年（一二三八）、もし「下野ノ伯母ノ許へ下」った「十五歳ノ時」すなわち仁治元年（一二四〇）まで寿福寺に滞在したとすれば、延応元年の行勇帰住の時期と重なる[39]。

　同じく「愚老述懐」には「三十五歳、寿福寺ニ住シテ、悲願長老ノ下ニシテ、釈論・円覚経講ヲ聞ク」ともあり、無住は三十五歳の文応元年（一二六〇）にも、寿福寺四世悲願長老朗誉の下で修行に励んだ。この時は、持病の脚気のため一年足らずの滞在となったらしい。さらに、文永元年（一二六四）ないし同八年（一二七一）にも師円爾に随行しての寿福寺滞在の可能性が指摘されている[40]。

　これまで見てきたような、行勇と景盛、景盛と泰時、さらには行勇と泰時という三者の相互の結び付きを考える時、寿福寺内に泰時説話が伝承され、それが滞在中の無住の耳に入った可能性は十分にあろう。現に『沙石集』巻七の最後に位置する第一三「師ニ礼有事」の冒頭では、寿福寺における行勇と将軍実朝との「師弟ノ礼」をめぐる逸話が記されるが、該話については「此事ハ、彼寺ノ老僧語リ侍リキ」と話の出所が明かされており、寿福寺内での伝承を無住が直接耳にし、採録したものとおぼしい[41]。このように寿福寺における伝承が巻七に記されているのは示唆的である。泰時の制定した『御成敗式目』の理念に支えられる諸徳目、武士道徳興隆の雰囲気に触れ得る機会も、幕府所縁のこの寺ではことさら多かったと推察されるからである。

おわりに

安達景盛は宝治二年（一二四八）に生涯を閉じ、その子義景も建長五年（一二五三）に没すると、後は孫の泰盛に託された。無住が寿福寺に滞在した可能性が指摘される文永年間には、泰盛は得宗時宗邸における重要秘密会議「深秘御沙汰」に時宗、北条政村、金沢実時とともに参加しており、既に幕政の最重要人物の一人となっていたことが窺える。以後、弘安八年（一二八五）の霜月騒動で殺されるまでの二十年ほど、泰盛は幕政を中心的に担うことになるが、この期間は『沙石集』の執筆時期を大きく包み込んでいる。

安達泰盛の政治姿勢は北条泰時の『御成敗式目』の精神を継承するものであった。弘安七年（一二八四）の『新式目』[42]の制定は泰盛によって主導されたと考えられているが、それは「将軍と得宗が幕府の主君たるにふさわしい徳を涵養することを、政治の根本においた[43]」ものとされる。その条文は、たとえば次のようである。

一　可ㇾ有㆓御学問㆒事
一　武道不ㇾ廃之様、可ㇾ被ㇾ懸㆓御意㆒事
一　毎物可ㇾ被ㇾ用㆓真実之倹約㆒事
一　殿中人礼儀礼法、可ㇾ被ㇾ直事

一　知二食奉行廉直一、可レ被二召仕一事

文武の二道を奨励し、倹約・礼法に意を用いて、廉直なれと説く。かく君徳の涵養を求めた泰盛は、自身、武芸の名手であるとともに文化的な方面での嗜みも深く、書、蹴鞠に優れたほか、学問にも精励し、後嵯峨天皇からは漢籍下賜の栄に浴した。さらに信仰心も厚く、祖父景盛同様、高野山との結び付きは密接であった[44]。『新式目』で主張される内容といい、泰盛自身の傾向といい、学芸と徳目への志向は、これまで見てきた『沙石集』における北条泰時像と相似形をなし、巻七で説かれる徳目とも重なる点が多い[45]。また、本章でしばしば言及した『吾妻鏡』描くところの理想的な武士像ともそれは類似を見せているのである。

安達泰盛の活躍期は、その『吾妻鏡』の編纂時期とも近接する。この点に関わって、石井進氏は『吾妻鏡』の「編纂と金沢氏一族、金沢文庫との間には切っても切れない関係があるといってもよいだろう」とする立場から、「本書では一般御家人武士のうち、とくに安達氏の行動に大きくスポットライトがあてられている感が深いが、当時の幕府政界にあって、御家人派を代表する有力者安達泰盛と金沢氏とは婚姻関係において深く結ばれている間柄であったから、これもまた金沢氏を主体とする『吾妻鏡』の編纂説によって容易に解釈できる」と論じている[46]。『吾妻鏡』の武士像と泰盛の志向性とが一致するのも、『吾妻鏡』の編纂主体と泰盛との政治的・思想的立場の一致という事情が背景にあるからであろう。

本章で考察してきた『沙石集』における徳目説話の背後にも、北条政権、とりわけ安達一族の動向が直接間接に響いている可能性が高いのではなかろうか。今後は、徳目説話の文脈を離れたところでも、景盛・泰盛ら安達一族と無住ならびに『沙石集』との関わりがさらに追究されなければならないであろう[47]。

〈注〉

（1）この説話群を扱った論考に、山下哲郎「『沙石集』道徳説話考」（『明治大学大学院紀要』第二五集第四号、一九八八年）があるが、そこでは無住によって示される「倫理概念」に「彼の現世をありのままに見据えようという態度」「現実を素直に受容する姿勢」を見出そうとしている。ちなみに、本章旧稿初出後、伊東玉美「無住の正直――正直覚書――」（小島孝之監修『無住――研究と資料』あるむ、二〇一一年）は、『沙石集』の諸徳目のうち「正直」に注目し、この徳目が「無住の時代に、人の持つべき美質として特に重視された」のは、「「正直」に、僧と俗、王と臣、人と神仏、仏と神、儒教と仏教、この世と冥界、現世と来世、自身と子孫など、区分けされがちなものをつなぐことのできる力があるとみなされていたから」であり、それは「時に既成の枠組みを覆す力を持ちうるものと考えられていたように思われる」と考察している。

（2）中田祝夫・峯岸明共編『色葉字類抄研究並びに総合索引　黒川本影印篇』（風間書房、一九六四年）による。

（3）小島孝之校注・訳『沙石集』〈新編日本古典文学全集〉（小学館、二〇〇一年）。

（4）安藤直太朗「無住大円国師伝考」（『説話と俳諧の研究』笠間書院、一九七九年、初出は一九六二年）、三木紀人「無住の出自」（『研究紀要（静岡女子短期大学）』第一三号、一九六六年）、小島孝之「無住と医術」（『中世説話集の形成』若草書房、一九九九年、初出は一九七五年）など。

（5）たとえば、『吾妻鏡』正治元年（一一九九）十一月十八日条では、将軍頼家が景時の三男景茂に向かって「近日景時振二権威一之余、有二傍若無人之形勢一。……」と述べている。

（6）引用は、角川源義編『妙本寺本曾我物語』（角川書店、一九六九年）による。

（7）注4三木氏前掲論文。

（8）注4安藤氏前掲論文。

（9）『吾妻鏡』元暦元年（一一八四）四月二十日条では、鎌倉に囚われの身となった平重衡を「云二言語一、云二芸能一、尤以優美也」と評すが、このうち「言語」については、重衡が横笛で「五常楽」を吹いた際、自分にとってこの曲は「後生楽」だと言い、「皇麞急」を吹いた折には「往生急」だと言った、という言語行為を指している。自らの死期の近いことを悟った上での重衡の言語遊戯を「優美」と称したのである。また、建久六年（一一九五）三月四日条では、頼朝上洛の折、前方に立ちふさがる叡山衆徒に対し、小鹿嶋橘次公業が理路整然とした説明を行って事なきを得たことを評して、「誠言語巧而鸚鵡之觜驚レ耳」と述べる。景時の場合、言語遊戯的側面も含めて「巧二言語一之士」と評されたのではないか。小林一彦氏は「景時は言語巧みなことから頼朝の寵を得たとされているが、それは弁舌が立つことに加えて、和歌の修辞が巧みだったからであろう」と推測している（「頼朝と西行――『吾妻鏡』文治二年八月十五、十六日条をめぐって――」『明月記研究』第九号、二〇〇四年）。

（10）引用は、久保田淳・松尾葦江校注『源平盛衰記（七）』〈中世の文学〉（三弥井書店、二〇一五年）による。

（11）これらの説話については、伊藤伸江「『沙石集』巻五武士説話からの視点――『菟玖波集』への道のり――」（『中世和歌連歌の研究』笠間書院、二〇〇二年、初出は一九九四年、二〇〇一年）に考察が備わる。

（12）本章旧稿初出後、無住のこうした方面の意識を探った研究に、土屋有里子「無住の内なる梶原――北条得宗家との関わりから――」（『仏教文学』第三九号、二〇一四年）がある。

（13）引用は、石井進他校注『中世政治社会思想 上』〈日本思想大系〉（岩波書店、一九七二年）による。

（14）筧泰彦『中世武家家訓の研究』（風間書房、一九六七年）。

（15）外村久江『鎌倉文化の研究』（三弥井書店、一九九六年）、外村展子『鎌倉の歌人』（かまくら春秋社、一九八六年）、大谷雅子『和歌が語る吾妻鏡の世界』（新人物往来社、一九九六年）など参照。

（16）暦仁元年（一二三八）九月十三日、仁治二年（一二四一）三月十六日条に詠歌記事が、貞永元年（一二三二）十一月二十九日条には後藤基綱との連歌記事が見え、また、承久三年（一二二一）六月十六日条には承久の乱で院方に付いた清水寺の敬月法師なる僧兵が泰時に一首の詠歌を献じたところ「感懐之余」死罪を免じられた挿話が記される。

（17）上杉和彦氏も『吾妻鏡』に見られる泰時の「情」を語る記事について、「全くの虚構とは断定できないにせよ、これら『吾妻鏡』の記事自体が、『吾妻鏡』が編まれた時代に意識的に選択された泰時関連記事と評価できるのではないか」と述べている（「中世の紛争解決と仏教説話――『沙石集』を中心に――」『鎌倉幕府統治構造の研究』校倉書房、二〇一五年、初出は二〇〇二年）。

（18）八代國治『吾妻鏡の研究』（明世堂書店、一九一三年）。

（19）五味文彦『増補 吾妻鏡の方法――事実と神話にみる中世』（吉川弘文館、二〇〇〇年、原著は一九九〇年）。

（20）ちなみに、『吾妻鏡』元仁二年（一二二五）三月二十一日条には、「於㆓御所㆒人々取㆓孔子㆒、致㆓経営㆒、結㆓構引出物等㆒云云。此間、称㆓熒惑星之告㆒、於㆓京都㆒専㆓此事㆒之由、六波羅被㆑申㆓送之㆒云云」と見えており、本話の時代背景とともに、当時京都で流行していた鬮取りが頼経時代の将軍御所においても行われていた事実を知ることができる。

（21）注1前掲論文において、山下氏も「『沙石集』の「忠孝」の概念には、武士の「家」に直結した生活行動への志向がある」と指摘するが、それを「現世を鋭く見据えた無住が、認識せずにはおれなかった、汎時代的な概念の一つである」という方向へと収斂させていく。

（22）この点に逸早く注目した論考に、藤本徳明「『沙石集』の思想史的位置――泰時説話をめぐって――」（『中世仏教説話論』笠間書院、一九七七年、初出は一九六七年）がある。

（23）『十訓抄』六ノ二十九では「廉直といふは、いひつることを、さなきよしにあらがひせず、知らざることを知れり顔にもてなさず、契りしことをあらためず、ものをうらやまず、喜びをも歎きをも深くせず、すべて直しきをむねとして、曲れる心なきなり。……ことにより、人にしたがひて、うらおもてなく、親しきをもひかず、疎きをも隔てずして、ひとしき思ひをなす、これを賢人といひ、また廉直と名づく」（新編日本古典文学全集）と「賢人」と「廉直」が重なることを説く。

（24）『梅尾明恵上人伝記』は何次かの増補の末に成立したと考えられるが、奥田勲氏は「鎌倉末から南北朝頃に一つの形が出来上つたのではないか」と推定している（『明恵上人資料第一』〈高山寺資料叢書第一冊〉「解題」、東京大学出版会、一九七一年）。なお、『沙石集』以前の文献に収められた泰時説話としては、『古今著聞集』巻一第二四話に北条義時が武内宿禰の後身であることを語る説話に付随して「其子泰時までも、只人にはあらざりけり」とし、「世中にあさは跡なく成にけり心のまゝによもぎのみして」（日本古典文学大系）の泰時詠を記すものを数える程度である。

(25) 引用は注13前掲書による。

(26) 古澤直人「御成敗式目制定の思想——二通の北条泰時書状の分析を中心に——」（『中世初期の〈謀叛〉と平治の乱』吉川弘文館、二〇一九年）参照。

(27) 上横手雅敬『北条泰時』（吉川弘文館、一九五八年）、同「中世的倫理と法」（『日本中世国家史論考』塙書房、一九九四年、初出は一九六二年）参照。ちなみに、長又高夫「北条泰時の道理」（『御成敗式目編纂の基礎的研究』汲古書院、二〇一七年、初出は二〇一二年）は、『御成敗式目』から具体的に「忠」「孝」「貞」の理念を抽出し、分析を加えている。

(28) たとえば、典型的鎌倉武士畠山重忠が「天性稟㆓廉直㆒尤弁㆓道理㆒」（文治三年十一月十五日条）「殊存㆓礼法㆒」（文治五年九月七日条）とされ、源義経の妾静（文治二年四月八日）や新田四郎忠常の妻（文治三年七月十八日）が「貞女」と称えられるなど。ちなみに、『吾妻鏡』で「礼法」についても称賛される畠山重忠が、第一節に引用した『雑談集』「礼義事」では「礼ヲミダリ慢ヲ長ゼシ人」と非難される背景には、重忠と梶原景時をめぐる対立関係があったこと、注4三木氏前掲論文に指摘がある。

(29) 引用は、池内義資編『中世法制史料集』別巻（岩波書店、一九七八年）による。なお本書の作者について、義江彰夫「『関東御式目』作者考」（石井進編『中世の法と政治』吉川弘文館、一九九二年）は「在京生活の長かった関東御家人」おそらくは「六波羅奉行人齋藤唯浄」と推定している。

(30) 引用は、久保田淳・山口明穂校注『明恵上人集』（岩波文庫、一九八一年）による。

(31) 多賀宗隼「秋田城介安達泰盛」（『論集中世文化史　上』法藏館、一九八五年、初出は一九四〇年）。

(32) 『吾妻鏡』同日条による。ただし、同書宝治二年五月十八日条の景盛卒伝では二十七日のこととする。

(33) 日野西眞定編集・校訂『新校高野春秋編年輯録』（名著出版、一九八二年）。

(34) 行勇については、葉貫磨哉「平安仏教と黄竜派の発展」（『中世禅林成立史の研究』吉川弘文館、一九九三年、初出は一九七八年）、中尾良信『日本禅宗の伝説と歴史』（吉川弘文館、二〇〇五年）など参照。

(35) 景盛の師に関して、『梅尾明恵上人伝記』では承久の乱（一二二一年）の際、初めて明恵と出会った景盛が「其の後出家して上人の御弟子に成りて、大蓮房覚知とぞ云ひける」と伝えているが、その時期は『吾妻鏡』の記す景盛出家の年より後のこととなる。一方、『野沢大血脈』（続真言宗全書）では景盛が「出家ノ最初ニ値二行遍僧正ニ一」って受法を望んだが叶わず、実賢に願ったところ許可されたので、喜んだ景盛が奔走した結果、実賢の「大僧正并一長者」が実現したと伝える。だが、『東寺長者補任』（群書類従）によれば、実賢の一長者就任は宝治二年（一二四八）、任大僧正は建長元年（一二四九）で、いずれも景盛出家の遥か後年のことに属し、やはり出家の折の戒師には該当しない。

(36) 『高野山文書』第五巻「金剛三昧院文書」所収。ただし文書名は、原田正俊「高野山金剛三昧院と鎌倉幕府」（大隅和雄編『仏法の文化史』吉川弘文館、二〇〇三年）による。なお、『金剛三昧院紀年誌』（金剛三昧院文書）には「帝王編年記曰、建暦元年鎌倉二品禅尼為故右大将、高野山内建于金剛三昧院、有古記云、貞応二年建立」と記される。

(37) 注36前掲書所収。

(38) 三木紀人「作者の略伝」（山田昭全・三木紀人校注『雑談集』〈中世の文学〉三弥井書店、一九七三年）。

(39) 土屋有里子「無住著作における法燈国師話――鎌倉寿福寺と高野山金剛三昧院――」（『国語と国文学』第七九巻第三号、二〇〇二年）は「ここで両者の交流があったかどうかは推測の域を出ないが、無住が行勇や覚心を同寺の要人として認識することはあり得たであろう」と指摘している。

(40) 円爾東下の際、無住随行の可能性が考えられる記事は『聖一国師年譜』建長六年（一二五四）条に見えるが、当該記事は内容から無住の長母寺止住の弘長二年（一二六二）以降のことでなければならず、したがってその時期については「年譜」に見える弁円のその後の東下は文永元年と同八年の二度だから、そのいずれかであろう」と推測されている（三木紀人「無住と東福寺」『仏教文学研究』第六号、一九六八年）。注39土屋氏前掲論文は、『聖一国師年譜』建長六年に円爾が寿福寺に逗留した記述があることに着目し、該寺は「無住にとって幼年時から晩年まで、身近な寺であったことが窺われる」とする。

(41) 該話については、注39土屋氏前掲論文ならびに本書第一部第三章参照。ちなみに土屋氏は同論文において、行勇の弟子覚心の説話に着目、無住がそれらを「金剛三昧院と寿福寺をつなぐ情報圏の中から摂取した」と推測し、さらに「無住が北条得宗家に特別な興味を抱き、またその情報を知り得た一行程としても、寿福寺と金剛三昧院の連携は今後も検討を要する」と示唆に富む指摘を行っている。

(42) 引用は、佐藤進一・池内義資編『中世法制史料集』第一巻（岩波書店、一九五五年）による。

(43) 村井章介『北条時宗と蒙古襲来』（日本放送出版協会、二〇〇一年）。

(44) 泰盛の事績については、注31多賀氏前掲論文、石井進『鎌倉びとの声を聞く』（日本放送出版協会、二〇〇〇年）など参照。

(45) 浅見和彦「兼好の関東居住体験――「節倹」と「撫民」」（『東国文学史序説』岩波書店、二〇一二年、初出は二〇〇四年）は、節倹の思想が中世鎌倉の特徴的な思想であることを論じる中で、北条泰時や安達泰盛を取り上げ、節倹に共鳴する点で無住が両者と近い位置にあることを指摘している。

(46) 石井進「金沢文庫と『吾妻鏡』をめぐって」（『鎌倉武士の実像』平凡社、一九八七年）。

(47) 福島金治「安達泰盛と鎌倉の寺院」（『説話文学研究』第三六号、二〇〇一年）は泰盛ゆかりの飯山金剛寺や鎌倉松谷寺が律院であることを明らかにしており、甘縄無量寿院も含め、無住をめぐる律僧のネットワークとの関連が注目される。

第二章　無住と武家新制――『沙石集』撫民記事の分析から

はじめに

第一章では、『沙石集』に説かれる儒教的徳目と『御成敗式目』の理念を支える武家道徳との関わりに注目し、北条政権と無住との接点について論及した。本章では、主として『沙石集』に認められる撫民的記事の形成過程の考察を通して、北条時頼時代に発布された武家新制（関東新制）と無住との交渉の如何について明らかにしたい。

一　将軍上洛中止説話と武家新制

米沢本『沙石集』の撫民的記述をもつ説話のうち、まず取り上げるのは、巻三第三「訴詔《（ママ）》人ノ蒙レ恩事」に含まれる以下の挿話である。

故鎌倉ノ大臣殿ノ御京上アルベキニ定リケル。世間ノ人、内々歎キ申ケレドモ、事ニ顕レテ申事ナカリケリ。サスガニ人ノ歎キニヤト思給テ、人々京上アルベシヤイナヤノ評定アリケルニ、上ノ御気色ヲ恐テ子細申人ナカリケリ。故筑後前司入道知家、遅参ス。此事意見申ベキヨシ御気色アリケレバ、中サレケルハ、

「天竺ニ師子ト申ス獣ハ一切ノ獣ノ王ニテ候ナルガ、余ノ獣ヲ損ゼント思フ心ハ候ハネドモ、其音ヲ聞ク獣ハ、ミナ肝失イ、或ハ命チタへ候トコソ承ハレ。サレバ、君ハ人ヲ悩サントヲボシメス御心ハナケレドモ、人ノ歎キ争デカ候ハザラン」ト申サレケレバ、「御京上ハ留リヌ」ト仰アリケル時、万人悦ビ申ケリ。……

「故鎌倉ノ大臣殿」は源実朝。この部分、一部のテキストでは源頼朝のこととするが、(1)無住自身は実朝の説話と認識していた可能性が高い。さて、その将軍実朝が上洛することとなった。世間の人々は内心では嘆いたものの、はっきりと不満の声を上げることはなかった。とはいえ、さすがに実朝自身、「人ノ歎キニヤ」と気が咎めるところがあり、上洛の是非を決する評定を行った。だが、将軍への遠慮から誰も異議を申し立てることができない。そこに「故筑後前司入道知家」すなわち八田知家が「遅参」する。実朝に促された知家は、天竺の獅子の例証を挙げて、将軍にその意図がなくても「人ノ歎キ争デカ候ハザラン」と諫言し、結局、上洛は中止と決定した。それは万人の喜び迎えるところであった。――八田知家が遅参しながら、将軍の咎めも受けず、かえって諫言を行うという展開に、将軍と知家の信頼関係が窺える話であるが、一話の主題が撫民にあることは間違いない。

実は、本話と同源関係にあると思われる記事が『吾妻鏡』建久元年（一一九〇）十月三日条に存在する。この日、源頼朝は初の上洛に向けて鎌倉を出発しようとしていた。

三日甲申。令㆓進発㆒給。御共輩之中為㆑宗之者多以列㆓居南庭㆒。而前右衛門尉知家自㆓常陸国㆒遅参。令㆑待給之間已移㆓時剋㆒。御気色太不㆑快。及㆓午剋㆒、知家参上。乍㆑着㆓行騰㆒、経㆓南庭㆒直昇㆓沓解㆒、於㆓此所㆒撤㆓行騰㆒、参㆓御座之傍㆒。仰曰、依㆑有㆘可㆑被㆓仰合㆒事等㆖、被㆑抑㆓御進発㆒之処遅参。懈緩之所㆑致也云々。知家称㆓所労之由㆒。又申云、先後陣誰人奉㆑之哉。御乗馬被㆑用㆑何哉者、仰曰、先陣事、重忠申㆓領状㆒訖。後陣所㆓思食煩㆒也。御馬被㆑召㆓景時黒駮㆒者、知家申云、先陣事尤可㆑然。後陣者常胤為㆓宿老㆒可㆑奉之仁也。

更不レ可レ及二御案一事歟。御乗馬、彼駮雖レ為二逸物一、不レ可レ叶二御鎧一之馬也。知家用二意一疋細馬一。可レ被レ召歟者、則引二出御前一。八寸余黒馬也。殊有二御自愛一。但御入洛日可レ被レ召レ之。路次先試可レ被レ用二件駮一者。又召二常胤一、相二具六郎大夫胤頼、平次常秀等一、可レ供二奉于最末一之旨、被二仰含一訖。其後御首途。冬天無レ程臨二黄昏一之間、令レ宿二于相模国懐島一給。後陣輩未レ出二鎌倉一云々。大庭平太景能儲二御駄餉一。

供奉の主立った面々が幕府南庭に居並ぶ中、「前右衛門尉知家自二常陸国一遅参」と、やはり八田知家が「遅参」する。知家の到着を待つ頼朝は、すこぶる機嫌が悪い。昼になってようやく到着した知家は、馬を下りると頼朝の御前に直行するが、当然そこで叱責を受ける。頼朝は、上洛の際の先陣、後陣を誰がつとめるべきか、また自身の乗馬にはどの馬を用いるのがよいか、知家に相談しようとして彼の到着を待っていたのである。知家は遅参の理由を「所労」のためと陳謝し、くだんの点についての頼朝の意向を確認した上で、傍線部のような進言を行った。すると、頼朝は、乗馬については自分の考えをも加味しながら、基本的には知家の進言の内容を尊重する対応を示したのである。こちらも、頼朝の知家に対する厚い信頼が窺える挿話である。

両書の記事は話の骨格において共通するが、おそらく『吾妻鏡』の伝承が本来のかたちで、『沙石集』の説話はそれが変容したものと見て誤るまい。将軍が頼朝から実朝に入れ替わるのは、実朝には生涯上洛の機会がなかったため、話の当事者としてより相応しいと判断されたものと思われる(2)。では、もともと一種の武家故実をめぐる君臣間のやりとりを主眼とした本伝承が、撫民を主題とする説話に変化していった契機はどこにあるのだろうか。

念のため、上洛に際しての頼朝の姿勢を確認しておこう。『吾妻鏡』建久元年九月十五日条には次のようにある。

十五日丙寅。来月依レ可レ有二御上洛一、御出立間事等被レ経二沙汰一。今年諸国旱水共相侵、民戸皆無レ安。仍可下令二延引一給上歟之由、聊雖レ有二御猶予一、兼日已被レ申二仙洞一訖。於レ今者不レ可レ及二御逗留一云々。……

建久元年は、大雨で洪水が発生するなど天候不順の年であった。このため傍線部のように、頼朝も撫民的観点から上洛に躊躇いを感じたと記されている。だが、こうした当時の頼朝の撫民的姿勢に影響されて、『沙石集』に見るような伝承の変容が起こったと考えることは無理があろう。結論から先に言えば、『沙石集』の将軍上洛中止説話は、もっと後の、おそらくは北条時頼の時代の社会的雰囲気の中で形成されたものと推察されるのである。

北条時頼の治世下、時の将軍宗尊は二度に亘って上洛を延期している。最初は正嘉二年（一二五八）のこと、『吾妻鏡』同年八月二十八日条を引こう。

廿八日甲辰。晴。……今日評定。将軍家御上洛延引云々。是依二諸国損亡一、民間有レ愁之故也。

二度目は弘長三年（一二六三）、『吾妻鏡』同年八月二十五日条に次の記載がある。

廿五日壬申。天晴。御上洛事、依二大風一諸国稼穀損亡之間、為レ休二弊民煩一所レ被二延引一也。……

いずれの年も天変によって諸国が損亡し、民の煩いがあることから、「以二撫民之儀一」（『吾妻鏡』弘長三年八月二十六日条）上洛が延期されている。これらの出来事が『沙石集』の将軍上洛中止説話に投影していることは、まず間違いないところと思われる。

繰り返しになるが、宗尊の上洛延期が決定されたのは北条時頼の時代であった。時頼は専制的である(3)と同時に、撫民的施策を行ったことでも知られる人物である。『吾妻鏡』弘長三年十一月二十二日条に掲げられる時頼卒伝には「平生之間、以二武略一而輔レ君、施二仁義一而撫レ民」とその撫民の姿勢が称揚されている。また、『吾妻鏡』建長三年（一二五一）六月五日条には、評定の際、「日頃」は「盃酒椀飯等之儲」があり、「炎暑之節」には「富士山之雪」を取り寄せ「珍物」に備えたとの慣例を、「彼是以レ無二民庶之煩休一被レ止レ之」と時頼が中止したことを記し、これを「善政随一」と評している。だが、時頼の撫民的姿勢がもっとも顕著に現れているのは、彼の治世下に両度に亘って発布されたいわゆる武家新制（関東新制）においてであろう。

鎌倉幕府による武家新制は、朝廷で古くから実施されてきた公家新制の影響を受けて始められたものである(4)。最初に武家新制を手がけたのは北条泰時であった。嘉禄元年（一二二五）、泰時による初度の新制が施行された。『吾妻鏡』同年十月二十九日条を次に示す。

廿九日丙辰。〈十一月節也。〉晴。為レ被レ休二民庶費煩一、被レ止二諸人過差一。仍衣装調度以下事新制符被二仰下一。今日施行云々。……

これは同じ年に出された公家新制をそのまま施行したもので、幕府独自のものではないと推定されているが(5)、傍線部のようにその目的とするところは撫民にあった。

泰時時代にはいま一度、延応二年（一二四〇）にも新制が発布されている。『吾妻鏡』同年三月十八日条を示そう。

十八日壬午。関東御家人幷鎌倉祗候人々、万事停二止過差一可レ好二倹約一条々事。日来有二沙汰一。今日被レ造二其制符一。自二来四月一日一、固可レ禁二制之一云々。……

この延応の新制については、水戸部正男氏が「公家新制に倣って武家自ら制定した新制(6)」と見なし、稲葉伸道氏も「『吾妻鏡』の記事からは、関東新制が公家新制を施行したものではなく、幕府独自の発布を窺わせる(7)」と推定している。新制制定の目的は傍線部のように倹約の奨励にあったが、その基本には嘉禄の新制同様、撫民の精神が存するであろう。

さて、これら泰時時代の新制を承けて、時頼時代の新制は発布されることになる。時頼の最初の新制が出されたのは建長五年（一二五三）であった。『吾妻鏡』同年九月十六日条を引こう。

十六日辛卯。晴。午剋地震。入㆑夜小雨灑。今日被㆑定㆓新制事㆒。延応法之外、被㆑加㆓十三ヶ条㆒。関東御家人幷鎌倉居住人々可㆑停㆓止過差㆒条々也。是去七月十二日所㆑被㆓宣下㆒也。蔵人頭宮内卿平時継朝臣為㆓奉行㆒。依㆑之守㆓宣下之状㆒可㆑令㆓遵行㆒。且自㆓十月一日㆒可㆑令㆑停㆓止之㆒。若猶不㆑叙㆓用之㆒者、且任㆑法加㆓糺断㆒、且可㆑被㆑行㆓罪科㆒之旨、被㆓仰出㆒云々。

傍線部に「延応法」以外に「十三ヶ条」を加えたとあるが、「延応法」とは先に見た泰時時代の延応の新制を指し、「十三ヶ条」を加えるとは、同じ年（建長五年七月）に発布された公家新制から十三ヶ条を選んで、これを延応法に加えたという意味であると推定されている。(8) この建長の武家新制は一部しか残存していないものの、全体としては泰時時代の新制を継承した内容であったと予想されよう。ちなみに、その中には次のように撫民を正面に掲げた一条も含まれている。(9)

一　可㆑致㆓撫民㆒事

右、或以㆓非法㆒上㆓取名田畠㆒、追㆓出其身㆒、或成㆓阿党㆒煩㆓民烟㆒、奪㆓取資財㆒之由、有㆓其聞㆒。所行之企、甚非㆓政道之法㆒。凡以㆓少事㆒不㆑可㆑致㆓煩費㆒、専致㆓撫民之計㆒、可㆑成㆓農作之勇㆒矣。

新制のかかる撫民的側面に注目する市川浩史氏が「建長五年の新制は、窃盗、殺害等重犯に関する禁止規定、過差の停止、寺社の管理を主旨とする宗教政策および「撫民」の奨励、という特徴をもっていた」(10)と述べるように、本新制では、この条に限らず、撫民の奨励が一つの柱となっている。

時頼時代の二度目の新制は、弘長元年（一二六一）二月三十日に発布された全六十一ヶ条から成るものである。

個々の条文については、必要に応じて後に触れるが、ここにも撫民の精神が脈打っていること、市川氏が次のように指摘する通りである。[11]

> ……弘長の新制は、全体的な特徴として、ときに『式目』の名を挙げて、あらゆる政治的場面において過差の停止および「撫民」が標榜されていること、そして鎌倉市中の治安維持の問題が強く志向されていたという点を指摘できる。とくに「撫民」は、祭祀の励行とか裁判実務の迅速化、あるいは御家人役の確認といった内容の、一見「撫民」とは無関係と思われるような項目のなかでも語られていた。

こうした新制が発布され、撫民が奨励される雰囲気の中で、将軍宗尊の上洛がほかでもない「撫民之儀」を理由に二度に亘って延期された。もともと『吾妻鏡』が伝えるような、上洛の際の源氏将軍と信頼厚い御家人間の武家故実をめぐる伝承だったものが、『沙石集』に見られるごとき、撫民を理由とする源氏将軍の上洛中止説話に変化していったのは、如上の北条時頼の時代であったと考えるのがもっとも無理がないところであろう。そして当話は、おそらくは無住ゆかりの八田氏周辺で[12]、「賢臣」知家の誉れを伝える挿話として伝承された可能性が高いのである。

二　北条泰時の撫民説話

次に取り上げるのは、前節で扱った上洛中止説話の直前に語られる、北条泰時の撫民説話である。『沙石集』巻三第三「訴詔《ママ》人ノ蒙レ恩事」では、訴訟に際しての泰時の名裁定ぶりを語る説話に引き続き「民ノ煩ヲ思テ、ツイニ造作ナカリキ」として以下の伝承が記される。

或ル時ノ物語、「御所へ参ジタレバ、上ノ仰ニ、『人ノ家ノハタ板ニ内（ママ）ノミクルシキ事ヲカクサムタメナルニ、泰時ガハタ板ハ内モミヘトヲリタルハ何カニ』トコソ仰アリツレ」ト人々ノ中ニテ申サレケレバ、「何奉公セム」ト人々思ヒアハレタリケレバ、事ノ次ヲモテ申ケルハ、「尤モ御前ニ仰ノヤウニ、タレ〲モカクコソ存候へ。大方ハ御用心ノ為ニモ、ツイヂツカレテ、ホリホラレ候ハンハ、目出ク候イナン。各々一本ヅ、ツキ候トモ、廿日ニハスグマジク候。ヤガテ此ノ次ニヒシ〲ト御沙汰候ベシ」ト口々ニ申ケレバ、泰時ウチウナヅキテ申サレケルハ、「各々ノ御志ノ色ハ、返々アリガタク覚へ候。実ニ御志候ヘバ、御身ニハヤスクコソ思ハレ候ヘドモ、国々ヨリ夫共ノ上テ、ツイヂツキ候ハンハ、、カリナキ煩ヒニテ候ベシ。用心ト仰候ラワバ、泰時運ツキ候ナバ、鉄ノツイヂヲツキテ候トモ、タスカリ候マジ。又、運候テ、君ニ召仕ルベクハ、カクテ候トモ、何ノ恐レカ候ベキ。ハタ板ノスキナンドハ、カキモナヲシ候ナン。ツイヂハ思ヨリ候ハズ。又、ホリハ中々ソラサワギノ時キ、馬人落チ入リ候ナンズ」トゾ申サレケル。難レ有コソ覚へ侍レ。

泰時の屋敷の「ハタ板」（塀の羽目板）があまりに粗末なのを将軍（頼経）が気に懸け、その言葉を聞いた御家人たちが、この機会にしっかりした築地をつくり、堀もほるよう自分たちにご下命くださいと進言したところ、泰時は波線部のように労働力として徴発される人夫たちの労苦を思いやり、撫民的立場からそれに応じなかったという逸話である。

泰時が撫民的観点に立って新制を発布したことは、すでに前節で見たところであるし、実際、泰時が飢饉の折に徳政を実施したという記事は『吾妻鏡』にも散見する。[13] 同時代史料の『明月記』にも、泰時が飢饉の際には食事の量を減らしたという巷説が記されているから、[14] 泰時自身が撫民的姿勢の持ち主であったことはほとんど疑う余地がないであろう。だが、そのこととは別に、『沙石集』の本伝承は果たして事実を伝えるものと言えるであろうか。

ここで『吾妻鏡』に見える泰時邸の様子を確認してみよう。まず、元仁元年（一二二四）十二月十四日条である。

> 十四日丙午。晴。入レ夜、若君渡二御武州御亭一。女房悉為二御共一。御儲殊被レ尽レ美云々。是来十九日〈立春節〉、為二御方違一可レ有二入御一。而件日没日也。始入御、依レ可レ有二御憚一、今夜故令二渡始一御云々。

泰時の屋敷には、しばしば将軍頼経が訪れている。本条の「若君」は元服前の頼経を指すが、彼を迎える泰時邸の準備は「殊被レ尽レ美」という気の遣いようである。

つづいて嘉禄三年（一二二七）一月九日条を見よう。

> 九日己未。晴。巳刻、将軍家御行始〈御輿〉。入二御武州亭一。供奉人歩儀。駿河守持二御剣一。彼亭御儲等、殊刷有レ之。御剣、御馬以下御引出物有レ之。毎レ物被レ尽レ美云々。

将軍頼経を迎える泰時邸では、この日も特に威儀を整えた上で、美を尽くした引出物を用意している。

さらに嘉禎二年（一二三六）になると、将軍御所の北側に泰時邸が新築された。次に引くのは十二月十九日条である。

> 十九日壬寅。亥刻、武州御亭御移徙也。日来御所北方所レ被二新造一也。被レ建二檜皮葺屋幷車宿一。是為二将軍家入御一云々。……

この時は「将軍家入御」に備え、わざわざ檜皮葺の家屋と車宿が邸内に設けられている。

翌嘉禎三年（一二三七）四月二十二日には、泰時の新邸にいよいよ将軍の「入御」があった。

> 廿二日癸卯。天晴。申刻、日色赤如レ蝕。今日、将軍家入二御左京権大夫亭一。為二此御料一、被レ新二造御所一

〈檜皮葺〉之間、渡御始也。御儲毎レ事過差云々……。

この折の泰時邸の用意は、全てにおいて「過差」と称されるほど贅を尽くしたものであった。

以上見てきたような、泰時邸における将軍に対する丁重なもてなしぶりから判断しても、さらには治安上の問題を考慮に入れても、泰時の屋敷が粗末な板塀仕様であったとは到底考えられない。『沙石集』の本話は、やはり「泰時伝説」のひとつと見なすべきであろう。

では、この「泰時伝説」はいつごろ形成されたのか。それは、前節で見た将軍上洛中止説話同様、北条時頼の時代であったのではないかと推察される。時頼の発布した弘長元年の武家新制には次のような一条も存する。

文応奉行長泰

一　造作事

右、倹約可レ止ニ花美一也。且非ニ一郭新造一之外者、不レ可レ充ニ催其用途於百姓等一。但可レ停ニ止過分支配之一。

放生会桟敷止レ檜可レ用レ杉。

延応長泰

私家帳台、蒔絵幷障子引手組緒可レ停ニ止之一。同障子縁可レ止レ紫也。雖ニ寝殿一、於ニ引手同座一者、可レ用レ革也。懸金、寝殿之外可レ用レ鉄。

三枚障子紙散薄、一切可レ停ニ止之一。

唐垣一切可レ停ニ止之一。

明障子鎹、杉障子栗形等、止レ銅可レ用レ鉄也。畳雖ニ寝殿一、不レ可レ用ニ大文高麗一、可レ用ニ麁品小文一。且下縁可レ用ニ麁品紺藍摺布等一。同裏可レ用ニ麁品布一也。但帳台間、皆高麗一帖者、可レ被レ聴レ之。

簾縁、入御之時、御所之外、可レ止レ之。

撫民的観点から建物や建具を質素にせよと説く一条である。「百姓等」への負担を思い遣る文言や、白壁の塀である「唐垣」を禁止する条文も含まれる。おそらくこうした質素倹約が盛んに奨励される時頼時代の雰囲気の中で「泰時伝説」は育まれ、為政者の範とすべき姿勢を示す伝承として喧伝されたのではなかろうか(15)。

三　堂塔建立説話と撫民

次には巻八の堂塔建立説話を見よう。これは第五「死之道不レ知人事」に含まれる話である。

宇治殿ノ平等院ヲ建立シ、阿弥陀堂供養ノ有ケルニ、山僧ニナニガシノ阿闍梨トカ申ス貴キ聞へ有ヲ、御導師ニ請ジ給エルニ、施主分ニ、「此御堂造立之故ニ地獄ニヲチサセ給ハン事コソ浅猿ク侍」ト云タリケレバ、聴聞ノ人々マデモ興サメテ思ケルニ、御供養スギテ、「イカヾシテ此ツミ懺悔シ侍ルベキ」ト仰ラレケルヲ、「此御堂造立ノ間、非分ニ人ヲ悩シ給ケル分ヲ御得分ノ物ニテツグノヒ返給ハヾ、目出ク侍ナン」ト申サレケレバ、コト〳〵クタヅネ、聞食テ、人夫マデモイトマノ分ヲタマヒケル。カヽル清浄ノ信心有テ、ツクリオヘ給ケル寺ニテ、昔ヨリ今ニイタルマデ、ヤケズ損セズ。

藤原頼通が平等院を建立し、阿弥陀堂を供養した際、導師をつとめた比叡山の僧から御堂を建立したことによって地獄に堕ちるであろうと告げられる。当惑した頼通がどのように罪を懺悔すべきか僧に問うと、波線部のように、造立に際し労苦を負わせた人々に償いをするよう言われ、頼通は「人夫」の分に至るまで負担分を弁償した。そのような「清浄ノ信心」をもって造られた寺ゆえ平等院は現在まで焼失を免れているのだという。

本話には、『続古事談[16]』巻二第一一話に次のような類話が存することが知られている。

泰賢民部卿、勧修寺氏の人也。宇治殿の御後見也。「平等院つくりていかほどの功徳にてあるらん」と仰られければ、「餓鬼道の業などにてや侍るらん」とぞ申されける。

「泰賢」は実際には「「泰憲」が正しい[17]」。ここでは頼通が勧修寺流の藤原泰憲から平等院建立は「餓鬼道の業」であると告げられている。ちなみに『続古事談』にはもう一話、巻一第一四話にも同一話型の以下の説話が認められる。

白河院、法勝寺つくらせ給て、禅林寺の永観律師に、「いかほどの功徳なるらん」と御尋ありければ、とばかり物も申さで、「罪にはよも候はじ」とぞ申されたりける。

当話に関し、新日本古典文学大系は「二―一一の泰憲の類話とともにその源は今昔物語集六ノ三等所載の達磨の説話[18]」であると的確に指摘する。くだんの達磨の説話では、堂塔などを造立し「我レ殊勝ノ功徳ヲ修セリ。此レ、智恵有ラム僧ニ令見メテ被讃レ被貴レム[19]」と考えた武帝が、その功徳を達磨に尋ねたところ、達磨は「塔寺ヲ造リテ、「我レ殊勝ノ善根ヲ修セリ」ト思フハ、此レ、有為ノ事也。実ノ功徳ニハ非ズ」と、武帝の造寺造塔の功徳を誇ろうとする姿勢、名聞の姿勢を批判したとされる。この名聞批判という点については『続古事談』の二説話の場合も同様であろう。それらは『沙石集』の説話に見られるような撫民的な観点をいまだ持ち合わせていないように思われる。

このとき注意されるのが、浄土宗の僧である信瑞によって建長八年（一二五六）に著された『広疑瑞決集[20]』巻四に見える以下の記述である。

只世間のみに非ず、出世にむけても、人を煩し、非理に財らをもとめて、功徳をつくるをば、聖教に大きにそしれり。もとも用意すべし。白河院法勝寺をつくらせ玉ひて、禅林寺の永観律師に、いか程の功徳ぞと問せ玉ひければ、とばかりものも申さで、つみにはよもなり候はじとぞ申されける。夫れ白河院は、後朱雀の御孫、後三条院の皇子、宿善開発の末代の賢王也。法勝寺をたて、九重の宝塔をくみ、一切経を書写し玉ふこと三部、此外の造仏写経其数をしらず。ことに懺悔を起して、七道諸国の貢賦の魚貝、悉禁制し玉ふ。其中に摂津、近江、越前、能登、越中、越後、丹後、備前、周防、讃岐、伊予等十一ヶ国に仰せて、其土産魚類をとゞめ玉ふこと歳月漸くに久し。加之捕魚網やかせ玉ふ事、八千八百二十三帖。猟獣の道ほりふさがせ玉ふこと、四万五千三百余所なり。慈悲畜生に及べり。況や人倫に於てをや。財らにあきみち玉へば、よも非理に民の物をせめとりて、功徳をばつくらせ玉はんなれども、なほ像塔建立の間、聊も民の煩ひを見ゆることのありけるにや。功徳の義をばさしをいて、罪にはならじと申されけり。此の君の御事をだにもかく申す。まして余人のことをばをしはかるべし。又宇治殿平等院を造て、御後見泰憲民部卿に、いか程の功徳にてかあると仰せられければ、餓鬼道の業などにてや侍るらんとぞ申されける。夫宇治殿は御堂の入道の嫡男、後一条、後朱雀、後冷泉等の御伯父也。忠信を以て君に事り、仁義を以て国に報じ、はやく一品の爵位をきはめて、数代の輔弼たり。然ども身後の菩提を求めて、長く官職を辞す。平生につねに相誡めて曰、我が追善よろしく倹約に従ふべし。去し長久五年の比、等身の阿弥陀像四十九体、墨字法華経四十九部、開結阿弥陀経等、各の四十九巻図写す。四十九日の間、毎日に供養せしめんが為なり。又等身の金色の弥陀の像一体、観音勢至不動明王等の像、各の一体、金字の法華経一部、開結阿弥陀経各一巻、同じく是を造写す。七々日の忌辰ごとに、この仏経を供養すべしと仰せられをけり。没後の追善までも、倹約を存して、人の煩ひあるまじき様を、はからひをかせ玉へるに、泰憲卿はいかにと思ひて、餓鬼道の業とは申されけるやらん、おぼつかなし。財らともしからねば、よもまづしき民の物ををし取つて、御堂をば作り玉はじ。今是を推るに、つかれよはき人夫の物ほしげなるを、奉行人せめつかひたることを、かく申されたるやらんとおぼゆ。上代の賢王良臣だにも、尚その失を出せり。まして当世の人の造像起塔等の修善、その失いくばくぞや。……

右の傍線部には、先に見た『続古事談』の二つの説話が引用される。『広疑瑞決集』には、この他にも『続古事談』から和漢の説話の引用が認められ、『続古事談』のかなり早い時期における享受の例としても興味深い[21]。が、いまそれは措き、ここで注目すべきは『広疑瑞決集』では『続古事談』の説話を引用後、白河院および頼通を擁護しながらも、波線部のように造寺造塔の罪を撫民的姿勢の欠如に求めようとする説話解釈を示していることである。『広疑瑞決集』の「基礎をなす政治思想は主として儒教の徳治主義[22]」にあるとされるが、上に見たような本書の姿勢は、それが建長年中という撫民が盛んに奨励された時頼の時代に著されたことと深く関わっているものと思われる。

『広疑瑞決集』の成立よりもやや遅れるが、弘長元年の武家新制には以下の一条が認められる。

文応奉行政所

一　仏事間事

堂舎供養之人、報恩追善之家、不レ測二涯分一、多費二家産一、雖レ寄二事於供仏施僧之勤一、猶莫レ不レ成二民庶黎元之煩一。還可レ招二罪根一。更非レ殖二善苗一。偏是住二名聞一之故歟。付レ冥付レ顕、其有二何益一。自今以後、修二仏事一之人、只専二浄信一、宜レ止二過差一。

「堂舎供養」や「報恩追善」に際し、「民庶黎元之煩」を生ずることがあれば、かえって「罪根」を招くことになるとして、「浄信」を勧め、「過差」を禁ずる。その撫民的観点は「清浄ノ信心」を説く『沙石集』の平等院建立説話のそれとぴたりと一致しよう。

では、ひきつづき、巻八第五「死之道不レ知人事」で語られる今ひとつの堂塔建立説話を取り上げよう。これは先に見た頼通の平等院建立説話の直後に位置するものである。「建仁寺ノ塔モタビ〳〵ノ炎上ニマヌカレタリ。故アルニヤ。彼寺ノフルキ僧ノカタリシハ……」と語り始められる話は以下のようなものである。

夫の死後、悲しみに暮れる梶原景時未亡人の尼を栄西は常に教化していた。その甲斐あって、尼も次第に物の道理を理解できるようになり、戒律を守って真言の行などおこなううち、大きな荘園を三箇所賜った。夫の滅罪のため、どのような善根を営むべきかとの尼の問いに、栄西は建仁寺に塔を建てるよう勧める。尼は三箇所の荘園から得られる収入で三年以内に塔を建立することができた。――その後、説話は次のように結ばれる。

聊モ人ノワヅラヒナカリケルコソ信心アリケル故ニコソ。四度ノ炎上ニワヅカニ三丈バカリヘダ、リテ、コガル、程ナリケルニ、ヤケザリケルコソ返々モ不思議ナレ。彼寺ウチツヾキテ炎上有リ。ムネ別ナンドイ、テ、心ナラヌ奉加ヲモチテ功ヲオエケル、仏意ニカナワズヤ。

尼の塔は「聊モ人ノワヅラヒナ」く建立できたから、今に至るも焼亡を免れているのに対し、建仁寺は棟別銭など取り立てての「心ナラヌ奉加」によって建立されたがゆえに、仏意にかなわず焼亡を繰り返すのだと、撫民的観点からの解釈が示される。

ちなみに建仁寺の焼亡について、『沙石集』は「四度」と記すが、現在史料で確認できるのは二度までである。『百練抄』[23]寛元四年（一二四六）六月七日条には「今日、建仁寺二階堂等焼亡」とあり、『一代要記』[24]康元元年（一二五六）の項には「七月廿九日、未刻、建仁寺焼失」と見える。いずれも北条時頼の治世下であり、本話もまた時頼時代を潜る中で形成された説話であることが窺えよう。

もう一点、注意しておきたいのは、本話の後に、さらに以下に梗概を示すような仏典由来の説話が語られ、「坊戒」という戒律に言及されていることである。(25)

仏在世に、舎利弗と目蓮が「広野城」という国を訪れると、人々は仏弟子は物を乞う存在だと言って逃げた。それは、その国の僧が僧坊を造ろうとして材木や費用を人々に乞うていたからである。二人は帰ってこのことを仏に報告した。すると、仏は弟子たちを集めて、「我ガ身ノ為ニ大ナル坊ツクルベカラズ。ヲ、カタノ寺ハ制ニアラズ」と戒め、さらに林中と川辺の二人の修行者に関する因縁譚を語って聞かせた後、「具足戒」の中の「坊戒」を定めたのであった。

後に詳しく触れるが、無住は二十代から三十代にかけての時期、西大寺流の律僧であった。そうした経歴から、無住は生涯戒律に深い関心をもっていたと思われるが、武家新制の条文の中には、先に引いた「仏事間事」をはじめ戒律と親和的内容を有するものが少なくない。(26)それは、新制が基本的に撫民的精神に基づきつつ質素倹約を説く性質のものだからであろう。武家新制の発布によって醸し出される撫民倹約の雰囲気は、戒律を重視する無住にとって極めて好ましいものであったに違いない。撫民的視点で語られる造寺造塔説話を、無住が戒律の存在をも想起しながら受け止めている背景にはそのような事情があったと思量されるのである。

四　伊勢神宮と撫民

変わって、『沙石集』の巻頭話、巻一第一「太神宮ノ御事」を取り上げよう。「去シ弘長年中ニ太神宮へ詣侍べリシニ、或ル神官ノ語リシハ」と説き起こされるように、本話は無住が弘長年中、伊勢神宮に参詣した折、ある神官が語ってくれた話とされる。注目されるのは、神官が次のような説明を行っている箇所である。

又、御殿ノ萱ブキナル事モ、御供タヾ三杵ツキテ黒キモ、人ノ煩ラヒ、国ノ費ヘヲ思食故也。カツヲ木モスグニ、タル木モマガラヌハ、人ノ心ヲスナヲナラシメムト思食ス故ニ《(ママ)》也。サレバ、心スナヲシ《(ママ)》テ、民ノ煩ラヒ、国ノ費ヲ思ハン人ハ、神慮ニ叶フベキ也。

神官は伊勢神宮の御殿が茅葺きである点と、御供の米が三杵ついただけで色が黒い点につき、波線部のように撫民と倹約の両面から説明している。そして、撫民と倹約を志向する人は神の思いに叶うのだと、これを奨励するのである。ちなみに弘長元年の武家新制には次に掲げるように、神社の祭礼の過差についての禁令も見られる。

一　可㆔如法勤㆓行諸社神事等㆒事

祭、豊年不ㇾ奢、凶年不ㇾ倹、是礼典之所ㇾ定也。而近年神事等、或陵夷背㆓古儀㆒、或過差忘㆓世費㆒。神慮難ㇾ測。人何有ㇾ益。自今以後、恒例祭祀不ㇾ致㆓陵夷㆒、臨時礼奠勿ㇾ令㆓過差㆒。

もとより「御家人や関東祗候人を対象とし(27)」た武家新制が伊勢神宮に影響力を行使しうるはずもないが、無住が神官から話を聞いたのが「弘長年中」であることからすると、時頼時代の撫民奨励の動きと無関係とも思われない。このとき注意されるのは、伊藤聡氏が本話の「或ル神官」について、南都の遁世僧・律僧と関わり深い荒木田氏忠であると考証している(28)ことである。戒律を遵守する西大寺流律僧ならば、無住同様、撫民倹約を標榜する武家新制に共鳴するところ大なるものがあったであろう。「或ル神官」が西大寺流律僧との交流の中で神についての撫民的理解を深めた可能性は十分にあろうと思われるのである。

五　北条時頼と武家倫理

さて、これまで『沙石集』に認められる撫民的記述を含む説話の分析から、当該伝承の形成時期を北条時頼の時代との関わりにおいて考察してきた。ここでは『沙石集』巻七第七「母ノ為ニ忠孝アル人ノ事」で語られる北条時頼自身に関わる説話を見ておくことにしたい。本話は『沙石集』に収められる唯一の時頼関連説話であるが、時頼没後二十年という時点で採録された、時頼伝承としてはもっとも古いものであるという点でも注目すべき存在である。以下に梗概を示そう。

北条時頼に仕える腹立ちやすい女房が、同じく時頼に仕える自分の息子につまらぬことで腹を立て、殴ろうとして物につまずき転んでしまう。女房はその腹いせに息子が自分を殴ったと時頼に訴え出た。時頼が女房の息子に確認すると、母親の言葉通り殴ったことを認めたため、時頼は怒り、息子の所領を没収の上、流罪と決した。一方、腹立ちが治まった女房は、事態の展開に驚き、時頼に真実を語って息子への処罰を取り消してくれるよう懇願する。時頼が息子に偽りを述べた理由を質すと、息子は母親を「虚譚ノ者」にするわけにはいかなかったのだと答える。事情を知った時頼は、「至孝ノ志深キ者也」と感激し、息子に所領を与えたのみか、以後大いに目を掛けたという。

時頼が孝子を褒め称える孝子顕彰説話である。『沙石集』巻七には、正直、孝、忠、貞、礼、といった儒教的徳目に関する説話が並び、本話もその中に位置している。すでに第一章において『沙石集』巻七に説かれるこうした儒教的徳目を『御成敗式目』の理念を支える武家道徳と関連づけて考察したが、その点について、ここでもう一度確認しておこう。次に引くのは、『御成敗式目』の制定直前、北条泰時が六波羅探題であった弟重時に書き送った有名な消息の一節(29)である。

> 詮ずるところ、従者主に忠をいたし、子親に孝あり、妻は夫にしたがはゞ、人の心の曲れるをば棄て、直しきをば賞して、おのづから土民安堵の計り事にてや候とてかやうに沙汰候を、……

まさに『御成敗式目』制定の主旨を述べる部分であるが、消息文のゆえか文意がいささかつかみにくい。古澤直人氏は、この箇所を以下のように解釈している(30)。

> ようするに、従者は臣下としての本分を全うし、子は親に対してよくいいつけを守り、妻は夫に従うならば、（＊式目の内容はそうした武家社会の良識に依拠しているので）よこしまな意図（の訴訟）は退け、正直（な訴訟）の言い分は認め、自然と住民が安心する方策になろうかと考えて、このように式条をつくりましたが、……

従うべき理解と思われる。『御成敗式目』の内容は、忠、孝、貞、といった武士社会の倫理観、武士道徳を前提に、それらに依拠してつくられたものなのであった。すでに第一節で見たように、泰時は『御成敗式目』を制定する貞永元年（一二三二）の前後、嘉禄元年（一二二五）と延応二年（一二四〇）に新制を施行している。そうした施策が儒教的徳治主義に基づくものであることは言うまでもない。そして、泰時の政策を継承し、二度に亘る武家新制を発布して、倹約と撫民をさらに強力に推し進めたのが、時頼であった。時頼の時代には、武士社会の倫理思想を一層強化するような傾向が見られたのではなかろうか。『沙石集』所載の唯一の時頼関連伝承が、ほかならぬ孝子顕彰説話であるのもゆえなしとしないように思われるのである。

　このことに関わって気になるのが、次に挙げる『吾妻鏡』建長二年（一二五〇）六月二十四日の記事である。

廿四日戊午。今日居㆓従佐介㆒之者、俄企㆓自害㆒。聞者競集、囲㆓繞此家㆒、観㆓其死骸㆒。有㆓此人之聟㆒。日来令二同宅一処、其聟白地下二向田舎一訖。窺二其隙一有下通二艶言於息女一事上。息女殊周章、敢不レ能二許容一。而令レ投レ櫛之時取者、骨肉皆変二他人一之由称レ之。彼父潜到二于女子居所一、自二屏風之上一投二入櫛一。息女不レ慮而取レ之。仍父已准二他人一欲レ遂レ志。于レ時不レ図而聟自二田舎一帰着、入二来其砌一之間、忽以不レ堪レ慙、及二自害一云々。聟仰天、非歎之余、即離二別妻女一。依レ不レ随二彼命一、此珍事出来。不孝之所レ致也。不レ能レ施二芳契一之由云々。剃其身遂二出家一修行、訪二舅夢後一云々。

鎌倉の佐介に住むひとりの男が自殺した。この男は娘夫婦と同居していたが、婿が一時田舎に下った隙に、こともあろうに実の娘に関係を迫る。娘は拒否するが、父親は、櫛を投げてそれを相手が受け取れば肉親の関係も他人に変じるのだという俗信に基づき、娘の居所に近づくと屏風越しに櫛を投げ入れる。と、娘は思わずその櫛を受け取ってしまった。そこで父親は思いを遂げようとするが、間一髪、婿が田舎から帰ってくる。父親は婿に現場を目撃されたのを恥じて自害した。ところが、仰天した婿は舅を失った悲嘆のあまり、妻を離縁してしまったという。婿の言い分はこうである。――こんな悲惨な事件が起こったのは、父親の命に従わなかった妻の「不孝」によるものだ。そんな女と結婚生活をつづけることはできない。――婿はその上、出家して修行に励むと、舅の菩提を弔ったということである。

本条は時頼の治世下に起こった極めて風変わりな事件を伝えている。一見するとゴシップ風の記事にみえるが、それにしてもこの婿の行動はいかにも不自然である。が、見方を変えれば、妻の「不孝」をなじり、血のつながりを持たぬ義理の父親のために出家までして菩提を弔うという点では、婿はまぎれもない「孝子」であるとも言える。「『吾妻鏡』に登場することからして、舅も婿も御家人クラスの人物であろう(31)」と推定されるが、仮にこの事件が実話に近いものだとすれば、建長年間の独特の社会的雰囲気がこうした人物の行動に影響を与えた可能性も考えられるのではなかろうか。つまり本条の背後に、武家倫理が非常に強化された時頼時代の雰囲気を読み取ることもできるのではないかと思われるのである。したがって、『沙石集』に時頼自身の孝子顕彰説話を含む徳目説話群が収められる背景も、時頼時代の社会的雰囲気との関わりにおいて捉える余地が十分にあるのではなかろうか。(32)

六　無住と武家新制

ここで再び武家新制に話題を戻し、時頼の新制が発布された当時の無住の置かれた状況を確認しておくことにしたい。実は、その頃、無住は西大寺流律宗と濃密な交渉をもっていたのである。以下、『雑談集』巻三「愚老述懐」の記述と照らし合わせながら略述する。

建長四年（一二五二）、西大寺流の忍性が関東に下り、十二月には常陸国三村寺に入った。(33)この年、無住は常陸在住の二十七歳、「二十七歳ノ時、住房ヲ律院ニナシテ」（『雑談集』）と、師匠から譲られた僧房を律院としている。無住が西大寺流律宗の教線に触れたことは間違いあるまい。(34)翌建長五年（一二五三）は時頼の最初の武家新制が発布された年である。無住は「二十八歳ノ時、遁世ノ身ト成テ、律学六七年」（同）と住房を離れて南都に遊学し、(35)これから本格的に律を学ぼうとする出発点に立っていた。さて、無住が「律学六七年」をちょうど終えた頃、文応元年（一二六〇）は時頼二度目の武家新制（弘長新制）が発布される前年にあたる。が、実は弘長新制に含まれる「造作事」や「仏事間事」など本章の考察で取り上げた一部の関連条文はすでにこの年に発布されているのである。(36)無住は、当時「三十五歳、寿福寺ノ悲願長老ノ下ニ、自リレ春至テレ秋、叢林ノ作法行レ之。律儀守リキレ之」

（同）と、春から秋にかけ鎌倉幕府膝元の寿福寺で栄西門流「悲願長老」朗誉のもと、「律儀」を守って修学に努めていた。翌弘長元年（一二六一）、六十一ヶ条の武家新制が発布された年には、無住は「三十六歳、菩提山ニ登テ、如レク形東寺ノ三宝院ノ一流肝要伝ヘ了シヌ」（同）と再び南都に赴き、菩提山正暦寺で東寺三宝院流の血脈を伝授される。さらに翌弘長二年（一二六二）、時頼の招きで西大寺の叡尊が関東に下向した[37]この年、無住は尾張長母寺に住することになるのである[38]。

　このように時頼の両度の武家新制が発布された前後十年ほどの時期は、無住の人生にとっての重要事が次々と起こったまさに激動の時代であった。とりわけ西大寺流律宗との関わりは深く、建長新制の発布時は律学開始直後、弘長新制の発布時は律の修学を終えて間もなくの時期に当たっている。また律の修学後、寿福寺で師事した朗誉は栄西の孫弟子にあたるが、「故建仁寺ノ本願僧正栄西ノ流ハ……戒律ヲモ学シテ威儀ヲ守リ」（『沙石集』巻十末―一三）と栄西門流は戒律重視の傾向が強かった。既に触れるところもあったように、武家新制が標榜する倹約撫民の精神は仏教の戒律と親和性の高い側面があった。弘長新制発布の翌年に、時頼が叡尊を鎌倉に招いているのもそのことを物語る。この点につき、吉田文夫氏は次のように述べている[39]。

> 　ここに幕府は積極的に『関東新制条々』にみられる如き法令の強化による社会不安の除去をはかり、叡尊の関東招請によって正法を高揚せんとしたものと考えられる。……要するに時頼が実時に命じて叡尊を招き、その始めから意図したものは自己の帰依のみならずかかる「関東平均」の戒律への帰依、云いかえれば倫理思想の強化にあったのである。

武家新制の発布、倫理思想の強化、戒律への帰依は、時頼政権の企図した一連の施策と捉えうるものであった。ちなみに、叡尊の弟子、性海が記した『関東往還記[40]』弘長二年六月八日条には次のように見える。

入レ夜、長綱朝臣参。依二此御下向一、関東諸人皆趣二断悪修善之道一、悉廻二理世撫民之計一云々。感悦不レ少之由頻称嘆。

ここには、叡尊の下向により、人々が戒律を重視し、「理世撫民」に配慮するようになったという関東における反応が語られている。

以上のことからすれば、とりわけ戒律への理解を深めていた時期の無住にとって、武家新制の発布を通して世上に醸される倹約と撫民の雰囲気は誠に好ましいものとして受け止められていたものと推察されるのである。

ところで、武家新制のもつ撫民倹約の精神と無住の親和性は、無住の人となりの面からも確認できよう。次に挙げるのは『雑談集』巻三「愚老述懐」の著名な一節である。

殊ニ朝夕無二用心一無縁ノ寺、一物モ不レ蓄、盗賊ノ恐ナシ。先年強盗寺ニ入テ、土蔵打破テ、「物有ト聞タレバ、犬屎ダニモナカリケル」トテ、腹立テ去了。其後ウトミテ入事ナシ。門不レ閉、鈎不レ懸、安穏ニ起臥第一ノ快楽也。楽天ガ云ハク、「楽ハ在二リ身ノ自由二一」。……述懐、

ヘツラヒテ富メル人ヨリヘツラハデマヅシキ身コソ心ヤスケレ

楽天ガ云ハク、「富貴ニシテモ亦有レリ苦、苦ハ在二リ心ノ危憂一、貧賤ニシテモ亦有レリ楽、々ハ在二リ身ノ自由二一」云々。処々ニ書キ侍ニヤ。愛シ思フマヽニ、楽天ノ言、常ニ思出シ侍リ。……

無住は、盗賊にも呆れられるという長母寺の清貧ぶりをやや滑稽味を帯びた筆で紹介した後、「愛シ思」い「常ニ思出」すという白居易の言葉を繰り返し引用しながら、貧しき身の気安さ、自由な気分を謳歌している。浅見和彦氏は「無住は豊満な財力といったものに対して嫌悪感を隠そうとしなかった。おそらく富貴というものがどうにも性に合わず、本質的に嫌いだったのかも知れない(41)」と指摘するが、その性格が武家新制と相性のよいもの

であったことは言うまでもない。

一方、撫民の精神に仏教の慈悲を見て取ることも、当時、仏教を信仰する者にとっては極めて自然な理解であったろう。第三節で触れた『広疑瑞決集』の著者信瑞も、同書の中で次のように述べている。

原《たづぬれば》夫れ釈教の慈悲、儒教の善政、詞ことに意同じ。内外の指帰この一事を根本とす。其余は枝葉也。然るを今世間を見るに、世の下るにしたがひて、地利の減ずることをわきまへず、人みな過差をこのみ、政に邪ありて、地を荒す。是によりて現世には利潤なくして、当来には悪報をまねくべし。　（巻四）

傍線部のように、仏教の「慈悲」と儒教の「善政」すなわち撫民的政治を同一範疇のものとして捉えているのである。こうした見方は同時代に広く行きわたっていたのであろう。建長四年（一二五二）成立の『十訓抄』[42]にも次の一節を認める。

すべて、慈悲、刑の疑はしきは、軽きにつくべきの由、法令の定めありとかや。されば、疑ひ犯すところの咎、なほきはめずして、その疑ひ残らむ輩におきては、君のため、世のため、させる苦しみあるまじくは、□付きて、その罪をなだめ、軽めむこと、ひとへに徳政なるべし。あまねき慈悲なるべし。　（十―七六）

無住の理解もこの点については同様である。

慈悲ハ菩提（ママ）ノ体、仏ノ心ナリ。小分ナル時ハ仁ト云ヒ、広大ナル時ハ慈悲ト名ヅク。……慈悲モソノ境ノセバキ時ハ、ナサケトモ仁トモイハル。　（『沙石集』巻五本―四）

国王ハ天下ノ父母トシテ、民ヲヤスメ、国ノ安穏ナラン為ナリ。サレバ、仁恵ヲ以テ王トス。仁ト云ハ情ケ、慈悲ノ心ナリ。恵トハ民ヲメグミハグヽム心ナリ。……四海ノ民クルシミテ、農桑、年貢、官物ヲ奉レバ、皆売リ失テ、人ノ苦ミモ不ㇾ知、国ノ煩モ不ㇾ思、君ニ忠ナク、民ニ仁ナキ百官、只僧ノ行徳ナキニ似リ。其費ヘ大ナルベシ。国王ヲバ天子トテ、天ニ代テ国ヲ安クシ、百官ハ王ノ徳ヲ分テ、王ニ代テ民ヲハグ、ムベキニ、当世ハ只国ノ煩ヒ、民ノ苦ノ官トコソミヘ侍レ。忠ヲイタス官少ク、仁アル人希ニノミナリユク事可レ悲。スベカラク内外ノ教ニ随テ、僧モ俗モ仁義ヲ守リ、悲智ヲ具シテ人ノ現前ノナヤミヲ信ジ、堅ク戒行ヲ守リ、仏道ニ思入ベキニヤ。　（同巻十末―一二）

傍線部のように儒教の仁と仏教の慈悲を重ね、仁ある人によって撫民的政治が行われない現状を波線部のように嘆いているのである。仏家にとって慈悲の重視はあまりに当然のことではあろうが、注意したいのは、無住がとりわけこの要素を大切に考えていたのではないかと思われる節があることである。『沙石集』において、無住が高く評価する遁世門の僧(43)には、しばしば「慈悲」の属性が強調される。

和州ノ三輪上人常観房ト申シハ、慈悲アル人ニテ、密宗ヲムネトシテ結縁ノ為ニ普ク真言ヲ人ニ授ケラル、聞ヘアリキ。　（巻一―四）

八幡山ニ清水ト云所ニ唯心房ノ上人トテ尊キ真言師アリキ。……慈悲深キ人ニテ、伝授モ安カリケルマ、ニ、遁世門ノ僧共多ク受法シケリ。　（巻二―七）

上野国新田庄世良田ノ本願栄朝上人ハ、ヤムゴトナキ上人、慈悲モフカク、智恵モ明ニシテ、坂東ノ諸国帰タリキ。　（巻六―六）

故荘厳院法印ハ、無二止事一、貴聞有シ上人也。……法印、慈悲ノ深キ人ニテ、訴詔(ママ)人ノ歎キ申事アレバ、御計候ヘト被申ケリ。　（巻七―一三）

南都ニ宗春坊トテ慈悲深キ上人有キ。　（巻十本―三）

上野国世良田ノ長楽寺ノ長老釈円房律師栄朝ハ、彼建仁寺ノ僧正ノ御弟子也。慈悲フカク徳タケテ、智行ナ

ラビナキ上人ト聞ヘキ。（巻十末―一三）

無住が好ましく思う遁世僧は、孤高のそれではなく、深い「慈悲」をもって他に働きかけを行う利他の僧であった[44]。こうした点にも、無住と武家新制との相性のよさが窺えると言えよう。

要するに、人柄といい、慈悲の姿勢といい、戒律への深い関心といい、無住という人間にとって、時頼時代の武家新制とそれによって惹起される撫民倹約の社会的雰囲気は、極めて高い共感を示しうる性質のものであったと推察されるのである。

おわりに

本章では、『沙石集』に認められる撫民的記事が、二度に亘る武家新制が発布された北条時頼の時代に形成された可能性が高いこと、さらに当時、西大寺流律宗と親密な交渉を有し、戒律に深い関心を示していた無住が、武家新制の喚起する撫民倹約の雰囲気を強い共感をもって受け止めていたであろうことを中心に論じてきた。最後に、無住による時頼評価に触れて章を閉じたい。

『沙石集』の末尾近くでは、無住自身その法流に連なる栄西について述べる中で、次のように時頼に言及している。

「我滅後五十年ニ禅門興スベシ」ト記シヲキ給ヘリ。興禅護国論ト云文ヲ作リ給ヘル其中ニアリ。其後、隆長老、初テ相尋、禅門ヲ檀那トシテ建長寺ヲ立、隆老、叢林ノ軌則、宋朝ヲウツシ行ヒ始ラル、滅後五十年ニアタル。建仁建長、文字相似、年号ヲ以寺号トセル風情モ昔ニタガハズ。相州禅門ヲバ彼僧正ノ後身ノ如

ク申アヘリキ。（巻十末―一三）

『興禅護国論』の未来記の文言に基づき、栄西の滅後五十年にして建長寺を建立し禅門を興隆させた時頼を、無住の周辺では栄西の生まれ変わりのように評判していたという。時頼については、『雑談集』巻三「愚老述懐」でも、「建仁寺ノ本願ノ再誕トモ云ヘリ」と栄西の後身説に触れるが、そこではさらに時頼を「故松下ノ禅尼」や「上東門ノ女院」（彰子）と並べて「此ノ人々、在家出家ハ云ベカラズ、聖霊ノ後身ニモヲハスランカシ。ヲロカニヲモハメヤ」と聖徳太子の生まれ変わりかもしれないとして、最大級の讃辞を贈っている[45]。

無住が時頼を高く評価する理由としては、もちろん無住自身記しているように、時頼が建長寺を建立し禅を興隆させたという功績によるところが何といっても大きいのであろう。しかしながら、本章で見てきたように、無住二十代から三十代にかけての春秋に富んだ時期、集中的な律の修学時代に肌で感じたであろう、時頼によって鼓吹された倹約と撫民の社会的雰囲気も彼の記憶に鮮やかに刻まれていたに違いない。

建長寺の建立供養が行われた建長五年は、時頼最初の武家新制が発布された年でもある。慈悲の心に基づく善政の治世者として、無住は時頼を「聖霊ノ後身」のごとく仰ぎ見ていたのではなかろうか。

〈注〉

（1）阿岸本では「故鎌倉右大将殿」、梵舜本では「故鎌倉ノ大将殿」とする。

（2）ちなみに実朝にも頼朝同様、撫民的姿勢が認められることについては、五味文彦「道家の徳政と泰時の徳政」（『鎌倉時代論』吉川弘文館、二〇二〇年、初出は二〇一〇年）、坂井孝一『源氏将軍断絶』（PHP新書、二〇二一年）、本書第一部第三章参照。なお、本章旧稿初出後、山本みなみ「慈円書状をめぐる諸問題」（元木泰雄編『日本中世の政治と制度』吉川弘文館、二〇二〇年）は、「慈円自筆書状写」（京都市竹僊堂所蔵「手鑑」所収）の記載に基づき、「実朝期に上洛計画があり、その風聞が京都に住む慈円の耳にも届いていた事実」を指摘、「『沙石集』の説話は、史実のある程度を反映した内容とみてよかろう」と推測している。本伝承の登場人物が頼朝から実朝に入れ替わるに際し、この「史実」が「反映した」可能性は確かにあろう。

（3）網野善彦『蒙古襲来』（小学館、一九七四年）など参照。

（4）水戸部正男『公家新制の研究』（創文社、一九六一年）、稲葉伸道「新制の研究――徳政との関連を中心に――」（『日本中世の国制と社会』塙書房、二〇二三年、初出は一九八七年）。武家新制については、両氏の論に導かれるところが大きい。

（5）注4水戸部氏前掲書、稲葉氏前掲論文。

（6）注4水戸部氏前掲書。

（7）注4稲葉氏前掲論文。

（8）注4水戸部氏前掲書、稲葉氏前掲論文。

（9）武家新制の引用は、佐藤進一・池内義資編『中世法制史料集』第一巻（岩波書店、一九五五年）による。字体を通行のものに改めるなど、表記上、私に手を加えた箇所がある。

（10）市川浩史「「善政」の系譜――「撫民」の意義にそって――」（『安穏の思想史』法藏館、二〇〇九年、初出は二〇〇三年）。

（11）注10市川氏前掲論文。

（12）三木紀人「無住の出自」（『研究紀要（静岡女子短期大学）』第一三号、一九六六年）、山野龍太郎「無住の作善活動と中条氏との交流」（小島孝之監修『無住――研究と資料』あるむ、二〇一一年）参照。

（13）『吾妻鏡』建仁元年（一二〇一）十月六日条、寛喜三年（一二三一）三月十九日条、貞永元年（一二三二）十一月十三日条。なお、長又高夫「寛喜飢饉時の北条泰時の撫民政策」（『御成敗式目編纂の基礎的研究』汲古書院、二〇一七年、初出は二〇一三年）参照。

(14)『明月記』寛喜二年（一二三〇）十月十六日条に「……万邦之飢饉、関東権勢已下減二常膳一之由、閭巷説満レ耳云々」（徳大寺本の影印による。返り点など私）と見える。

(15)同じく『沙石集』巻三に含まれる、裁判における名君ぶりを伝える「泰時伝説」も、時頼時代に形成された可能性が十分にあろう。『吾妻鏡』正嘉二年（一二五八）十月十二日条は「今日評議。被二仰出一曰、自二嘉禄元年一至二仁治三年一御成敗事、准二三代将軍幷二位家御成敗一、不レ可レ及二改沙汰一云々」と、時頼が「泰時の行なった政治を先例として固定し、これを改変しないものとした」「泰時を神聖視するような法令」（奥富敬之『時頼と時宗』日本放送出版協会、二〇〇〇年）を発布したことを記しており、「泰時伝説」が流布する土壌が整いつつあることを窺わせる。なお、この点に関しては、すでに上杉和彦氏も「『沙石集』の泰時関連説話は、政治家泰時のかくれた一面が忠実に描かれたものというよりは、時頼に代表される、無住と同時代の武家権力者の統治に対する社会意識を通して形成されたものと認識すべきではないだろうか」と指摘している（「中世の紛争解決と仏教説話――『沙石集』を中心に――」『鎌倉幕府統治構造の研究』校倉書房、二〇一五年、初出は二〇〇二年）。

(16)引用は、川端善明・荒木浩校注『古事談 続古事談』〈新日本古典文学大系〉（岩波書店、二〇〇五年）による。

(17)注16前掲書六五九頁脚注。

(18)注16前掲書六一五頁脚注。

(19)引用は、小峯和明校注『今昔物語集 二』〈新日本古典文学大系〉（岩波書店、一九九九年）による。

(20)引用は、国文東方仏教叢書による。字体を通行のものに換えたほか、一部句読を改めた。なお、本書については、多賀宗隼「鎌倉時代の思潮――御家人をめぐって――」（『論集 中世文化史 上』法藏館、一九八五年、初出は一九七九年）、伊藤唯真「中世武士の撫民思想と念仏者の治世論――信瑞の『広疑瑞決集』をめぐって――」（『浄土宗史の研究』法藏館、一九九六年、初出は一九七四年）、本郷恵子「鎌倉期の撫民思想について」（鎌倉遺文研究会編『鎌倉期社会と史料論』東京堂出版、二〇〇二年）、前島信也『敬西房信瑞の研究』（法藏館、二〇二一年）参照。

（21）本章旧稿初出後、前島信也「『広疑瑞決集』――説話文学の受容――」（注20前掲書）が、『広疑瑞決集』における『続古事談』を含む説話文学全般の受容状況について明らかにしている。

（22）注20多賀氏前掲論文。

（23）引用は、新訂増補国史大系による。

（24）引用は、続神道大系による。

（25）本話の出典については、本書第一部第六章参照。

（26）武家新制の中でも、もっとも戒律と関わり深いのは殺生禁断条文であろう。弘長新制には「六斎日幷二季彼岸殺生禁断事」「鷹狩事」の両関連条文がある。中澤克昭「殺生と新制――狩猟と肉食をめぐる幕府の葛藤」（『東北学』第三号、二〇〇〇年）は、弘長新制のうちの殺生禁断条文、およびその前年の文応元年に出された殺生禁断令について、「いずれも、幕府の殺生禁断令としてはこれまでになく長文で、「殺生」を最悪の「罪業」とし、「仏教の禁戒」の重さを説くあたりも、これまでの幕府法にはみられなかった」と指摘している。『沙石集』の殺生関連説話の形成にも、そうした時代の雰囲気は当然影響を与えているであろう。

（27）注4水戸部氏前掲書。

（28）伊藤聡「無住と中世神道説――『沙石集』巻一第一話「太神宮御事」をめぐって――」（『中世天照大神信仰の研究』法藏館、二〇一一年、初出は二〇〇〇年）。

（29）引用は、笠松宏至他校注『中世政治社会思想 上』〈日本思想大系〉（岩波書店、一九七二年）による。

（30）古澤直人「御成敗式目制定の思想――二通の北条泰時書状の分析を中心に――」（『中世初期の〈謀叛〉と平治の乱』吉川弘文館、二〇一九年）。ただし、引用部分のうち「＊印の補足は笠松宏至氏のご教示による」とする。

（31）秋山哲雄『都市鎌倉の中世史』（吉川弘文館、二〇一〇年）。

（32）一例を挙げれば、『沙石集』の徳目説話群の中には白河院の殺生禁断令を母親のために破った孝子の説話（巻七―八）が存する。白河院の殺生禁断令を侵犯する類話はすでに『古事談』（一―八一）にも認められるが、それが『沙石集』

と同様の孝子譚のかたちをとるのは建長四年（一二五二）成立の『十訓抄』（六―一九）からであり、こうした孝子説話形成の背景にも倫理思想が強化された時頼時代の社会的雰囲気を想定することができるかもしれない。ちなみに、海老名尚「北条得宗家の禅宗受容とその意義」（『北海史論』第二〇号、二〇〇〇年）は、時頼の禅宗受容の契機として、「為政者としての資質の修養」「儒教的徳目の身体化」を指摘している。

(33)『性公大徳譜』（田中敏子「忍性菩薩略行記（性公大徳譜）について」『鎌倉』第二一号、一九七三年）。

(34) 注12三木氏前掲論文。

(35)『雑談集』巻三「愚老述懐」には「二十九歳、実道坊上人ニ止観聞レ之」と記されているが、山田健二「無住の見た風景を歩く――『沙石集』『雑談集』を手がかりとして――」（注12前掲書、初出は二〇〇五年）は、「実道坊上人は土浦市宍塚般若寺に住んでいたと考えられる」とし、無住は「二十九歳の時に般若寺にいた師の実道坊上人（源海）によって上洛の機会をつかみ、常陸国を離れて南都（奈良）で律学の修行を始めたと考えられる」と推定している。

(36)「造作事」の冒頭には「文応奉行長泰」、「仏事間事」の冒頭には「文応奉行政所」の傍書があるが、こうした点について、佐藤進一氏は「猶、条文中、随所に「建長行一」「延応行願」「弘長政所」などの傍書が見えるが、この年号は同一の規定が他の時期にも発布せられたことを示すものであり、人名、役所名はその時々におけるその条項担当の奉行人乃至奉行機関を示すものである。かかる新制ことに倹約規定においてくり返し同一内容のものの発布されることは、三代制符其他公家の新制について十分知られている所である」と指摘している（注9前掲書補注37）。したがって、「仏事間事」および「造作事」の当該条文は、すでに「文応」年中に発布されていたことが判明する。

(37)『関東往還記前記』（東洋文庫）。

(38) 注12三木氏前掲論文。

(39) 吉田文夫「西大寺叡尊の東国下向」（『日本名僧論集五　重源　叡尊　忍性』吉川弘文館、一九八三年、初出は一九六二年）。

(40) 引用は、細川涼一訳注『関東往還記』〈東洋文庫〉（平凡社、二〇一一年）所収の翻刻により、返り点を補った。

(41) 浅見和彦「兼好の関東居住体験――「節倹」と「撫民」」(『東国文学史序説』岩波書店、二〇一二年、初出は二〇〇四年)。浅見氏はまた、節倹の思想が中世鎌倉の特徴的思想であることを論じ、この思想に共鳴する点で、無住は北条泰時や時頼、松下禅尼や安達泰盛、さらには兼好に近い位置にあることを説いている。ちなみに、最近、王薈媛「無住と『寒山詩集』」(『説話文学研究』第五八号、二〇二三年)は、無住の著作と『寒山詩集』との関係について詳細に検討し、無住の貧富観の背景に「寒山のイメージ」への共感があることを論じている。

(42) 引用は、浅見和彦校注・訳『十訓抄』〈新編日本古典文学全集〉(小学館、一九九七年)による。

(43) 本書第一部第四章参照。

(44)『沙石集』では大御室性信についても「大御室ハ、殊ニ慈悲深クシテ」と語られている(巻十本―八)。性信はもとより遁世僧ではないが、金剛王院僧正実賢は「御室ハ……遁世門御振舞ニテ室ニ引籠テ、昔ヨリ御室ト申ス」と語っており(同)、無住も同様の認識をもっていた可能性があろう。ちなみに、この慈悲の姿勢が『沙石集』の性信説話の特色であることについては、かつて『古事談』の同話との比較を通して、小林直樹「『古事談』性信親王説話考」(浅見和彦編『『古事談』を読み解く』笠間書院、二〇〇八年)で指摘したことがある。

(45) ちなみに『雑談集』巻三「愚老述懐」では、北条時頼を「故最明寺ノ禅門」、北条貞時を「相州禅門」と呼び分けている(注41浅見氏前掲論文)が、後者については長らく時頼のことと誤解されてきた。

第三章　無住と実朝伝説――『沙石集』の源実朝像

はじめに

鎌倉時代の遁世僧無住の著した『沙石集』には源実朝の挿話が三話収められる。[1] 無住は、承久元年（一二一九）に実朝が暗殺された七年後、嘉禄二年（一二二六）の生まれであるから、両者の生涯が交わることはなかった。だが、実朝の父頼朝の寵臣梶原景時の子孫として生を受け、[2] 実朝との関わりも深い鎌倉寿福寺で学んだ無住にとって、実朝は浅からぬゆかりを感じさせる存在であったに違いない。

本書第三部第一章においては、『吾妻鏡』の「実朝伝説」とも称せらるべき実朝記事群を説話伝承研究の視角から分析し、その実朝像が聖徳太子と重ね合わせにして描かれていることとともに、為政者としての意識が濃厚に窺われる人物像となっている点について論じているが、その像は近年、歴史学の研究によって明らかにされつつある実朝像[3]とも重なるものである。

「実朝伝説」ということでいえば、『沙石集』の「伝説」も、『吾妻鏡』のそれと並ぶ十三世紀の伝承として非常に貴重なものであるにもかかわらず、これまで注目されることはほとんどなかった。本章では、『沙石集』が伝える三つの「実朝伝説」を通して、実朝が没後、無住と同時代のひとびとにどのような人物として受け止められていたのか、その像を明らかにしたい。

一　為政者としての実朝像

最初に取り上げるのは、米沢本『沙石集』巻三第三「訴詔(ママ)人ノ蒙レ恩事」に含まれる以下の挿話である。

故鎌倉ノ大臣殿ノ御京上《キヤウジヤウ》アルベキニ定リケル。世間ノ人、内々歎キ申ケレドモ、事ニ顕レテ申事ナカリケリ。サスガニ人ノ歎キニヤト思給テ、人々京上アルベシヤイナヤノ評定《ヒヤウヂヤウ》アリケルニ、上ノ御気色《キシヨク》ヲ恐テ、子細申人ナカリケリ。

故筑後前司入道知家、遅参ス。此事、意見申ベキヨシ御気色アリケレバ、申サレケルハ、「天竺ニ師子ト申ス獣《ケダモノ》ハ、一切ノ獣ノ王ニテ候ナルガ、余《ヨ》ノ獣ヲ損ゼント思フ心ハ候ハネドモ、其音《コヱ》ヲ聞ク獣ハ、ミナ肝失イ、或ハ命《イノチ》タヘ候トコソ承ハレ。サレバ、君ハ人ヲ悩サントヲボシメス御心ハナケレドモ、人ノ歎キ争デカ候ハザラン」ト申サレケレバ、「御京上ハ留リヌ」ト仰アリケル時、万人悦ビ申ケリ。

「聖人ハ心ナシ。万人ノ心ヲモテ心トス」ト云ヘリ。人ノ心ノネガフ所ヲマツリゴト、ス、コレ聖人ノ質ナリ。賢王世ニ出ヅレバ、賢臣機ヲタスケ、四海シヅカニ、一天穏《ヲダヤカ》ナリ。

「故鎌倉ノ大臣殿」すなわち源実朝が上洛することとなった。人々は内心では経費負担の重さを嘆いたけれども、はっきりと不満の声を上げることはなかった。とはいえ、さすがに実朝も人々の心中を慮り、上洛の是非を決する評定を行った。だが、将軍への遠慮から誰も異議を唱えることができない。そこへ「故筑後前司入道知家」すなわち八田知家が遅参する。実朝に促された知家は、天竺の獅子の例証を挙げ、たとえ将軍にその意図がなくとも「人ノ歎キ争デカ候ハザラン」と諫言し、実朝も翻意、ついに上洛は中止と決定した。それは万人の喜び迎えるところであった。

八田知家が遅参しながらも、将軍から咎めを受けることもなく、かえって諫言を行うという展開に、実朝と知家の信頼関係が窺える話であるが、注目されるのは、話末に記された無住の評言である。「人ノ心ノネガフ所ヲマツリゴトトス、コレ聖人ノ質ナリ」と、人々の願うところを実現する政治を行うのが「聖人」の姿であるとして、撫民を実践した実朝を「聖人」と重ね、さらに、「賢王世ニ出ヅレバ、賢臣機ヲタスケ」と、「賢臣」知家に対し、その諫言を受け容れた実朝を「賢王」と称揚する。ちなみに、傍線部の「聖人ハ心ナシ。万人ノ心ヲモテ心トス」という金言は、『老子道徳経』に淵源するもの[4]だが、無住は、これを愛読してやまなかった智覚禅師延寿の『宗鏡録』から引用しているものと考えられる。[5]

先徳云、「若離㆓方言㆒、仏則無㆑説。聖人無㆑心、以㆓万物心㆒為㆑心。聖人無㆑身、亦以㆓万物身㆒為㆑身。即知、聖人無㆑言、亦以㆓万物言㆒為㆑言矣」。（巻二九、大正新脩大蔵経第四八巻583c）

（先徳の云はく、「若し方言を離れては、仏則ち説無し。聖人は心無し、万物の心を以て心と為す。聖人は身無し、また万物の身を以て身と為す。既に知んぬ、聖人は言無し、また万物の言を以て言と為す」と。）

『宗鏡録』由来の金言と重ねるところに、無住の実朝への好感のほどが窺えよう。

実は、第二章でも指摘したことだが、本話には『吾妻鏡』建久元年（一一九〇）十月三日条に類話関係にあると思われる記事が存している。そこでは、源頼朝が初の上洛に向けてまさに鎌倉を出発しようとしている折に、八田知家が遅参する。頼朝は機嫌を損じながらも、上洛の際の行列の先陣、後陣を誰がつとめるべきか、また自身の乗馬にはどの馬を用いたらよいのか、と下問するのに対し、知家が的確な進言を行って容れられるという内容である。こちらも将軍と知家との厚い信頼関係が窺える挿話といえよう。

両記事は、話の骨格において共通しているが、知家伝承としては、おそらく『吾妻鏡』の頼朝との組み合わせが本来のかたちで、『沙石集』の実朝とのそれは、知家晩年の「入道」後の事績と見なした一種の異伝に属するものであろう。将軍が頼朝から実朝に入れ替わるのは、ひとつには、実朝には生涯上洛の機会がなかったため、上洛中止という話柄にはより相応しいと判断される面があったことによろう。(6) だが、ここで注意すべきは、『沙石集』の伝承では『吾妻鏡』にはない撫民の要素が主題となっていることである。この点については、北条時頼の治世下に、時の将軍宗尊が、正嘉二年（一二五八）と弘長三年（一二六三）の二度にわたり、「民間有レ愁之故」（『吾妻鏡』正嘉二年八月二十八日条）、「為レ休二弊民煩一」（同弘長三年八月二十五日条）に上洛を延期した事実が投影しているものと思われ、本話は、撫民の奨励を一つの柱とする両度の武家新制を発布した北条時頼の時代の撫民的雰囲気の中で形成されたものではないかとの私見を、すでに第二章で示したところである。ただし、かかる伝承の変容過程で頼朝から実朝への交替が行われた背景には、実朝が撫民的な側面において、頼朝よりもむしろ親和的なイメージをもって迎えられていた可能性も考えられるのではなかろうか。

実朝の撫民的施策については『吾妻鏡』に記事が散見するが、(7) 実際、実朝の歌集『金槐和歌集』(8) の六一九歌は撫民の姿勢が顕著に表れている歌としてよく知られている。(9)

建暦元年七月、洪水天に漫《はびこ》り、土民愁嘆せむことを思ひて、ひとり本尊に向ひたてまつり、いささか祈念を致して曰《いは》く

時により過ぐれば民の嘆きなり八大龍王雨やめたまへ

これらに加え、さらに実朝の同時代人の証言もある。「応保の聖代」（一一六一～一一六三年）に生まれて「六十余廻《めぐり》の星霜をかさね」、「貞応の今」（一二二二～一二二四年）「是を記せり」と序にいう、京の作者の手になる

『六代勝事記』[10]では、実朝について次のように語っている。

右府、内には玄元氏の先実をならひ、外には黄石公が兵略をふる。執権十六年の間、春の露のなさけくさばをうるほし、夏の霜の恨《うらみ》、折寒になす。一天風やはらかに、四海波たゝず。家は夜半のしぐれのもらざればふかず。ふすまはあか月の嵐のすきまをふせぐばかり也。倹なる者をすゝめ、奢なる者をしりぞけられしを、…

この後、晩年には「ことわりもむなしく、あはれみわすれて」善政から遠ざかったと語られるものの、前半生における実朝の撫民的姿勢、とりわけ傍線部の「家は夜半のしぐれのもらざればふかず。ふすまはあか月の嵐のすきまをふせぐばかり也」という徹底ぶりは、実朝の側近く仕え、後に執権となる北条泰時が「民ノ煩ヲ思テ、ツイニ造作ナカリキ」と、自邸に築地も堀も造らず隙間だらけの板塀だけですませていたと語る『沙石集』の「泰時伝説[11]」を髣髴させる趣である[12]。

話題を本話に戻すなら、ここに登場する八田氏は無住にゆかりの氏族であり[13]、該話はおそらく八田氏周辺で、「賢臣」知家の誉れを伝える挿話として伝承されていたものと思われる。そうとすれば、鎌倉幕府の有力御家人の間でも実朝の徳政・善政のイメージが根付いていたことの、本話は証左といってもよいであろう。ともあれ、本話には為政者としての意識を十全に備えた実朝像が結ばれているといえよう。

二　信仰者としての実朝像

次には、巻五末第五「有心ノ歌事」に収められる、以下の和歌をめぐる記事を取り上げる。

鎌倉ノ右大臣殿御歌ニ、

ナルコヲバヲノガ羽風ニマカセツ、心トサハグ村スヾメ哉

此歌ハフカキ心ノ侍ルニヤ。法華ニハ「諸法従本来、常自寂滅相」ト説キ、古人ハ「万法本閑《マンボウモトシヅカ》ナリ、人《ヒト》自閙《ミヅカライソガハシ》」ト云テ、諸法ハ本ヨリ寂滅安楽ニシテ、生死去来ノ労ナキニ、一念ノ迷心ヨリ六塵ノ妄境ヲ現ジ、空ク煩悩ヲオコシ、業ヲ作テ、其中ニ苦患ヲウケ、三悪八難ノヨシナキ処ヲ見イダシテ、恐レ苦《クルシ》ム事、雀ノナルコヲウゴカシテ、ヲノレトヲドロキ噪《サハグ》ニ似タルヲヤ。

この和歌については、日本古典文学大系が「但し実朝には次の歌はなく、類従本撰集抄五「乞食僧向二覚尊一歌読事」に、乞食僧の歌として、三句「ゆるかして」に作り載せる」とし、次いで新編日本古典文学全集が「実朝の歌の中には見えない。『撰集抄』巻五には覚尊聖人の歌として記載される。覚尊は『発心集』巻二には、「東塔の鎌倉に住む覚尊上人」とある。誤伝があるか。「群れているをのが羽風に波立てて心とさわぐ浦千鳥かな」（北院御室集）の類歌がある」と注するように、伝承歌の一種である。それが、ここでは実朝の歌と伝えられているのである。鳥や猪鹿を追い払うため田畑に仕掛けられた鳴子を自分の羽風で揺らしておきながら、その音にあわて動揺する愚かな雀たちを詠んだ当歌を、無住はどのように解釈しているのか。

まず、「此歌ハフカキ心ノ侍ルニヤ」と歌の深意に思いを致し、『法華経』方便品から「諸法従本来、常自寂滅相」（諸法は本より来《このかた》、常に自ずから寂滅の相なり）[14]の句を引用、つづいて「古人」の言葉として傍線部「万法本《マンボウモト》閑《シヅカ》ナリ、人自閙《ヒトミヅカライソガハシ》」を引き、以下敷衍していくが、実はこの傍線部、既に指摘があるように[15]、無住はやはり『宗鏡録』に依拠しているのである。

故経偈云、「勤二念於無念一、仏法不レ難レ得。何謂レ不レ難レ得。以二無念一故、万境不レ生、当処解脱。若有二念

起一非三独開二悪趣之門一、二十五有一時倶現。故知、万質皆従レ念異、十二之類縦横、千差尽逐レ想生、八万之門競起」。如二信心銘云一。「眼若不レ睡、諸夢自除。心若不レ異、万法一如。以下諸法無体、従二自心一生上、心若不レ生外境常寂」。故云、「万法本閑、而人自鬧」。（巻九一、大正新脩大蔵経第四八巻912b）

（故に経の偈に云はく、「無念を勤念せば、仏法得難きにあらず。何をか得難きにあらずと謂《い》ふ。無念を以ての故に、万境生せず、当処に解脱す。若《も》し念の起こること有らば、独り悪趣の門を開くのみにあらず、二十五有、一時に倶《とも》に現ず。故に知んぬ、万質は皆念に従ひて異なれば、十二の類、縦横なり。千差、尽《ことごと》く想を逐《お》ひて生ずれば、八万の門、競ひ起こる」と。信心銘に云ふが如し、「眼若し睡《ねむ》らずは、諸夢自ずから除かれむ。心若し異ならずは、万法一如なり。諸法は無体にして、自心より生ずるを以て、心若し生ぜずは、外境常に寂なり」と。故に云はく、「万法は本閑《しづか》なれども、人自ら鬧《いそがは》し」と。）

諸法、すなわちあらゆる存在は、本来、姿形をもたず、したがってありのまま真実であるはずなのに、心の作用によってその姿形が現れることになる。悪趣はもとより、衆生が流転輪廻する二十五有という迷いの境界や、十二類生といった衆生の区別のあり方も、すべて心のはたらきから生じるものなのである、という。ここでの『宗鏡録』の論説の趣旨は、傍線部のみならず、無住の説くところと概ねと重なるといってよい[16]。ちなみに、『撰集抄[17]』巻五第五話では、当歌について次のように述べている。

げに、むら雀のおのが羽風になるこゑをばゆるがして、なるこゑにさわぐなる様に、心がとにかくに思ひつけ、物を分けおきて、かへりてこれにまどふに侍り。此歌は、唯識を思ひ入りてよめりけるなるべし。

無住も、おそらく実朝が「唯識を思ひ入りてよめりけるなるべし」と考え、「フカキ心ノ侍ルニヤ」と評したのであろう。

無住がこの伝承歌をどこで入手したのかは不明であるが、一つの可能性として、実朝ゆかりの寺、鎌倉寿福寺を想定することができるかもしれない。無住は三十五歳の時、寿福寺の悲願長老朗誉のもとで修学しており（『雑談集』巻三「愚老述懐」）、実は次節で取り上げる実朝第三の挿話も寿福寺で入手しているからである。

実朝は、母北条政子の創建にかかるこの寺に足繁く通い、開山長老栄西およびその弟子第二世行勇に師事した。実朝と二人の師僧をめぐる『吾妻鏡』の記事は多く、彼らの信仰が実朝の精神世界に与えた影響ははかりしれない[18]。二人のうち栄西は二度にわたって入宋し、『宗鏡録』を披見していたこと、その著『興禅護国論』における引用[19]から明らかである。行勇についても、詳細は不明ながら、入宋の可能性が指摘されている[20]。こうした環境の中でなら、当歌が実朝歌として伝承されるのも自然なことのように思われる。また、無住があえて『宗鏡録』を引きながら、この歌の唯識的背景を論じようとしたこともうなずけるように思うのである。

ともあれ、この歌をめぐる記事からは、唯識を解する信仰の人としての実朝像が浮かび上がってくるといえよう。

三　信仰者と為政者の相克する実朝像

最後、『沙石集』三つ目の実朝挿話は、巻七第一三「師ニ礼有ル事」で語られる。前節でも触れた、寿福寺第二世長老行勇と実朝の師弟関係をめぐる話である。

故荘厳院法印ハ無《ナク》二止事《ヤンゴト》一貴キ聞《キコ》へ有シ上人也。鎌倉ノ右大臣殿ノ御帰依重クシテ、師弟ノ礼ヲ存ジ給ヘリ。法印、慈悲ノ深キ人ニテ、訴詔《（ママ）》人ノ歎キ申事アレバ、「御計候へ」ト被レ申ケリ。彼ノ申サル、事ヲバ一事モ背キ給ハズ、ヤス〳〵ト叶ケリ。

　サテ、彼モ是モ申ケルヲ、常ニハ申入ラレケルヲ、「世間ノ様《ヤウ》ハ、一人ハ悦《ヨロコ》ベドモ、一人ハ歎《ナゲク》事也。御綺《イロヒ》ナ候ソ。但シ、仰セヲバタガヘジト思給ヘバ、此計ハ承リヌ。自今以後《ジコンイゴ》ハ御口入《ゴクニウ》アルベカラズ」ト仰ケルヲ、「承ハリヌ」ト申給テ、アナガチニ歎キ申人アレバ、心ヨワク、「是計《コレバカリ》〳〵」ト度々《ドヾ》申サレケル程ニ、以《モツテ》ノ外《ホカ》ニ大事ニイロイ申サレケル時、「度々申テ候ニ、御承引ナクテ御綺《イロヒ》候事、心得ラレ侍ラズ。国ノ政法ハ偏頗《ヘンパ》ナキ物ニテ候物ヲ、自今以後ハナガク申承リ候マジ」ト、アララカニ御返事アリケレバ、恐入テ、退出セラレヌ。

　其後ハ、音信《インシン》不通《フツウ》シテ、七十余日ニ及ビヌ。大臣殿、夜半計ニ俄ニ、寿福寺ヘ入御アリ。御共ノ人、僅ニ両三人ゾアリケル。人、是ヲ不レ知。門ヲ扣《タヽ》クニ、「タソ」ト問ヘバ、「御所ニイラセ給」ト云。法印ヲドロキテ、奉レ入二大臣殿一ヲ。無二左右一法印ノ足ヲ頂戴シテ、泣〳〵仰セラレケルハ、「師コソ弟子ヲバ勘当スル事ニテ侍ルニ、御弟子トシテ勘当シ奉ル。言《コトバ》ヲタガヘジトテ、百日ガ程ハ申承ハラジト思給ツレドモ、シノビカネテ参タル由」宣テ、ハラ〳〵ト泣給ケレバ、法印モ涙ヲ流シテ、「御勘当蒙ルモ可レ然事、又カク御ユルシ候モ可レ然事ニコソ」トテ、遥々御物語アリケリ。此事ハ、彼寺ノ老僧、語リ侍リキ。

　大臣殿ニ宮仕タル古人ノ語シハ、「御夢ニケダカゲナル俗ノ白ハリ装束ニテ、『イカヾ、貴《タツト》キ僧ヲバナヤマスゾ』ト、ノ給ト御ランジテ、驚テ、夜半計ニ急ギ寺ヘ入御《ジユギヨ》アリケル、トゾ承リシ」ト語リキ。信心ノ実《マコト》ニヲワシマシケレバ、若宮ノ御ツゲニヤ。

　師資ノ礼儀ヲ存給ケルコソ難《ガタク》レ有《アリ》ヲボユレ。


実朝は「故荘厳院法印」すなわち行勇に深く帰依していたが、「慈悲」の人であった行勇はしばしば訴訟人の依頼を受け、便宜をはかるよう実朝に申し入れた。「師弟ノ礼」を重んじる実朝は当初は師の意向を受け容れていたが、あまりに度重なるため、これが最後だと言い含める。だが、なお行勇の申し入れはつづいたため、実朝が為政者の立場から強くこれを拒否すると、その後音信不通となった。そのまま七十余日に及んだところで、実朝はついに堪えきれず、夜半にお忍びで寿福寺を訪れると、師への無礼を詫び、二人は和解する。

前述したように、無住は文応元年（一二六〇）、三十五歳の折に寿福寺で修学している。実朝没後四十一年、当時を知る僧はまだ存命だったようで、傍線部のように「此事ハ、彼寺ノ老僧、語リ侍リキ」と老僧からの直話であることを明かしている。さらに、点線部のように「大臣殿ニ宮仕タル古人ノ語シハ」と生前の実朝に仕えた人物の直話として、実朝が深夜行勇を訪ねたのは、直前に鶴岡八幡宮若宮の夢告があったからだという秘話もあわせ伝えている。

本話では、冒頭付近と話末の傍点部で強調されるように、「師弟ノ礼」「師資ノ礼儀」をわきまえた実朝の振舞いが主題となっているが、波線部に言及されるように、その前提には実朝の「信心ノ実《マコト》」があるといってよい。そして、本話において、実朝の信仰心や師への思いと対立するものとして現れるのが二重傍線を付した「世間ノ様ハ、一人ハ悦ベドモ、一人ハ歎事也」、「国ノ政法ハ偏頗《ヘンパ》ナキ物ニテ候」という為政者としての実朝の意識であろう。両者の相克に終止符を打つ役割を果たしたのが、『沙石集』の叙述によれば、鶴岡八幡宮若宮の夢告だったということになる。

ところで、既に指摘があるように[21]、本話には『吾妻鏡』建保五年（一二一七）五月十二日、十五日条に同源関係にある異伝が存在する。

十二日己丑。晴。寿福寺長老荘厳房律師行勇参二御所一。是所帯相論之輩事、引汲申之故也。而此儀已及二数度㆒之間、将軍家有㆓御気色㆒。以㆓広元朝臣㆒被㆓仰出㆒云、「三宝御帰依雖㆓甚重㆒、政道事頻以被㆑執㆓申之㆒。曾非㆓僧徒之行儀㆒。早停㆓止之㆒、可㆑被㆑専㆓修練㆒」云々。行勇心中恨㆑之、泣帰㆓本寺㆒、閉㆑門、云々。
十五日壬辰。陰。将軍家入㆓御寿福寺㆒。李部、武州等、被㆑候㆓御共㆒。是長老欝陶事、依㆑被㆓宥仰㆒也。行勇殊恐申。暫御㆓坐于禅室㆒、及㆓仏法御談話㆒、云々。

『吾妻鏡』の伝承では、実朝は大江広元を介して行勇への対応を行っており、また音信不通七十余日どころか、わずか三日後には実朝は寿福寺を訪れ、行勇を宥めたとされる。この伝承と対比させるとき、『沙石集』の説話においては、実朝が信仰心や師への思いと為政者としての意識との間で引き裂かれそうになる葛藤がよく表されているということができるのではなかろうか。おそらく真相に近いのは『吾妻鏡』の記事のほうであろう。だが、寿福寺に伝承された実朝像に信仰者としての面はもとよりとして、為政者としての側面までもが刻まれている点は甚だ興味深い。為政者としての意識をもった実朝像は、無住を含む鎌倉時代の人々の心象に意外と深く浸透していたのではなかろうか。

おわりに

本章では、『沙石集』における三つの「実朝伝説」について考察を加えてきた。それらは、実朝に仕えた御家人八田氏周辺と実朝が帰依した寿福寺とを主たる伝承空間とするものと推定される。その伝承圏を反映して、そこには為政者としての実朝と信仰者としての実朝、さらには両者の相克に葛藤する実朝像が刻印されていた。実朝の深い信仰心と為政者としての意識は、全体として『吾妻鏡』の「実朝伝説」からも窺えるものであり、また先にも触れたように、それは近年の歴史学の研究成果とも照応するところである。『吾妻鏡』同様、十三世紀の伝承を伝える『沙石集』の「実朝伝説」は、環境的に幾重ものゆかりを感じていたであろう無住が好意的な筆で描いているものだが、唯識など新しい時代装をまとった部分もあるにせよ、根本のところでは思いのほか実朝の真意を受け止め得ているのではなかろうか。

〈注〉

（1）このほか『沙石集』最終巻の栄西説話にも実朝が顔を覗かせ、『雑談集』巻六「錫杖事」では実朝の側近葛山景倫の遁世譚が語られている。

（2）無住は『雑談集』巻三「愚老述懐」で「先祖、鎌倉ノ右大将家ニ召仕テ、寵臣タリト云ヘドモ、運尽テ夭亡シ了ヌ」と記している。

（3）五味文彦『増補 吾妻鏡の方法――事実と神話にみる中世』（吉川弘文館、二〇〇〇年、原著は一九九〇年）、坂井孝一『源実朝――「東国の王権」を夢見た将軍』（講談社、二〇一四年）、同『承久の乱』（中公新書、二〇一八年）、同『源氏将軍断絶』（ＰＨＰ新書、二〇二一年）など。

（4）渡邊綱也校注『沙石集』〈日本古典文学大系〉（岩波書店、一九六六年）、小島孝之校注・訳『沙石集』〈新編日本古典文学全集〉（小学館、二〇〇一年）の頭注による。

（5）同様な文言は『沙石集』で何度か引用されるが、巻五本で和歌陀羅尼説に関わって引用される箇所について、すでに荒木浩「沙石集と〈和歌陀羅尼〉説――文字超越と禅宗の衝撃」（『徒然草への途――中世びとの心とことば』勉誠出版、二〇一六年）が、『老子道徳経』ではなく『宗鏡録』に依拠していることを指摘している。

（6）ちなみに、本章旧稿初出後、山本みなみ「慈円書状をめぐる諸問題」（元木泰雄編『日本中世の政治と制度』吉川弘文館、二〇二〇年）は、「慈円自筆書状写」（京都市竹僊堂所蔵「手鑑」所収）の記載に基づき、「実朝期に上洛計画があり、その風聞が京都に住む慈円の耳にも届いていた事実」を指摘、「『沙石集』の説話は、史実のある程度を反映した内容とみてよかろう」と推測している。本伝承の登場人物が頼朝から実朝に入れ替わるに際し、この「史実」が「反映した」可能性は確かにあろう。

（7）注3坂井氏前掲書参照。

（8）引用は、樋口芳麻呂校注『金槐和歌集』〈日本古典集成〉（新潮社、一九八一年）による。

（9）渡部泰明「実朝と音」（『中世和歌史論──様式と方法』岩波書店、二〇一七年、初出は二〇〇五年）は、当歌の詞書にある「建暦元年七月」に「帝王学の聖典である『貞観政要』を」「実朝は学んでいた」ことに着目、「建暦元年七月、関東に大雨は降らなかった、当該歌は、詞書も含め、『貞観政要』を読んで帝王のなすべき道に目覚めた実朝が、これまで学んだ漢学の知識などを動員しながら、紙上で試みた止雨の修法であった」という興味深い「仮説」を提示している。

（10）引用は、弓削繁校注『六代勝事記・五代帝王物語』〈中世の文学〉（三弥井書店、二〇〇〇年）による。

（11）本書第一部第二章参照。

（12）この「実朝伝説」と「泰時伝説」の重なりの様相と、五味文彦『源実朝──歌と身体からの歴史学』（KADOKAWA、二〇一五年）が、「実朝の最も直接的な影響を与えられたのは北条泰時であった。泰時は実朝より約十歳の年上で、頼朝の徳政に学び、実朝の徳政を支えてきたことから、承久の乱後の貞永元年（一二三二）にはその徳政の延長上で武家の法典『御成敗式目』（貞永式目）を制定した」（二六〇頁）と、両者の徳政について述べるところとの符合は極めて興味深い。

（13）三木紀人「無住の出自」（『研究紀要（静岡女子短期大学）』第一三号、一九六六年）、山野龍太郎「無住の作善活動と中条氏との交流」（小島孝之監修『無住──研究と資料』あるむ、二〇一一年）。

（14）新国訳大蔵経の訓読による。

（15）太田丈也「『沙石集』出典考──出典未詳箇所の典拠について──」（『龍谷大学大学院文学研究科紀要』第三七号、二〇一五年)。

(16) 無住は『宗鏡録』に典拠を求める際には、かなり文脈を意識した摂取を行っている。本書第一部第八章参照。

(17) 引用は、小島孝之・浅見和彦編『撰集抄』(桜楓社、一九八五年)による。

(18) 本書第三部第一章参照。

(19) 柳幹康「栄西と『宗鏡録』――『興禅護国論』における『宗鏡録』援用――」(『印度学仏教学研究』第六五巻第一号、二〇一六年)など。

(20) 中尾良信『日本禅宗の伝説と歴史』(吉川弘文館、二〇〇五年)、同『栄西――大いなる哉、心や――』(ミネルヴァ書房、二〇二〇年)。

(21) 土屋有里子「無住著作における法燈国師話――鎌倉寿福寺と高野山金剛三昧院――」(『国語と国文学』第七九巻第三号、二〇〇二年)。

第四章　無住と金剛王院僧正実賢

はじめに

金剛王院僧正実賢は東寺長者、醍醐寺座主をつとめた高僧[1]で、三宝院流と金剛王院流の両流を相承した人物[2]としても知られる。無住の著作には、『沙石集』と『雑談集』に複数の説話が収められるが、従来、無住との関係においては、ほとんど注目されてこなかった。だが、実賢の説話を丹念に読み解く時、無住がこの人物に対して少なからぬ関心と好意とを有していたことが看取されるのである。本章では、無住の実賢に対する関心のありようを具体的に検証するとともに、その関心がさらに実賢の法脈へと波及する様相を追跡したい。

一　山中の老僧の物語

まず最初に取り上げるのは、米沢本『沙石集』の最終巻、巻十末第一二「諸宗ノ旨ヲ自得シタル事」である。ここに所収の実賢説話は古本系統の米沢本で言えば、二丁半にも及ぶ分量をもち、『沙石集』中でも最も長大な説話に相当する。以下、簡単に梗概を紹介しよう。

「故金剛王院僧正実賢」が、晩年、ある弟子に語った物語である。実賢は、若き日、高野参詣の途中立ち寄った山賤の家で、老年の法師と出会う。法師は、かつて興福寺の学僧であったが、病に倒れた父親の看病に実家に戻った折、隣家の女と関係をもって落堕し、寺からは足が遠のいてしまっていた。だが、老年になるにつれ、再び学問への意欲がわき起こり、取り寄せた聖教を暇にまかせて熟読するうち、「仏法ノ大意」を会得したと言い、それについて実賢に語ってくれた。実賢は仏に出会ったような感銘を受け、願い出て、さらに一両月「法相ノ大綱」についても法師の講義を受けた。それは並の学僧の法門とは似ても似つかぬ実に「義理深」いものであった。一両年後、実賢は再び法師を訪ね、両三日「法門ノ物語」をしたが、以降は会う機会を得なかった。このような先達に出会えたことは、自分にとって「一期ノ思出」だと実賢は語ったという。

無住は本話の末尾に次のように記す。

彼孫弟子ノ僧ノ物語ナリ。随分ノ秘事ト思テ語キ。身ニモアリガタク覚テ、秘蔵ノ思ニ住シナガラ、心ノ底ニノコサンモ罪深ク覚テ、書置侍也。

本話の出所が実賢の「孫弟子ノ僧ノ物語」であると明らかにし、その弟子も「随分ノ秘事」として語ってくれたこと、自分もそれを聞いて感激し、「秘蔵」しようと思いながら、心底に留め置くのもかえって罪深く感じられて、こうして書き置く次第であるというのである。

無住は、この後、米沢本で言えば、さらに五丁分もの分量を費やして、右の老僧の物語について検証、敷衍しながら論述し、最後を次のように結ぶ。

……仏法ノ大綱、コノ心ヲ以テ弁エシルベシ。心アラン人、此物語ヲバ吉ク〳〵思ヒ入テミ給ベシ。スコブル秘蔵ノ物語ナリ。

「秘事」「秘蔵」と何度も繰り返されるこうした語り口からも、無住のこの老僧の物語に対する思い入れの深さが窺えよう。いま詳しくは触れないが、無住は本話の老僧が語る「仏法ノ大意」に触発されて、「格ヲコエテ格ニアタル」という菩薩の行に通じる人間の理想的な在り方[3]についても説き及んでおり、その流れは「格ニヨラズフルマ」ったとされる後続の栄西の伝にまで波及している。栄西が、無住の連なる法流のいわば源に位置する存在であることからすれば、老僧の物語が秘める意味合いはさらに重要性を増すことにもなろう。にもかかわらず、本話に登場する実賢にこれまで関心が払われてこなかったのは、ここでの実賢が専ら老僧の話の聞き手にまわっているせいだと思われる。しかし、実賢は老僧の物語に強く感銘し、当話を持ち伝えた重要人物なのである。その存在には、もっと光が当てられてしかるべきであろう。

さらには、説話中での実賢と老僧の次のやりとりも注目に値する。

大聖ノ出世ニアヘル心地セシカバ、アマリニ貴ク覚テ、「法相ノ大事、少々承ハラバヤ」トイヘバ、「君ハ智恵ノ相、御座ス。仏法ノ棟梁トナリ給べキ人トミ奉バ、カク申ス也」トテ一両日、法相ノ大綱談ズ。スベテ普通ノ学生ノ法門ニモニズ、実ニ義理深シテ智恵及ビガタシ。権者ニアヘル心地シテ、我身ノ一期ノ智恵ハ、カノ力ラ也。

老僧は実賢に「智恵ノ相」を看取し、将来「仏法ノ棟梁トナリ給ベキ人」であると予言する。一方その予言通り、東寺長者・醍醐寺座主に就任し「仏法ノ棟梁」となった実賢は後に振り返って、「我身ノ一期ノ智恵」は老僧からの賜物だったと全面的な感謝の念を表しているのである。本話には、実賢の「智恵」が、やはり深い「智恵」の持ち主である山中の老僧によって見出され、「仏法ノ棟梁」となるべき将来を保証されるという構造、「智恵」の人としての実賢を発見称揚する説話構造が確かに内在していると言えるだろう。

無住が「智恵」という要素を重視していたことについては、既に先行研究に指摘がある[4]。さらに、本話に関して、流布本系の本文では「彼僧正ハ、近比ノ智者ト聞エキ」（古活字本）というように、実賢を「智者」と評している。この「智者」も、無住の著作における鍵語の一つであること、次節で改めて触れるが、ともあれ、老僧の物語は「智恵」の人、「智者」である実賢を聞き手に得て初めて引き出されたものであり、無住が老僧のみならず実賢に対しても好感を持って接していることは間違いないところであろう。

二　「知法」「智者」「法愛」の人

『沙石集』にはもう一話、実賢の説話が収められるが、論述の都合上、先に『雑談集』の説話を見ておきたい。巻五「上人事」には実賢をめぐる次のような話が収められる[5]。

実賢が、「故金剛王院ノ厳海僧正[6]」の召し使っていた承仕法師が畑仕事をしているのを見かけ、「「故僧正御房」はどのような承仕をお使いでしたか」と尋ねたところ、承仕法師は「信のある者をお召し使いになられました。私は愚痴の者で深い法門など理解できませんが、「己ガ智恵ニテハ、深キ観心ハカナハジ。只、仏ヲ敬ヒ、ヲソレツ、シム事、我レ程ニ思へ」という僧正の言いつけをひたすら守って振舞いましたところ、僧正はその様子をご覧になって、私のことを信ある者とお思いになられたようです」と語った。実賢はそれを聞くと、「感涙ヲナガシテ、「已ニ学問シタリ」トテ、悦テ、一期ノ間、折節衣物タビ」たのであった。

前節で見た『沙石集』の老僧の説話の場合同様、ここでも実賢は承仕法師の話の聞き手にまわっており、勢い、説話の大半は承仕法師の言葉で占められることになる。本話の末尾に無住は次のように記す。

コレホドノ道理ハ人ゴトニ知リヌベシ。僧正モイカヾ知リ給ハザラムナレドモ、先達ノ口伝マコトニサルベシト感ジ思ハレケル。

承仕法師の語った話に含まれる「道理」自体は誰もが知っている常識的なものに過ぎないが、実賢は承仕の口を通して語られる「先達ノ口伝」を何より尊重しようとする姿勢を持っていたがゆえ、そこに含まれる「道理」に素直に心打たれたのであるとする。無住が、実賢のこうした姿勢に共感していることは言を俟つまい。

一方、本話の冒頭は以下のように始まっている。

故金剛王院ノ僧正実賢ハ、知法ノ人、智者ニテ、法愛ノ心フカクシテ、イカナル者トモ、野ノ中、路ノ辺ニテモ、法門物語セラレケルト云ヘリ。

ここに記される「知法ノ人」「智者」「法愛ノ心フカク」といった評語からも、無住の実賢に対する評価は自ずから窺えるように思う。この三つの評語について、以下検討してみよう。

まず「智者」について、米沢本『沙石集』で「智者」と称されている人物（固有名詞が明らかなもの）を挙げると、次のようになる。[7]

公顕（巻一―三）〔明遍による評価〕
貞慶（巻三―七）
戒賢論師（巻八―五）
僧賀・源信（巻十本―一）
明遍（巻十本―四）〔明遍の兄、覚憲、澄憲、静憲らによる評価〕
円爾（巻十末―一二）〔女人に憑いた霊による評価〕
貞慶・明恵（同右）〔女房に憑いた霊による評価〕

朗誉（巻十末—一三）〔兀庵普寧による評価〕

右のうちの過半は、〔 〕内に記したように、説話中の登場人物によって評されているものであるが、それはそのまま無住の評価と重なるものであろう。さらに「智者」と評される人物のうち、公顕については「道心アル人」、貞慶には「道心フカキ人」、貞慶・明恵には「真実ノ道心者」、朗誉には「智恵モ道心モアル上人」という評語が、それぞれ重ねて用いられており、これらの人物が高く評価されている様子が窺える。

次に「法愛」について。まず、『沙石集』では次のような用例が認められる。

世間ノ愛ヲステ、法愛マデニスツルヲ仏道ニ入ル人トス。（巻九—二五）

……実ノ道ニ入時ハ、法執トテ仏法ヲアイスルマデモ道ノサワリナリ。（巻十本—一〇）

ここでは、無住は仏教者の立場から、やや建前的に「法愛」に負の評価を下しているように見える。だが、無住の本音は『雑談集』の以下のような用例にこそ看取されると言うべきであろう。

……大乗ノ聖教ヲ翫デ、法門ノ愛楽、隔生ニモ不レ可レ忘歟。（巻一「三学事」）

多年、大乗ノ法門、愛シ翫ブ。（巻三「乗戒緩急事」）

サスガ法門ナドハ心ニ愛シ思侍ルマヽニ、同法等ト申シ談ジテ病身ヲヤスメ侍リ。同法ノ中ニ法愛ナル僧有テ、滅後ニ面談ノ思ニテ常ニ披覧之志侍リトテ、料紙ヲ用意セル事侍ルヲ感ジテ、任レ手ニ散々ト書散了ンヌ。（巻十「法華衣座室法門大意事」）

これらの箇所では、無住がいかに「法愛」の人であるかが彼自身の口から語られている。特に最後の用例では、『雑談集』という作品が、ある「法愛」の弟子からの要請に従って執筆された事情が明らかにされているのである。無住の著作で「法愛」の人と名指しされているのは、「我ハ仏法ニスキタル物也。仏法愛シ信ジ行ゼザラン物、メシツカフベカラズ、……」と説話中で語る上東門院彰子の例（巻三「愚老述懐」）を除けば、無住自身とその弟子に加え、ひとり実賢あるのみであり、その点において無住は実賢に対し強い親愛の情を抱いていたものと察せられる。ちなみに実賢の法愛ぶりは、前節で扱った『沙石集』の山中の老僧との対話においても十分に発揮されていると言えよう。

では、今ひとつの評語「知法ノ人」について見たい。『雑談集』には、他に次のような例を認めうる(8)。

> 昔シ、天台ノ座主、イミジキ知法ノ人ニテヲハシケルガ、隠者ノ中ニ真言ノ解行功深シテ聞有ル僧ヲ召シテ、「炎魔天供行ゼム時ハ、イカヾ観法スベキ」ト問ヒ給ヒケレバ、「阿鼻ノ依正ハ、全ク処二スト極聖ノ自心一ニコソ観ジ候ハメ」ト申ケレバ、大ニ感ジテ、ハカリナキ禄給ハリケリ。智者ハ物ニ感有ル事也。
>
> （巻一「真言物語事」）

「イミジキ知法ノ人」であった天台座主が、真言にすぐれた隠者を呼んで閻魔天供について問うた際、その返答を聞いて座主は「大ニ感ジテ、ハカリナキ禄」をたまわったという話である。無住は末尾で「智者ハ物ニ感有ル事也」という認識を示している。本話は、「知法ノ人」であり、かつ「智者」である人物が、法を聞いて感激し、相手に贈り物を与えるという点で、先に見た実賢の話と構造的に一致しており、注目される。

ところで、この話の構造から直ちに思い起こされるのは、『沙石集』に多く収められることで知られる北条泰時の説話である。同書巻三第二「問注ニ我レト負人ノ事」では、訴訟の場で相手の言い分に「道理」があると感じ自ら負けを認めた地頭を「涙グミテ讃メ」る泰時の姿が描かれる。また、つづく第三「訴詔（ママ）人ノ蒙レ恩事」では、父親に十分な孝行を尽くしながら弟との土地相続訴訟に敗れた兄を「不便」に思って扶持し、その妻の献身的な姿には「哀レナル事ニコソ、トテウチ涙グミ」、二人に所領を与えて送り出す際には「馬鞍用途ナンド悉ク沙汰シテタビ」た泰時を語る。その上で、無住は泰時を次のように評すのである。

実ニ情ケアリテ万人ヲハグクミ、道理ヲモ感ジ申サレケル。実ニマメヤカノ賢人ニテ、仁恵世ニ聞ベキ。「道理ホド面白キ者ナシ」トテ、道理ヲ人ノ申セバ、涙ヲ流シテ感ジ申サレケルトコソ伝ヘタレ。民ノ歎ヲ我ガ歎トシテ、万人ノ父母タリシ人也。

ここで泰時は「賢人」と称されているが、「賢人」と「智者」の関係について無住は次のように述べている。

失ヲ知テ失ヲ改タメ、理ヲ弁ヘテ理ニ随フヲ、賢人トモ智者トモ云也。（『沙石集』巻三―五）

このように無住にあっては、「賢人」と「智者」は重ね合わせにして捉えられる存在であった。無住は、出家の場合には「智者」、俗人の場合には「賢人」というように使い分けを行っているようだが、いずれにせよ、「智者」や「賢人」が「法」や「道理」を聞いて感激するという話型の説話、ないしそうした行動類型をとる人間を、無住はこの上なく好んでいたように思われる。北条泰時がその典型を成す人物であったことは間違いないが、泰時が「賢人」を代表する人物とすれば、実賢はさしずめ「智者」を代表する人物の一人と見なして差し支えなかろう。

三　仁和寺御室との車立相論

次に、『沙石集』巻十本第八「証月房遁世ノ事」に収められる今ひとつの実賢説話を検討することにしよう。本話は、本文の解釈にやや微妙な点も存するため、ここでは一部省略しつつ原文で示す。(9)

故金剛王院僧正、公請勤メラレケルニ、〔御室ノ御車ト車アラソヒシテ、僧正ノ牛飼、御室ノ御車ホリニハメタリケリ。〕僧正ノ牛飼ヲ制シカネテ、僧正ニシカ〳〵ト申サレケレバ、「某丸ガ申、僻事ナシ。子細ヲシリテコソ申也。東寺ノ一ノ長者ノ上ニ居ル僧無シ。御室ハ上臈ハサル御事ナレドモ、遁世門御振舞ニテ室ニ引籠テ、昔ヨリ御室ト申ス。御車ニメスベキニアラネバ、勿論ノ事ナレ〔ドモ、世ニシタガフ事ナレ〕バ制セヨ」トゾ下知セラレケル。

故法性寺ノ禅定殿下、御物語アリケル折節ニテ、申サレケルハ、「実賢ナンドガ、車ニ乗テ出仕ツカマツルモ、大方アルマジキナリ。サレドモ、近代ハ昔ノ儀ヲ振舞ヲバ、狂セルヤウニ人思アヘバ、世ニ随テコソ振舞候へ。（この後、醍醐尊師聖宝が任僧正の御礼言上のため参内した折、弟子の観賢ただ一人を伴い、簑笠を着て歩行で出かけた挿話を語る）上代ハ名聞ノ心無シテ徳ヲ以テ公家ニ仕ヘシニ、今ハヨロヅスタレタルヨシ」僧正申サレケレバ、禅定殿下モ感ジ仰ラレケリ。

まず、前半部から見ていきたい。東寺一長者であった実賢が公請をつとめた折、仁和寺御室と牛車の停め方をめぐってトラブルが発生する。おそらくこれは、実賢が既に車を下り、宮中に入ってから以後に起こったことと想像される。実賢の牛飼童が御室の車に乱暴を働き、御室側から宮中の実賢に苦情が寄せられる。その際、実賢は次のように答えるのである。「当方の牛飼童の言い分に間違いはない。おそらく子細を理解した上で申しているのであろう。東寺一長者の上に立つ僧はいない。御室は出自が高いことは確かだけれども、遁世門の振舞いで室に引き籠もっているので、昔から御室と申している。遁世門の僧が牛車に乗るというのがそもそも適切ではないのだから、非がむこうにあるのは言うまでもないけれども、「世ニシタガフ事ナレバ」童を止めよ」。

実賢の東寺一長者在任期間は、宝治二年（一二四八）閏十二月二十九日から建長元年（一二四九）九月四日まで（『東寺長者補任』）。この間の仁和寺御室は、建長元年七月二十八日までが道深、それ以降が法助である（『仁和寺御伝』)[10]。法助は、本話後半に登場する「故法性寺ノ禅定殿下」九条道家の息であるから、もしこの事件が実際に起こったことだとすると、本話の文脈から判断して、御室は道深と考えた方がより自然であろう。が、いずれにせよ、本話前半部の挿話から浮かび上がる実賢像は、一見したところ、やや居丈高な印象を残す。

ちなみに、この前半部の挿話については、既に歴史学の方面から考察が加えられている。まず横内裕人氏は、中世において仁和寺御室が院権力との血縁的紐帯関係を強め、東寺一長者に代わって真言宗寺院の頂点に立ったという背景を本話から読み取り、次のように述べる[11]。

……この説話には、東寺一長者かつ僧綱を統轄する正法務として制度上は僧侶界の頂点に立っている実賢の自負と、当世では御室に従わなければならない無念さというアンビバレントな御室認識が活写されている。

この逸話で注目されるのは、御室が僧綱制という古代的僧侶身分秩序では把握できない、中世的な宗教権門として描かれていることである。つまり「遁世門の御ふるまひにて、御室に引籠」っていた仁和寺御室が、鎌倉期には真言宗の管掌者である東寺長者、僧綱所を統轄する正法務よりも上位にあるものとして位置づけられている。仁和寺御室とは仏教および寺院の古代から中世への展開を象徴する宗教権門なのである。

一方、平雅行氏は、実賢の背後に鎌倉幕府の権力が存在したことが、ここでの実賢の強気の発言に繋がっていると見、以下のように指摘する[12]。

……こうして見てくれれば、横内裕人氏が紹介した『沙石集』一〇本―八の記事も、異なった位置づけが可能となろう。ここでは、東寺一長者実賢が仁和寺御室と車立の相論をした話が登場する。そして実賢は「東寺一長者より上の僧はいない。御室は上臈とはいえ本来遁世門の僧侶で、車に乗ること自体間違っている」と放言している。実賢の一長者在任中（一二四八年閏一二月二九日～四九年九月四日没）の御室は、道深（一二四九年七月二八日没）と法助（九条道家の子）の二人がいるが、御室が九条道家にこの話をし、道家が憤っていることからすれば、この御室は法助とみてよかろう。そして前述のように、法助は俗界の政治基盤を喪失した御室であった。一方の実賢は、鎌倉での活動期間は短いものの、定清（後藤基綱の弟、定豪弟子）や安達景盛（覚智）に伝法灌頂を授けており、幕府の支持でほぼ一世紀ぶりに醍醐寺から東寺一長者となった人物である。実賢の放言は、こうした歴史的文脈の中で発せられた。

平氏の指摘のうち破線部の記述は、後述のように、本話後半部の文脈を読み誤ったものであり、従えないが、その点を別にして本話前半部にのみ注目するなら、両氏の指摘するような歴史的文脈をそこから抽出することも、確かに可能なように見える。しかしながら、『沙石集』という作品にあっては、すなわち撰者無住にとっては、本話の後半部の内容こそがむしろ重要であったと思われ、前半部の挿話についてもそこから逆照射して把捉し直す必要があるのである。

では再び説話に戻り、後半部の挿話を読み解いていこう。その冒頭、米沢本で「故法性寺ノ禅定殿下、御物語アリケル折節ニテ、申サレケルハ」とある箇所は少しわかりにくいが、ここは同じ古本系の俊海本では次のようになっている。

オリフシ故法性寺ノ禅定殿下ノ御物語ノアヒダナリケレバ、申サセ給ケルハ、……

宮中の実賢に御室側からの苦情が伝えられた際、実賢はちょうど「法性寺ノ禅定殿下」九条道家と談話中であったということになろうか。「申サレケルハ」以下の発言は、後出の「僧正申サレケレバ」（波線部）と対応していることから明らかなように、実賢の九条道家に対するものであると読み取らなければならない。

実賢はまず「実賢ナンドガ、車ニ乗テ出仕ツカマツルモ、大方アルマジキナリ」と、自分如きが牛車に乗って出仕することも本来あってはならないことなのだと自省する。実賢は御室の在り方を一方的に批判しているわけではなく、自身のあるべき在り方についても十分に理解をめぐらしているのである。だが、今の世でその通りに振舞ったならば「狂セルヤウニ」人々が思うであろうから、やむをえず「世ニ随テ」振舞っているのだというのである。

ここで気になるのは、本話に「世ニシタガフ」という表現が二度も現れることである。この点、無住の実賢に対する評価と関わると思われるので、少し当該表現に拘っておきたい。無住の著作で「世ニシタガフ」の用例を調べてみよう。すると、当然予想されるように、こうした妥協的な生き方を忌避する場合に用いられる例ももちろん存在する。

人ノカサナクシテ、只世ニ随イ諂テ、名ヲモ不レ惜、不レ知レ恥ヲモ、如レ形ノ身命ヲツギ、妻子養ヘバ不足ノ思イナク、武キ心モ、ヲ、ケナキ企テモナシ。（『沙石集』巻四―三）

だが、その一方で、次のような例があることにも注意しなければならない。

先年、カノ御筆ノ御遺誡ノ文ヲ見侍シニ、目出キ事共侍リキ。「浄土ニアラザレバ心ニ叶フ所ナク、聖衆ニアラザレバ思ニシタガフ伴ナシ。世ニシタガヘバ望有ニ似タリ。俗ニソムケバ狂人ノ如シ。アナウノ世ノ間ヤ。イヅレノ所ニカ此身ヲカクサム。……（『沙石集』巻五末―七）

「カノ御筆ノ御遺誡ノ文」とは、『行基菩薩遺誡』を指す。無住が『行基菩薩遺誡』を実見して感銘を受け、その文章を一部引用している箇所だが、とりわけ注目されるのは「世間に従って生きることの難しさ、かといって全否定してはこの世に生きられない矛盾がにじみ出ている」(13)傍線部の記述に当該表現が含まれる点である。

『行基菩薩遺誡』については、木下資一氏をはじめとする研究(14)によって中世のさまざまな文献に引用、享受されている様子が明らかにされつつあるが、先程の傍線部の記述についても、以下のような作品に引用を見る。

行基菩薩の、何処にか一身をかくさんと、かき給ひたること思出でられて

いかがせん世にあらばやは世をもすてであなうの世やとさらにおもはん

（『西行法師家集』[15]）

世ニ随ヘバ身苦シ。随ハネバ狂セルニ似タリ。イヅレノ所ヲ占メテ、イカナル事ヲシテカ、暫シモ此ノ身ヲ宿シ、タマユラモ心ヲヤスムベキ。

（『方丈記』[16]）

されば、行基菩薩だにおもひわづらひて、

随㆑世似㆓望有㆒　背㆑俗如㆓狂人㆒

穴憂哉世間　何処隠㆓一身㆒

（『宝物集』[17]巻四）

米山孝子氏は「鴨長明といい西行といい、世俗に生きる矛盾を深く自覚した遁世者に引用されていることも行基遺誡伝承の特徴である」[18]とするが、とりわけこの文言は、かの「行基菩薩だに」出家遁世には「おもひわづら」ったということのしるしとして、彼ら遁世者の共感を集めたのであろうと推察される。おそらく、その点では無住も何ら変わるところはなかったであろう。彼は『雑談集』巻三「愚老述懐」に次のように記している。

……依テ、同法下部、今ハ定テ厭怠アラムト心中ニ思ナガラ、無道心ノ故ニ、世ヲモ打ステズシテ侍リ。仏ナラバ心ニマカセテ入滅モサルベシ。拙ク思ナガラ世ニマガヒ侍リ。顕ニ付ケ、冥ニ付ケ、恥ク思ヒ侍リ。

無住は長母寺の住持をつとめて遁世に徹し切れないもどかしさを傍線部のように滲ませているのである。

ここで改めて実賢の発言を振り返るなら、「近代ハ昔ノ儀ヲ振舞ヲバ、狂セルヤウニ人思アヘバ、世ニ随テコソ振舞候へ」という彼の言葉と『行基菩薩遺誡』の表現とがいささか近似している点も気になるところである。この発言部分の叙述を行う際、無住の脳裏に『行基菩薩遺誡』の文言があった可能性もあながち否定できないよ

うに思われるのである。

以上のように、前後半を通して本話全体を理解しようとする時、そこに浮かび上がる実賢像は決して居丈高なものとは言えないことが明らかになってくる。仁和寺御室に対する実賢の批判[19]は、東寺一長者である自身にも及ぶものであることを彼は十分に自覚していた。だが、自身のあるべき本来の在り方をよくよく理解しつつも、実賢は結局「世ニ随テ」振舞ってしまう。そうした実賢の徹底しきれない態度に対して、しかしながら無住はこれを否定するのではなく、むしろ好意的にその弱さを受け止めているものと判断されるのである。

金剛王院僧正実賢は、東寺一長者、醍醐寺座主という仏教界の頂点を極めた僧であり、その点、一遁世僧に過ぎない無住とは、一見かけ離れた存在のように見える。だが、無住の著作に収められた実賢説話を読み解いていくと、思いがけずも両者を繋ぐ心理的な紐帯が浮かび上がってくるのである。

実賢は何より「法愛」の人であった。「イカナル者トモ、野ノ中、路ノ辺ニテモ、法門物語」をしてしまう。相手が賤しい承仕法師であれ、山中の破戒僧であれ構わない。相手の話に謙虚に耳を傾け、そこに「道理」を認めれば、素直に感動する。同じ「法愛」の人として、無住にとって実賢はあるいは同志のように感じられる存在であったかも知れない。しかも、実賢は「物ニ感有ル」「智者」でもあった。その人物類型は、「賢人」として無住が敬愛してやまなかった北条泰時と相似形を成していた。そうした実賢であってみれば、「世ニ随テ」行動せざるを得ない弱さがあったとしても、無住にとって、それはむしろ自身の弱さにも通じるものとして親近感をもって受け止められこそすれ、決して実賢の評価を下げる傷とはなりえなかったであろう。

だが、無住と実賢を結ぶ糸はこれだけに止まらない。実は、無住の関心は実賢のみならず彼の法脈にも注がれているのであるが、その点については節を改めて論じたい。

四　大円房良胤

『沙石集』には実賢の弟子の一人、大円房良胤の関連説話が三話収められる。[20] まず、巻十本第五「観勝寺上人事」を取り上げよう。その冒頭は次のようである。

清水ノ観勝寺大円房ノ上人ハ、故金剛王院僧正ノ弟子、年久ク隠居シテ、三密ノ行門薫修シテ、二心ナキ貴キ上人ト聞ヘキ。我身ハ庵室ニ独住シ、門弟ハ下ナル僧坊ニアリ。

「観勝寺大円房ノ上人」良胤が、「故金剛王院僧正」実賢「ノ弟子」であると紹介された後、「年久ク隠居シテ」「我身ハ庵室ニ独住シ、門弟ハ下ナル僧坊ニアリ」というように、寺内にありながら隠遁者然とした生活を送っていたことが示される。彼は「二心ナキ貴キ上人」との評判であった。ある時、その観勝寺に、酒に酔った清水寺の童が乱入し、僧坊を破壊するという狼藉に及んだ。腹を立てた門弟たちは、童を六波羅に訴えるべきだと主張するが、良胤は「愚ナル物ノ狂セルニアヒテ、又我モ狂セント何ニシアヒ給フ」と言い、いやしくも仏教者たる者、「愚痴」の敵には「智恵」の将軍を、「瞋恚」の敵には「忍辱」の将軍をもって、各々の煩悩を「対治」せよと、諄々と説いた。後にこの話を伝え聞いた清水寺の童の師僧は、童を連れて良胤を訪ね謝罪する。だが、良胤は自分の門弟たちの言い分こそおかしいのだと言い、かえって童のことを褒めるのだった。恐縮して帰った後、この童は、「殊ニツ、シミヲソレテ奉公シ」たという。本話の末尾は、次のような良胤を称える言葉で締め括られる。

末ニハアリガタキ道人ノ風情也。彼跡ヲマナブベシ。

当話は、古本系統の米沢本で言えば、二丁分にも及ぶ分量と詳細な内容をもつ説話であり、良胤という人物やその言動に対する無住の高い評価と関心の程が窺えよう。

次に巻九第二四「真言ノ功能事」では、「観勝寺ノ上人ノ門徒、不断ニ宝篋印ダラニヲ誦シテ、不思議ノ功能多ク侍リ。……」と、良胤自身のことではないが[21]、その「門徒」の唱える宝篋印陀羅尼の功能が絶大であると説かれるのである。

さらに巻十末第一一「霊ノ託シテ仏法ヲ意エタル事」では、京都のある女人に憑いた手強い霊を調伏せんがため、良胤の護符が用いられる。

……東山ノ観勝寺ノ上人ノ符ヲカケサスレバ、物狂ノ物ノモシルシアリト聞テ、此ノ符ヲカケサセントスレバ、打咲テ、「此符ハ我モ知レリ。カノ上人ハ宝篋印ダラニノ法成就人也。道心アル上人ナレバ尊シ。高クヲケ」ト云。

霊の調伏はできなかったものの、意外にも霊は良胤について傍線部のような高い評価を下すのである。本話では、この霊が当世のさまざまな仏教者について批評を行うのであるが、その内容は辛辣を極めており、霊に評価されているのは良胤のほかには、わずかに次に引く聖一円爾の場合を数えるのみである。

法性寺ノ聖一上人ノ事ヲ問バ、「其ハ、末代ニ難レ有ホドノ智者ナリ。ソレモ未ダ三昧ハ発セズ」ト云。

円爾は無住が敬愛してやまない直接の師僧である。そうした人物と並んで、良胤が霊から高い評価を得ている点は注目に値しよう。

以上のように、『沙石集』に収められる実賢の弟子、良胤をめぐる説話には、いずれにも良胤およびその門徒についての好意的な姿勢が窺われることを確認しておきたい。

ところで、先に見た「観勝寺上人事」では良胤を「故金剛王院僧正ノ弟子」と紹介していた。それは単に「金剛王院僧正」実賢が名前の通った人物であるという理由によるものではあるまい。むしろ、ここには無住の実賢という人物への高い評価と彼の法脈への関心とが現れているものと見るべきではなかろうか。そこで、米沢本の『沙石集』で「○○の弟子」というかたちの人物紹介がなされる箇所を挙げてみると次のようになる。

「解脱房ノ上人（貞慶）ノ弟子」（巻一―六）→璋円
「故金剛王院僧正（実賢）ノ弟子」（巻十本―五）→良胤
「明遍僧都ノ弟子」（巻十本―一〇）→敬仏房
「静遍僧都ノ弟子」（巻十末―一三）→行仙房
「建仁寺ノ僧正（栄西）ノ御弟子」（巻十末―一三）→栄朝

実賢以外では、貞慶、明遍、静遍、栄西の名が認められる。彼ら四人はいずれも遁世門の僧である。このうち栄西は、無住自身がその法脈に連なる人物にあたるから、その関心には格別なものがあろう。また、貞慶や明遍は、すでに第二節で見たように、『沙石集』で「智者」と称され、無住から高い評価を得ている僧である。その法脈に関心が持たれることにも何ら不思議はないと言えよう。

だが、ここで何より気になるのは、右に名前の挙がる僧たち相互の間にも、次のような血脈上の繋がりが指摘できることである。

明遍―静遍（『血脈類集記』(22)）
静遍―実賢（『伝法灌頂師資相承血脈』(23)三宝院流、『野沢大血脈』(24)三宝院血脈）

これによれば、明遍は静遍に付法し、その静遍が実賢に付法している。おそらく、この現象は単なる偶然によるものではあるまい。こうした実賢をめぐる法脈関係に無住がどこまで自覚的であったのか、この点を明らかにするためにも、実賢流への無住の関心を次節以降さらに追ってみよう。

五　常観房慶円

無住の著作には三輪山の常観房という上人についての説話が二話収められる。まず、『雑談集』所収の説話から見よう。巻五「上人事」に収められるものである。

「和州三輪山常観房ノ上人ハ、真言師、貴キ聞へ有」る僧であった。上人は、時の興福寺別当に招かれた折、「小衣ニ足駄ハキテ」参上し、退出の際には、わざわざ庭に降りて見送る別当に「タガ子ニテヲハシマス」と尋ねる。別当が「普賢寺入道（藤原基通）ノ子息ニテ侍リ」と答えると、上人は「サテハ上郎ニテヲワシマシケルヤ」と応じた。別当は、上人が別当の高い出自について全く無知であったことを知って驚き、「此御房ハ、マコトノ上人也ケリ。サスガ我許へ来ル程ノ人、タレトシラズヤアルベキ。貴シ」と感嘆したという。

もう一話は、『沙石集』巻一第四「神明ハ慈悲ヲ貴ビ玉テ物ヲ忌ミ給ハヌ事」に所見する。その冒頭、「和州ノ三輪ノ上人常観房ト申シハ、慈悲アル人ニテ、密宗ヲムネトシテ、結縁ノ為ニ普ク真言ヲ人ニ授ケラル、聞ヘアリキ」と常観房を紹介した後、以下のような挿話を語っている。

ある時、上人は吉野参詣の途中、母を亡くして途方に暮れる女子に出会い、葬儀を手伝った。上人は死穢を憚って吉野参詣を止め、三輪に帰ろうとするが、体が動かない。あるいは神の思し召しかと、再び吉野に向かって歩き出すと今度は道中円滑であった。吉野山上に着き、神殿から遠く離れた場所で念誦していると、神の憑依した巫女が近付き、「我ハ物ヲバ忌マヌゾ。慈悲コソ貴トケレ」と言って上人を拝殿に誘う。上人は神と法門の問答を交わすことができ、感涙にむせびながら下向したのであった。

興福寺別当から「マコトノ上人也」「貴シ」と賞賛され、吉野の神から「慈悲コソ貴トケレ」と嘉された三輪山の常観房とは誰か。従来、諸注釈では未詳とされるが、この問題を考える際、『沙石集』の類話が『三輪上人行状』(25)に収められているという事実は逸しがたい。該書の説話では、上人は八幡宮参詣の折、老母を亡くした青女房に出会い、葬事を行う。穢れを憚った上人が八幡宮の馬場の仮屋で夜を過ごそうとすると、深更、一人の男が訪れ、「無縁葬事尤奉二納受一。非レ所二禁忌一。近可二来謁一」と告げ、上人を宝前に導く。上人は、そこで神の憑依した男と法門の問答を交わすのであった。(26)

『三輪上人行状』は、三輪の平等寺の開基で、後に三輪流神道の祖とも目されるようになる慶円上人の伝記である。慶円の弟子に当たる塔義という僧が建長七年（一二五五）に執筆した。本書によれば、慶円は貞応二年（一二二三）没、「行年八十四歟」とあるところから、生年は保延六年（一一四〇）と推定される。実は、この慶円の名が、近世の血脈類には実賢付法の弟子として現れるのである。

実賢―慶円上人（『野沢血脈集』(27)実賢下分流、『東寺相承血脈』(28)）

さらに、実賢流の口伝書には以下のような記事も見える。

『祖師伝来口伝』(29)三輪法王灌頂血脈事

慶円上人三輪常観房

『三宝院実賢流口伝等山』(30)三輪血脈事

慶円上人　常観房

これらによれば、慶円上人は「常観房」とも称されていたのであり、したがって『沙石集』や『雑談集』に登場する「和州ノ三輪ノ上人常観房」「和州三輪山常観房ノ上人」とは、慶円上人のことであると特定して差し支えなかろう。

ただし、慶円が実賢の付法の弟子であったかどうかという点は疑問が多い。先にも記したように慶円の生年は保延六年（一一四〇）と推定されるのに対し、実賢の生年は安元二年（一一七六）であり、実賢の方が三十六歳も年下なのである。実賢との関係を記す血脈類が時代の下るものであることも考え合わせると、二人の間に実際の師弟関係を認めることは難しいと思われる。

だが、その一方で、『三輪上人行状』の以下の記述も見逃せない。

慶円上人清談、或蓮道房之口状、粗記レ之畢。

これによれば、著者塔義は、慶円上人自身の「清談」や「蓮道房」の「口状」をもとに本書を記したことになる。ここに名の挙がる「蓮道房」は、おそらく慶円の弟子の一人であろうと推測される。ところが、この「蓮道房」の名が、左のように実賢の法脈に認められるのである。

実賢―宝篋　蓮道上人　年卅八（『伝法灌頂師資相承血脈』三宝院流）

実賢―応仁　改二名宝篋一号二三輪蓮道房一（『血脈類集記』）

蓮道房は僧名を宝篋（応仁を改名）といい、実賢の付法の弟子であった。

さらには、『三輪上人行状』の著者塔義の名も実賢の法脈に見えている。

実賢─塔義　性円上人（『伝法灌頂師資相承血脈』三宝院流）

塔義や宝篋という慶円の弟子が、同時に実賢の付法の弟子でもあったのである。近世の血脈類に記される実賢と慶円の関係は、こうした実賢と慶円の弟子たちとの関係が誤り伝えられたものである可能性が高い。

だが、実際の付法関係の有無にかかわらず、ここでは実賢と慶円が法脈上近しい存在として認識される土壌が存在したということが重要であろう。実は、『雑談集』巻五「上人事」では、先に見た常観房説話の直後に、実賢が承仕法師と法門物語をする逸話が布置される。無住もおそらく実賢と慶円（常観房）を結ぶ背後の文脈を意識してこうした説話配置を行ったものであろう。[31] 無住は、慶円（常観房）を実賢の法脈に極めて近い僧として認識していた可能性が高いのである。

六　受法用心集と実賢

無住の実賢流への関心は、彼の今ひとつの著作である『聖財集』からも看取される。次の文章はその中巻に記されるものである。

……変成就ノ邪法ナル事、越前ノ誓願房上人、受法用心抄ト云文ヲ作テ破レ之。山本ノ覚済僧正、入筆シ給ヘリ。

この記事については既に伊藤聡氏に指摘があるが、ここで「邪法」批判の書として挙げられる「受法用心抄」とは「正しくは『受法用心集』（上下二巻）といい」「鎌倉中期における「邪法」の実態を伝える資料であり、立川流の名が見える最も早い例である[32]」とされる。無住はこの『受法用心集』という「邪法」批判の書を披見していたらしい。

本書の著者「越前ノ誓願房上人」については、『受法用心集』(33)に著者自ら次のように記している。

……其ノ後、建長七年、四十一ノ歳、醍醐寺金剛王院流ノ大僧正実賢ト聞ヘシ人ノ付法ノ弟子ノ随一、賀茂ノ空観上人ノ門葉ニ入テ、是真実一宗ノ教相ノ大義ヲウカヾヒ学シ、幷ニ十八道両界護摩等ヲ修行スル事、七ヶ年也。弘長元年ノ春比、遂ニ入壇ノ素懐ヲトゲ、其ノ後、大法秘法一百余尊ヲ授カリ、瑜祇理趣ノ秕《ヒ》口秘伝ノウ《(ママ)》カヾイ、結句内作業灌頂ヲサヅカリ畢ヌ。首尾惣ジテ十四ヶ年ノ功労也。

誓願房上人は、実賢の付法の弟子である「賀茂ノ空観上人」の門下であるというのである。さらに、誓願房の著述に「入筆」したという「山本ノ覚済僧正」も、次のように実賢の弟子であることが血脈類から確認できる。

実賢―覚済（『伝法灌頂師資相承血脈』三宝院流・金剛王院流、『野沢大血脈』三宝院血脈、『血脈類集記』など）

このように『受法用心集』は実賢の法脈に連なる人々の著作であった。本書を無住が披見しているという事実は、すなわち彼の実賢流への関心を裏書きするものと言えるのではなかろうか。

七　実賢と遁世僧

ここまで、実賢の法脈に寄せる無住の関心を追ってきた。無住が「法愛ノ心」深き「智者」である実賢に敬愛の念を持っていることは第二節で指摘したが、それのみならず無住は実賢の法脈に連なる人々にも好意的な視線を注いでいるように見える。こうした、無住の実賢やその法脈へ寄せる深い関心はどこから来るのであろうか。

まず考えられることは、無住と実賢との法脈上の関連である。実賢が三宝院流と金剛王院流の両流を相承した人物であることについては先に触れた。[34] 一方、無住は弘長元年（一二六一）、三十六歳の時、南都菩提山正暦寺において三宝院流の血脈を伝授されている。

……其ノ後、真言志シ有テ、三十六歳、菩提山ニ登テ、如レ形東寺ノ三宝院ノ一流肝要伝ヘ了ンヌ。
（『雑談集』巻三「愚老述懐」）

無住自身の付法の師が誰であるか、残念ながら未詳であるが、[35]『雑談集』や『聖財集』の奥書に「東寺末流金剛仏子道暁」と署名する無住が、真言僧としての法脈に関心を払っていなかったはずがない。ちなみに、菩提山正暦寺では無住を遡ること二十二年の延応元年（一二三九）、ほかならぬ実賢が、顕良（伯阿闍梨）および願縁（大貳律師）に付法を行っている（『伝法灌頂師資相承血脈』三宝院流）。細かい法脈は別としても、同じ三宝院の法流に身を置く者として無住が実賢を見つめていたことは間違いないであろう。

だが、次には、三宝院の数多の法脈の中で、なぜ実賢の法脈なのかという点が当然問われなければなるまい。遁世僧である無住は、一般に自らと同じ境遇の遁世門の僧を評価する傾向にある。第四節で無住の法脈への関心という観点から注目した、「〇〇の弟子」というかたちの紹介がなされる際、名前が挙がった僧のうち、実賢以外の貞慶、明遍、静遍、栄西の四人はみな遁世門の僧であった。そうした中にあって、東寺一長者、醍醐寺座主という顕官を歴任した実賢は一見明らかに異質である。けれどもその一方で、既に触れたように、実賢は明遍―静遍という遁世門の僧の法流をも汲んでいるのであり、また門下からは「大円房ノ上人」良胤をはじめ、「蓮道上人」宝篋、「性円上人」塔義、「賀茂ノ空観上人」如実など遁世門の上人を多数輩出しているのである。[36] この現象は、おそらく実賢自身に遁世門の人々と親和する傾向があったためではないかと判断せざるを得ないであろう。

実賢のそうした傾向を考える際、参考になりそうなのが、次に掲げる『野沢大血脈』所載の実賢伝である。

仰云、……此実賢僧正ハ貧道無縁ニシテ五十有余マデ不レ成二官途一。行遍僧正ニセカレ押シ統《スヘ》ラレタル也。而城入道大蓮房出家ノ最初ニ値二行遍僧正一可二受法一之由被レ申。而行遍僧正此大蓮房荒入道ナレバトテ不レ可レ叶之由返事被レ申畢。仍テ大蓮房無二本意一思テ従二実賢僧正一可二受法一之由被レ申。僧正無二子細一被レ許。仍此喜ニ大蓮房万事走リ廻リテ大僧正拝一長者奉レ成了。是レ偏ニ大蓮房ノ力武家ノ威勢也。又座主ヲモ剥テ実賢ヲ奉レ成了。一向大蓮房ノ力名聞利益如レ思ノ而シテ一期御坐也。……

これによれば、実賢は五十余歳までは官途につかず「貧道無縁」であったのが、鎌倉幕府の有力御家人、安達景盛（城入道大蓮房覚智）に付法したのを機に、景盛の全面的支援を受けて官途を上昇させていったのだという。この『野沢大血脈』は徳治二年（一三〇七）の成立。本文の血脈のほとんどが、良含（大円房良胤の資）―静基の師資にとどまることから、「本書は静基の口決を何人かが記録したと考えるのが妥当であろう」(37)と推測されている。そうとすれば前掲の実賢伝は、実賢の法脈に連なる人々の間に受け継がれた伝承であったということになる。

両者の関係を辿ってみると、実賢が安達景盛に付法したのは、嘉禄二年（一二二六）二月九日のこと（『伝法灌頂師資相承血脈』）。一方、『東寺長者補任』(38)より実賢の官途を抄出して示せば次のようになる。

嘉禄二年（一二二六）	二月二十九日	任権律師
寛喜二年（一二三〇）	三月二十三日	任権少僧都
貞永元年（一二三二）	十月二日	叙法印
嘉禎三年（一二三七）	二月二十一日	任権大僧都
同四年（一二三八）	八月二十八日	任権僧正
仁治元年（一二四〇）	十二月三十日	加長者

仁治二年（一二四一）十月七日　　転僧正
宝治二年（一二四八）閏十二月二十九日　還補長者補法務即寺務（一長者）
建長元年（一二四九）七月二十七日　　転大僧正

これを見ると、実賢の官途は、まさに伝承の語る通り、景盛への付法の直後から急速に上昇に転じている。景盛は宝治二年（一二四八）五月十八日に没している（『吾妻鏡』）から、実賢が大僧正、東寺一長者になるのは彼の没後であり、その点に関しては「大蓮房万事走リ廻リテ大僧正并一長者奉レ成了」という記述に若干の誇張が認められはするものの、『野沢大血脈』の実賢伝は概ね真実を伝えているものと見て差し支えないのではなかろうか。おそらく実賢は、当時、僧界の実力者であった行遍が景盛の「荒入道」ぶりを嫌って付法を拒むことがなければ、一生官途と関わらぬ「貧道無縁」な生涯を送るような僧だったのであろう。「法愛」の人にして「智者」という、第二節で分析した無住の著作における実賢像もそのイメージと抵触しない。無住描くところの、誰彼の隔てなく「法門物語」に興じる実賢の姿は、血脈の伝える、関東の「荒入道」に何のこだわりもなく付法を許すその姿と、むしろ見事に照応していると言えよう。

実賢がこのように本来的には顕官と無縁な気質をもった人物であったとすれば、彼が遁世門の人々と親和する傾向があることも無理なく理解できるように思われる(39)。そうした実賢の性格を慕って、遁世門の僧たちは彼の周囲に集まり付法を求めたのであろう。

ちなみに、遁世門の僧と実賢との距離の近さを表すものとして、あるいはその修学の方法を挙げることができるかも知れない。第一節で見たように、醍醐寺の真言僧であった実賢は、若き日に興福寺の元学僧から「法相ノ大事」についての講義を熱心に受講している（『沙石集』巻十末第一二「諸宗ノ旨ヲ自得シタル事」）。「法愛」と言われるだけに、彼には諸宗を広く学ぼうとする姿勢があったのだろう。そうした諸宗を併せ学ぶ態度は、当時の遁世僧の特色でもあった[40]。たとえば第五節で扱った三輪上人慶円について、『三輪上人行状』では、その修行ぶりを次のように記している。

発㆓堅固之道心㆒、名利厭離、乞食斗藪、求㆓明師於所々㆒、伺㆓法要於宗々㆒。柔和忍辱為㆑体、慈悲利生為㆑心。因宇陀郡龍門寺辺結㆓一草庵㆒、独卜㆓禅居㆒。一筆書㆓写大般若五部大乗経天台六十巻真言経儀軌等㆒。……

顕密に亘って、「明師」を「所々」に「求」め、「法要」を「宗々」に「伺」ったのであろう。同書には慶円が解脱上人貞慶と交流をもった様子も記されており（第七段）、その広学の姿勢は顕著である。同様な傾向は、もちろん実賢の弟子の遁世僧にも窺えよう。『祖師伝来口伝』巻三には実賢の弟子について次のように記されている。

弟子ニモ、理智院隆澄、勝尊僧正、覚済大僧正、道範阿闍梨、三輪蓮道房、空観房如実、恵心上人等也。皆学匠、明人也。如実者、興福寺学徒、顕密兼学、無双人也。

右の記事で「顕密兼学、無双人」とされる空観房如実は、第六節で触れた『受法用心集』の著者の師にあたる人物であった。

言うまでもないが、こうした諸宗兼学の姿勢は無住も是とするところのものである。そのことに関連して、もう一人だけ遁世僧の例を挙げよう。最近、土屋有里子氏が鎌倉寿福寺と高野山金剛三昧院という無住所縁の寺院との関わりにおいて注目している心地覚心である。土屋氏は覚心と無住との行状の類似に触れながら、彼の事跡を手際よく次のように略述する[41]。

『行実年譜』によると、覚心は二十九歳で東大寺で受戒後、高野山伝法院覚仏に密教を学び、続いて金剛三昧院の行勇に師事、その後、世良田長楽寺の栄朝、寿福寺の朗誉、勝林寺の思順に歴参し、宝治二（一二四九）年入宋。無門慧開のもとで得法の後帰国、金剛三昧院、由良の西方寺（後の興国寺）に歴任し、永仁六（一二九八）年西方寺にて寂した。覚心の事跡を見るに、その修行の道筋は無住とかなり重なる。

ここで覚心の高野山修行時代をもう少し詳しく見ておくと、『行実年譜』（『鷲峰開山法燈円明国師行実年譜』[42]）には次のような記事も認められる。

高野山学㆓密宗㆒。従㆓行勇㆒受㆓衣鉢㆒、就㆓道範㆒習㆓経軌㆒云云。……復就㆓和州三輪蓮道法師㆒究㆓密宗灌頂之奥旨㆒、空観大徳為㆓教授之師㆒。

その当時、覚心が教えを受けた、道範（覚本房）、三輪蓮道法師（宝篋）、空観大徳（如実）は、いずれも実賢付法の資（『伝法灌頂師資相承血脈』、『血脈類集記』）であった。当然のことかも知れないが、親和性の強い者同士は、惹かれ合い、やがて自ずから出会って、法縁を結ぶことになるのであろう。嘉禄二年（一二二六）生まれの無住が生前の実賢と交渉をもつ機会はなかったと思われるが、それでも後年、彼もまた実賢の法脈へと惹きつけられることになったのである。

おわりに

『沙石集』の「諸宗ノ旨ヲ自得シタル事」に収められる、若き日の実賢と山中の老僧の物語は、集中随一の長篇であり、かつ細部にまで彫琢の行き届いた、いかにも丹精の跡を残す注目すべき一篇である。果たしてそれは、実賢の「孫弟子」の僧から「随分ノ秘事」として無住に語られたものであった。その「孫弟子」が誰にあたるのか特定は困難であるが[43]、いずれにせよ、無住は実賢の法脈と確実に交渉をもっていたのである。しかも、そのような「秘事」を無住に明かすからには、無住と実賢の「孫弟子」との間には相当な信頼関係が築かれていたと考えなければなるまい。

本章で取り上げてきた、無住の著作に収められる実賢とその法脈に連なる僧たちの説話は、如上の無住と実賢流との深い交流の中から掬い上げられたものである可能性が高いと言えよう。しかしながら、その交流の具体相を明らかにする作業はまだ緒に就いたばかりなのである。

〈注〉

（1）『金剛王院門跡列祖次第』（続群書類従）。

（2）『血脈鈔野沢』（続真言宗全書）。

（3）こうした在り方を体現する人間を流布本系テキストでは「達人」と称する。藤本徳明「『沙石集』の思想史的位置――泰時説話をめぐって――」（『中世仏教説話論』笠間書院、一九七七年、初出は一九六七年）は、かかる人間の在り方について考察を加えている。なお、本書序説参照。

（4）明良一郎「無住における「智慧」について」（『国学院雑誌』第八二巻第八号、一九八一年）、古橋恒夫「無住と『妻鏡』――『沙石集』との対比において――」（松本寧至他編『仏教説話の世界』宮本企画、一九九二年）、アンナ・ザレフスカ「無住の著作における「多聞」と「智恵」」（『国語国文』第七三巻第三号、二〇〇四年）など。

（5）本話は内閣文庫本の『沙石集』巻二にも収められる。

（6）厳海は東寺一長者をつとめた僧だが、建長三年（一二五一）四月二十五日に七十九歳で没している（『東寺長者補任』（湯浅吉美「東寺観智院金剛蔵本『東寺長者補任』の翻刻（下）」『成田山仏教研究所紀要』第二二号、一九九九年））。一方、実賢は、厳海より早く、建長元年（一二四九）九月四日に七十四歳で没しており（同前）、本話で実賢が厳海を「故僧正御房」と呼んでいることと矛盾する。さらに、厳海は醍醐寺僧ではなく、当然「金剛王院ノ僧正」ではありえない。本話の「金剛王院ノ僧正」に相応しい僧としては賢海の名が挙げられる。賢海は、実賢の先代の金剛王院僧正で醍醐寺座主（『金剛王院門跡列祖次第』続群書類従）、嘉禎三年（一二三七）十月二十三日に七十六歳で没している（『醍醐寺新要録』法藏館、一九九一年）。以上の点から、本話の「厳海」は本来は「賢海」とあるべきところ、その訛伝かと考えられる。

(7) ちなみに流布本では、醍醐竹谷の乗願房上人（宗源）も「智者」と称される（巻二―八）。

(8) 『雑談集』では、さらにもう一人、覚鑁上人の弟子である五智房（融源）を「知法ノ人」と称している（巻五「上人事」）。

(9) 米沢本の本文で文意が通じにくい箇所は、同じ古本系の俊海本の本文で補訂し、〔　〕を付して示した。ちなみに、流布本系の本文（古活字本）では次の通り。

　故金剛王院ノ僧正、公請ツトメラレケル時、僧正ノ牛飼、御室ノ御車ト車立論シテ、御室ノ御車ヲ散々トシタリケルヲ、房官侍、牛飼ヲ制シカネテ、僧正ニシカ〳〵ト申ケレバ、「某丸ガ申ス、僻事ハ無シ。子細ヲシリテコソ申セ。東寺ノ一ノ長者ノ上ニ居ル僧ナシ。御室ハ上臈ハサル御事ナレドモ、遁世門ノ御フルマヒニテ、室ニ引籠テ、昔ヨリ御室ト申ス。然レ共、世ニシタガフ事ナレバ、制セヨ」トゾ、下知セラレケル。

　故法性寺ノ禅定殿下、御物語アリケル折節ニテ、申サレケルハ、「実賢ナンドガ車ニ乗テ出仕ツカマツルモ、大方アルマジキ事也。サレドモ、近代ハ昔ノ儀ヲ振舞バ、狂ゼルヤウニ侍レバ、世ニ随テコソフルマヒ候ヘ。（中略）カクコソ上代ハ、名聞ノ心ナクシテ、徳ヲ以公家ニツカハレシニ、今ハ萬スタレタルヨシ」僧正申サレケレバ、禅定殿下モ感ジ被ㇾ仰ケリ。

(10) 仁和寺史料による。

(11) 横内裕人「仁和寺御室考――中世前期における院権力と真言密教――」（『日本中世の仏教と東アジア』塙書房、二〇〇八年、初出は一九九六年）。

(12) 平雅行「定豪と鎌倉幕府」（大阪大学文学部日本史研究室編『古代中世の社会と国家』清文堂出版、一九九八年）。

(13) 米山孝子「行基菩薩遺誡伝承考」（『大正大学研究紀要』第九二輯、二〇〇七年）。

（14）木下資一「「行基菩薩遺誡」考――中世文学の一資料として――」（『国語と国文学』第五九巻第一二号、一九八二年）、同「「行基菩薩遺誡」考・補遺――行基参宮伝承の周辺――」（『論集』第四一号、一九八八年）、注13米山氏前掲論文ほか。

（15）引用は新編国歌大観による。

（16）引用は、佐竹昭広ほか校注『方丈記　徒然草』〈新日本古典文学大系〉（岩波書店、一九八九年）による。

（17）引用は、小泉弘・山田昭全ほか校注『宝物集　閑居友　比良山古人霊託』〈新日本古典文学大系〉（岩波書店、一九九三年）による。

（18）注13米山氏前掲論文。

（19）ここでの実賢の御室批判の言葉は、無住には半ば当然のこととして受け止められたものと推察される。無住にとっての理想的な御室の在り方は、この実賢説話の少し後、同じ巻十本―八に描かれる大御室性信において体現されていよう。そこには、深夜、白衣姿の性信が一人の供も連れず、菓子を持って大内裏を訪れ、その築地外の非人、乞食、病者らに加持して与える慈悲の姿が活写されている。なお、この点が『沙石集』の性信説話の特色であることについては、『古事談』の同話との比較において、小林直樹「『古事談』性信親王説話考」（浅見和彦編『『古事談』を読み解く』笠間書院、二〇〇八年）で指摘した。

（20）『沙石集』の良胤説話は、後に『壒嚢鈔』にも採録されるが、該書の良胤伝については、小助川元太「『壒嚢鈔』の〈観勝寺縁起〉」（『行誉編『壒嚢鈔』の研究』三弥井書店、二〇〇六年、初出は二〇〇三年）参照。なお、良胤の住持した観勝寺と言えば、近年、加賀元子氏の手で、応永二十八年（一四二一）八月上旬、該寺において書写された旨の本奥書を有する伝無住著『妻鏡』の新出写本が紹介されたことも思い合わされる（「西大寺蔵写本『妻鏡』をめぐって」『中世寺院における文芸生成の研究』汲古書院、二〇〇三年、初出は一九九九年）。ただし、『妻鏡』があくまで無住仮託の書であることは、土屋有里子「『妻鏡』成立考――女人説話の検討から――」（『国語国文』第七七巻第一二号、二〇〇八年）の指摘に従うべきであろう。土屋氏は「観勝寺は無住在世時から後代に至るまで、無住を良く知る〈場〉であり、無住仮託の書が編まれるために適した環境空間であった」とする。

(21) ただし、流布本系の本文では、良胤自身の陀羅尼の徳として語られている。
(22) 真言宗全書所収。
(23) 『研究紀要（醍醐寺文化財研究所）』第一号（一九七八年）所収。なお、本血脈には実賢のところに「静遍僧都同宿弟子也。若不レ及二受誡一歟」という注記がある。ちなみに同血脈によれば、実賢が良胤に付法したのは、延応元年（一二三九）二月十九日のことである。
(24) 続真言宗全書所収。
(25) 続群書類従所収。返り点は私に補った。
(26) 本話については、苅米一志「「三輪上人行状」の形成と構造」（『就実大学史学論集』第三二号、二〇一八年）参照。
(27) 真言宗全書所収。真言宗全書解題は、本書の著作年代について「寛政八年直前の作と見るべきである」とする。
(28) 高野山三宝院蔵・高野山大学図書館寄託。一巻。宝暦二年（一七五二）写。
(29) 高野山金剛三昧院蔵・高野山大学図書館寄託。十巻。良恩手沢本。永正六年（一五〇九）写。貞治四年～貞治六年（一三六五～一三六七）の本奥書。「今、此口伝、蓮道房、随二実賢僧正一、聞書」（巻三）とあり、随所に実賢のものとおぼしい口伝が記される。
(30) 高野山大学図書館蔵。一巻。内題「三宝院流汀事」。内題下に「建武四年十月廿六日」と記。
(31) 本章旧稿初出後、伊藤聡「中世神道の形成と無住」（『神道の形成と中世神話』吉川弘文館、二〇一六年、初出は二〇一一年）は、『雑談集』の「「上人事」の慶円説話の前に高野山の五智院融源」の説話が配置されており、その融源の「法を蓮道が伝えている」点に着目、「実賢・慶円・融源は、何れも蓮道の師にあたる人物なので」、「上人事」の説話配置の背景について「無住が蓮道と何らかの関係があったと考えるべきではないだろうか」と推測している。
(32) 伊藤聡「伊勢二字をめぐって――古今注・伊勢注と密教説・神道説の交渉」（『中世天照大神信仰の研究』法藏館、二〇一一年、初出は一九九六年）。
(33) 高野山金剛三昧院蔵。高野山大学図書館のマイクロフィルムによる。句読点、濁点は私。

（34）『祖師伝来口伝』巻三には、この辺の経緯について次のように記されている。「実賢大僧正者、……小ヨリ勝賢僧正門弟トシテ、常随仕人也。雖レ然、金剛王院賢海無二付弟一之間、勝賢与二賢海一畢。然之間、両流随分伝受写瓶也」（句読点および返り点は私）。また、室町期成立の『弘鑁口説』（続群書類従）では、「実賢僧正ハ初ハ勝賢ノ御弟子。然ルヲ金剛王院ノ賢海僧正ノ代ニ可レ然付法ノ弟子無レ之。覚洞院実賢ヲ被二乞申一。依レ之実賢ヲ金剛王院被二入申一也。シカリト雖実賢ハ久ク三宝院ヲ稽古アリシ故ニ、金剛王院移住之後ニ多クハ人ノ為ニ三宝院ヲ授ラル、也。是ヲ実賢ノ三宝院ト云ナリ。……」と伝える。

（35）この点につき伊藤聡氏は、猿投神社蔵の無住撰述『三昧耶戒作法』中の表白の内容から無住の法脈について次のように指摘している。「この表白において最も注目すべきは、大日如来以来自分に至るまで、金剛界二七代、胎蔵界二六代と明記されていることである。彼が受けたのは三宝院流であろうから、これは未だ不明である彼の法教の師を推定するための重要な手掛かりになるだろう。……無住の師は金剛界二六代目に当たる筈だから、正嫡ならば覚雅（一二四六〜九二）が相当する。しかし覚雅では年齢的に無理である。三宝院流は多くの支脈があり無住が受けたのはそれであろう」（「猿投神社蔵の無住撰述『三昧耶戒作法』について」『愛知県史研究』第五号、二〇〇一年）。さらに、その後、伊藤氏は、「『雑談集』巻第五「愚老述懐」のなかの記述で、前年まで鎌倉の寿福寺にいた無住が、翌年大和の菩提山正暦寺に赴き、それほど時をおかずに三宝院流の伝受を受けたといっていること」について「正式の伝法灌頂とは思えず、おそらく唯心のような「真言師」から受けたのであろう」と推測している（注31前掲論文）。

（36）『野沢血脈集』には「実賢下分流」の項に「相承血脈記云。西大寺流、岩蔵流、賀茂流、三輪流、宝生流、已上遁世異門徒傍流云々」と記される。

（37）続真言宗全書解題。その後、本書については、牧野和夫「延慶書写時の延慶本『平家物語』へ至る一過程――実賢・実融：一つの相承血脈をめぐって」（大橋直義編『根来寺と延慶本『平家物語』――紀州地域の寺院空間と書物・言説』〈アジア遊学二一一〉勉誠出版、二〇一七年）が、「新出の古写善本である東寺観智院蔵『血脈見聞　仁和　醍醐』」を紹介し、そこには「静基上人」といった敬称を付した記載がなく、「本文の血脈の殆どが、「良含―静基」とあり、この師資に止まることと併せて考えるならば、恭畏の『密宗血脈鈔』の「実証口静基撰か」の「実証口」については不審であるが、「静基撰」述は一考に値し、全書解題の「静基の口決を何人かが記録した」との推定は難しいのではないか。『密教大辞典』の「白毫院良含の付法静基撰か」との推定は見直されるべき推定で、本書東寺蔵『血脈見聞　仁和　醍醐』両本の出現するに及び、改めて採用されるべき撰者説であろう。正確に記述すれば、「良含口静基記」と考えるべきであろう」と推定している。

(38) 注6湯浅氏前掲論文による。

(39) もっとも、こうした実賢像はあくまで彼の法脈に連なる遁世僧の間に共有されたものであることには注意が必要であろう。本章旧稿初出後、平雅行「鎌倉中期における鎌倉真言派の僧侶――良瑜・光宝・実賢――」(『待兼山論叢　史学篇』第四三号、二〇〇九年)は幕府僧としての実賢像を明らかにし、佐藤亜莉華「金剛王院流の醍醐寺座主輩出と世俗権力」(『ヒストリア』第二九一号、二〇二二年)は、「寺内の規範に基づいて争われた座主職相承をめぐる相論に、世俗的な価値観を持ち込」み、「世俗権力の外護による金剛王院流の地位向上を図った」実賢の戦略手法を指摘している。なお、本書第一部第五章参照。

(40) 伊藤聡「無住と中世神道説――『沙石集』巻一第一話「太神宮御事」をめぐって」(注32前掲書、初出は二〇〇〇年)参照。

(41) 土屋有里子「無住著作における法燈国師話――鎌倉寿福寺と高野山金剛三昧院――」(『国語と国文学』第七九巻第三号、二〇〇二年)。なお、本書第一部第一章参照。

(42) 続群書類従所収。返り点は私に付した。

(43) 本章旧稿初出後、阿部泰郎「『無住集』総説」(『無住集』〈中世禅籍叢刊第五巻〉臨川書店、二〇一四年)が、真福寺蔵『逸題灌頂秘訣』奥書識語から「実賢―如実―察照―無住」の相承系譜を明らかにし、無住は実賢の「孫弟子」にあたる「察照」から受法されたことが判明した。この「察照」が「彼孫弟子ノ僧」にあたる可能性は十分にあろう。なお、本書第一部第八章参照。

第五章　無住と遁世僧説話——ネットワークと伝承の視点

はじめに

近年、無住の著作における遁世叙述が改めて注目を集めているが[1]、それと並行して遁世僧説話の背後にあるネットワークの解明も急速に進みつつある。伊藤聡氏は「東大寺戒壇院周辺の律僧たち・三輪流・聖一派・法燈派といった、鎌倉中期における伊勢神宮と仏教とを結ぶ複数の集団」「と無住が確実に接触していた」状況を明らかにし[2]、牧野和夫氏もまた「戒壇院系のネットワーク」を中心に事実関係の究明を進めている[3]。

本章では、そうしたネットワークのおそらくは末端に連なるであろう名もなき遁世僧の存在に着目し、彼らの視点を通して伝承され、もたらされた説話を無住がいかに受容しているか、その様相を明らかにしたいと考える。

一　行仙房と高野聖

無住を取り巻く遁世僧ネットワークの一端に光を当てるため、まず取り上げたいのは、米沢本『沙石集』巻十末第一三「臨終目出キ人々ノ事」に伝えられる、無住と同時代の遁世僧、行仙房についての以下の挿話である。

上野ノ国山上ト云所ニ、行仙房トテ、本ハ静遍僧都ノ弟子、真言師也。近比、念仏ノ行者トシテ尊キ上人ト聞ヘキ。

去シ弘安元年ノ入滅ニ、サキノ年ヨリ明年臨終スベキ事、病ヅクベキ日、入滅ノ日マデ日記シテ、箱ノ底ニ入置。弟子コレヲ不レ知、没後ニ開テミル。少モタガフ事ナシ。

尋常ノ念仏ノ行人ノ如ク、数遍ナンドモセズ、観念ヲ宗トシテ、万事ニ執心ナクミヘケリ。説法モ強ニ請ズル人アレバ、時ニノゾミテ不思議ナル小衣ハギダカニキテ、木切刀コシニサシナガラ説法シナンドシテ、布施ハスレバ、制スル事モナク、用キル事モナシ。ヨソヨリホシキ物、トリチラシケリ。

世良田ノ明仙長老ト常ニハ仏法物語ナンドアリケリ。宗風モ心ニカケキヤトミヘケル。

或人云、「念仏申ス時キ、妄念ノヲコルヲバ、イカヾ対治スベキ」ト問ヒケル返事、

アトモナキ雲ニアラソフ心コソ中〳〵月ノサハリナリケレ

臨終ノ体、端坐シテ化ス。紫雲靡テ、室ノ前ノ竹ニカヽル。紫ノ衣ヲウチ覆ヘルガ如シ。音楽ソラニ聞ヘ、異香室ニ薫ズ。見聞ノ道俗市ヲナス。葬ノ後、ミルニ、灰紫ノ色也。舎利数粒、灰ニ交ル。彼門弟ノ説、世間ノ風聞ニタガハズ。舎利ハ自ミ侍キ。仏舎利ニタガハズ。コノ上人ノ風情、ウラ山シクコソ。

上野国山上（現群馬県桐生市新里町山上）に住した行仙房は、真言と念仏を兼修する遁世僧であった。弘安元年（一二七八）の入滅の前年からその日を予言し、臨終の際には紫雲、音楽、異香と往生の瑞相が出現、火葬の後には灰の中から舎利が発見されたという。さらに行仙房は禅にも関心があったらしく(4)、山上から程近い世良田（現群馬県太田市世良田町）長楽寺の「明仙長老(5)」と親交を結んでいた。無住は二十七歳の建長四年（一二五二）、第二世悲願長老朗誉の時代にこの長楽寺で学んでおり(6)、「生前の行仙と無住は面識をもっていた可能性(7)」も否定できない。ともあれ、行仙房の「風情」を慕う無住は、その没後おそらくは現地に赴き、舎利を実見した（傍線部）。

この部分、流布本系の本文（古活字本）では次のように語られる。

彼弟子、マノアタリカタリキ。カツハ灰モ舎利モ見侍キ。世間ノ風聞、コレ同カリキ。

本話は、「世間ノ風聞」を耳にして現地を訪れた無住に、行仙房の「門弟」「弟子」が直接語ってくれた話に基づいて構成されているとおぼしい。では、その「風聞」、すなわち行仙房の往生の瑞相についての情報を無住の周辺にまで届けたのはいかなる人々だったのだろうか。

この問題を考えるに際し、緒を開いてくれるのが金沢文庫蔵の『念仏往生伝』[8]である。「本書は不完全な残簡で、書名も撰号も闕いており、念仏往生伝の名も発見者の仮につけたものである[9]」が、内部徴証からその撰者が『沙石集』に登場する行仙房その人であることが知られる[10]。その中から、まず第二五話「禅門寂如」の伝を見よう。

俗姓者京兆源氏也。出家已後、住㆓摂津国濃勢郡木代庄大麻利郷㆒。多年念仏、薫習既積。常自云、「我遂㆓往生㆒、諸人被㆑讃」云々。此□洛陽有㆓女人㆒。夢云、「彼禅門之辺、諸大菩薩□雲集。彼菩薩云、『汝所㆑見者、纔少分也。十方薩埵、悉皆来集、雲上山外、非㆓眼界之所㆑及』」云々。夢後為㆓結縁㆒、彼濃勢郡尋来。又北白河有㆑僧。同得㆓往生夢㆒。尋来結縁。其後無㆑程臨終。瑞相甚多。或聞㆓音楽㆒、或聞㆓異香㆒。又□後七日々々、瑞相不㆑絶云々。子息円浄房語㆑之。又是高野山蓮台*（見セ消チ、「花」ト傍書）谷宮阿弥陀仏御弟子。厳阿弥陀仏者、円浄房之舎兄也。

摂津国在住の寂如は往生を希求して念仏の行に励んでいた。その頃、京の女人と北白河の僧がともに寂如往生の瑞相夢を見、結縁のため摂津を訪れる。と、間もなく寂如は臨終を迎え、つづいて往生の奇瑞がさかんに現れた。――この話は寂如の子息である円浄房が撰者行仙房に語ったものという。注目すべきは、本話の末尾（傍線部）に、円浄房が高野山蓮花谷の宮阿弥陀仏の「御弟子」であり、厳阿弥陀仏はその兄であるとの情報がわざわざ付け加えられていることである。高野山蓮花谷といえば、遁世僧として名高い明遍の住房である蓮花三昧院を拠点に、念仏聖（いわゆる高野聖）の集団が形成されたことで知られる。[11] 永井義憲氏は「この宮阿弥陀仏は空阿弥陀仏で、明遍のことであろう。宮空とも通じて用いられ、やや後世の例であるが長谷寺の宮賢房専誉が自ら空玄とも記している」（傍点、原文のまま）と指摘するが、[12] その可能性は極めて高い。おそらく厳阿弥陀仏についても弟同様、明遍門下の高野聖と予想されよう。が、いずれにせよ、寂如の往生には直接関わらないにもかかわらず、所縁の高野聖に言及せずにはおれない行仙房にとって、彼らがいかに特別な位置を占める存在であったか十分に推察されるところである。

つづいて、第四五話を取り上げよう。本話は前半部を欠いているが、その後半部には以下のような記事が見える。

……彼禅勝房自云、「念仏往生之信心決定、同二我身可レ死。更無二一念疑殆之心一」云々。其後齢八十五、正嘉二年〈戊午〉十月四日入滅。兼二五六日一、夢奉レ見二源上人一。同三日戌時語レ人云、「蓮花雨下。人々見レ之哉」云々。又云、「只今有二迎講之儀式一。正臨終云、観音勢至已来迎」云々。即至二寅初一起居、合掌念仏三反、即気止了。従二高野山一上野国山上、下向上人二人、一人名二専阿弥陀仏一、一人名二誓阿弥陀仏一。親拝二見彼往生一、而来語レ之。

『法然上人行状絵図』[13] によれば、禅勝房は法然門下で遠江国在住の遁世僧である。本話は、その禅勝房が正嘉二年（一二五八）に八十五歳で入滅した際の往生の相を伝えるが、ここでも末尾（傍線部）に、禅勝房の往生の現場に立ち合った二人の僧が、高野山から遠路はるばる上野国山上の地に来訪し、その模様を行仙房に語ったことが記される。この専阿弥陀仏、誓阿弥陀仏の二人も高野聖であることは間違いなかろう。高野聖の行動半径の広さに改めて驚かされるが、行仙房は上野国に居ながらにして禅勝房の往生譚を彼らから入手し、これを作品に書き留めることができたのである。行仙房と高野聖との並々ならぬ関係がここからもうかがえよう。(14)

ちなみに、行仙房、禅勝房ともに、その語録が『一言芳談(15)』に収載されるが、該書は高野山の「明遍周辺の人物の言葉が多く収められていること(16)」で知られる。また、先掲『沙石集』説話の後半で語られる挿話――ある人が行仙房に、念仏を唱える際に妄念が生じた場合はいかにして断ち切るべきかと問うたところ、行仙房は、実態のない妄念の生起を抑えようと過度に気に掛けると、かえって悟りから遠ざかる結果になりかねないという趣旨の歌(17)を返した――についても、『一言芳談』では類似のやりとりが、次のように法然と明遍との間に取り交わされている。

高野の明遍僧都、善光寺参詣のかへりあしに、法然上人に対面。僧都問云、「いかゞして今度生死をはなるべく候」。上人云、「念仏申てこそは」。問給はく、「誠にしかり。但、妄念おこるをば、いかゞ仕候べき」。上人答云、「妄念おこれども本願力にて往生するなり」。僧都、「さうけたまはりぬ」とて出給ぬ。上人つぶやきて云、「妄念おこさずして往生せんとおもはん人は、むまれつきの目鼻取すて丶、念仏申さんと思ふがごとし」。

以上の点から見て、行仙房は高野山の明遍の宗教圏に近いところに位置していた遁世僧である可能性が高い(18)。ならば、彼が高野聖と特別なネットワークを形成していたとしても何ら不思議とするに足りないであろう。

さらに、行仙房と高野山との繋がりは、その師弟関係からも推察される。『沙石集』で行仙房の師とされる「静遍僧都(19)」は、文治四年（一一八八）に醍醐寺勝賢、元久元年（一二〇四）に仁和寺仁隆、承久三年（一二二一）

に醍醐寺成賢からそれぞれ受法した（『血脈類集記』[20]）真言僧である。『選択本願念仏集』披見を機に念仏門に帰依し、「心円房」と号したともされるが（『明義進行集』[21]）、成賢から受法したのは静遍の最晩年のことであり、彼は生涯真言僧としての立場を捨てることはなかったとおぼしい。注目すべきは、静遍が承久三年（一二二一）から貞応二年（一二二三）にかけて奥院の造替など高野山の復興に尽力し（『宝簡集』[22]巻二・巻二二、『高野春秋編年輯録』[23]巻八）、同じく貞応年間には道範ら高野の学僧に密教を講ずる（『声字義問答』[24]『秘宗文義要』[25]『弁顕密二教論手鏡鈔』[26]各奥書）など、特に晩年、高野山との密接な関係がうかがえることである。その上、静遍は「高野山蓮花谷明遍僧都」に「対面」して「真言教」について問答したり（『遍口抄』「不灌鈴事」[27]）、「浄土宗義」を聞いたりした（『法水分流記』[28]）とされるほか、「実範―明恵―明遍―静遍」という付法を示す血脈も存在する（『血脈類集記』）。貞応三年（一二二四）、五十九歳での入滅の地も「高野蓮花谷」（『皇代暦』[29]）と伝えられており、静遍と高野山との関わりは、とりわけ蓮花谷や明遍との繋がりにおいて注目されるのである。

一方、行仙房の没年は『沙石集』によれば弘安元年（一二七八）、したがって静遍の没年から「行仙の没年までに五四年の距りがある。行仙が静遍の弟子であったとすれば、その享年は恐らく七〇歳を超えることになろう」[30]。それは他方では、行仙房が静遍晩年の弟子であった蓋然性を高めることにもなろうかと思われ、その点からも行仙房と高野山、とりわけ蓮花谷との繋がりが推測されてくるのである。

加えて、『沙石集』の伝える行仙房説話にも興味深い記述がある。それは、「説法モ強ニ請ズル人アレバ、時ニノゾミテ不思議ナル小衣ハギダカニキテ、木切刀コシニサシナガラ説法シナンドシテ」と描かれるその装いである。直後につづく「布施ハスレバ、制スル事モナク、用ヰル事モナシ。ヨソヨリホシキ物、トリチラシケリ」という、布施物も自身は取らず、周辺から欲しい者が現れて好きなだけ取っていくにまかせていたという記述ともあわせ、行仙房の「万事ニ執心ナ」き様子を伝える挿話なのであろうが、中でも「不思議ナル小衣ハギダカニキテ」の部分が、米沢本『沙石集』巻一第三「出離ヲ神明ニ祈タル事」に登場する「高野聖」の姿に近似する。そこでは、高野の明遍のもとから三井寺の長吏、公顕僧正のところに派遣された「善アミダ仏ト申ス遁世聖」の様子を「高野ヒガサニ、ハギダカナル黒ロ衣モ着テ、コトナル様ナリ」と描いており、丈の短い僧衣を脛も露わに着るのが高野聖の特徴的行装であったかとも思われる。この点も行仙房と高野聖との親近性をうかがわせよう[31]。

ここで話題を元に戻すなら、行仙房の往生についての情報を運んだのは、彼と密接に関わり、日頃から往生のありように強い関心をもって行動していた高野聖たちではなかったかと推測される[32]。次節では、無住と高野聖周辺との関わりについて考察したい。

二　無住と高野聖

無住が高野聖周辺から説話を入手している状況を確認してみよう。

まず、前節の最後でも触れた、明遍のもとから善阿弥陀仏という高野聖が三井寺の公顕僧正のところに遣わされ、その行状を明遍に報告するという話の末尾には、「古キ遁世ノ上人語リ侍キ」とある。本話はおそらく高野の老遁世上人から無住が直接耳にしたものであろう。

次には、米沢本『沙石集』巻十本第一〇「依㆓妄執㆒落㆓魔道㆒人事」を取り上げる。第一〇は高野の遁世僧と往生の問題をめぐるいくつかの挿話から成っており、高野聖が往生にいかに旺盛な関心を寄せていたかうかがえる点でも興味深い話群である。まずは次の挿話から見よう。

常州ニ真壁ノ敬仏房ハ、明遍僧都ノ弟子ニテ道心者ト聞シガ、高野ノ聖人ノ臨終ヲ「吉」ト云モ、「ワロシ」ト云モ、「イサ、心ノ中ヲモシラヌゾ」トイワレケル、実ニトヲボユ。

この部分、梵舜本では、

常州ニ真壁ノ敬仏房トテ明遍僧都ノ弟子ニテ、道心者ト聞シ高野ヒジリハ、人ノ臨終ヲ「ヨシ」ト云ヲモ、「ワロシ」ト云ヲモ、「イサ心ノ中ヲシラヌゾ」ト云ハレケル。

とし、古活字本では、

常州ニ真壁ノ敬仏房トテ明遍僧都ノ弟子ニテ道心者ト聞エシ高野上人ナリケリ。人ノ臨終ヲ「ヨシ」ト云ヲモ、「イサ、心ノ中シラズ」トゾ云ケル。

とするなど、傍線部の前後を中心に異文が発生してくる状況を観察できる。これによれば、敬仏房を高野聖とする本文は後出のものと認められるが、その一方で、「明遍僧都ノ弟子」である敬仏房は『一言芳談』にもっとも多くの言葉を採られている人物としても知られ、そこでは自身「大原高野にも、其久《ひさび》さありしか」と語っているように、もともと高野聖であった可能性は十二分にあろう。ここではとりあえず「高野上人」と「高野聖」がほぼ同義で用いられていることを確認しておきたい。

ところで、本話に登場する敬仏房について、上野陽子氏は、『沙石集』の「この記事（引用者注、上野氏は梵舜本に拠っている）より、直接か間接かはともかくとして、無住が常州真壁時代の敬仏房を知っていたことは確かである」とし、さらに「もう一歩踏み込んで無住と敬仏房との間に直接の面識があったと考え」、『沙石集』に多い「明遍周辺の話も、無住が敬仏房から聞いて『沙石集』に記したのではないだろうか」と推定する。[33]「無住は北郡小幡の宝薗寺で出家したと考えられ、真壁郡とは境を接し、とりわけ宝薗寺は真壁郡に近い所に位置する[34]」

点などよりすれば、無住が敬仏房と面識があった可能性は十分にあろうし、上野氏が敬仏房を無住の「重要な情報源のひとつ」として想定するのも確かにうなずける。だが、先掲の敬仏房説話について見れば、「トイワレケル」「トゾ云ケル」と語り収められるように、無住は敬仏房から直接情報を得ていたわけではなさそうである。無住を取り巻く高野の遁世僧、高野聖の人脈はもう少し広がりをもったものであり、敬仏房もその中に位置する一人と考えるのが実態に近いところなのではなかろうか。

さて、本条には次のような挿話も認められる。

高野ノ遁世ヒジリドモノ臨終スル時、同法ヨリアヒテ、評定スルニ、ヲボロケニ往生スル人ナシ。或時ハ端坐合掌シ、念仏唱テ引入タル僧アリケリ。「是コソ一定ノ往生人ヨ」トサタシケルヲ、木幡ノ恵心房ノ上人、「是モ往生ニハアラズ。実ニ来迎ニアヅカリ、往生スル程ノモノハ、日来アシカラン面ヲモ心チヨキケシキナルベキニ、眉ノスヂカヒテ、スサマジゲナルカヲザシナリ。魔道ニ入ヌルニコソ」ト申サレケル。

本話に登場する、高野聖による往生の評定の際に意見したとされる「木幡ノ恵心房ノ上人」とは、戒律復興運動を主導した覚盛門下の律僧として知られる廻心房真空である[35]。本話について、土屋有里子氏は真空が高野山金剛三昧院住持を歴任している点に注目し、次のように論じている[36]。

「木幡ノ」と称されるように、真空は真言密教木幡義の開創者としての印象が深いが、『沙石集』に載る真空はまさに高野聖としての言質を残しており、無住が真空話を収録する背後には高野山の、金剛三昧院の存在が確実にある。それを覚心周辺を通しての情報収集とみることに、無理はないであろう。

ここでの真空に高野聖の面影が濃いのは氏の指摘の通りであるが、それは本話が真空の側を主体とする伝承ではなく、あくまで高野聖の側に受け止められた真空伝承である点と深く関わるであろう。したがって、金剛三昧院や覚心（真空の後を襲って金剛三昧院住持に就任）が無住の伝承圏において重要な一角を占めること自体に異論はないが、本話の伝承に限っていえば、金剛三昧院の存在を不可欠なものと見ることにはやや疑問が残る。土屋氏も引く『金剛三昧院住持次第』(37)を次に挙げよう。

第五長老真空廻心房〈衣笠大納言定能孫、大納言律師定兼〉

南都東大寺住、三論碩学。遁世之後当山参籠。本ハ西酉（醍醐）理性院行賢法印入室也。仍以二彼流一為レ本。遁世之後受二諸流印信一事五十余人云々。建長七年〈乙卯〉被レ補二当寺長老一寺務二ヶ年。辞退之後木幡観音院。其後於二関東無量寿院一、文永五年七月八日入滅。行年六十五。

首座　覚心〈心地房〉

醍醐寺、東大寺に学んだ真空が傍線部のように遁世後、「当山」（高野山）に参籠したというのがいつの時点のことか分明でないが、これに『東大寺円照上人行状』(38)の以下の記事をあわせるといくらか明らかになる部分がある。

于レ時建長三年辛亥、照師年三十一、四月安居已前ニ、従二リ海龍王寺一移二住シテ東大寺戒壇院一ニ、紹二隆シ寺院一ヲ、興二行ス僧宝一ヲ。……真空上人・禅心上人倶ニ住二ス高野一ニ。請シテレ之令レ来ラ。彼ノ両上人、応シテレ請ニ来住ス。……真空上人講二ス法華ノ義疏・玄論等一ヲ焉。

建長三年（一二五一）、円照が東大寺戒壇院に移り住んだ時点で、傍線部のように真空は禅心上人とともに高野山にあった。同年、真空は円照から戒壇院に招かれ来住、さらに四年後、建長七年（一二五五）には金剛三昧院住持に就任し、寺務を二年間つとめた後、木幡観音院へと転任する。すると、真空が高野聖と交渉を持ち、上のような伝承を残した時期として、二年間の金剛三昧院住持時代のほかに、建長三年以前の高野山参籠時であった可能性が俄に浮上してこよう。本話が高野聖側の伝承である点からすれば、そちらの蓋然性の方がむしろ高いと言えるのではなかろうか。そして、無住が本話をどこから入手したかといえば、それはやはり金剛三昧院[39]ではなく、高野聖の側からと考えるのが無理のない推測であろう。本話の直後に引かれる伝承は次のようにはじまる。

高野ノ上人語シハ、「遁世ハ第三重ニ入テ実ニステタル人也。……」

本話は、遁世に「世ヲスツル」「世ニモステラレヌル」「身ヲスツ」の三段階があることを説くものだが、無住は「高野ノ上人」から直にこの話を聞いたと記している。当話に限らず、巻十本第一〇に収められる挿話はすべて高野上人、高野聖から無住が伝え聞いたものであると考えるのがもっとも自然であろう。もちろんこの「高野ノ上人」が敬仏房である可能性をまったく排除するわけではないが、先にも述べたように、無住を取り巻く高野上人、高野聖の人脈はもっと多様なものであったと推察されるのである。

ちなみに流布本系テキスト（古活字本）の巻三第八「栂尾上人物語事」では、「明恵上人ニ結縁ノタメ、高野ノ遁世上人アマタアユミツレテ、栂尾へ参」りと、高野聖たちが大挙して栂尾の明恵のもとを訪れ、「アルベキヤウノ」「仏法ノ物語」を聴聞する話が語られるが、その末尾には「高野ノ遁世者ノキ、ツタヘテ物語リシ侍キ」と記され、やはり高野の遁世者から直接に伝え聞いた話とされている。

以上の点からすると、前節で取り上げた行仙房の往生に関する情報を無住のもとにもたらした人物としては、両者の周辺に確実に存在し、かつ往生の相を常に注視し、それに結縁すべく全国を行脚した高野聖こそもっとも相応しいように思われる。

三　遁世僧説話と無住

前節までの考察から、高野聖が説話伝承の媒介者として重要な存在であることが明らかになってきた。彼らは、ある場合には、往生者を求めて遠方まで出向き、実見した往生の瑞相を伝え、ある場合には、指令を帯び、あるいは自発的に、学僧のもとに赴いてその行状を伝える[40]。無住の場合、説話の第一次伝承者である高野聖から直接話を聞くということはおそらく稀で、大半は「高野ノ遁世者ノキ、ツタヘテ物語リシ侍キ」（先引「栂尾上人物語事」）とされるように、高野聖の間に語り継がれた伝承が無住の耳に届くというものであったろう。したがって、当該説話の主役の遁世僧については、もしも行仙房や敬仏房に無住が面識があったとすればむしろ例外的で、実際には直接の面識をもたない者が多かったのではないかと推測される。

同様なことは、高野聖以外の遁世僧によって無住にもたらされた説話についても言えそうである。一例として、米沢本『沙石集』巻二第七「弥勒ノ行者ノ事」を取り上げよう。八幡山の清水に住する唯心房は、広沢の保寿院流を伝える「真言師」で「弥勒ノ行者」、「如説修行ノ上人」と評判であった。「慈悲深キ人ニテ、伝授モ安カリケルマ、ニ、遁世門ノ僧共モ多ク受法シケリ」とされるが、本話ではそうした「遁世門ノ僧」の一人に、唯心房が、印を結んだ際に発現する不可思議な「真言ノ功能」を示す挿話が語られる。無住は「彼ノ同法ノ僧ノシリタル、語侍リ」と記しており、唯心房から受法された遁世僧の「同法ノ僧」が無住と知り合いであったため、彼を通して話を聞いたことが判明する。

本話に登場する唯心房については、最近、牧野和夫氏が「東大寺の凝然と近い一族の出自の人物で、石清水八幡宮大集（乗ヵ）院居住の律僧であった」ことを明らかにした[41]。無住は唯心房とはおそらく面識はなく、その受法の弟子周辺の遁世僧から情報を得ているのである。ちなみに遁世僧と無住の説話入手経路との関係については、このほか巻九第二四「真言ノ功能事」における「故実相坊ノ上人」円照、巻十末第一二「諸宗ノ旨ヲ自得シタル事」における「中道房」聖守の場合も同様に、無住は両者とは直接の面識はなく、説話の入手は彼ら周辺の東大寺「戒壇院の僧たちからである公算が高い」と推定されている[42]。

このように『沙石集』に収載される遁世僧説話の大半は、その主役である名声を博した遁世僧（学僧）から直接得られたものではなく、彼の周辺に位置する、高野聖を含む無名の遁世僧が聞き伝えた伝承を掬い上げたものなのであった。

ところで、先に引いた唯心房説話では、彼から受法された遁世僧は唯心房の印の示す「真言ノ功能」を感動をもって語ったであろうし、その点はこの遁世僧の話を承けて無住に語り継いだ「同法ノ僧」にとっても同様であったと推察される。彼らにとって唯心房は驚くべき神秘の力を秘めた行者でありながら、自分たちのような者にも受法を惜しまない、誠にもってありがたい敬愛すべき存在であったろう。では、その伝承をさらに聞き継いだ無住にとってはどうであったか。実は本話の末尾で無住は、唯心房が兜率に往生したことを証する臨終作法にも触れ、「内院ニ生テ高祖大師ヲモ拝ミ、弥勒ノ御弟子ト成リケン事、ウラヤマシクコソ覚ユレ」と記す。本話について伊藤聡氏が「このような手妻めいた技をしてみせるような手合いは、無住がいうところの「近代ノ邪見ノ土真言師」の典型のようにも思えるが、彼は唯心が文永の末年に胎蔵法を修して礼盤の上からそのまま兜率往生を遂げたとし、彼の地で弘法大師に値遇したろうと、称讃、羨望を込めて結んでいる」と指摘するように[43]、無住もまた無名の遁世僧と同様、唯心房の行状に強い感銘を受け、「称讃、羨望」の気持ちを抱いているのである。

おそらくこの点は本話に限らないであろう。伝承の主役となる遁世僧（学僧）に寄せられる無名の遁世僧たちの憧憬や称賛の念は、無住にも確実に共有されていたのである。すなわち、『沙石集』の遁世僧説話は、それを伝承してきた遁世僧と同様の視点で語られているといってよい。この時、注意されるのが、遁世僧の伝えるこうした伝承の中に、まれに官僧（無住の同時代の表現を用いれば「名僧」）の姿が認められることである。このような官僧に注がれる無名の遁世僧や無住の視線はいかなるものであったのか、次にこの点について考察しておきたい。

四　遁世僧の官僧への視線

遁世僧によって語られる官僧の説話ということで、直ちに想起されるのは、米沢本『沙石集』巻十末第一二「諸宗ノ旨ヲ自得シタル事」の冒頭に記される、金剛王院僧正実賢と山中の遁世僧をめぐる話である。それは、実賢が晩年、ある弟子に語った物語とされる。――実賢は、若き日、高野参詣の途中立ち寄った山賤の家で、老年の法師と出会う。法師は、かつて興福寺の学僧であったが、名利を志し重職を望む寺僧の姿勢に疑問を感じていた。折しも、病に倒れた父親の看病のため実家に戻ったところ、隣家の女と関係をもって落堕し、寺からは足が遠のいてしまった。だが、老年になるにつれ、再び学問への意欲がわき起こり、取り寄せた聖教を暇にまかせて熟読するうち、「仏法ノ大意」を会得したといい、それについて実賢に語ってくれた。実賢は仏に出会ったような感銘を受け、願い出て、さらに一両月「法相ノ大綱」についても法師の講義を受けた。それは並の学僧の法門とは似ても似つかぬ実に「義理深」いものであった。一両年後、実賢は再び法師を訪ね、両三日「法門ノ物語」をしたが、以降は会う機会を得なかった。このような先達に出会えたことは、自分にとって「一期ノ思出」

だと実賢は語ったという。――無住は本話の末尾に次のように記している。

彼孫弟子ノ僧ノ物語ナリ。随分ノ秘事ト思テ語キ。身ニモアリガタク覚テ、秘蔵ノ思ニ住シナガラ、心ノ底ニノコサンモ罪深ク覚テ、書置侍也。

無住は本話を実賢の孫弟子にあたる遁世僧から聞いたことを明らかにしている。その孫弟子も「随分ノ秘事」として語ってくれたこと、自分もそれを聞いて感銘深く、「秘蔵」しようと思いながらも、心底に留め置くのもかえって罪深く感じられて、このように書き置く次第であるという。

本話の眼目、すなわち該話が「随分ノ秘事」とされる所以が、老僧の語る「仏法ノ大意」にあることは言うまでもない。実賢は老僧の法談の聞き役に徹しており、近本謙介氏が指摘するように[44]、この「法談説話の構造は、僧綱を基とする僧侶の階層とそこから逸脱した遁世僧・聖階層との逆転の構図であ」ることは間違いなかろう。だが、一方、説話中で老僧が実賢に対し「君ハ智恵ノ相、御座ス。仏法ノ棟梁トナリ給ベキ人トミ奉バ、カク申ス也」と語っているように、老僧の物語は優れた資質をもつ「智者」実賢という聞き手を得て初めて引き出されたものであったとも言えるのである[45]。

本話を語り伝える遁世僧は、実賢同様、まずは老僧の語る「仏法ノ大意」に共感しつつ物語を語ったであろう。だが、この老僧の物語を弟子に語った晩年の実賢は、かつて老僧が予言した通り、東寺長者にして醍醐寺座主という高位を極めた官僧、まさに「仏法ノ棟梁」となっていた。したがって本話は、物語の外枠の部分において、山中の老遁世僧の言説が最高位の官僧によって承認され、称賛されるという構図をどうしても付随させることになろう。そしてこの点は、本話を語る遁世僧にとって思いのほか大きな慰安として作用した面があったのではなかろうか。

実際、実賢は遁世僧と親和的傾向をもった官僧であったと認められる。『野沢大血脈』(46)の実賢の項には次のような記事が見える。

仰云、此僧正ハ本ハ勝賢僧正ノ弟子也。而後ニ静遍ニ重受ス。此僧正名僧弟子ニハ理智院ノ隆澄、法性寺ノ勝円、(「勝」脱歟)尊、覚済也。又勝円ハ濫行ノ覚ヘ有㆑之。此等ノ弟子ノ中ニハ以㆓覚済ヲ㆒為ル㆑本也。……聖門ニハ空観房、大円上人等也。

まず、傍線部のように、実賢が第一節で言及した行仙房の師である静遍からも受法している事実が明らかにされる。(47)静遍は高野山との関わりが深かったこと既述の通りだが、本話において実賢が「若キ時、高野詣」を行ったと語っている点も思い合わされて興味深い。そして、次には代表的な弟子が紹介されるが、実賢には「名僧」(官僧)と「聖門」(遁世僧)と二系統の弟子が存在したというのである。このうち「聖門」の弟子としては「空観房」如実や「大円上人」良胤の名が挙げられており、無住に本話を語ってくれたという実賢の「孫弟子」も、こうした人々の法流を汲む人物であったと推測される。(48)

ところで、引用した『野沢大血脈』の中略部分には、実賢が五十余歳まで官途につかず「貧道無縁」であったのが、鎌倉幕府の有力御家人、安達景盛(大蓮房覚智)に付法したのを機に、景盛の全面的支援を受けて官途を一気に上昇させていったという秘話が紹介されている。本書第一部第四章では、『沙石集』の本話と『雑談集』巻五「上人事」に収載される実賢説話から、誰彼の隔てなく「法門物語」に興じる「法愛」の人としての実賢像を抽出し、『野沢大血脈』が伝える、関東の荒入道(覚智)に何のこだわりもなく付法を許す実賢の姿との照応を指摘した上で、実賢が遁世門の人々と親和する傾向があったのは、彼が本来的に顕官と無縁な気質を有する人物であったためではないかと推測した。実賢にそうした傾向の気質があったことは確かであろうが、その一方で確認しておかなければならないことは、無住の著作に収められる実賢説話にうかがえるのは、あくまでそれを語った遁世僧の視点から見た実賢像であるという点である。[49]当然のごとく、官僧としての事績に注目すれば、また異なる実賢像も描けよう。[50]だが、遁世僧たちは官僧である実賢の中に自分たちに親和的な姿勢を認め、共感を込めてこれを語ったのである。それは、遁世僧たちの心におそらくは一条の光を灯すものでもあったろう。それほどに、遁世僧と官僧との心理的懸隔は大きかった。『野沢大血脈』の先引箇所の後には、以下のような記事がつづく。

覚済ハ為二空観上人弟子一也。則実賢在生時者幼少ノ禅師ナル故、灌頂計ヲ受テ尊法等ノ委細ノ受法ハ一向空観上人受給也。而覚済ヒト、ナリテ後、只実賢弟子トノミナノテ、都テ賀茂ノ弟子ト云事ヲハ白地ニモ不レ被二名称一也。世挙難レ之、云云。

実賢の「名僧」の「弟子ノ中ニハ以二覚済ヲ一為レル本」とされる山本僧正覚済が、実賢在生時には幼少であったため、主要な尊法は実際には実賢の「聖門」の弟子であった「空観上人」如実から伝授されていたにもかかわらず、成人の後は自分は実賢の弟子であるとだけ名乗って、「賀茂」（空観上人）の弟子であることはおくびにも出さなかったという。覚済自身、「聖門」の弟子への付法が伝えられており、[51]そうした点からすれば遁世門に対して親和的な人物であったかとも思われるのだが、その人物にしてなお、遁世門からの受法を後ろめたく感じる意識を払拭できなかったのである。

一方、遁世門の僧の自己認識の如何については、無住の著述が参考になる。『雑談集』巻三「愚老述懐」では、無住は自らの遁世僧としての境涯を時の執権、北条貞時と対比しながら、我が身は所有の少なさと引き替えにかけがえのない自由を手にしていると謳歌するが、それでも時折、以下のような一節が顔を覗かせる。

但シ、乞食ニ似タリ。コレモ、世間ノ人ノ思ニ、乞食トテ賤シク思ヘリ。

遁世僧に対する世間の視線についてのこうした屈折した思いは、多くの名もない遁世門の僧が共有していた性質のものではなかろうか。それゆえ、官僧の頂点に立つ実賢から山中の遁世僧に示された深い敬意と思慕の念は、当該説話の主題とは別の次元で、無住を含めた遁世門の僧たちの精神的な慰安となる側面があったのではないかと推測されるのである。

遁世僧の伝承の中に登場する官僧といえば、第一節末尾で扱った「出離ヲ神明ニ祈タル事」における三井寺の長吏、公顕僧正もその例であろう。すでに触れたように、本話では高野聖の善阿弥陀仏が明遍の使いとして公顕のもとに派遣されている。高野聖特有の、おそらく権門寺院においてはとりわけ「異様」と映ったであろう行装で三井寺を訪ねた善阿弥陀仏を、公顕は「高野聖リト聞テ、ナツカシク思ハレケルニヤ」、客間に通すと「高野ノ事、後世ノ物語ナムド通夜ラセラレケリ」と歓待する。この記述によれば、公顕もかつて高野山と関係し、高野聖と交流をもっていた時期があったかに思わせる。少なくとも本話を語った高野山の「古キ遁世ノ上人」や無住には、公顕は遁世僧に親近感を示し、好意的に振舞う官僧として認識されているのである。

以上のように、『沙石集』中の遁世僧の語る伝承に現れる官僧は、遁世門に示す親和的な姿勢によって、ともすれば世間の冷たい視線に不安を覚える彼らを慰撫する役割を果たしていた面もあったかと推察される。ここで、思い合わされるのが、『沙石集』巻十末第一三「臨終目出キ人々ノ事」で語られる、無住自身その法流に連なる栄西の説話である。

故建仁寺ノ本願僧正栄西……遁世ノ身ナガラ僧正ニナラレケルニ、遁世ノ人ヲバ非人トテ、ユイカイナキ事ニ、名僧思アヒタル事ヲ、仏法ノ為、無二利益一思給テ、名聞ニハ非ズ、遁世門ノ光ヲケタジト也。大方ハ三衣一鉢ヲ以テ乞食頭陀ヲ行ズル、コノ仏《(ママ)》弟子ノ本ニテ侍レ。釈尊既ニ其跡ヲノコス。釈子トシテ本師ノ風ヲ背ンヤ。サテ返テ在家ノ行儀ヲタトクス。大ニ仏弟子ノ儀ニソムケリ。然ドモ、末代ノ人ノ心、乞食法師トテ云カイナク思ン事ヲ悲テ、僧正ニナリ、出仕アリケレバ、世、以テカロクセズ。菩薩ノ行、時ニ随フベシ。

遁世僧であるにもかかわらず僧正に就任するという一見矛盾に満ちた栄西の行為に対し、無住はそれを決して「名聞」のためのものではなく、「名僧」や「末代ノ人」が「遁世ノ人」を「非人」「乞食法師」と蔑むことに心を痛め、「遁世門ノ光ヲケタジト」立ち上がった擁護のための行動であると理解し、共感を示している。「遁世門」の身であえて僧正という「名僧」に列する栄西に対するここでの認識は、「名僧」でありながら「遁世門」に理解を示す金剛王院僧正実賢や公顕僧正に対し、無住を含む「遁世門」の僧が無意識に期待していたもののおそらくは裏返しと言ってよいものであろう。当然のことながら、『沙石集』で語られる実賢や公顕の姿が「遁世門」の僧からの視点で描かれていたように、ここでの栄西像も「遁世門」の視点によるそれであったのである。(52)

おわりに

無住のもとには、相互に関連するさまざまな遁世僧ネットワークを通して遁世僧説話が掬い上げられてきたものと推測される。そうした説話の主役である名声ある遁世僧から直接得られた話材はほとんどなく、大半はその周辺の名もなき遁世僧の間に伝承された説話を無住が聞き及んだものであった。本章では、高野聖の伝承を中心に、その様相を追ってみた。

遁世僧の視点で語られるそうした説話を無住は共感をもって叙述する。その中でも特に注目されるのが、遁世僧と関わる官僧の説話である。そして、実賢、公顕という両僧正への視線と、僧正位に就任する栄西への視線とは、決して異質なものなのではなく、むしろ同根に発するものであったとおぼしい。無住の遁世僧としてのこだわりの一面は、その点にこそもっともよく現れているのではなかろうか。

〈注〉

（1）近本謙介「遁世と兼学――無住における汎宗派的思考をめぐって――」（小島孝之監修『無住 研究と資料』あるむ、二〇一一年）は、『沙石集』に記される貞慶、明遍、慶政、栄西等の説話を、無住の遁世概念と汎宗派的思考との関わりから捉え直すことを試みた」注目すべき論考である。また、日本宗教史の立場からも、「従来、都から離れ遁世として活動した無住は、中世仏教の本流から外れた存在とされてきたが、本論では彼を中世仏教思想の基準としたい」（上島享「鎌倉時代の仏教」『岩波講座 日本歴史 第六巻 中世1』岩波書店、二〇一三年）と、遁世僧としての無住に視線が注がれている。

（2）伊藤聡「中世神道の形成と無住」（『神道の形成と中世神話』吉川弘文館、二〇一六年、初出は二〇一一年）。

（3）牧野和夫「『沙石集』論――円照入寂後の戒壇院系の学僧たち――」（『実践国文学』第八一号、二〇一二年）。

（4）米沢本で「宗風モ心ニカケキヤ」とあるところ、流布本系テキストでは「禅門ノ風情モ心ニカケタル」（古活字本）と表現される。

（5）この人名については、「明宣長老」（内閣本）、「明寅長老」（古活字本）と揺れがあり、いずれも未詳。ただし、行仙房の没する前後、正嘉二年（一二五八）～弘安三年（一二八〇）の長楽寺住持は第三世一翁院豪であり、その謚が「円明仏演禅師」である（『禅刹住持籍』群馬県史 資料編5）ことからすれば、あるいはこれに起因する訛伝か（千々和実編『新田氏根本史料』）とも思われる。くだんの院豪は入宋経験をもち、無学祖元に嗣法しており、長楽寺の「禅院化への道を」「急速に押し進めた」人物であることが指摘されている（平方和夫「長楽寺一翁院豪について――黄竜派から仏

光派へ――」『駒澤史学』第二四号、一九八〇年）。

ちなみに、本話の末尾には、荼毘に付した行仙房の亡骸から舎利が得られるという奇瑞が語られるが、『元亨釈書』には『沙石集』の当話に依拠したとおぼしい行仙伝（巻一一）以外にも、無本覚心、蘭渓道隆（以上、巻六）、大休正念、東山湛照、桑田道海、無為昭元（以上、巻八）の伝に同様な高僧舎利の奇瑞が記され（和田有希子「禅僧と「怪異」――虎関師錬と『元亨釈書』の成立――」『禅学研究』第八七号、二〇〇九年）、昭元伝の賛では「舎利者、……講徒寡而禅者多矣。我国上古希而今世滋矣」（新訂増補国史大系）とこの奇瑞の出現が近年の禅者に特徴的であることが述べられる。米沢本『沙石集』巻十末第一三「臨終目出キ人々ノ事」の蘭渓道隆の入滅記事（弘安元年七月二十四日）でも「葬ノ後、灰ノ中ニ得二ト舎利一ヲ云々」と舎利出現の奇瑞が語られており、「圭峰禅師ノ伝ニモ舎利ヲエタリト云ヘリ。相似セリ」と無住も注目する。行仙房にこの奇瑞が見られたのも、彼が禅門の「宗風モ心ニカケキ」ゆえであったか。いずれにせよ、当時高僧舎利の出現は往生の奇瑞の最新の潮流として注目を集めたものと思われる。

（6）『雑談集』巻三「愚老述懐」に「釈論、二十七歳、世良田ニテ聞レ之」とある。

（7）浅見和彦「隆寛と慈円」（『東国文学史序説』岩波書店、二〇一二年、初出は二〇〇四年）。

（8）井上光貞・大曾根章介校注『往生伝　法華験記』〈日本思想大系〉（岩波書店、一九七四年）所収。引用に際し、返り点を補うなど私に手を加えた部分がある。

（9）井上光貞「文献解題――成立と特色――」（注8前掲書）。

（10）家永三郎「金沢文庫本念仏往生伝の研究」（『仏教史学』第二巻第二号、一九五一年）。

（11）五来重『増補　高野聖』（角川書店、一九七五年）。

（12）永井義憲「念仏往生伝の撰者行仙」（『日本仏教文学研究　第一集』豊島書房、一九六六年、初出は一九五六年）。その後、田嶋一夫「中世往生伝研究――往生伝の諸相と作品構造――」（『中世往生伝と説話の視界』笠間書院、二〇一五年、初出は一九八五年）も「宮はあきらかに空の誤写」という立場から、やはり明遍説を採っている。

（13）大橋俊雄校注『法然上人絵伝（上）（下）』（岩波文庫、二〇〇二年）による。

（14）『念仏往生伝』では、第二九話、上野国赤堀の「懸入道」の往生譚末尾にも「智阿弥陀□止二見之一語レ之」との記述が見える。この欠字部分を智阿弥陀仏とよめるとすれば、高野との関わりの有無については未詳ながら、いまひとり念仏聖の姿を確認しうることになる。
（15）宮坂宥勝校注『仮名法語集』〈日本古典文学大系〉（岩波書店、一九六四年）所収。引用に際し、一部表記等、私に改めた箇所がある。
（16）上野陽子「無住と敬仏房――『沙石集』所載話について――」（『国語と国文学』第七六巻第三号、一九九九年）。
（17）当歌は『夫木和歌抄』巻三四釈教歌および『拾遺風体和歌集』釈教歌中に一遍上人の歌として見える。
（18）永井義憲氏は「行仙自らも蓮花谷の念仏聖の出身ではなかったろうか」と推測している（注12前掲論文）。
（19）静遍の事績については、石田充之「静遍僧都の浄土教」（『日本浄土教の研究』百華苑、一九五二年）参照。
（20）真言宗全書所収。
（21）大谷大学文学史研究会編『明義進行集　影印・翻刻』（法藏館、二〇〇一年）。
（22）大日本古文書所収。
（23）日野西真定編集・校訂『新校　高野春秋編年輯録』（名著出版、一九八二年）。
（24）真言宗全書所収。
（25）真言宗全書所収。
（26）続真言宗全書所収。
（27）大正新脩大蔵経第七八巻694b。
（28）野村恒道・福田行慈編『法然教団系譜選』（青史出版、二〇〇四年）所収。
（29）改訂史籍集覧所収（『歴代皇紀』）。
（30）渡邊綱也校注『沙石集』〈日本古典文学大系〉（岩波書店、一九六六年）四四八頁頭注。
（31）ちなみに、『元亨釈書』巻十一の行仙伝は『沙石集』の本話に依拠していると思われるが、「不思議ナル小衣ハギダカニキテ」の記述はそこには見えない。また、「木切刀コシニサシナガラ説法シ」の部分も、たまたま山中で薪を取っている折に説法の依頼を受け、そのまま「鈯斧」（小さい斧）を腰に差したまま檀家に赴いたものとされる。『元亨釈書』行仙伝には、その行状から「聖」的要素を削ぎ落として語ろうとした、虎関師錬による一種の合理化が認められよう。

(32)無住に本話を語ってくれた行仙房の「門弟」「弟子」も高野聖と所縁深い人物である可能性が多分にあろう。

(33)注16上野氏前掲論文。

(34)小島孝之校注・訳『沙石集』〈新編日本古典文学全集〉（小学館、二〇〇一年）五六三頁頭注。

(35)真空の事績については、苅米一志「遁世僧における顕密教の意義――廻心房真空の活動を例として――」（『年報中世史研究』第二二号、一九九七年）ほか参照。

(36)土屋有里子「無住著作における法燈国師話――鎌倉寿福寺と高野山金剛三昧院――」（『国語と国文学』第七九巻第三号、二〇〇二年）。

(37)高野山文書所収。引用に際し、返り点を補うなど表記を私に整えた。

(38)『東大寺円照上人行状』（東大寺図書館、一九七七年）。

(39)土屋氏が金剛三昧院の存在と関わらせて「覚心周辺を通しての情報収集」というとき、あるいは覚心を祖とする萱堂系の高野聖を想定しているのかもしれないが、無住当時の萱堂聖の実態は分明を欠くのに加え、一般に「蓮花谷聖が道心を売り物にして納骨と廻国に特色があったのにたいして、萱堂聖は唱導の文学と芸能に特色があった」（注11五来氏前掲書）とされる点に照らせば、本話の場合、明らかに蓮花谷聖（明遍系高野聖）の特色を有しているものと認められる。

(40)『一言芳談』には、『沙石集』で明遍の使者として登場した善阿弥陀仏の以下のような談話が伝えられている。

黒谷善阿弥陀仏、物語云、「解脱上人の御もとへ聖まいりて、同宿したてまつりて、学問すべきよしを申。かの御返事に云、『御房は発心の人と、見たてまつる。学問してまたく無用なり。とくかへりたまへ。これに候ものどもは、後世の心も候はぬが、いたづらにあらむよりはとてこそ、学問をばし候へ』とて、追返されし」云々。

これによれば、善阿弥陀仏は解脱上人貞慶のもとにも赴き、その言葉を高野山に持ち帰って、聖たちの間に伝えたのである。

(41) 注3牧野氏前掲論文。ちなみに、唯心房については、追塩千尋「凝然の宗教活動――凝然像の再検討――」(『中世南都仏教の展開』吉川弘文館、二〇一一年、所出は二〇〇六年)にも言及がある。

(42) 注2伊藤氏前掲論文。

(43) 注2伊藤氏前掲論文。伊藤氏はさらに、無住が『雑談集』巻三「愚老述懐」で菩提山正暦寺において三宝院流の灌頂を受けたと記していることについても、「正式の伝法灌頂とは思えず、恐らく唯心のような「真言師」から受けたのであろう」とし、「諸宗・諸流を広く学び、伝法を欲する律僧＝遁世僧にとって、唯心のような人物こそが求められていたのであ」ると論じている。一方、苫米地誠一「凝然撰『円照上人行状』に見られる真言宗僧円照」(律宗戒学院編『唐招提寺第二十八世凝然大徳御忌記念　凝然教学の形成と展開』法藏館、二〇二一年)は「無住が記録した唯心の法験は、多くの験者・高僧の示した霊験として伝えられるところと変わりはなく「手妻めいた(インチキな)技」で相手を騙した、というものではない。道場の内に兜率の内院を現じた、というのも、子島真興(九三四～一〇〇四)の伝にも同様の話が見え、唯心房が悉地成就の験者であり、往生の奇瑞として、兜率の内院(弥勒の浄土)への往生者であることを語るものである。また唯心房が慈悲深くて誰にでも伝受をしたというのも、初心の者に対して十八道・尊法の伝受をしたということで、相手構わずの伝法(阿闍梨位)灌頂をしたというものではないであろう」とする。

(44) 注1近本氏前掲論文。

(45) 本書第一部第四章参照。

(46) 続真言宗全書所収。引用に際し、一部表記等、私に改めた箇所がある。

(47) ただし、『伝法灌頂師資相承血脈』(『研究紀要(醍醐寺文化財研究所)』第一号、一九七八年)では、「静遍―実賢」の実賢に注記して「静遍僧都同宿弟子也。若不㆑及㆓受誡㆒歟」とされる。

(48) 最近、阿部泰郎「『無住集』総説」(『無住集』〈中世禅籍叢刊〉臨川書店、二〇一四年)が、真福寺蔵『逸題灌頂秘訣』

奥書識語から「実賢―如実―察照―無住」の相承系譜を明らかにし、無住は実賢の「孫弟子」にあたる「察照」から受法されたことが判明した。この「察照」が「彼孫弟子ノ僧」にあたる可能性は十分にあろう。なお、本書第一部第八章参照。

(49) ちなみに、『野沢大血脈』は徳治二年（一三〇七）の成立で、本文のほとんどが良含（実賢の「聖門」の弟子である「大円上人」良胤の資）―静基の師資にとどまることから「本書は静基の口決を何人かが記録したと考えるのが妥当であろう」（続真言宗全書解題）と推測されている。ただし、最近、牧野和夫「延慶書写時の延慶本『平家物語』へ至る一過程――実賢・実融：一つの相承血脈をめぐって」（大橋直義編『根来寺と延慶本『平家物語』――紀州地域の寺院空間と書物・言説』〈アジア遊学二一一〉勉誠出版、二〇一七年）は、「新出の古写善本である東寺観智院蔵『血脈見聞　仁和　醍醐』」を紹介し、そこには「静基上人」といった敬称を付した記載がなく、「本文の血脈の殆どが、「良含―静基」とあり、この師資に止まることと併せて考えるならば、恭畏の『密宗血脈鈔』の「実証口静基撰か」の「実証口」についてては不審であるが、「静基撰」述は一考に値し、全書解題の「静基の口決を何人かが記録した」との推定は難しいのではないか。『密教大辞典』の「白毫院良含の付法静基撰か」との推定は見直されるべき推定で、本書東寺蔵『血脈見聞　仁和　醍醐』両本の出現するに及び、改めて採用されるべき撰者説であろう。正確に記述すれば、「良含口静基記」と考えるべきであろう」と推定している。そうとすれば、本書収載の実賢伝承もまた遁世門の僧の間に伝えられた、遁世僧の視点から見た実賢像であると言えよう。

(50) 平雅行「鎌倉中期における鎌倉真言派の僧侶――良瑜・光宝・実賢――」（『待兼山論叢　史学篇』第四三号、二〇〇九年）は、こうした観点からの考察である。

(51) 『野沢大血脈』や『伝法灌頂師資相承血脈』によって覚済から遁世僧への付法が確認される。

(52) この点に関連して、近本謙介氏はすでに「栄西の事績を遁世の側面から照射しようとするのが無住の眼目であり、……これは、密教僧や入宋僧としての側面を含む多様な栄西像の中から無住が選び取ったものとして軽視するわけにはいかないであろう」と指摘している（注1前掲論文）。

第六章　無住の律学と説話――『四分律行事鈔』・『資持記』の投影

はじめに

無住が若き日に律を学んだことはよく知られている。最晩年の著作『雑談集』にはその経緯が次のように記される。

貧道、二十八歳ノ時、遁世ノ門ニ入テ、律学及《ブ》㆓六七年《ニ》㆒。四十余ノ歳マデ、随分ニ持斎梵行無㆓退転㆒侍シガ、病縁ニ事ヲ寄セ、懈怠ノ心、自然ニ無《シテ》㆓正体㆒、薬酒晩餐用《ユ》㆑之《ヲ》。……

（巻三「乗戒緩急事」）

遁世ノ門ニ入テ、随分律ヲ学ビ、又止観等学シキ。律ノ中ニ南山大師ノ事有《リ》㆑之。昼学律、夜坐禅シ、智恵深ク御坐ケル事、聞㆑之。見《テ》㆑賢《ヲ》斉シカラント思ヘル事ヲ思テ、夜ハ坐禅セシカドモ、脚気ノ病体、有《テ》㆑志《ノミ》無《シ》㆑功。三十五歳、寿福寺ノ悲願長老ノ下ニ、自《リ》㆑春至《テ》㆑秋《ニ》、叢林ノ作法、行㆑之。律儀守《リキ》㆑之《ヲ》。東福ノ開山ノ座下ニシテ禅門ノ録、義釈等聞《ク》㆑之《ヲ》。依《テ》㆑之《ニ》、如《ク》㆑形《ノ》三学斉ク修《スル》㆑之《ヲ》志有㆑之。然ルニ、身病体、心懈怠、有㆑学無㆑行。……

（同「愚老述懐」）

無住は二十八歳の時から六、七年間集中的に律を学び、その後も四十余歳までは持律の行儀を保っていたという。後年の禅寺での修学においても、三十五歳時の寿福寺では「律儀」は守ったと明記される。一方、東福寺での修学開始がいつかは分明でないものの、「三学」（戒・定・慧）をひとしく修する志があったという記述からすれば、少なくとも修学の当初は持律をつづけていたのであろう。健康上の理由により、やむなく持律を断念せざるをえなくなった後も、無住の「三学」への志向は持続している。

その無住の最初の著作である『沙石集』には、律僧の姿が目立つことが近年注目を集めている。[1] 八十余歳まで執筆活動をつづけた無住五十代の作だけに、前半生の律修学時代に築かれた律僧のネットワークがそこには自ずと反映している面があろう。当然、『沙石集』には晩年に「随分律ヲ学ビ」と回顧された若き日の律学の痕跡も相応に刻まれているはずである。著者はかつて、『沙石集』における智顗説『摩訶止観』とその注釈書、とりわけ湛然述『止観輔行伝弘決』の投影を探り、それらの作品中に占める位置の重要性を指摘したことがあるが、[2] 先引部分でも触れられている通り、無住の止観修学は律の修学期と重なっていた。

師匠ノ恩徳、経《テモ》レ生《ヲ》難《シ》レ忘《レ》。……二十九歳、実道坊上人ニ止観聞レ之。（同「愚老述懐」）

その際、無住に止観を講じた「実道坊上人」は、西大寺叡尊の弟子の名簿である『授菩薩戒弟子交名』[3] に「〈常陸国人〉源海　実道房」として名の見える西大寺流の律僧、実道房源海と推定されている。[4] 律と止観の修学は、無住の場合、一体のものとして捉えてよく、それゆえ『沙石集』における律学の痕跡を明らかにする意義は、止観のそれ同様小さくないものと見通される。[5]

本章では、叡尊の西大寺流をはじめとする律僧にとって、律学のもっとも基本的な文献である道宣撰『四分律刪繁補闕行事鈔』（以下『行事鈔』と略称）とその注釈書、元照撰『四分律行事鈔資持記』（以下『資持記』と略称）の説話的記事がいかに無住の著作に投影しているかを考察したい。無住が律を学び始めたという二十八歳時は建長五年（一二五三）にあたるが、その前年、建長四年の四月には『沙石集』にも登場する泉涌寺第六世憲静の勧進によって『行事鈔』と『資持記』がともに開版されており、折しも「『資持記』講読の盛行を想わせる[6]」時期を迎えていた。
　この方面の研究としては、かつて石井行雄氏が流布本系『沙石集』巻三に収載される質多居士・善法比丘説話と『資持記』の関係に言及したのが唯一のものであるが、ここでは古本系の米沢本を対象に据える。古本系本文のほうが律学の痕跡をより濃厚に残存させているものと予想されるからである。その際、先に述べた理由により、止観の修学との関わりについても留意したい。
　本章前半では『沙石集』への、後半では『雑談集』への、それぞれ『行事鈔』および『資持記』の投影を探っていく。

一　「百喩経」の説話

　最初に取り上げるのは、「百喩経」からの引用が明示される二つの説話である。まずは、『沙石集』巻四第一「無言上人事」に収載される以下の短い説話からはじめよう。

　百喩経ノ中ニ曰、一人ノ師、二人ノ弟子ヲタクワヘテ、時ニ随テ足ヲ撫摩。大者、小者ヲ嫌テ、カレガ当師ノ足ヲ打折ル。小者、又大者ヲソネミテ、カレガ当師ノ足ヲ打折ル。是、末法ニ大乗ノ学者ハ小乗ヲ非シ、小乗ノ学者ハ大乗ヲ謗ジテ、大聖ノ教法ヲ二ツナガラ失フベキニ喩フ。

これに対応する『百喩経』巻三（第五三話）の本文は次の通りである。

　師患レ脚付二二弟子一喩
譬如三一師有二二弟子一。其師患レ脚。遣下二弟子人当二一脚一随レ時按摩上。其二弟子常相憎嫉。一弟子行、其一弟子捉下其所レ当二按摩一之脚上以レ石打折。彼既来已忿其如レ是。復捉二其人所レ按之脚一尋復打折。仏法学徒亦復如レ是。方等学者非二斥小乗一。小乗学者復非二方等一。故使二大聖法典二途兼亡一。（大正新脩大蔵経第四巻551ａ）

『百喩経』に比して、『沙石集』では二人の弟子を「大者」「小者」（二重傍線部）と書き分けることで、後の大乗、小乗の譬えをよりわかりやすいものにしているように見える。ところが、『沙石集』と同様の表現をとる同話が『行事鈔』巻中一に存するのである。

故百喩経云、昔有二一師一、畜二二弟子一。各当二一脚一随レ時按摩。其大弟子嫌二彼小者一、便打二折其所レ当之脚一。彼又嫌レ之、又折二大者所レ当之脚一。譬下今方等学者非二於小乗一、小乗学者又非中方等上。故使二大聖法典二途兼亡一。（大正新脩大蔵経第四〇巻49ｃ）

これに『行事鈔』の当該記事に注する『資持記』巻中一上の文言「方等即大乗之通名」（大正蔵第四〇巻261ａ）をあわせるなら、「大者」「小者」の表現以外の点でも『行事鈔』が『百喩経』原経に比べ『沙石集』との同文性においてはるかに勝っていることは瞭然であろう。

巻四第一において、本話は「三学」（戒・定・慧）の重要性から始めて「戒律」の意義へと説き及ぶ論述の流れの中に位置しており、その直前には著名な「獅子身中の虫」の比喩も引かれている。

仏ノ曰ク、「師子ノ身死セルハ、余ノ獣ノ食セズ。師子ノ身ノ中ヨリ虫出テ、自ラ食ス。我ガ仏法ハ、余ノ天魔外道ノ破壊スル事ナシ。我弟子破ベシ」ト。

新編日本古典文学全集（以下、新全集と略称）はこの比喩を「おそらく『梵網経』による」とするが、『梵網経』では「……如三師子身中虫自食二師子肉一」（大正蔵第二四巻1009ｂ）とごく簡略に記されるのみであり、無住はむしろ西大寺流はじめ南都の律僧が依用した太賢集『梵網経古迹記』巻下末の次の記事に基づくものと考えられよう。

如二蓮華面経云一。仏告二阿難一、「譬如下師子命終、若空若地若水若陸所レ有衆生不三敢食二師子身肉一、唯師子自生二諸虫一自食中師子虫《（ママ）》之肉上。阿難、我之仏法非二余能壊一、是我法中諸比丘破二我三大阿僧祇劫積レ行勤苦所レ集仏法一」。

（大正新脩大蔵経第四〇巻718ａ）

無住は巻四第一におけるこうした律的文脈を踏まえて、『行事鈔』所引の「百喩経」説話を布置したものと推察される。

「百喩経」由来の説話の二つ目は巻三第二「問注ニ我レト負タル人ノ事」で語られる。

百喩経ニ云ク、昔シ、愚カナル俗アテ、人ノ婿ニナリテ行。サマ〲ニモテナサレケレドモ、ナマコザカシクヨシバミテ、イト物モクハデ、ウヘテ覚ヘケルマヽニ、妻ガ白地ニ出デタルヒマニ、米ヲヒトホウ打チクヽミテ、クワムトスル所ニ、妻帰リタリケレバ、ハヅカシサニ、面ヲウチアカメテヰタリ。「ホウノハレタマフトミヘ給ヲバ、イカニヤ」ト問ヘバ、ヲトモセズ。弥カホアカミケレバ、ハレ物ノ大事ニテモノモイハズニヤト驚キ、父母ニカクト云ヘバ、父母来テ、「イカニ〱」ト云フ。弥〱色アカクナルヲミテ、隣ノ物ノ集リテ、「婿殿ノハレ物ノ大事ニヲハスナル、アサマシ」トテ訪フ。サルホドニ、「医師ヨベ」トテ、藪《（ママ）》薬師ノチカ〲ニアリケルヲヨビテ、ミスレバ、「ユヽシキ御大事ノ物也。トク〱療治シマイラセン」トテ、大ナル火針ヲ赤ク焼テ、頬ヲトホシタレバ、米ホロ〱トコボレテケリ。頬ハ破ブラレ、恥ヂガマシカリケリ。世間ノ人ノクミ《（ママ）》テ罪ヲ作リヲキテ、仏ニモ人ニモ発露懺悔セズシテ、炎魔王界ニシテ冥官冥道ノ前ニナワツキ、ヒキ居ヘラレテ、阿防羅刹ニ打チハラレ、恥ヂガマシキ事ニアヒ、地獄ニ入テ苦ヲウクベキニ喩ヘタリ。能々発露懺悔ノ心ヲ発コシテ、冥途ノ恥ヲノガルヽハカリ事ヲスベキ物ヲヤ。

これに対応する『百喩経』巻四（第七二話）の本文は次の通りである。

掩レ米決レ口喩

昔有二一人一、至二婦家舎一、見二其擣レ米。便往二其所一、偸レ米掩レ之。婦来見レ夫、欲二共レ其語一。満二口中一米、都不レ応レ和。羞二其婦一故、不二肯棄一レ之。是以不レ語。婦怪レ不レ語、以レ手摸看、謂二其口腫一、語二其父一言、「我夫始来、卒得二口腫一、都不レ能レ語」。其父即便喚レ医治レ之。時医言曰、「此病最重。以レ刀決レ之、可レ得レ差耳」。即便以レ刀決二破其口一。米従レ中出、其事彰露。世間之人亦復如レ是。作二諸悪行一犯二於浄戒一、覆二蔵其過一不二肯発露一、堕二於地獄畜生餓鬼一、如下彼愚人以二小羞一故不二肯吐一レ米、以レ刀決レ口乃顕中其過上。

（大正新脩大蔵経第四巻554ｂ）

両者、話の大筋はもちろん一致するが、『沙石集』の波線部にあたる記述は『百喩経』には見えず、さらに医師が治療に用いる器具が二重傍線部のように「火針」（『沙石集』）と「刀」（『百喩経』）と相違する点も注意される。ところが、これらの点において『沙石集』と対応する表現をもつ伝承が『資持記』巻中二に認められるのである。

同類腫者、百喩経云、昔有二癡女一。婿帰二婦家一。羞不レ食、為二飢逼一。故乃盗レ米餐、其頬鼓起。妻見謂二頬腫一。固執不レ言。乃召二医師一、火鑚烙レ之、頬穿米出。喩下愚人負レ罪不レ思レ求レ懺必待中顕報上耳。

（大正新脩大蔵経第四〇巻301ｃ）

ただし、『資持記』には女が親に相談するくだりはなく、その点では、「父母」か「父」かという相違（傍点部）はあるものの、『沙石集』は『百喩経』原経に近いといえる。実は、『沙石集』巻五本第一四「和歌ノ徳甚深ナル事」には、いま一話「百喩経」由来の説話が認められる。

　百喩経ノ中ニ、一ノ喩ヘヲ出セリ。或人、道チニテ金銭ヲミツケテ、其カズヲコマカニカズフルホドニ、主人来タテ、取テ去リヌ。是ハ、仏法ヲ学シテハ、即行ジテ、我得分ニスベシ。名相ヲ沙汰シテ行ゼズハ、无明ノ鬼ニ浄業ヲトラルベシ。

ここで「一ノ喩へ」として引かれる伝承は『百喩経』巻四（第九〇話）に相当するが、出典注記のありよう（傍線部）が先に見た二話とは微妙に異なる上、該話は『行事鈔』および『資持記』に引用を見ない。それゆえ、無住は『百喩経』原経ないし抜書等それ相当の資料を別途参照していた可能性が高いと判断されるのである。

無住は後年の『雑談集』において、『法華伝記』と『法華経顕応録』という二種の持経者伝に所収される同一説話に取材する際、両書の記事を合わせまじえるかたちで説話構成を行っている。(9)おそらくは本話においても、『資持記』の記事に比重を置きながらも、『百喩経』ないしそれ相当の資料をも参照して、全体の説話構成をはかったのではなかろうか。

ちなみに巻三第二において、本話は北条泰時の裁判をめぐるエピソードにつづいて記されるが、後続の第三もやはり泰時の裁判説話であり、本話はちょうどその合間に語られる説話ということになる。『沙石集』に収められる、名君泰時を称揚するいわゆる「泰時伝説」は北条時頼時代に形成された可能性が高く、そうした説話の背後にうかがえる武家新制など質素倹約を説く時頼の施策は律と親和性の高いものであった。(10)『資持記』所引の「百喩経」説話を中心に本話を綴った無住も、当然そうした文脈を意識していたであろうと推測されるのである。

二　僧護説話

次には『沙石集』巻十末第一一「霊ノ託シテ仏法ヲ意エタル事」に語られる僧護比丘の説話を取り上げたい。

在世ニ僧護比丘ト云シハ、海辺ニシテ道ニ迷テ、或寺ニ入テ、中食セントトス。飯ヲ受テ用ントスルニ、銅ノ湯ナリ。サルホドニ、僧共ニミナ是ヲ用テ、身ヤケ、寺モヤケテアトナシ。夢ノ心地シテ、又行ク。五十余処ノ寺、皆同ジ。返テ仏ニ問奉ルニ、「カレハ迦葉仏ノ滅後ノ破戒ノ比丘ノ地獄ナリ」トゾノ給ケル。

僧護比丘が地獄の責苦が展開する寺々を次々とめぐる話だが、日本古典文学大系（以下、大系と略称）、新全集ともに指摘する通り、本話の原話は『仏説因縁僧護経』（以下『僧護経』と略称）に見える。該経はかなりの長さをもつものだが、そこでは「諸商人」に随行して一旦海に船出し、帰港後、「陸道」を旅していた僧護が「中路宿」において彼らにはぐれてしまった結果、「失レ伴独去、渉レ路未レ遠」してある寺に入ったと語られており、「陸道」を辿ったことの必然として『沙石集』の二重傍線部のような場所の指定は明確には語られない。ところが、これ相当の記述を有する僧護伝承が、やはり『資持記』に見えるのである。しかも、それは複数箇所（巻中一下および巻下二）にわたって記述されている。

僧護伝、本名為レ経。即明下僧護比丘遊二海辺一、見二地獄等一事上。彼云、僧護至二一寺一聞二犍椎声一。入二僧坊一已見二僧和集、食器敷具人及房舎悉皆火然一。又入二僧坊一見下諸比丘坐二於火床一互相爪劃レ肉尽レ筋、出二五蔵骨髄一亦如中燋炷上。後還二祇桓一白レ仏。仏言、「汝初見寺乃是地獄。迦葉仏時、是出家人、四方僧物不レ打二犍椎一、衆黙共用。以二是因縁一受二火床苦一。汝見第二寺亦是地獄。迦葉仏時、是出家人、檀越造レ寺、四事豊足、檀越要レ打二犍椎一、諸比丘不レ打。客比丘来不レ得二飲食一。受二火床苦一。迦葉仏涅槃已来、受二如レ是苦一、至レ今不レ息」。二経甚広、恐レ煩不レ録。（大正新脩大蔵経第四〇巻278ｂ）

僧護経、彼因三僧護比丘海辺見二諸地獄一。多是迦葉仏時比丘不レ修二戒行一、毀二壊三宝一貪二用僧物一、慳二悋衆食一不レ給二客僧一。故受二諸苦一。（大正新脩大蔵経第四〇巻381ｃ）

僧護比丘遊二海辺一見二諸鬼受一レ苦。五十六修二其間一。多是迦葉仏時比丘、妄受二信施一、非用二僧物一。故受二斯

報一。経有二一巻一。自可レ尋レ之。（大正新脩大蔵経第四〇巻389a）

ただし『資持記』は、原経では五十回以上も繰り返される地獄の寺廻りを「恐レ煩不レ録」と大幅に短縮しているため、『沙石集』が語る「銅ノ湯」を飲まされる場面などには言及がない。「銅ノ湯」の責苦が語られる原経の対応箇所は以下の通りである。

……其去未レ遠、復見二一寺一。其寺厳好、亦不レ異レ前。即入二僧坊一、聞二犍稚声一。僧護問曰、「何故打レ稚」。諸比丘答言、「欲レ飲二甜漿一」。僧護比丘、即自念言、「我今渇乏。須レ飲二甜漿一」。即入二衆中一、見下諸食器床臥敷具、諸比丘等互相罵辱、諸食器中盛満二融銅一、諸比丘等皆共飲噉、食已火然、咽喉五蔵皆成二炭火一、流下直過上。見已驚怖、進レ路而去。……（大正新脩大蔵経第一七巻567b）

おそらく無住は、『資持記』における傍線部の出典注記に導かれて、『僧護経』ないしそれ相当の資料をも参照したのであろう。そして、先に見た『百喩経』の場合同様、基本はあくまで『資持記』に拠りながらも『僧護経』相当伝承の情報をも盛り込んで、本話を綴ったものと推察される。

巻十末第一一において、本話は信者の布施を受けながらそれに相応する功徳を積まなかった僧の受ける「虚受信施」の罪による報いを説く文脈の中で語られているが、本話の後には、天台大師智顗に関する短いエピソードなどを挿んで、以下の記述がつづいている。

永嘉大師ハ「耕鋤（ニ）非ザルヲ食トシ、蚕口（ニ）非ザルヲ衣トス」トテ、牛馬人類ノ力ヲ入タル物ヲバ用イズ。絹類ヲキ給ハズ。是、皆人ノ苦悩ヲ哀ミ恐レ給フ故也。南山大師ノ云ク、「一鉢ノ食一鉢ノ汗ヨリ出タリ。汗ハ血ナリ。サレバ一鉢ノ食ハ一鉢ノ血ナリ。食ハ少ク、血ハ多」トイヘリ。

このうち後半の南山大師の言葉（傍線部）は、大系、新全集がともに指摘するように、道宣撰『浄心誡観法』の文言を典拠とする。一方、前半の永嘉大師の言葉（二重傍線部）は『資持記』巻中二の以下の記事に拠るものであろう。

永嘉食ㇾ不㆓耕鋤㆒衣ㇾ不㆓蚕口㆒。（大正新脩大蔵経第四〇巻297c）

このように、本話周辺では「虚受信施」の話題が律的な文脈の中で語られているのであり、無住が『資持記』所引の「僧護経」記事を中心に本話を綴ったのも、そうした文脈を十分に意識していたためと思われる。

三　房戒説話

つづいて取り上げるのは、『沙石集』巻八第五「死之道不ㇾ知人事」所載の房戒説話である。

仏在世ニ、舎利弗、目蓮、広野城ト云国ヲスグルニ、其国ノ人、ニゲカ〔ク〕レケリ。鬼神ナムドヲオソルヽガ如シ。其故ハ、其国ニ僧アリテ、僧坊ヲ造ラントテ、人ゴトニ材木、用途ナムドヲコヒケレバ、人、コレヲイトイテ、「仏ノ弟子ハ、人ニ物コウモノナリ。又コワレン」トテ、ニゲヽリ。帰テ、仏ニコノ事ヲ申時、御弟子ヲ集テ、具足戒ノ中ニ、コノ戒ヲ制シ給ケリ。「我ガ身ノ為ニ大ナル坊ツクルベカラズ。ヲヽカタノ寺ハ制ニアラズ」トイマシメ給。

この後、「畜類マデモ、人ノモノ乞ヲバイトウ事也」として、林中の修行者から羽を乞われて林を去った鳥の話と、河の辺の修行者から玉を乞われて河から姿を消した蛇の話を語り、「カヽル因縁ヲ引給テ、坊戒ヲ制シ給ケリ」と結んでいる。一話の主題は、僧房についての戒律である「坊戒」が定められた由縁を語る点に存するといえよう。

本話は、大系、新全集が指摘する通り、全体としては『経律異相』巻七所収話にもっとも近似する。ただし、話の前半の先引部分では両者に気になる違いも認められる。『経律異相』の当該部分を引こう。

仏住二王舎城曠野精舎一。有二五百比丘一。皆乞レ作レ房。有二估客一見二比丘来一、即閉レ肆帰レ家避レ之。比丘余道邀レ之相値。仍説二果報一、教令レ生レ信。乃至手撮二其頭一、強勧二布施一。「所以然者、令下汝得二色力寿命一増二益功徳一逮中甘露果上」。估客聞レ之生レ信、少多布施。後見二舎利弗一、具以二是事一訴二舎利一。舎利聞已、説法令レ喜。還具白レ仏。仏告二営事比丘一。……

（大正新脩大蔵経第五三巻102ａｂ）

『沙石集』では「広野城ト云国」（二重傍線部）が物語の舞台となっているのに対し、『経律異相』では「王舎城曠野精舎」（同）と都城の名が異なっている。この点、『資持記』巻中三上に引かれる次の伝承は、やはり『沙石集』のそれと一致するのである。

次引二本律一。即房戒縁起。世尊聴レ造二私房一。曠野城中諸比丘乞求煩多。諸居士遥見走避。復有二一比丘一斫二伐神樹一。神往白二告仏一。及二迦葉入レ城、乞食人皆逃避。迦葉審問、悵黙不レ楽。後因二仏入レ城、迦葉来二至仏所一、白已即出レ城去。恐二諸比丘生二瞋恚一故。世尊集レ僧制レ戒。但云二樹神来告一、又引二従レ龍乞レ珠、従レ鳥乞レ翅之縁一。

（大正新脩大蔵経第四〇巻307ａｂ）

もっとも『資持記』には、ある比丘が「神樹」を切り倒すという『沙石集』には触れられない挿話を含むほか、登場する仏弟子も、傍点部のように「舎利弗、目蓮」ではなく「迦葉」であるなど、全体としては『沙石集』と距離があることは否めない。しかしながら、先に述べた「曠（広）野城」という都城名の一致と「房戒」の由来（「縁起」）として本話が語られている点（波線部）から判断して、その重要性は揺るがないものと思われる。これまで見てきた他の例に鑑みれば、無住は『資持記』の記述を念頭に置きつつも、ここでは『経律異相』ないしそれ相当の資料（傍点部のように『経律異相』には登場しない「目蓮」の名が見える点からは、そう考えたほうが自然か）に主として拠りながら、本話を綴ったのではなかろうか。ただ、無住が常のように『資持記』の注記する「本律」（傍線部）すなわち『四分律』所収の「房戒縁起」に拠らず、なぜ『経律異相』相当の伝承に就いたかについては、にわかには判断しがたい。が、『四分律』の「房戒縁起」が『経律異相』に倍する長さをもつのに対し、『経律異相』のそれが極めてコンパクトなかたちでまとめられている点は、そうした説話構成を好む[11]無住にとって、十分に魅力的に映った可能性はあろう。

ちなみに巻八第五において、本話は北条時頼時代に形成されたとおぼしい撫民的要素の濃厚な堂塔建立説話[12]につづけて語られている。第一節で取り上げた巻三第二の説話の場合と同様、時頼時代の雰囲気と律との親和性を無住が意識していたことがここでも確認されるのである。

四　大象の夢説話

次いでは『沙石集』巻十本第一〇「依㆓妄執㆒落㆓魔道㆒人事」の末尾近くに記される以下の短い説話を取り上げる。

在世ノ国王ノ十夢ノ中ニ、大象ノ窓ヲ出ガ、身ハ出ツヽ、猶尾ニカヽヘラレテ、出ヤラヌト見テ、仏ニ問奉シニハ、「我末来ノ弟子、難㆑出家ヲ出タリト云トモ、猶名利ノタメニ出離セ〔ザ〕ラン事」トコソアハセ給ケレ。

本話について新全集は「以下の話の出典は『往生要集』か」とするが、『往生要集』大文第九の本文は「大象出㆑窓、遂為㆓一尾㆒所㆑礙」と極めて簡略である。ここでも注目すべきは『資持記』巻上一下の次の記事であろう。

三如二訖栗枳王夢一。一大象閉在二室中一。唯有二小窓一。象於二室内一出二得大身一猶レ闕二小尾一。表下釈迦弟子捨二世業一出家如三擲レ身出、貪二著名利一、如上闕二小尾一。（大正新脩大蔵経第四〇巻184b）

本話の直後に無住は次のようにつづけている。

名利ヲスツルコソ隠遁ノスガタ、出家ノカタチナレ。サレバ、仏道ニ思ヒ入ラバ、此心ヲステ、マメヤカニ遁ルベシ。然ニ鈍ナルモノハ財ト色ヲ愛シ、利ナル物ハ名ト見トニ著ス。

このうちの傍線部は、やはり『資持記』巻下四の次の文言に基づいていよう。(13)

業疏云、鈍貪二財色一、利著二名見一。（大正蔵第四〇巻417b）

巻十本第一〇において、本話は往生の願いもむなしく魔界に堕ちてしまった高野の遁世上人たちの説話につづけて語られており、それらの中には律僧として著名な廻心房真空の逸話も含まれる。そのことに象徴的に示されているように、そもそも魔界の概念自体が三学を重視する遁世僧、律僧の間でもっぱら成長してきたものであったとおぼしい。(14)その意味で、本話を含む一連の記事が律的文脈の中にあることは間違いなく、無住がその末尾に『資持記』の説話的記事に基づいて本話を語ったのも、誠に必然性のあることだったのである。

五　堅誓師子説話

次は、『沙石集』巻六第一三「袈裟ノ徳ノ事」で語られる有名な堅誓師子の説話を見よう。

賢愚経ニハ、昔、堅誓師子ト云テ、金色ノ毛アル師子アリケリ。猟師アリテ、此師子ヲ射テ、皮ヲハギテ、王ニ奉ント思テ、頭ヲソリ、僧ノ形ト成テ、毒ノ箭ト弓ヲ袈裟ノ下ニカクシテ、是ニ近ヅク。師子、僧ニナレ近ク事ナレバ、尾ヲフリテ近ヅクニ、毒ノ箭ヲ以テ是ヲイル。師子、其時、コレ猟師也ケリト知テ、是ヲカマントスルニ、袈裟ヲカクル程ノモノハ、設ヒ心中ニ善心ナケレドモ、此因縁ニツイニ仏ニ可レ成ル。其形、仏子ニ似リ。イカヾ害セント思テ、ツイニコロサズ。花色比丘尼、戯レニ袈裟ヲカケタリシ因縁ニ、ツイニ羅漢ノ果ヲ得、酔婆羅門ガ酔ノ中ニ頭ヲソリテ、ツイニ如法出家ノ身タルベキ〔記〕ヲヱシ、皆此意也。

「賢愚経」と出典名が示されるが、『賢愚経』巻一三「堅誓師子品」では、本話は仏が阿難に袈裟を身につけた人を敬う所以を説く中で仏の本生譚として語られており、師子の名も「名号二蹂迦羅毘一〈晋言二堅誓一〉」（大正蔵第四巻438ｂ）と異名を表に立てているほか、猟師が師子を殺して以降の顛末も詳細に語られるなど、全体としては『沙石集』との相違が目立つ。むしろ、ここでも注目されるのは、『行事鈔』巻下一の「賢愚経、師子敬下著二袈裟一人上故成仏」（大正蔵第四〇巻108ａ）の文言に注する『資持記』巻下一の以下の記事であろう。

賢愚云、有二一師子一名二堅誓一。躯体金色不レ害二群生一。時猟師剃レ髪著二袈裟一内佩二弓箭一。見二彼師子一念言、「我今大利。取レ皮上レ王」。時師子睡。猟師以二毒箭一射レ之。師子驚覚。即欲二馳害一見レ著二袈裟一念言、「此人不レ久必得二解脱一」。遂忍レ毒而死。乃至仏言、「師子者我身是。猟師者提婆是」。

（大正新脩大蔵経第四〇巻366ｂ）

『資持記』の記事は『賢愚経』に拠りながらも、その抄出部分は、仏が本生を明かす二重傍線部を除けば『沙石集』の当該説話にぴたりと一致する。ただし、破線部の師子の様子は両者で大きく異なっており、この部分に関してのみ『沙石集』は『大方便仏報恩経』巻七の「爾時堅誓師子、見二是比丘一心生二歓喜一、騰躍親附舐二比丘一」（大正蔵第三巻162ｃ163ａ）に近似する。したがって、無住は『大方便仏報恩経』ないしそれ相当の資料[15]をも参照していたと判断せざるを得ないが、にもかかわらず『資持記』の重要性は依然として動かないものと思われる。というのも、実は『沙石集』の先引箇所の後には、南山大師道宣が韋駄天と会話を交わすエピソードが語られており、それは新全集により道宣撰『律相感通伝』に拠るものと指摘されているからである。つまり、ここにも律的文脈が明らかに存在していることになる。

加えて、『沙石集』の本話の末尾に記される「花色比丘尼」「酔婆羅門」の因縁（波線部）は、大系および新全集が指摘するように『大智度論』巻一三に淵源する著名なものだが、『行事鈔』巻下四にも、

智論云、出家人雖二破レ戒堕一レ罪、罪畢得二解脱一、如二蓮華色尼本生経説一、如三仏度二酔婆羅門一。……

（大正新脩大蔵経第四〇巻148c）

と言及を見、『資持記』巻下四はそこに次のように注している。

次科二智論二縁一。初尼縁者、彼云、如二優鉢羅華〈即蓮華也〉比丘尼本生経説一。仏在世時此尼得二羅漢果一。化二諸婦女一出家。彼言、「我等持レ戒為レ難。恐破レ戒堕レ獄」。尼云、「堕者従レ堕。久有二出期一。我念二昔時一曾為二戯女一。因レ著二袈裟一、至二迦葉仏時一、乃得二出家一。由レ破レ戒故堕レ獄。今値二釈迦一却得二出家解脱一」。次引二婆羅門縁一。彼云、仏在二祇園一。彼因レ酔故来二至仏所一求レ度。仏勅二阿難一度レ之。彼既酔醒乃却帰レ家。比丘問レ仏。仏答如レ鈔。

（大正新脩大蔵経第四〇巻417a）

ちなみに、本因縁は『摩訶止観』巻二下にも「如三酔婆羅門剃レ頭、戯女披二袈裟一」（大正蔵第四六巻20a）と言及され、『止観輔行伝弘決』巻二之五（同214b）は『大智度論』に拠りながらそれに注しているが、因縁を語る順序はそこでは「酔婆羅門」「戯女」の順である。これに対し、『行事鈔』および『資持記』は『沙石集』同様、「蓮華色尼（戯女）」「酔婆羅門」の順であり、一見些細な違いのようではあるが、これも『沙石集』の当該記事の背後に両律疏が存在することをうかがわせる徴証とみなせよう。

このように本記事における律的文脈を押さえてくると、堅誓師子説話は他資料をも参照した形跡を見せながらも、主として『資持記』に拠って説話構成がなされた可能性が極めて高いと考えられるのである。

六　虚受信施の説話

最後に、『沙石集』巻九第一八「愚痴ノ僧ノ牛ニ成タル事」所載の以下の説話を取り上げる。

五百問論ノ中ニ云ク、或ル道人アリケリ。其ノ徳ナクシテ、徒ニ人ノ施ヲウケヽルガ、大ナル肉ノ山トナリテケリ。其ノ国ニシテ、人、飢饉ノ世ニコレヲ切リ取リテ、食ニアツ。隣国ノ人、伝ヘ聞テ、ヒソカニヌスミ切リケレバ、コノ山、大ニ振動シテ云ク、「我ハ、昔シ、道人ナリシガ、此ノ国ノ人ノ施ヲウケテ行徳ナキ故ニ、カノ信施ヲ返サンタメニ肉ノ山ニナレリ。汝ガ施ヲウケザ〔ル〕故ニキレバ、タヘガタシ」ト云ケレバ、ステ、サリニケリ。

漢朝ニモ、昔シ、道人、檀那ノ施ヲウクル事、年久。サセル徳ナカリケル故、苑ノ木ノ菌トナリヌ。主ジ、日々キリトレバ、又ヲヒ〳〵シケリ。隣家ノ人、ヒソカニ切リ取ラントスルニ、ヲビタヾシクナキ悲。其ノ故ヲ問フニ、昔ノ縁ヲカタル事、論ノ如シ。

両話は「徒ニ人ノ施ヲウケヽルガ」「サセル徳ナカリケル故」かたや「肉ノ山」、かたや「苑ノ木ノ菌」となって、ともに食されることにより債を償うという「虚受信施」の罪の報いを語る説話である。著者はかつて、両話が次に引く『止観輔行伝弘決』巻一之五の記事と深く関わることを指摘したことがある[16]。

若無レ徳受レ施、如下論中虚受二信施一後為二肉山一、自鏡録中身為レ蕈等上。（大正新脩大蔵経第四六巻178a）

さらに、これに注した従義撰『法華三大部補注』巻一一には次のような記事が見える。

如論中虚受信施後為肉山

……又五百問論云、昔有二比丘一。多乞積聚既不レ為レ福、又弗レ行レ道。命終、作二肉馲駝山一。広数十里。適値二凶年一、其国中人日取食レ之、随レ割而生。俄而隣国来レ此取レ之、便大喚。人問二其故一。彼乃答曰、「吾本道人也。為レ貪レ財不レ施。負二此国人物一多矣。故以レ肉償レ之。我不レ負レ卿也。是故大喚耳」。……

自鏡録中身為蕈等

藍谷沙門懐信撰二釈門自鏡録五巻一。其間多録二古今罪福報応一用レ之自鏡耳。彼文云、隋末新羅国有二一禅師一。於二一檀越家一偏受二供養一、往来不レ絶可二四十年一。檀越信力堅深、家途豊渥、朝夕四事身心倶尽。禅師年老致レ終、依レ法埋殯。不レ盈二数日一其家園中枯樹忽然生二梗菌一。家人采以為レ膗。其味如レ肉。大小歓慶日日取レ之。取レ之随生、給用無レ尽。歳月既久、親隣咸知。其後西隣一人踰レ牆夜竊以レ刀而割レ樹。忽有レ声云、「誰来割レ我。我不レ負レ君」。其人驚而問曰、「汝是誰耶」。答云、「我是往日某甲禅師。縁二我行道軽微一受二主人重心供養一業不レ能レ消。故来償レ債。君能為レ我乞レ物還二主人一、我即得レ脱」。隣人先時憶二識之一。故怪歎、「嗚呼」。遂告二主人一。主人聞レ之、崩号殞絶、対レ樹懺謝、誓二相免釈一。隣人為乞二百石米一、還二主人一已。其園中樹不二復生一也。……

（新纂大日本続蔵経第二八巻349ｂｃ）

ここで語られるのは「虚受信施」の罪による報いで、それぞれ「肉馲駝山」、「家園中枯樹」の「菌」となった僧の話であり、前半が「五百問論」に拠る点も含め、『沙石集』所収話と一致する。『沙石集』の当該記事の背後に、無住の止観修学の痕跡が認められることは間違いないであろう。しかしながら、注意を要するのは、前半部の同話が『行事鈔』巻中二にも存するることである。

五百問論、昔有二比丘一。多乞積聚不レ肯為レ福。又不二行道一。命終作二一肉駱駝山一。広数十里。時世飢餓。一国之人日日取食。随レ割随生。有二一他国人一。来見便斫取。便大喚動レ地。人問二其故一、便言、「吾本是道人。為レ貪レ財不レ施。負二此国人物一。以レ肉償レ之。我不レ負二卿物一。是故喚耳」。（大正新脩大蔵経第四〇巻68 a）

しかも両者を子細に比較してみるなら、二重傍線部の表現は「大ニ振動シテ」（『沙石集』）、「大喚」（『三大部補注』）、「大喚動レ地」（『行事鈔』）と、同文度においてわずかではあるが、『行事鈔』が上回るのである。「はじめに」でも述べたように、無住は律と止観を同時期に学んでいる。また、第二節で扱った僧護説話においても、無住は「虚受信施」の話題を律的文脈で語っていた。さらに、後年の『聖財集』巻中にも次のような記事が見える。

南山大師、此戒ヲ釈シテ、非理ニ財ヲ犯ス、皆盗戒ヲ犯ス、ト云ヘリ。非分ニ他ノ財ヲカスメ失フ、皆此戒ヲ犯ス。在家出家遁レガタシ。僧ノ信施ヲ受ケ勤行ナキ、虚受信施トテ無間ノ業也。在家ノ人、父母、師僧、君ノ恩ヲ報ゼザル不孝ノ罪、是モ無間ノ業ト説ケリ。浅深軽重アレドモ、盗戒ニアラズト云事ナシ。信施ヲ受テ勤行ナクシテ、肉ノ山ト成リ、園ノ茸ト成テ、施主ニ報ゼル事、論ノ中、古伝ニ有リ、云。

ここでは、今まさに問題にしている『沙石集』所載の「虚受信施」に関わる二つの因縁が律的文脈の中で言及されているのである。ちなみに、日本天台の学僧、証真が平安末から鎌倉初期にかけて執筆補訂した『止観私記』巻一末でも『止観輔行伝弘決』の当該箇所の注に『行事鈔』が参照されている。

論中虚受信施後為肉山者、南山四分抄引二五百問論一。比丘命終、作二一肉山一。一国人取食。随レ生負二昔施一償レ之、云云。自鏡録中身為蕈等者、彼録第二、新羅国一禅師、死後於二施主園中一古木生二樉菌一。家人取食無レ尽。隣人取レ之、作レ声喚、云云。（大日本仏教全書第二二巻828上）

このように見てくると、本話を綴る際に、無住が止観注釈書とあわせて『行事鈔』をも参看した可能性は十分にあるものと思われるのである。

ここまでは律の基本文献『行事鈔』および『資持記』の説話的記事の痕跡が『沙石集』にどの程度認められるのかを探ることで、無住の律学の一端を明らかにしてきた。影響関係を認定できたのは七話にすぎないが、それらはすべて天竺説話であり、もともと「近代ノ事」を「書置」こうとした（「述懐ノ事」）とされる『沙石集』にあって天竺説話が少数派であることを考慮すれば、その数は決して少ないとはいえまい。これに、かつて指摘した[17]『止観輔行伝弘決』の投影が想定される天竺説話十話ほどを加えるなら、『沙石集』において三十数話を数える天竺説話の実に過半数を占めることになる。この作品に無住の律修学時代の投影がいかに大きいか、この一事によっても十分に推察されるところであろう。無住は二十代後半から三十代半ばにかけての春秋に富んだ時期に、『行事鈔』を『資持記』という新来の宋代南山律宗の注釈書を用いて読み解きながら、「随分律ヲ学」んでいたのである。

とはいえ、無住の律学への志向は後年まで持続していたものと思われる。次節からは無住八十代、最晩年の著作である『雑談集』に『行事鈔』および『資持記』の説話的記事がいかに投影しているか考察しよう。

七　呪願の説話

『雑談集』でまず取り上げるのは、巻五「呪願ノ事」である。本記事は、六つの天竺説話が連続して語られるという集中でも珍しい箇所であり、説話を通して無住の修学の跡をうかがうには恰好の素材である。ちなみに、本記事の主題となる「呪願」という行為は、本来は僧が布施や施食を受ける際に、施主に対してその福徳を願う儀礼行為を指し、それゆえ律と深く関わるものであるが、ここではもう少し広く衆生の幸福を願う誓願の類も含めてかく称されている(18)。

最初に語られるのは以下の説話である。

昔シ、三蔵法師、寺物ヲ借用シ、非法ノ事ニ用了テ、為二償返一、他国へ行テ、観化（ママ）、持帰ル路ニテ、七歩蛇ニ螫レテ、決定命終ト思テ、以二弟子一借物ヲ返了テ、路ニテ命終ス。寺物ヲ返スト云へドモ、不法ニ用タル故ニ、地獄へ落ツ。温室ニ入ル如クニ覚テ、呪願ニ云、「沐二浴身体一、当レ願、衆生身心無垢、内外清浄ナラン」。依二呪願一出二地獄一了テ、生レ天。律蔵ノ中ニ有レ之。

寺物を借用して非法のことに使った僧（三蔵法師）が、毒蛇にかまれて落命する寸前、弟子の助けにより還債はできたものの、非法のゆえに堕獄、だがそこで衆生のための呪願を行ったおかげで天に生まれることを得たというもの。話末に「律蔵ノ中ニ有レ之」と注記されるように、『行事鈔』巻中一には「因説二三蔵法師還債事一云云」（大正蔵第四〇巻56a）の一節が存し、それに注した『資持記』巻中一下には本話と関わる以下の記事が認められる。

続引二因縁一云、仏泥洹後、一比丘精進、聡明能説レ法、使三人得二四道果一〈以二此故一云二三蔵法師一〉。因与二婆羅門女一作二不浄行一。遂用二仏法僧物一、合一千万銭〈今一万貫〉。後詣二沙法（佉ィ）国一乞大得レ物、欲レ還二償之一。路中為二七歩蛇一螫。彼知二七歩当レ死、六歩内便向二弟子一、処二分償物一、遣二還本国一。償訖還報、即起二七歩一、便死堕二阿鼻一。初入未レ熟、謂二是温室一。便挙二大声一、経唄呪願。獄鬼聞レ之、数千人得度。獄卒以二鉄叉一打レ之、命終生二三十三天一。

（大正新脩大蔵経第四〇巻278b）

ただし、『雑談集』の破線部の呪願の言葉は『資持記』には見えない。これは、一部に表現の異同を含むものの、『華厳経』巻六「浄行品」で菩薩の立てるおびただしい誓願のうちの一つ、「澡浴身体　当願衆生　身心無垢　光明無量」（大正蔵第九巻432ｂ）に由来するものであろう。この誓願の挿入は、本記事の冒頭部で本話に先立ち、「華厳経・大集経等ニ、「物ゴトニ呪願スベシ」ト見ヘタリ。一巻サナガラ呪願ノ文アリ」と『華厳経』の「呪願」について言及されることと関連しよう。前掲の誓願が含まれる『華厳経』「浄行品」は「智首菩薩と文殊菩薩の問答によって、在俗生活から出家生活までの、菩薩の利他の願いと実践が具体的に説かれる[19]」ものであり、無住が「一巻サナガラ呪願ノ文アリ」と称するに相応しい一品だからである。この呪願の言葉を別とすれば[20]、本話は全体としては『資持記』に拠るものと判断して差し支えあるまい。

次に語られるのは有名な慈童女の説話である。

　慈童女長者、貧乏ニシテ一人ノ母ヲ養フ。薪ヲ拾テ、売レ之、養ニ不足ノ意ニテ、入レ海、採レ宝、養ハムタメニ、母ニ暇ヲ乞ニ、母不レ許。相副フト思ヘルニ、母ガ髪ヲ一茎引抜テ、海ヘ行ク。路ニ迷テ、金銀瑠璃ノ城、数万歳快楽シ、其後、地獄ヘ入ル。獄卒火輪ヲ戴シメテ云ク、「汝、薪ヲ拾テ母ヲ養フ。故ニ数万歳其果報ニ受レ楽。今、母ガ髪ヲ抜テ、心ニ違スル故ニ、此ノ火輪ヲ可レ戴」、云云。慈童女ガ云、「此ノ地獄ニ受苦ノ人多哉」。答、「不レ知レ数」。「我レ、火輪ヲ戴コト幾年ゾヤ」。答、「如レ汝人、来タラン時、此ノ火輪戴スベシ」ト。童女云、「若シ然ラバ、此ノ地獄ノ衆生ノ苦、我レ一人代テ受ベシ」ト云フ。時、火輪地ニ落テ、都率天ニ生レキ。

貧しい母親を薪を拾って養っていた慈童女が、母親の反対を押し切って、海に出て宝を採ろうとする際、すがる母親を振り切ろうとして、誤ってその髪を抜いてしまう。海に出て後、(帰路において)道に迷った末、最初は母を養った孝の徳により金銀瑠璃の城で快楽を味わうが、次には母の髪を抜いた不孝の罪により堕獄、だがそこで地獄の衆生の苦しみを我が身に引き受けようという誓願を立てたために兜率天に生まれることができたというもの。結論からいえば、本話も『行事鈔』巻下三の一節「雑宝蔵、慈童女長者家貧独養二老母一現世得レ報縁」（大正蔵第四〇巻140c）に注した『資持記』巻下三の以下の記事と関連しよう。

四中彼経第一云、仏言、我於二過去世時一、波羅奈国有二長者子一。名二慈童女一。父喪。売レ薪日得二両銭一、奉二養老母一。次得二四銭八銭十六銭一。後欲二入レ海採一レ宝。母即抱捉。子掣レ手絶二母数根髪一。遂入レ海取レ宝。還発時、有二水陸二道一。即従二陸道一去。乃見レ有二城紺琉璃色一。有二四玉女一、擎二四如意珠一作レ楽来迎。四万歳中受二大快楽一。〈酬二上二銭一。〉復捨遠去至二白銀城一。十六玉女擎レ珠来迎。十六万歳受レ楽。〈酬二上八銭一。〉又復捨去至二黄金城一。〈酬二上四銭一。〉次復前行見二頗梨城一。有二八玉女一、擎レ珠来迎。八万歳受レ楽。〈酬二上八銭一。〉有二三十二玉女一、擎レ珠来迎。三十二万歳受レ楽。〈酬二十六銭一。〉又復捨去遥見二鉄城一。心生二疑怪一遂入二鉄城一。有二一人一、頭戴二火輪一捨二著童女頭上一。〈酬レ損二母髪一。〉童女問二獄卒一言、「我戴二此輪一何時可レ脱」。答言、「世間有二人罪福如一レ汝、然後可レ代」。又問、「今獄中頗有二受レ罪如レ我者一否」。答言、「不レ可二称計一」。聞已思惟、「願一切受苦者尽集二我身一」。作二是念一已、鉄輪堕レ地。獄卒以二鉄又（叉イ）一打レ頭、命終生二兜率天一。時慈童女者即我身是。当レ知、父母少作二不善一獲二大苦報一、少作二供養一得二無量福一。〈童女是長者名、非二女人一也。〉

（大正新脩大蔵経第四〇巻408b）

もっとも、両者の細部に注目するなら、波線部のように抜けた母親の毛髪が「一茎」か「数根」かという違いが気にならないでもない。この点に関わって注意されるのが、本話の直後に無住がつづける、十界と心との関係について説く以下の言説である。

天台ノ師、此事ヲ釈シ給フニハ、「十界ノ果報身ハ差別セリ。十界ノ心ハ無碍ニシテ、仏界ノ心ヲ発セリ」ト釈シ給ヘリ。

その説くところは、「行為のむくいとして受ける果には差別がある。……しかし心は融通無碍で、かりに地獄にいても、仏界の心をおこすことができるの意」[21]。「天台ノ師」とは、ここでは妙楽大師湛然を指そう。湛然はその著『止観輔行伝弘決』巻五之二において次に示すように、ごく簡略に慈童女の説話を引用した後、傍線部で十界と心の問題について論じている。『雑談集』の引く「天台ノ師」の「釈」は大筋この部分に拠ったものであろう。

初慈童女者如二心論云一。慈童女長者欲二随レ伴入レ海采レ宝、従レ母求レ去。母云、「吾唯有レ汝。何棄レ吾去」。母恐二其去一便抱二其足一。童女便以レ手捉二母髪一、一茎髪落。母乃放去。至二海洲上一、見下熱鉄輪従二空中一下、臨中其頂上上。便発レ誓言、「願法界苦皆集二我身一」。以二誓願力一火輪遂落。従レ茲捨レ命生二第六天一。違レ母損レ髪成二地獄心一、発二弘誓願一即属二仏界一。……従二事理一説、即十界果各具二十果一。……理而言レ之、一念因心実具二十界百界因果一。何者、如レ云下起二一界心一即具中十界十如上。

（大正新脩大蔵経第四六巻289ｂｃ）

さらに、右の引用中、「如二心論云一」として引かれる慈童女説話の波線部に目をやれば、抜け落ちる母の毛髪は「一茎」とあり、『雑談集』のそれと一致する。おそらく無住は『資持記』と『止観輔行伝弘決』の慈童女説話をともに参照し、前者を基本としつつも後者の要素も取り入れながら説話構成をはかっているのであろう。無住は「遁世ノ門ニ入テ、随分律ヲ学ビ、又止観等学シキ」（『雑談集』巻三「愚老述懐」）と記すように、律と同時期に止観を学んでいた。すでに第六節において『沙石集』説話について指摘したところであるが、そうした修学のありかたを反映して『行事鈔』および『資持記』と『止観輔行伝弘決』に同一の説話が認められる場合、無住はしばしば両者を折衷するような説話構成を試みているのである。本話についても同様に考えることが許されよう。ここには律と止観の修学の跡がクロスするかたちで現れているのである。
では、第三の説話に移ろう。その説話に至る前段には、呪願は本来どのような立場の僧が行うべきものなのか、またどのような場合に呪願は行われるべきものなのかを説く以下の言説が布置される。

本説ハ、呪願ハ上座ノ可レ行事ト見ヘタリ。首座ノ行ズル、其儀歟。或ハ維那行レ之。多ハ長老、若ハ其衆ノ中ノ上座也。律ノ呪願、尤可レ行レ之。

在世ニ俗人、請レ《ジ》僧供養スル事アリケリ。天竺ノ作法、在家人、始テ作レ《ニ》家、若ハ喜ビ有リ、憂モアレバ、為二祈祷一必請レ僧習ト云ヘリ。

ここも実は『行事鈔』巻下三の以下の記事に基づくものと思われる。

僧祇云、上座応下知二前人所レ施、当為応レ時呪願上。若不レ能次座応レ説。又不レ能者、乃至下座。都無者並得レ罪。……若新舎成就、估客欲レ行、及以取レ婦、若復出家、各有二呪願一。（大正新脩大蔵経第四〇巻136c）

この後につづくのが以下の説話である。

或ル長者、請レ僧供養シケルニ、舎利弗、時ノ上座ニテ呪願シケル。彼ノ長者、国主ヨリ朝恩ノ大ナル事有リケリ。妻、産平安ニシテ男子生テケリ。アキナヒ船、安穏ニシテ宝多クエタリ。カヽル吉事計会セリ。仍呪願ノ詞ノ中ニ「常ニ可下《シト》如二今日一目出上《カル》」申タリケレバ、長者、悦テ、加布施ニ白氈等ノ物ヲホクシテケリ。僧ノ中ニ愚癡ナル僧、摩伽羅ト云有リケリ。此ノ事見聞シテ、ウラヤマシク思テ、舎利弗ニ「此ノ呪願可レ教」ト云。「呪願ハ随レ時無二《ト》定詞一」云ヘドモ、懇望スル間、無レ《ク》止《ムコト》シテ書テアタフ。摩伽羅、上座トシテ、僧ヲ請ジテ供養スル長者ノ許ニテ呪願シケリ。長者、国王ヨリ子細有テ重キ罰アリケリ。妻、難産シテ死了ンヌ。船、破テ宝多ク失了。如レ此愁ノ事有ルニ、習ヒヲボヘタル文ヲ誦シテ、「常ニ可レ《シト》如二《クナル》今日ノ」云時、長者瞋テ以レ杖打レ之。又走テ麦ヲ積ニ積タテルヲ左ニ遶リテ往クヲ、主ジ瞋テ、「右ニ遶テ、多入〳〵ト可レ云」トテ打レ之。天竺ノ習ニ陰陽ノ理ニテ、左遶ハ陰物滅スル事也、右遶ハ陽物生ズル習ナル故ニ云ケル。サテ迯走ル。死人ヲ葬送スル所ニ行テ、右ニ遶テ「多入〳〵」ト云時、人瞋テ打レ之。「如レ此事、今ハ不レ可レ有云ベシ」ト云ケリ。又迯走ル。人、婦ヲムカヘテ行ニ、行キ合テ、「如レ此事、不レ可レ有」云時、人瞋テ打レ之。逃走テ、雁取ラントテ網ヲ張テ伺ミル者有ケル処ヲ、アラク走ルホドニ、雁皆飛去ケリ。彼輩瞋テ、打レ之云、「如レ此処ヲバ、匍匐トハラバウテ行ベシ」ト云ケル。サテ逃走テ、布曝干処ヲハラバウテ行ニ、守ル者ノ「為二窃盗一如レ此スル」トテ打レ之ケリ。七度打テケリ。呪願ハ可レ随レ時。愚癡ノ輩、彼ノ摩伽羅ガ如クナルベシ。律ノ中ニ有レ之。

本話は、摩伽羅という僧が時宜に叶わぬ硬直した呪願を繰り返してはことごとく失敗に帰するという烏滸話であり、それはいかにも無住好みの話柄であるが、話末に「律ノ中ニ有レ之」と注記されるように、やはり『行事鈔』とそれに注した『資持記』の以下の記事に拠るものと考えられる。

『行事鈔』巻下三

雑宝蔵、舎利弗次為二上座一。以二施主諸慶大集一故、食已行レ水、対二長者一呪願言、「今日良時得二好宝一、財利楽事一切集、踊躍歓喜心悦楽、信心勇発念二十力一、如二似今日一後常然」。時摩訶羅苦求二誦習一。舎利弗不レ免レ意授レ之。便為二亡人一呪願。及損二胡麻一繞二麦積塚上一、迎レ婦驚レ雁盗謗七被二捧打一。方至二祇桓一白レ仏。仏言、「諸比丘、若説法呪願、当下解二時宜憂悲喜楽一知中時非時上、不レ得二妄説一」。（大正新脩大蔵経第四〇巻136c）

『資持記』巻下三

四中彼経第六云、昔舎衛城有二長者一。猶（僧イ）*次請レ僧。時舎利弗及摩訶羅至二彼家一。已当時估客獲レ宝帰レ家。又彼国王分二賜聚落一封二与長者一。又其妻生レ男。故云二諸慶大集一。願詞五句。初二句称二其慶集一。宝字音誤。彼正作レ報。次二句歎二其行一レ施。十力即仏徳。以念レ仏。故而営二供養一。後句咒願。摩訶羅苦求者、彼云、舎利弗呪願已、長者心喜、即以二白氎二張一施レ之。摩訶羅惆悵、因従求学。後時僧次得レ作二上座一。彼家入レ海失レ宝。婦遭二官事一兒復喪亡。而摩訶羅依レ上呪願。長者聞已心懐二忿恚一即被二驅打一。一尋入二王田胡麻地中一踏践。胡麻守者復加二鞭打一。二乃渉レ路前進、値二他刈レ麦積時一。彼俗法、遶レ積右旋則設二飲食一、左旋則為二不吉一。時乃左旋。麦主忿レ之、復加二棒打一言、「何不三右遶呪二言多入一」。三又復前行、逢二有レ葬者一。遶二他塚壙一咒二言多入一。喪主忿レ之復捉撾打、語云、「汝見二死者一当二愍レ之云一。自今已後莫二復如一レ是」。四又復前行、見二他嫁娶一呪言、「自今已後莫二復如一レ是」。彼又忿怒復加二笞打一、乃曰、「何不二走避一」。五遂復狂走、値二人捕一レ雁触二他羅網一。猟師嗔恚復打、乃曰、「何不二安徐匍匐而行一」。六遂依二彼語一遇二浣衣者一。見二其肘行一謂レ欲レ偸レ衣、復加二棒打一。七帰レ寺白レ仏。仏因誡レ衆、如二文所一レ云。後学臨レ文慎勿二戯笑一。当下恥二已無一レ能急須上レ進レ学。脱或汝為二上座一当二如レ之何一。往往播二醜於人一則後世摩訶羅矣。

（大正新脩大蔵経[22]第四〇巻402ｂｃ）

『雑談集』は基本的には『資持記』の記事に基づいているとおぼしいが、傍線を付した箇所については、『行事鈔』の傍線部の文言を参照していることが明らかであろう。ちなみに『行事鈔』の当該記事は、説話に先行してなされる、誰がいつ呪願を行うべきかという言説の典拠として先に掲げた同書中の記事の直後に位置しており、本話が両律疏に拠った蓋然性をいっそう高めているといえる。

つづいて第四の説話に移ろう。本話は、以下のような話である。貧女が糞の中から見つけた二文の銭を僧に供養したところ、女の施心に感激した上座の僧がわざわざ自ら呪願をしてくれた。その呪願の力により、貧女の容貌は美しくなり、やがて大国の后に迎えられる。その後、女は再びかつての上座の僧を訪ね、多くの宝を供養して呪願を乞うが、僧は今度は喜ばず、呪願にも応じなかったという。本話は『雑宝蔵経』巻四（大正蔵第四巻467c）に淵源し、『法苑珠林』巻八一（大正蔵第五三巻887bc）や『大蔵一覧集』巻二（大正蔵昭和法宝総目録第三巻1286b）にも認められるが、『法苑珠林』は『雑宝蔵経』に拠り、『大蔵一覧集』は『法苑珠林』に基づいている。三者のうちでは説話がもっとも簡略であるという点で『大蔵一覧集』が『雑談集』に近似するともいえるが、本文関係からはいずれが典拠とも現段階では判断できない。それゆえ本文の引用は省略に従った。ただし、結論を先取りしていえば、本条には無住の修学の跡を顕著にうかがわせる教学関係の説話が連続して布置されており、その意味では「禅籍の範疇に入る文献で」その主張は「いうところの教禅一致思想であり、『宗鏡録』の意図をより明確な構成で示そうとしたダイジェスト版といってもよいであろう」[23]（波線原文のまま）とされる『大蔵一覧集』が典拠の候補としてもっとも注目される位置にあるとはいえるであろう。[24]もしそうであるなら、ここには無住の禅学の痕跡を認めうる余地があることにもなるのである。

ついで語られる第五の説話は、貧女の一灯として著名なものである。

貧女ガ一灯ト云事、人ゴトニ知レリレ之。在世ニ難陀ト云フ非人ノ女人有リケリ。国王長者ノ万灯ヲトモシテ、仏ニ供養スルヲ見テ、浦山敷思ヒテ、「我、先世ニ福業ナクシテ貧賤ノ身トナレリ。今世ニ善業ナクハ来世モ憑ミナクカナシク」覚テ、一銭ヲ乞得テ油ヲ買ケリ。志ヲ語ルヲ聞テ、売者、少シ添テトラセケリ。此ノ一灯ヲ仏ニ供養シテ、願ヲ発シテ云、「我、一灯ヲ以テ、一切衆生ノ愚癡ノ闇ヲ照シテ、大智光明法界ヲ照シテ、一切衆生ト共ニ成二菩提ノ道一」云云。是、只我ガ呪願也。人ノ呪願ヲ不レ待。此志実アル故ニ、余ノ灯明ハ皆油ツキ、火消ケリ。此ノ一灯、数日不レ滅。目連、維那ナルガ、心ミニ吹扇ドモ、都テ不レ滅ケリ。

目連、此事ヲ仏ニ奉レ問。仏ノ言ハク、「彼ノ女人、大乗ノ心ヲ以テ燈ス。設ヒ大海ノ水ヲ以テ消シ、大風吹トモ不レ可レ消。汝、声聞ノ神通不レ可レ及。以二此功徳一多劫不レ堕二悪趣一、後可レ成二灯光仏一」云云。

本話の出典について、中世の文学では次のように指摘している。(25)

いわゆる貧女一灯の出典はふつう「阿闍世王授決経」に見える説話を出典とするが、そこに登場する貧女は名がない。『雑談集』ではこの貧女を「難陀」と書いている。「賢愚経」では貧女の名を難陀にしている。したがってここでの出典は「賢愚経」としなければならない。事実、話の細部はすべて「賢愚経」のそれと一致している。

だが、本話も律疏との関係が濃厚である。『行事鈔』と『資持記』の該当箇所を次に掲げよう。

『行事鈔』巻下四

賢愚中、目連次知二日直一滅レ灯故也。

（大正新脩大蔵経第四〇巻147a）

『資持記』巻下四

次引レ経証。彼十一云、仏在二舎衛一。有レ女。名二難陀一。乞丐自活。見三諸国王臣民供二養仏僧一、自心思惟、「我之宿罪生処貧賤。雖レ遭二福田一無レ有二種子一」。便行二乞丐一以俟二微供一、唯得二一銭一。指（持イ）詣二油家一、具語二所懐一。油主憐愍、増倍与レ油。得已歓喜。足レ作二一灯一、奉二上世尊一。自立二誓願一、「我令（今イ）貧窮、用二是小灯一供二養於仏一。以二此功徳一令下戒（我イ）来世得二智慧照一、滅中除一切衆生垢暗上」。作二是誓一已礼レ仏而去。乃至竟夜諸灯尽滅、唯此独然。是時目連当二次直日一、欲二取滅一レ之。即挙レ手扇、復以レ衣扇、灯明不レ損。仏語二目連一、「今此灯者非三汝声聞所二能傾動一。正使二四大海水以用灌レ之、毘嵐風吹一レ之、亦不レ能レ滅。此是発二大心一人所レ施」。仏説レ是已、難陀女復来、頭面作レ礼。仏即授記、「於二来世二阿僧祇劫一、当レ得レ作

レ仏。号曰二灯光一、十号具足」。（大正新脩大蔵経第四〇巻415ａ）

両書は二重傍線部の出典注記に明らかなように『賢愚経』から説話を抄出している。『賢愚経』原経の本文と『資持記』の抄出本文との単純な比較からだけでは『雑談集』の典拠を特定することは困難であるが、「呪願ノ事」におけるこれまでの四説話の検討結果をもとに判断するなら、ここで「難陀」という名をもつ貧女の伝承を無住が採用したのは、中世の文学が指摘するようにわざわざ『賢愚経』に取材したためと考えるよりは、律疏の本文に従った結果と見なすのがより自然であろうと思われるのである。

さて、本話の後、無住は「呪願アレドモ、無実ノ功徳少シ。心ニ有バレ実、設ヒ無トモ二呪願一、行業成ズル事、有レ之。仙人ノ意罰ノゴトシ」と語って、本条の天竺説話の最後を飾る第六の説話を引用する。

昔シ、梵志有ケリ。山中ニシテ梵行シケリ。妻、相ヒ従ガヒ給仕シケリ。美人ナリケル事ヲ国王聞給テ、梵志ニ乞給ヒケルヲ、「王ノ威徳、天下ニ召シ使フ人不レ可レ乏。我身ニハ此ノ妻、昔ノ情ヲ以テ一人給仕ル（ママ）事也。御免アレ」トテ、不レ可レ進由申ヲ、「梵行ヲ修ス、女人不レ可レ給」トテ、押テ召取ラレケリ。梵志、大ニ憤恨テ、天下ヲ可レ失念強盛也。妻ニ告テ云ク、「我レ、天下ヲ可レ失。但シ、汝一人、念ジテレ我一心ニシテ坐セヨ」トヲシヘケリ。果シテ天ヨリ大ナル石ヲ下テ、国王幷ニ人民、一時ニ命了ンヌ。此ヲ意罰ト云ヘリ。身口ノ所作ナシ。只、意業至テ強盛ニシテ此ノ事有リケリ。

山中で美しい妻を伴って修行に励んでいる梵志がいた。噂を聞きつけた国王がこの妻を梵志から無理矢理取り上げてしまう。すると、梵志は深く憤って、天下を失わんとする強い念を起こした。その結果、天から大きな石が降ってきて、国王も人民も一度に命を落としてしまう。これを「意罰」と称するのだという。本話の典拠は慈恩大師基撰『唯識二十論述記』巻下の以下の記事に求められる。

論、復次頌曰、「弾宅迦等空、云何由二仙忿一、意罰為二大罪一、此復云何成」。……中阿含云。是王名也。有二摩灯伽婦人一。是婆羅門女。極有二容貌一。聟為二仙人一。名二摩登伽一。於二山中一坐。婦為二其夫一営二弁食一送。檀陀訶王、入レ山戯遊。逢二見此婦一、問、「是何人」。有レ人答言、「是仙人婦」。王云、「仙人離レ欲。何用レ婦為」。遂令三提取将還二宮内一。仙至二食時一、望レ婦不レ来。心生二恚恨一、借二問余人一。余人為説、「是王将去」。仙往二王所一、殷勤求覓、不レ肯。還云、「汝是仙人。何須レ畜レ婦」。仙言、「我食索二此婦人一」。王便不レ還。仙人意憤、語二其婦一曰、「汝一心念レ我。勿二暫捨一レ我。今夜欲レ令二此国土破壊一」。仙人夜念。時雨二大石一、王及国人一切皆死、俄頃成レ山。此婦一心念二彼仙人一、唯身不レ死。還就二山中一。（大正新脩大蔵経第四三巻1004b 1005b）

『唯識二十論述記』は世親（玄奘訳）の『唯識二十論』の注釈書であるが、本話は『唯識二十論』の頌に言及される仙人の意罰について注する中で引証されたものである。すなわち本話は法相教学に関わる説話ということになる。実は、無住は三十代半ばまで律を集中的に学んだ後、法相教学をも修めている。

於二《テ》菩提山一ニ法相ノ法門要処少《シ》聞《ク》レ之。

（『雑談集』巻三「愚老述懐」）

「三十六歳、菩提山ニ登テ、……」（同）ともあるから、それは無住三十六歳のことであったとおぼしい。その際学んだ「法相ノ法門要処」の中に、おそらくは『唯識二十論述記』も含まれていたのである。

以上、「呪願ノ事」の六つの天竺説話のうち四説話に『行事鈔』および『資持記』の投影を確認した。本記事では、律以外に止観や法相等の教学に関わる説話の引用も認められ、無住の修学と説話の関係を考えるに際し極めて興味深い事例といえる[26]が、この点については第十節で改めて触れたいと思う。

八　鐘の説話

次には同じく巻五「鐘楼ノ事」を取り上げる。本記事は第七節で見た「呪願ノ事」の直後に位置するものである。ここでは、まず祇園精舎の鐘とその功徳について総論的に述べた後、以下の二つの説話を語る。

阿含経ニ、「若聞二鐘声一三途休レ苦」〈取意〉。付法蔵伝ノ中ニ、月氏国ノ罽尼吒王、安息国ト闘イ、九億ノ人ヲ殺ス。後ニ馬鳴ノ所ニテ懺悔シ、転重軽受シテ、大海ノ中ニ千頭ノ魚ト成ル。空ヨリ釼下リ頸ヲ切レバ、即チ又生ズ。須臾ニ頭、大海ニ満ケリ。羅漢ノ聖者、鐘ヲ椎事アレバ、釼下ラズ。苦患休ケリ。仍テ長ク鐘ヲツカシム。七日有テ、償ヒ了ンヌ。鐘ノ徳、尤モ大也。

唐ノ南山大師ノ師匠、首律師ノ寺ニ僧有リ。是ノ僧、随レ王他国へ往ク路ニシテ卒ス。妻ガ夢ニ見ユ。「我、不孝ニシテ、命終シテ地獄ニ落タリ。苦患難レ忍。然ニ、今月一日、禅定寺ノ智興律師ノ鐘ヲ椎ク音ニ《(ママ)》、地獄ニ響テ、我及ビ余ノ衆生、地獄ヲ出テ、善処ニ生ジテ楽ヲ受ク。彼ノ恩ヲ報ゼント思フ。絹十疋アリ。進レ之、我志ヲ申《ノベ》ヨ」ト両度見レ之。使、返テ此ノ事ヲ云。夢ニタガハズ。仍、絹ヲ捧テ律師ニ献ジ、夢ノ事ヲ語ル。寺僧、皆聞テ、感ジテ二其心ヲ一問フ。律師云、「別ノ術ナシ。阿含経、付法蔵伝ノ鐘ノ声ノ利益ヲ聞テ、三途ノ苦ヲ休メム事ヲ念ジ、冬、鐘楼ニ上テ、コレヲツクニ、寒風肉ヲ切リ、血ヲサキ、掌中凝《コッ》レドモ、辞スル心ナク、当次維那トシテ行レ之」。衆僧随喜ス。彼ノ律師ハ、南山同法ノ僧也。行事抄ニ有レ之。

前半は、大量殺戮を行った国王がその後懺悔した結果、畜生道に墜ち多頭の魚に転生、頸を切断される苦患を受けるが、羅漢の聖者が鐘を撞くとその苦患が治まるという話、後半は、南山律師道宣の同法の僧が死後地獄に堕ちるも、智興律師の撞く鐘の音を聴いて善処に転生するという話である。末尾に「行事抄ニ有レ之」と出典注記されるように、これらも『行事鈔』と『資持記』の以下の記事に拠っているものと思われる。

『行事鈔』巻上一

故付法蔵伝中、罽膩吒王以二大殺害一故、死入二千頭魚中一。剣輪繞レ身而転、随レ斫随生。若聞二鐘声一剣輪在レ空。如レ是因縁、遣レ信白、令二長打一使二我苦息一。即増一阿含云、若打レ鐘時、一切悪道諸苦並得二停止一。此並因縁相召、自然之理不レ亡。余親承、有二斂念者一被二鬼神送レ物、云云。（大正新脩大蔵経第四〇巻6c）

『資持記』巻上一下

顕レ功中初引レ伝。罽膩吒王即月氏〈音支〉国主、与二安息国王一戦殺二九億人一。尋生三悔心於二馬鳴所一。鳴為説法令二其重罪得レ軽、尚受二是報一。随生下、彼云、須臾之間頭満二大海一。若聞下、彼因羅漢為二僧維那一、依レ時打レ鐘功加二於彼一。後受二彼白一即為二長打一。過二七日一已受苦即畢。……余下引二現事一合レ経。即智興律師初依二首師講会一。大業五年仲冬次掌二維那一。時至二鐘所一役奉倍勤。寺僧有レ兄。従二帝南幸一、江都中路亡歿。初無二凶告一、忽通二夢於妻一曰、「吾不幸病死、生二於地獄一受レ苦叵レ言。今月初一日蒙三禅定寺智興鳴レ鐘響震二地獄一。同受レ苦者一時解脱、今生二楽処一。思レ報二其恩一。可下具二絹十匹一奉レ之並陳中吾意上」。睡覚告レ人、初無二信者一。尋又重夢。後経二旬日一凶問奄至、恰与レ夢同。乃奉レ絹与レ之。而与（興イ）並施二大衆一。有レ問二其故一。興曰、「余無二他術一。因レ見二付法蔵伝及阿含経鐘声功徳一、敬二遵此轍一苦力行レ之。毎レ至レ冬登レ楼、寒風切レ肉。僧給二皮袖一、余自励レ意露レ手捉レ之。掌中凝レ血不二以為レ辞」。（大正新脩大蔵経第四〇巻186c187a）

まず『雑談集』前半の「阿含経ニ」以下の経文の引用は、『行事鈔』の「増一阿含云」以下の経文引用の「取意」であり、同じく『雑談集』前半の「付法蔵伝ノ中ニ」以下の堕畜生道説話は、『行事鈔』の「付法蔵伝中」以下の記事とそれに注した『資持記』の「初引レ伝」以下の記事を合わせまじえるかたちで説話構成を行っているのである。一方、『雑談集』後半の智興律師の説話は『資持記』の「余下引二現事一合レ経」以下の記事に基づくものである。ちなみに本記事については、かつて清水宥聖氏が東寺宝菩提院蔵『言泉　鐘楼経蔵』と「親子関係」にあり、そこから「材を得て記述した」ものであると指摘し[27]、中世の文学もこれを追認している。確かに、鐘に関する総論的記述の後に、堕畜生道説話と智興堕獄説話がつづくという構成自体は両者近似するものの、『言泉　鐘楼経蔵』には「付法蔵伝」の引用はあっても「阿含経」の引用部分はなく、また智興説話の引用が「法苑珠林」からである点など、『雑談集』の典拠と見なすことは困難である。ここは無住が明示する通り、『行事鈔』および『資持記』に基づくものと考えるべきであろう。

九　礼儀と衣食の説話

本節では、『行事鈔』『資持記』の投影が認められる『雑談集』の残り二つの説話を取り上げる。まず、巻七「礼儀ノ事」所載の次の説話である。

　仏家コトニ礼ヲ存スベシ。若シ礼ナクハ、畜類ニモヲトレリ、ト云ヘバ、過去ニ、象ト猿ト鵽鳥ト知音ニテ、尼拘楼樹ノ下ニ栖ケルガ、「我等知音也。礼儀ヲ存ジテ、年長セルヲ長老トシテ敬ベシ。此ノ樹ヲ憶シテ歳ノ長少ヲ知ルベシ」ト云ニ、象ノ云、「此ノ樹ノ我ガ臍ニ付シホドノ事ヲ憶ス」ト云。猿ノ云ク、「我、枝ノ末ヲ攀シ事ヲ憶ス」ト云。猿ハ年マサレルナルベシ、ト知ヌ。鵽鳥ノ云、「雪山ニ往テ、此樹ノ子ヲ食シテ、糞ヲ出シタリシガ生タリ」ト云。鳥、年長ゼリト知テ、猿ノ肩ニ鳥ヲスヘテ、世間ニ遊行シテ、長老ヲ敬フベキヨシ、偈ヲ誦シテ人ニ示ス事有ケリ。律ノ中ニ見タリ。

象と猿と鳥が、それぞれ目撃した同一の木の成長過程を証言することによって、お互いの長幼の関係を知り、年長者を敬うべきことを説く示威行動をとったという話。ここでも話末に「律ノ中ニ見タリ」と注記されるように、典拠は『行事鈔』および『資持記』の以下の記事に求められる。

『行事鈔』巻下三

広説二三鳥獣相恭敬法一。便説レ偈言、「其敬二長老一者、是人能護レ法、現世有二名誉一。将来生二善道一、教二化人民一皆随二法訓一。汝等於二我法律中一出家、更相恭敬、仏法可レ得二流布一。自今已去聴下随二長幼一恭二敬礼拝上座一迎逆問訊上」。

（大正新脩大蔵経第四〇巻131ｃ）

『資持記』巻下三

広下引レ縁云、過去有二三親厚象獼猴鵽鳥一〈鵽当刮反。爾雅注云、大如レ鴿。亦言レ鳩、或言レ雀〉。依二一尼拘律樹一。彼作二是念一、「我等共住不レ応レ不レ興二恭敬一」。互相問言、「憶二事近遠一」。象言、「我憶二小時一此樹触二我臍一」。猴言、「我憶二此樹一挙レ手及レ頭」。鳥言、「我憶三雪山右面有二大尼拘律樹一。我於レ彼食レ果、来レ此便出、即生二此樹一」。時象即以レ猴置二頭上一、猴以レ鳥置二肩上一、遊二行村聚一、説レ偈如レ鈔。

（大正新脩大蔵経第四〇巻394ｃ）

『雑談集』は基本的には『資持記』の記事に基づきながら、偈を説く部分のみは「説レ偈如レ鈔」（傍線部）の指示に従い、『行事鈔』に拠っていることになろう。

さらに、いまひとつは巻三「阿育大王ノ事」の以下の記事である。

在世、猶人ノ器不同也。上根ノ本ニハ、面王比丘、生ル、時ヨリ白氎ヲ著シテ生レテ、其ノ氎ノ成長スレバ、長ク成リケリ。出家シテハ但一衣也。余衣ナシ。最下根ニ、天須菩提也。五百生天ニ生ジテ、果報殊勝ナリケルガ、出家シ寺ニ住ス。住処衣食、心ニ不レ叶ハ。是ニ不レ堪シテエ還俗セムトス。阿難、仏ニ此由ヲ申ニ、「王宮ノ衣食荘厳ノ具ヲ借テ、一夜留ヨ」ト仏勅アリ。仍テ、阿難如レ勅クノ一夜留ム。住処心ニ叶ヒ、衣食殊勝ニシテ、心喜悦シ、身安穏ニシテ、一夜坐禅シテ、初果ヲ得タリ。サレバ、道ヲ得ベクハ、衣食ハ道ノタメ也。何物モ令レ食メヨセ二云云。王宮ノ食オボツカナシ。律ノ中ニ有レ之。

前半に上根の人物の例として面王比丘の挿話（傍線部）が、後半に最下根の人物の例として天須菩提の説話が語られる。両者はそれぞれ以下に引く『資持記』巻下四および巻下一の記事に関係するものと思われる。

『資持記』巻下四

面王比丘、賢愚経云、曾以レ氎施二辟支一故、五百生白氎裹レ身而生。身大随二大面一有二王字一。恐レ被二王損一。乃投出家、善来得レ戒。氎変二法衣一、涅槃後用二此衣一闍維。

（大正新脩大蔵経第四〇巻412b）

『資持記』巻下一

後答中指二昔縁一者、分別功徳論云、天須菩提五百世中常上二生化応天〈即他化自在天〉一、下二生王者家一。出家後、仏令二麁衣悪食草褥為一レ床。彼聞辞退。阿難曰、「君且住二一宿一」。即往二王所一、借二種種坐具幡華香灯一、事事厳備。此比丘於レ中止宿、以レ適二本心一乃至二後夜一即得二羅漢一。仏語二阿難一、「夫衣有二二種一。有下可二親近上不上可二親近一。著二好衣一時益二道心一、此可二親近一。損二道心一不レ可二親近一。是故阿難、或従二好衣一得レ道、或従二納衣一得レ道。所レ悟在レ心、不レ拘二形服等一」。

（大正新脩大蔵経第四〇巻369c 370a）

ただし、天須菩提の挿話では、出家後、衣食住に不満をもつ天須菩提が還俗しようとするのを王宮の設備を借りてでも引き留めようとするのが、波線部のように『資持記』では阿難なのに対し、『雑談集』では仏の意向（「仏勅」）となっている点が相違する。おそらく『資持記』の後半における破線部の仏の発言と波線部の阿難のそれとを混同した結果、生じた訛伝であろう。しかしながら、ここも話末に「律ノ中ニ有レ之」との注記が存することから、ひとまず『資持記』に拠るものと見ておいて差し支えあるまい。

十　教学の説話と無住

以上、『雑談集』の四つの記事に『行事鈔』および『資持記』の都合九説話の投影を指摘してきた。すでに本章第六節までの考察で『沙石集』（米沢本）に両律疏から七説話の投影が認められることを明らかにしており[28]、これに従来から指摘のあった流布本系『沙石集』の一話[29]も加えると、無住の両著作にあわせて十七話の投影が認められたことになる。実は、『行事鈔』および『資持記』の説話的記事は（どこまでを説話的記事と認めるかは微妙なところで、正確な数を示すことは難しいが）三十五話ほど認められ、無住は実にその半数近くを自著に採用したことになるのである。採用説話の『行事鈔』『資持記』における分布状況を示せば次のようになる。

巻上一（『沙石集』十本―一〇、『雑談集』五）
巻上二（『沙石集』（流布本系）三―三）
巻中一（『沙石集』四―一、『雑談集』五）
巻中二（『沙石集』九―一八、『沙石集』三―二）
巻中三（『沙石集』八―五）
巻下一（『沙石集』六―一三、『雑談集』巻三）

巻下二（『沙石集』十末―一一）
巻下三（『雑談集』七、『雑談集』五、『雑談集』五）
巻下四（『雑談集』三、『雑談集』五、『沙石集』六―一三）

上巻から下巻に至るまで、ほぼ全編にわたって採録が行われており、『資持記』によって『行事鈔』を読み解いていったであろう無住の熱心な修学の状況が彷彿される。

では、無住は律の修学の過程でこれら律疏の説話をどのように扱っていたのであろうか。このことを考えるには、第七節で取り上げた「呪願ノ事」の説話が大いに参考になる。そこでは都合四説話が『行事鈔』および『資持記』に由来するものであったが、それらのうち両律疏において呪願に関わる文脈に関連して引かれていたのは実のところ摩伽羅の烏滸話だけなのである。他の三話は律疏においては呪願とは無縁の文脈で引かれていたものを、無住が説話中の誓願の要素に着目し、ことさら呪願の説話として捉え返したものであった。とするなら、無住がこれらの記事をなすに際し、『行事鈔』および『資持記』を座右に置いてそれらの本文をいちいち参照しながら作業を進めていたとは考えがたい。むしろ執筆の際に座右にあったのは律疏から説話的記事を中心に抄出した抜書資料のごときものであったのではないかと推察されるのである。

『行事鈔』や『資持記』に含まれる説話は、いわば教学に関わる説話であるから律僧たちからは相応に尊重されたであろうが、ことに無住の場合は格別であったろう。それは、たとえば米沢本『沙石集』の以下の記事からもうかがえる。

在世ニ、比丘アリテ、食ヨクシテ、ヒル眠ヲ好ミシヲ、仏、七日アリテ死スベキヲ不《レ》知《ラ》、眠ヲ好ム事ヲ呵責シテ、昔、蝙虫螺虫ニテ、一度眠テ百千歳ヲ過シ故ニ、今モカ、ル由ヲトキタマイケレバ、慚愧シ、修行シテ、道ヲ悟テケリ。

愚老、昔ヨリ物語ヲ愛シ好ミ侍シ故ニ、修行ノイトマヲカキテ、徒ラ事ヲカキヲキ侍ル。身ナガラモ、此癖ヤマザル故也。（米沢本『沙石集』巻四第一条「無言上人事」）

ここは米沢本の独自記事であり、うち傍線部は従来無住の説話好きを示す際には必ず取り上げられてきた著名な箇所である。一方、その直前に語られる天竺説話については、同じ独自記事でありながらほとんど顧みられることがない。本話は、昼寝を好む比丘が、釈迦からそれは虫だった前世の余習のせいであると呵責された結果、心を改めて修行し、悟りを得るに至ったというものである。『法句譬喩経』に淵源する話だが、無住は『止観輔行伝弘決』巻四之四の以下の記事に拠ったものと思われる。

又如㆓譬喩経云㆒。有㆓一比丘㆒。飽食入㆑房睡。仏知㆘過㆓七日㆒当㆖死。仏至㆓其房㆒禅指寤㆑之、説㆑偈警㆑之。寤已礼㆑仏。仏言、「汝維衛仏時、作㆓沙門㆒貪㆓利養㆒不㆑習㆓経教㆒、飽食却睡不㆑惟㆓非常㆒。命終堕㆓於鰪虫蚌虫螺虫中㆒、五百万歳常処㆓黒暗㆒不㆑楽㆓光明㆒。一睡経㆓百歳㆒、乃覚不㆑求㆓出家㆒。今為㆓沙門㆒。云何更睡不㆑知㆓厭足㆒」。比丘聞自悔自責。五蓋即除成㆓第四果㆒。（大正新脩大蔵経第四六巻272a）

この比丘の説話は、『沙石集』の文脈では、人にはやみがたい強い性癖があるものだという話題のもとに配置されており、無住はそれに言寄せて自らの物語好きを告白している体である。しかしながら、無住の説話好きは巷間の説話だけでなく、教学の説話に対しても同様に発揮されたと考えるのが自然であろう。無住が『止観輔行伝弘決』の説話的記事を自らの著作に多く採用していることはすでに指摘したことがあるが、(30) おそらく同書についても止観の修学の過程で説話的記事を抄出した抜書資料のごときを作っていたものと思われる。いや律や止観だけに留まらない。「呪願ノ事」では、『行事鈔』『資持記』と『止観輔行伝弘決』に加え、さらに法相教学の書

『唯識二十論述記』の説話も用いられていた。いずれの修学過程においてもその都度、抄出され集積されていった教学の説話が、『沙石集』や『雑談集』といった説話を主体とする著作をものする際に基盤の部分で大いに活用されているのである。[31]

近時、牧野和夫氏は、「鎌倉時代中期、東大寺戒壇院中興の祖といわれる實相上人圓照の伝記で、圓照の高弟であり、のち同院二世となった示観房凝然大徳の自撰自筆にかかる」[32]『円照上人行状』に見える遁世僧の履歴を詳細に追跡し、「『円照上人行状』に記された学僧のひとりひとりの足跡をたどる時、ここにもまたひとりの〝無住〟がいるという錯覚に陥るのも故無しとしない」と述べている。[33]確かに当時、無住と同様の修学の過程を辿った遁世僧は少なくなかったものと思われるが、その中にあって無住が『沙石集』や『雑談集』を残し得たのは、やはり「物語ヲ愛シ好ミ侍シ」「癖」の存在と無縁ではなかったであろう。とりわけ第六節や第七節で見てきたような、『資持記』と『止観輔行伝弘決』に共通話が存する場合には必ず両者を参照した上で説話構成を行うといった手法[34]は、教学の説話に対する尊重の念に加え、無住のそうした嗜好とも深く結びついているものと思われる。

おわりに

本章では律の基本文献『行事鈔』および『資持記』の説話的記事が『沙石集』と『雑談集』にいかに摂取されているかを明らかにしてきた。無住二十代後半から三十代半ばの春秋に富んだ時期に「随分律ヲ学」（『雑談集』巻三「愚老述懐」）んだというその痕跡は、無住壮年期の著作である『沙石集』はもとより、晩年の著作『雑談集』にもなお顕著に認めることができた。

『行事鈔』を『資持記』という新来の宋代南山律宗の注釈書をもって読み解いた無住の律学の営みは、説話の面でも豊かな果実を結んで『沙石集』および『雑談集』を彩っているのである。

〈注〉

（1）伊藤聡「中世神道の形成と無住」（『神道の形成と中世神話』吉川弘文館、二〇一六年、初出は二〇一一年）、牧野和夫「『沙石集』論――円照入寂後の戒壇院系の学僧たち――」（『実践国文学』第八一号、二〇一二年）など。

（2）小林直樹「『沙石集』と『摩訶止観』注釈書」（『中世説話集とその基盤』和泉書院、二〇〇四年、初出は一九九三年）。その考察結果は、後に曹景恵「『沙石集』における三聖派遣説の源泉」（『日本中世文学における儒釈道典籍の受容』台大出版中心、二〇一二年）によって補訂されている。

（3）奈良国立文化財研究所監修『西大寺叡尊伝記集成』（法藏館、一九七七年）による。引用に際し、小書部分を〈〉で表示するなど、私に表記を改めた。

（4）三木紀人「作者の略伝」（山田昭全・三木紀人校注『雑談集』〈中世の文学〉三弥井書店、一九七五年）。

（5）ちなみに、慶政の『閑居友』でも律と止観の親和的関係がうかがえる（本書第二部第一章参照）。また、西谷功「泉涌寺流における結夏儀礼の復興と南都諸寺院への影響――俊芿請来の道宣、元照律師像の流布を視座として――」（『南宋・鎌倉仏教文化史論』勉誠出版、二〇一八年、初出は二〇一三年）は「泉涌寺教学の根幹」として俊芿が「泉涌寺住持長老」は南山律蔵と天台止観などを講義すべきこと」を説いたことを指摘している。

（6）平春生「泉涌寺版と俊芿律師」（石田充之編『鎌倉仏教成立の研究　俊芿律師』法藏館、一九七二年）。また、石井行雄「東大寺図書館蔵『行事鈔抄出上三』解題並びに影印」（『鎌倉時代語研究　第一七輯』武蔵野書院、一九九四年）は、東大寺図書館に所蔵される鎌倉後期の律宗の講経記録をめぐって「『行事鈔』の講経に際しては、『資持記』を併せて講じられていた」と指摘している。ちなみに鎌倉時代における律書の請来については、大塚紀弘「鎌倉時代の日宋交流と

南宋律院――律書版本と教学の伝播――」（『日本歴史』第八二五号、二〇一七年）参照。
（7）石井行雄「説経と説話――質多居士・善法比丘の説話を例として――」（江本裕・徳田和夫・高橋伸幸編『散文文学〈説話〉の世界』〈講座日本の伝承文学　第四巻〉三弥井書店、一九九六年）。
（8）一部北野本によって補訂した箇所には〔 〕を付した。
（9）本書第一部第十章。
（10）本書第一部第二章。
（11）本書第一部第十章。
（12）本書第一部第二章。
（13）ちなみに『資持記』のこの文言は巻四第一一「遁世人ノ風情ヲマナブベキ事」でも引用されている（本書第二部第一章参照）。
（14）本書第二部第四章。
（15）たとえば『三宝絵』上巻第八話は「『報恩経』に見えたり」と注記されるように「説話叙述はそれに拠る」（出雲路修校注『三宝絵』〈東洋文庫〉平凡社、一九九〇年）ことから、「師子是れを見て、悦びて踊りて走り来りて、近づきて其の足をねぶるに……」の本文を有する。ただし『沙石集』の「尾ヲフリテ」は無住の想像による筆か。その柔軟な和訳姿勢の一端については、本書第一部第十章で触れた。
（16）小林直樹「虚受信施の僧の説話をめぐって」（『日本古典文学会々報』第一二一号、一九九二年）。
（17）注2小林前掲論文。
（18）呪願については、候沖（山口弘江訳）「呪願とその展開」（『東アジア仏教研究』第九号、二〇一一年）参照。
（19）木村清孝「解説」（『華厳経』〈仏教経典選5〉筑摩書房、一九八六年）。
（20）この点に関わって、最近、高橋悠介「『雑談集』巻五にみえる呪願」（土屋有里子編『無住道暁の拓く鎌倉時代――中世兼学僧の思想と空間』〈アジア遊学二九八〉勉誠社、二〇二四年）は、「泉涌寺流の寺院における仏道生活の規定が詳しく記された『南山北義見聞私記』（十四世紀成立）の「浴室章」」に言及される呪願文の本文が『華厳経』浄行品より『雑談集』に近いことを指摘し、「無住が『南山北義見聞私記』に描かれるような南宋仏教に準じた律僧の浴室作法に通じていた可能性は大きい。そうした背景のもと、実際に馴染んでいた呪願文が、説話中に挿入されているのではないだろうか」と推測、「宋代仏教の影響を考える際には、書籍による修学のみならず、南宋から日本にもたらされた僧侶の行儀・規則の面にも注意する必要がある」と述べている。

(21) 注4前掲書一七九頁頭注。

(22) 京都大学附属図書館蔵寛文十年刊本を参照し、補足した異文表記には＊を付した。

(23) 椎名宏雄「高麗版『大蔵一覧集』の概要」（『宋元版禅籍の文献史的研究』第一巻、臨川書店、二〇二三年、初出は二〇〇一年）。

(24) 本書第一部第十章において、『大蔵一覧集』の無住の著作への影響関係について確定はしにくい面はあるものの、その可能性は十分認められることを論じている。なお、同書の南宋刊本の日本における現存状況については、牧野和夫「日本現在〈南宋〉刊『大蔵一覧集』について」（『実践国文学』第八六号、二〇一四年）参照。

(25) 注4前掲書三三八頁補注。

(26) ちなみに、「呪願ノ事」の最後には、六つの天竺説話につづけて、さらに日本の説話が語られている。それは、大斎院選子が斎院であったため、念仏を唱えることができなかったが、心に仏を念じることで往生を遂げたというもの。これを「意念往生」であると説いている。「意念往生」の語は法然の言葉を録した『西方指南鈔』に認められるが、いずれにせよ、ここには浄土の法門に関する無住の修学の跡がうかがえるといえよう。

(27) 清水宥聖「言泉集の位置――雑談集・平家物語との関連において――」（『国文学踏査』第八号、一九六八年）。なお、清水氏は当該の鐘伝承と『平家物語』との関連についても言及するが、黒田彰「祇園精舎覚書――鐘はいつ誰が鳴らすのか――」（『京都語文』第二〇号、二〇一三年）が詳細に分析するように、『平家物語』冒頭部が『行事鈔』と同じ道宣の手になる『祇洹寺図経』と深く関わる点も興味深い。

(28) このほか確定はできないものの、巻一―七の利軍支比丘説話も『資持記』巻下四（大正蔵第四〇巻411c412a）に拠った可能性がある。ちなみに日本古典文学大系は「この説話は増一阿含経第二六に拠る」とし、新編日本古典文学全集もそれに倣うが、当該経典に本話が存在しないことは、すでに伊藤千賀子「レークンチカ・アヴァダーナ（梨軍支比丘）の展開と変容」（『説話文学研究』第三九号、二〇〇四年）が指摘し、あわせて『沙石集』が『資持記』を「参考にした可能性も考えられる」と言及している。

(29) 注7石井氏前掲論文。

(30) 注2小林前掲論文。

(31) 無住に大きな影響を与えたことで知られる『宗鏡録』の説話的記事も無住は採録しており、『雑談集』には以下の説話が認められる。
○仏、慈善根力により女人の股の傷を癒やす事（巻一「凡聖不二事」）『宗鏡録』巻一八（大正蔵第四八巻515c）
○仏弟子、外道の苦行を呵する事（巻三「愚老述懐」）同巻二七（同567bc）
○漢土の大臣、冥官に召し使われる事（巻五「天運之事」）同巻七一（同815c816c）
○王氏、地獄で華厳の一偈を誦する声により皆解脱する事（巻七「法華事」）同巻九（同461b）※中世の文学に指摘
○鬱頭藍弗、五通を得るも堕獄の事（巻七「願行事」）同巻八一（同863a）
○外道、猿から坐禅を学ぶ事（巻八「持律坐禅ノ事」）同巻四三（同670a）
○山神、上人に大乗を講ぜんことを所望する事（巻九「冥衆ノ仏法ヲ崇事」）同巻九三（同921a）

(32) 堀池春峰「凝然撰述　圓照上人行状解説」（『圓照上人行状』東大寺図書館、一九七七年）。

(33) 注1牧野氏前掲論文。なお続稿に、同「中世文学史の一隅――遁世僧の営為の痕跡を辿る〈旧稿の補遺を兼ねて〉――」（『実践国文学』第八九号、二〇一六年）がある。

(34) 無住のそうした手法は『資持記』と『止観輔行伝弘決』との間においてのみ認められるものではない。本書第一部第十章参照。

第七章　無住の三学と説話——律学から『宗鏡録』に及ぶ

はじめに

本章では、無住の若き日の律学が、その後、さらに定慧の学を修め、戒定慧のいわゆる三学を兼修するための第一階梯であったことを明らかにするとともに、その三学重視の姿勢が、後年、智覚禅師延寿の主著『宗鏡録』との幸福な出会いをもたらし、ひいては『沙石集』の成立にも大きく関わったことに論及しようとするものである。

一　無住の律学と三学兼備

まずは『雑談集』の記事を通して無住の律学の軌跡を辿ってみよう。無住は二十七歳の折、師匠から譲られた僧房を律院に改め、二十八歳の時には律学を開始している。

……事ノ次ヲ以テ、二十七歳ノ時、住房ヲ律院ニナシテ、二十八歳ノ時、遁世ノ身ト成テ、律学六七年、本来定恵ノ学志侍シカバ、三十五歳、寿福寺ニ住シテ、……三十六歳、菩提山ニ登テ、……其後、東福寺ノ開山ノ下ニ詣シニ、……顕密禅教ノ大綱、銘《ジ》二心肝《ニ》一薫《ズ》二識蔵《ニ》一。

（巻三「愚老述懐」）

無住が住房を律院に改めたという二十七歳時は建長四年（一二五二）にあたる。この年、西大寺流の忍性が関東に下り、十二月には常陸国三村寺に入っている。[1]当時、常陸在住であった無住は西大寺流律宗の教線に触れた結果、律僧に転じ、翌年には律学を開始するに至ったものと思われる。[2]なお、ここで「律学六七年」とされる律の修学期間については、次に示すように、記事により多少の揺れが認められる。

貧道二十八歳ノ時、遁世ノ門ニ入テ、律学及ブ二六七年一ニ。（巻三「乗戒緩急事」）

愚老律学ノ事、五六年。定恵ノ学、欣《コン》二慕《ボ》シ顕学密教一ヲ、聞二禅門一ヲ。（巻一「三学事」）

二重傍線部のように「六七年」または「五六年」と若干の幅はあるものの、無住は概ね六年前後、律を集中的に学んだものと思われる。

注目されるのは、律学について記した後、波線部のように定慧の学にも触れていることである。最初に挙げた「愚老述懐」の記事では、「本来定恵ノ学志侍シカバ」と、もともと三学のうち戒だけでなく定慧の学問も行いたいと考えていたので、その後、寿福寺、菩提山正暦寺、東福寺で「顕密禅教」を修めたと述べる。「三学事」でも同様に、「定恵ノ学、欣《コン》二慕《ボ》シ顕学密教一ヲ、聞二禅門一ヲ」と、律を学んだ後、さらに定慧の学を求めて「顕学密教」や「禅門」を学んだと記すのである。これらの記述からは、無住の修学の本来の目的が戒定慧の三学を修めることにあったことがうかがえるであろう。[3]そのことは律修学時代を回顧する以下の記事からも明瞭に看取される。

遁世ノ門ニ入テ、随分律ヲ学ビ、又止観等学シキ。律ノ中ニ、南山大師ノ事有リレ之レ。昼学律、夜坐禅シ、知恵深ク御坐ケル事、聞クレ之ヲ。見テレ賢ヲ斉シカラント思ヘル事ヲ思テ、夜ハ坐禅セシカドモ、脚気ノ病体有テレ志無シレ功。三十五歳、寿福寺ノ悲願長老ノ下ニ、自リレ春至テレ秋ニ、叢林ノ作法行フレ之ヲ。律儀守リキレ之。東福ノ開山ノ座下ニシテ、禅門ノ録・義釈等、聞クレ之ヲ。依テレ之ニ、如クレ形ノ三学斉ク修スルレ之ヲ志有リレ之。（巻三「愚老述懐」）

まず傍線部で南山大師道宣の行業について触れ、自分もそれに倣おうと思ったが、健康上の理由で叶わなかったことを記す。ここでの道宣の行業、「昼学律」は戒を、「夜坐禅シ」は定を、「知恵深ク御坐ケル」は慧をそれぞれ表すものと解される。つまり無住は道宣が三学兼備の僧であったことを耳にし、その姿勢を範としようとしたわけである。その後、寿福寺で学んだ際は、禅林の作法を行いながら「律儀」を守ったことを強調し、さらに東福寺で禅や密教を修めたことに触れた後、波線部のように三学をバランスよく学ぶことが自分の目指すところだったと述べている。

さらに、三学を学ぶのには順序があったらしい。

> 五年学律ノ後、可《シ》レ学《ス》ニ定恵《ヲ》一。是本師ノ金言也。三学誰カ分隔セン哉。然レバ、威儀・衣鉢等ハ、可《シ》レ依《ル》ニ律制一。坐禅観心ハ、可レ依《ル》ニ止観禅門一。（巻三「袈裟事」）

五年間律を学んだ後で定慧の学問をするのがよいと述べたという「本師」すなわち仏の「金言」とは、道宣撰『浄心誡観法』の以下の文言に拠っていよう。

> 仏教、新受レ戒者五年学レ律、然後学レ経。（大正新脩大蔵経第四五巻821ａ）

無住は『浄心誡観法』を『沙石集』や『聖財集』にも引用しており、本書を披見していたことは間違いない。先に見たように、無住は実際に五年から七年、律を学んだと記しており、一方でこうした「金言」が存在することからすると、無住にとっての律学とは三学を修める目的で当初から予定されていた修学の第一階梯であったと考えて差し支えないように思われる。

二　無住の三学志向と延寿

ここまで無住の律学が、あくまで三学を構成する不可欠の一要素として捉えられていることを見てきた。無住は「四十余ノ歳マデ、随分ニ持斎梵行無ク二退転一侍シガ、病縁ニ事ヲ寄セ、懈怠ノ心、自然ニ無シテ二正体一、薬酒晩餐用ユレ之ヲ」（巻三「乗戒緩急事」）と記すように、健康上の理由で四十歳代にして律儀を断念せざるをえなくなったというが、三学への志向自体は終生変わることがなかったものと思われる。

しかしながら、当時、世間に三学を備えた僧は決して多くはなかった。

世間ニ律儀ヲ専ラニスル僧ハ、止観定恵ノ法門ノ修行ウトシ。真言・止観・禅ノ学知ハ多ク戒律ヲ軽ク思アヘリ。（巻八「有無ノ二見ノ事」）

律僧は「定恵ノ法門」の修行を疎かにしている一方、「真言・止観・禅」といった「定恵ノ法門」に勤しむ僧は戒を軽んじているという。

今ノ代モ、禅師有テ二道念一、必ズ専ニシ二戒儀一ヲ、学ス二止観等一ヲ。律師ノ有ルハ二智恵一、常ニ学ス二坐禅一ヲ。木律僧ハ不レ信二心地一ヲ、荒禅僧ハ不レ守ラ二戒律一ヲ。是レ則チ偏見之失也。尤モ可レ効《ナラ》フ二先哲之跡一ヲ。（巻一「解行事」）

もちろん、無住の時代でも「道念」ある「禅師」は必ず「戒儀」を守った上で「止観等」の心地の修行を行っており、「智恵」ある「律師」は常に坐禅を学ぶことで三学を維持しようと努めていた。だが、「心地」すなわち定慧の修行を行わない「木律僧」や、「戒律」を守らない「荒禅僧」と称される「偏見」の僧が少なくなかったのである。

そうした中、無住の目は三学を兼備した僧へと自ずから向かっていく。第一節では、無住が南山大師道宣の三学兼備の挿話に心惹かれたことに触れた。実は、無住が東福寺における師円爾を介して知り得た、彼にとってのもっとも重要な先徳の一人、智覚禅師延寿の学問についても同様なことがいえるのである。ここでも『雑談集』の記事を引こう。

永嘉大師、智覚禅師ノ戒行、殆《ホトンド》超㆓尋常ノ律僧㆒。所㆓庶幾《コイネガ》フ㆒也。真実ノ智恵、必ズ可ㇾシ有ㇾル定。真実ノ禅ハ、決テ有ㇾル恵故也。（巻一「解行事」）

無住は永嘉大師玄覚とともに智覚禅師延寿の名を挙げ、「尋常ノ律僧」以上の「戒行」の厳格さに対し崇敬の念を表明する。その上で、二人の修学には戒に加え、慧と定も備わっていた、すなわち三学兼備であったことを説いているのである。その延寿の主著『宗鏡録』に対する無住の評価をやはり『雑談集』から引こう。

三学ノ諸宗同ク信ジ、別シテ宗鏡録、禅教和会、無㆓偏執㆒故、多年愛ス。（巻一「三学事」）

ここでは無住が「三学ノ諸宗」を信奉する中、とりわけ『宗鏡録』を「多年愛」した理由を述べている。それは、この書が律はもとより重視した上で、さらに「禅教和会」、つまり律に加え禅教を兼備した、言い換えれば戒定慧の三学が備わった「偏執」なき書であるからこそ、これを愛読したというのである。

実際、『宗鏡録』を繙けば、次のような記述が見出せる。

問。夫戒是軌持、全依㆓事相㆒。大綱所ㇾ立、出ㇾ自㆓四分等律文㆒。今宗鏡中、云何於㆓万行之門㆒皆称㆓第一㆒。
答。……（巻二一　大正新脩大蔵経第四八巻530a）

この箇所では、傍線部のように、戒について「今、宗鏡の中に、いかんが万行の門において皆第一と称するや」[4]云々以下の問答を通して、戒が第一の基本要件であることを説いているのである。また次のような記事も認められる。

善男子、若不レ能レ観下、戒是一切善法梯隥、亦是一切善法根本、如二地悉是一切樹木所生之本一、戒是諸善根之導首也、如三彼商主導二諸商人一、戒是一切善法勝幢、如二天帝釈所立勝幢一、戒能永断二一切悪業及三悪道一、能療二悪病一猶如二薬樹一、戒是生死険道資糧、戒是摧二結悪賊一鎧仗、戒是滅二結毒蛇一良呪、戒是度二悪業行一橋梁上、若有レ不レ能二如レ是観一者、名レ不レ修レ戒。（巻三二　大正新脩大蔵経第四八巻604ｂｃ）

ここも、傍線部で「戒はこれ一切の善法の梯隥なり、またこれ一切の善法の根本なり」と、戒がすべての仏法の基本であることを述べ、その後さまざまな譬喩表現を重ねながらこの点を強調している。三学についても、もちろん言及がある。

此宗鏡録戒定慧、乃至一事一行、一一皆入二法界一具二無辺徳一。是無尽宗趣、性起法門、無礙円通、実不思議。（巻三三　大正新脩大蔵経第四八巻605ｂ）

ここでは「この宗鏡録の戒定慧は、ないし一事一行、一一に皆法界に入りて、無辺の徳を具す。これ無尽の宗趣、性起の法門、無礙円通にして実に不思議なり」と、三学の枢要性が説かれているのである。さらに律師の犯す十の過ちを列挙する中で、次のような指摘もなされる。

律師十過者、……是知、若不レ観レ心、具二如レ上之大失一。（巻四四　大正新脩大蔵経第四八巻675ｃ）

傍線部では「ここに知んぬ、もし心を観ぜずは上のごときの大失を具すと」と、観心を行わない、すなわち心地の行を欠く三学不備の律師を批判するのである。この批判は、先に見た「木律僧」に対する無住の批判とぴたりと一致するものといえよう。

ここまで見てきたところから明らかなように、無住は三学兼備の人物として延寿を敬愛し、三学具備の著作として『宗鏡録』を愛読したのである。

三　『沙石集』と『宗鏡録』

無住の著作に『宗鏡録』が大きな影響を与えたことはよく知られている(5)。本節ではこの三学具備の書が『沙石集』の成立自体にも深く関わった可能性を指摘してみたいと思う。

次に挙げるのは『沙石集』序（米沢本）の後半部分である。

夫、道ニ入方便、一ニ非ズ、悟ヲ開ク因縁、是多シ。其ノ大ナル意ヲシレバ、諸教ノ義コトナラズ。修二スル万行ノ旨、皆同ジキ者哉。是ノ故ニ、雑談ノ次ニ教門ヲヒキ、戯論ノ中ニ解行ヲシメス。此ヲミム人、拙キ語バヲアザムカズシテ法義ヲ覚リ、ウカレタル事ヲタヾサズシテ因果ヲワキマヘ、生死ノ郷トヲ出ル媒トシ、涅槃ノ都ヘ到ルシルベトセヨト也。是則、愚老ガ志ノミ。彼ノ金ヲ求ル者ノハ、沙ヲステ、コレヲトリ、玉ヲ瑩ク類ハ石ヲ破リテ是ヲ拾フ。仍テ、沙石集ト名ク。巻ハ十ニミチ、事ハ百ニアマレリ。

このうち二重傍線部は『沙石集』という書名の由来を語る部分である。従来、この部分の典拠の有無についてはまったく論じられたことがないが、実は次に引く『宗鏡録』の記事と深く関わっているように思われる。

今斯録者、雖レ無二広大製造之功一、微有二一期述成之事一。亦知二鈔録前後文勢不レ全、所レ冀直取二要詮一且明二宗旨一。如二従レ石弁レ玉、似二披レ沙揀レ金。於二群薬中一但取二阿陀之妙一、向二衆宝内一唯探二如意之珠一。挙レ一蔽レ諸、以レ本摂レ末、則一言無レ不二略尽一。殊説更無二異途一。亦望後賢未レ垂二嗤誚一、所レ希断レ疑生レ信。

（巻二　大正新脩大蔵経第四八巻422a）

「今この録は、広大製造の功無しといへども、微《すこ》しき一期述成の事有り」と始まるこの記事は『宗鏡録』の編纂意図を述べたくだりであるが、二重傍線部「石より玉を弁《わく》るがごとく、沙を披《ひら》きて金を揀《えら》ぶに似たり」の譬喩表現が、『沙石集』序の二重傍線部「彼ノ金ヲ求ル者ノハ、沙ヲステ、コレヲトリ、玉ヲ瑩ク類ハ石ヲ破リテ是ヲ拾フ」に対応しよう。それだけではない。『宗鏡録』の二箇所の傍線部「また鈔録の前後、文勢全からざることを知るとも、冀ふところは、直《ただ》に要詮を取りて、且《しばら》く宗旨を明さんことを」「また望むらくは、後賢いまだ嗤誚を垂れず、希ふところは、疑を断じ信を生ぜんことを」は、延寿が著作の真意を読者に汲み取ってほしいと要望する記述であるが、これは『沙石集』序の傍線部「此ヲミム人、拙キ語バヲアザムカズシテ法義ヲ覚リ、ウカレタル事ヲタヾサズシテ因果ヲワキマヘ……」「是則、愚老ガ志ノミ」という無住の読者への呼びかけと非常に近似しているといえよう。さらに、『沙石集』序の波線部「夫、道ニ入方便、一ニ非ズ、悟ヲ開ク因縁、是多シ。其ノ大ナル意ヲシレバ、諸教ノ義コトナラズ。修二スル万行一ヲ旨、皆同ジキ者哉」は作品の主張を伝える重要な箇所であるが、この主張はほとんど『宗鏡録』の主張そのものといってもよいものではないか。いま『宗鏡録』から該当部分をいくつか挙げてみよう。

　是以憍陳那因レ声悟レ道、優波尼沙陀因レ色悟レ道、香厳童子因レ香悟レ道、乃至虚空蔵菩薩因レ空悟レ道。則知、自性偏二一切処一、皆是入路。豈局二一門一。……是以文殊菩薩頌云、「帰レ元性無二一。方便有二多門一。聖性無レ不レ通。順逆皆方便。初心入二三昧一、遅速不二同倫一」。（巻四三　大正新脩大蔵経第四八巻670c）

引用前半部では「これをもって憍陳那は声によって道を悟り、優波尼沙陀は色によって道を悟り、香厳童子は香によって道を悟り、ないし虚空蔵菩薩は空によって道を悟る。則ち知んぬ。自性は一切処に徧《あまね》くして、皆これ入路なり。あに一門に局《かぎ》らんや」と、悟りを開く機縁は多く、そこに至る道は一つでないことを説いており、後半部では「方便に多門あり」という文殊菩薩の頌の言葉も引かれている。また、次のようにも説かれる。

　問。一心為レ宗可レ称二綱要一者、教中何故広談二諸道一、各立二経宗一。答。種種諸法雖レ多、但是一心所作。
（巻二　大正新脩大蔵経第四八巻427ａ）

ここでは「問ふ。一心を宗として綱要と称すべくは、教の中に何が故ぞ広く諸道を談じて、おのおの経宗を立つる。答ふ。種々の諸法多しといへども、ただこれ一心の所作なり」と、多くの経宗が立てられても、それらはすべて一心から出ているものなのだと述べられる。『沙石集』序には「一心」という言葉こそ用いられていないが、波線部中の「大ナル意（こころ）」[6]とは多分に重なる点があるのではなかろうか[7]。

ちなみに、引用を省略した『沙石集』序の前半部にも気になる部分はある。ひとつは冒頭の以下の一節である。

　夫麁言軟語ミナ第一義ニ帰シ、治生産業併《シカシナガ》ラ実相ニソムカズ。

この文言が智顗説『妙法蓮華経文句』に「大経云、麁言及軟語皆帰二第一義一、此之謂也」（巻一上、大正蔵第三四巻2ｂ）、『妙法蓮華経玄義』に「文云、一切世間治生産業、皆与二実相一不二相違背一、即此意也」（巻八上、大正蔵第三三巻778ａ）等のかたちで引かれるものであることはよく知られているが、実は『宗鏡録』巻二九にも「大経偈云、麁言及軟語皆帰二第一義一、此之謂也」（大正蔵第四八巻588ｂｃ）、巻三七にも「経云、一切世間治生産業、皆与二実相一不二相違背一、即此意也」（大正蔵第四八巻632ｂ）等と引用されるところなのである。また、序の中程の次の一節もしかりである。

　カヽル老法師ハ、無常ノ念々ニヲカス事ヲ覚リ、冥途ノ歩々ニ近キ事ヲ驚テ、黄泉ノ遠キ路ノ粮ヲツヽミ、苦海ノ深キ流レノ舩ヲヨソフベキタメ《ママ》ニ、……

ここは、おそらく智顗説『摩訶止観』巻四上の「人命無常、一息不レ追、千載長往。幽途綿邈、無レ有二資糧一。苦海悠深、船筏安寄」（大正蔵第四六巻40a）に拠るところであろうが、この文言は『宗鏡録』巻四二にも「所以先徳云、人命無常、一息不レ追、千載長往。幽途綿邈、無レ有二資糧一。苦海攸深、船筏安寄」（大正蔵第四八巻664c）とそっくり引用されている。すなわち『沙石集』序のほぼ全体が『宗鏡録』的文脈のうちにあるともいえるのである。

ここから考えられることは、つまり『沙石集』という作品が書かれるにあたっては、『宗鏡録』という三学具備の書との出会いが非常に大きな動機になったのではなかろうかということである。比喩的にいえば、『発心集』における往生伝類、『閑居友』における『発心集』、『撰集抄』における『閑居友』にあたるものが、『沙石集』にあっては『宗鏡録』だったということになるのではなかろうか。『沙石集』が序において表明する主張、「夫、道ニ入方便、一ニ非ズ、悟ヲ開ク因縁、是多シ。其ノ大ナル意ヲシレバ、諸教ノ義コトナラズ。修二スル万行一ヲ旨、皆同ジキ者哉」は、まさに『宗鏡録』に共鳴した結果、その主張を継承したものであるといってよい。

ただし、『宗鏡録』から大きな影響を受けながらも、『沙石集』が目指した方向はおのずから『宗鏡録』とは異なる。『宗鏡録』では、その読者対象を次のように想定している。

又我此宗鏡所レ録之文、但為二最上根人一、不レ入二余衆生手一。唯令下仏種不レ断、聞二於未レ聞、誓報二慈恩一、不上レ孤二本願一。（巻二六　大正新脩大蔵経第四八巻562b）

すなわち、それは「衆生の中で最も優れた機根の持ち主（最上根人・上上機）である。彼らに真理を看取させ、それを証明して仏の血筋を永続させる――そのために延寿は『宗鏡録』を編んだのであった」[8]。それに対し、無住は「最上根人」とは対極的な「愚ナル人ノ仏法ノヲホキ益ヲモ不レ覚ラ、和光ノ深キ心ヲモ不レ知、賢愚ノコトナルヲ不レ弁ヘ、因果ノ理定レルヲモ信ゼザルタメニ」（序）『沙石集』を編んだのである。

当然、内容構成も対照的である。「最上根」の読者を対象とする『宗鏡録』は経論の抄出集成を目指しており、因縁の引用は必ずしも多くない[9]。一方、「愚ナル人」を対象とする『沙石集』は、「世間浅近ノ賤キコトヲ譬ヘトシテ、勝義ノ深キ理ニ入シメムト思」（序）との意図から、「諸宗ノ肝要、経論ノ至要、文義所々聞ヲキ侍ルヲ、世間ノ物語ノ中ニ書交テ」（「述懐事」）と因縁・説話類に比重を置く。無住は『宗鏡録』との出会いによって、かえって著述の道で自ら歩を進めるべき方向性を見出し、五十代にして初の著作である『沙石集』の執筆に取り組むことになったのではなかろうか。

もっとも、ここで一点注意すべきことに、無住が『宗鏡録』に接し始めたのがいつ頃かという問題がある。『雑談集』で無住は東福寺における円爾膝下での修学に触れた際、『宗鏡録』について次のように言及している。

其後、東福寺ノ開山ノ下ニ詣シニ、……顕密禅教ノ大綱、銘《ジ》二心肝《ニ》一薫《ズ》二識蔵《ニ》一。併ラ開山ノ恩徳也。宗鏡録、退イテ披覧。開山ノ風情、宗鏡録ノ意也。仍テ処々思合セ侍リ。（巻三「愚老述懐」）

かつて三木紀人氏は、右の傍線部の記述をもとに、無住は「弁円（引用者注、円爾を指す）に直接この書についての教示を受ける機会は持たなかったものであろう」と推定した上で、次のように述べている[10]。

ただし、くりかえすが、弁円が本書（引用者注、『宗鏡録』を指す）を講じるのを無住は聞かなかったようである。あるいは、無住がはじめてこの書に接したのは、弁円の死後の事ではないか、とさえ思われる。……それかあらぬか、「最初に公けにされた書の形をとゞめてゐるものではないかと考へ」（渡辺綱也氏「広本沙石集」解題）られている米沢本には、実は「宗鏡録」の名は見えないのである。

また最近では土屋有里子氏も、先の『雑談集』の傍線部に関わって次のように推測している[11]。

……『宗鏡録』は円爾の死後に閲覧の機会を得、円爾の説いた教えとの整合性に感嘆したような趣がある。「宗鏡録退披覧」の「退」には、様々な解釈が可能かと思うが、暗に円爾の死後であることが込められているようにも思う。

土屋氏はさらに米沢本にない『宗鏡録』の引用が他本で増補されていく状況もあわせて指摘している。確かに、晩年の『聖財集』や『雑談集』に見られる『宗鏡録』の頻繁な引用状況からすれば、無住の『宗鏡録』理解が晩年になるに従い深まっていったことは間違いないであろう。また、三木氏が指摘するように、「米沢本には、実は「宗鏡録」の名は見えない」ことも事実である。しかしながらその一方で、米沢本に『宗鏡録』と関連を有する記事が散見されることもまたまぎれもない事実であり、かつ円爾が「本書を講じるのを無住は聞かなかった」とすれば、それらの記事はなおさら『宗鏡録』に由来するものと判断せざるをえないであろう。加えて、本節で指摘した『沙石集』序と『宗鏡録』との深い影響関係の存在である。

『沙石集』序の記載によれば、序が書かれたのは弘安二年（一二七九）のことであり、それは円爾が没する前年にあたる。この年紀を信じるならば、無住は円爾の生前から『宗鏡録』に親炙する機会を持ち得たと考えるほかないであろう。もちろん『沙石集』の脱稿は弘安六年（一二八三）のことであり、その経緯については巻末識語に「此物語書始シ事ハ弘安二年也。其後ウチヲキテ、空ク両三年ヲヘテ、今年書キツギ畢ヌ」と記される通りである。脱稿の時点で序に改めて手が加えられるということも大いに考えられることではあろう。しかし、もし無住の『宗鏡録』披見が円爾の死後であるとするなら、無住は書名も定まらぬまま、編纂の核となるべき主張も曖昧なうちに『沙石集』執筆に取りかかったことになってしまう。それはやはり考えがたいことのように思われるのである。

おわりに

本章では、無住の律学が三学を修するための第一階梯として認識されていたことを明らかにするとともに、その三学重視の姿勢が延寿の主著『宗鏡録』と出会わせ、それが『沙石集』の誕生へとつながった可能性について考察した。延寿が『宗鏡録』を編纂したのは十世紀のことであったが、宋代において本書が広く読まれるようになるのは、十一世紀後半の二回にわたる開版を経て後のことであるという(12)。本書第一部第十章で詳しく考察するように無住の著作には請来された中国南宋代の新しい典籍の影響が顕著に認められるが、こと『沙石集』に関する限り、『宗鏡録』の起爆力は他の請来典籍に絶して大きかったというべきであろう。

〈注〉

(1)『性公大徳譜』（田中敏子「忍性菩薩略行記（性公大徳譜）について」『鎌倉』第二一号、一九七三年）。

(2)三木紀人「無住の出自」（『研究紀要（静岡女子短期大学）』第一三号、一九六六年）。

(3)当時の遁世僧の三学への強い指向性については、蓑輪顕量「中世南都における三学の復興」（『仏教学』第四八号、二〇〇六年）、大塚紀弘「中世仏教における「宗」と「三学」」（『中世禅律仏教論』山川出版社、二〇〇九年）、上島享「鎌倉時代の仏教」（『岩波講座　日本歴史　第六巻　中世1』岩波書店、二〇一三年）など参照。なお、本章旧稿初出後、土屋有里子「無住と日中渡航僧――三学の欣慕と宋代仏教――」（『国文学研究』第一九〇集、二〇二〇年）は、『雑談集』巻八「持律坐禅ノ事」の分析から、「無住にとって律の祖師は俊芿、禅の祖師は栄西であった。そして律と禅は、俊芿、栄西、道元、円爾という入宋僧と、道隆という渡来僧との関わりによって、日本へもたらされ、定着したと考えていたのである」とし、さらに「俊芿を嚆矢とする泉涌寺僧、そして栄西門下僧の入宋は、宗を超えた三学の修学という目的を持つものであった」と指摘している。

(4)訓読に際しては、大東急記念文庫所蔵の五山版『宗鏡録』（五山版中国禅籍叢刊第四巻）に付される「室町期の墨書返点・送りがな」（椎名宏雄「延寿伝と五山版『宗鏡録』の文献史的研究」『宋元版禅籍の文献史的研究』第一巻、臨川書店、二〇二三年、初出は二〇一五年）を参照した箇所がある。

（5）山田昭全「『雑談集』の方法と思想」（『長明・無住・虎関』〈山田昭全著作集第六巻〉おうふう、二〇一三年、初出は一九七三年）、荒木浩『徒然草への途――中世びとの心とことば』（勉誠出版、二〇一六年）参照。

（6）米沢本では「意」に訓みは付されていないが、同じ古本系の北野本には「意」に「こゝろ」と付される。

（7）『宗鏡録』の「一心」について、柳幹康『永明延寿と『宗鏡録』の研究――一心による中国仏教の再編――』（法藏館、二〇一五年）は次のように述べている。「……延寿はその条件として「宗鏡《すぎよう》」に入ることを挙げるが、「宗鏡」とは「一心を立てて以て宗鏡と為す」（『宗鏡録』巻二、T四八・四二四c）という一文からわかるように、「一心」を指す。そしてこの「一心」とは、「十方の如来は心を証して仏と成り、仏は即ち是れ心なるを以て、所有《あらゆ》る万善・万徳・悲智・願行・此〈＝心〉従《よ》り流れざるは無し」（同巻三五、六一九c）と言われるように、あらゆる善行が湧き出る源泉であり、「一代時教の詮《ときあか》す所」だとされる（同巻一、四一六c）。つまり延寿の理解によれば、仏は常にこの「一心」を人々に知らしめんがために説法したのであり、延寿もまた他ならぬこの「一心」を人々に悟らせるために執筆に勤しんだのである」（二三頁）。

（8）注7柳氏前掲書二八頁。

（9）その数を正確に算定することは困難であるが、説話的記事はおおよそ六十話程度数えられる。全百巻の中でこの数はかなり少ないという印象を受ける。なお、無住の『雑談集』における『宗鏡録』の説話的記事の摂取状況については、本書第一部第六章で言及した。

（10）三木紀人「無住と東福寺」（『仏教文学研究』第六集、法藏館、一九六八年）。

（11）土屋有里子「梵舜本の考察」（『『沙石集』諸本の成立と展開』笠間書院、二〇一一年、初出は二〇〇五年）。

（12）注7柳氏前掲書。

第八章　無住と『宗鏡録』

はじめに

律学を皮切りに戒・定・慧の三学を修めるべく寿福寺や菩提山正暦寺で学んだ無住は、その修学の最終段階で東福寺の円爾の許に赴いた。そこで師を介して知ったのが円爾が南宋から請来した智覚禅師延寿の主著『宗鏡録』の存在である。(1)無住は、この三学具備の書を愛読し、その主張に強く共鳴した結果、五十代にして初の著作である『沙石集』の執筆を思い立つに至った。「彼ノ金ヲ求ル者ノハ、沙ヲステ、コレヲトリ、玉ヲ瑩ク類ハ石ヲ破リテ是ヲ拾フ。仍テ、沙石集ト名ク」（序）という書名の由来も、『宗鏡録』巻二の「如㆓従㆑石弁㆒㆑玉、似㆓披㆑沙揀㆒㆑金（石より玉を弁《わく》るがごとく、沙を披《ひら》きて金を揀《えら》ぶに似たり）」（大正蔵第四八巻422ａ）に基づくものと考えられる。(2)

このように『宗鏡録』が、『沙石集』の書名も含めその成立自体に大きな影響を及ぼしたとするなら、両書の関係は、かつて山田昭全氏が述べたような「『宗鏡録』は『雑談集』にとって（『沙石集』の場合も同様）大きな取材源であったと思う。『宗鏡録』は無住のタネ本であった(3)」という理解ではもはや不十分であり、近年、荒木浩氏が指摘する通り「『宗鏡録』は、単なる「タネ本」」「にとどまらず、思想上の中核にあり、行論の方法論的背景ともなった(4)」書物であると考えざるをえないであろう。

本章では、『沙石集』に認められる二箇所の『宗鏡録』の出典記事を素材に、無住の『宗鏡録』受容のあり方、その深度についてあらためて検証してみたいと思う。

一　嫉妬の心無き人の物語

米沢本『沙石集』巻九第一「无㆓嫉妬ノ心㆒人ノ事」は、夫を後妻に、あるいは妻を間男に取られても、嫉妬の心をおこさぬという稀代な人々の挿話を語る。仏教説話集において嫉妬は教誡を説くに恰好の素材である。が、多くはその結果、鬼と化したり、蛇と変じたりする、嫉妬のおどろおどろしい側面を強調する話材を用いるのが常套であろう。無住が、ここで「嫉妬の心無き人」という珍しい話題設定を行った背景には何があったのか考えてみたい。

まず、巻九第一の構成を確認しておこう。そこには次に概略を示す八つの説話が語られている。

① ある殿上人が田舎下りのついでに遊女を連れて上洛した。使者から事情を告げられ、家を出るよう促された北の方は、「少シモ恨ミタル気色ナクテ」、遊女を迎えるための万全の準備を整えて家を出た。遊女はこれを聞くと大いに恐縮し、起請文を書いて北の方を呼び戻すよう殿上人に懇願する。殿上人は「北方ノ情ケモワリナク覚ヘテ」、彼女を呼び戻すべく使者を遣わした。北の方は遊女への心遣いからなかなか承知しなかったが、再三の申し入れにより再び二人はともに暮らすことになった。一方、北の方と遊女の交友はその後もつづいたという。「タメシ少ナキ心バヘニコソ」。

② ある人の妻が離縁されて家を出て行こうとするまさにその時、夫を思う歌一首を詠んで、夫の心を捉え、二

人は再び元の鞘に収まった。

③ 遠江国である人の妻が離縁されて、やはり家を出て行こうとする間際、夫を思う一言を発して、夫の心を捉え、二人は死ぬまで連れ添うことになった。

④ ある人が、元妻を家に置いたまま、新しい妻を迎え、襖一重を隔てた状態で住まわせた。折節秋の頃で、鹿の鳴き声がしたので、夫が元妻に聞こえるかと問うと、我が身を鹿に擬えて夫を思う歌を返してきた。夫は元妻を愛しく思い、新しい妻を実家に帰した。

⑤ 信濃国のある男の妻のもとに間男が通っていた。夫が聞きつけて、天井から様子を窺っているうち、二人の行為に気を取られ、思わず落下してしまう。したたかに腰を打って悶絶する夫を間男が介抱した。「心ザマ互ヒニヲダシカリケレバ」その後も夫は間男の通うのを許したという。

⑥ 都の天文博士の妻のもとに朝日の阿闍梨という僧が間男として通っていた。あるとき、情事の最中に夫が帰宅、西から逃げる阿闍梨に向かって夫が「アヤシクモ西ニ朝日ノイヅルカナ」とよみかけると、阿闍梨は即座に「天文博士イカヾミルラム」と付けた。夫は阿闍梨を呼び止め、酒盛や連歌に興じ、その後も間男として通うのを許したという。

⑦ ある女が間男と同衾中、夫が帰宅した。女は着物の蚕を取るように見せかけて逃がそうと、裸の間男を筵に巻いて抱きかかえ、炭櫃を飛び越したところで、筵から間男がすべり落ちてしまった。夫は「ノドカナルケシキニテ、「アラ、イシノ、ミノヲ、キサヨ」（えらくでかい蚕やなあ）」と言ったという。

⑧ ある地頭の妻が浄土門の説経師に懸想し、恋の病となった。長年連れ添った夫に事情を打ち明けると、夫は理解ある態度を示し、説教師に仲介の労を執る。心弾ませて待つ妻のもとを訪れた説教師は、しかし妻の顔を

じっと見つめると、罵詈雑言をあびせ、弾指して立ち去った。「日来ノ情モ愛執モミナ失テ、病モイヘニケリ」。夫も喜んだという。

無住は、以上を語るうち、③と④の間に次のような評言を挿んでいる。

人ニニクマル、モ思ハル、モ、先世ノ事ト云ナガラ、心ザマニヨルベシ。「西施ハ江〔ヲ〕愛シ、嫫母〔ハ〕鏡ヲ嫌フ」ト云テ、我ガ形チヨカリシ西施ハ、江ニカゲノウツルヲミテ此ヲ愛シ、我ガ皃ミニクカリシ嫫母ハ、鏡ニウツルカゲミニクキ故ニ鏡ヲ嫌ヒ〔キ〕。是レ江ノ〔吉〕ニアラズ、我形ノ〔吉〕ナリ。鏡ノワロキニハ非ズ、我皃ノミニクキナリ。然レバ、人ノヨキモ我心ニヨリ、アタニウラメシキモ我身ノ失ガナリ。設ヒ今生ニコトナル失ガナキニ、人ノニクミアタムモ、先世ノ我失ガナルベシ。自ラ人ニ愛セラル、モ、先世ノ我ガ情ケナルベシ。サレバ、人ヲ恨ムル事無シテ、我身ノ過去、今生ノ心カラト思テ、イカリ不レ可レ恨。世間ノ習ヒ、ヲ、クハ嫉妬ノ心ハゲシクシテ、イカリ腹立、推シ疑ヒテ、人ヲ誡メ失ナヒ、色ヲ損ジ、カヲ、アカメ、目ヲ忿カシ、詞ヲハゲシクス。カ、ルニ付テハ、弥〳〵ウトマシク覚ベキ。鬼神ノ心地コソスレ。争カナツカシカラム。或ハ霊トナリ、或ハ虵トナル。返々モヨシナクコソ。サレバ、彼ノ昔ノ人ノ心アル跡ヲマナバ、、現生ニハ敬愛ノ徳ヲ施シ、当来ニハ虵道ノ苦ヲ免ルベシ。

まず、中国の伝説的美女である西施は我が姿が映る河を好み、醜女の嫫母は逆に我が姿の映る鏡を嫌ったという故事を引いて、それは実際にはそれぞれの持って生まれた美醜に起因している問題であるのに、外部の存在である河や鏡のせいにしているにすぎないのだと説く。次いで、それと同様に、他者が自分によくしてくれるのも「我心」によるものであり、逆に他者が悪意をもって接してくるのも「我身ノ失」によるもの、いずれにせよ外部に原因があるのではなく、自らのうちに因があるのだということを、「先世」に業因がある場合も含めて説いている（傍線部）。その上で、にもかかわらず「世間ノ習ヒ」として、因が自己にあるということに気づかず、「嫉妬ノ心」から他者を憎悪し、言葉激しく攻撃したり、果ては暴力を振るって殺してしまったりする。その結果、「霊」となったり「虵」に転生したり、悪道に堕ちることになってしまうのだと警告するのである（破線部）。

以上の引用文のうち二重傍線部の故事については『宗鏡録』巻三四に出典を求められることが日本古典文学大系以来指摘されている。ここでは『宗鏡録』の当該箇所を前後の文脈も考慮して引用してみよう。

『宗鏡録』巻三四

問。平等空門、一心大旨。既美悪無レ際、凡聖倶円。何乃受レ潤有レ差、苦楽不レ等。答。万事由二人自召一。唯心一理無レ虧。美悪但自レ念生。果報焉従レ他得。如二伝奥法師云一。「但以三内有二悪業一、則外感二邪魔一。若内起二善心一則外値二諸仏一」。斯則善悪在レ己、而由レ人乎哉。是以西施愛江、嫫母嫌鏡、実為レ癡也。……故起信論云、「或有二衆生一無二善根力一、則為三諸魔外道鬼神之所二惑乱一。若於二坐中一現レ形恐怖、或現二端正男女等相一。当レ念二唯心一。境界則滅、終不レ為レ悩」。是知。聖者正也。心正即聖。故云、心正可二以辟一レ邪。如下日月正当二天草木一無中邪影上。故知、此心是凡聖之宅、根境之原。只為二凡夫執一作二頼耶之識一、成二生死苦悩之因一。聖者達、為二如来蔵心一受二涅槃常楽之果一。若レ云二阿頼耶識一、則有レ名無レ体。以三情執有不二究竟一故、当レ証レ聖時一其名即捨。若レ云二如来蔵心一、則有レ名有レ体。以二本有非レ執故、至二未来際一不レ断。故如二以レ金作レ鐶、鐶相虚、金体露現一、如来蔵作二頼耶一、頼耶相虚、蔵性現。今衆生以レ随二情執重一故、多認二頼耶一、不レ信レ有二如来蔵一。以レ不レ信故、自既軽慢、又毀二滅他人一。謗法之愆、無レ過二此失一。念念昧二如来法界之性一、歩歩造二衆生業果之因一。悪業日新、苦縁無レ尽。於二安穏処一生二哀悩心一、向二解脱中一成二繋縛果一。受二焔口針喉之体一、経レ劫而飢火焚焼。作二披毛戴角之身一、触レ目而網羅縈絆。或堕二無間獄一、抱二劇苦一而常処二火輪一、或生二修羅宮一、起二闘諍一而恒雨二刀剣一。或暫居二人界一、刹那而八苦交煎。或偶処二天宮一、倏忽而五衰陥墜、長沈二三障一、不レ出二四魔一。
（大正新脩大蔵経巻四八611ｂｃ）

二重傍線部の故事の前に位置する傍線部では、「伝奥法師」の言葉を引用しながら次のように述べる。「万事は人の自ら召すに由る。唯心の一理、虧くること無し。美悪は但だ念より生ず。果報焉ぞ他に従ひて得ん。伝奥法師の云ふが如し。「但だ内に悪業有るを以て、則ち外に邪魔を感ず。若し内に善心を起さば、則ち外に諸仏に値ふ」と。斯れ則ち善悪己に在りて人に由らんや」。その述べるところを敷衍するなら、概ね『沙石集』の傍線部の記述に相当すると見て差し支えないであろう。『宗鏡録』はその後、『大乗起信論』の引用を挿んで、波線部のように「故に知んぬ。此の心は是れ凡聖の宅、根境の原なり。只だ凡夫執するが為に頼耶の識と作り、生死苦悩の因と成る。聖者達すれば如来蔵心と為り、涅槃常楽の果を受く」と説く。「心」はすべての現象を生じさせる根源であるが、「凡夫」は「執する」がためにそれが「頼耶の識」すなわち「阿頼耶識」となって「生死苦悩の因」となるのに対し、「聖者」が「達す」すなわち通達すればそれは「如来蔵心」となって「涅槃常楽の果」を得られるのだという。さらに、「如来蔵心」が「名」も「体」もある本来的な存在であるのに対し、「阿頼耶識」は「名」のみで「体」はなく、覚りを得ればその「名」も失われるのだと述べた後、次の波線部では「故に、金を以て鐶を作るに、鐶相虚しくして金体露現するが如く、如来蔵の頼耶と作るに、頼耶相虚しくして蔵性現ず」と「如来蔵」と「阿頼耶識」との関係を「金」と「鐶」（金の指輪）との関係に準えて説明する。ここでの「阿頼耶識」は唯識哲学のそれではなく、『大乗起信論』に説かれる「阿梨耶識」に相当しよう。この「阿梨耶識」について、竹村牧男氏は次のように述べている。(5)

阿梨耶識というのは、いわゆる自性清浄心が無明・煩悩に薫習されて世間に迷い出たものです。生死輪廻の根源になるものです。しかし同時に、自性清浄心の意味合いが一方にあって、覚りへと向かわせる働きも内在しています。自性清浄心と一体となっている、凡夫の意識下の根源的な心としての阿梨耶識ととることも可能です。

衆生の心は本質、本性においては自性清浄（如来蔵）である。にもかかわらずと、『宗鏡録』は次のように破線部をつづける。「今衆生、情執の重きに随ふを以ての故に、多く頼耶を認めて、如来蔵有ることを信ぜず。信ぜざることを以ての故に自ら既に軽慢し、又他人を毀滅す。謗法の愆《とが》、此の失に過ぐるは無し。念念に如来法界の性に昧《くら》く、歩歩に衆生業果の因を造る。悪業日に新たにして苦縁尽くること無し。安穏の処に於いて衰悩心を生じ、解脱の中に向《お》いて繫縛の果を成ず。焔口針喉の体を受けて、劫を経て飢火焚焼せらる。披毛戴角の身と作りて、目に触れて網羅に縈《まと》ひ絆《つな》がる。或は無間の獄に堕して、劇苦を抱て常に火輪に処し、或は修羅の宮に生じ、闘諍を起こして恒に刀剣を雨す。或は暫く人界に居して、刹那にして八苦に交り煎らる。或は偶《たまたま》天宮に処して、倏忽として五衰陥墜し、長く三障に沈て四魔を出でず。」――「情執の重き」ゆえに自己の「如来蔵」の存在を信じられない衆生は「軽慢し」たり「他人を毀滅」したりする悪業を重ね、ついには悪趣に堕ちると説くのである。ここの論説内容は『沙石集』の破線部で説かれるところと大筋では重なるものと見てよいのではなかろうか。

確かに『沙石集』の叙述には、阿頼耶識や如来蔵心（自性清浄心）への言及が認められない。しかし、無住が如上のくだりを記す際、こうした問題は彼の念頭を去らなかったのではないかと思われる。その点の検証には、次に配される巻九第二「愛執ニヨリテ虵ニ成リタル事」を参照するのが有効であろう。本話は次のような話である。

鎌倉のある人の娘が鶴岡八幡宮若宮の稚児を見初め恋の病となった。娘の母親が仲介し、稚児を娘のもとに通わせたが、次第に疎遠となり、娘は焦がれ死にしてしまう。両親は荼毘に付した娘の骨を善光寺に納めるべく箱に入れておいた。すると、稚児も病気となり、病床で大蛇と向き合う姿が目撃された。やがて稚児も死に、その遺体を葬る際には、またしても棺の中で稚児にまとわりつく蛇の姿が確認された。その後、娘の両親が骨を善光寺に送ろうとして、箱を開けてみると、骨は小蛇と化していた。(6)

本話に無住は次のようにつづけている。

凡ソ一切ノ万物ハ一心ノ反ズルイハレ、始テ不㆑可㆑驚トイヘドモ、此事近キ不思儀ナレバ、カハユクコソ覚へ侍。執着愛念ホドニ恐ルベキ事ナシ。生死ノ苦シミニ沈ミ、久ク流転ノヤミガタキ、タヾ此ノ愛欲ノ所㆑致ナリ。仏神ニモ祈念シ、聖教ノ対治ヲモ尋テ、此愛念ヲタチ、此敵ヲ打テ、真実ニ解脱ノ道ニ入リ、自性清浄ノ体ヲミルベキ也。

愛執の説話を語りながらも、無住は「聖教ノ対治」によって「愛念」を断つなら、傍線部のごとくそこに「自性清浄ノ体」が現れることを確信している。(7)無住は衆生の心の本質を「自性清浄」と見ているのである。さらに付言するなら、破線部の叙述のごときも、たとえば「万像雖㆓復衆多㆒、要従㆓一心㆒変起（万像は復《ま》た衆多なりと雖も、要《かなら》ず一心従《よ》り変起す）」（巻一〇〇　大正蔵第四八巻952ｂ）のように『宗鏡録』には頻出するところである。

話題を巻九第一の評言に戻すなら、ここを記す際、無住の念頭には『宗鏡録』巻三四のすでに出典として認定されている故事の前後を取り巻く一連の論述があったものと思われる。その場合、巻九第一から第二にかけて語られる都合九つの説話の背後にも『宗鏡録』の論説内容は響いているものと見るべきであろう。つまり、第一「嫉妬の心無き人」の話を語る際、無住は彼ら彼女らの背後に「自性清浄ノ体」を透かし見ていたということになるのではなかろうか。

たとえば、巻九第一の⑤から⑦の説話などは、一見すると尾籠な笑話風の味わいで仏教的視点とは無縁なように思えるが、⑤の説話では間男と夫が「心ザマ互ヒニヲダシカリケレバ」と評され、⑦の説話で「ノドカナルケシキニテ」間の抜けた一言を発した夫も流布本系のテキストでは「夫ノ心オダシカリケリ」（古活字本）と評されている点が注目される。この「オダシ」という語については、『雑談集』巻四「老人用意事」の以下の記事が参考になる。

老人ハ、タヾ心ヲダシク、二《フタ》タビ兒《チゴ》ニ成テ、底ヨリボケ〳〵トシテ、ヲダシク正直ナラバ、アナガチ人モニクミ、ムツカシカラジ。白山ノ権現ノ一所ニ熊真水《クマシミツ》トカヤハ本地地蔵ニテヲハシマスナルガ、或人道心ヲイノリ申ケレバ、「二ツ三ツノ子ノ心ナレ」ト示現ニ告給ケルト云ヘリ。幼子ノイトヲシキト云ハ正直也。竊盗、強盗モセズ、和讒、曲節ナシ。ヲトナニナリテ、ヨロヅワロキ心アル也。妄語、邪推、種々ノ不実ハ第六識ノ妄想ノ識也。二三歳ノ心ハ、本分ニチカシ。現量無分別ノ形ニテ、実ノ語ニモ似タリ。道心ノ下地也。

これによれば「オダシ」は「正直」と親近性の高い語のようであるが、その「正直」は「二三歳」の「幼子」の「心」に代表されるもので、「第六識ノ妄想ノ識」とは無縁な、「本分ニチカ」いものだとされる。この「本分」という語は、「此見聞覚知、六塵ニ著セズシテ、現量無分別ナル、コレ本分ノ霊光、自性ノ宝蔵也」（『沙石集』巻八第五「死之道不レ知人事」）と用いられるように、心の本性、すなわち自性清浄（如来蔵）を意味する。近年、鎌倉時代に成立した神道五部書における「「正直」を巡る言説が如来蔵思想を基層として構成されたものである」[8]ことが指摘されていることを併せ考えれば、「オダシ」き人物の背後に自性清浄（如来蔵）を透かし見ることも存外不自然ではないように思われるのである。[9]

一方、巻九第一の①から⑧までの説話の中には、読みようによっては人物の内面に嫉妬の心を認めうるような場合ももちろんあろう。たとえば④の説話については、『十訓抄』の類話（巻八第七話）にそうした読みが示されている。当該話でも新しい妻を迎えた元妻は「ねためる気色もなくて過ぎけり」と語られているが、その前話（第六話）に「これも、御心のうちどもは、さこそありけめなれども、かやうにもてしづめたるは、優にいみじくこそおぼゆれ」と記される評言の流れを承けているため、実際には元妻の「怨み心を表に出さず、じっと耐える」[10]姿勢、その振舞い方、たしなみある態度が評価されていることになるのである。この点、『沙石集』の④の評言には「只ネタミソネミテアタヲ不レ結、マメヤカニ色深クハ、志モアルベキニヤ」とあり、無住が元妻の内面に「怨み心」を認めていない点が重要である。それは無住の人間理解が皮相であるということを必ずしも意味するものではなく、人間の心が本質においては自性清浄（如来蔵）であるという認識がそのような理解を導いているのである。

無住が「嫉妬」について論じるに際し、どうして「嫉妬の心無き人」という珍しい話題設定から入ったのか、それは無住が「嫉妬」という重い「情執」のうちに、ともすれば見失われがちな「心」の本体としての「自性清浄心（如来蔵心）」を見つめていたからにほかならない。そして、その発想は、『大乗起信論』に淵源しつつも、[11]直接的には『宗鏡録』によって得られたものと考えられるのである。

二　山中の老僧の物語

次には巻十末第一二「諸宗ノ旨ヲ自得シタル事」を取り上げよう。その冒頭に記される説話は、金剛王院僧正実賢が晩年、ある弟子に語った物語とされる。実賢は、若き日、高野山参詣の途中立ち寄った山賤の家で、老年の法師と出会う。法師は、かつて興福寺の学僧であったが、名利を志し重職を望む寺僧の姿勢に疑問を感じていた。折しも、病に倒れた父親の看病のため実家に戻ったところ、隣家の女と関係をもって落堕し、寺からは足が遠のいてしまった。だが、老年になるにつれ、再び学問への意欲がわき起こり、興福寺から取り寄せた聖教を暇にまかせて熟読するうち、「仏法ノ大意」を会得したといい、それについて実賢に語ってくれた。実賢は仏に出会ったような感銘を受け、願い出て、さらに一両月「法相ノ大綱」についても法師の講義を受けた。それは並の学僧の法門とは似ても似つかぬ実に「義理深」いものであった。一両年後、実賢は再び法師を訪ね、両三日「法門ノ物語」をしたが、以降は会う機会を得なかった。このような先達に出会えたことは、自分にとって「一期ノ思出」だと実賢は語ったという。――無住は本話の末尾に次のように記している。

彼孫弟子ノ僧ノ物語ナリ。随分ノ秘事ト思テ語キ。身ニモアリガタク覚テ、秘蔵ノ思ニ住シナガラ、心ノ底ニノコサンモ罪深ク覚テ、書置侍也。

無住は本話を実賢の孫弟子にあたる遁世僧から聞いたとしている。その孫弟子も「随分ノ秘事」として語ってくれたこと、自分もそれを聞いて感銘深く、「秘蔵」しようと思いながらも、心底に留め置くのもかえって罪深く感じられて、このように書き置く次第であるという。さらに、第一二末尾でも再度「仏法ノ大綱、コノ心ヲ以テ弁エシルベシ。心アラン人、此物語ヲバ吉ク〳〵思ヒ入テミ給ベシ。スコブル秘蔵ノ物語ナリ」と繰り返す。本話は『沙石集』中、もっとも枢要な説話であるといっても差し支えないであろう[12]。

では、本話で語られる「仏法ノ大意」「仏法ノ大綱」とはどのような内容だったのか、老僧の言葉を聞こう。

「……其大意トイツパ、諸宗ハ皆、未ダ弘通セヌ時候ケルヲ、祖師興隆スルヨリ失テ候ナリ。法相宗ハ護法ノ時ヨリウセ、三論ハ清弁、花厳ハ杜順、天台ハ智者大師、真言ハ龍猛菩薩、此興隆ノ時ヨリ其宗ノ真実ノ旨ハ失テ候也。有仏無仏性相常然ノ法ヲ、言語ニ出テ義理ヲ立バ、其旨遠ク、其意背ク。宗ヲ立バ、皆一門ヲ建立シテ是非ヲ定判ス。方ナキ処ニ方ヲ立テ、言バナキ法ニ言ヲ出ス。言ニヨリテ心ヲ生ジ、心ニヨリテ境ヲ存ス。言《ユウ》トキハ格ヲ立テ、思フ時ハ境ヲ現ズ。既ニ定相ヲ立、義門ヲ存〔ス〕。寂滅ノ法ニ非ズ、无相ノ理ニ背ク。是、虚妄ノ方便也。何ゾ一心ト云ヒ、又、実相ト云ハン。サレバ、ヲ、カル機ニ対シテ宗ヲ分ケ、義ヲ立ツハ、欲ノ鉤《ツリバリ》ヲ以テ引ク方便也。正キ宗旨ニ非ズ。狂人走レバ不狂人走ルト云ヘル如ク、祖師皆、不狂人ノ走也。是ヲ実ト思ヘバ宗ニ暗シ。コノ意ヲエテ侍ル也」トテ、仏法ノ大綱コマヤカニ談ズ。

まず、諸宗は祖師が興隆してからというもの、その真実の存在意義が失われたのだといい、以下、概ね次のように説く。――常に存在する諸法の真理を言葉によって説明しようとすれば、その真実性は失われてしまう。宗を立てる際は、それぞれの一門を他と区別して、その是非を判じようとする。本来方角がないところに方角を設定し、本来言葉にならない存在を言葉で表そうとする。言葉によって心のはたらきが生じ、その心のはたらきによって認識の対象が姿を現す。言葉で表現しようとすれば規準になるものを設定することになり、心に思えば認識対象が知覚されることになる。すでに常住不変の相を示して、法門が存在するということになれば、もはやすがたかたちをもたない諸法の真実のすがたであるとはいえない。これは「虚妄ノ方便」である。どうしてそれを「一心」「実相」などということができようか。だから、祖師がさまざまな機根の衆生に向けて宗を区別して立てる行為は、いわば「欲ノ鉤ヲ以テ引ク方便」（欲望を餌にして仏法の世界に導こうとする方便）にすぎないのだ。――

「狂人走レバ不狂人走ル」は『渓嵐拾葉集』巻一一二にも「為㆑遮㆓偏執㆒ヲ還而興㆓ス驕慢㆒ヲ。如㆓狂人走不狂人走㆒ルカ」（大正蔵第七六巻881b）と見えており、当時、僧の間で用いられていた諺の類であったと思われる。したがって、「祖師皆、不狂人ノ走也」とは、煩悩にとらわれた衆生に対して宗を立てる行為は、「狂った人が走ると、狂っていない人も走る」と言うように、狂った人（すなわち衆生）にあわせて狂っていない人（すなわち祖師）が設けた方便にすぎないのだ、ということになろう。

この説話を語り終えた無住は、さらに経典由来の一つの挿話を語る。それは、各宗の祖師だけでなく、釈迦の教えもまた「狂人」に向けた方便であるということを説くものであった。

仏祖ノ方便、皆、狂人ヲ教ルハカリゴト也。楞厳経ニ一ノ譬ヲトケリ。演若達多ト云物、朝ヲキテ鏡ニ向テ、面ノミヘザリケルヲ、鏡ヲアシクモチタルカニテミエヌ、トハ思ハズシテ、鬼ノ所為ニテ頭ノ失セタルト思テ、驚キサハギテ走狂ケリ。人ノイサメモキカズ。サスガニ、アマリニ人教フル故ニ、鏡ヲ能々ミテ、頭ヲエタリト思ヘリ。愁ナキニウレエ、又、悦ビナキニ悦ブ。此事ヲ喩ルニ、无明ノ心ハ、ヨシナク頭ヲ失テ求ガ如シ。本覚ノ明心ハ、曽テウセズ。頭ノ失タル思ニヨリテ、失タルガ如シ。始テミ付テ、エタリト思ハ、始覚ノ〔菩提〕ヲエタルガ如シ。何ゾ始テウル事アラン。……サレバ、一代ノ教門ハ、ヤム事ナキ方便也。頭ヲ失ヘル物ニ、頭ハ失ヌゾトイワンガ如シ。狂セザラン人ニ向テハ、此詞ハヨシナキ徒ラ事也。……カノ山中ノ老僧ガ詞ハ、マメヤカニ仏意ニ叶ベキヲヤ。

演若達多という男が、朝起きて鏡に向かった際、鏡の持ち方が悪くて顔が映らなかったのを、鬼に頭を取られたのだと誤解し、大騒ぎをして狂うように走り回った。人に教えられて、よくよく鏡を見て、ようやく頭を取り戻せたと思ったという。「楞厳経ニ一ノ譬ヲトケリ」（二重傍線部）と出典を明示しているが、本話は実際には次に引く『宗鏡録』の記事に依拠しているものと思われる。

『宗鏡録』巻一七

如㆓首楞厳経云㆒。「仏言、『富楼那、汝豈不㆑聞。室羅城中、演若達多、忽於㆓晨朝㆒以㆑鏡照㆑面、愛㆓鏡中頭眉目可レ見、瞋二責己頭不レ見二面目一、以為二魑魅一、無レ状狂走。於レ意云何。此人何因無レ故狂走』。富樓那言、『是人心狂。更無二他故一』。仏言、『妙覚明円、本円明妙。既称為レ妄。云何有レ因。若有二所因一、云何名レ妄。自諸妄想、展轉相因。従レ迷積レ迷、以歴二塵劫一。雖二仏発明一、猶不レ能レ返二如レ是迷因一。因レ迷自有。識下迷無レ因妄無中所依上、尚無レ有レ生。欲二何為レ滅。得二菩提一者、如三寤時人説二夢中事一。心縦精明、欲三何因縁取二夢中物一。況復無レ因本無二所有一。如二彼城中演若達多一、豈有二因縁一。自怖レ頭走。忽然狂歇、頭非二外来一。縦未レ歇レ狂、亦何遺失。富樓那、妄性如レ是、因レ何為レ在。汝但不三随分二別世間、業果、衆生、三種相続一。三縁断故三因不レ生。則汝心中演若達多狂性自歇。歇即菩提。勝浄明心、本周二法界一。不二従レ人得一。何藉二劬勞一、肯二綮修証一』」。古釈云、「頭無二得失一者、頭喩二真性一。無明迷時、性亦不レ失。無明歇時、亦不二別得一。歇即菩提者、但悟二本体一、五現量識、一切万行、皆悉具足、即是菩提」。……法華経云、「是法住二法位一、世間相常住」。即知、世間一切諸相、本来常任。何行位能知。唯仏於道場知已、導師方便説。為二衆生迷不レ知故説。若知不レ俟二更説一。方知、有レ説皆属二方便一。

（大正新脩大蔵経巻四八504c505a）

『宗鏡録』は、まず「首楞厳経」（楞厳経）から演若達多の挿話を引用した後、破線部では「首楞厳経」の「古釈」を引く。そこでは、この挿話における演若達多の「頭」とは「真性」すなわち仏性の「喩」であると指摘し、「無明」の闇に惑っているときにも実は仏性は失われているわけではなく、一方、「無明」を脱して「菩提」を得たと思ったとしても、それは他から得られたものではなく、実際にはもとから備わっていた仏性が顕れたにすぎないのだ、ということを述べた挿話であると注釈する。『沙石集』の破線部「此事ヲ喩ルニ」以下の記述は、この「古釈」を中心に、その注釈の対象となった「首楞厳経」の引用本文をも参照しつつまとめられているものと思われる。

『宗鏡録』はその後、傍線部で「法華経云」として「是の法、法位に住して、世間の相、常住なり」という序品の偈を引きながら、さらに「即ち知んぬ。世間の一切の諸相、本来常住なり。何の行位にか能く知る。唯仏のみ道場に於いて知り、已に導師として方便をもつて説く。衆生の迷ひて知らざるが為の故に説く。若し知らば、更に説くことを俟たず。方に知んぬ。説くこと有るは皆方便に属す」と、仏の教えは煩悩にとらわれた衆生のための「方便」なのだと説く。ここが『沙石集』の傍線部の記述と対応するのである。

おそらく無住は、山中の老僧の語る「狂人走レバ不狂人走ル」の諺から、「狂走」する演若達多の挿話を想起し、これを『宗鏡録』の文脈に沿って解釈したのである。そして、鬼に頭を取られたと思っている男に頭は失われてはいないよと教える行為が、まさに仏が迷える衆生に教えを説く行為と対応するのだと示し、それゆえ釈迦一代の教えは「ヤム事ナキ方便」なのだと説く。その上で、最後は、祖師が衆生のために方便として宗を立てたとする老僧の主張と、同じく衆生のために方便として教えを説いた仏の行為とを結びつけ、波線部のように「カノ山中ノ老僧ガ詞ハ、マメヤカニ仏意ニ叶ベキヲヤ」と結ぶのである。そもそも仏の教えが迷える衆生を対象とする「方便」だったのであるから、祖師の立てる宗が方便にすぎないという老僧の主張は仏の立場からも当然肯定されるという論理である。無住にとって『沙石集』の中でももっとも枢要な説話であったはずの山中の老僧の物語は、『宗鏡録』の文脈の助けを得ることによって、初めて作品中における着地点を見出せたともいえるであろう。

もっとも、無住が、山中の老僧の物語と『宗鏡録』の演若達多の記事とを結びつけるに至った端緒はそれだけには留まるまい。というのは、この老僧の主張する諸宗についての考えは、『宗鏡録』の取る立場とも非常に近いものがあるからである。たとえば『宗鏡録』巻二では次のように説いている。

問。一心為レ宗可レ称二綱要一者、教中何故広談二諸道一、各立二経宗一。答。種種諸法雖レ多、但是一心所作。

（大正新脩大蔵経第四八巻427ａ）

「問ふ。一心を宗として綱要と称すべくは、教の中に何が故ぞ広く諸道を談じて、各《おのおの》経宗を立つる。答ふ。種々の諸法多しと雖も、但だ是れ一心の所作なり」と、多くの経宗が立てられても、それらはすべて一心から出ているものなのだと述べるのである。また、巻四三には次のようにある。

是以文殊菩薩頌云、「帰レ元性無二、方便有二多門一。聖性無レ不レ通、順逆皆方便。初心入二三昧一、遅速不二同倫一」。

（大正新脩大蔵経第四八巻670ｃ）

ここは『首楞厳経』巻六から「文殊菩薩頌」の一節を示している部分であるが、「元に帰すれば性は無二なり、方便に多門有り。聖性は通ぜざること無し、順逆皆方便なり。初心の三昧に入る、遅速同倫ならず」と、「方便」としての「多門」を説いている。

無住が実賢の孫弟子からこの老僧の物語を聞いた時期はいつごろだったのだろうか。最近、阿部泰郎氏によって紹介された、真福寺蔵『逸題灌頂秘訣』奥書識語からは「実賢―如実―察照―無住」の相承系譜が知られ、無住は建治三年（一二七七）に実賢の「孫弟子」にあたる「察照」から受法されたことが明らかとなった[13]。この「察照」が「彼孫弟子ノ僧」にあたる可能性は十分にあろう。「彼孫弟子ノ僧」が「随分ノ秘事ト思テ語キ」という表現からは、語り手と無住との間に伝授が行われた師資のごとき関係を想定するのが似つかわしいようにも思われる。もし無住が建治三年頃に老僧の物語を聞いたとすれば、『沙石集』の起筆を二年後に控えた時期であり、すでに『宗鏡録』に触れていた可能性は高い[14]。その際には当初から、無住は『宗鏡録』的世界を前提に老僧の物語を受け止めたことになろう。が、たとえそうではなかったにせよ、少なくとも『沙石集』の執筆時にこの物語を書き綴るに際し、無住が老僧の説くところと『宗鏡録』との親近性を意識したことは間違いないであろう。その意味で、無住が『宗鏡録』の演若達多記事をもって山中の老僧の物語を受け止めたのは半ば必然であったともいえそうである。

おわりに

本章では、わずか二箇所にすぎなかったものの、『沙石集』が『宗鏡録』を典拠として利用している状況について考察を加えてきた。西施と嫫母をめぐる故事と演若達多の挿話がいずれも『宗鏡録』を出典としていることは確実であるが、無住は『宗鏡録』におけるそうした故事や挿話の前後の文脈をも丁寧に読み込んでおり、『沙石集』の当該箇所においても、明らかに『宗鏡録』の文脈を踏まえた論述がなされている。『宗鏡録』の文脈は『沙石集』の話題設定や説話選択にも影響を及ぼしている状況が見て取れ、両者の文脈上の対応関係は緊密であるといえよう。無住の発想や思想を『宗鏡録』が深いところで規定している側面があることは間違いない。

無住の師円爾が仁治二年（一二四一）に南宋から請来した『宗鏡録』は東福寺普門院に蔵されたが、弘安三年（一二八〇）五月二十一日の日付のある『円爾普門院四至牓示置文』[15]には「所レ付二置於当院一之内外典書籍等、不レ可レ出二寺外一」と記されており、三木紀人氏が指摘する通り、「当時、かなり稀覯の書であったであろうこの書を無住が「披覧」した場は、この普門院の書庫を措いては想定しにくい[16]」。それゆえ無住が『宗鏡録』の刊本を座右に置きながら『沙石集』を執筆していたとは考えがたいところである。その点で、山田昭全氏の「無住は『沙石集』を書く段階で既に諸経要文集のようなものを座右に置いていたはずである。ただ、その要文集は必ずしも万巻の経典を読破して作ったものではなく、『宗鏡録』をかなり活用していたのであろう」[17]との推測は妥当なものと思われるが、その『宗鏡録』の抜書の様相は、単に先学の言葉や故事、成句の類の抄出といった体のものではなく、ある程度のまとまりをもった、文脈を十分に考慮した性格のものであったと推察されるのである。[18]

無住の著作のうちでもとりわけ『沙石集』における『宗鏡録』の投影を考察する際には、直接引用部分に限った出典関係の指摘に留まっていては、もはやほとんど意味をなさない。両書の文脈を読み込んだ上での比較検討がぜひとも必要なのである。

〈注〉

（1）円爾自身の『宗鏡録』受容については、柳幹康「鎌倉期臨済宗における『宗鏡録』の受容――円爾と『十宗要道記』――」（『『臨済録』研究の現在――臨済禅師一一五〇年遠諱記念国際学会論文集』禅文化研究所、二〇一七年）参照。

（2）本書第一部第七章参照。

（3）山田昭全「『雑談集』の方法と思想」（『長明・無住・虎関』〈山田昭全著作集第六巻〉おうふう、二〇一三年、初出は一九七三年）。

（4）荒木浩「仏法大明録と真心要決――沙石集と徒然草の禅的環境」（『徒然草への途――中世びとの心とことば』勉誠出版、二〇一六年）。

（5）竹村牧男『『大乗起信論』を読む』（春秋社、二〇一七年）。

（6）本話における骨と霊魂の興味深い問題については、本書第二部第四章参照。

（7）「要するに、現象的「有」の、重層的に集積した数かぎりない意味カルマの底に深く埋れている「本覚」を、「始覚」修行の浄化作用によって洗い出すだけのことなのだ、……そして、このことが可能なのは、現象的「有」の次元に働く

「本覚」が、たとえ「アラヤ識」の群れなす妄象の只中にあって、現象的「染」にまつわりつかれ覆い隠されて、表面的には「不覚」と見まがうばかりになっているとはいえ、深層的には、実は、本来の清浄性を、そのまま、一点の損傷もなしに保持しているからである」（井筒俊彦『東洋哲学覚書　意識の形而上学――『大乗起信論』の哲学』中公文庫、二〇〇一年、原著は一九九三年）。

(8) 遠藤純一郎「中世伊勢神道に於ける「正直」（その1）――神道五部書に見られる「正直」をめぐって――」（『蓮花寺仏教研究所紀要』第八号、二〇一五年）。

(9) 著者はかつて『沙石集』において、北条泰時のような道理を体現した人物を「真如の現象態としての神や仏に極めて近い存在」として捉える無住の発想を指摘したことがある。小林直樹「『沙石集』構想の原点――真如の顕現――」（『中世説話集とその基盤』和泉書院、二〇〇四年、初出は一九九四年）。

(10) 浅見和彦校注・訳『十訓抄』〈新編日本古典文学全集〉（小学館、一九九七年）頭注。引用も同書による。

(11) 無住は、二十七歳のとき上野長楽寺で、三十五歳のときには鎌倉寿福寺において、いずれも蔵叟朗誉から『大乗起信論』の注釈である『釈摩訶衍論』の講義を受けており（『雑談集』巻三「愚老述懐」）、『宗鏡録』受容の基礎は十分に整っていたものと思われる。

(12) 本話については、本書第一部第四章、第五章参照。

(13) 阿部泰郎「『無住集』総説」（『無住集』〈中世禅籍叢刊第五巻〉臨川書店、二〇一四年）。

(14) 本書第一部第七章。

(15) 大日本古文書（東福寺文書之一）による。返り点は私に付し、字体を通行のものに改めた。

(16) 三木紀人「無住と東福寺」（『仏教文学研究』第六集、法藏館、一九六八年）。

(17) 注3山田氏前掲論文。

(18) 無住が『宗鏡録』から演若達多の挿話のごとき説話的記事を採録している（本書第一部第六章参照）状況から判断すると、彼は一般にその手の記事を含まない撮要本の類ではなく『宗鏡録』自体を披見していたものと推察される。

第九章　無住の経文解釈と説話

はじめに

無住の著作の中でも、彼の経文への姿勢がもっとも顕著にうかがえるのが『雑談集』である。本章ではこの『雑談集』を素材に、無住の経文解釈、とりわけ法華経をめぐる解釈活動について、東福寺における修学との関わりを中心に浮き彫りにしてみたい。

一　無住と法華経

『雑談集』には「本説」についての言及がしばしば認められる。

玄水ハ医書ノ中ニ見ヘタル名也。或ハ僧ノ中ニ般若湯トモ云ヘリ。本説ハ不レ知侍リ。（巻三）

法華ノ衣坐室ハ三諦ノ法門ノ本説也。（巻五）

本説ハ、呪願ハ上座ノ可レ行事ト見ヘタリ。（巻五）

……法華経ト念仏ト人ノ孝養ニスベシト。本説不二分明一。（巻七）

一日経（引用者注、法華経を一日のうちに書写供養するもの）ノ事、経文ニ本説不二見及一。（巻七）

念仏ト陀羅尼ト同ジケレドモ、浄不浄ヲ不レ論事ハ思ナレタリ。必シモ不レ見二本説一。（巻七）

かつて小川豊生氏は仏書における「本説」について、「ほぼ院政期以降仏教界において本説という語の使用が一般化された」とし、「その用例のおおくが「本説無し」「これを尋ぬ可し」という、欠如を表出したかたちであらわれる」と指摘したが[1]、この点、無住も例外ではなく、同時代の学僧たち同様、「本説」を強く希求していた様子がうかがえる。無住の場合、特に注目されるのは、「本説」としての法華経への言及が目立つ点である。

無住は法華経の持者であった。『雑談集』の関連記事を以下に摘記してみよう。

多年読誦シ、自二幼少一天台ノ法門耳ニ触レ心ニ染タリ。（巻七）

老後ニハ病体コトニ坐禅行法倦ク侍ルマヽニ、法華読誦常ニシナレテ物ウカラズ。有縁ノ行ト思ヘリ。（巻三）

愚老コトニ信心フカクシテ、千余部読誦シヌラムト覚ヘ侍リ。年来不二日記一、去年バカリ日記シテ侍ルニ、一年ノ中、一百二十余ナリ。今年モ不レ可レ劣、二百四十余部也。（巻七）

何ノ経カ世コゾテ此程経ノ満足スベキ。コレ一ノ有様ノ現証也。顕密禅教ノ人、誰カ此ヲ不レ信。真言家ノ秘法モコノ法ニアリ。……禅師又愛レ之。（巻七）

このように無住は幼少期から天台の法門に馴染み、法華経を長年に亘って相当な部数読誦していたらしい。もっとも『雑談集』は無住最晩年の著作ゆえ、そこには当然、彼後半生の東福寺における修学が色濃く反映しているものと予想される。実際、無住が愛読したことで知られ、東福寺における師円爾の教説を彷彿させるという『宗鏡録』には法華経の引用が極めて多い。その『宗鏡録』の著者、智覚禅師延寿について『雑談集』は法華経の持者であったという伝承を記しており（巻七）、事実、宗暁撰『法華経顕応録』には持経者としての延寿の伝が収められる[2]。また、円爾請来の典籍を核として成る『普門院経論章疏語録儒書等目録』[3]には法華経やその注釈書類の名が挙げられ[4]、円爾の談義を弟子の癡兀大慧が筆録した『大日経見聞』にも法華経に言及される箇所が多数認められる。無住は円爾から台密の灌頂を受け、『大日経義釈』の講義も聴いたとされる[5]（巻三）から、無住の法華経理解が円爾の影響下にあることは間違いなかろう。

二　無住の経文への姿勢――「本説」と「証」

では無住の経文への姿勢を『雑談集』巻七「法華事」を素材に検証してみよう。

まず、法華経を人の孝養に用いることについて「本説不㆓分明㆒」ということが話題にされる箇所を取り上げよう。これに対し、無住は「愚推ニ云」として「梵本ニハ定テ孝養ニモ行ズベキ事、トカレタルラム」と梵本の法華経を引き合いに出し、そこに本説を求めようとする。『聖財集』下巻（狩野文庫本）に「故東福寺開山、涌出品ノ時ハ……梵本ニハ有ル覧歟。羅什ノ伝来略本ノ故ニ、流布ノ経文ニ無キ歟ト申レシ」とある記述からすると、幻の梵本に本説を求める無住の姿勢は円爾由来のものであったかと想像される。無住はさらに「充満其願、如清涼池」と薬王品の一節を引き、「イヅレノ願モ充満スベシト云ヘリ。亡者助クル願バカリ、イカヾモルベキヤ」と期待を込め、さらに諸々の悪趣と地獄・餓鬼・畜生の三悪趣の苦を滅すると説く普門品の偈の一節を引いて「此文亡魂ヲ助クベキ」と受け止める。無住はこれらの経文をいわば本説に代わりうるものとして把握しようとしているのである。次いで、無住は「唐ノ法華伝ニ見タリ」として法華経書写により悪趣を脱することを説いた『法華伝記』説話を例証として引用、「尤モ可㆑然事也。イカヾ孝養ニ不㆑行哉」と法華経が孝養に有効なことを改めて強調する。無住はこの後も、いかにも彼らしく話題を少しずつずらしながら、書写のみならず読誦でも亡魂を救えるであろうとして、「経文ニ「高声ノ念仏読誦ハ十ノ徳有ル中ニ三途ノ苦ヲ息ム」ト云ヘリ」と本説相当の経文（出典は延寿撰『万善同帰集』）を新たに引用、つづいて『法華伝記』と『華厳経伝記』（出典は『宗鏡録』巻九）から例証を挙げ、最後「法華ノ孝養ニナル事、……其ノ証多シ」と結んでいる。

次には「一日経」が話題にのぼる。「一日経ノ事、経文ニ本説不㆓見及㆒」とここでもやはり本説に思いを馳せた後、「日本伝」すなわち『大日本国法華経験記』から例証を挙げる。それは、蛇と鼠のために一日に法華経一部を書写供養したところ、両者とも忉利天に転生したという話である。しかも、その直後には「「若但書写」ノ説ニ合ヘリ」という出典の『大日本国法華経験記』にはない文言が付加される。これは普賢菩薩勧発品の経文「若但書写、是人命終、当㆑生㆓忉利天上㆒」を指しており、いわばこの説話の本来の意味での本説を示していることになろう。このように、無住の関心は「本説」としての経文とその実現としての「証」との間を常に行き来していると言えよう。「法華事」には、このほか「現証」という語も二箇所で用いられており、無住の「証」を求める目が彼を取り巻く現象界に注がれていたことは確かである。

なお、ここまで見てきたところでも、円爾の説や延寿の著作からの引用がしばしば認められるように、無住の学識の背後に東福寺における修学が存することは間違いないが、関連して「法華事」における珍しい文献の使例についても触れておきたい。法華経の解釈活動において中国撰述の『法華伝記』をはじめとする法華持経者の伝が伝統的に用いられることについては既に指摘があるが、(6) 無住は曇翼法師という持経者の伝を南宋の宗暁撰『法華経顕応録』に取材しているのである。(7) 本書は「日本でのその受容と影響はあまり見られていない」(8)とされる稀覯本であるが、東福寺をはじめとする禅林で学んだ無住は入宋僧が請来した本書のごときも披見する機会に恵まれたのであろう。ちなみに、この曇翼説話は宋代の守倫注『法華経科註』普賢菩薩勧発品に「引㆓事証㆒」として引用されるほか、『直談因縁集』巻八第四四話（普賢品）にも収載されるなど、法華経の解釈活動にゆかりの話柄であった[9]。無住はこうした話柄の説話をかなり早い時期から法華経の解釈活動に用いていたわけであり、無住の学問の当代性はこの辺からも十分にうかがえるであろう。

三　無住の法華講讃

無住の著作には法会の現場の雰囲気を伝える記事も少なくないが、不思議と無住自身の説法に触れる部分はほとんどない。唯一の例外が『雑談集』巻九「冥衆ノ仏法ヲ崇事」であり、そこには無住が手がけた法華講讃についての逸話が記されている[10]。「常州」で日照りがつづいた折、無住は祈雨のため、まず般若心経を三日間読誦するが効果がない。次に法華経を二日間読誦してみるが、かえって快晴がつづく始末。そこで「法華講讃シテ、昔ノ龍ノ命ヲステ、雨フラシ、松尾明神法華ノ衣悦給シ事ドモ申立テ」た。すなわち、法華講讃を行った際、龍神に向かって、自らの命を犠牲にして雨を降らせた龍の因縁や、松尾明神が空也上人から法華の衣を与えられて歓喜する因縁などを強調して語り、さらに、昔の龍と違って今の龍は法を愛する心もないのかと道理を押し立てて問い詰めたところ、説法の最中に雨が降り出し、無住は大いに面目を施したという。無住は安居院の澄憲の例に倣って弁舌を繰り広げたと述べており、「随分ノ自讃、片腹痛侍レドモ」とも記すように、彼にしては珍しく半ば自慢話の体となっている。だが、「仏法ノ効験末代モ空カラザル事、同法モ存知セバ、心ヲハゲマシテ随分ニ勤行スルタヨリタルベシト存テ、述懐ヲカシク侍ルカタモ侍レドモ、人ハ記スル事ナシ、我トカキ侍リ。同法ノ形見ノ随一ナルベシ」とつづけるところからすれば、弟子のためどうしても書き残さずにはいられない、無住にとっての生涯の思い出であったと言えよう。

法華経による請雨といえば通常、薬草喩品が用いられることが多いが、ここでの講讃が具体的にどのようなかたちで行われたか、残念ながら明らかでない。興味深いのは、講讃の挿話に先立って、本記事では五つの説話が配置されており、そのうちの最後の二つが、無住が龍神に向かって訴える際に用いたという、命を犠牲にした龍と松尾明神の話であることである。前者は「古老ノ説」として、後者は「古キ物ニ見ヘタリ」として、それぞれ記されるが、とりわけ後者は法師品の衣坐室の法門に関わる著名な説話で、実際、『法華百座聞書抄』三月八日条（法師品）や『直談因縁集』巻五第二〇話（勧持品）に収載されるように法華経の解釈活動にゆかりの説話であった。では、その前に位置する三話はどうかといえば、最初の説話は、「漢土」の山中で三論を講じていた上人が水の入手に窮していたところ、山の神が現れ、ここで大乗を講讃するなら、龍の協力を得て水も容易に入手できるであろうと告げられ、果たしてその通りになったというもの。出典は『宗鏡録』巻九三に求められる。(11)一方、二番目と三番目の説話は、いずれも法華講讃が行われた地元「常州」における無住の見聞譚で、冥衆が仏法を崇敬するという話柄である。

ここで本記事がこうした構成を取る背景を考えてみよう。すると、無住が「冥衆ノ仏法ヲ崇」める説話を主題に沿って第一話から書き進めていくうち、法華講讃の記憶が呼び覚まされたという状況も考えられなくはないが、むしろ「同法ノ形見ノ随一ナルベシ」という言葉からは、弟子の後日の説法に供することも考えて、あえてその日語った因縁をすべて書き遺したという可能性が浮上してくるのではなかろうか。だとすれば、本記事全体が法華経に関わる無住の実際の説法を伝える貴重な「形見」ということにもなろう。(12)そうした説法において「漢土」

の説話が『宗鏡録』から採られているところに、やはり無住の学問の新しさが看取されるのである。

四　無住の経文解釈――「自己ノ法門」

次には無住の経文解釈をめぐる特色を見ておこう。ここでは、その特徴がよく表れていると思われる三箇所を取り上げる。

まず、巻十「法華信解品大意ノ事」である。本記事では法華経七喩の一つ、長者窮子の譬喩が説かれる。窮子はもともと長者の子で、自分から親元を離れて流浪していたが、五十余年後、長者と再会しても自分がその息子であることに気づかない。長者も我が子の心が下劣に成り下がっていることを知って、すぐに親であることを打ち明けず、長期にわたってさまざまな方法で教化し、最後に親子であることを打ち明ける、というものである。長者は仏、窮子は衆生の譬喩になっている。無住は本記事の冒頭、「愚ナル俗人ニ知セタク侍マ、ニ、ヤハラゲテ物語ニカケリ」と、同法向けに書かれた『雑談集』においては異色な表現をとって啓蒙に意欲を示している。さらに本記事の最後にも「法華ノ法門、人ニチト知セタク侍ルマ、ニ、ヤハラゲテ記レ之」ともう一度繰り返しており、無住のこの譬喩への思い入れの程がうかがえる。

無住が「ヤハラゲ」た「物語」は法華経に比べ四分の一ほどの分量に刈り込まれているが、平明な表現で簡にして要を得たまとめ方がされている。その後につづく無住の解釈部分を少し見ておくと、「コノ譬ハ殊勝也。委クハ記シガタシ。大概ニ、長者ハ法身ノ仏也」とした後、「観心ノ法門ニハ」「密家ノ心ニハ」と解釈の立場が示され、長者は「心王ノ大日也。窮子ト云ハ、心所也」と、長者を「心王」、窮子を「心所」とする理解が示される。「心王」とは心の中心体である「心」を王にたとえて呼ぶもの、「心所」は「心王」に属するさまざまな心の働きを意味する、ともに唯識の用語である。無住はここで、「心所」である窮子に妄念が生じたため、もといた寂光土を離れ、穢土に流離わなければならなくなったのだが、もともと長者の子であるという本質、寂光浄土の存在であるという本質は変わらないのだと説いている。解釈部分には「故東福寺開山ノ義也」「智覚禅師ノ宗鏡録ニ」（出典は『宗鏡録』巻二五）といった文言が見え、無住の法華経理解の背後に東福寺における修学があったことがうかがえる。

　さて、ここで考えておきたいのは、無住がこの長者窮子の譬喩を「殊勝ナリ」とする理由である。注目すべきは本記事の末尾で「凡心《（ママ）》ノツタナキ心ハ、窮子ガ如ク、ミナソラゴト、思アエドモ、実ニハ我等本覚ノ仏也。……信解品ノ窮子ガ譬ハ掌ヲ指スガ如シ」と、我々凡夫は煩悩で心が汚れているとはいえ、本来の覚性をもった存在であるという点では窮子とまったく同じであると説き、さらにつづけて「法華経ヲ深ク信ジ、読誦ナド倦カラズ行ズル事、スデニ八旬ニヲヨブ」と自分の八十年に及ぶ法華経とのつきあいもこの点に関わると言わんばかりの口吻を示す。長者窮子の譬喩を解釈する無住の最大の関心は、凡夫のもつ本来の覚性の問題にあったのではなかろうか。

　この推測を補強するため、同じく巻十「仏法結縁不レ空事」の一節を見よう。ここでも「長者ノ垢衣ヲキテ窮子ニチカヅキシ如ク」とまず長者窮子の譬喩に言及し、「凡聖一如ナレドモ、迷悟ノ仮相、雲泥交リヲ隔テ、苦楽優劣、同日ニ云ベカラザルニ」と凡夫と聖者は本質的には同一であるとはいっても現象面での落差はあまりに大きいとするが、「我等如説ニ行ジテ得道ノ後ハ、和光同塵ノ利益、ナドカ大聖ニヲトランヤ」と我等凡夫も修行に励んで得道すれば仏に劣らないのだと述べ、最後を「是、随分自己ノ法門也」と結ぶ。この「自己ノ法門」

という言い方は、無住が拘りの解釈を示す際の鍵語である。たとえば『聖財集』下巻にも「経ノ真意ニハ不レ可レ知。然レドモ愚推ノ分、如レ此。随分ノ自己ノ法門、解行ノ肝要ナルベシ」のように使われており、しかも話題に上るのはそこでも「凡聖」をめぐる問題である。無住は凡夫と聖者との相関に強い関心をもっていたのである。

次には巻一「凡聖不二ノ事」を見よう。その冒頭、「経ニ云ク」として、「法性ハ如二大海一不レ説レ有二是非一、凡夫賢聖ノ人平等ニシテ無二高下一、唯在二心垢滅一。取レ証如レ反レ掌云云」と「経」が引かれる。凡夫も聖者も本質においては平等であって高下の区別はなく、あるのはただ心垢すなわち煩悩の有無の違いだけだという、さきほど長者窮子の解釈で話題になったテーマとぴたりと重なるものである（出典は『宗鏡録』巻一九）。この後、無住はこれを「明文」であるとして、「性ノ平等ノ義ハ不レ可レ疑。相ハ迷悟苦楽天カニ隔テタリ。平等ノ義有哉無哉」と、本質における平等は疑いないが、現象面における平等は果たして有り得るのかと問題提起し、「私ニ聊カ料簡スル事有リ」と解釈を展開する。この「私ニ」「料簡スル」と同様な表現を『聖財集』下巻に求めてみよう。

先達ノ口伝ニ付テ私ニ料簡ス。

是、先達ノ口伝ニ少々私ノ料簡ヲ加タリ。

此ノ口伝ノ外ニ私ニ料簡ス。

口伝ヲ受、私ノ料簡ヲ潤色トシテ、名号ノ諸行ノ中ニ秀タル事、記レ之。

此段ハ智覚ノ釈意ヲモテ記シ、密家習ニ会ス。事ハ私ノ料簡也。

これによれば、「私ノ料簡」とは「口伝」を受けて、それに対し私案を示すという意味合いであると理解される。無住の著作に「口伝」が多く認められることについては、早く菊地仁氏に指摘があり[13]、さらに一般に「口伝」や「口決」に私案が加えられていく様相についても諸氏の考察が備わる[14]が、無住の場合、前掲最後の用例に「智覚ノ釈意ヲモテ記シ、密家習ニ会ス」とあるように、延寿の『宗鏡録』等の教説に「密家」おそらくは円爾流の解釈を施し、そこに私案を加えるという意味合いで用いられている箇所も少なくないのであろう。いずれにせよ、「私ノ料簡」が「自己ノ法門」同様、無住の解釈上の拘りを示す鍵語であることは間違いない。

　ここで、本記事における無住の解釈の展開に目を戻せば、その後、「能々案ズレバ」「能々思ヒ解バ」「能思解ケバ」と言葉を重ねながら「私ノ料簡」を一歩ずつ深めていき、最後「事上ノ平等、能々心ヲ静ニシテ案ズルニ、義理不レ可レ違者歟」と現象面における平等もやはり成り立つのだと結論する。無住は本記事で、実に執拗に「事上ノ平等」、現象界における凡聖不二を求めて経文解釈を進めていると言えよう。

　最後にもう一箇所、巻五「天運之事」の一節を取り上げよう。ここは、孔子や老子、荘子の教説が仏教理解の手掛かりとなることを述べた部分である。無住の師である円爾に三教一致の思想が認められることは早く芳賀幸四郎氏が指摘し[15]、最近では荒木浩氏が三教一致を説く『仏法大明録』と円爾との関係について論じている[16]。無住もその影響下にあったことは間違いなく、既に老子の受容については、これも最近、曹景恵氏に指摘があるが[17]、ここでは荘子関連の言説（出典は『宗鏡録』巻二三）[18]が経文解釈に与えている影響を見たいと思う。たとえば「南花経云」として引かれる荘子の文言、「長キ者モ不レ為レ有レ余、短キ者モ不レ為レ不レ足。故ニ鳧ノ脛雖レ短、続レ之則憂。鶴ノ脛雖レ長断レ之則悲。故ニ性長キハ非レ所レ断、性短キハ非レ所レ続云云」では、鴨の短い足と鶴の長い足を例に挙げ、生まれつき長いものは長いままよしとし、短いものは短いままよしとする、生来の性をそのままに肯定する思想が説かれる。無住はこれにつづけて、「如レ此意得レバ、法々必シモ観心ノ成ズルヲマタズシテ自然ニ平等ナルベシ」と観心が十分に行われなくても現象界の存在はみな平等であると、ちょうど先に見た「凡聖不二ノ事」において説かれた「事上ノ平等」とほぼ同じことを述べている。そして、さらにつづけて、「法華ニ

「非如非異」ト説ケル、此意也」と如来寿量品で説かれる「非如非異」の経文を荘子の言葉に重ね合わせて解釈、最後は「サレバ、只貧家ハ貧ヲ安クシテ安穏ニ行学スベシ。自然ニ福徳来レドモ、不二貪著一、不二驕慢一、不レ取不レ捨、道行ヲ志スベシ」と自らの貧しい境遇を肯定した上で修行の必要性を説き、例によって「コレ随分ノ自己ノ法門也」と結ぶのである。「事上ノ平等」が無住の経文解釈における重大な関心事であったことがここからも知られよう。

おわりに

見てきたように、無住の経文に対する関心は「本説」と「証」の間を常に往還し、その経文解釈は凡夫と聖者の平等不二といった話題に及ぶ時、「自己ノ法門」という拘りの方向へと向かう傾向があった。ここで『雑談集』の最終記事、巻十「法華衣坐室法門ノ大意ノ事」の末尾、跋文相当部分の直前に記されている箇所を取り上げよう。

大乗ノ法門ハ唯凡聖一如、迷悟不二、是肝要也。依二理性一仰二仏智一之時ハ、唯信レ之許也。触レ事法門ニ思ヒ寄ル事ハ学生モスクナシ。常ニ法門ハ珍翫シ、思惟スレバ、如レ此道理、聖教ニ符合シテ、心ヲナグサメ、随分ニ「諸法実相」ノ教モ、「是法住法位」ノ言モ、心肝ニ染ム事也。

冒頭でまず無住の最大の関心が「凡聖一如」「迷悟不二」にあったことが示され、つづいて傍線部のように、「事」すなわち現象界のことに触れて法門を想起することは「学生」であっても困難な行為であるとする。しかしながら、日頃から法門を大事にし、深く考えをめぐらしていれば、それも可能となり、方便品の「諸法実相」「是法住法位」の教えも身にしみて実感されるようになるはずだと説くのである。

「本説」と「証」の間を行き来し、「自己ノ法門」に展開される現象界に凡聖不二を見出そうと拘る無住の姿勢は、まさにこうした営みの実践であったとも言えよう。さすれば、『沙石集』に見られるような、世間の話に法門を看取し、これを掬い取って著作に結実させるという創造的営為も、またその実践の延長上にあるものと捉えることができるのではなかろうか。

〈注〉

（1）小川豊生「院政期の本説と日本紀」（『仏教文学』第一六号、一九九二年）。
（2）本書第一部第十章。
（3）今枝愛眞「『普門院蔵書目録』と『元亨釈書』最古の写本――大道一以の筆蹟をめぐつて――」（『田山方南先生華甲記念論文集』田山方南先生華甲記念会、一九六三年）。
（4）中前正志「中世禅林における法華経講釈――花園大学今津文庫所蔵『法華抄』について――」（福田晃・廣田哲通編『唱導文学研究』第四集、三弥井書店、二〇〇四年）。
（5）阿部泰郎「『逸題無住聞書』解題」（『無住集』〈中世禅籍叢刊第五巻〉臨川書店、二〇一四年）は、「無住が円爾の所説を聞書した記録である」真福寺蔵『逸第無住聞書』について、「円爾がここで談ずるのは「今経」すなわち大日経であり、その「疏」、一行の大日経疏ひいて義釈であることが明らかである」と指摘している。
（6）山崎誠「『法華経』注釈書の系譜」（『国文学　解釈と鑑賞』第六二巻第三号、一九九七年）、小峯和明「『鳳光抄』にみる中世の法華講会」、同「聖覚の言説をめぐる」（『中世法会文芸論』笠間書院、二〇〇九年、初出は一九九七年、一九九九年）など。
（7）本書第一部第十章参照。
（8）李銘敬「『法華経顕応録』をめぐって」（吉原浩人・王勇編『海を渡る天台仏教』勉誠出版、二〇〇八年）。なお、『法華経顕応録』の無住の受容については、本書第一部第十章参照。
(9) 注4中前氏前掲論文は、室町期に東福寺で成立した『法華抄』にも同話が引かれることを指摘している。
(10) 山下哲郎「『雑談集』――「述懐」と済度――」(『国文学 解釈と鑑賞』第五八巻第一二号、一九九三年)、森正人「説話の意味と機能――百座法談聞書抄考」(『場の物語論』若草書房、二〇一二年、初出は一九九一年)がこの挿話に分析を加えている。
(11) 本書第一部第十章参照。
(12) 従来、無住の『沙石集』が法華経注釈書をはじめ唱導文献において重視されることが諸氏により指摘されている。中野真麻理「『法華経』注――石ヲ聚メテ玉ヲ取ル――」(『一乗拾玉抄の研究』臨川書店、一九九八年、初出は一九九七年)、阿部泰郎「『直談因縁集』解題」(廣田哲通・阿部泰郎・田中貴子・小林直樹・近本謙介編『日光天海蔵 直談因縁集 翻刻と索引』和泉書院、一九九八年)、廣田哲通「『沙石集』の受容と『直談因縁集』」(『中世仏教文学の研究』和泉書院、二〇〇〇年、初出は一九九九年)、近本謙介「直談の説話の位相――日光輪王寺天海蔵『直談因縁集』をめぐって――」(『山辺道』第四一号、一九九七年)、同「唱導の文の集成――内閣文庫蔵『金玉要集』について――」(『伝承文学研究』第五三号、二〇〇四年)など。この問題について、今後は無住の法華経をめぐる解釈活動との関わりという観点からも考察の余地があるかもしれない。なお、無住と法華経をめぐる最近の論考に、柴佳世乃「無住と『法華経』、法華経読誦」(土屋有里子編『無住道暁の拓く鎌倉時代――中世兼学僧の思想と空間』〈アジア遊学二九八〉勉誠社、二〇二四年)がある。
(13) 菊地仁「口伝と聞書」(本田義憲・池上洵一・小峯和明・森正人・阿部泰郎編『説話の言説――口承・書承・媒体――』〈説話の講座2〉勉誠社、一九九一年)、同「口伝・秘伝・聞き書き――注釈というメディア――」(三谷邦明・小峯和明編『中世の知と学――〈注釈〉を読む』森話社、一九九七年)。
(14) 田中貴子「天台口伝法門と説話――『渓嵐拾葉集』の「物語云」をめぐって――」(『『渓嵐拾葉集』の世界』名古屋大学出版会、二〇〇三年、初出は一九九三年)、橋本正俊「口決のかたち」(阿部泰郎編『中世文学と寺院資料・聖教』

〈中世文学と隣接諸学2〉竹林舎、二〇一〇年）、竹村信治「「内証」の「こと加へ」――中世の言述――」（『国語と国文学』第八八巻第一二号、二〇一一年）、小川豊生「シンポジウム「〈解釈〉される経典・経文・その動態と創造性」をめぐる」（『説話文学研究』第四八号、二〇一三年）など。

(15) 芳賀幸四郎『中世禅林の学問および文学に関する研究』（日本学術振興会、一九五六年）。

(16) 荒木浩「仏法大明録と真心要決――沙石集と徒然草の禅宗的環境」（『徒然草への途――中世びとの心とことば』勉誠出版、二〇一六年、初出は二〇〇〇年、二〇一一年）。

(17) 曹景惠「『沙石集』における『老子』の受容――巻第三ノ一をめぐって――」（『日本中世文学における儒釈道典籍の受容――『沙石集』と『徒然草』――』国立台湾大學出版中心、二〇一二年、初出は二〇一一年）、同「無住と『老子』」（『日本文学研究ジャーナル』第一〇号、二〇一九年）。

(18) 三国博「無住と智覚禅師延寿の著作（その一）」（『国文学踏査』第一一号、一九八一年）。

第十章　無住と南宋代成立典籍

はじめに

寿福寺や東福寺といった禅林で学んだ無住の周辺には、入宋経験のある僧も少なくなかったであろう。米沢本『沙石集』巻七第三「正直ニシテ宝ヲ得タル事」は、冒頭「近比帰朝ノ僧ノ説トテ、或人語リシハ」として、宋国のある「正直」な夫婦の挿話を語っている。

貧しい夫婦は餅を売って生計を立てていたが、ある日、夫が銀の軟挺が六つ入った袋を拾う。妻の勧めで夫は落とし主を探し、ようやくのことで見つけ出す。喜んだ落とし主は、当初、軟挺の半分を御礼に夫婦に渡そうとするが、たちまち心変わりし、あまつさえ「七つあったはずなのに、六つしかないということは、一つ隠しているのではないか」と言いがかりを付ける。双方、言い争ううち、ついに国の守の裁定を仰ぐことになった。国の守は目の確かな人物で、餅売りの妻からも事情を聞くと、夫婦を「正直ノ者」と確信し、六つの軟挺をそのまま夫婦に取らせ、落とし主には七つある軟挺を別途探すよう裁定を下した。「宋朝ノ人、イミジキ成敗トゾ、アマネクホメノ、シ」ったという。「正直」を基準に鮮やかな裁定を下した、いわゆる大岡裁きを語る説話である。

本話は、無住が帰朝僧から直接耳にした話ではなく、「或人」を介した伝聞ではあるけれども、当時南宋で語られていた新しい話題に無住が接し得た背景に、禅林という修学環境が関与している可能性は高い。このように、帰朝僧から直接、間接に南宋の話題を耳にし得る立場にあった無住であるが、もちろん入宋僧が請来した典籍から得られた知見の量はその比ではなかったであろう。無住ゆかりの禅林の経蔵には、南宋代に成立した新しい典籍も少なからず含まれていたはずで、すでに南宋の圭堂編『新編仏法大明録』について無住の同書「閲読を示す可能性[1]」が荒木浩氏によって指摘されているところである。

本章では、そうした研究動向を承け、無住の著作における従来出典が明らかにされていない説話記事と南宋代成立典籍との関係について考察をめぐらすことにしたい。

一　禅林宝訓

米沢本『沙石集』巻七第二「正直之俗士事」は、先に見た正直な夫婦の挿話の一つ前に位置する説話である。

唐ノ育王山ノ僧二人、布施ヲアラソイテ、カマビスシカリケレバ、其寺ノ長老、大覚連和尚、此僧ヲ恥シメテ云ク、「或俗、他人ノ銀ヲ百両アヅカリテ置タリケルニ、彼主死シテ後、其子ニ是ヲアタフ。子、是ヲ不レ取。『ヲヤ、既ニアタヘズシテ、ソコニヨセタリ。ソレノ物ナルベシ』ト云。彼ノ俗、『我ハ只アヅカリタバ(ママ)カリナリ。譲得タルニハアラズ。親ノ物ハ子ノ物トコソナルベケレ』トテ、又返シツ。互ニ争ヒテ不レ取。ハテニハ官ノ庁ニテ判断ヲ乞ニ、『共ニ賢人也』ト。『云所アタレリ。スベカラク寺ニ寄テ、亡者ノ菩提ヲタスケヨ』ト判ズ。此事マノアタリ見聞シ事也。世俗塵労ノ俗士ナヲ利養ヲムサボラズ。割憂出家ノ沙門トシテ世財ヲ争ハン」トテ、法々任セテ、寺ヲ追出シテケリ。

阿育王山の長老、大覚連和尚が、世財を争う寺僧たちに、百両の銀を譲り合って公の裁定を仰いだ「正直」な俗人の例を語って訓戒する話。当話は、南宋の浄善重撰[2]『禅林宝訓』巻一所載の以下の記事に依拠するものと思われる。

明教曰、「大覚璉和尚住二育王一。因下二僧争二施利一不上已、主事莫二能断一。大覚呼至、責レ之曰、『昔包公判二開封一。民有二自陳一、「以二白金百両一寄レ我者亡矣。今還二其家一、其子不レ受。望公召二其子一還レ之」。公嘆レ異、即召二其子一語レ之。其子辞曰、「先父存日、無三白金私寄二他室一」。二人固譲久之。公不レ得二已責一。付二在城寺観一修二冥福一、以薦二亡者一。予目覩二其事一。且塵労中人、尚能疎レ財慕レ義如レ此。爾為二仏弟子一不レ識二廉恥一若レ是』。遂依二叢林法一擯レ之」。〈西湖広記〉　（大正新脩大蔵経第四八巻1016c 1017a）

『禅林宝訓』では明教（仏日契嵩）の語った挿話となっているところを、無住はその外枠をはずし、さらに二人の俗人と判事とのやりとりも、『沙石集』に類話の多い、最後に裁定を仰ぐかたちに変更するなど、全体に柔軟な和訳ぶりがうかがえる。

出典となった『禅林宝訓』は「宋代先徳の語録や伝記中から参禅修道者の訓誡策励となるべき語句・機縁約三百篇の抄出編集であり、各篇ごとに出拠を明示するという特長がみられる[3]」書物だが、石川武美記念図書館成簣堂文庫に五山版が蔵され、その巻末には次のような刊記が見える[4]。

此書有レ補二於叢林一久矣。然本朝未レ有二刊行一。輒募二衆縁一鋟レ梓畢レ工。今将二此板一捨二入建長禅寺正続庵一広印流通。不三惟伝二揚古徳之先言往行一。而古倫亦有三少酬二夙志一。云弘亥中夏幹縁古倫誌。

これによれば、「無学祖元の法嗣である古倫慧文の募縁により[5]」、弘安十年（一二八七）、建長寺正続庵で開版されたものと知られるが、冒頭に「此書有レ補二於叢林一久矣」とあるところからすれば、本書は刊行の久しい以前から禅林に蔵されていたものとおぼしい。さらに、無住が学んだ東福寺開山、円爾請来の典籍を核として成る『普門院経論章疏語録儒書等目録』[6]に「禅門宝訓二部」と見える点からも、無住が本書を披見していた可能性は高いと言えよう。

ちなみに、米沢本『沙石集』巻七には、正直、孝、忠、貞、礼といった徳目に関する説話が並び、本話はその正直を主題とする説話群の中に位置している。第一部第一章では、これらの徳目を『御成敗式目』の理念を支える武家道徳と関連づけて考察したが[7]、孝、忠、貞、礼という儒教的徳目に対し、正直はやや色合いが異なる側面をもつ。だが、「正直・無私なるありようは、私同士の紛争を裁定する公権力に要請される、政道の正しさを支える理念であ[8]」り、その点で武士社会にとってはやはり重要な徳目であると言えるのである。『沙石集』巻七の正直を主題とする説話に裁判・裁定に関わる話題が目立つのもこのことと関係しよう。ここでは、正直という徳目を担う話の素材として『禅林宝訓』という禅籍が用いられている点に、この時代の禅と武士道徳との交渉が垣間見えるようで興味深い[9]。

二　智覚禅師伝

さて、「開山ノ風情、宗鏡録ノ意也」（『雑談集』巻三「愚老述懐」）と記すように、無住が師の東福寺開山、円爾とのゆかりで智覚禅師延寿の『宗鏡録』を愛読したことはよく知られている。おそらくそのためであろう、無住は著者である延寿の伝記にも少なからぬ関心を払っている様子がうかがえる。まず、『聖財集』下巻に収載される延寿伝を挙げよう。

一　智覚禅師、上二智者禅院一ニ作二ス二ノ鬮《サグリ》一ヲ。一ニハ曰二一心禅寂ノ鬮一、二ニハ曰二誦経万善荘厳浄土ノ鬮一。遂ニ精二禱

仏祖、信手拈之。七度並得万善生浄土閫。禅観中見観音、以甘露灌于口。従此発観音弁。徒衆常二千。日課一百八事。学者参問、指心為要、以悟為決。日暮往別峰、行道念誦、云々。朝放生夕施餓鬼。毎日所作、法華一部読誦。一期一万三千部。別録有之。

智覚禅師が閫を引いて浄土業を選択したり、禅観の中で観音弁を獲得したりする挿話を語るが、実は、これとほぼ同内容の記事が阿岸本『沙石集』巻四裏書にも載る⑽。

裏書追註之　禅師念仏下

智覚禅師伝云、上智上禅院作二閫《サグリ》。一曰、一心禅寂閫、二曰、誦経万善荘厳浄土閫。遂精禱仏祖、信手招之。乃至七度、得誦経万善生浄土閫。禅観中観音以甘露灌《ソソク》于口。従此発観音弁。徒衆常二千。日課一百八事。学者参問、指心為宗、以悟為決。日暮往別峰、行道念仏。略抄。日課云日所作。読法華一万部別伝云。上品上生往生人新修往生伝見。宗鏡録一百巻集之。一代肝要。閻魔王、禅師影像写被礼之。〈第一下云云〉。……

以上のうち、『聖財集』で「云々」、阿岸本『沙石集』で「略抄」とそれぞれ記される直前までの記事はほぼ同文であるが、両者の出典は、南宋の宗暁撰『楽邦文類』（一二〇〇年成立）巻三の以下の記事に求められるものと思われる。

大宋永明智覚禅師伝

師諱延寿。……因思夙有二願。一願終身常誦法華。二願畢生広利群品。憶此二願、復楽禅寂進退遅疑、莫能自決。遂上智者禅院作二閫。一曰一心禅定閫、二曰誦経万善荘厳浄土閫。冥心自期曰「儻於此二途、有一功行必成者、須七返拈著為証」。遂精禱仏祖、信手拈之、乃至七度、並得誦経万善生浄土圖一。由レ此一意専修二浄業一、遂振二錫金華天柱峰一、誦経三載、禅観中見下観音以二甘露一灌中于口上。従レ此発二観音弁才一。初住二雪竇山一、晩詔住二永明寺一。徒衆常二千、日課一百八事。学者参問、指レ心為レ宗、以レ悟為レ決。日暮往二別峰一行道念仏。旁人聞二山中螺貝天楽之声一。忠懿王嘆曰、「自レ古求二西方一者、未レ有二如レ此之切一也。遂為立二西方香厳殿一、以成二師志一。至二大宋開宝八年二月二十六日一、晨起焚レ香告レ衆、跏趺而逝。

（大正新脩大蔵経第四七巻195ａｂ）

前節で見た『禅林宝訓』の挿話に対する和訳姿勢とはまったく異なり、ここでは「略抄」とされるごとく、『楽邦文類』の傍線部を抄録するかたちでまとめられている。ちなみに、『楽邦文類』五巻は「浄土〔楽邦〕に関する資料〔文類〕を意図的に集めた中国浄土教唯一の類聚で、後の中国浄土典籍に大きな影響を与えた[11]」書物である。著者宗暁は天台僧であるが、「延寿を高く評価し[12]」、その伝記とともに延寿の著『万善同帰集』中の弥陀浄土思想の目立つ六問答（第二八～三三）を『楽邦文類』に収載した。その結果、「延寿は唯心の弥陀浄土思想家としての評価が定着し、今日に及んでいる[13]」とされる。延寿を敬愛し、「念仏門ノ人モ心地ノ修行ヲウトクスベカラズ。禅門真言ノ人モ念仏ノ行ヲカロムベカラズ」（古活字本『沙石集』巻十第二「臨終目出僧事」）と禅浄双修の立場を受容する無住にとっては、当然関心をそそられる対象であったに違いない。『普門院経論章疏語録儒書等目録』には「楽邦文類六冊」と見えており、無住が同書を披見しうる環境にあったことは確かである。

一方、『聖財集』で「別録ニ有レ之」として引かれる波線部の記述は、北宋の道原撰『景徳伝灯録』巻二六の延寿伝[14]に依っている可能性が高い。

杭州慧日永明寺智覚禅師延寿。……夜施二鬼神食一、朝放二諸生類一不レ可二称算一。六時散華行道、余力念二法華経一一万三千部。著二宗鏡録一百巻一。詩偈賦詠凡千万言。……

（大正新脩大蔵経第五一巻422ａ）

さらに、阿岸本『沙石集』には「新修往生伝ニ見タリ」として引用される「上品上生往生人」との記事も含まれる。この記事との関係で注意されるのは、流布本系『沙石集』の巻十「臨終目出僧事」に語られる延寿伝である。いま、古活字本の本文によって示そう。

智覚禅師、坐禅ノホカノ行、法華ヲ誦シ、念仏ヲ行ジ、上品上生ノ往生セル人ナリシ。往生伝ニコレアリ。或僧、智覚禅師ノ没後ニ永明寺ニ来テ、カノ禅師ノ真影ヲ礼ス。ソノユヘヲカタリケルハ、「病ニヨリテ死シテ閻魔王宮ヘユク。炎王、僧ノ影ヲ図シテ礼拝シ給。冥官ニ問ニ、答云、『カレハ唐ノ永明寺延寿禅師ノ影也。人死シテ必中有ヲ経。炎王コレヲシリ、生所ヲ判ズ。シカルニ、中有ヲヘズ、炎王ニシラレズシテ、直ニ上品上生ノ往生ヲトゲ給ヘリ。コレニヨリテ、王フカクコレヲウヤマフ』トイヘリ。蘇生シテ来テ影ヲ礼ス」トカタリキ。

これに相当する伝は、阿岸本『沙石集』の出典注記が示すように、確かに北宋の王古撰『新修浄土往生伝』（一〇八四年成立）下巻に見えている。

杭州恵日永明寺智覚禅師延寿、……没後数年、有㆑僧結㆑嚢、訪㆓師所居寺幷真塔之所在㆒。勤奉瞻礼、数日不㆑已。問㆑之、答曰、「某名契光、撫州人也。素不㆑知㆓師名㆒。昨因㆑疾死、至㆓陰府㆒。見㆓所司殿宇㆒、若㆑王者居、閲㆓文籍㆒曰、『汝未㆑当㆑死。速返』。遣㆔人護㆓送之㆒。仰㆓観殿間㆒、掛㆓画僧像㆒。王焚㆑香頂拝。乃問㆓獄吏㆒、『此何人。王奉㆑之勤』。吏曰、『凡人之生死、無㆓不㆑由㆑此者㆒。唯此一人、不㆑経㆓于此㆒。王欲㆑識㆑之、乃画㆓其像㆒。是杭州永明寺寿禅師也。今已西方九品上生矣。自㆓釈迦滅度㆒已来、此方九品上上生、方第二人。王所以奉㆑之之勤耳』。某既得㆑生昼夜思㆓想聖人真身塔骨之難㆑遇、是以不㆑遠㆓千里㆒而来耳」。問㆓撫州僧㆒者、法名志全。其人雖㆓已老㆒、今浄慈長老円照禅師、親見㆑之問㆑之、如㆓所伝云㆒。（新纂大日本続蔵経第七八巻161a）

これによれば、無住は『新修浄土往生伝』の本文をかなり簡略化しながら傍線部を中心に和訳しているように見える。だが、延寿の伝は『新修浄土往生伝』の後を承けて書かれた、南宋の王日休撰『龍舒浄土文』[15]（一一六〇年成立）巻五にも次のように収載されているのである。

国初永明寿禅師

禅師名延寿。本丹陽人。後遷二余杭一。少誦二法華経一。……精進以修二西方一。既坐化。焚畢為二一塔一。有二僧毎日遶レ塔礼拝一。人問二其故一。僧云、「我撫州僧也。因レ病至二陰府一、命未レ尽放還。見二殿角一有二僧画像一軸一。閻羅王自来頂拝。我問、『此僧何人』。主吏云、『此杭州永明寺寿禅師也。凡人死者皆経二此処一。唯此一人不レ経二此処一。已於二西方極楽世界一上品上生。王敬二其人一故、画レ像供養』。我聞レ之故、特発レ心来レ此遶レ塔作レ拝。以レ此見、精二修西方一者為二陰府所一レ重。

（大正新脩大蔵経第四七巻268ｂｃ）

『新修浄土往生伝』と『龍舒浄土文』の本文を『沙石集』のそれと比較してみるとき、『沙石集』の簡略化があたかも『龍舒浄土文』の本文に沿うようなかたちでなされているのを見出すであろう。とりわけ僧の問いかけに対する冥官の言葉が『龍舒浄土文』との親和性が高いように見受けられる。もちろん阿岸本『沙石集』が「新修往生伝ニ見タリ」と記すところからすれば、無住が『新修浄土往生伝』を披見していた蓋然性はひとまず高いと見るべきであろう。しかしながら、無住の延寿に対する旺盛な関心から、さらに新たな伝へと食指が動き、『龍舒浄土文』を繙いたという事態も十分に考えられるのではなかろうか。流布本の『沙石集』で出典注記が「新修往生伝」ではなく「往生伝」となっているのも、あるいはこのことと関わるかもしれない[16]。ちなみに該書の著者、王日休の伝は、先に触れた無住披見の書、宗暁撰『楽邦文類』の巻三に所載、『龍舒浄土文』の序跋は同じく巻二に収録されている[17]。『普門院経論章疏語録儒書等目録』に記載がないことから断定的なことは言えないが、無住が『龍舒浄土文』を繙読した可能性についても考慮に入れておく必要があろう(18)。

三　法華経顕応録（一）

見てきたように、延寿の伝に強い関心を持ち、複数の文献を渉猟したとおぼしい無住であるが、もう一本、披見が確実視される書物がある。『楽邦文類』と同じく、南宋の宗暁撰『法華経顕応録』（一一九八年成立）二巻である。本書は「法華経の受持による霊験・利益などを宣伝している仏教説話集(19)」であるが、その下巻所載の延寿伝後半部を以下に掲げよう。

杭州智覚禅師

師諱延寿。……因思二二願一。一願三終身常誦二法華一。二願三畢生広利二群品一。憶二此二願一、復楽二禅寂一、莫二能自決一。遂作二二鬮一。一曰二一心禅定一、一曰二誦経万善荘厳一。於二此二途一、有二一功成者一、須二七返拈著一。遂精二禱仏祖一、信レ手拈レ之、乃七番並得二誦経万善鬮一。由レ此一意専修二浄業一、遂往二天柱峰一、誦経三載、禅観中見下観音以二甘露一灌中于口上。従レ此発二観音弁才一。初住二雪竇一、後遷二永明一。衆至二一千人一。時号二弥勒下生一。勤二大精進一、日行二一百八事一。平生誦二法華経一一万三千許部。著二宗鏡録百巻一、勅入二大蔵一。至二大宋開宝中一、示レ疾焚レ香告レ衆、跏趺而寂。（新纂大日本続蔵経第七八巻46ｂｃ）

同じ著者の手になるものだけに、『楽邦文類』の延寿伝と重なる点が多いが、波線部「平生誦二法華経一一万三千許部」相当部は該書になく、『聖財集』の対応箇所「毎日ノ所作、法華一部読誦。一期ニ一万三千部」は、『景徳伝灯録』の「余力念二法華経一一万三千部」よりは『法華経顕応録』との親近性が高いと認められる。もっともこれだけではあまりに微細にすぎて、影響関係を云々するには適切でないかもしれない。そこで、この箇所とも関連を有する『雑談集』巻七「法華事」の以下の記事を取り上げてみよう。

達磨大師弟子、尼摠持者、二十年ノ間、山中ニシテ十万部読誦シテ、肉身不レ朽シテ、数百年ノ後、舌根ヨリ蓮華一茎生タリト、伝ノ中ニ見タリ。智覚禅師、一万三千部読誦セリト、見タリ。

達磨の弟子「尼摠持」なる人物の法華経読誦に関する霊験譚だが、「伝」に取材したとされるこの説話は、ほかならぬ『法華経顕応録』下巻の以下の記事に依拠するものと思われる。

湖州蹟禅師

尼諱道蹟、号二総持一。不レ知二何許人一。得二法於菩提達磨一、考二之伝灯一。達磨不レ契二梁帝一。遂往二少林一面壁九年。一日告レ衆曰、「吾欲三西返二天竺一。汝等盍三各言二其所レ得」。時道育曰、「如二我所レ見、不レ執二文字一、不レ離二文字一、而為二道用一」。師曰、「汝得二吾皮一」。尼総持曰、「我今所レ解、如三慶喜見二阿閦仏国一。一見更不二再見一」。師曰、「汝得二吾肉一」。道副曰、「四大本空、五陰非レ有。而我見処、無レ有二一法一」。師曰、「汝得二吾骨一」。慧可礼拝依レ位而立。師曰、「汝得二吾髄一」。達磨遂以レ法付二慧可一而起レ家焉。蹟既未レ階二於得レ髄。而履践之志未レ忘。即遁二居湖州卞嶺之頂峰一。昼夜誦二法華経一、満二十万部一。幾二十年不レ下レ山。後帰寂。塔二全身於結レ廬之所一。至二大同元年一塔内忽有二青蓮華一朶一。道俗異レ之。因啓看見、尼肉身不レ壊、其華従二舌根一生。又於中獲二蓮経一部一。州郡録レ実表奏、勅置二法華寺一。是寺至二今大宋一改二額観音院一。則以二法華一名レ山。尼之塔猶存。淳熈中住持僧浄然重立二祖堂一以奉二香火一。題レ石記云。（新纂大日本続蔵経第七八巻43c）

『雑談集』は傍線部を中心に節略しつつ記事をまとめている。ならば、その後につづく「智覚禅師、一万三千部読誦セリト、見タリ」の部分も同じ「伝」、すなわち『法華経顕応録』の先掲延寿伝に取材したと考えるのがもっとも自然であろう。したがって、前節で取り上げた『聖財集』所載の延寿伝は、『楽邦文類』を基本としながらも、少なくとも『景徳伝灯録』と『法華経顕応録』の両書を参照して構成されたものと考えられるのである。

　さて、『雑談集』巻七「法華事」は、先引、尼惣持と智覚禅師の逸話のすぐ後に、「昔ノ伝記ニ畜類マデ聞レ之、得益アル事、不レ可二勝計一。和漢ノ伝ニ少々釈レ之」として、次のような説話を語っている。

　唐朝ニ法志上人ト云ケル、山中ニ独住シ、朝夕誦二法華一。雉常ニ聞レ之。中ニ一ノ雉、庵ノ中ニ入テ死了ヌ。夢ニ童一人来テ云、「我ハ雉也。聞経ノ故ニ畜類ノ業ツキテ、此ノ山ノ麓ノ家ノ子ト生ルベシ。七歳ト云ハン時ヨリ御弟子トシテ法華経ヲシヘ給ヘ。左ノ脇ノ下ニ雉ノ毛三茎有ベキ。コレソノ体ナルベシ」ト見ヘタリ。悉ク夢ニタガハズ、七歳ノ時経ヲヲシフルニ、本ヨリ習ヘルガ如シ。其名ヲ曇翼法師ト云ケル。後ニ徳タケテ飛雲大師ト云テ、其山ノ第二世ノ祖師ナリケル。

　或時、ワカキ女人、色アル衣裳キテ、籠ニ蕨入レ、又猪子一ツ、蒜二茎入レテ、晩景ニ「寺ニ宿セン」ト云フ。機嫌ヲ思テ、カタク辞シテ不レ許。女人泣テ云ク、「里ヘ下ラバ、定テ虎ノタメニ命ウスベシ。僧ハ慈悲ヲ本トス。イカヾ助給ハザラム」ト云。ヤム事ナクシテ、穏便ノ所ニコレヲ、ク。夜陰ニ腹ヲヤミテ、苦痛忍カネテ、サケビケリ。薬ヲ与フルニ、弥増ス。「我ガ腹臍ノ辺ヲナデサスリテタベ」ト云ニ、「大僧也。女人ニ手フルベカラズ」ト云テ、錫杖ノ柄、手巾ヲマキテ、ハルカニサ、ヘタリケル。去程ニ、アケボノニミレバ、女人ハ普賢菩薩、猪子ハ白象、蒜ハ蓮華也ケリ。象ニ乗リ、蓮華ヲ踏、雲ニ乗テ空ヘ上リ給。「汝ガ心ヲミルニ、水中ノ月ノ如キ。不レ久シテ我ガ眷属トナルベシ」トノ給テ去給ケリ。

法志上人のもとで熱心に法華経を聴聞した雉が、死後転生して、曇翼法師となり、女人に変化して戒力を試みようとした普賢菩薩から高く評価され、その眷属となることを許される話。本話も出典は『法華経顕応録』上巻の以下の記事に求められる。

余杭志禅師

東晋時有二僧法志一。結二庵余杭山一、誦二法華経一、朝夕不レ懈。有レ雉、巣二于庵之側一。毎レ聞二誦経声一、則翔二集于座傍一、若二侍立聴受状一。如レ是者七年、一日憔悴。師撫レ之曰、「汝雖二羽族一而能聴レ経。苟脱二業躯一、必生二人道一」。明日遽殞。師即瘞レ之。及レ夜方仮寐夢、童子再拝曰、「我即雉也。因レ聴二師誦経一、得レ脱二羽類一。今生二于山前王氏家一、為二男子一。右腋猶有二雉毳一見可レ験也」。僧詰朝至二其家一問レ之果然。王氏一日設レ斎、志方踵レ門。此子遽然曰、「我和尚来也」。挙レ衆異レ之、携以示レ志。志撫レ之曰、「此我雉児耳」。遂解レ衣周視二其腋下一、果有二雉毳三茎一。「至二七歳一、宜レ聴二出家一」。父母唯レ之。至レ時入レ山、十六落髪。以二腋有一レ毳命二名曇翼一。授二与蓮経一不レ遺二一字一。志師帰寂、翼即為二此山第二祖一矣。

天衣飛雲大師

師諱曇翼、氏族先因已見二前篇一。既為レ僧、已随レ方問レ道。初詣二廬山一、依二遠法師一、了二悟宗乗一。続入二関中一、礼二覲羅什一。講二訳経論一、通達無礙得二大弁才一。後与二同学曇学一、東游二会稽一。因抵二秦望山別朶一、五峰雙澗、気象雄勝。因伐レ石誅レ茆、為二住山計一。専誦二法華一、僅于二一紀一。一日将レ曛、有二一女子一。身披二彩服一、手携二筠籠一、内有二白豕一隻大蒜両根一。立二於師前一、泣而言曰、「妾山前某氏女。入レ山采レ薇路逢二猛虎一、奔遁至レ此。日已夕、草木陰翳、豺狼縦横、帰無二生理一。敢託二一宿一可乎」。師称二嫌疑一、堅卻不レ従。女則両涙哀鳴。師不レ得レ已譲以二草牀一、即蒙レ頂誦経。至二于三更一、号二呼疾作一、称二腹疼痛一、覘二師視一レ之。師投以レ薬。女子痛益甚、叫不レ絶レ声、曰、「儻得三師為レ我案二摩臍腹間一、庶得二少安一。不レ然即死。

仏法以二慈悲方便一為レ本。師忍坐観、不二一引レ手見レ救耶」。師曰、「吾大戒僧。摩二娑女身一、此何理也」。懇求レ之切、即以二巾布一裹二錫杖頭一、遥以案摩。斯須告云、「已不レ必矣」。翌晨女出二庭際一、以二彩服一化二祥雲一、豕変二白象一、蒜化二雙蓮一。女子足躡二蓮華一、跨レ象、乗レ雲而謂レ師曰、「我普賢菩薩也。以二汝不レ久当レ帰二我衆一、特来相試。観二汝心中一、如二水中月一。不レ可二汙染一」。言訖縹緲而去。爾時天上雨レ華、地皆震動、郷人聞見莫レ不二称歎一。是日太守孟公覬方晨起視レ事、忽見三南方祥雲氤氳光射二庭際一、而雲下隠隠有二金石糸竹之音一。訪問得二師普賢示化状一、遂併二師之道行一聞二于朝廷一。即奉レ勅建レ寺、額号二法華一。〈即今天衣寺是。〉時普安帝義熙十三年也。師享寿七十、円二寂此山一。寺僧即二真身一而加レ塑焉。歴二唐武廃教一、衆以二其像一蔵二于寺南樹腹中一、得レ不レ毀。呉越国武粛王特諡二飛雲大師一云。〈師事迹僧伝珠林皆紀レ之。天衣又有二本伝実録一。所レ有二異同一処謹詳而録レ之。〉

（新纂大日本続蔵経第七八巻33ａｂｃ）

『法華経顕応録』では「余杭志禅師」（法志）と「天衣飛雲大師」（曇翼）の連続して配置されている二人の伝記を、『雑談集』は傍線部の記述に基づきながら和訳し、まとめて一話として語っている。生まれたばかりの曇翼の体にある前生の名残の羽毛の位置が、『法華経顕応録』では「右腋」とあるところ、『雑談集』では「左ノ脇」となっている箇所など気になる点はあるが、おそらく版本しか現存しないという『雑談集』のテキストの問題に帰せられる側面が大きいであろう。ちなみに、宋代守倫の手になる法華経注釈書『法華経科註』[20]「普賢菩薩勧発品」にも「引二事証一」として同話が引用されており、そこでは『雑談集』同様、二人の挿話を一話として語っているが、語り口や表現においては『雑談集』とやや距離があり、『法華経顕応録』の出典としての位置は揺るがないものと思われる。[21]

さらにもう一話、『雑談集』巻九「仏法二世ノ益幷ニ逆修ノ事」所載の説話を挙げよう。

漢土ニ、仏法スベテ信ゼズ、僧ナドヲモ悪ミソシル悪人有ル所ニ、ワカキ女人ノ優ナル、流浪人トヲボエテ、ミエケル。人〳〵心ヲカケテ、カタラヒ聞ケルニ、「我ハタノムカタモナクシテ、ウカレタル身也。アハレミヤシナフ人アラバ、タノムベシ。タヾシ、富貴種姓才覚皃形ヲ思ハヌ、利根ニシテ、経ナドドク誦セン人ヲ憑ベシ」ト云テ、「観音品ヲ一夜ニ誦スル人ヲ憑ベシ」ト云ケレバ、我々トヲボエケル、二十人ヲボエタリケリ。「身一人シテ、イカヾ二十人ヲ夫ニスベキ。金剛経ヲ一夜ニヲボエム人ヲ憑ムベシ」ト云ケルニ、馬郎ト云ケル者、三日ニヲボエタリケリ。「君、大利根聡敏ノ人ニテヲハシケリ。タノミタテマツルベシ」ト云テ、日ドリナンドシテ、旧里ヘ帰テ、約束ノ日来レリ。悦思フホドニ、「身ニワヅラヒアリ。イタハリテ、相見セン」ト云ケレバ、便宜ノ所ニテ、薬ナド用ケレドモ、ヤガテ大事ニ成テ、息タエニケリ。モシヤト思程ニ、膀脹シ、臭爛シケレバ、トカク云ニヲヨバズシテ、葬シテ埋テケリ。

其後、日数ヘテ、紫ノ僧伽梨ノ袈裟キテ、錫杖ツキタル僧、来テ、「カヽル女人ヤミエシ」ト問フ。コトノ子細カタリケレバ、カノ墓所ヘ行テ、錫杖ノ柄ニテ、ホリヲコシテ見レバ、骨ハ金ノ鏁也。錫杖ノエニカケテ、河ニテ洗テ、説法シケル。人多クアツマリテ、聴聞シケルニ、「コレハ観音菩薩ノ、汝ガ生死ノ無常モ、因果ノコトハリ、シラズ、ヲロカニシテ、仏法ノタエナル道モ、シラザル事ヲアハレミテ、方便シテヲハシマシタルヨシ」大方、心モヲヨバズ、目出説法シ給ケレバ、諸人、随喜渇仰シ、菩提心ヲヲコシケル。サテ、空ヘ飛デ去給ヒケリ。伝ニハ、コレマデ見ヘタリ。……馬郎婦ト云テ、古人ミナ此事頌ニモ作レリ。

観音の化身である女（馬郎婦）が、方便を用いて、無信心な男（馬郎）やその地域の人々を信仰の世界に導こうとする話。本話も『法華経顕応録』下巻の以下の記事に拠るものと思われる。

陝右馬郎婦

馬郎婦不レ知二出処一。大唐隆二盛仏教一。而陝右俗習二騎射一蔑レ聞二三宝之名一。婦憫二其愚一、乃之二其所一。人見二少女風韻単子一、欲二乞為レ養。女曰、「我無二父母一。亦欲レ有レ帰。然不レ好二世財一。但聡明賢善人能誦二仏経一、則願レ事レ之」。男子衆皆聚観。女即授二与普門品一、「若能一夕通レ此則帰レ之」。至二翌日一誦徹者二十余輩一。

女曰、「女子一身、家世貞潔、無下以二一体一事中多人上也。可三更別誦一」。因授以二金剛般若一。至レ曰背者十数。

女更授二与法華経七軸一、約二三日通レ之。至レ期独馬氏子能徹。女曰、「君既能過二衆人一。可下白二父母一具二媒娉一迸レ礼然後成上レ姻」。及二馬氏以レ礼迎レ之、女将レ至レ門、且曰、「適以二応接一体中少不レ佳。願求二別室一俟レ安与レ君相見」。因頓之二他房一。筵客未レ散。而女命終、已而壊爛。乃卜二葬之一。未二数日一有二僧紫伽黎姿貌古野一。来尋二女子一。馬氏引至二葬所一。僧即以レ錫撥二開沙土一、見二屍已化唯金鎖骨存一焉。僧取就レ河浴洗挑二於錫上一、謂レ衆曰、「此聖者憫二汝等不レ信二正法一、方便誘化当下思二善因一免上レ堕二苦海一」。忽然陵レ空而去。衆見悲泣、瞻礼不レ已。自レ爾一境奉レ仏誦レ経、由二女之力一也。〈釈氏編辛（年イ*）録〉山谷道人観音賛曰、「設欲三真見二観世音一、金沙灘頭馬郎婦」。又平江万寿体禅師頌曰、「十分美貌誰家女、百倍聡明是馬郎、堪レ笑金沙灘畔約。始終姻娅不レ成レ双」。（新纂大日本続蔵経第七八巻60ａｂ）[22]

『雑談集』の傍線部では、金剛経を「一夜」で覚えた人と結婚しようという女の言葉に対し、馬郎が「三日」で覚えたという矛盾した記述がなされるが、出典の『法華経顕応録』を確認すると、女の出す経典の暗誦課題が、観音経から金剛般若経、さらに法華経へと順次引き上げられていく、その肝心の法華経の部分を語り落としていることが判明する。無住がそうした誤りを犯すとは考えにくいことから、ここも『雑談集』のテキストの問題に起因する現象と見ておきたい。

一方、『雑談集』の二重傍線部では、僧が女の正体を「観音菩薩」と明かしているが、出典では「聖者」とするのみで観音とは語っていない。無住は、出典の末尾に付された「山谷道人観音賛」(23)の内容から、馬郎婦の正体を観音であると読み取り、僧の言葉の中でその旨を表明させたものであろう。ちなみに、南宋の祖琇撰『興隆仏法編年通論』(24)（一一六四年成立）巻二二にも『法華経顕応録』との同話が収められるが、末尾の賛頌の部分がないため、当該話だけからでは馬郎婦が観音の化身であるとの情報が導けない。また、同じく南宋の志磐撰『仏祖統紀』巻四一（一二六九年成立）にも同話が認められるが、こちらはやや記述が簡略で、馬郎婦の正体も「普賢聖者」であるとされるなど、『雑談集』との距離が大きい。こうした点からも、本話の出典が『法華経顕応録』であることはまず動くまいと思われる。

さらにもう一点、『雑談集』の末尾の波線部で無住が「馬郎婦ト云テ、古人ミナ此事頌ニモ作レリ」と述べるところを問題にしておこう。ここは、おそらく『法華経顕応録』のやはり波線部の賛頌に基づいて記述したものと一応は考えることができようが、あるいはそれによらずとも、無住がこうした知識を持っていた可能性も否定できない。実際、馬郎婦説話は中国の禅林においては馴染みの話柄であったとおぼしい。澤田瑞穂氏は「けだし「金沙灘頭馬郎婦」の一句は、いつのころからか禅林の一套語となつていたものであろう。……南宋から元時代になると、馬郎婦や魚籃観音は古仏祖の一として急激に禅匠の語録を賑わすようになる。それはたいてい語録中の仏祖讃の部に収められている」として、多くの具体例を列挙している。(25)また、パトリシア・フィスター氏も「宋元時代の馬郎婦の絵の多くに禅僧による賛文が書き添えられているところをみると、馬郎婦が禅の語りにおいて確固としたテーマとして確立されていたことは明らかである」と指摘している。(26)無住が帰朝僧を介してこうした話題に接し得た可能性は十分にあろう。いや、そもそも、馬郎婦の話は日本の禅林における儀礼の場においても語られていた徴証がある。東福寺円爾と同じ無準師範門下の来朝僧、蘭渓道隆の手になる『大覚禅師福山五講式[27]』観音講式第四には以下の説話が見えている。

昔震旦北地有二一豪家一。其名馬郎。即自レ幼不レ信二三宝一。以二貪欲一為レ先。一日有二一少婦一従二其門一而過。雖レ不二糚厳一容貌極美。手持二法華妙典一読誦不レ已。音声清徹令二人楽一レ聞。馬郎一見、心念紛紛。遂請入二宅中一待レ之以レ礼。徐徐問曰、「婦子従レ何而来還。有レ夫否。手執之巻、是何典乎」。婦答曰、「妾惟一身不二曽嫁事一。所レ持之軸乃法華経」。馬郎平生雖下悪二仏書一然上、愛欲之念極深。又問云、「読二此経典一、欲二何求一歟」。婦云、「若有下人能諳二誦此経一者上、妾以レ身而任レ之」。馬郎密喜而謂曰、「某甲専心授二此経一、若諳二誦之一時、汝肯レ嫁レ予否」。婦云、「若果、豈虚レ語哉」。馬郎朝夕繫レ念不レ満二五十日一、皆諳二誦此経一。遂遣三使報二娘子一曰、「某甲已諳二通法華一。不レ知下何日可レ為二和合一耶上」。婦云、「択二定三月十八日一、可下以二轎馬一来迎上」。至レ日遣下人到二彼宅一迎上レ之。娘子乗レ輿至二半途一、将レ渡二金砂灘一、其輿若二千鈞之重一。雖二加レ人而力一不レ可レ挙。遂報二馬郎一、即躬自至二輿所一。揚二其簾一視レ之、惟見二金鎖骨一一。座上題云、「某乃観音化身也。蓋馬郎溺二於愛欲之海一、不レ肯レ回レ頭。故以二此大乗奥典一、令下啓二信心一捨レ邪帰上レ正。可レ謂宝常映レ水、人徒望レ之、花木無レ心、蝶自忙耳」。自後馬郎誦二法華経一之外、常念二観音名号一。其子孫相承、迨レ今繁衍不レ絶。若人至レ心持誦、利益無レ窮。各誦二伽陀一可レ行二礼拝一。

仰啓観音妙智力　世間苦悩尽消除
若人識意称名号　福徳無窮等太虚
南無一心帰命頂礼大慈大悲観世音菩薩

同じ馬郎婦の話とはいえ、先に見た『法華経顕応録』などのものとは、細部においてかなりの相違がある。まず、女は最初から馬郎を相手と見定めてその家を訪れており、したがって候補者を絞る必要もないから、観音経や金剛般若経は登場せず、暗誦すべきは法華経に限定される。結婚式の当日、馬郎の宅に向かう女を乗せた輿が「金砂灘」を渡ろうとすると、突然重みを増してまったく動かなくなる。知らせを受けた馬郎が現場に到着し、輿の簾を上げてみると、そこには「金鎖骨」が一つあるのみだった。その傍らには女の手で、自分は観音の化身であり、信心のない馬郎を愛欲の海から救うための方便としてかく振舞う由が記されていた。以後、馬郎は法華経を誦するのみならず、常に観音の名号を念じ、それは子孫に受け継がれ、現在にも及んでいるとされる。

建保五年（一二一七）頃の渡宋が推定されている[28]慶政撰『閑居友』下巻第五話には、「唐土に侍し時、聞き侍しは、愚かなる男の一人侍けるが、法花経を読まむとするに、ゑ《え》叶はず侍ければ、いみじく容姿よき女の、いづくよりともなくて来たりて、妻となりて添ひ居て、ねんごろに教へて、一部終りて後、観音の容姿に現はれて、失せ給ゑ《へ》る事ありけり」という短い伝承が記されており、当時、南宋においてはさまざまな形態の馬郎婦説話が語られていたものと想像される。『大覚禅師福山五講式』中の説話は、禅僧の賛頌によみこまれる「金砂灘」の地が一話の要の部分に登場する点から見て、実際に南宋の禅林で語られていた説話に近い形態のものではないかと推測されるのである。

ともあれ無住は『法華経顕応録』中の、少なくとも五話（「杭州智覚禅師」「湖州蹟禅師」「余杭志禅師」「天衣飛雲大師」「陝右馬郎婦」）に取材したことは確実である。享保十二年（一七二七）に本書を日本で開版した江戸寛永寺の僧亮典は「刻法華経顕応録序」において「宋石芝暁法師有二顕応録二巻一。……嘗伝二本邦一而久閟二僻地一。余偶訪獲而読レ之、乃欲二梓刻広布一、……」と記しており、これを受けて、李銘敬氏も「……『顕応録』の場合、東叡沙門亮典が指摘しているように、本邦に伝わったものの、久しく僻地に隠されてしまったためか、日本でのその受容と影響はあまり見られていない」とする[29]。本書の辿ったこうした享受史の中で、無住による摂取は注目すべきものであろう。

無住が『法華経顕応録』に関心を惹かれた理由は、一つには法華経を「多年読誦シ」（『雑談集』巻七「法華事」）ていたという厚い信仰によるものであろうが、いま一つは『楽邦文類』同様、撰者宗暁の智覚禅師延寿尊重の姿勢に関わるであろう。次に掲げるのは『法華経顕応録』序の冒頭部である。

> 昔永明智覚禅師以二大弁才一著二賦五首一。謂華厳感通、金剛証験、法華霊瑞、観音現神、神棲安養。其所下以黼二黻聖教一鼓中舞群機上、可レ謂レ有レ大二功於像運一矣。然賦所二由作一特以二歌詠讃揚一為レ事。至二於事蹟始末一非二伝記一不レ能二周知一。故華厳則有二感応伝一、金剛則有二感験録一、法華則有二霊瑞集一、観音則有二感応集一、浄土則有二往生伝一。……
> （新纂大日本続蔵経第七八巻23 c）

宗暁は本書編纂の経緯を「賦五首」を著した延寿の事蹟の称揚から起筆しているのである。さらに、無住が本書に取材した話柄を参照すれば、延寿、達磨の弟子である尼揔持（総持）、馬郎婦と、その大半が背後に禅的文脈を読み取れるものであった。『普門院経論章疏語録儒書等目録』に『法華経顕応録』の名は見出せない[30]が、無住の本書披見の背景にはやはり禅的環境を想定するのが自然なように思われるのである[31]。

四　法華経顕応録（二）

ところで、前節で指摘した『法華経顕応録』を出典とする『雑談集』の説話について、無住は「伝ノ中ニ見タリ」（巻七「法華事」）、「昔ノ伝記ニ……和漢ノ伝ニ少々釈レ之」（同）と、典拠を「伝」または「伝記」と表記している。一方、無住は、『法華経顕応録』に先行する持経者伝である、唐の僧詳撰『法華伝記』も『雑談集』に用いているが、本書については、後に詳しく触れるように、「唐ノ法華伝ニ見タリ」（巻三「人ノ母念子事」）、「唐ノ法華伝ニ見タリ」（巻七「法華事」）、「法華伝ニ有レ之」（同）、「法華伝ニ在レ之」（巻九「万物精霊事」）のごとく、「唐ノ法華伝」または「法華伝」と表記し、『法華経顕応録』とは明らかに異なる扱いをしているように見える。だが、両書の関係は実際にはそれほど単純なものではなかったらしい。以下個々の事例を通して、その関係の実際を検証していこう。

まず取り上げるのは、『雑談集』巻七「法華事」所収の以下の説話である。

陳代ニ行堅トテ貴キ上人、法華経読誦、其ノ功久キ有リケリ。事ノ縁有テ、太山府君ノ社ニ宿セル事有ケリ。誦経坐禅シテ、夜陰ニ及ケルニ、府君出テ、相見シ、物語シ給ケル。唐国ノ人死セルハ、府君コレヲ知リ、生所ヲ沙汰シ給事ナル故ニ、上人ノ弟子ノ僧、二人、他界セル事有ケレバ、彼ノ生所ヲ問ニ、「一人ハ善所ニ生ズ。一人ハ地獄ニ入レリ。近処ニ有」ト答フ。「彼ヲ見ル事イカニ」ト問ニ、「ヤスキ事ナリ」トテ、冥官ヲ一人サシソヘテ、東北方、五六里行テ、山ノ谷ノ中ニ炎火満リ。喚ブ声有リ。形変ジテ焼タル肉ノ如シ。冥官示レ之。上人カナシク覚テ、府君ニ問フ。「何ナル方便善業ヲ以テカ、彼ヲ助ベキ」ト。答云、「法華経ヲ書写シテ救ベシ」ト。仍テ一部書写シテ、裹ミ持テ、又参テ、問云、「経已ニ書写シ畢ヌ。彼ノ弟子如何」。答云、「題目ノ五字ヲ書写シタマフニ、獄ヲ出テ、人間ニ生テ、男子ト成レリ」。此ノ事、唐ノ法華伝ニ見タリ。

法華持経者であった行堅が、たまたま泰山府君の廟に宿した折、泰山府君から亡き弟子の転生先を教えられる。間もなく一人の弟子が堕ちた地獄に案内され、その様子を目の当たりにした行堅は、何とか弟子を救いたいと思い、泰山府君の勧めで法華経を書写する。その功徳により弟子は人間世界に転生することができたという。無住は本話を「唐ノ法華伝」に拠ったとするが、唐の僧詳撰『法華伝記』で本話に相当するのは巻八収載の以下の説話である。

隋大業中客僧十二

隋大業中有二客僧一。行至二太山廟一求二寄宿一。廟令曰、「此無二別舎一。唯神廟。廡下可レ宿。然而比来寄宿者、輒必死」。僧曰、「無レ苦也」。令不レ得レ已従レ之。為設二床於廡下一。僧至レ夜端坐誦経可二一更一、聞二屋中環珮声一。須臾神出為レ僧礼拝。僧曰、「聞二此宿者多死一。豈檀越害レ之耶。願見二護之一」。神曰、「遇二其死者将レ至、聞二弟子声一、因自懼死。非レ殺レ之也。願師無レ慮」。僧因近坐、説談如二食項一。良久僧問曰、「世間人伝説、太山活レ鬼。寧有レ之也」。神曰、「弟子薄福有レ之。豈欲レ見二先亡一乎」。僧曰、「有二両同学僧一先死。願見レ之」。神問曰、「姓名何」。僧具答二姓名一。神曰、「一人已生二人間一。一人重罪在レ獄不レ可レ喚。与レ師就見耳也」。僧甚悦、因共起出レ門。不レ遠而至二一所一、多見二廟獄一。火焼光焔甚盛。神将レ僧入二一院一。遥見三一人在二火中一。号呼不レ能レ言。形変不レ可二復識一。而血肉燋臭、令二人傷レ心。曰、「此是也。師不三復欲二歴観一耶」。僧愁愍求レ出。俄而至レ廟。又与レ神同坐。因問、「欲レ救二同学一。有レ得レ理耶」。神曰、「可レ得耳。能為写二法華経一者便免」。既而将レ曙。神辞レ僧入レ堂。旦而廟令視二僧不レ死、怪二異之一。僧因為説。仍即為写二法華経一部一。経既成荘厳畢。又将レ経就レ廟而宿。其夜神出如レ初。歓喜礼拝、慰二問来意一。僧以レ事告レ之。神曰、「弟子知レ之。師為レ写レ経、始書二題目一、彼已脱免。今又出レ生不レ在二人問一也。然此処不二浄潔一、不レ可レ安レ経。願師還将送レ経向レ寺」。言訖久レ之。将レ暁辞訣而去入。僧送二経於寺一。〈又出法苑第十八〉

（大正新脩大蔵経第五一巻86ｂｃ）

両者を比較してまず気づくのは、『雑談集』では「行堅」とされる主人公の僧の名が、『法華伝記』では「客僧」

とされ固有名詞が記されない点である（二重傍線部）。また、『雑談集』では行堅が地獄へ向かう際、「冥官」を一人帯同させているが、『法華伝記』では泰山府君自らが客僧とともに獄に赴いている（波線部）。さらに、『雑談集』では法華経書写により弟子は地獄を出て「人間ニ生」れたとされるのに、『法華伝記』では獄は出たものの「今又出レ生不レ在二人間（間カ）一也」といまだ人間界に転生を果たしていないとされる（傍線部）など、相違点が少なくない。実は、本話には『法華経顕応録』巻上に次に示すような同話が存する。

東嶽堅法師

隋釈行堅、不レ知二何許人一。常修二禅観一、節操厳甚。因レ事経二游泰山一。日夕入二嶽祠一度レ宵。吏曰、「此無二館舎一。唯有二神廡下一。然而宿レ此者必暴死」。堅曰、「無レ妨」。遂為藉二藁於廡下一。堅端坐誦経可二一更一、忽見二其神衣冠甚偉向レ堅合掌一。堅問曰、「聞二宿レ此者多死一。豈檀越害レ之耶」。神曰、「当レ死者特至聞二弟子声一而自死。非レ殺レ之也」。又問曰、「世伝、泰山治レ鬼、是否」。神曰、「弟子薄福、有レ之」。堅曰、「有二両同学僧一已死。今在否」。神問二名字一。「一人已生二人間一、一人在レ獄受レ対。師往見レ之」。神遣三使引入二墻院一。見下一人在二火中一号呼上。形変不レ可レ識。而血肉焦臭。堅不レ忍レ観。即還二廡下一、復与レ神坐。堅曰、「欲レ救二是僧一得否」。神曰、「可。能為写二法華経一、必応レ得レ免」。既而与レ神別。旦廟令視二堅不一レ死、訝レ之。堅去、急報二前願一、経写装畢。賚而就レ廟、神出如レ故。以レ事告レ之。神曰、「師為写二経題目一、彼已脱去。今生二人間一。然此処不レ潔。不レ宜レ安レ経。願師還送二入寺中一供養」。遂与レ神別。〈大宋高僧伝〉。

（新纂大日本続蔵経第七八巻36b）

本話では、主人公の名が「行堅」とされ（二重傍線部）、彼が獄に向かう際も泰山府君は自らは赴かず、代わりに「使」を帯同させている（波線部）。また、法華経書写の功徳によって堕獄の弟子は「今生二人間一」（傍線部）とされており、先に『法華伝記』と『雑談集』との相違点として挙げた三要素が、本書ではすべて『雑談集』と一致している。さらに、『雑談集』で行堅が「誦経坐禅シテ」（点線部）と語られる部分について見ると、対応箇所は『法華伝記』『法華経顕応録』とも「端坐誦経」（点線部）であるが、後者はその前に「常修二禅観一」（点線部）という記述を有しており、『雑談集』の「坐禅」はそこから導かれた可能性が高い。すでに前節で見たように、無住が『雑談集』の他の複数の説話について『法華経顕応録』に依拠したことが明らかである以上、本話においても当然本書が参照されたものと考えられよう[32]。ただし、『雑談集』の本話の時代設定が出典の「隋」代ではなく、なぜ「陳代」なのかという点のみは不明であるが、現時点ではひとまず版本のみが伝わるという『雑談集』のテキストの問題に起因する現象と見ておきたい。

次に、同じく『雑談集』巻七「法華事」所載の以下の説話を取り上げよう。

漢朝ニ李山龍ト云俗、法華二巻誦ケル、病死シテ、炎魔王宮へ参ズ。法王問ヒ給、「何ナル事業カ有ル」ト。「法華二軸暗誦セリ」。王感歎シテ、座ヲ構テ令レ誦。一心ニ声ヲ高クシテ、「妙法蓮華経序品第一」ト唱フ。于レ時、法華誦スル事ヲ止テ云ク、「汝ガ此ノ題目ヲ誦スル声ノ所レ及衆生、皆ナ解脱シ了ヌ」。仍、人間へ返シツカハシケリ。法華伝ニ有レ之。

李山龍の閻魔王庁における法華経読誦の功徳を語る逸話である。全体に簡略な語り口が印象的だが、出典とされる「法華伝」すなわち『法華伝記』の相当話は巻六所載の次の説話である。

左監門校尉憑翊李山龍十六

李山龍、誦二法華両巻一以為二善業一。以二武徳中一暴亡。而心上不レ冷如二掌許一。家人未レ忍二殯殮一。至二七日一而蘇。自説云、「当レ死時被二冥官収録一、至二一官一遭二庁事一甚宏壮。其庭亦広大。庭内有二囚数千人一。或枷鎖或杻械。皆向二北面一立満二庭中一。吏将二山龍一至二庁下一。見三天官坐二高床座一。侍衛如二王者一。山龍問レ吏、『此何官吏』。曰、『是王也』。山龍前至二階下一。王問、『汝生平時作二何福業一』。山龍対曰、『郷人毎設二斎講一、恒施物同レ之』。王曰、『汝身作二何善業一』。山龍曰、『誦二法華経両巻一』。王曰、『大善。可レ昇レ階』。既昇二庁上一。東北間有下一高座如二講座一者上。王指レ座謂二山龍一曰、『可下昇二此座一誦経上』。山龍奉レ命至レ側。王即起立曰、『請、法師昇レ座』。山龍昇レ座訖、王乃向レ之而坐。山龍開レ経曰、『妙法蓮華経序品第一』。王曰、『請、法師下』。山龍即止。下レ座復立二階下一。顧二庭内一囚已尽、無二一人在者一。王謂二山龍一曰、『君誦経之福、非二唯自利一。乃令二庭内衆囚皆以聞レ経獲レ免。豈不レ善哉。今放レ君。還去』。……

（大正新脩大蔵経第五一巻75ｃ）

本話は『雑談集』に比して全体に詳細な記事をもつが、ことに李山龍が閻魔王のもとに行き着くまでの描写にかなりの筆が割かれるのが特色である。実は、本話についてもやはり『法華経顕応録』巻下に次のような同話が認められる。

馮翊李山龍

左監門校尉李山龍、馮翊人。唐武徳中暴亡。揖二其心一猶温。家人不レ忍レ葬。至二七日一乃穌。説云、「初被二一使追一至二閻王殿前一。見二囚徒数千一。王問レ龍曰、『汝作二何福業一』。答曰、『誦二得法華経二巻一』。王称二大善一。王即命敷レ座、請レ誦レ之。龍唱二妙法蓮華経序品第一一。王曰、『且止』。龍便下レ座、顧二諸囚徒一皆乗レ空而去。王称四誦経之功使三聞者皆得二解脱一。王即遣二龍再生一。……。

（新纂大日本続蔵経第七八巻56ｃ）

本話は『法華伝記』に比べて記事は全体に簡略であり、その叙述姿勢は『雑談集』に近似する。さらに、細部に注目すると、法華経の巻数表記が『雑談集』と『法華経顕応録』が「二巻」で共通するのに、『法華伝記』は「両巻」（二重傍線部）とやや距離があり、また波線部の表現も『雑談集』と『法華経顕応録』との間により高い同文性が認められるなど、本話についても無住は『法華経顕応録』に取材している可能性が大きいと推定される。ただし、本話冒頭の傍線部の叙述については、巻数表記を別にすれば、むしろ『雑談集』と『法華伝記』との間に親近性が認められ、出典注記が示す通り、無住が『法華伝記』をも参照していた点はまず動くまいと思われる。

つづいて『雑談集』巻九「万物精霊事」収載の以下の説話を取り上げよう。

唐ノ泉州ニ厳恭ト云者アリケリ。親ニ只一子也。法華ヲ信ジテ、読誦書写、其ノ功深シテ、人、「厳法華」ト云ケル。慈悲者也ケル。親ニ銭ヲ五万乞テ、為二売買一以レ船楊州ヘ渡リケル。海路ニ亀ヲ五十、船ニ入テ為レ売行者ニアヒテ、亀ハコトニ命ヲヲシム者也。助タク思テ、「我ニ有二五万銭一。彼ヲ買ハン」ト云。即チ買了ヌ。彼船コギハナレテ、ヤガテ海ニ沈テ、人皆死了ヌ。恭ハ手ヲ空クシナガラ、楊州ヘ越テ、月日経テ帰ケル。親ガ家ニ、黒衣著タル客人、五十人来テ、「厳恭ノ誂テヲハスル銭五万、請取給ヘ」トテ、湿タル銭ヲ持テ来ル。此ノ事不審ナガラ請取了ヌ。恭帰テ、此ノ事ヲ問ニ、「我誂タル事ナシ。但シ、亀ヲ買テ放タル事アリ」ト答フ。然モ其ノ日ノ夕方也ケレバ、五十人ノ客ハ亀也ケリト知テ、其所ニ寺ヲ建立セリ、ト。法華伝ニ在レ之。

本話は亀の報恩譚として、『今昔物語集』や『打聞集』、『宇治拾遺物語』にも類話が収載される著名な伝承である。出典とされる「法華伝」すなわち『法華伝記』では巻八所収の以下の説話が該当する。

揚州厳恭十

揚州厳恭者、本泉州人。家富二於財一、而無二兄弟一。父母愛レ恭、言無レ所レ違。陳大建初、恭年弱冠、請二於父母一、欲下得二銭五万一往中揚州市上。父母従レ之。恭乗レ船載レ銭而下。去二揚州一数十里許、逢三江中一船載レ亀将二詣レ市売一レ之。恭問、「知二其故一、念二亀当一レ死。因請レ贖レ之」。亀主曰、「我亀大頭別、千銭乃可」。恭問二幾頭一。

答、「有二五十一」。恭曰、「我正有二銭五万一。願以贖レ之」。亀主喜取レ銭付レ亀而去。恭尽以レ亀放二江中一。而空船詣二揚州一。其亀主別レ恭行十余里、船没而死。是恭父母在レ家。昏時有二烏衣客五十人一。詣レ門寄宿、并送二銭五万一、付二恭父一曰、「君児在二揚州一。附二此銭一帰。願依レ数受レ之」。恭父怪愕、疑二恭死一因審レ之。客曰、「児無レ恙。但不レ須二銭用一故、附帰耳」。恭父受レ之。記二是本銭一。而皆水湿。留レ客為設レ食。客止明旦辞去。後月余日、恭還レ家。父母大喜。既而問二附レ銭所由一。恭答、「無レ之」。父母説二客形状及附レ銭月日一、贖レ亀之日。於レ是知二五十客皆所レ贖亀也一。父子驚歎。因揚州起二精舎一、専写二法華経一。遂従レ家、揚州家転富。大起二房廊一、為二写経之室一。荘厳清浄供給豊厚。書生常数十人。揚州道俗共相崇敬、号曰二厳法華里一。……

（大正新脩大蔵経第五一巻85ｃ）

両者を比較した際に気になるのは、『雑談集』において厳恭が「法華ヲ信ジテ、読誦書写、其ノ功深シテ」と紹介される行業のうち、『法華伝記』で触れられるのは「書写」の要素のみであるという点である（波線部）。実は、ここでも同じ厳恭という人物に関わる逸話がやはり『法華経顕応録』巻下に認められる。ただし、以下に掲げるように、該話は亀報恩についての説話ではない。

楊州厳法華

大隋時有二厳恭一。丹陽人。挙レ家信嚮、常誦二法華経一。一時誦至二宝塔品一、輟レ経歎曰、「宝塔之内有二二如来一。分身諸仏、其数不レ少。我今何為不レ能二感見一」。慨歎良久。至レ夜忽夢二一胡僧一。自称二法脱一、語曰、「若誦二此経一欲レ見二諸仏一、当二解説書写流通供養一。斯願可レ諧」。恭因発心造レ経一百部。未レ及二成弁一、忽得二重病一。乃更発願増二造千部一、病既愈。即於二楊都住宅一起二造経堂一。若紙若筆必以二浄心一、不レ行二欺詐一。随レ得便営。書生常十数人、如法供給。恭親撿校、労不レ告レ倦。……

（新纂大日本続蔵経第七八巻56ｂ）

本話は厳恭の逸話とはいえ、『雑談集』の説話とはまったくの別話であり、一見影響関係を云々するには値しないようにみえるかもしれない。だが、二重傍線部の記述に注目すると、先程指摘した『雑談集』における厳恭の行業のうち、『法華伝記』で触れられなかった要素（「信ジテ、読誦」）がそっくりここに記述されていることを認めるのである。さらに、『雑談集』では人々が厳恭のことを「厳法華」と呼んだと記しているが、『法華伝記』では「写経之室」を備えた厳恭の邸を「厳法華里」と称したとしており（傍線部）、少しく相違が認められる。しかしながら、この点も『法華経顕応録』の本話の標題に「楊州厳法華」とある点からすれば、『雑談集』はここから「厳法華」を厳恭の呼称とする理解を得たと考えることが可能であろう。おそらく本話の場合、無住は『法華伝記』の厳恭説話に依拠しているのであろうが、『法華経顕応録』における同じ厳恭の別話も参照して、その要素の一部を説話構成に利用したのであろうと推察される。

さて、最後に取り上げるのは『雑談集』巻三「人ノ母念子事」に所載の以下の説話である。

法宗上人ト云ケルモ、孕タル鹿ノ腹ヲ射サキタリケレバ、子ノ落タルヲ、矢ヲフクミ、疵ヲカブリナガラ、子ヲネブリケルヲ見テ、発心シテ、弓矢ヲ折テ、出家シテ、法華ノ行者、貴キ上人トナレリ。唐ノ法華伝ニ見タリ。

本話は、鹿の母子の情愛に感じての発心出家譚である。「唐ノ法華伝」すなわち『法華伝記』巻四には確かに次の説話が認められる。

宋剡法華台釈法宗四

釈法宗臨海人。少好二遊猟一。嘗於レ剡遇下射二孕鹿母一墮胎上。鹿母銜レ箭、猶就レ地舐レ子。宗廼悔悟。知二貪レ生愛レ子是有識所レ同。於レ是摧レ弓折レ矢、出家業レ道。常分衛自資、受二一食法一、蔬苦六時、以悔二先罪一。誦二

法華維摩一。常升レ台諷詠。響聞二四遠一。士庶稟二其帰戒一者三千余人。遂開二拓所住一、以為二精舎一。因レ誦為レ目、号曰二法華台一也。中時有二異光明一、暗夜如レ昼。人皆異レ之。宗後不レ測所レ終。台寺現在。若有二疾病一者、止二宿於中一祈念即愈矣。

（大正新脩大蔵経第五一巻62ｂｃ）

ただし、本話もまた『法華経顕応録』巻上に次のような同話が収載される。

法華台宗法師

僧法宗、臨海人。幼好二游猟一。嘗於二剡川一射二中孕鹿一、忽墮胎生レ子。母猶銜レ箭舐レ子。宗悔曰、「貪レ生愛レ子、有識皆同」。遂摧レ弓折レ矢、断レ髪為レ僧。分衛自資、日唯一食。六時礼レ仏以懺二往愆一。常吟二詠法華維摩二経一、響聞二四方一。士女従受二帰戒一、凡三千余人。開二拓所住一以為二精舎一。因レ誦為レ目、曰二法華台一。

〈梁高僧伝〉　（新纂大日本続蔵経第七八巻32ｃ）

『雑談集』と両書の遠近は本話の場合、極めて微妙であるが、波線部の記述に注目すると、やや『法華伝記』が勝ると言えるかもしれない。だが、この場合も、他の事例より推せば、無住は『法華経顕応録』の説話をも一応は参照していた蓋然性が高いであろう。本話については、実は流布本系の『沙石集』巻八（古活字本）にも次のような同話が存在する。

漢土ニ法宗トイヒケルモ、鹿ノハラミタル由、腹ヲイヤブルニ、子ノオチタルヲ、矢ヲフクミナガラ、子ヲネブリケルヲミテ、ヤガテ弓矢ヲオリステ、髪ヲソリテ徒ニ入。法華ノ持者ニテ、オハリ目出キ事、法華ノ伝ニ見エタリ。

ここでも、出典注記は「法華ノ伝」とされるが、その実、波線部について見ると、本話の場合はむしろ『法華伝記』よりも『法華経顕応録』にやや近似する表現が認められるのである。

以上、「法華伝」に依拠したとの出典注記をもつ『雑談集』の四話について検討してきた。これら四話については確かに該当する説話が『法華伝記』に認められ、かつ厳恭や法宗の説話の例から見て、無住が実際に『法華伝記』の当該話を参照したことは間違いないものと思われる。だが一方で、行堅や李山龍の説話は明らかに『法華伝記』よりも『法華経顕応録』に近く、出典注記とは裏腹に、実際はむしろ『法華経顕応録』に多くを拠っていると判断されるものであった。さらに、厳恭説話について言えば、出典は『法華伝記』と認められるものの、『法華経顕応録』も確実に参照されて説話構成に利用されている様相が確認されたのである。

五　無住と持経者伝

見てきたように、無住は『法華伝記』と『法華経顕応録』という新旧二種の中国撰述持経者伝を説話の取材源として活用していた。しかしながら、ここに二つの疑問点が浮上する。一つは、無住が実際には『法華経顕応録』に依拠したと思われる場合にも、なぜ出典注記にはあくまで「唐ノ法華伝ニ見タリ」と『法華伝記』を表に押し出すような姿勢を示したのかという点。もう一つは、無住がそのような出典注記を行う一方で、それと裏腹になぜ『法華経顕応録』を執拗に参照したのかという点である。

まず前者の点から考えてみよう。おそらくそれは、持経者伝の中に占める『法華伝記』という書物の位置に関わる問題であろうと思われる。古来、法華講説の場においては持経者伝、それも中国の持経者伝が好んで用いられる傾向にあった(33)。平安時代の『百座法談聞書抄』や澄憲の『法華経釈』、鎌倉時代の『鳳光抄』から室町時代の『法華経直談抄』などに至るまで、中国撰述の持経者伝の引用が目立つ。とりわけ唐代の『法華伝記』はいずれの書にも引用を見ることから、持経者伝の中でももっとも代表的な存在と認められていたことがうかがえよう。無住が持経者伝に取材する場合、『法華伝記』に相当する説話が存在するときは、たとえ『法華経顕応録』を参照していても「唐ノ法華伝ニ見タリ」と注記する一方で、『法華伝記』に相当話がなく『法華経顕応録』一書にのみ拠っている際には「伝ノ中ニ見タリ」と注記し、決して「法華伝」と記さないのも、無住自身、『法華伝記』に特別な権威を認めていた証左であろう。法華講説の伝統において、『法華伝記』の占める位置はそれほどに大きなものがあったのである。[34]

では、表面上、法華講説の伝統に則り、『法華伝記』を尊重しているように装いながら、実際の説話構成において、無住が『法華経顕応録』を執拗なまでに参照したのはなぜか。本書がそれほどまで無住の心を捉えていたとして、それはいったいどういう理由によるのであろうか。一つには、『法華経顕応録』の説話が『法華伝記』のそれに比べ、一話一話が短く刈り込まれ、コンパクトな構成になっている点が利用に至便な印象を与えたことが挙げられよう。前節で取り上げた『雑談集』の四話の簡略な説話構成を通覧することからも、その辺の事情は十分にうかがえる。だが、そうした形式面の問題とは別に、無住が本書を愛読した理由は確実に他にも存したと思われる。それは、『法華経顕応録』が成立した南宋という時代を反映して、本書の説話には『法華伝記』に比して、律や禅に関する要素が目立つという点である。[35] 試みに摘記してみれば、――「奉㆓菩薩戒㆒不㆑服㆓皮革繒纊㆒」（南嶽思大禅師）、「学㆓南山律蔵㆒……得㆓南北両宗禅法㆒」（五台清涼国師）、「求㆓中国禅法㆒」（高麗光禅師）、「受㆓戒法㆒」（荊州成禅師）、「従㆑師聴㆓十誦律㆒」（天竺観法師）、「初夜坐禅」（天台璪禅師）、「戒行淵深」（呉興曠法師）、「学㆓通経律㆒精㆓厳戒行㆒」（盧山慶法師）、「闢㆓一石室㆒為㆓禅誦之所㆒」（京師候法師）、「正説㆓戒相㆒」（盧山登法師）、「吾大戒僧」（天衣飛雲大師）、「戒行具足」（荊州忍禅師）、「修㆓禅観㆒節操厳甚」（東嶽堅法師）、「平生誦㆓法華涅槃大

小戒本一以為二行業一」（山陰義法師）、「学二毘尼一」（越州莒法師）、「持来受レ戒也……戒香鬱然」（湖州天下上下座）、「素持レ戒範性質直」（廬山超法師）、「禅観」（杭州智覚禅師）、「擁レ衲坐禅」（宣城山神僧）、「一日禅観」（明州明智法師）、「平生進修未二嘗犯レ戒」（明州諒大師）、「偏学二教律一」（明州親法華）、「戒復重修」（明州戒講師）、「戒行修謹」（司州賢法師）、「幼受二五戒一未二嘗毀破一」（江陵寿法師）、「精二修禅慧一」（潤州潤法師）、「持二斎戒一」（隴城袁志通）、「受二菩薩戒一自レ是堅持」（台州左伸）、「台教律部少林心宗無レ不二博究一」（明州陸郎中）――のごとくである。

実際、前節で扱った行堅の説話でも、無住は本書の「禅観」に関わる要素に着眼し、それを「坐禅」に結びつけて説話構成に活かしていた。さらに、すでに第三節で『法華経顕応録』が出典であることを明らかにした『雑談集』の四話についても、ここで改めて確認しておくなら、智覚禅師延寿（巻七「法華事」）、達磨の弟子・尼捴持（同）、馬郎婦（巻九「仏法二世ノ益幷ニ逆修ノ事」）の三話は、いずれも背後に禅的文脈を読み取れる説話であると判断された。残る一話である曇翼法師の説話（巻七「法華事」）についても、「大戒僧」である曇翼が、女人に変じて道心を試そうとする普賢菩薩の誘惑に屈しないところが説話の眼目となっている点にやはり留意すべきであろう。「最初に戒律を学び、定恵の学として、顕教・密教に加えて禅門を修学し、三学兼備を追求したという[36]」無住にとって、本書の説話が伝える禅律的雰囲気は何ものにも代え難い大きな魅力と映ったのではなかろうか。もとより新来の持経者伝を繙き得た喜びも与っていたであろうが、無住が『法華経顕応録』を重用した主要な理由は、以上の二点に存したと思われる。

『法華伝記』と『法華経顕応録』という新旧二種の持経者伝を用いる際、無住は表面的には法華講説における従来の伝統を踏襲して、あくまで『法華伝記』を尊重しているかに装いながら、その権威を借りて、裏では愛読する『法華経顕応録』によって密かに話の肉付けを図っていた。入宋僧によってもたらされた新来の持経者伝は、コンパクトな説話構成と説話の醸す禅律的雰囲気とで無住の心を捉えて離さなかったのであろう。晩年、法華経への傾斜を一層強め、「法華読誦を禅僧相応の行[37]」としたともされる無住にとって、本書は書名こそ伏せられてはいるものの、その信仰生活を支える大切な一書であったに違いない。

六　大蔵一覧集

南宋代に成立した典籍で無住の著作との関係が気になるものとして、他に陳実編の仏教類書『大蔵一覧集[38]』が挙げられる。本書については、近年、湯谷祐三氏が『私聚百因縁集』や西誉聖聡の著作への影響を指摘し[39]、さらに上野麻美氏が聖聡『大経直談要註記』や『金言類聚抄』への影響関係を明らかにするなど[40]、浄土系の僧による活用状況を中心に注目されている。とはいえ、椎名宏雄氏によれば本書は「禅籍の範疇に入る文献であ」り、その「底流には、大蔵経の真意を宗眼をもって正伝し、大陸各地に分派流通させたのが禅門である、という主張が流れているのである。いうところの教禅一致思想であり、『宗鏡録』の意図をより明確な構成で示そうとしたダイジェスト版といってもよいであろう」（波線原文のまま）とされるなど[41]、いかにも無住が関心を示しそうな書物なのである。現に無住自身、その法系に連なる栄西も『興禅護国論』で本書を引用している事実が知られ[42]、また、『普門院経論章疏語録儒書等目録』にも「大蔵一覧十巻」とその名が認められることから、無住は本書を繙読できる環境にあったと推測される。

本書と無住との関係につき、近年新たな知見を提供したのが、筒井早苗氏である[43]。氏は、江戸中期の日蓮宗僧日寛の『臨終用心抄』の『沙石集』享受に触れる中で、同書が『沙石集』からの引用箇所の典拠として「大蔵一覧」を挙げている箇所を紹介している。『臨終用心抄』の当該記事に導かれて確認すると、流布本系『沙石集』巻四「頸縊上人事」の次の記事など確かに両者の関係がうかがえそうな部分である。古活字本の本文によって示そう。

善人モ悪念ヲオコシテ悪趣ニ入ル。阿耆陀王トイヒシ国王、善人ニテオハシケルガ、臨終ノ時、看病ノ者、扇ヲカホニオトシカク。コレニヨリテ、瞋恚ヲオコシテ、死シテ大蛇ニ生テ、迦旃延ニアヒテ、コノヨシヲ語リケリ。一生五戒ヲ持セル優婆塞、臨終ニ妻ヲアハレム愛習アリケルガ、妻ガ鼻ノ中ニ虫ニムマレタリケル。コレモ聖者ニアヒテコレヲシレリ。

善人であった阿耆陀王が臨終の際、看病の者に顔に扇を落とされ、瞋恚を起こしたために大蛇に転生する話と、五戒を持した在俗信者が臨終時に妻への慕情を抱いたがために妻の鼻の中の虫に転生する話とを連続して語る。この箇所が『大蔵一覧集』巻五の次の記事と対応する。

雑譬喩経云、昔有三沙門行二草間一。見二大蛇一言、「和尚聞二阿耆達王一否」。答曰、「聞」。蛇曰、「我是也」。沙門言、「阿耆達王立二仏塔寺一供養功徳巍巍。当レ生二天上一。何縁乃爾」。蛇言、「我臨終時、辺人持レ扇堕二我面上一、令二我瞋恚一、受二是蛇身一」。沙門即為説レ経、一心楽レ聴不レ食七日、命過生レ天。却後数月持レ花散レ仏。衆人怪レ之。在二虚空一曰、「我阿耆達王。蒙二沙門恩一聞レ法生レ天。今来謝耳」。臨終侍人不レ可レ不レ護二病者心一也。〈写字函第三巻〉

経律異相云、有二清信士一、持戒精進。因レ疾困甚。婦大悲苦、「我何所依。子何所怙」。夫聞愛恋、大命将レ至。魂神即還在二婦鼻中一、化作二一虫一。婦哭不レ止。時因道人往見二其婦一、虫従レ鼻出。婦方脚踏。道人告曰、「莫レ殺。是卿夫婿化作二此虫一」。婦曰、「我夫奉レ経持戒。何縁作レ此」。道人曰、「過起二愛恋一今生為レ虫」。道人為レ虫説レ法。「卿既持戒、福応レ生レ天。但坐二恩愛一、堕二此虫中一」。虫聞意解。命終生レ天。〈傍字函第七巻〉（昭和法宝総目録第三巻1331c）

『大蔵一覧集』の本文は原拠の「雑譬喩経」や「経律異相」を節略化して引用しているが、『沙石集』の説話がさらに簡略な語り口であるため、本文の比較によって遠近を云々することは難しい(44)。だが、阿耆陀王と在俗信者の話が連続して配置されるという両者の共通点は見過ごせないものであろう。ただし、『沙石集』の前者の説話では大蛇に転生した阿耆陀王の話し相手を釈迦十大弟子の一人「迦旃延」としており、『大蔵一覧集』の「沙門」（原拠の「雑譬喩経」も同様）との開きはやや大きい。柔軟な和訳姿勢は無住の持ち味ではあるが、直接関係を言うには若干躊躇われるものがないではない。とはいえ『沙石集』の当該記事の淵源に『大蔵一覧集』が位置する可能性は十分にあろう。

無住の著作における『大蔵一覧集』との共通話は特に『雑談集』に目立つ。だが、この場合も直接的な影響関係を特定することは実はなかなか難しい。一例を挙げよう。『雑談集』巻五「天運之事」には、波斯匿王の娘の善光が乞食と結婚させられながら富裕となる話、中国のある役人が冥界の役人も兼任していたため、上司である大臣の翌日の食事内容を言い当てたという話、さらに生前釈迦像造立の願を立てていた法慶なる人物が、死後冥界に行くも、蘇生して造立の願を果たす話の三話が連続して語られており、それらはいずれも『大蔵一覧集』に同話が認められる。『大蔵一覧集』との同話が三話まとまって存在しているとなれば、両者に何らかの関係が認められそうにも思える。だが、このうち最初の善光の説話と三番目の法慶の説話について言えば、ともに『大蔵一覧集』巻四に同話が収載されるもの(45)の、該話はそれぞれ「雑宝蔵経」、「法苑珠林」を原拠としており、『雑談集』の説話は本文関係の点では、『大蔵一覧集』とその原拠とどちらに近いとも判断できないのである。二番目の中国の役人の説話は、従来「出典不明(46)」とされているものゆえ、ここで少し取り上げてみよう。

漢土、大臣ノ召仕ル、官人、昼寝シテ、主ノ召ニ不レ参。次ノ日、子細ヲ問ニ、冥官ニ召仕ハル、ヨシヲ答フ。「何事ニ被レ仕」ト問エバ、「三品以上ノ食ノ沙汰ヲ仕ル」ト云。「サラバ、我明日ノ食、勘ヘヨ」ト云。一紙ニ書テ、「封ヲ後ニ御覧ゼヨ」ト云フ。次ノ日、王ニ被レ召、食スギテ、瀉薬ヲ以テ下テ、小橘皮湯服シタリケル。日記ニスコシキモタガハザリケリ。

本話の同話は『大蔵一覧集』巻五に認められる。

宗鏡云。昔韓公滉之在二中書一也、嘗召二一吏一、不レ時而至。怒将レ罪レ之。吏曰、「某別有二所属一。不レ得二遽至一」。公曰、「宰相之吏更属二何人一」。吏曰、「某不幸兼属二陰官一」。公謂レ不レ誠怒曰、「既属二陰司一有二何所レ主」。吏曰、「某主二三品已上食料一」。公曰、「若然、某明日当レ以二何食一」。吏曰、「此雖二細事一不レ可二顕言一。乞二疏於紙一過後為レ験」。乃如レ之而繋二其吏一。明旦遽有二詔命一。既対適遇レ進二食糕糜一器一。上以二其半一賜レ公。公食レ之美。又以賜レ之。既退腹脹。帰二于私第一召レ医視、曰、「食物所レ壅。宜レ服二少橘皮湯一。至レ夜可レ飲二漿水一」。明旦疾愈。思二前吏言一召レ之。視二其書一云、「明晨相公只食二一飣半糕糜橘皮湯一盞漿水一甌一」。皆如二其言一。公復問、「人間之食皆有レ籍耶」。答曰、「三品已上日支。五品已上、有レ権者旬支、無レ則月支。凡六品至二一命一皆季支。其不レ食レ祿者年支」。故知、飲啄有レ分豊倹無レ差。所謂玉食錦袍鶉衣藜藿蓽門金屋千駟一瓢、皆因二最初一念一而造。心跡纔現、果報難レ逃。以二過去善悪一為レ因、現今苦楽為レ果。必然之理也。

〈策字函第一巻〉　（昭和法宝総目録第三巻1339bc）

『雑談集』は原話の前半三分の二ほどの記述を大幅に簡略化しながら語っているが、たとえば官人が「昼寝シテ」に相当する部分は原話にはなく、無住が想像をふくらませながら和訳している部分であろう。だが、『雑談集』

が『大蔵一覧集』に依拠したかといえば、そうとも言えない。出典注記に「宗鏡云」とある通り、『大蔵一覧集』の原拠は『宗鏡録』巻七一の以下の記事に求められる。

如㆓前定録云㆒。昔韓公滉之在㆓中書㆒也、嘗召㆓一吏㆒、不㆑時而至。怒将㆑鞭㆑之。吏曰、「某別有㆓所属㆒。不㆑得㆓遽至㆒」。晋公曰、「宰相之吏更属㆓何人㆒」。吏曰、「某不幸兼属㆓陰官㆒」。晋公以為㆑不㆑誠怒曰、「既属㆓陰司㆒有㆓何所㆑主㆒」。吏曰、「某所㆑主三品已上食料」。晋公曰、「若然某明日当㆓以㆑何食㆒」。吏曰、「此雖㆓細事㆒不㆑可㆓顕言㆒。乞㆓疏於紙㆒過後為㆑験」。乃如㆑之而繋㆓其吏㆒。明旦遽有㆓詔命㆒。既対適遇㆔太官進㆓食糕糜一器㆒。上以㆓其半㆒賜㆓晋公㆒。晋公食㆑之美。又以賜㆑之。既退而腹脹。帰㆓于私第㆒召㆑医視㆑之曰、「食物所㆑壅。宜㆑服㆓少橘皮湯㆒。至㆑夜可㆑飲㆓漿水㆒」。明旦疾愈。思㆓前吏言㆒召㆑之。視㆓其書㆒云、「明晨相公只食㆓一飣半糕糜橘皮湯一椀漿水一甌㆒」。則皆如㆓其言㆒。公固復問、「人間之食皆有㆑籍耶」。答曰、「三品已上日支。五品已上、有㆑権者旬支、無㆑則月支。凡六品至㆓一命㆒皆季支。其不㆑食㆑禄者年支耳」。故知、飲啄有㆑分豊倹無㆑差。所謂玉食錦袍鶉衣藜藿席門金屋千駟一瓢、皆因㆓最初一念㆒而造。心跡纔現、果報難㆑逃。以㆓過去善悪㆒為㆑因。現今苦楽為㆑果。糸毫匪㆑濫。孰能免㆑之。猶㆓響之応㆑声影之随㆑形。此必然之理也。

（大正新脩大蔵経第四八巻815c816a）

『雑談集』の本話を『大蔵一覧集』と『宗鏡録』の当該話と比較しても、本文上どちらが近いか判断することはできない。だが、『雑談集』には他にも『宗鏡録』に依拠する説話的記事が存在しており、(47)それらの記事は『大蔵一覧集』には収載されていないから、本話についてもやはり出典は『宗鏡録』と判断せざるをえないのである。

とはいえ、もちろん善光や法慶の説話については、依然として『大蔵一覧集』に依拠した可能性も十分に残っていると言えよう。このように、無住の著作に『大蔵一覧集』の出典箇所を確定することはなかなか困難であ

るけれども、同書の影が随所に認められることだけは間違いないのである。(48)

ここで、無住の『大蔵一覧集』参照の可能性を再度『沙石集』の説話に求めてみよう。すでに『景徳伝灯録』が出典として指摘されている三説話を対象とする。

まず、取り上げるのは、米沢本『沙石集』巻三第一「癲狂人ガ利口ノ事」に語られる以下の説話である。

> 智厳禅師ト云シ人ハ、武徳年中ニ郎将トシテ、合戦ノ道ニ度々勲功在リテ、勧賞ニ預カルベカリケルニ、年四十ニシテ出家シ、山ノ中ニ行テアリケルニ、昔ノ同徒二人、尋行テ、「郎将狂セリヤ。何カニカクテハヲハスルゾ」ト云ケレバ、「我ガ狂サメナムトス。汝ガ狂ハ盛《ママ》ナリニ発コレリ。其レ色ロヲ貪、名ヲ愛シ、栄ニホコリ、寵ヲ楽シムハ、流転生死ノ業也。ナニニヨテカ出ヅベキ」ト云ケレバ、二人感ジ、サリニケリ。

かつて合戦で何度も勲功を上げた武将でありながら、今は出家して山中で修行する智厳禅師の許を元同僚が訪ねて問答を交わす挿話である。本話の出典は『景徳伝灯録』巻四の以下の記事と考えられる。(49)

> 第二世智巖禅師者、曲阿人也。姓華氏。弱冠智勇過レ人。身長七尺六寸。隋大業中為二郎将一。常以レ弓挂二一濾水嚢一。随レ行所レ至汲用。累従二大将一征討、頻立二戦功一。唐武徳中、年四十、遂乞二出家一。入二舒州皖公山一、従二宝月禅師一為二弟子一。後一日宴坐、覩二異僧身長丈余、神姿爽抜、詞気清朗一。謂レ師曰、「卿八十生出家。宜レ加二精進一」。言訖不レ見。嘗在二谷中一入レ定、山水瀑漲。師怡然不レ動。其水自退。有二猟者一遇レ之。因改レ過修レ善。復有二昔同従軍者二人一。聞二師隠遁一、乃共入レ山尋レ之。既見、因謂レ師曰、「郎将狂耶。何為住レ此」。答曰、「我狂欲レ醒。君狂正発。夫嗜レ色淫レ声貪レ栄冒レ寵、流転生死。何由自出」。二人感悟、歎息而去。師貞観十七年帰二建業一、入二牛頭山一、謁二融禅師一発二明大事一。
>
> （大正新脩大蔵経第五一巻228b）

『沙石集』との対応箇所に傍線および二重傍線を施した。『景徳伝灯録』では、禅師が戦功を上げたのは「隋大業中」のこととされ、「唐武徳中」は出家時の年号とする点が『沙石集』とは異なるものの、概ね両者は対応しているといえる。陸晩霞氏は、禅師の名称「智巖」（『景徳伝灯録』）を無住が「智厳」（『沙石集』）に作っている点にも注意を払った上で、「原文にある、禅師在俗時の容姿品行や山中坐禅の時に起きた霊異譚は削ぎ落とされたが」「無住が和文で簡約版の智巖禅師伝を作った観がある」（傍点原文のまま）と指摘している。[50] このとき気になるのが、『大蔵一覧集』巻十に収められる以下の智巖禅師伝の存在である。

牛頭山智巖禅師。〈見四祖〉少為二郎将一。累レ戦有レ功。棄レ官出家、隠二舒州皖公山一。有二同従軍者二人一。尋訪、謂レ師曰、「郎将狂耶。何為住レ此」。答曰、「我狂欲レ醒。君狂正発。夫嗜レ色淫レ声貪レ栄冒レ寵、流転生死。何由得レ出」。二人感悟、歎息而去。師後謁レ融、発二明大事一。（昭和法宝総目録第三巻1401b）

こちらも『沙石集』との対応箇所に傍線を施した。一見して明らかなのは、『景徳伝灯録』にある「禅師在俗時の容姿品行や山中坐禅の時に起きた霊異譚は」ここでも同様に「削ぎ落とされ」ており、全体としての説話構成においては、『大蔵一覧集』のほうがはるかに『沙石集』に近似するということである。もっとも、二重傍線で示した「唐武徳中」「年四十」といった要素は『大蔵一覧集』にはなく、無住が『景徳伝灯録』に依拠していることは動かない。だが一方で、「簡約版の智巖禅師伝」のごとき構成を、無住が『大蔵一覧集』に倣った可能性も強ちに否定できないように思われるのである。

次には、『沙石集』巻一第八「生類ヲ神ニ供スル不審之事」に語られる以下の説話を通して、この点を考えてみよう。

漢土ノ或山ノフモトニ霊験新ナル社ロアリケル。世ノ人、コレヲ崇テ、牛羊魚鳥ナムドヲ以テ祭ル。其神ハ只古キ釜ナリケリ。或時、一人ノ禅師、彼釜ヲ打破リテ、「神何ノ所ヨリ来リ、霊何処ニカ在」ト云テ、併打クダキテケリ。其時、青衣着タル俗一人現ジテ、冠ヲ傾テ、「禅師ノ無生ヲ説キ玉フニヨリテ、忽業苦ヲハナレテ天ニ生ズ。其恩難レ報」云テ去リヌ。

中国の霊社の釜の神が、禅師の教えによって得脱を遂げるという逸話。本話も『景徳伝灯録』巻四の以下の記事が出典と思われる。(51)

嵩嶽破竈堕和尚不レ称二名氏一。言行叵レ測、隠二居嵩嶽一。山塢有レ廟、甚霊。殿中唯安二一竈一。遠近祭祠不レ輟、烹二殺物命一甚多。師一日領二侍僧一入レ廟、以レ杖敲レ竈三下云、「咄、此竈。只是泥瓦合成。聖従レ何来、霊従レ何起、恁麼烹二宰物命一」。又打三下、竈乃傾破堕落。〈安国師号為二破竈堕一。〉須臾有二一人青衣一。峨レ冠、忽然設二拝師前一。師曰、「是什麼人」。云、「我本此廟竈神。久受二業報一、今日蒙三師説二無生法一、得レ脱二此処一、生二在天中一。特来致レ謝」。師曰、「是汝本有之性。非二吾彊言一」。神再礼而没。

（大正新脩大蔵経第五一巻232c233a）

『沙石集』との対応箇所に傍線および二重傍線を付した。本話について、陸晩霞氏は「「廟」を「社」に、「竈」を「釜」に、「師一日領侍僧」を「ある時一人の禅師」に書き換えたのは、日本の生活文化に合わせて施した改編《ママ》であるが、それら以外は、「聖従何来霊従何起」という破竈堕和尚の喝や釜神の姿はほぼ『伝灯録』の内容に従っている。無住が『伝灯録』の一節を抄訳したといってよいほどである」と述べる(52)。本話についても対照すべきは、『大蔵一覧集』巻十所収の次に引く嵩嶽破竈堕和尚伝である。

嵩嶽破竈堕和尚。〈見五祖下安国師〉嵩嶽有レ廟、甚霊。殿中唯安二一竈一。遠近祭祠。師見、以レ杖敲レ竈三下云、「咄、此竈。只是泥瓦合成。聖従レ何来、霊従レ何起、恁麼烹二宰物命一」。又打三下、竈乃破堕。須臾有二一人青衣一。峨レ冠、設レ拝曰、「我本此竈神。久受二業報一、蒙三師説二無生法一、脱レ此生レ天。特来致レ謝」。師曰、

「汝是本有之性。非二吾彊言一」。神再拝而没。
（昭和法宝総目録第三巻1402a）

『沙石集』との対応箇所に傍線を付した。本話の場合は、先に引いた『景徳伝灯録』の当該部分も比較的コンパクトな構成のため、『大蔵一覧集』との相違はそれほど目立たない。とはいえ三書間の傍線部の対応箇所を仔細に比較するなら、全体としての説話構成の点では、ここでも『大蔵一覧集』がより『沙石集』に近似していることが看取されるであろう。ただし、二重傍線部については、『沙石集』の「或山ノフモトニ」は、『景徳伝灯録』の「山塢」を受けるものであろうし[53]、同じく『沙石集』の「牛羊魚鳥ナムドヲ以テ祭ル」の表現も、『景徳伝灯録』の「烹二殺物命一甚多」に依ったと考えるのが自然であろう。したがって、無住が『景徳伝灯録』に依拠していること自体はまず動かないと思われる。だが、それでもなお無住が説話構成の点で『大蔵一覧集』を参照した可能性は十分にあると言えるのではなかろうか。

いま一話、『沙石集』巻四第一「無言上人事」所収の以下の説話の場合を見よう。

興善寺惟寛禅師ハ馬祖ノ弟子也。或時、説法ス。白居易、問曰ク、「禅師ト云フハ何ノ法ヲ説ク」。問フ意ハ、法ハ教師ノ談ズル所也。禅ハ不立文字ノ宗ニシテ、心ニアリテ言ハナシト思エリ。禅師、答テ曰ク、「無上菩提ヲ身ニ令レ蒙ヲ戒ト云。口ニ説クヲ法ト曰。心ニ行ズルヲ禅ト云。応用ハ三ツアレドモ、其体ハ一ツ也。律ツ即チ法、々ハ禅ヲ離レズ。妄ニ分別ヲ生ゼラレ(ママ)。江河淮漢ノ在所ニ名ヲ立ル事、殊ナレドモ、水体ハ一ツナルガ如シ」ト云リ。

惟寛禅師と白居易との問答譚である。本話の出典も『景徳伝灯録』巻七の以下の記事であると考えられている[54]。

京兆興善寺惟寛禅師者、衢州信安人也。姓祝氏。年十三見二殺生者一、盡然不レ忍レ食。乃求二出家一。初習二毘尼一修二止観一。後参二大寂一乃得二心要一。唐貞元六年、始二行化於呉越間一、八年至二鄱陽山一、神求レ受二八戒一。

十三年止二嵩山少林寺一。僧問、「如何是道」。師云、「大好レ山」。僧云、「学人問レ道、師何言レ好レ山」。師云、「汝只識レ好レ山。何曾達レ道」。問、「狗子還有二仏性一否」。師云、「有」。僧云、「和尚還有否」。師云、「我無」。僧云、「一切衆生皆有二仏性一。和尚因レ何独無」。師云、「我非二一切衆生一」。僧云、「既非二衆生一是仏否」。師云、「不二是仏一」。僧云、「究竟是何物」。師云、「亦不二是物一」。僧云、「可レ見可レ思否」。師云、「思レ之不レ及、議レ之不レ得。故云二不可思議一」。元和四年憲宗詔至二闕下一。白居易嘗詣レ師問曰、「既曰二禅師一、何以説レ法」。師曰、「無上菩提者、被二於身一為レ律、説二於口一為レ法、行二於心一為レ禅。応用者三、其致一也。譬如二江河淮漢在レ処立レ名。名雖レ不レ一水性無二。律即是法、法不レ離レ禅。云何於レ中妄起二分別一」。

（大正新脩大蔵経第五一巻255ａ）

ここでも『沙石集』との対応箇所に傍線および二重傍線を施した。両書は当該部分については過不足ない対応を示しているといえよう。しかしながら、ここに『大蔵一覧集』巻十所収の以下の惟寛禅師伝を対照させるとどうであろうか。

京兆興善寺惟寛禅師〈見馬祖〉白居易問、「既曰二禅師一、何以説レ法」。師曰、「無上菩提者、被二於身一為レ律、説二於口一為レ法、行二於心一為レ禅。応用者三、其致一也。譬如二江河在レ処立レ名。名雖レ不レ一水性無二。律即是心法、法不レ離レ禅。何以分別」。

（昭和法宝総目録第三巻1406ｂ）

本話についても『沙石集』との対応箇所に傍線および二重傍線を付した。すると、『沙石集』の説話構成が『大蔵一覧集』に極めて近似することに気づくであろう。ここでも、二重傍線部、特に『沙石集』の「妄ニ分別ヲ生ゼラ（ザカ）レ」の部分は、『景徳伝灯録』の「云何於レ中妄起二分別一」に依るほかはなく、『景徳伝灯録』が出典であることは間違いない。しかしながら、本話の説話構成自体は『大蔵一覧集』を参照している可能性が高いと思われるのである。

以上、『沙石集』の三説話について、『景徳伝灯録』と『大蔵一覧集』との関係を探ってきた。三話はいずれも同様な傾向を示しており、必須要素の対応から『景徳伝灯録』が『沙石集』の出典であることは動かないものの、説話構成自体は『大蔵一覧集』に非常に近く、その様子は、無住があたかも『景徳伝灯録』から『大蔵一覧集』の該当記事にあたる部分を切り取って説話構成を図っているように見えるほどである。無住が『景徳伝灯録』とあわせ『大蔵一覧集』をも参照していることはほぼ間違いないのではなかろうか。いや、無住は実際には、むしろまず『大蔵一覧集』所載の僧伝に注目した上で、当該記事に「〈見四祖〉」「〈見五祖下安国師〉」「〈見馬祖〉」として示された出典注記に導かれるかたちで原典の『景徳伝灯録』を参照し、全体の構成を『大蔵一覧集』所載の僧伝に依りながら、適宜『景徳伝灯録』の表現をも補って説話構成を整えたと考えるのが自然なのではなかろうか。さらに同様な事例の検証を重ねるべきではあろうが、『景徳伝灯録』のような大部な典籍に無住を導く案内書ないし索引的役割を仏教類書である『大蔵一覧集』が果たしていた可能性をここでは提示しておきたいと思う(55)。

七　大慧普覚禅師語録

無住と関連ある南宋代成立典籍、次は大慧宗杲の語録である『大慧普覚禅師語録』を取り上げよう。本書と無住との関係をめぐっては、最近、宋春暁氏が研究を進展させた(56)。宋氏は、『沙石集』の巻五本第五「学生ノ怨心ヲ解タル事」所載の道林禅師と白居易の問答譚の出典が、従来考えられていた『景徳伝灯録』ではなく、『大慧普覚禅師語録』であることを明らかにするとともに、集中三箇所に現れる「大恵禅師」の言葉についても、日本古典文学大系や新編日本古典文学全集において一行禅師の言葉に比定されているところを、『大慧普覚禅師語録』に依るものであることを指摘した。その後、さらに王薈媛氏が、集中五箇所に引かれる「古人」ないし「古徳」の言葉と巻三第六「道人ノ仏法問答セル事」所載の大珠和尚と馬祖の問答譚の出典がやはり『大慧普覚禅師語録』であることを指摘している。(57) このうち、大珠と馬祖の問答譚については、著者も宋氏とは別途に考察したが、視点に若干の違いもあることから、以下に少し触れておきたい。それは次のような説話である。

昔、大珠和尚、馬祖ニ参ジテ仏法ヲ問フ。祖、問テ云ク、「何ノ為ニ来レル」。大珠、答ヘテ、「仏法ヲ求メンガ為」ト。祖ノ云ク、「汝ガ自家ノ宝蔵ヲモチヒズシテ、外ニ求テナニカセン。此ノ間ニハ仏法無」ト答フ。大珠ノ云ク、「如何是、恵海ガ自家ノ宝蔵」ト。祖ノ云ク、「汝ガ我ニ問フ物、コレ汝ガ宝蔵也」。大珠、言下ニ悟ル。

従来本話の出典は『景徳伝灯録』巻六の以下の記事と考えられていた。(58)

越州大珠慧海禅師者、建州人也。姓朱氏。依二越州大雲寺道智和尚一受レ業。初至二江西一参二馬祖一。祖問曰、「従二何処一来」。曰、「越州大雲寺来」。祖曰、「来レ此擬レ須二何事一」。曰、「来求二仏法一」。祖曰、「自家宝蔵不レ顧、抛レ家散走作二什麼一。我遮裏一物也無。求二什麼仏法一」。師遂礼拝問曰、「阿那箇是、慧海自家宝蔵」。祖曰、「即今問レ我者、是汝宝蔵。一切具足更無二欠少一、使用自在。何仮二向レ外求覓一」。師於二言下一自識二本心不レ由二知覚一、踊躍礼謝。

（大正新脩大蔵経第五一巻246ｃ）

傍線部は両書の対応箇所を示す。一方、『大慧普覚禅師語録』巻二三の当該記事は以下のようである。

昔、大珠和尚初参二馬祖一。祖問、「従二何処一来」。曰、「越州大雲寺来」。祖曰、「来レ此擬レ須二何事一」。曰、「来求二仏法一」。祖曰、「自家宝蔵不レ顧、抛レ家散走作二甚麼一。我這裏一物也無。求二甚麼仏法一」。珠遂作レ礼問、「那箇是、慧海自家宝蔵」。祖曰、「即今問レ我者、是汝宝蔵。一切具足更無二欠少一、使用自在。何仮二外求一」。珠於二言下一識二自本心不レ由二知覚一。　（大正新脩大蔵経巻第四七巻910b）

『沙石集』との対応箇所に傍線および二重傍線を付した。二重傍線を施した部分では、『沙石集』の表現は『大慧普覚禅師語録』との同文度がより高い。まず冒頭の「昔、大珠和尚」の一致は、『景徳伝灯録』が「大珠」「禅師」とするだけに、偶然とは思われず、その後の『沙石集』における「大珠」の表現が、『大慧普覚禅師語録』では「珠」、『景徳伝灯録』では「師」と対応する点ともあわせ、『沙石集』の本話の出典を『大慧普覚禅師語録』とするに十分な理由となり得よう[59]。

さらに付言するなら、『大慧普覚禅師語録』全三十巻のうち、巻一九から巻二四までは『大慧普覚禅師法語』が占めているが、宋氏が指摘した道林禅師と白居易の問答譚や三箇所に引かれる「大恵禅師」の言葉、さらに王氏が指摘した「古人」ないし「古徳」の言葉五箇所中の三箇所と上述の大珠と馬祖の問答譚が、いずれもこの『大慧普覚禅師法語』に相当する部分に含まれているのである。ちなみに『普門院経論章疏語録儒書等目録』には、「大慧語十冊」、「又一部十冊〈但年譜別本也〉」、「大慧普説四冊」、「同語録一冊」、「又普説一冊」、「〈御書〉法語一冊」と見えており、東福寺普門院には「大慧語十冊」「同語録一冊」とは別に「法語一冊」も蔵されていた。無住は『大慧普覚禅師語録』の中でも、とりわけ『大慧普覚禅師法語』相当部分を熱心に読んでいたものと思われる。それは「「法語」の多くの相手は、士大夫の知識階級ではあるが、一般の日常生活者であ[60]」ったことと多分に関わるであろう。俗人への教化が無住にとっての一大関心事であったことは間違いないからである。

八　如々居士語録

無住が関わりをもった南宋代成立典籍として、最後に触れておきたいのは『如々居士語録』である。その名は『雑談集』巻八「持律坐禅事」の以下の記事に見える。

唐国ニモ、昔、山ノ中ニ独住ノ僧有ケリ。常ニ坐禅シケルヲ、猿ドモヲホク見ナレテ、僧ノ白地ニ他行ノ時、僧伽梨衣ヲカケテ、坐禅ヲ学シケル。其ノ中ニ猿五疋、得法シタリケル。五獼猴ノ塔ト名テ、五ノ塔ヲ立タリ。今ニ有レ之ト云ヘリ。如々居士ノ録ノ中ニ有レ之。

如々居士は「大慧宗杲（一〇八九～一一六三）の弟子、可庵慧然の法嗣である」[61]とされ、その語録としては、京都大学附属図書館蔵の写本『如々居士語録』三冊と、同じく京大附属図書館谷村文庫と建仁寺両足院に蔵される刊本『重刊増広如々居士三教大全語録』一冊の存在が知られる。うち京大蔵の写本について、椎名宏雄氏は次のように述べている[62]。

まず、京大本『如々居士語録』は、三冊から成り、奥書や識語等は存しないが、室町期の古写本と推定される。……他に異本の知られぬ天下唯一本として貴重である。京大本の特徴は、甲集より庚集におよぶ全七集となつている点にある。しかもそれは、語録の題名・編者名・序文、などの相違や存否により、少なくとも四回にわたつて編集されたとみられる語録類を集大成している。すなわち、まず甲集と乙集は、紹熙五年（一一九四）に謝師稷の序文をもち、この年に刊行された語録とみられる。……次の丙集と丁集は、「三教語録」とされ、「住獅子峯参学小師僧慧進」の編者名がみられるから、別個の編集なることが知られる。……

また、戊集と己集は「増入丹霞先生語録」とされるから、前記の甲乙、または丙丁の、いずれかに対する増入編集である。……次に、庚集の「坐化語録」は〝別集〟ともされ、嘉定五年（一二一二）に兪聞中の序文が付せられることから、文字通り別個に編集刊行されたことのある語録とみられる。……これが刊行されたのかいなかは不明であるが、あたかも、東福寺の『普門院経論章疏語録儒書等目録』中には、閏字函中に、「如々居士録　三冊　又　一冊」とみえ、また、光字函中には、「如々居士語　七冊」とある。つまり、鎌倉期には、如々居士に関する何種かの語録が将来されていたのである。就中、七冊本は京大の七集三冊本と対応するものであろう。（傍点原文のまま）

一方、刊本の『重刊増広如々居士三教大全語録』については、氏は明初・洪武十九年（一三八六）の刊行であることを明らかにし、「七集本『語録』の粋といってよい」部分に「新たに……二門を増広したものであろう」と推定している[63]。

ところが、『雑談集』に語られる得法した猿の挿話は写本、刊本のいずれにも見出せないのである。この場合、二つの可能性が考えられよう。一つは、椎名氏が『普門院経論章疏語録儒書等目録』の記載内容から「鎌倉期には、如々居士に関する何種かの語録が将来されていたのである」とするように、無住が披見した「如々居士ノ録」は現存するものとは別の編集形態のものだったという可能性。もう一つは、無住の単純な記憶違いによるという可能性である。実際、同じ逸話は南宋の本覚編『歴代編年釈氏通鑑』（一二七〇年序刊）巻十一にも認められる。

終南山一僧住レ庵習レ定。一日僧失二伽梨一。乃見二猴披在レ岩宴坐一。後見三群猴皆習レ定間有二坐脱者一。今有二五獼猴塔一。宣宗有二偈賛一云、「嗟汝獼猴能入レ定。心猿不動幾千春。罷二攀紅樹一三冬果。休二弄碧潭一孤月輪。

双眼已随ニ青嶂一合。両眉猶対ニ百花一顰。自従レ坐脱終南後。悟了浮生多少人」。（新纂大日本続蔵経第七六巻118ｂｃ）

ただ無住が仮にこうした他書収載の伝承に拠りながら、うっかり「如々居士ノ録ノ中ニ有レ之」と記してしまったにせよ、その場合でも「如々居士ノ録」を披見していた可能性は依然として高い。先にも触れたように、『普門院経論章疏語録儒書等目録』には複数の「如々居士録」についての記載があり[64]、無住が本書を繙ける環境にあったことは間違いない。もとより無住の著作における『如々居士語録』の影響を精査した上で、結論づけるべき性格の事柄ではあるが、無住が本書を繙読した経験がなければ、記憶違いであっても「如々居士ノ録ノ中ニ有レ之」とは書けないだろうと予想されるからである。

ちなみに椎名宏雄氏は本書の享受に関し、次のように述べている[65]。

かくして、如々居士の語録は、宋代に幾度かの編集・刊行の歴史を経て、明初にその枠が重刊されたことを知る。……しかし反面、本邦では、本語録は、わずかに金沢文庫に「初学坐禅法」などの古写本がみられ、無著の『禅林象器箋』に援用されるのを例外として、流布した形跡はさらにない。

そうした極めて限定された流布状況の中で、無住が本書に触れ得た可能性が高いことは、やはり注目に値するであろう。

おわりに

本章では無住の著作における説話的記事への南宋代成立典籍の影響を追ってみた。その結果、無住が取材した文献として、禅籍と並んで『楽邦文類』や『法華経顕応録』といった浄土色の強い宗暁の編著が浮かび上がってきた。しかしながら、すでに見たように、取り上げられる話柄には禅的背景が読み取れるものが多く、全体としては禅的環境の中での摂取が予想されるものであった。

一方、そうした文献の影響が認められる無住の著作に関しては、『雑談集』や『聖財集』という無住晩年の作に目立ち、『沙石集』でも流布本系の本文により該当箇所が多かった。無住が個々の南宋代成立典籍にどこで接したのか、特定することは難しいが、晩年の無住を考えれば、やはり東福寺を中心とする禅林やそこでの人脈を第一に想定するのがもっとも自然であろう。[66]そうした中で、無住は『法華経顕応録』や『如々居士語録』のような日本での享受が極めて限定されていたかに見える典籍をも繙読する機会を持ち得たのである。

総じて無住の著作は、入宋僧の請来した典籍とその講義という、当時の最新の情報知識によって花開いた成果という面が大きいと言えよう。本章では説話的記事という限定した角度からではあったが、無住の著作のそうした側面に光を当てようとした。今後さらに幅広い角度からの考察により、無住の著作にうかがえる同時代の海彼世界との交流の相について探究をつづけたい。

〈注〉

（1）荒木浩「仏法大明録と真心要決――沙石集と徒然草の禅的環境」（『徒然草への途――中世びとの心とことば』勉誠出版、二〇一六年、初出は二〇〇〇年）。

（2）椎名宏雄「『禅林宝訓』諸版の系統」（『宋元版禅籍の文献史的研究』第一巻、臨川書店、二〇二三年、初出は一九九五年）によれば、「本書はもと大慧宗杲と竹庵士珪とが江西の雲門庵で編集し、これを東呉（蘇州）の沙門浄善が淳熙年間（一一七四～一一八九）に大幅に増補改編したものである」。ちなみに、本書は「禅門宝訓」（「禅門宝訓集」）とも称される。

（3）注2椎名氏前掲論文。

（4）川瀬一馬『五山版の研究 上・下』（日本古書籍商協会、一九七〇年）。引用も同書による。ただし、字体を通行のものに改め、私に返り点を付した。なお、成簣堂文庫本の内題は「禅門宝訓集」。

（5）注2椎名氏前掲論文。

（6）今枝愛眞「『普門院蔵書目録』と『元亨釈書』最古の写本――大道一以の筆蹟をめぐって――」（『田山方南先生華甲記念論文集』田山方南先生華甲記念会、一九六三年）所載の影印・翻刻による。なお、今枝氏は本目録について、大道一以が普門院に住した文和二年（一三五三）に円爾の請来目録である『三教典籍目録』に基づいて作成したものに、さらに後人の手が加わったものと推定しており、「円爾請来とおぼしきものはことごとく大道自筆の部分に含まれてゐる」とする。

（7）本書第一部第一章。

（8）菅野覚明「武士の倫理と政治――中世の「道理」をめぐって――」（『日本思想史講座2――中世』ぺりかん社、二〇一二年）。なお、伊東玉美「無住の正直――正直覚書――」（小島孝之監修『無住 研究と資料』あるむ、二〇一一年）は、無住に至る「正直」観の系譜について論じている。

（9）本書第一部第二章では、『沙石集』巻七の徳目説話群に北条時頼時代の武家倫理が強化された社会的雰囲気が反映している可能性を指摘したが、時頼の儒教道徳と禅との関わりについては、海老名尚「北条得宗家の禅宗受容とその意義」（『北海史論』第二〇号、二〇〇〇年）の以下の指摘が参考になる。

「撫民」をベースとした時頼のあるべき政道が、儒教的政道論のうえに構築されていたことは先に触れた。そうだとすれば、時頼が為政者としての資質を「徳」・「仁」・「義」といった儒教的徳目に求めたことは想像に難くない。しかし、あるべき政道の実現を至上命題として課されていた時頼にとって、そうした儒教的徳目が知識・教養としてではなく、それが彼自身に身体化される必要があった。そうした時頼の欲求に応えたのが、禅宗（宋朝禅）であった。

(10) 土屋有里子「阿岸本の考察」（『『沙石集』諸本の成立と展開』笠間書院、二〇一一年）参照。なお、土屋氏は阿岸本について「永仁改訂以前の本文に、時に浄土宗的な独自文、表現を加え、米沢本に次ぐ古さと豊かな情報を持つことは明らかである」と認定する。

(11) 柴田泰「中国浄土教における唯心浄土思想の研究」（『札幌大谷短期大学紀要』第二二号、一九九〇年）。

(12) 柴田泰「中国浄土教における唯心浄土思想の研究（二）」（『札幌大谷短期大学紀要』第二六号、一九九四年）。

(13) 注11柴田氏前掲論文。柴田氏は延寿の著作の分析から「少ないとは云え、延寿は主な浄土教典籍を読んでおり、西方有相の弥陀浄土思想は正確に理解していた」としつつも「延寿はそれ以上に天台・華厳系典籍の引証で唯心の諸仏・諸仏浄土を強調し、弥陀とその浄土は十方諸仏の一仏一浄土にすぎないとする。そして、西方有相の弥陀色身を観ずる行は中下根の人と考える。」「彼はあくまで唯心浄土を志向し、西方有相の弥陀浄土は認めてはいるが、積極的に主張していない」と指摘し、にもかかわらず、その延寿が「唯心の弥陀浄土思想家」として喧伝されるようになるのは、宗暁撰『楽邦文類』のフィルターを通して以降のことであると結論する。無住は『聖財集』の当該箇所の少し前で以下のように記しており、延寿の浄土思想に関する無住の理解も、宗暁のフィルターを通してのものであった可能性をうかがわせる。

一　禅師ノ浄土門修行スル有レ之。浄土ノ法門ハ三部経ノミナラズ。起信論、智論等ニ其説アリ。大乗ノ信心ヲ退シメザラン為ニ専ラ願ベシト見ヘタリ。恵遠等ノ大乗ノ師、観心坐禅同ク行ジテ、浄土ノ行ヲ修ス。普賢文殊、極楽ノ往生ヲ願ヒ、天台智覚等ノ大禅師、皆願求ス。愚痴ノ族ノミ行ズベシト思ヘル輩、代ニアリ。誤也。……当レ知、浄土ノ中ニハ極楽ヲ願ベシト云事、諸教ノ所レ讃ル多ク在二リ弥陀一ニト云ヘル、誠ニ可レ然ル。

(14) ちなみに、阿岸本『沙石集』で「別伝ニハ云ク」として引かれる「読法華二万部ト」の記事が何に基づくかは未詳。

(15) 本書については、「現存の大正蔵経に所蔵されている『龍舒増広浄土文』一二巻は、王日休の『龍舒浄土文』一〇巻が増広されたもので、一一巻には編者名は無く、一二巻は附録とあり、しかも王日休以降の人の語も編集されている。……巻一〇の末尾の大慧の跋までが、王日休の撰述本の最初の刊行と考えてよいであろう」とする石井修道「大慧禅における禅と念仏の問題」（藤吉慈海編『禅と念仏――その現代的意義』大蔵出版、一九八三年）の説に従いたい。ちなみに、法然門下の長西の手に成る『浄土依憑経論章疏目録』（大日本仏教全書）には「龍舒浄土文十巻〈九十丁〉」と見える。

(16) ちなみに神宮文庫本では、当該箇所は「新往生伝」とする。土屋有里子「神宮本の考察」（注10前掲書）参照。

(17) 李銘敬「『法華経顕応録』をめぐって」（吉原浩人・王勇編『海を渡る天台文化』勉誠出版、二〇〇八年）は、次節で取り上げる同じ宗暁の編著で、やはり無住の披見が確実視される『法華経顕応録』についても、「『顕応録』「高僧」第一四八話「明州久法華」という一話は、『龍舒浄土文』巻第五から抄録して幾らかの改変を加えた短話である」と『龍舒浄土文』との影響関係を指摘している。

(18) 『新修浄土往生伝』や『龍舒浄土文』の本邦における受容は早く法然『選択本願念仏集』に認められ、その後、法然門下において本格化することが知られる（高尾義堅『宋代仏教史の研究』平楽寺書店、一九五二年。石田充之「親鸞聖人の宋代浄土教受容の意義」『龍谷大学論集』第三六五・三六六合併号、一九六〇年）。さらに、法然門下の著作上に認められる宋代浄土教典籍の背後には泉涌寺俊芿による請来本の存在が推定されている（石田充之「鎌倉浄土教と俊芿律師」『鎌倉仏教成立の研究　俊芿律師』法藏館、一九七二年）。一方、最近、横内裕人「王古撰『新修浄土往生伝』小考――院政期日宋交流の一齣――」（佐藤文子・原田正俊・堀裕編『仏教がつなぐアジア――王権・信仰・美術――』勉誠出版、二〇一四年）は『新修浄土往生伝』の古写本に関して、大治三年（一一二八）および同五年（一一三〇）の書写になる国立国会図書館蔵本（高山寺旧蔵本）や保元三年（一一五八）、東大寺北院で書写された東大寺図書館蔵本の存在を紹介している。無住がこうした浄土教典籍をどこで披見しえたか、その修学環境や人脈との関わりにおいて探究していく必要があろう。なお、注31参照。ちなみに、近本謙介「遁世と兼学・兼修――無住における汎宗派的思考をめぐって――」（注8小島氏前掲監修書）は、『沙石集』における遁世と往生叙述との密接な関連について論じている。

(19) 注17李氏前掲論文。

(20) 新纂大日本続蔵経所収。

(21) この他、同じく南宋の志磐撰『仏祖統紀』巻二六（大正新脩大蔵経第四九巻）にも同話が認められるが、こちらはやや記述が簡略な上、法志と曇翼の挿話の語り順が逆転するなど、『雑談集』との距離が大きい。

(22) 叡山文庫蔵享保十三年刊本を参照して補足した異文注記には＊を付した。

(23) パトリシア・フィスター「馬郎婦の尊格化と近世日本の禅宗界および皇族間の馬郎婦信仰」（『仏教美術と歴史文化（真鍋俊照博士還暦記念論集）』法藏館、二〇〇五年）は、「黄山谷（庭堅、一〇四五―一一〇五）は「観世音賛六首」の第一首の最終行に、例の公案の語句「金沙灘頭馬郎婦」を組み入れている」と指摘している。

(24) 新纂日本続蔵経第七六巻所収。

(25) 澤田瑞穂「魚籃観音——その話芸と文芸——」（『佛教と中国文学』国書刊行会、一九七五年、初出は一九五九年）。

(26) 注23フィスター氏前掲論文。なお、馬郎婦説話については、彌永信美『観音変容譚——仏教神話学Ⅱ』（法藏館、二〇〇二年）も参照。

(27) 東京大学史料編纂所蔵の謄写本（文久三年（一八六三）書写本の謄写本。外題「大覚禅師福山五講式 附録和文章」）による。翻刻に際しては通行の字体を使用し、返り点などは私に付した。ちなみに同書の識語には以下のように記されている。

夫因縁者仏家之至要也。時節若至、其理自彰。吾三間山首剏者幾乎。八百余載。木《(本カ)》曰二三間寺一。後勅号二円通興国一。今之開山諱宏弁、字若訥、初名成忍坊、革二教寺一為二禅叢一。時大覚禅師蘭渓大和尚東渡、首寓二筑之博多円覚寺一。禅師一日告レ衆曰、「今日有二嘉賓一、洒二掃客舎一」。衆不レ信而諾。若訥祖杖レ錫入二円覚一、与二禅師一相見。機縁相熟而累レ日矣。遂執レ輿共倶回二於吾山一。使三禅師居二東堂一。居一二年、嘱二法若訥祖一、附以二錫杖払子剃刀一。特製二観音講式、羅漢講式、羅漢供、祭文、涅槃講式、舎利講式、達磨講式、幹縁文、若訥道号之説幷偈一、付二与開祖一。迄レ今吾山修二此仏事一。……

元文第二丁巳夷則念有四日
肥前州小城県
勅賜三間山円通興国禅寺住持小比丘
翠巌玄芝薫沐拝書

元文二年（一七三七）七月二十四日に肥前円通寺の翠巌玄芝が記すところでは、蘭渓道隆は来朝後、博多円覚寺に入って間もなく、円通寺に移り、該寺の開山若訥のために観音講式などを作り与えたものという。大部後世の記事ではあるが、もし事実を伝えるとすれば、蘭渓道隆は寛元四年（一二四六）に来朝し、京都泉涌寺来迎院に入る（『元亨釈書』）までのわずかの期間に、これらの講式類を作成したことになる。なお、本書については、高木宗監『建長寺史 開山大覚禅師伝』（大本山建長寺、一九八九年）参照。

（28）平林盛得「慶政上人伝考補遺」（『国語と国文学』第三七巻第六号、一九七〇年）。

（29）注17李氏前掲論文。なお、その後、李氏は『法華経顕応録』が、宗性『弥勒如来感応抄』や杲宝『謚号雑記』、尊経閣文庫蔵『誦経霊験』などに受容されている事実を明らかにしている（「日本における『法華経顕応録』の受容をめぐって——碧沖洞叢書八・説話資料集所収『誦経霊験』の紹介を兼ねて——」小峯和明監修・原克昭編『宗教文芸の言説と環境』〈シリーズ 日本文学の展望を拓く 第三巻〉笠間書院、二〇一七年）。また、中川真弓「天野山金剛寺蔵〈無名仏教摘句抄〉の注記と典拠——中世金剛寺僧が享受した書物」（『説話文学研究』第五四号、二〇一九年）は、宝治元年（一二四七）に金剛寺僧により書写された『無名仏教摘句抄』に『法華経顕応録』の享受を指摘している。

（30）『普門院経論章疏語録儒書等目録』に収載される宗暁の著作としては、先に名前を挙げた『楽邦文類』のほか、別筆部分に「施食通覧」の名が見える。

（31）東福寺円爾と浄土教との関連をめぐっては、原田宗司「入宋僧と浄土教——円爾を中心に——」（『教学研究所紀要』第一一号、二〇〇五年）が、「円爾は宋より帰朝（一二四一）の際、数千巻もの内外典籍をもたらしたが、その中に宋代浄土教典籍として、元照の『観経疏』・同『弥陀経疏』・戒度の『正観記』・同『扶新論』・知礼の『妙宗抄』・宗暁の

『楽邦文類』等を将来したことがまず注目される。……また一以の『普門院録』（引用者注、『普門院経論章疏語録儒書等目録』）によれば、円爾の住持した東福寺には、その他にも浄土教典籍として、智顗の『浄土十疑論』一巻・同『阿弥陀経義記』一巻・憬興（或いは源信）の『阿弥陀経略記』一巻・道綽の『安楽集』二巻・善導の『転経行道願往生浄土法事讃』二巻・同『観念阿弥陀仏相海三昧功徳法門』一巻・源信の『往生要集』三巻・永観の『往生十因』一巻・信瑞の『浄土三部経音義集』四巻等が収蔵されていた模様である。そして何よりも彼の業績として注目しなければならない点は、……円爾は『要道記』（引用者注、『十宗要道記』）「浄土宗」の条において、法然の『選択集』を指南書としつつ称名一行説を展開したことであり、また同時代の凝然等とは異なって、体制側に身を寄せながらも浄土宗を独立した一宗として認めたことであった」と両者の関係に注意を促している。『普門院経論章疏語録儒書等目録』に収載される書目が「円爾の請来した諸本のうちこの目録作成当時になお伝存したものがその主要部分を成したと考えられる」（和島芳男『日本宋学史の研究 増補版』吉川弘文館、一九八八年）とすれば、『法華経顕応録』の類も元来東福寺に蔵されていた可能性もないとは言えまい。一方、円爾門下には入宋僧も多く、中には「後に城北の栗棘庵に退隠したが、永仁四年栗棘庵所蔵書籍規定を制してゐるほどであるから、蔵書も多く、宋から将来した典籍も少くなかつたやうである」（木宮泰彦『日華文化交流史』冨山房、一九五五年）と推定される東福寺第四世白雲慧暁のような人物も含まれていた。慧暁は元泉涌寺僧であり、東福寺における浄土教典籍の問題は「泉涌寺僧との交流」（原田正俊「九条道家の東福寺と円爾」『季刊 日本思想史』第六八号、二〇〇六年）という観点からも考えてみる余地があるかもしれない。さらには、注18横内氏前掲論文や注29李氏前掲論文に触れられる南都東大寺周辺との関係も視野に入れるべきであろう。

（32）なお、『法華経顕応録』では「泰山」中の「墻院」と語られる「獄」を、無住は「山ノ谷ノ中」の「地獄」として語っており、中世人の地獄認識をうかがわせて興味深い。この問題については、本書第二部第四章で触れた。

（33）小峯和明「聖覚の言説をめぐる」（『中世法会文芸論』笠間書院、二〇〇九年、初出は一九九九年）。

（34）無住が『雑談集』の法華経解釈の文脈において『法華伝記』説話を例証として重視していることについては、本書第一部第九章参照。

（35）この点に関連して、李銘敬氏は「『顕応録』における文献引用はその特徴として、まずは多種の浄土宗文献を使用している」ことが挙げられるとし、次いで「禅宗関係文献からの採話数は浄土宗ほど多くはないが、種類の方では少なくない」として、次のように述べている（注17李氏前掲論文）。

周知のとおり、天台宗は宋に入って、浄土宗と禅宗をも兼修した「禅浄双修」という傾向が目立ってきた。以上見たところ、『顕応録』においてもそうしたことが明らかに反映されている。本書序文と「高僧」部では、智覚大師延寿の作品と大師自身の説話が大いに取上げられているが、実際、延寿はまさしく「禅浄双修」を実践した高僧であった。

一方、宋代の仏教では「「顕密」八宗観とは全く異なる「禅律教」観と呼ぶべき仏教観が共有されていた」と見る大塚紀弘氏は、宋代寺院の住持制に関する高雄義堅氏の指摘（「宋代寺院の住持制」『宋代仏教史の研究』百華苑、一九七五年）を踏まえ、以下のように述べる（「中世「禅律」仏教と「禅教律」十宗観」『中世禅律仏教論』山川出版社、二〇〇九年、初出は二〇〇三年）。

……中国宋代の寺院は仏教における修行の根本要素である戒律、禅定、智恵から成る三学のいずれかを専門とするかにより、禅院、教院、律院に三分類され、「禅教律」観が可視化されていた。ここでは特に、「禅教律」はあくまで三学に対応する分類法であり、「禅」は禅宗、「律」は律宗を指す一方で、「教」は天台宗、華厳宗、慈恩宗（法相宗）を含む枠組みであり、宗派を超えた分類法であったことに注意しておきたい。

さらに、西谷功氏が指摘するように（「南宋律院請来の威儀・法式・法会次第の受容と泉涌寺流の展開――新出資料『南山北義見聞私記』発見の意義――」『南宋・鎌倉仏教文化史論』勉誠出版、二〇一八年、初出は二〇一四年）、「一寺院で一教義――すなわち律院では戒律のみ、禅院では禅のみ、教院では教学のみ――を専修するのではなく」「南宋時代の禅僧・律僧・教僧は程度の差こそあれ、三学兼修を重視した」と考えられることから、天台僧（教僧）であった『法華経顕応録』の撰者宗暁の場合も「禅浄双修」のみならず律とも親和的な関係にあったものと思われる。

（36）大塚紀弘「中世仏教における宗と三学」（注35前掲書）。

（37）新見克彦「無住道暁の坐禅観と法華読誦――鎌倉時代後期における宋禅受容――」（『日本歴史』第七九四号、二〇一四年）。

（38）昭和法宝総目録第三巻〔大正新脩大蔵経別巻〕所収。椎名宏雄『宋元版禅籍の研究』（大東出版社、一九九三年）は、本書の成立について「わが江戸初期の寛永一九年（一六四二）に京都寺町の西田勝兵衛刊行本には、巻首に趙令衿による紹興二七年（一一五七）の序と陳実の自序が存在し、本書がこのころの成立であることが知られる」と指摘している。

（39）湯谷祐三「『私聚百因縁集』と檀王法林寺蔵『枕中書』について」（『名古屋大学国語国文学』第八四号、一九九九年）。

（40）上野麻美「『大経直談要註記』所引の『大蔵一覧集』――『金言類聚抄』を例証として」（『室町期浄土僧　聖聡の談義と説話』新典社、二〇二二年、初出は二〇〇七年）。

（41）椎名宏雄「高麗版『大蔵一覧集』の概要」（注2前掲書、初出は二〇〇一年）。

（42）柳田聖山「栄西と『興禅護国論』の課題」（市川白弦・入矢義高・柳田聖山校注『中世禅林の思想』〈日本思想大系〉岩波書店、一九七二年）。

（43）筒井早苗「無住と病――臨終行儀的視点から見た看取りを中心に――」（注8小島氏前掲監修書）。

（44）ちなみに、二話のうち後者の在俗信者の説話は、流布本系『沙石集』巻八「先世房事」にも、次のようなややふくらみある叙述をもったかたちで収載されている。

昔シ五戒ノ優婆塞アリケリ。アヒオモヘル妻ニ愛習ノコリケル故ニ、死テ後、妻ガ鼻ノ中ノ虫ニムマル。妻、鼻ヲカミテ、虫ノアルヲ見テ、フミコロサントス。時ニ聖者アリテ、是ヲ見テ、「汝ガ夫也。ユメ〳〵コロスベカラズ」トイフ。妻ガ云、「我夫ハ持戒修善ノ者也。天ニ生ズベシ。ナンゾ虫トナラン」トイフ。聖者ノイハク、「最後ノ妄念ツヨクシテ、先コノ生ヲ感ズ」。ヨテ法ヲ説クニ、虫死シテ天ニ生ズトイヘリ。（古活字本）

本話において、傍線部「鼻ヲカミテ」にあたる表現は『大蔵一覧集』（「虫従レ鼻出」）にも原拠の『経律異相』（「虫従二鼻涕一、忽然堕レ地」）にもなく、無住の創案によるものと考えられるが、二重傍線部「法ヲ説クニ」に該当する表現を比較すると、「説レ法」（『大蔵一覧集』）「説レ経」（『経律異相』）と、やや『大蔵一覧集』に近似する。

（45）昭和法宝総目録第三巻1320bおよび1317ab。
（46）山田昭全・三木紀人校注『雑談集』〈中世の文学〉（三弥井書店、一九七三年）。
（47）本書第一部第六章参照。一例を挙げれば、『雑談集』巻九「冥衆ノ仏法ヲ崇事」所収の以下の説話は、『宗鏡録』の後掲記事に依拠するものと思われる。

　漢土ノ或山ノ中ニ、三論ノ講ヲ開テ、貴キ上人栖ケリ。谷へ遥ニ下テ水ヲ用ユル事、労有ル故ニ、他所へ移ラムト思テ、其用意シケル夜、其ノ山ノ神来テ、請ジテ云、「此処ニシテ大乗ヲ講讃シ給へ。小乗ヲ講ズルハ山ノ頂ニ水ノエガタキガ如シ。大乗ヲ講ズル処ハ光明眷属福智等来リ会スルコト、大海ニ衆流ノ入ガ如シ。水ノタメナラバ、龍ヲ請ジテ此処ニ水易レ得カルベシ」ト云ケルガ、庵ノ辺ニ殊勝水流出テ、上人ノ存生ノ程有テ、彼後ニハ失ケリト云ヘリ。

『宗鏡録』巻九三

唐釈慧璿姓薫氏、住二襄陽一。少出家聴二三論一。初住二光福寺一、居二山頂一引汲為レ労。明欲レ往二他寺一。夜見三神人身長一丈衣以二紫袍一。頂二礼璿一曰、「請下住二於此一常講中大乗経上。勿下以二小乗一為上レ慮。其小乗者如二高山無一レ水、不レ能レ利レ人。大乗経者猶如二大海一。自レ止二此山一多仏出レ世。一人読二誦説大乗一、能令二所在珍宝光明眷属栄勝一。若有二小乗一前事並失。唯願弘持勿二孤所望一。法師須レ水此易レ得耳。来月八日定当レ得レ之。自往二剣南慈母山大泉一、請二一龍王一去也」。言已不レ現。恰至二来月七日夜一、大風卒起従二西南一来、雷震雨霔、唯見二清泉香而且美一。合レ衆幸。及レ亡龍泉漸便乾竭。

（大正新脩大蔵経48巻921a）

なお、『雑談集』における当話の機能については、本書第一部第九章参照。
（48）『雑談集』巻三「乗戒緩急事」の祇陀太子と末利夫人の説話（1300c1301a、原拠は「未曾有経」）、巻五「呪願事」の貧女が呪願により后となる説話（1286b、原拠は「法苑珠林」）、巻七「願行事」の天竺の霊像と賊人の説話（1317b、原拠は「西域記」）など。
（49）陸晩霞「『沙石集』と禅仏教」（『遁世文学論』笠間書院、二〇二〇年）。なお本章旧稿でも出典に言及しているが、その時点では『大蔵一覧集』にも同話が認められるという指摘に留まっていた。
(50) 注49陸氏前掲論文。
(51) 注49陸氏前掲論文。
(52) 注49陸氏前掲論文。
(53)「山鴆」は、山のくま、山あいのことであるから、「山ノフモト」と意味はずれるが、ここは無住の誤解ないし意図的改変によるものであろう。
(54) 西村聡「無住の白居易」(『白居易研究講座　第四巻　日本における受容(散文篇)』勉誠社、一九九四年)、三角洋一「『徒然草』の故事・詩話・諺と唐・宋仏教」(『説話論集　第十三集　中国と日本の説話I』清文堂出版、二〇〇三年)。
(55) 一方、『景徳伝灯録』については、無住が参照していることは間違いないものの、どれほど使いこなせていたかという段になると、やや限定的に考えておいたほうが無難ではないかと思われる。無住にとっては、著作の出典と認定される『景徳伝灯録』よりも、表向きは出典とは認定されにくい『大蔵一覧集』のほうが、はるかに重用される文献であった可能性があろう。なお、この点、荒木浩氏が南宋の圭堂編『新編仏法大明録』をめぐって無住の「閲読を示す可能性」を指摘した際、「『仏法大明録』には、『景徳伝燈録』からの引用が非常に多い」ことに触れ、「『景徳伝燈録』は大部で、法嗣の理解がない門外には、適所への簡便な参看が難しい書物である。『仏法大明録』の引用は、その助けになる。『大明録』は、他流や俗人にとって、『景徳伝燈録』のような禅宗本流の書物に対する索引の便をも兼ね、手頃な類書や語録集の如く用いられて、禅宗入門としての役割をも果たしたことだろう」と推定したことが思い合わされる(注1前掲論文)。ちなみに、最近、王薈媛「無住における『大慧普覚禅師語録』・『景徳伝燈録』の受容」(『多元文化』第一三号、二〇二四年)は『雑談集』および『聖財集』にみえる禅僧記事と『景徳伝灯録』の関係を指摘した上で、それが「巻四と巻五に集中している」点に注目している。
(56) 宋春暁「白居易・道林禅師問答譚の受容――『沙石集』巻第五本ノ五を中心に――」(『国語国文』第九一巻第三号、二〇二二年)。

(57) 注55王氏前掲論文。ちなみに最近、陸晩霞氏が『雑談集』巻五「上人事」所載の中国説話の出典が『碧巌録』巻四の懶瓚和尚の話であることを指摘したり（注49前掲書）、王薈媛氏が、語録の世界と近接する『寒山詩』の『沙石集』への影響についても明らかにする（「無住と『寒山詩集』」『説話文学研究』第五八号、二〇二三年）など、禅語録類と無住をめぐる研究が活発化しつつある。
(58) 注49陸氏前掲論文、注56宋氏前掲論文。
(59) 一方、注55王氏前掲論文では、流布本系『沙石集』や『聖財集』所収の大珠と馬祖の問答譚の末尾に記される米沢本にはない後日譚の記事に着目し、当該記事との一致の有無により『大慧普覚禅師語録』を出典であると的確に認定する。
(60) 石井修道訳『大乗仏教〈中国・日本篇〉第十二巻　禅語録』（中央公論社、一九九二年）「解説」。
(61) 椎名宏雄「顔丙の稀書『如々居士語録』・『三教大全語録』の文献的考察」（『宋元版禅籍の文献史的研究』第二巻、臨川書店、二〇二四年、初出は一九八一年）。
(62) 注61椎名氏前掲論文。
(63) 注61椎名氏前掲論文。
(64) ただし、「如々居士語　七冊」の記載は目録の別筆部分である。
(65) 注61椎名氏前掲論文。
(66) 土屋有里子「梵舜本の考察」（注10前掲書、初出は二〇〇五年）では、『雑談集』巻九「仏法盛衰事」に収められる、普門寺住持、本智房俊顕と無住の交流を語る記事から、無住晩年の典籍閲覧をめぐる「東福寺関連の人脈」との関わりに注目している。

第二部　遁世僧の伝承世界

——禅律文化圏

第一章　『閑居友』における律——節食説話と不浄観説話を結ぶ

はじめに

『閑居友』の撰者と目される慶政については、近年、律との関係が注目されている。早く永井義憲氏は、慶政が「建長四年（一二五二）泉涌寺の憲静の勧進により、数緡の浄財を喜捨して、『四分律刪繁補闕行事鈔巻上』を刊行せしめている」事実に言及したが[1]、最近、近本謙介氏は「九条家本諸寺縁起集」所収『振鈴寺縁起』紙背文書の分析から「慶政は北京律と深い結び付きを有しており、それは九条家を介した貞慶とその法類との紐帯につながるものである」と指摘している[2]。また西谷功氏も同じく「九条家本諸寺縁起集」収載の俊芿記『泉涌寺殿堂房寮色目』が慶政の書写にかかる点に着目、「書写年不明ながらも、慶政は俊芿のもとに参学した可能性は高く、道家と俊芿の関係を踏まえれば、慶政の入宋動機に俊芿との交流も想起できよう」と推測している[3]。さらに、苅米一志氏は慶政の師の一人とされる延朗について、「のちの真言律や臨済禅に影響を与えている」「初期禅律」的性格を指摘[4]、対して牧野和夫氏は慶政門下の遁世僧と東大寺戒壇院円照との関係に触れ、「戒壇院系律僧の主要な学系のひとつは泉涌寺俊芿・法華山寺慶政から流れ出ている」と述べる[5]など、慶政をめぐる人的繋がりを通して、彼と律との深い関係が浮き彫りにされつつある。

一方、『閑居友』において注目されるのは「食に対する極めて禁欲的な考え方」が看取される節食説話群の存在である。[6]この話群については、小島孝之氏が「食の戒めは戒律の大切な課題の一つであり、釈迦信仰が戒律の重視を伴っていたことを思うと、これも単なる訓戒にとどまらぬ意義を持っている」との見解を示す[7]ほか、同話群中でも節食の要素が特に際立つ上巻第一三話について美濃部重克氏が「律的な物言いが見えている」と述べる[8]など、律との関係が濃厚にうかがえる部分である。しかしながら、これまで『閑居友』の内部で律の影響がどの程度にまで及ぶのかという検討はまったく行われて来なかった。

本章では、如上の慶政研究の動向を承け、『閑居友』節食説話における律の投影の具体相を明らかにするとともに、本作品のいまひとつの重要な要素である不浄観説話との関わりについてもあわせて考察したいと考える。

一　節食説話と『四分律行事鈔』

まず取り上げるのは、『閑居友』の中でも節食の主題がとりわけ顕著な上巻第一三話「高野の聖の、山がらに依りて心お《を》発す事」である。本話は南筑紫と呼ばれた高野聖に関する逸話である。聖は日に一合の食事以外は一切口にせず、常に痩せ衰えた姿をしていた。ある時、その理由を問われ、聖は若き日に聴聞した法談の思い出を語る。——ある男が、小鳥が好きで山雀を二羽、同じ籠に入れて飼っていた。一羽は水さえ多く飲まずに痩せ細り、一羽は餌をたくさん食べて肥え太っていたが、そのうち痩せた方の山雀は籠の目から抜け出して自由の天地に飛び立って行った。それを見た飼い主の男は、この山雀の行動に俗世から遁れようとする人の営みを重ね合わせて、自らがなすべきことを悟り、直ちに出家すると節食を守って立派に修行をつづけたという。——聖は、その法談にたいそう心動かされ、自分も出家したらその男のように振舞おうと堅く決意し、今でも節食を守っているのだと語った。

慶政は「この事を聞きしより、深く身にしみて忘るゝ時なし。かのやまがらのいにしへも、ことにあはれに偲ばしく侍」と記し、以下、長文に亘る食事論を展開する。その構成のあらましを示せば次のようになる。

（ア）仏や仏弟子の節食についての言葉の紹介

（イ）食物が作られるまでの過程と労力の観想

（ウ）南宋での撰者の体験と読者に対する要望

（エ）仏と竜樹の節食についての言葉の紹介

いま論述の都合上、結尾部（エ）の記述から問題とすることにしたい。そこには、次のように仏や竜樹の節食に関する言葉が引用されている。

仏の、①「この一粒の米を思はかるに、百の功を用ゐたり」と仰せられ、竜樹菩薩の、②「これをはかり思ふに、食は少けれども汗は多し」とのたまへる、あはれにこそ侍れ。

傍線部に関し、先行注釈書では中世の文学、新日本古典文学大系（以下、新大系と略称）とも、①については「典拠未詳」とし、②については『大智度論』巻二三の記事を典拠として挙げる。だが、実のところ、①の典拠は南山律宗の祖、道宣撰『四分律刪繁補闕行事鈔』（以下『行事鈔』と略称）巻下二「対施興治篇第二十」の以下の記事に求められるように思われる。

僧祇云、告二諸比丘一、①計二此一粒米一、用二百功一乃成。（大正新脩大蔵経第四〇巻128b）

『行事鈔』は、「四分律を本としつゝ、而も四分律以上の一大律蔵行事の集成」[9]をなしたもの。道宣の撰したいわゆる律宗三大部のうちでも「最も至要の鈔なりと云ふも過言ではない」[10]とされる書であるが、注目されるのは、

『行事鈔』では右の引用部の直前に②に対応する次の記事が認められることである。

智論云、……計二一鉢之食一、作夫流汗集合量レ之、②食少汗多。（大正新脩大蔵経第四〇巻128ｂ）

「智論云」とあるように『大智度論』からの抄出であり、すでに指摘されている同書巻二三の記事と同文である。だが、①②二つの対応記事がごく近接して現れることから判断するなら、この場合、慶政が『行事鈔』とは別途『大智度論』を参照したと考えるよりも、①②いずれも『行事鈔』に依拠したと見る方がはるかに自然であろう。

このように、慶政の『行事鈔』参照の可能性が高いことを確認できたところで、次には食事論の冒頭部（ア）の記述を検討したい。そこでも仏や仏弟子の節食を説いた言葉が引用される。

されば、仏は、或は、③「三口食へ」とも教へ給へ。或は、④「五口食へ」とも仰せられたり。また、舎利弗は、⑤「五口、六口食ひて、これを足すには水お《（を）》もてせよ」といへり。されば、竜樹菩薩は、⑥「身を益して、馬を養ふがごとくはすべからず」と説き給て、天台大師は、⑦「食の法たる事は、もと身を資けて道に進まさむがため也」と説き給へり。

右のうち、まず傍線部⑦の天台大師の言葉は、中世の文学、新大系とも智顗述『修習止観坐禅法要』の記事を典拠として挙げており、従うべき指摘であろうと思われる。一方、傍線部③④の仏の言葉については、直接の典拠は特定できていない。あえて挙げるなら、『行事鈔』「対施興治篇」の「伝云、凡食不レ得レ過二三匙一」（大正蔵第四〇巻128ｃ）が「三口」との対応関係が認められて注意されるが、「五口」に対応する記述を欠いている点、典拠とするにはいまだ十分ではない。むしろ、ここで問題にしたいのは傍線部⑤⑥の舎利弗および竜樹の言葉の方である。両者については新大系がいずれも『大智度論』巻六八の記事を典拠として指摘する。しかしながら、『行事鈔』巻下三「頭陀行儀篇第二十一」の以下の記事はやはり見逃せないだろう。

智論、……仏法為レ行レ道故、⑥不レ為三益レ身如二養レ馬養レ猪等。……智論、節量食者、随レ所二能食一三分留レ二（一ィ）、則身軽安穏易レ消無レ患。如二経中説一、舎利弗云、⑤我若食二五口六口一足レ之以レ水則足レ支レ身。

（大正新脩大蔵経第四〇巻130ａｂ）

『行事鈔』は傍線部⑤⑥相当部をいずれも「智論」すなわち『大智度論』巻六八から抄出引用している。『行事鈔』の「頭陀行儀篇第二十一」は、先に『閑居友』の典拠として認定した「対施興治篇第二十」に隣接する巻であり、この場合も慶政は『大智度論』ではなく『行事鈔』に拠った可能性が高いと思われる。

ここで『閑居友』の『大智度論』参照の有無について確認しておく必要があろう。すでに見たように、『閑居友』において『大智度論』参照が見込まれる箇所では、いずれも「竜樹菩薩」の言葉として引用されていた。実は『閑居友』には、もう一箇所、上巻第二一話「唐橋河原の女の屍の事」にも「竜樹菩薩」の言葉が示される。本話は、慶政が幼少の折、鴨川の河原でむごたらしい女の他殺体を見た衝撃的な体験を語ったものである。女性の屍の腐爛していく様子を叙した後にその言葉は記される。

　されば、竜樹菩薩は、「⑧愛の怨の偽りを悟りぬ」と説き給、天台大師は「⑨もしこれを見終りぬれば、欲の心すべて罷み」と尺し給へり。

このうち傍線部⑧の「竜樹菩薩」の言葉については、「大智度論巻二一の九想を説く文章からの取意か」（中世の文学）、「大智度論二十一の取意か」（新大系）と典拠に『大智度論』の名が挙げられる一方、傍線部⑨の「天台大師」の言葉に関しては両注釈とも智顗説『摩訶止観』巻九上を典拠として指摘する。ただし、新大系は「竜樹菩薩」の言葉の注に、先の引用につづけて次のように記す。

　摩訶止観九の上に「九想の観が成ずるとき、六賊ややすでに除く、および愛の怨が許るを識り、兼ねて仮実の虚なることを知る」とある。

それは新大系が『閑居友』の傍線部⑧と『摩訶止観』の傍点部との間に抜き差しならない同文性を認めたからであろう[11]。実は『摩訶止観』の傍点部の文言は『大智度論』の当該箇所には認められないものである。いま、『摩訶止観』巻九上の本文を改めて次に引こう。

未レ見二此相一愛染甚強。⑨若見レ此已欲心都罷、懸不二忍耐一。……故云、九想観成時、六賊稍已除、及⑧識二愛怨詐一、兼知二仮実虚一。

（大正新脩大蔵経第四六巻122ａｂ）

『摩訶止観』巻九上のごく近接した部分に『閑居友』の傍線部⑧⑨との対応箇所が現れている。それは先に見た『閑居友』上巻第一三話における傍線部①②および⑤⑥と『行事鈔』との対応箇所に見られたのとまったく同様な傾向を呈しているといえよう。したがって、ここでも傍線部⑧⑨の典拠はいずれも『摩訶止観』巻九上と見なして差し支えあるまい。おそらく慶政は『摩訶止観』の「故云」（二重傍線部）以下の記述を『大智度論』からの引証と理解し[12]、これを「竜樹菩薩」の言葉として紹介したのであろう。

以上、『閑居友』における三箇所の「竜樹菩薩」の言葉の引用部分からうかがえることは、慶政が『閑居友』執筆時には『大智度論』を直接参照していなかったであろうということである。天台宗寺門派出身の慶政ということで、これまで『大智度論』参照がやや当然視されすぎていた嫌いがあったといえよう。ここで、再び『閑居友』上巻第一三話に戻るなら、その食事論の冒頭部（ア）および結尾部（エ）に引用される仏や高僧の言葉の多くが『行事鈔』に拠っているという事実は重要である。新大系は冒頭部（ア）に「以下の食事論は、概ね大智度論によるか」と注したが、むしろ食事論の枠組みは『行事鈔』にこそ基づくものと見なされるべきであろう。このとき、にわかに注意されるのが、食事論の中間部（イ）に語られる以下の記事である。

つら〳〵思ひ続くれば、この一盛の食ひ物は、数もなき労ひより来たれるにはあらずや。春の日の長きに、山田を返す賤の男の、引くしめ縄のうちはへて、営みたつる労ひ、驚かす鳴子の山田の原のかり庵、霜冴ゆるまでたしなみて、晩稲を積める営み、或は、上れば下る稲舟に、水馴れ棹差しわび、或は、逢坂山のはげしきに、足を早むる駒もあり、又、てづから負ひ、みづから荷へる営み、その数いくそばくぞや。いかにいはんや、山人のねるやねりその手もたゆく、力お《(を)》尽くせるたき木にてこれを営み、月の夜ごろは寝ねもせず、からく営める塩竈の行方などを思ふに、涙もとゞまらず覚えて、「我これを食ひて、今日、その経、その伝を抜きて、聊心お《(を)》発しつ。この功徳をばあまねくわかちて、この営みの人〳〵に施す」など、思ひ居て侍ぞかし。

ほんの一握りの食料であっても、それが手許に届くまでには、どれほど多くの過程を経、どれほど多くの人々の労力が費やされてきたか、思いを致すことの重要性が「歌語を畳みかけた美文」（新大系）で縷々と綴られており、ひときわ印象深い。「かかる美文体」が「若い貴人の女性」と想定される「対読者意識」の産物という面がある(13)ことは確かだとしても、その一方でこの記述の背後に『行事鈔』「対施興治篇」が説く、以下に示すような食の観想法の存在を想定しうることも忘れてはならないだろう。

四明二観法一。然衣食房薬四事供養、能施捨レ慳、受施除レ貪。……雖二利養等同一、発有二希数一。食為二大患一。時須レ進レ口、過興既数。整法亦難。若不下策二其心府一改中其節操上者、多陥二迷酔一矣。夫沙門之異レ俗、由三立レ行有二堅貞一。同二鄙世之昏悶一、余行亦可レ知矣。故成論云、現見在二臭屎中生一、不レ在二磐石中一者、由レ貪二味香一故也。今故約二食時一立レ観、以開二心道一。略作二五門一。明了論如レ此分レ之。①初計二功多少一量二他来処一。智論云、思二惟此食一、墾植耘除、収穫蹂治、舂磨洮沙、炊煮乃成。用レ功甚多。計二一鉢之食一、作夫流汗集合量レ之、食少汗多。須臾変レ悪。我若貪心、当下堕二地獄一啾二焼鉄丸一、従二地獄一出作二諸畜生一償中其宿債上、或作二猪狗一常噉中糞除上。故於二食中一応レ生二厭想一。僧祇云、告二諸比丘一、計二此一粒米一、用二百功一乃成。奪二其妻子之分一、求レ福故施、云何棄レ之。[2]（大正新脩大蔵経第四〇巻128ａｂ）

「衣食房薬」の「四事」は「身を資くること等同なるも、衣と房と薬との三事は用ふること希にして食は用ふること数々ある」[14]ゆえ、食が原因で欲望に堕する可能性がもっとも高い。そこで食の観想について五門に分けて説こうと思うが、まず最初はその食が得られるのにどんなに多くの手間がかかったか（「計二功多少一」）、またそれはどこからもたらされたか（「量二他来処一」）考えることから始めようというので、『大智度論』に拠りながら説く波線部の記述、「思二惟此食一、墾植耘除、収穫蹂治、舂磨洮沙、炊煮乃成。用レ功甚多」[15]——この食べ物について思い巡らしてみると、まず土地を耕し、種をまき、雑草を取り除き、収穫し、足で踏んで揉み、臼で搗き、洗い清め、煮炊きして、初めて出来上がるものなのである。なんと多大な労力が用いられていることか——は、まさに「つら〳〵思ひ続くれば、この一盛の食ひ物は、数もなき労ひより来たれるにはあらずや」以下で語られる慶政の修辞的な文章の骨格そのものではないか。さらに、その文章につづけて慶政がもらす破線部の意向、「我これを食ひて、今日、その経、その伝を披きて、聊心お《を》発しつ。この功徳をばあまねくわかちて、この営みの人〳〵に施す」——私はこれを食べることで（身体を養い）今日、しかるべき経や伝を繙いて、ほんの少しばかり菩提の心をおこした。その功徳をこの食を作る営みに携わったすべての人々に遍く廻向しよう——も、同じく『行事鈔』「対施興治篇」の次の記事を想起させよう。

五明二随治雑相一、華厳云、若得レ食時、当レ願三衆生為レ法供養、志存二仏道一。（大正新脩大蔵経第四〇巻128ｃ）

ここで再び先に見た、『行事鈔』の食にかかる労の多きを説く『大智度論』引用部分（波線部）に戻れば、その後につづく、二箇所の傍線部、①「計二一鉢之食一、作夫流汗集合量レ之、食少汗多」および②「計二此一粒米一、用二百功一乃成」は、すでに本節冒頭で確認したように、食事論の結尾部（エ）に引かれる仏と竜樹の言葉の典拠にあたる部分なのである。食事論（イ）および（エ）が、いずれも『行事鈔』「対施興治篇」の言説に立脚する一連の記述であることは、もはや疑う余地がないであろう。『行事鈔』「頭陀行儀篇」に拠る（ア）も含め、『閑居友』上巻第一三話の食事論全体が『行事鈔』を踏まえて行論されているのである。

このとき、注意されるのが、『沙石集』巻四第一一「遁世人ノ風情ヲマナブベキ事」（米沢本）に語られる慶政に関する次の逸話である。

　松ノ尾ノ証月房ノ上人ノ寺ニテ、南都ノ或ル律僧、中食ノ食ニ、上人、対座ノ食ノ中間ニ、箸ウチヲキテ、ハラ〳〵ト泣ツヽ、「汝等比丘莫得楽住三界火宅。勿貪麁蔽色声香味触也。若貪著生愛則為所焼」ト誦セラル。律師興サメテ、ハヅカシナガラ食ギヲハテ退出ス。

法華山寺の慶政のもとを南都の律僧が訪れ、対面で食事中、突如、慶政がはらはらと涙を流し、五欲に耽ることの戒めを説く『法華経』「譬喩品」相当の経文を読誦した。律僧は慶政の食に対する厳格な姿勢に、自らの至らなさを痛感し、食儀が終わると早々に慶政のもとを退出したという。つとに近本謙介氏が「慶政においても根源的な律僧としての在り方と遁世との主題が番わされている」説話として注目するところであるが、この逸話で慶政が行っているのは一種の食の観想であると見なせよう。『行事鈔』「対施興治篇」の先引部分にも「故於二食中一応レ生二厭想一」（大正蔵第四〇巻128b）とあった、その「厭想」を「生」じているのである。無住はこの逸話の後に、

　……古徳曰、「鈍ナル者ハ財色ニ貪シ、利ナル者ハ名見ニ著ス」ト。愚ナル者ハ、財ヲ重クシ、色々耽リ、仏法ヲモ財色ノアタイトス。此ハ云ニ不レ足ラ。利ナル人ハ、名聞ヲ面トシテ、貴キ振舞モ賢ナル由モ、タゞ

名ヲ思ニヤ。……

とつづけるが、傍線部は中国宋代に元照が撰した『行事鈔』の注釈書『四分律行事鈔資持記』の「業疏云、鈍貪二財色一、利著二名見一」（大正蔵第四〇巻417b）に拠っており、無住が当該伝承を律的文脈で受け止めていることは間違いない。ちなみに、『沙石集』に収められる慶政伝承としては、巻十本第八「証月房遁世ノ事」（米沢本）に、より著名な以下の説話が認められる。

松尾ノ証月房上人ハ、三井ノ流レヲウケテ、三密ノ修行徳タケテ、道心有ル上人ト聞ヘキ。遁世ノ始ノ事ヲカタリシカバ、人間ニナガラヘテモ用事無シ。如説ノ修行シテ、臨終セント思立テ、只一人、松尾ノ奥ニ人ニモ不レ知ラセシテ、七日ノ時料ヲ用意シテ、カリニ庵ヲ結テ、修行セラレケリ。七日ノ食ツキテ、芋ノ茎ノヒタルヲ水ニ入テ、ヤワラカニナシテ、煮テ食テ、七日ノ命ヲ延ト思ケル程ニ、薪取山人、見合テ、其ノ日ノ食ハ供養シテケリ。芋ノ茎ヲホシテ置テ、次ノ日、水ニ入テ、食ニアテガヘバ、又山人、見付テ、芋ノ茎ヲ用ズシテヤミニケリ。三宝ノ冥助、諸天ノ守護ユヱニヤ、次第ニ寺ト成テ、如法ニ勤行シテ、臨終目出シテ、ヲワラレニケリ。

木下資一氏が指摘するように「慶政の修行生活がその食に焦点を当てて語られていることに注目される[17]」が、この説話の後、無住の論述は「衣食ノ二事」から「衣食住所」へと及んでおり、これもまた律的文脈で受け止められている話題であることに相違ない。無住はこれらの慶政伝承をおそらくは律僧のネットワークを通して入手したものと推測され[18]、伝承には相応の真実性が含まれているものと判断される。そうとすれば、慶政自身が食の観想を実践していたことも大いにありえ、『閑居友』上巻第一三話の背景にそうした実践修行の投影を看取することも可能であると思われるのである。

二　不浄観説話と『四分律行事鈔』

ここまで『閑居友』の節食説話における『行事鈔』の影響を見てきたが、実は『行事鈔』の投影は『閑居友』の不浄観説話にも認められる。その説話とは、谷崎潤一郎の小説『少将滋幹の母』に引用を見たことでも知られる上巻第一九話「あやしの僧の、宮仕へのひまに、不浄観お《（を）》凝らす事」である。比叡山の中間僧が、夕暮れになると必ず姿を消し、早朝にまた現れるということを繰り返していた。主の僧は、中間僧が坂本に行って女にでも逢っているのだろうと勘ぐり、人に後を付けさせてみた。すると、中間僧は西坂本を下って蓮台野へ赴くと、腐爛した死体の傍らで一心に不浄観を凝らしていた。報告を受けた主の僧は、ある時、朝粥を持ってきた中間僧に、日ごろ不浄観を行っているのなら、その粥を観想して見せてほしいと要望した。中間僧が粥を折敷で覆い、しばし観念して開けてみると、粥はみな白い虫に変じていたという。慶政は、この説話の後に以下のごとく、複数の典拠からの引用をつづけている。

天台大師の次第禅門といふ文に、「⑩愚かならん者、塚のほとりに行きて、爛れ腐りたらん死人を見れば、観念成就しやすし」と侍めれば、この人もさやうに侍けるにこそ。また、止観の中に、観を説きて侍には、「⑪山河も皆不浄也。食ひ物、着物、又、不浄也。飯は白き虫のごとし。衣は臭きものの皮のごとし」など侍めれば、彼の人の観念、実にいみじくて、おのづから聖教の文にあひかなひて侍けるにこそ。されば、天竺の仏教比丘は、「⑫器物は髑髏のごとし。飯は虫のごとし。衣は蛇の皮のごとし」と説き、唐土の道宣律師は、「⑬木はこれ人の骨也。土はこれ人の肉也」とは説給ふぞかし。

傍線部⑩⑪については出典が明示されているように、それぞれ「次第禅門四の本文の抄出か」、「摩訶止観九の上の本文の縮訳」（新大系、中世の文学も同様）と、智顗説『釈禅波羅蜜次第法門』と同『摩訶止観』に拠るとされる。一方、傍線部⑫⑬については、従来「出典未詳」（新大系、中世の文学も同様）とされていたが、このうち⑬については、「唐土の道宣律師」の文言から予想される通り、『行事鈔』「対施興治篇」に典拠を求めることができる。

云何於二房舎一生二不楽想一。若入レ房時、念レ如三地獄受二諸苦悩一。如レ是房舎即是和合所レ有。⑬材木即是人骨。土是人肉。乃至一切床榻被褥亦復如レ是。作二是観一時即名二世間不可楽想一。

（大正新脩大蔵経第四〇巻127c）

残る⑫については、にわかに典拠を特定しがたいが、注意されるのは『行事鈔』「対施興治篇」の右の引用部の直前に次の記事が認められる点である。

二明二厭治方便一。如二大集中一、云何比丘観二所著衣一作二不楽想一。若縫レ衣見レ衣触レ衣著レ衣脱レ衣、観三如レ是時如二血塗皮爛臭可レ悪虫所住処一。如レ是観時、於レ衣貪心即時除滅。云何修二習食不楽想一。若有二比丘一執二持鉢一時、如二血塗髑髏爛臭可レ悪虫所住処一。若得レ食時、応レ観三是食如二死屍虫一。若見レ麨時、如二末骨想一。得二飯漿一時、作二糞汁想一。得二諸餅一時、作二人皮想一。所レ執錫杖、作二人骨想一。得二乳酪一時、作二濃血汗想一。若得二菜茹一、作二髪毛想一。得二種種漿一、作二血想一。是名三於レ食生二不楽想一。

（大正新脩大蔵経第四〇巻127c）

ここは、「厭治方便」として、「衣」「食」「房舎」（傍点部）のそれぞれについて厭相を観じることを説く一連の記述であるが、右の各傍線部では、「衣」は「血塗皮」のごとく、「鉢」は「血塗髑髏」のごとく、「食」は「死屍虫」のごとしという。その言わんとするところは『閑居友』の傍線部⑫とかなり近い。ただし、⑫の言葉を発したという「天竺の仏教比丘」の正体は「未詳」（中世の文学・新大系）であり、『行事鈔』の右の引用部にもその姿は認められない。したがって、現段階ではこの箇所は『行事鈔』とは別の資料に依拠しているものと判断せざるをえないが、衣食の厭相を説く内容面での共通性から見て、その依拠資料の性格が『行事鈔』「対施興治篇」の世界からさほど遠くないことだけは確かであろう[19]。

さて、『閑居友』上巻第一九話は、このあと、五欲を離れることの功徳を説きながら、しかし世間一般の人々の間には衣食を抑制することについては抵抗が強く、曲解も多いとして、次のようにつづける。

　されば、仏も、⑭「ふつに用ゐる事なかれ」とはいましめ給はず。たゞ、⑮「かやうに思ひやりて、いみじき思ひお《を》なす事なかれ」とぞ教へ給める。この理を知らぬによりて、鮮やかなる衣、濃やかなる味ひ、貪欲の心も深く起こり、を《お》ろそかなる味ひ、零落れたる衣には、瞋恚の思ひ浅からず。よしあしは代れども、輪廻の種となる事は、これ同じかるべし。必ずよしあしにつけて慈悲心お《を》先として、⑯「あはれ、いかなるものの営み、たしなみて、わびしと思つらん」とあはれをかくべし。……

右の傍線部にも、実は『行事鈔』「対施興治篇」の投影が見え隠れする。まず、傍線部⑭については、次の記事との関わりが注意されよう。

　故仏言、食知㆓節量㆒。因説㆑偈云、多食致㆓病苦㆒、少食気力衰、処㆑中而食者、如㆔秤無㆓言㆒（高イ）下㆒。

（大正新脩大蔵経第四〇巻129a）

また傍線部⑮については、全面的に対応するわけではないが、

　上食起㆑貪。……下食便生㆓嫌瞋㆒。

（大正新脩大蔵経第四〇巻128b）

がやや近い。さらに傍線部⑯については、「第一三話に見られた作者の態度に同じ」（中世の文学）、「第一三話の話末に記す教訓と同工」（新大系）とされるように、確かに上巻第一三話の食事論結尾部（エ）の記事を思わせるところがあるが、当該記事が『行事鈔』に基づくこと、すでに前節で指摘した通りである。

以上のように、『閑居友』上巻第一九話に綴られる慶政の評語は、部分的な留保を含むものの、全体としては『行事鈔』に拠るところが大きいといえよう。かつて小島孝之氏は「慶政においては、不浄観と食は別の問題ではなかったのではないか。上巻第一九話の中間僧は不浄観を修していることを見破られ、主人の求めで、朝粥を不浄観によって白い虫に変じさせている」と述べた[20]が、節食説話である上巻第一三話と不浄観説話である同第一九話の評語がいずれも『行事鈔』に立脚しているところに、その理由は求められよう。『閑居友』の不浄観説話に『摩訶止観』の影響が大きいことは廣田哲通氏に指摘があるが[21]、上巻第一九話では傍線部⑪の記事、「山河も皆不浄也。食ひ物、着物、又、不浄也。飯は白き虫のごとし。衣は臭きものの皮のごとし」が、既述のように「摩訶止観九の上の本文の縮訳」（新大系）とされる。ここは、『摩訶止観』が不浄観中の大不浄観について説いた部分である。

若大不浄観、何但正報流溢不浄。依報、宅宇、銭財、穀米、衣服、飲食、山河、園林、江淮、池沼、絓是色法悉皆不浄。虫膿流出、臭処腥臊。舎如㆓丘墓㆒、銭如㆓死蛇㆒、羹如㆓屎汁㆒、飯如㆓白虫㆒、衣如㆓臭皮㆒、山如㆓肉聚㆒、池如㆓膿河㆒、園林如㆓枯骨㆒、江海如㆓汪穢㆒。（大正新脩大蔵経第四六巻123c）

大不浄観とは、人骨や死体の不浄を観じる小不浄観と異なり、人の身体のみならず、「宅宇、銭財、穀米、衣服、飲食、山河、園林、江淮、池沼」と、現象世界のありとあらゆる存在を不浄と観じるものである。これは、先に『閑居友』の本文の傍線部⑫⑬の対応箇所として挙げた、『行事鈔』「対施興治篇」（＝厭治方便）の説く「衣」「食」「房舎」（＝衣食住）を厭うための観想と重なる点が多分にあろう。それゆえ上巻第一九話の評語では、『摩訶止観』と『行事鈔』を典拠とする文言が並んで現れることになったのである。

天台宗寺門派出身の慶政は、早くから『摩訶止観』を学び、不浄観に深い関心をもっていたものと推察される[22]。

その慶政が律を学んだとき、『摩訶止観』の説く大不浄観の教えと重なる点の多い『行事鈔』の記述に心惹かれたであろうことは想像に難くない。『閑居友』に見る限り、『行事鈔』の引用は「対施興治篇」と「頭陀行儀篇」の二篇にのみ集中しており、とりわけ「対施興治篇」の利用頻度が高い。それは「対施興治篇」が、衣食住についての観想を説いている部分であるからにほかなるまい。衣食住のうちでも食の要素が際立って目立つのは、すでに触れるところがあったように、食が他の要素よりも用いられる機会が多いゆえ、「食為二大患一」（大正蔵第四〇巻128ａ）と認識されていたためである。『行事鈔』は、わずかな食が成るまでにかけられた膨大な労力を観想することと、食を厭うべきものとして観想すること、の二方向からの観想によって節食の実践を説いているのであるが、後者の観想が『摩訶止観』の大不浄観と重なり合う。そこでは、人の身体も食も等しく厭うべきものと観じられた。したがって、全体としては、『閑居友』の不浄観説話群の背景には『摩訶止観』の教説が、節食説話群（あるいはさらに広く衣食住に関わる説話群と称してもよい[23]）の背景には『行事鈔』の教説が、それぞれ主に流れているものと見て大過なかろうが、上巻第一九話においては死体の不浄を観じる小不浄に加え、朝粥を観じるという大不浄に関わる食のモチーフが登場したため、両者の教説がクロスするかたちで現れることになったのである。『閑居友』からうかがえる限りでは、慶政にとっては天台教学の実践的側面、就中『摩訶止観』の教説が南山律の教えを受け入れる際の恰好の受け皿の役割を果たしているように見える。

それでは、慶政が律を学び、『行事鈔』に接したのはいつのことであったのだろうか。彼の入宋前か、入宋中か、あるいは帰朝後か、残念ながら現時点では特定しがたい。だが、『閑居友』上巻第一三話の食事論（ウ）の以下の記述からすれば、そこに入宋経験が大きく関わっていることだけは確かであろう。

しかあるに、憚りなくいたはりなく、いみじく多く食ひて、しはてには、こぼち散らしなどせん事、その罪いかばかりぞや。願はくは、帳の外を出でず、褥の上お《を》下らずいまそからんあたりまで、げにとおぼしとがめさせ給はば、功徳にや侍。されば、唐土には、いかなる者の姫君も、食ひ物などしどけなげに食ひ散らしなどは、ゆめ〱せず。よにうたてき事になん申侍し也。この国は、いかにならはしたりける事や覧、はや癖になりにたれば、改めがたかるべし。たゞかなひぬべからんほどを、御慎みもあれかし。

慶政の入宋は建保五年（一二一七）頃と推定されるが、[24]彼が学んだ中国南宋時代の寺院は、律院、禅院、教院の三種に分類され、僧侶も律僧、禅僧、教僧に区分されていた。[25]それは仏教の修行上の基本要素である戒律、禅定、智慧といういわゆる三学の別に対応する。[26]しかし「一寺院で一教義——すなわち律院では戒律のみ、禅院では禅のみ、教院では教学のみ——を専修するのではなく」「禅僧・律僧・教僧は程度の差こそあれ、三学兼修を重視した」[27]。さらに、「鎌倉時代初期から中期の入宋僧も」「律僧は戒律のみ、禅僧は坐禅のみ、教僧は仏教思想のみを修学・実践したのではなく、僧制を遵守して、三学兼修を志向していた」[28]とされる。加えて「南宋の律僧は南山四分律を学ぶ僧であった」[29]。北宋末期に元照によって復興された道宣の南山律の影響を、入宋中の慶政が蒙ったことは間違いなかろう。それゆえ、律の先進国たる「唐土」の「姫君」の「食ひ物」を粗末にしない姿勢が、慶政の記憶に一層印象深く刻まれることになったのではなかろうか。

三　真如親王説話と『四分律行事鈔』

ここまで『閑居友』の節食説話および不浄観説話に『行事鈔』の投影が顕著に認められることを明らかにしてきた。最後に取り上げたいのは、『閑居友』上巻第一話「真如親王、天竺に渡り給ふ事」である。作品巻頭を飾る本説話の後半部には、「このことは、親王の伝にも見へ侍らねば、記し入れぬるなるべし」と慶政自身が注記する、以下のごとき独自の伝承を有している。

渡り給ひける道の用意に、大柑子お《を》三持ち給ひたりけるを、飢れたる姿したる人出で来て、乞ひければ、取り出でて、中にも小さきを与へ給けり。この人、「同じくは、大きなるを与らばや」といひければ、「我は、これにて末もかぎらぬ道お《を》行くべし。汝は、こ、のもと人也。さしあたりたる飢お《を》ふせきては、足りぬべし」とありければ、この人、「菩薩の行は、さる事なし。汝、心小さし。心小さき人の施す物お《を》ば受くべからず」とて、かき消ち失せにけり。親王、あやしくて、「化人の出来て、我が心をはかり給ひけるにこそ」と、悔しく、あぢきなし。

さて、やう〳〵進み行くほどに、つい《ひ》に虎に行き遇ひて、むなしく命終りぬとなん。

木下資一氏は「この説話の寓意は極めて明瞭である。菩薩行には自分の命を捨てる程の覚悟が必要と、説こうとしていると読める。そのことを確認した上で、注目したいのは、その心を測る手段に、食料としての大柑子が用いられているということである」とし、節食説話群との関連を意図して巻頭話に本伝承を配したのではないかと推測している。(30) 首肯すべき見解と思われるが、ここでは、さらに節食説話の背後に『行事鈔』の教説が存するとの立場から、この伝承を読み直してみたい。

前節でもすでに触れたように、『閑居友』における『行事鈔』利用は「対施興治篇」と「頭陀行儀篇」の二篇にのみ限定されており、とりわけ「対施興治篇」に集中して認められる。版本にしてわずか五丁分ほどの分量しか持たない「対施興治篇」を慶政は熟読していたものと想像される。その「対施興治篇」冒頭には次のようにある。

夫福出㆓浄田㆒、道起㆓少欲㆒。為㆑福之家、唯重唯多。受㆑施之者、唯少唯節。多供無㆑厭、是為㆑福之法。少受限㆑量、信行者之儀。律云、檀越雖㆓施無㆒㆑厭、而受者応㆑知㆑足也。

（大正新脩大蔵経第四〇巻127b）

施を行う場合は、惜しみなく多く与えるのがよいが、施を受ける場合は、できるだけ分量を少なく限るようにし、少欲知足を実践するのが誠の行者のつとめであるとする。また、すでに第一節で引用したところであるが、「対施興治篇」の食の観想を説く箇所でも次のように述べられる。

然衣食房薬四事供養、能施捨㆑慳、受施除㆑貪。

（大正新脩大蔵経第四〇巻128a）

先に挙げた真如親王説話では、「施す物」つまり「能施」としての「大柑子」が問題になっている点、やはり『行事鈔』の教説と無関係とは思われない。真如親王は「厭《あ》くこと無」かるべき「能施」を、「慳を捨」てられず「量を限」ってしまったため、化人から「心小さし」と批判されて「悔しく」思い、やがて旅をつづけるうち、「ついに虎に行き遇ひて、むなしく命終りぬ」と語られる。「能施」の文脈との関わりで読み進めて行くとき、この最後のくだりからは薩埵王子のいわゆる捨身飼虎譚を想起せざるをえないであろう[31]。

一方、これまで見てきたように、『閑居友』における節食説話と不浄観説話が密接に関わることを考慮すれば、真如親王説話と不浄観を結びつけて捉えようとする原田行造氏の以下の指摘[32]も傾聴に値する。

……上巻第一話の真如親王虎害説話と同最終説話の体験記（引用者注、不浄観説話の一つ「唐橋河原の女の屍の事」をさす）とは、純度最高の新話材を誇るのみならず、肉体に対する異常なまでの凝視という一致点を有している。また、「もしこの相を発すれば、深くその身を患ひてこれを厭うこと糞のごとし。いかにいはんや妻子財宝にしてしかも悋惜を生ぜんや。薩埵（王子）が身を亡じたるも、鹿杖に害せられたる者も、みなこの観を得たるなり。」と『摩訶止観』巻九上に説くように、不浄観と捨身飼虎とは、共通線上に捉え得る思想なのである。

確かに『摩訶止観』巻九上では、薩埵王子の捨身飼虎譚を不浄観の代表的実践例のひとつとして挙げている。当該部分を改めて次に引こう。

若発㆓此相㆒深患㆓其身㆒、厭㆑之如㆑糞。何況妻子財宝而生㆓悋惜㆒。薩埵亡㆑身、鹿杖所㆑害者、皆得㆓斯観㆒。……　（大正新脩大蔵経第四六巻122c）

ちなみに右の傍線部で捨身飼虎（「薩埵亡㆑身」）と対にして不浄観の代表例として挙げられる「鹿杖所㆑害」については、同じ『摩訶止観』巻九上の以下の記事で、より詳細に触れられる。

如㆓律云㆒、仏為㆓比丘㆒説㆓不浄観㆒、皆生㆓厭患㆒不㆑能㆘与㆓臭身㆒共住㆖、衣鉢雇㆓鹿杖㆒自害。仏令㆘放㆓不浄㆒修㆗特勝㆖。（大正新脩大蔵経第四六巻120b）

「律」に説くところでは、「仏が比丘のために不浄観を説いたところ、みな厭患の心を生じ、臭身と共に住することができず、衣鉢を与えて鹿杖梵士にたのんで自害してしまったので、仏は不浄観を説くのをやめて特勝を修するよう教えられた[33]」というもの。仏の教えにより不浄観を実践した比丘が、厭患の心が強すぎて、鹿杖梵士に殺人を依頼し自らの命を絶ってしまったという逸話である。本伝承は『閑居友』上巻第二〇話「あやしの男、野原にて屍を見て心を発す事」に言及を見る。野原でたまたま死人の髑髏を目にした男が、世の無常を悟り、相思の女とも別れて出家する。――慶政は本話を承け、次のように語る。

誰もみなさやうの事は見るぞかし。さすが岩木ならねば、見る時はかきくらさるゝ事もあり。いかにいはむや、目のあたり見し人の、深き情、むつましき姿、さもと覚ゆる振舞などの、たゞうたゝ寝の夢にて止みぬるは、ことに心も発りぬべきぞかし。しかはあれど、憂かりける心のならひにて、時移り時去りぬれば、声立つるまでこそなけれども、咲なども侍べきにこそ。かゝるに、この男の深く思入れて、忘れず侍けん事、かねては彼の天竺の比丘のごとく、昔の世に不浄観などを凝らしける人の、このたび思はぬ縁に会ひて、うき世を出づる種となしけるにやとも覚ゆ。

この男の前世は「昔の世に不浄観などを凝らし」た「彼の天竺の比丘」、すなわち鹿杖梵士に害せられた比丘のような存在だったのではないかという。右の傍線部について、中世の文学は「四分律巻二の冒頭や五分律巻二の冒頭に説く所によるか」とし、新大系は「未詳」とした上で中世の文学の注記に言及するが、『閑居友』が「彼の天竺の比丘のごとく」と当該伝承を周知のこととして語っている点から見て、ここでは典拠を律蔵にまで遡るには及ばず、『摩訶止観』ないしは湛然によるその注釈書『止観輔行伝弘決』巻九之二の以下の記事に拠るものと考えるのが穏当であろう。

如二律云一者、十誦律云、仏在二跋耆国婆求河上一。四分律云、婆求園。園在二河上一故也。令三諸比丘修二不浄観一。諸比丘如レ教修習、於レ身生レ厭、如三人以レ蛇而繫二其頸一。或有二諸比丘一発レ心欲レ死、歎レ死求レ刀自殺。或服二毒薬一自繫自墜。或転相害。有二一比丘一。便往二鹿杖梵志所一讃言、「善人、汝能殺レ我、与二汝衣鉢一」。時彼梵志即以二利刀一断二其命根一。有二血汚刀一。至二河上一洗。時有二天魔一。従二水中一出、住二水上一立讃二梵志一言、「善人、汝得二大福一。是沙門釈子未レ度者度、未レ脱者脱、兼得二衣鉢一」。如レ是乃殺二六十比丘一。因二半月説戒一、仏問二阿難一、「不レ見二諸比丘一」。阿難具答。因レ斯立レ制等。爾後改レ観令レ修二特勝一。

（大正新脩大蔵経第四六巻416ｂｃ）

このように『摩訶止観』巻九上の「薩埵亡レ身、鹿杖所レ害」は天竺における不浄観の実践例としてまずは意識された著名な事例であり、慶政が真如親王虎害説話を綴る際、不浄観的観点からも薩埵王子の捨身飼虎譚を想起した可能性は十分にあるといえよう。

つまり『閑居友』の真如親王説話の独自部分は、『行事鈔』の説く「施」や「食」の観点からも、『摩訶止観』が説く不浄観の観点からも関心を惹起される要素を含み持っているのである。『閑居友』に特徴的な節食説話と不浄観説話の背景に『行事鈔』や『摩訶止観』の教説が存在し、両者は密接に関わり合っていること、ここまで見てきた通りであるが、そのことは作品巻頭話の独自部分に象徴的に示されているようにも思われるのである。

おわりに

本章では、『閑居友』の節食説話の背後に『行事鈔』の教説が存在することを明らかにするとともに、それが本作品のいまひとつの主要な要素である不浄観説話の背景を成す『摩訶止観』の教説とも深く関わることを論じてきた。慶政と律との交渉は、彼の三十代前半の著作である『閑居友』にも明確に刻印されているのである。また、『閑居友』における『摩訶止観』と『行事鈔』の教説の枢要性は作品巻頭の真如親王説話の独自部分からも看取されるように思われるが、それら二つの教説の出会いには慶政の入宋経験が少なからず与っているものと見通される。さらに、『閑居友』が『摩訶止観』に基づく不浄観をはじめとする観念修行に加え[34]、『行事鈔』に依拠する食の観想の実践まで含むことを指摘することで、本書の説話が有する強い実践修行的性格により光を当てることもできたのではないかと考える。

慶政を取り巻く環境的視点からの研究は今後ますます進展を見せるであろうが[35]、その一方で、そうした成果を受け止めてテキストの注釈的読解を不断に更新していく努力も怠ってはならないであろう。

〈注〉

（1）永井義憲「閑居友の作者成立及び素材について」（『日本仏教文学研究　第一集』豊島書房、一九六六年、初出は一九五五年）。なお、この点については、堀池春峰「法隆寺と西山法華山寺慶政上人」（『南都仏教史の研究　下　諸寺篇』法藏館、一九八二年、初出は一九六三年）でも触れられている。ちなみに、弘長三年（一二六三）に法華山寺において慶政が供養した福州版の一切経には「律宗三大部の版本が付属している」（大塚紀弘「宋版一切経の輸入と受容」『日宋貿易と仏教文化』吉川弘文館、二〇一七年、初出は二〇一〇年）。

（2）近本謙介「入宋僧を介した典籍の伝播と文芸の展開」（説話文学会編『説話から世界をどう解き明かすのか』笠間書院、二〇一三年）。この点については、同「ハーバード美術館　南無仏太子像像内納入戒疏談義聞書について——北京・南都の律の展開と交差をめぐる宗教的環境と言説——」（阿部泰郎・阿部美香・近本謙介・レイチェル・サンダース・瀬谷愛・瀬谷貴之編『ハーバード美術館　南無仏太子像の研究』中央公論美術出版、二〇二三年）でも再説される。近本氏はまた慶政と西大寺律との接点にも触れて、「夢告や霊託を駆使した寺社の勧進・修造の推進は、慶政所住の法華山寺縁起の作成などにも見えており、これが叡尊教団の方法とも類似性を有し、そこにたち働く人的紐帯にも重なりが見られることは、律宗の勧進の先蹤としての慶政の営みを考慮すべき必要性を感じさせるのである」と述べている（「南都復興の継承と展開——慶政の勧進をめぐる二つの霊託——」『文学』第一一巻第一号、二〇一〇年）。

（3）西谷功「南宋律院請来の威儀・法式・法会次第の受容と泉涌寺流の展開——新出資料『南山北義見聞私記』発見の意義——」（『南宋・鎌倉仏教文化史論』勉誠出版、二〇一八年、初出は二〇一四年）。

（4）苅米一志「初期禅律の前提と民衆的課題——延朗・慶円の活動を例として——」（『吉備地方文化研究』第二四号、二〇一四年）。

（5）牧野和夫「鎌倉前中期の寺院における出版——その背景と逓蔵過程の一、二の事実——」（大橋直義・藤巻和宏・高橋悠介編『中世寺社の空間・テクスト・技芸』〈アジア遊学一七四〉勉誠出版、二〇一四年）。

（6）木下資一「閑居友——説話と説話配列をめぐる覚書——」（『説話集の世界Ⅱ　中世』〈説話の講座5〉勉誠社、一九九三年）。なお、『閑居友』と食との関係に注目する論考として、藤本徳明「『閑居友』における〈食〉への視点」（『新日本古典文学大系月報』第四九号、一九九三年）、同「中世仏教説話における〈食〉への視点」（『仏教文学』第一八号、一九九四年）がある。

（7）小島孝之「『閑居友』の成立」（『中世説話集の形成』若草書房、一九九九年、初出は一九九三年）。

（8）美濃部重克校注『閑居友』〈中世の文学〉（三弥井書店、一九八二年）「解説」。

（9）西山龍山「四分律刪繁補闕行事鈔解題」（『国訳一切経 和漢撰述部27 律疏部一』大東出版社、一九三八年）。

（10）注9西山氏前掲解題。

（11）この『摩訶止観』との類似については、すでに廣田哲通「不浄観説話の背景」（『中世仏教説話の研究』勉誠社、一九八七年、初出は一九八三年）で言及されている。

（12）『摩訶止観』の「故云……兼知二仮実虚一」の記事は、池田魯参『詳解 摩訶止観 研究註釈篇』（大蔵出版、一九九七年）でも「『大智度論』巻二一」「の取意」と指摘されている。ただし、その中の「識二愛怨詐一」の文言自体は、湛然述『止観輔行伝弘決』巻九之二が「言二怨詐一者、愛如三怨家詐為二親友一。令三人起二貪如一詐親一。牽レ人入レ悪如二怨家一。具如二大経二十一一」（大正蔵第四六巻419c）と注するように、実際には『大般涅槃経』巻二一に「菩薩摩訶薩深観二愛結一如二怨詐親一」「菩薩摩訶薩深観二貪愛一如二怨詐親一」（大正蔵第一二巻744a）といった類似表現が認められる。

（13）青山克彌「『閑居友』の成立過程に関する一試論」（『鴨長明の説話世界』桜楓社、一九八四年、初出は一九七二年）。

（14）『国訳一切経 和漢撰述部28律疏部二』（大東出版社、一九三八年）七四頁脚注。

（15）この箇所に元照撰『四分律行事鈔資持記』は「墾耕也。植種也。耘除。謂レ去二穢草一。収穫即刈レ禾。穫音鑊。蹂治即践レ穀。蹂音柔」（大正蔵第四〇巻389b）と注している。

（16）近本謙介「遁世と兼学・兼修――無住における汎宗派的思考をめぐって――」（小島孝之監修『無住 研究と資料』あるむ、二〇一一年）。

（17）注6木下氏前掲論文。

（18）『沙石集』収載の遁世僧説話の伝承経路および伝承を語る視点については、本書第一部第五章参照。
（19）試みに「仏教比丘」の文字列を大正新脩大蔵経テキストデータベース（SAT）で検索すると、十一例（「仏教比丘尼」の一例を除く）が数えられるが、それらは「仏、比丘ニ教ヘタマフ」と訓まれるべきもので、いずれも固有名詞ではない。ただし、当該の用例を含む仏典について見ると、『五分律』（三例）、『四分律』『行事鈔』『四分律比丘含注戒本』『四分比丘戒本疏』『僧羯磨』『中本起経』『成実論』『解脱道論』（各一例）と、十一例中八例を律および律疏が占めており、この文字列をめぐる何らかの誤解が『閑居友』の本文形成に関わっていることを予想させる。なお、濱千代清『校本　閑居友』（桜楓社、一九七四年）によれば、「仏教比丘」に相当する本文を尊経閣文庫蔵譚玄本のみ「仏」とするが、それを承ける述部に「……と説き」と敬語表現が用いられていない点から見て、これが本来のかたちとは考えられない。
（20）小島孝之「慶政の生涯と『閑居友』の編纂」（注7前掲書、初出は一九九五年）。
（21）注11廣田氏前掲論文。
（22）慶政と不浄観との関わりをめぐっては多くの指摘があるが、たとえば小島孝之氏は、猪熊本『比良山古人霊託』の勘注に記される慶政幼少の折の乳母の過失による身体的欠損に触れ、「勘注が事実なら、慶政の受けねばならなかった疎外感がいかばかりのものであるか想像に難くない。もの心ついた初めから慶政は自らの不具性を背負い、その疎外感とともに生きていた。彼は人間の肉体と精神の関係の不条理を、自分自身の身体を通して自覚していったはずである。慶政の不浄観が厳しく肉体の不浄を見据えていることと切り離して考えることは難しい」と推測している（注20前掲論文）。
（23）一般に節食説話群とされる上巻第一一話～第一六話についてみると、第一五話には住の、第一六話には衣食の要素が、それぞれ認められる。
（24）平林盛得「慶政上人伝考補遺」（『国語と国文学』第三七巻第六号、一九七〇年）。
（25）高雄義堅「宋代寺院の住持制」（『宋代仏教史の研究』百華苑、一九七五年）。

(26) 大塚紀弘「中世「禅律」仏教と「禅教律」十宗観」（『中世禅律仏教論』山川出版社、二〇〇九年、初出は二〇〇三年）。
(27) 注3西谷氏前掲論文。
(28) 西谷功「泉涌寺僧と蘭渓道隆の交流――泉涌寺と南宋禅教僧の両ネットワークから見る――」（注3前掲書、初出は二〇一四年）。
(29) 西谷功「泉涌寺開山への諸相――『不可棄法師伝』にそって――」（注3前掲書、初出は二〇〇九年）。
(30) 注6木下氏前掲論文。
(31) 荻野三七彦氏は法隆寺蔵「天竺図」を慶政の手になるものと推定するが、その図の「大雪山の西麓の「大石門」は巍峨たる嶮峻にはさまれる渓谷であり、そこには真紅色の血潮が流れている。そこには「薩埵王子餓虎ニ施身処也」との註記がある。釈尊の「餓虎施身」の仏跡を図示している」と捨身飼虎譚が描かれていることに言及している（「法隆寺の「天竺図」と慶政上人」『日本古文書学と中世文化史』吉川弘文館、一九九五年、初出は一九八三年）。
(32) 原田行造「閑居友における不浄観説話の基礎的覚書」（『中世説話文学の研究　上』桜楓社、一九八二年、初出は一九七八年）。
(33) 池田魯参『詳解　摩訶止観　現代語訳篇』（大蔵出版、一九九五年）。
(34) 石田瑞麿「『閑居友』覚え書き」（『中世文学と仏教の交渉』春秋社、一九七五年）は、「本書は天台の『摩訶止観』をたびたび引用しているように、観念修行についてはかなり力を入れて説いていて、注目されるものがある。そのなかには、ごく一般的な不浄観（上巻第一九話・第二〇話など）もあるが、そうしたものだけに止まらないで、天台の四種三昧などをはじめ、念仏三昧も見え、またとくに日想観などの例もあって、作者が観念止観に修行としての大きな比重を与えているように推察される」と指摘している。ちなみに四種三昧は上巻第五話、念仏三昧は同第一八話、日想観は同第一七話で取り上げられる。
(35) 本章旧稿初出後の研究に、牧野和夫「中世太子伝記と成阿弥陀仏――橘寺と速成就院を起点として」（『説話文学研究』第五二号、二〇一七年）などがある。

第二章 『三国伝記』と禅律僧――「行」を志向する説話集

はじめに

『三国伝記』の序は、京都清水寺の本尊、「三国円通ノ大士」観世音菩薩の御前における、天竺・梵語坊、大明・漢字郎、本朝・和阿弥の三人による「巡物語」を仮構する。序中、和阿弥から「巡物語」の提案を承けた漢字郎は以下のように応じている。

誠観音ハ耳根得益ノ薩埵ナリ。爰以テ松ノ嵐モ瀧ノ響モ皆聞思修理也。言小《コトバスクナ》クテ旨広カラン古ル事ヲ法楽申サンコト可歟。

「観音は如来の教えを耳で聞くことによって発心得度したとされる（首楞厳経六）[1]」ことに基づく言説であるが、この観音の特性が説かれる『首楞厳経』巻六の当該部分を、宋代成立で、鎌倉期以降もっとも流布した同経の注釈書、長水子璿撰『首楞厳義疏注経』によって示そう[2]。

爾時観世音菩薩即従レ座起、頂二礼仏足一、而白レ仏言、世尊、憶二念我昔無数恒河沙劫一、於レ時有三仏出二現於世一。名二観世音一。我於二彼仏一発二菩提心一。彼仏教下我従二聞思修一入中三摩地上。
梵音阿那婆婁吉底輸。此云二観世音一。従二能所境智一以立レ名也。値レ仏観レ法、皆其所レ師。師資相承無二相違一耳。聞思修慧諸行通途。無レ有丁一仏不丙以二音声一而化乙群品甲。無レ有下一機不中従二耳根一聞レ教解悟上。由

（大正新脩大蔵経第三九巻903ａ）

㆑是彼仏教㆓従㆑此入㆒。

観世音菩薩が世尊に向かって言うには、太古の昔、私は「観世音」という名の仏に菩提心を起こしたが、その際、かの仏より聞思修から三摩地に入ることを教えられた。

「聞思修慧はあらゆる修行に共通する道であり、すべての仏は声で衆生を教化し、すべての機縁は耳根から教えを聞き理解して悟る（「聞教解悟」）ものであるので、かの仏はここから三摩地に入ることを教えたのである」[3]

漢字郎は、「観音ハ耳根得益ノ薩埵」だから、すべては「聞思修（の）理」に従い、「松ノ嵐モ瀧ノ響モ」耳に触れれば自ずと「三摩地」（悟りの境地）へと至るはず、それゆえ我らが語る「言《コトバ》小《スクナ》クテ旨広カラン古ル事」（短くて含意に富んだ古伝承）も必ずや観音への「法楽」となろうというのである。

鎌倉室町期の『首楞厳経』の受容をめぐっては早く高橋秀栄氏に論があるが、[4]最近、小川豊生氏は円爾門流や夢窓疎石周辺と『首楞厳経』との関わりに注目し、「中世において『首楞厳経』というテキストが想像以上に広くかつ深く受容されていた」様相を見出している。[5]その影響は『三国伝記』にも及んでいた。本章では、教禅一致を主唱した長水子璿の『首楞厳義疏注経』と『三国伝記』との関係を追尋した後、『三国伝記』に多い夢窓関係説話等、禅律僧関連の説話ともあわせて考察することで、そこから浮上する本作の特色に光を当てたいと考える。

一　『三国伝記』と『首楞厳義疏注経』

『三国伝記』では序のほか四説話に『首楞厳義疏注経』の投影を認めることができる。(6)　まず取り上げるのは、巻八第二五話「周利盤特事」である。

梵曰、仏弟子ノ中ニ周利盤特ト者、愚鈍第一人ナリキ。是ハ、過去ニ為二大法師一ト善ク解二リ経論一ヲ。徒衆五百人有リ。雖レドモ然ト、秘《ヒ》二悋《リン》シテ仏法一ヲ、不レ肯《ウケガハ》レ教レ人。依二テ是ノ罪一ニ後生ニ暗鈍ニシテ誦二持スルニ経論一ヲ、無二シ多聞ノ性一。以二ノ其ノ宿善一ヲ故ヘニ、最初ニ遇レヒテ仏ニ聞レ法ヲ、出家セリ。然ニ、仏、五百比丘ニ同ク教二ヘテ一偈一ヲ経二ルニ九十日一ヲ、周利盤特、於二百日一ニ得レツレバ前遺《ワス》レル後ヲ、得レツレバ後遺《ワス》レル前ヲ。仏、彼ガ愚ナル事ヲ憐ンデ、為レメニ治二散乱一ヲ教二玉フ数息一ヲ。彼レ観二コト息ヲ微細一ニ窮二尽セシム生住異滅ノ諸行ハ利那一ナリト。遂ニ其ノ心豁然トシテ得二タリキ大無礙一ナルコトヲ。乃至漏尽シテ成二阿羅漢一ト。豈ニ唯ダ散乱ヲ対治スルノミナランヤ。亦乃チ見二ル息ノ実相一也。住二セシカバ仏ノ座下一ニ、仏即印可シテ、成二ル無学ノ声聞一ト。周利盤特説レクニ法云ク、「守口接意身莫犯」ト云々。則十悪ヲ制スル謂也。

生来愚鈍だった周利槃特が仏から数息観を教えられたことにより阿羅漢となる話。本話の出典は以下に引く『首楞厳義疏注経』巻五の記事であろう。

周利盤特迦即従レ座起、頂二礼仏足一。而白レ仏言、我欠二誦持一、無二多聞性一。最初値レ仏聞レ法出家、憶二持如来一句伽陀一。於二一百日一、得レ前遺レ後、得レ後遺レ前。仏愍二我愚一、教三我安居調二出入息一。周利盤特迦云二蛇奴一。於レ路所レ生。或云二継道一。性多二愚鈍一。過去為二大法師一、善解二経論一。有二徒五百一。秘二吝仏法一不レ肯レ教レ人。後生暗鈍。以二宿善一故遇レ仏出家。五百比丘同教二一偈一。経二九十日一不レ得二成就一。為レ治二散乱一、教二数息一也。二正陳二悟旨一。我時観二息微細一窮二尽生住異滅諸行刹那一、其心豁然得二大無礙一。乃至漏尽成二阿羅漢一、住二仏座下一、印成二無学一。

初観二息風一念念生滅。微細窮尽、生滅無レ従。息風既空、心亡二分別一。豁然大悟、一切無礙。此則豈唯対二治散乱一。亦乃見二息実相一矣。（大正新脩大蔵経第三九巻897ｂｃ）

経典本文に対応する箇所には傍線を、注釈部分に対応する箇所には波線を、それぞれ付した。『三国伝記』が『首楞厳義疏注経』の注釈部分と経典本文とを巧みに綴り合わせながら一話を構成している様子が看取されるであろう。ただし、二重傍線部の偈は『首楞厳義疏注経』に対応部分を欠くが、同じ偈は『沙石集』巻一の周利槃特の挿話中にも引かれている。後者については、かつて詳説したところであり(7)、ここでは繰り返さないが、両書の偈はともに『止観補行伝弘決』巻二之五所載、周利槃特挿話中の「偈云、守口摂意身莫犯。如是行者得度世」（大正蔵第四六巻213ｃ）に淵源する可能性が高いと思われる。

次は、同じく巻八第一九話「阿那律尊者得天眼事」である。

梵曰、阿那律尊者ハ斛飯王ノ第二子、仏ノ御姪《イトコ》也。此ニハ如意トモ、無貧トモ云フ。是尊者、過去ニ以テレ食ヲ施タリシ二辟支仏ニ依テ二功徳ニ一、九十一劫ノ間、天上人中ニ生レテ、受二如意楽一ヲ、無レ所二劣少一ナル。始未レ得レ道時、為レ性ト耽《タン》二着《チヤクス》睡眠一ニ。為メニ仏、呵シテ曰ハク、「蚌蛤ノ類ナリ」ト。仍、不レ寝事七日、遂ニ失レフ明ヲ。爰ニ仏、教テ修シメ二天眼一ヲ給フニ因テ、是得二天眼通一ヲ、見ル二三千世界一ヲ事、如レ見ガ二掌ノ中ノ菴摩羅果一ヲ。凡諸仏ハ備二五眼三智一ヲ、十方ノ如来ノ窮二尽シテ微塵清浄ノ国土一ヲ無シレ所二不《ズ》トレ矚《ミ》云フ一。諸菩薩ハ見二百千界仏国土一ヲ。但シ、初地ハ見ル二百仏土一ヲ。二地ハ見二千世界一ヲ。乃至十地ハ見二無量不可説ノ仏刹、微塵数ノ世界一ヲ也。大辟支ハ見二百仏界一ヲ、大阿羅漢ハ見二小千界一ヲ。然ルニ、此ノ阿那律ハ独見二大千界一ヲ故ニ、於二諸声聞中ニ一天眼第一ト云フ。衆生ハ洞《ホガラカニ》視事、不レ過二分寸一ヲ。隔二紙膜一不レ見二外ノ物一。隔ツレバ二皮膚一ヲ不レ見二五臓一ヲ。豈ニ同ラン二前聖ノ真見一ニ乎。

睡眠に耽りがちな阿那律が、仏の叱責を受けて一念発起し、天眼を得るに至る話。本話も『首楞厳義疏注経』巻二の以下の記事が出典であろう。

而阿那律、見二閻浮提一、如レ観二掌中菴摩羅果一。

阿那律此云二如意一、亦云二無貧一。過去以レ食施二辟支仏一、九十一劫天上人中受二如意楽一無レ所二劣少一。未レ入レ道時、為レ性多レ睡。為レ仏所レ呵。因レ是不レ寝。遂失レ明耳。仏教下修二天眼一用見中世事上。因レ是修得、見二三千界一如レ観二掌果一。大論所レ明。大阿羅漢見二小千界一。大辟支見二百仏界一。諸仏見二一切仏土一。那律独見二大千一者、以三彼遍修二作意数一故、於二諸声聞一天眼第一。今言二閻浮一者、以三大千皆有二閻浮一、以レ別顕レ総。亦不二相違一。

諸菩薩等見二百千界一。

初地見二百仏土一、二地見二千世界一、乃至十地見二無量不可説仏刹微塵数世界一也。

十方如来、窮二尽微塵清浄国土一無レ所レ不レ矚。

仏具二五眼三智一。所レ見窮二尽法界一。已上四位階級所レ見、浅深不レ同。蓋真見之用、随二証所得一、漸明漸遠也。

衆生洞視不レ過二分寸一。

隔二紙瞙一不レ見二外物一。隔二皮膚一不レ見二五蔵一。豈同二前聖真見之用一。斯則真見妄見前後五重。條然可レ弁。

而云二云何得レ知二是我真往一。胡不レ察焉。

（大正新脩大蔵経第三九巻848b）

『三国伝記』はここでも『首楞厳義疏注経』の経典本文と注釈部分とを点綴しながら一話にまとめ上げている。ただし、破線を付した「仏ノ御姪《イトコ》也」という紹介部分と「蚌蛤ノ類ナリ」という仏の呵責の言葉、さらに「七日」の不眠については、同書巻二には該当部分が認められない。これらは、おそらく以下に引く、同じ『首楞厳義疏注経』巻五に出る阿那律の挿話中の破線部に拠ったものと考えるのが自然であろう。

阿那律陀即従レ座起、頂二礼仏足一、而白レ仏言、我初出家、常楽二睡眠一。如来訶レ我為二畜生類一。我聞二仏訶一、啼泣自責七日不レ眠、失二其双目一。世尊示二我楽見照明金剛三昧一。

或阿泥樓豆、或阿樓駄。皆梵音小転。此云二無滅一、或云二如意一。是仏堂弟、白飯之子。多楽二睡眠一。如来訶云、咄咄胡為寝、螄螺蚌蛤類。一睡一千年、不レ聞二仏名字一。故云二訶畜生類一。常言二半頭天眼一。今云二金剛三昧一、此顕二実証一。与レ昔不レ同。当二以レ意得一。（大正新脩大蔵経第三九巻897b）

加えてもう一箇所、冒頭近くの二重傍線部、阿那律が「斛飯王ノ第二子」であるとの情報も『首楞厳義疏注経』からは得られない。ここは『法華文句』巻一下の以下の記事に拠ったものと思われる。

季阿那律。乃是浄飯王之姪兒、斛飯王之次子。世尊之堂弟、阿難之従兄。羅云二之叔一。非二聊爾人一。（大正新脩大蔵経第三四巻15b）

『法華文句』は『三国伝記』の有力な出典の一つであり、それゆえ阿那律説話においても参照され、一部利用された可能性が高いと判断されるのである。(8)

『三国伝記』と『首楞厳義疏注経』の関係は、巻六第一〇話「宝蓮香比丘尼事」にも認められる。

梵云、宝蓮香比丘尼云者アリキ。持《シナガラ》二菩薩戒一ヲ、私《ヒソカニ》姪欲ヲ行ズ。是ヲ謗ル有レバ、妄ダリニ言ク、「姪ヲ行ズルハ、非レ殺ニ非レ盗ニ、无シトレ有二業ノ報一」。此語ヲ云モ不ルニレ已ラ、先ヅ女根ヨリ火燃ヘ出デ、、節々ヲ焼キ尽シキ。則、堕テ二无間地獄一ニ、熾盛薫歘《エン》ノ獄舎ノ中ニハ燔《ヤキ》二无量劫手足、獲罪之身肉一ヲ、焼燃猛火ノ鉄床ノ上ニハ焦《セリ》二億千歳頭目作業之髄脳一ヲト云々。誠ニ可二恐モ慎一ム事也。

婬欲を行じながら開き直った態度を取る宝蓮香比丘尼が、女根から発した火で全身を焼き尽くされた上、無間地獄に堕ちる話。本話の出典は、次に引く『首楞厳義疏注経』巻八の記事であろう。

世尊、如二宝蓮香比丘尼一、持二菩薩戒一、私行二婬欲一、妄言、行レ婬非レ殺非レ偸無レ有二業報一。発二是語一已、先於二女根一生二大猛火一、後於二節節一猛火焼然、堕二無間獄一。

（大正新脩大蔵経第三九巻933c～934a）

ここでも対応箇所を傍線で示した。本話の場合、該当部分は『首楞厳経』の経文部分に限られてはいるものの、前出の二話の例に照らし、参照されているのは『首楞厳義疏注経』であると見て誤るまい。

『首楞厳義疏注経』との関連が認められる『三国伝記』のいま一話は、巻六第七話「富楼那尊者事」である。

梵曰、仏弟子ノ中、満慈子尊者ト云、父ヲバ富楼那ト云、母ヲバ弥多羅ト云。故ニ富楼那弥多羅尼子ト云也。此ヲ翻シテ為ス二満慈子一ト。説法第一ニシテ、能ク仏法ヲ護持助宣ス。四弁《ベン》善巧ノ風ハ払ヒ二三惑之雲一ヲ、一音无辺ノ月ハ輝二九界之天一。是ノ故ニ、仏ノ言ハク、「過去七仏ノ中ニモ説法第一ナリ。今所説法人中ニモ為二第一一ト。又、当来諸仏説法人中ニモ復第一ナラン。漸々ニ具二足シテ菩薩道一ヲ、過テ二無量劫一ヲ、得ン二阿耨菩提一ヲ。号シテ曰ント二法明如来一ト」、受記シ給ヘル也。

弁舌第一として知られる富楼那の挿話である。本話は『首楞厳義疏注経』巻一の以下の記事との関係が濃厚である。ここでも、経典本文に対応する箇所には傍線を、注釈部分に対応する箇所には波線を、それぞれ付して示そう。

富楼那彌多羅尼子

富楼那父名。此云レ満。父是満江祷レ天求得。正値二江満一。又願レ獲レ満。夢三満レ器宝入二於母懐一。従レ此有レ孕。由二此多義一、得レ有二此称一。彌多羅尼母名。此翻為レ慈。亦云二知識一。其母慈行。仍誦二韋陀知識品一故。尼女声也。是彼所生。連二父母一召云二満慈子一。此於二如来説法人中一最為二第一一。下経云。我曠劫来、弁才無礙。宣二説苦空一、深達二実相一。河沙如来秘密法門。我於二衆中一微妙開示、得二無所畏一等。
（大正新脩大蔵経第三九巻828c）

ただし、ここで考慮しなければならないのが『法華文句』との関係である。実は、著者はかつて『法華文句』巻二上の以下の記事を本話の原拠として検討したことがある。(9)

富樓那、翻二満願一。彌多羅、翻レ慈。尼女也。父於二満江一祷二梵天一求レ子、正値二江満一。又夢下七宝器盛二満中宝一入中母懐上。母懐レ子、父願獲レ満。従レ諸遂レ願。故言二満願一。母名二彌多羅尼一。此翻二慈行一。亦云二知識一。四韋陀、有二此品一。其母誦レ之。以レ此為レ名。尼者女也。通称レ女為レ尼。通称レ男為レ那。既是慈之所レ生。故言二慈子一。増一云、我父名レ満、我母名レ慈。諸梵行人呼レ我為二満慈子一。此従二父母両縁一得レ名。故云二満慈子一。是人善知二内外経書一靡レ所レ不レ知。就レ知レ満故復名レ満。増一云、善能広説、分二別義理一、満願子最第一。下文云、於二説法人中一最為二第一一。（大正新脩大蔵経第三四巻17c）

その際には、『法華文句』の二重傍線部「下文云」以下の文言が『法華経』「五百弟子受記品」の「於二説法人中一最為二第一一」を指しており、『三国伝記』はそれに導かれるかたちで同品の後続部分、「爾時仏告二諸比丘一。……富樓那亦於二七仏説法人中一而得二第一一。今於二我所説法人中一亦為二第一一。於二賢劫中当来諸仏説法人中一亦復第一。……漸漸具二足菩薩之道一、過二無量阿僧祇劫一、当下於二此土一得中阿耨多羅三藐三菩提上。号曰二法明如来応供正遍知明行足善逝世間解無上士調御丈夫天人師仏世尊一」（大正蔵第九巻27bc）の二重傍線部をもって説話後半部（二重傍線部）の叙述にあてたのではないかと推測した。いま、『三国伝記』の説話前半部について、あらためて『首楞厳義疏注経』と『法華文句』の本文を対照すると、同文性においては前者にやや分があるといえそうである。また、すでに見た巻八第一九話「阿那律尊者得天眼事」と巻八第二五話「周利盤特事」という近接した箇所に位置する二話がともに『首楞厳義疏注経』に依拠していることを勘案すると、『首楞厳義疏注経』に依拠することが明らかな巻六第一〇話「宝蓮香比丘尼事」に近接する本話（巻六第七話「富樓那尊者事」）が同書に拠る蓋然性は高いといえよう。もっとも、巻八第一九話「阿那律尊者得天眼事」が『首楞厳義疏注経』に依拠しながらも、『法華文句』も利用していたように、本話についても『法華文句』が参照されている可能性は依然として高いのである。

ここまで、『三国伝記』の四説話について『首楞厳義疏注経』の投影を確認してきた。天台色の強い『三国伝記』にあって、とりわけ仏弟子の説話に『法華文句』よりもむしろ『首楞厳義疏注経』の関与の大きな点は注目される。「はじめに」で触れた序における観音信仰への投影もあわせ考えるなら、『三国伝記』に占める『首楞厳義疏注経』の位置は思いのほか高いものがあるといえよう。この現象は、従来考えられてきた『三国伝記』の成立基盤の問題とどのように関わるのだろうか。

二　『三国伝記』における夢窓関係説話

『三国伝記』の成立基盤について解明の緒を提供したのは、作中に二度登場する「白川元応寺ノ運海和尚」（巻四第二一話）、「元応寺ノ長老運海上人」（巻五第三話）である。この人物に初めて着目した池上洵一氏は、「運海のいた元応寺は京白川の法勝寺の西北にあって、恵鎮が後醍醐天皇の尊崇を蒙って天台円頓戒潅頂の道場とした寺である。元応年中（一三一九～二〇）に年号に因んで元応寺の勅額を賜わり、さらに嘉暦元年（一三二六）には恵鎮が法勝寺の大勧進職に補せられて、法勝寺も戒潅頂の道場となったために、両寺は並び称せられる道場となっていた。恵鎮は近江浅井郡の出身、叡山黒谷に伝えられていた円・密・浄・戒の四門を承け、さらに澄豪からは穴太流の秘軌・口訣を伝受し、台密黒谷流の開祖となった人である。後に恵鎮から元応寺の付属を受けたのは『渓嵐拾葉集』の著者としても知られる光宗であった。おそらく運海はその法脈につながる人であったのだろうと推測した。(10)これを承けた牧野和夫氏は、運海は「〔白川〕元応寺」長老として活動したが、近江霊山寺・十輪寺・唐崎明神等と緊密な関係を晩年に至るまでもっていた。運海の師系は「恵鎮―光宗―運海」とたどることができる。光宗は、厖大な著作『渓嵐拾葉集』伝三百巻（現存一一六巻）を撰述した学匠として聞こえるが、その師義源ともども、山王神道に関わる秘事・口伝を伝えて殆ど神道家とも称すべき、天台の一箇の学「記家」なる学問の系譜につらなる僧侶であった」と天台記家との関連に注目、(11)さらに、「元応寺恵鎮や光宗の師であった西山伝法和尚澄豪は、大和室生寺ゆかりの忍空（東大寺円照門下。西大寺僧とも）や東山太子堂円光上人良含に師事し、律宗に通じていたのである。おそらく同時期の円海・静基などとの交流（直接・間接を問わない）は想像するに難くない。中世における律僧の活動は十分に澄豪・恵鎮の学系に摂取されていたはずである」と律僧との関わりも視野に入れた。(12)一方、田中貴子氏も、池上、牧野両氏の論を承け、「このように、運海は光宗の後を受けて着々と学問に邁進し、最終的には元応寺住持という地位にのぼった人物だったのである。ただし、光宗が、恵鎮の関東下向の際だけ元応寺を預かったのとは異なり、運海は長年にわたって元応寺に止住しそこで生を終えた。これは、子弟《ママ》でありながら、運海が記家ではなく戒家寄りの思想を持っていたことを物語るのではないだろうか。元応寺は天台律僧の拠点でもある寺院で、「円頓戒」という戒律を授ける道場でもあった」と、運海の戒家との関わり、天台律僧としての側面に注意を喚起する。(13)その後、牧野氏は、「凝然撰『東大寺円照上人行状』」「に頻出する寺院名で、最も頻度の高いもののひとつ、東大寺戒壇院系律の京洛における最大の拠点であった金山

(仙)寺」に注目、同寺が「光宗による再興・運海などの滞在を経て」、応永三十二年(一四二五)頃には「供僧もなく元応寺の供僧の許で仏事運営がなされていた」事実や当時の元応寺住持が第七代正真であったことを指摘し、「「光宗―運海―宗知―正真」と次第する『三国伝記』の世界が、東大寺戒壇院系の律僧の拠点寺院に〝ひそかに〟連続していたことは明瞭である」と、やはり『三国伝記』と律僧との関わりを重視するのである。(14) ちなみに、『三国伝記』の成立圏として最も注目されているのは近江神崎郡の天台寺院・善勝寺であるが、(15)「元応寺ノ長老運海上人ノ時《トキ》、善勝寺ノ日海和尚ニ付属有リテ」(巻五第三話)と語られる「善勝寺ノ日海和尚」も「運海の資かと考えられる」(16)とすれば、『三国伝記』と律との関係はもはや動かぬところであろう。

このとき気になるのが、『三国伝記』に目立つ夢窓疎石関係の説話である。前節で考察した『首楞厳経』は「禅宗と密接なかかわりをもった」(17)経典であるが、すでに触れたように小川豊生氏が「『首楞厳経』の中世における受容の変遷を見る時」「十四世紀にいたって特に重要な画期となるのは、夢窓疎石が『夢中問答』において『円覚経』『首楞厳経』に依りつつ説示を展開していることだろう」と夢窓に注目、さらに「夢窓の門弟義堂周信が、足利義満を中心にくり返し『首楞厳経』や、宋代に成った注釈書『楞厳経義疏注経』(長水子璿、二十巻)を講義していた」事実を指摘していることである。(18)『三国伝記』に摂取される『首楞厳義疏注経』も、確実に夢窓周辺で享受されていた。ここで、夢窓関係説話と天台律僧との関わりが吟味されなければならないであろう。

まず夢窓の名が見える興味深い説話として、『三国伝記』巻八第一二話「上総国極楽寺郷居住高階《シナ》ノ氏ノ女夢想事 明大回向経勝利也」を取り上げる。「上総国北山辺ノ郡内、願成寺之近辺」に住んでいた寡婦が貞和二年(一三四六)六月一日に重病を受け、九日に死去する。同年十一月二十三日の夜に「同郡内極楽寺郷ニ住スル高階ノ氏ノ女」の夢に、亡者は異形の姿となって現れ、「我在生ノ時、心拙而落《シ》二律僧一ヲ、雖《モ》二多ノ子ヲ懐妊一スト、忍《フ》二人目一ヲ事ナレバ、一人トシテ無二シ取挙一ルコト。或ハ埋レ土ニ、或ハ沈メシレ水ニ、彼業障重キ故ヘニ、苦痛逼コトレ身ヲ事無レ限」と窮状を訴え、「仰願バ法華経一部ト回向経一巻トヲ奉二テ書写一、吾ニ回向シ玉ヘ」と懇願する。高階氏の女は法華経書写は了承するものの、回向経は名も知らぬ経典ゆえ、自分の力の及ぶところではないと一旦は固辞するが、亡者は、法華経に回向経を添えて書写しなければ兜率天への往生は叶わぬと再三の懇願に及び、高階氏の女もやむなく承諾する。その後、果たして回向経の在処は杳として知れなかったが、「夢窓国師ノ御弟子ニ周豪上座トテ、洛陽ノ辺土、嵯峨ナル所ニ住院アリケルニ、尋ネケルニ、無二子細一、甚深大回向経トテ大蔵経ノ中ニ在ル由ヲ委教給フ」。これにより、翌年正月下旬に「下総国飯岡ノ自二律僧寺一尋出テ」ついに書写を遂げることができたという。

寡婦の居住地に近い「願成寺」は、現千葉県東金市松之郷字願成寺に所在の願成就寺（法華宗）の前身の寺にあたるが、十三世紀後半には円真房栄真が長老を務めた真言律宗西大寺派の寺院であった[19]。その栄真が嘉元元年（一三〇三）に鎌倉極楽寺長老に転じて以降、臨済宗黄龍派の雲叟慧海によって禅寺化されたと見られる[20]。また、「下総国飯岡ノ」「律僧寺」は現千葉県成田市飯岡に所在の永福寺（真言宗）で、当時は律宗寺院であった[21]。

一方、この律宗寺院に所蔵されていたという「甚深大回向経」とは、『仏説甚深大廻向経』一巻を指す。「三輪清浄を説き、阿閦仏国への往生を説く[22]」本経では、仏が明天菩薩の問いかけに対して「慈身口意行」について説く中で、「不殺生衆生、不盗他財、不邪淫、不妄語、不綺語、不両舌、不悪口、不貪欲、不瞋恚、不邪見」の十善について詳細に解説した後、「明天当レ知。彼不殺不盗不邪婬、則是菩薩修慈身行。不妄語両舌悪口不綺語、則是菩薩修慈口行。不貪不恚不邪見、則是菩薩修慈意行。修二慈身口意一、則是菩薩等念衆生」（大正蔵第一七巻867c）と、十善戒と菩薩の「慈身口意行」を関連付け、これを「菩薩等念衆生」だと結論する。この部分が経典全体の三分の一を占めている点からも、「甚深大回向経」が戒律と関わり深い経典であることが窺えよう。

　すると、本話では、戒律に所縁深い経典の存在が地元の律宗寺院では認識されず、いわば死蔵されていたのに対し、遠く離れた京都に居住する夢窓国師の弟子が、むしろその存在をよく理解していたという、誠に皮肉な構図が語られていることになる。亡者が生前「落㆓シ律僧ヲ㆒」たという律僧女犯の挿話が語られることとも相まって、ここでは律宗の願成寺、永福寺ともまったく顔色なき体である。本話の背景に、願成寺の禅宗化とそれに伴う現地における律から禅への勢力関係の変化が介在することは間違いなかろう。本話の伝承経路も興味深い問題である[23]が、いまは措き、天台律と関係深い『三国伝記』が夢窓所縁のいわば禅宗系の本話を採録した意味を探っておく必要があろう。おそらくそれは、夢窓の戒律に対する姿勢に理由が求められるのではなかろうか。

　夢窓は『夢中問答集』[24]下巻第八八問答で戒・定・慧の三学について次のように述べている。

> 諸仏の説法無辺なれども、戒・定・慧の三学を出でず。……仏在世の時は、申すに及ばず。仏滅後、如来の法を紹隆し給へる教禅の宗師、皆同じく戒相を具足し給へり。仏在世の時は、禅教律の僧とて、形服のかはれることはなかりき。その形は皆律儀をととのへ、その心は同じく定慧を修す。末代になりて、兼学の人はありがたき故に、その家三種に分かれたることは、その謂れなきにあらず。各々一学を本として、互ひにそしりあへるは、謬りなり。像法決疑経の中に、末世の時、禅僧・律僧・教僧、その品類差別して、互ひにそしりあうて、我が仏法を破滅すべし。獅子身中の虫の、獅子の肉を食するがごとしと云云。禅教律の僧、たとひ凡情いまだつきざる故に、我執起こることありとも、仏弟子と号しながら、何ぞ仏の違勅をそむき給はむや。

仏弟子たる者、本来、戒・定・慧の三学は等しく修めるべきものであり、禅僧であっても当然、「律儀をととのへ」る必要があるとの立場が示される。この後、「唐の代になりて、百丈の大智禅師の時より、始めて禅僧は律家に居せず。別に禅院を立て、威儀法則も、律院に同じからず」と中国における禅律分離の歴史に触れるが、しかしその際の「百丈の意も、禅僧は戒を用ふることなかれとにはあらず。然れば、清規の中に、禅僧の威儀をさむべきやうを説かれたること、微細なり」と、『百丈清規』の中でも戒律が重視されていることを強調する。夢窓はまた『夢中問答集』上巻第一九問答や『谷響集』[25]下で「浄業障経」(『仏説浄業障経』一巻)という「一切法本来清浄の知見によって業障の浄められることを、仏が毘舎離の菴羅樹園で説いた」[26]律部の珍しい経典[27]を引用してもいる。夢窓は戒律を重視する持戒の禅僧だったのであろう。おそらく弟子の「周豪上座」[28]も同様であったに違いない。律儀をないがしろにしない三学重視の夢窓派の姿勢が天台律僧に親和性を感じさせたのではなかろうか。

ちなみに『三国伝記』巻二第一七話「智覚禅師事　明生野干身天上也」は、無住の『沙石集』の成立に大きく関わり[29]、夢窓にも影響を与えた[30]『宗鏡録』の著者、智覚禅師延寿の説話であるが、延寿はここでは「教網高張統二衆徳一ヲ、鵝珠常ニ磨テ耀二浄戒一ヲ道人也」と紹介されており、かつ「説戒」の場での挿話となっているところから、禅僧としてよりも持戒の僧としての側面に光が当てられていることは間違いない[31]。『三国伝記』は禅僧の持戒の面に共感を示すのである。

『三国伝記』の夢窓関係説話の二つ目、巻四第九話「夢窓国師ノ事」は夢窓の伝記的記事であるが、『三国伝記』が夢窓のどこに関心を寄せたかはここからもある程度窺える。本話の前段は、夢窓が初めて禅の修行をすべく建仁寺に止住したことまでを語っており、弟子の春屋妙葩編『天龍開山夢聰正覚心宗普済国師年譜』[32]に「近く」[33]、内容も比較的詳細であるが、一方、禅僧としての発展を語る二十五歳以降の後段の記事は極めて簡略で、前段の分量にも及ばないほどである。前段では、夢窓が十八歳で出家し、「南都ノ慈観律師ニ謁シテ受ケタリ二具戒ヲ一」、すなわち東大寺戒壇院長老の凝然から受戒したことや、夢想により名を疎石、字を夢窓としたこと、さらに法燈国師覚心の許に向かう途中、旧知の人から「先ヅ在テ二叢林ニ一学ビ二其ノ規矩ヲ一、然フシテ深ク止リ二巌崖《ガンガイ》ニ一行脚シテ仏法ヲ訪ヘ」と勧められ、建仁寺に止住するに至った経緯を語るが、「叢林」の「規矩」とはもちろん清規に基づくものであろうから、先に引いた『夢中問答集』下巻第八八問答を想起するなら、ここも夢窓の戒律重視の姿勢と無関係ではないことになろう。

『三国伝記』の夢窓関係説話としては、いま一話、巻十二第二一話「放鯉沙門事 明神慮方便也」が挙げられる。本話に夢窓は登場しないが、主人公の「諸国斗藪ノ沙門」が詠む和歌に複数の夢窓詠歌が用いられているのである。この点につき、西山美香氏は「夢窓家集（第Ⅰ系統）は花山院長親が出家をし、耕雲明魏という名にかわった後に編纂されたと考えられることから、元中九年（一三九二）〜永享元年（一四二九）ころの成立とされている。『三国伝記』は池上書（引用者注、中世の文学を指す）によれば、一四一〇〜一四二〇年代に成立したとされるから、非常にはやい夢窓の和歌の享受であることはいえるだろう。また夢窓家集が（ママ）すぐに手に入れてみることができる環境に『三国伝記』の作者がいたことを示しているかもしれない点で、夢窓家集と『三国伝記』の影響関係については、重要な問題を内包している」と注目し、「また興味深いのは、夢窓歌が引用される『三国伝記』「鯉放沙門事」で描かれる「沙門」とは、「世の憂さ」を和歌に詠じながら、あちこちに庵を結び、そして動物を教化する僧侶であるが、この姿が他の伝承化された夢窓像と非常に近いものであることである。夢窓の和歌がそのような「沙門」の和歌として利用可能なものであったということがわかる」と指摘している。(34)

本話では、「諸国斗藪ノ沙門」がまず摂津国平野の地で「平野ノ橋絶ヘテ」交通断絶の状況に遭遇、「道登禅師」や「行基菩薩」の先例を想起し、勧進活動を開始すると「三年ニ功畢リヌ」と語られる。ここで描かれる「抖擻」「勧進」などの面は」栄西などにも認められる「遁世聖の属性でもある」[35]。つまり「諸国斗藪ノ沙門」は禅律僧の特徴を強く帯びているのだといえよう。

本話の後半で「沙門」は琵琶湖の漁師の網にかかった鯉を助けるが、その夜の夢に「翁」が現れ、命を救われたことへの恨み言を「沙門」に述べる。その際、「翁」は、かつて諏訪明神に上州世良田「長楽寺ノ寛提僧正」が参詣し、贄のために獣を殺す訳を神に問うと、夢に、贄の獣が金仏と変じて昇天した後、明神が現れ、「野辺ニスムケダ物我ニ縁ナクバウカリシヤミニ猶マヨハマシ」の歌を詠むと見て、即座に神意を解したという説話を語る。夢から覚めた「沙門」は、「奇異ノ思ヲ成」すとともに、かつて「笠置ノ解脱上人」貞慶がやはり諏訪明神に参詣し、殺生を止めようとしたところ、神が「童男」に変じて現れ、宗祠の辺で雉を殺そうとして「業尽衆生、雖放不生、故宿人天、同証仏果」といわゆる「諏訪の勘文」を唱えるのを聞き、たちまち神慮を理解したという説話を思い合わせたという。無住の『沙石集』でも供御に関わる同様の伝承を伝えるが[36]、神社における殺生供祭のあり方は律僧の立場からすれば、やはり等閑に付しがたい問題であったのだろう。

ともあれ『三国伝記』の以上三話の夢窓関係説話からは、持戒の面を中心に律僧との親和性の高さが浮かび上がる。夢窓派の禅僧と天台律僧との具体的な接点をどこに求めるかは今後の課題であるが、いずれにせよ両者の交渉の過程でこうした説話が形成され、掬い上げられてきたことは間違いなかろう。

三　『三国伝記』と禅律僧

『三国伝記』における禅の問題を考える際、避けて通れないのが巻十一第三〇話「丹波国俗人道心事」である。従来ほとんど関心を払われていない説話だが、「昔話「阿曽沼の鴛鴦」に似[37]」た結構の発心出家譚が語られた後、この出家者に対し「奥郡ニ」「山居シ給ケル」「老僧」が語る禅宗の法門の物語は長大で、それは『沙石集』における最重要話、山中の老僧が金剛王院僧正実賢に向けて語る法文の物語[38]を彷彿させる。

老僧によれば、禅宗の歴史は、「世尊、迦葉ニ付属シテ」後、「西天ニ廿七代ヲ過テ」、達摩が「漢土ニ西来」以降、六祖慧能に至るまでは「異儀無レ分」。その後、南嶽懐譲と青原行思の「二人ノ門徒五家ニ分レタリ」として、以下のようにつづける。

一ニハ臨済《リンザイ》、二ニハ法眼《ゲン》、三ニハ雲門、四ニハ曹洞《ソウトウ》、五ニハ潙仰《イゲウ》也。此ノ五家ノ中ニ法眼ノ一家ハ三代ニ有テ高麗《ライ》国ニ流入ス。其ノ余ノ四家ハ猶ヲ漢土ニ有テ我朝ニ未《ダ》レ来《ラ》。知訥録ヲ見ニ、日本国ノ覚阿上人ト入タル計ニテ、此ノ外都《スベテ》録ニ入ル人無シ。若シ適《タマ〳〵》印可有レバ僅《ワヅカニ》心性ノ印可也。

中国禅宗の五家のうち、法眼は高麗に伝えられたが、それ以外の四家は中国に留まっていて、いまだ日本には伝わっていない。「知訥録」を閲するに日本人の禅僧で名が記されているのは「覚阿上人」だけであるという。「覚阿上人」は叡山僧、「承安元年（一一七一）に法弟全慶をともない入宋し、杭州霊隠寺の瞎堂慧遠のもとで修行、その法を伝えて安元元年（一一七五）に帰国した[39]」人物である。「知訥録」は未詳ながら、覚阿の伝は『嘉泰普灯録』（一二〇四年）や『五灯会元』（一二五三年）という中国禅宗灯史に記載されている[40]。ともあれ、老僧によれば、叡山の覚阿の存在を例外に、いまだ日本に禅宗は本格的には伝来していないというのである。

老僧の法談はさらにつづく。

自ラ教ヲ読テ嫌行ヲ学ビ行ヲ捨ル、已ニ破法堕悪道ノ外道也。達磨ハ楞伽ヲ学シ、長水ハ楞厳ヲ誦シ、恵能ハ金剛経ヲ持シ、知訥《トツ》ハ華厳ヲ愛スル等ハ、皆ナ教家ニ遊事ヲ言フ也。更ニ非レ為《ス》ルニレ禅ト。

ここでは禅者が「教家」に学んで「行」を捨てる行為は「破法」に等しいと厳しく批判しており、『首楞厳義疏注経』の著者も「長水ハ楞厳ヲ誦シ」と批判の俎上に載せられている。(41)では、禅者にとって重要なことは何なのか。

禅師モ釈迦ノ遺付ニシテ、尋テ二世尊ノ旧跡ヲ一学ブ。釈迦ハ六年禅定ノ功ニ依リ、達磨ハ九年座禅ノ徳ニ依ル。仏祖已ニ然也。恁《イン》麼《モ》彼ニ不レ随ラン乎。又行ハ何レト分ツコト勿レ。念仏誦経モ只心ノ引方ナルベシ。

禅者も「世尊ノ旧跡」に学ぶことが必要であり、達磨が釈迦の「六年禅定」に倣って「九年座禅」を行ったように、「禅定」の「行」の実践がなにより重要である。その際、「行」の種類は問わず、たとえ「念仏誦経」であっても問題はないという。

老僧の法談はなおも続くが、とりわけ肝要なのはこの箇所であろう。すなわち禅者が心得べきは、「禅定」の「行」を重視せよということなのである。老僧の理解では、この点で「禅師」の条件に適うのは日本では「覚阿上人」だけということになるのであろうか。ちなみに、光宗の『渓嵐拾葉集』は覚阿をめぐる以下の伝承を伝えている。

一、日本禅法得悟人事

妙法院頼勇法印夢想云、日本国ニ禅法開悟ノ人ハ、山家大師、覚阿上人許也、云云。此頼勇ハ覚阿上人ノ事ヲバ不レ知人也。誠感夢様不思議也、云云。

（大正新脩大蔵経第七六巻691ｃ）

日本で「禅法」を悟ったのは最澄と覚阿のみだとする天台の伝承であるが、老僧の説くところと重なる側面はあるといえよう。

言葉である。ここで注意されるのは、『谷響集』下において夢窓が智覚禅師延寿の『宗鏡録』の言に関わって述べる以下の

禅定の行は諸宗に通ぜり。此行を専にする人を皆禅師と名たり。この故に顕密の先徳にも禅師の号を得給へる人多し。教外別伝の宗師をも、禅師と名たり。

「禅定は諸宗に共通したもので、この禅定を専修するものを禅師と呼び、禅宗の僧もこの中に含まれる[42]」というのである。山中の老僧は、釈迦は六年の「禅定」を行い、達磨はその「旧跡」に倣って「座禅」を行ったが、「禅定」のための「行」は何であれ問わず、たとえ「念仏誦経」であっても構わないと語った。「禅定の行は諸宗に通ぜり」という「諸宗」に拘らぬ夢窓の姿勢は、この点に限っていえば、むしろ山中の老僧の立場に近いものがあろう。

一方、先に触れたように、牧野和夫氏は「『三国伝記』の世界が、東大寺戒壇院系の律僧の拠点寺院に〝ひそかに〟連続していたことは明瞭である」とするが[43]、円照や聖守、凝然ら東大寺戒壇院系の律僧が「禅定」に深い関心をもっていたこともすでに指摘されている[44]。『三国伝記』に関わる天台律僧にもその傾向は及んでいたのであろう。そうとすれば山中の老僧の法談は、通常は「禅法」といえば止観を意味したであろう彼らにとっても共感をもって受け止められる側面があったのではなかろうか。『三国伝記』に夢窓関連の説話とともに山中の老僧の説話が収められていることや、夢窓派禅僧に享受された『首楞厳義疏注経』がこの作品で活用されている事実も、そうした背景を考えれば理解しやすいように思われるのである。

四　『三国伝記』と「行」への志向

　ここまで、『三国伝記』における夢窓をはじめとする禅僧に関連した説話の分析から、天台律僧と夢窓派の禅僧が「戒律」と「禅定」の要素において親和性の高い傾向にあることを指摘してきた。戒・定・慧の三学を尊重するのは当時の遁世僧、禅律僧の基本的志向であったが、[45] とりわけ戒・定という「行」に関わる面が[46]『三国伝記』では重視されているように思われる。ここで『三国伝記』における持戒の僧の例を挙げてみよう。

　まず、巻四第二一話「三人同道ノ僧俗《ゾク》愛《エ》智川《チガハ》ノ洪水《コウズイ》ヲ渡ル事」に登場する「真言師卜覚《ヲボ》ヘテ」と記される「律僧」は、「胎金両部ノ壇ノ上ニハ四曼《マン》相応ノ花ヲ翫《モテアソビ》、瑜伽三密ノ道場ニハ六大無碍ノ月ヲ瑩《ミガキ》、久修練行年ヲ重ネ、観念加持日ヲ積レリ」とその「行」が表現されている。「律僧」は「濃州龍泉寺ノ辺ニ居住ノ者也」と名乗り、「近比、白川元応寺ノ運海和尚」から伝法を受けた「報恩」のため上洛するのだと語るが、この「台密を学ぶ僧に対してだけ敬語が用いられていて、明らかに優遇されている」[47] 点でも注目される人物である。また、巻六第一八話「江州長尾寺能化覚然上人事」に登場する「近江国坂田郡大乗峯伊吹山長尾寺ノ能化覚然上人」は下総国の千葉氏の出身、「志学ノ昔、洛陽ニ上リ随二テ玄恵法印一ニ習二ヒ外典一ヲ、壮年比、河東ニ移リ謁二シテ虎関和尚一ニ看二禅録一ヲ」たとされ、玄恵や禅僧の虎関師錬と交渉をもった経歴も興味深いが、「内ニハ兼二テ三事四徳一ヲ、久修練行年深ク、外ニハ具二シテ三聖四摂一ヲ、持〔戒〕精進日積レリ」とその「行」が表現されている。一方、巻十一第二一話「相模阿闍梨快賢事　遠江桜池事」の「相模阿闍梨快賢」は「戒行全ク等シテ、恵解共ニ具ヘリ」と「慧」の側面にも言及されるが、「兜率ノ行人、法花持者也シガ、読経坐禅ノ隙ニ思ヒケルハ」とやはりその「行」に比重が置かれる。こうした点に鑑みれば、「行」の実践をなにより枢要だと説く、先に見た巻十一第三〇話の山中の老僧の主張は、作品の基調を体現しているといっても過言ではないであろう。

このとき想起されるのが、池上洵一氏が『三国伝記』で注目する修験の要素である。池上氏は作品全体から修験の要素を丁寧に析出させながら以下のように述べている。[48]

しかし、このような言い方を重ねてきた結果として、『三国伝記』という作品そのものが修験の産物であると断定的に受け取られるとしたら、私の本意ではない。私はこれまで湖東の修験とそれがもたらしたであろう影響の跡を『三国伝記』の説話に懸命に追い求めてきた。しかし、それはこの側面からする追究が乏しい研究史的な状況に原因することで、この作品のすべてが修験で解決できるとは思っていないし、撰者玄棟が修験と直接に関係があったかどうかも今の段階では不明というほかないのである。しかしまた、玄棟自身はどうであれ、善勝寺と修験とは無関係ではなかったと思うし、その情報は必ずや玄棟の耳目にも親しく触れていたであろうと想像する。もともと天台系の比良修験に根ざした湖東修験は、天台密教の教学と深く結ばれていたし、先述のように奥島では湖東随一の学問寺であった阿弥陀寺までが入山行の道筋に組み込まれていたのであって、修験と教学とを峻別するのは不可能な状況にあったと思われる。おそらく善勝寺の近辺にも修験的なるものは充満していたに違いない。


本章で取り上げた説話も、修験とは一見直接関わりがなさそうに見えるが、作品の中心に天台律僧を置いて考えるとき、「修験的なるもの」は「戒」「定」という「行」の実践の延長線上に切れ目なく連なるものと考えられるのではなかろうか。

『三国伝記』巻七第一五話「鑑真和尚事　明南都戒律根本也」は日本律宗の開祖とされる鑑真の伝であり、律僧にとっては重要な伝承であったと思われる。本話の後半では、鑑真没後五十年にして律法が衰退したため、「笠置《カサギ》ノ解脱上人」が興隆を志したが、時いまだ至らず、「中比」に「思円法師、弘成《グウジヤウ》大徳」らが再興を期して、東大寺大仏の宝前で自誓受戒を行ったことを語り、最後、以下のように結んでいる。

爰以、思円上人ハ、聖武第一ノ女帝孝謙天皇御願、西大寺ノ荒替セルヲ興隆シテ、繁昌セシメ、如㆓本意㆒律宗ヲ弘メ給フ。弘成大徳モ、鑑真和尚建立ノ招提寺ノ荒廃シタルヲ再興シ、律法ヲ弘メ給フ。是皆、本願上人ノ志ノ成ズル処ニヤ。故ニ両寺ノ戒律、今ニ不㆑絶。此寺ヲ南都ノ律トハ云也。

「思円」は叡尊、「弘成」は国会図書館本に「クウシヤウ（グウジヤウ）」と付訓されるため、「覚盛の号「窮情」をこのように記したものであろうか[49]」と推測される。叡尊が西大寺を、覚盛が唐招提寺を、それぞれ再興し、鑑真の「志」を継承して、「戒律」を守っている、これを「南都ノ律」というのだと、南京律の歴史を語る伝承となっている。

本話で注目すべきは、「南都戒律根本」にあたる鑑真の来朝後の以下の行動である。

日本ニハ法喜菩薩ノ浄土アリトテ、先ヅ葛木山ニ登リ玉フ。時ニ峯ニ鬼神有テ、鐘ヲ推ク。和尚来給フニ、布薩ノ鐘ナリト告グ。則、法喜菩薩ノ所ニ到リ、其籌《チウ》ヲ乞給ヒテ本トシ、孝謙天皇天平勝宝年中ニ東大寺戒壇院ヲ濫觴シテ、毘尼ノ正法ヲ弘メ、妙法ノ受戒ヲ始ム。南都ノ布薩ヲバ勤行シ給シ也。……其後、真如親王ノ御所ヲ給ハリ、私ノ寺ト成ス。招提寺、是也。此レニモ戒壇ヲ建ラレタリ。彼本籌ヲバ此寺ニ籠メテ今ニ有㆑之。

鑑真は日本に法喜菩薩の浄土があると聞いて、真っ先に葛城山に登る。すると鬼神が布薩（戒律が守られているかどうかを点検し、懺悔する集会）の鐘を撞いたので、鑑真は法喜菩薩のところに行って布薩の際に人数をかぞえるのに用いる「籌《チウ》」をもらい受ける。その後、東大寺戒壇院を草創して授戒を行い、布薩を開始、法喜菩薩からたまわった「本籌」は唐招提寺におさめられて今に伝わるという。「法喜菩薩ト者、役行者ノ異名也」（『渓嵐拾葉集』大正蔵第七六巻789c）との理解からすれば、ここには「南都戒律根本」と葛城修験との関係が看取されることになろう。本話は南京律の歴史が始原のところで修験と繋がっていることを語る伝承であるともいえる(50)。ちなみに、同様の伝承は光宗の『渓嵐拾葉集』にも認められる。

問。役行者本地如何。答。曇無竭菩薩ノ化身也。故花厳経ニ云、従レ此五百由旬東方有二大乗流布国一。其中ニ曇無竭菩薩在文。又云、鑑真和尚葛木之峯ニ巡礼之時、有二鬼神一布薩ノ鐘ヲ鳴ス。和尚問云、何故ソ鐘ヲ鳴ス耶。鬼神答云、曇無竭菩薩ノ布薩也、云云。仍テ和尚布薩ニ共シテ取レ籌。其籌今ニ南都ニ有リ。日本ノ奇瑞是也、云云。　（大正新脩大蔵経第七六巻520b）

尾上寛仲氏は、光宗が正和元年（一三一二）に回峯行について義源から師説を授けられたことを指摘し「光宗も亦回峯行者であったと判断できるのである」とする(51)。鑑真は「天台宗の学徒でもあった(52)」から、天台律僧にとっても、本話は律と修験の「行」を繋ぐ大切な伝承であったのだろう。先に触れた巻六第一八話「江州長尾寺能化覚然上人事」で、持戒の覚然が活躍する舞台「伊吹山長尾寺」も伊吹四箇寺の一つで伊吹修験と関わり深い寺院であった(53)。そもそも修験には「規律・戒律・清浄が要求される(54)」側面がある。鑑真の律と修験をめぐる説話を介して考えるなら、『三国伝記』の修験は戒・定という「行」の実践に直接連なる存在であると理解するのが自然であろう。

おわりに

本章では『三国伝記』の禅律僧に関わる説話を中心に検討し、三学のうちでもとくに戒・定を中心とする「行」の実践が重視されていることを明らかにしてきた。『三国伝記』はいわば「行」を志向する説話集として、その性格を捉えることができるのではなかろうか(55)。律に基づく実践的性格を持つ説話集としては、慶政『閑居友』(56)や無住『沙石集』(57)の流れを承ける作品であるともいえよう。その意味では、『閑居友』と『沙石集』が『三国伝記』の有力な出典となっていることも、けだし偶然とはいえないのである。

〈注〉

（1）池上洵一校注『三国伝記（上）』〈中世の文学〉（三弥井書店、一九七六年）三五二頁補注六。
（2）経典本文に対する注釈部分を一字下げのかたちで記す。
（3）大澤邦由「『楞厳経』における「聞思修」について――宋代から明末の注釈書の解釈を中心として――」（『駒澤大学仏教学部論集』第四九号、二〇一八年）。
（4）高橋秀栄「鎌倉時代の僧侶と『首楞厳経』」（『駒澤大学禅研究所年報』第七号、一九九六年）。
（5）小川豊生「中世芸文と如来蔵――「離見の見」をめぐって――」（『仏教文学』第四五号、二〇二〇年）。
（6）『三国伝記』と『首楞厳義疏注経』との影響関係については、大阪市立大学文学研究科・二〇一五年度大学院演習における羅小珊氏の報告に負うところが大きい。
（7）小林直樹「『沙石集』と『摩訶止観』注釈書」（『中世説話集とその基盤』和泉書院、二〇〇四年、初出は一九九三年）。

(8) 小林直樹「『三国伝記』の成立基盤――法華直談の世界との交渉――」(注7前掲書、初出は一九八九年)では、本話の原拠を『法華文句』としているが、本話への影響は限定的であると修正しておきたい。
(9) 注8小林前掲論文。
(10) 池上洵一「『三国伝記』の成立基盤」(『説話と記録の研究』〈池上洵一著作集　第二巻〉和泉書院、二〇〇一年、初出は一九七八年)。
(11) 牧野和夫「中世近江文化圏と能の素材――「野寺」のこと等――」(『中世の説話と学問』和泉書院、一九九一年、初出は一九八五年)。
(12) 牧野和夫「『三国伝記』と『太平記』の周辺」(『日本中世の説話・書物のネットワーク』和泉書院、二〇〇九年、初出は一九九〇年)。
(13) 田中貴子「『渓嵐拾葉集』と『秘密要集』」(『『渓嵐拾葉集』の世界』名古屋大学出版会、二〇〇三年)。
(14) 牧野和夫「談義所逓蔵聖教について――延慶本『平家物語』の四周・補遺――」(『実践国文学』第八三号、二〇一三年)。さらに、その後の論考に、牧野和夫「『三国伝記』生成の前夜――琵琶湖東の宗教的環境の一端〈倍山と常陸・出羽・濃尾〉」(小助川元太・橋本正俊編『室町前期の文化・社会・宗教――『三国伝記』を読みとく』〈アジア遊学二六三〉勉誠出版、二〇二一年)がある。
(15) 注10池上氏前掲論文、黒田彰「三国伝記と和漢朗詠集和談鈔」(『中世説話の文学史的環境』和泉書院、一九八七年、初出は一九八二年)、牧野和夫「中世の太子伝を通して見た一、二の問題(2)――所引朗詠注を介して、些か盛衰記に及ぶ――」(『延慶本『平家物語』の説話と学問』思文閣出版、二〇〇五年、初出は一九八二年)。
(16) 注11牧野氏前掲論文。
(17) 荒木見悟『中国撰述経典二　楞厳経』(筑摩書房、一九八六年)「解説」。
(18) 注5小川氏前掲論文。
(19) 桃崎祐輔「総州願成寺の探索――房総における西大寺流真言律寺院の沿革小考――」(『六浦文化研究』第八号、一九九八年)。
(20) 関口靜雄ほか「妙幢淨慧撰『佛神晥感應錄』翻刻と改題(八)」(『学苑』第九四一号、二〇一九年)。
(21) 外山信司「『三国伝記』の「飯岡律僧寺」のこと」(『千葉史学』第五二号、二〇〇八年)、注20関口氏ほか前掲論文。
(22) 『大蔵経全解説大辞典』(雄山閣出版、一九九八年)「仏説甚深大廻向経」の項(佐藤秀孝氏執筆)。
(23) 著者はかつて上総長南台談義所(長福寺)との関係を想定したことがある(注8小林前掲論文)。ちなみに夢窓の説話は『法華経直談集』にも収められている(中野真麻理「諏訪の神文」『一乗拾玉抄の研究』臨川書店、一九九八年、初出は一九九六年)。
(24) 川瀬一馬校注・現代語訳『夢中問答集』(講談社学術文庫、二〇〇〇年、原著は一九七六年)による。
(25) 国文東方仏教叢書による。
(26) 注22前掲書「仏説浄業障経」の項(笠井哲氏執筆)。
(27) 西村惠信『夢中問答入門――禅のこころを読む』(角川文庫、二〇一四年、原著は二〇一二年)では「ところで『仏説浄業障経』(浄業障経とも。『大正蔵経』第二十四巻)という経典まであったとは、いままで寡聞にして知りませんでした。夢窓国師はそのような経典にも、しっかり眼を通しておられたのですね」と言及している。
(28) 「周豪」については注20関口氏ほか前掲論文に考察が備わる。ちなみに、川本慎自「夢窓派の応永期」(注14前掲書)は「周豪」と説話中の年号「貞和二年」が夢窓派にとって特別な意味を持つと推定している。
(29) 本書第一部第七章。
(30) 柳幹康「夢窓疎石と『宗鏡録』」(『東アジア仏教学術論集』第六号、二〇一八年)。
(31) 延寿の戒行の厳格さに対しては、無住も崇敬の念を表明するところである。本書第一部第七章参照。
(32) 続群書類従による。
(33) 注1池上氏前掲書二一二頁頭注。
(34) 西山美香「「東山殿西指庵障子和歌」の本文とその成立について」(『武家政権と禅宗――夢窓疎石を中心に』笠間書院、

二〇〇四年）。

(35) 船岡誠『日本禅宗の成立』（吉川弘文館、一九八七年）一七二頁。

(36) 無住は厳島、諏訪、宇都宮における供御の例に言及している（巻一）。

(37) 池上洵一校注『三国伝記（下）』〈中世の文学〉（三弥井書店、一九八二年）二五七頁頭注。

(38) 本書第一部第四章参照。

(39) 注35船岡氏前掲書一四六～一四七頁。

(40) 佐藤秀孝「覚阿の入宋求法と帰国後の動向（上）――宋朝禅初伝者としての栄光と挫折を踏まえて――」（『駒澤大学仏教学部論集』第四〇号、二〇〇九年）。

(41) ちなみに、ここで山中の老僧から「長水ハ楞厳ヲ誦シ」と批判の矛先を向けられる「楞厳」すなわち『首楞厳経』については、注17荒木氏前掲書において、「かなり複雑な教相的装飾をもちながら、禅宗と密接なかかわりをもったのは「この経典の主要人物たる阿難が、多聞第一と称されながらも、それがかえって真の解行の体得をさまたげているとして、さんざんにやりこめられるところに、教相仏教を冷眼視しようとする禅家の琴線と呼応するものがあるからであろう。阿難のもろさ・弱さ・未熟さが暴露されるごとに、禅僧たちは溜飲の下る思いがすることであろう」と禅宗で好まれた背景が指摘されている。

(42) 注35船岡氏前掲書六頁。

(43) 注14牧野氏前掲論文。

(44) 蓑輪顕量「中世東大寺僧に見る禅宗の影響――凝然の場合――」（『印度学仏教学研究』第六二巻第二号、二〇一四年）、同「寺僧と遁世門の活躍――戒律・禅・浄土の視点から――」（『ザ・グレイトブッダ・シンポジウム論集〈中世東大寺の華厳世界―戒律・禅・浄土―〉』第一二号、二〇一四年）。

(45) 簑輪顕量「中世南都における三学の復興」（『仏教学』第四八号、二〇〇六年）、大塚紀弘「中世仏教における「宗」と「三学」」（『中世禅律仏教論』山川出版社、二〇〇九年）、上島享「鎌倉時代の仏教」（『岩波講座　日本歴史　第六巻　中世1』

岩波書店、二〇一三年）など参照。

(46) 戒律に関して、西谷功「鎌倉期戒律復興の実像――泉涌寺僧が果たした役割」（『説話文学研究』第五五号、二〇二〇年）は、「戒律復興とは「戒＝学」と「律＝行・威儀」の両方の復興により、はじめて達成されたと評価すべきものと考える」とし、「戒律の戒相面である「学」」よりも「儀礼などの実践面である「行」」を重視すべきことを説いている。

(47) 注10池上氏前掲論文。

(48) 池上洵一『修験の道――『三国伝記』の世界――』（『今昔・三国伝記の世界』〈池上洵一著作集　第三巻〉和泉書院、二〇〇八年、原著は一九九九年）。

(49) 注37池上氏前掲書三二一頁補注二二。ちなみに、阿部泰郎・阿部美香・近本謙介・レイチェル・サンダース・瀬谷愛・瀬谷貴之編『ハーバード美術館　南無仏太子像の研究』（中央公論美術出版、二〇二三年）に紹介される「鎌倉期の叡尊教団における談義の内容を具体的に伝える史料」（近本謙介「ハーバード美術館　南無仏太子像像内納入戒疏談義聞書について――北京・南都の律の展開と交差をめぐる宗教的環境と言説――」）である戒疏談義聞書『二衣篇』では覚盛を「弘盛房」と表記している。

(50) 川崎剛志「『金剛山縁起』の撰述と受容」（『修験の縁起の研究――正統な起源と歴史の創出と受容――』和泉書院、二〇二一年、初出は二〇〇六年）は、鑑真と法起菩薩（法喜菩薩）をめぐる伝承が、弘長年間（一二六一～一二六四年）の金剛山修造に関わって「その修造計画の根拠となる書物として」「偽撰された、と推測される」『金剛山縁起』にすでに見え、その後、元亨二年（一三二二）に草された賢位撰『唐大和上東征伝』（唐招提寺蔵）にも当該伝承が「籌」のくだりも含めたかたちで引かれることを指摘している。

(51) 尾上寛仲「阿弥陀寺考（上）」（『日本天台史の研究』山喜房佛書林、二〇一四年、初出は一九七一年）。

(52) 東野治之『鑑真』（岩波新書、二〇〇九年）。『渓嵐拾葉集』でも「鑑真和尚終南山道宣律師殊弟也。三論ノ祖師道睿ト云フ人、勧㆓鑑真㆒ヲ令㆑来㆓日本㆒。其時律ノ三大部並天台三大部将来シ給フ。仏本意在㆓大義㆒也」（大正新脩大蔵経第七六巻836c）と言及される。

(53) 満田良順「伊吹山の修験道」(五来重編『近畿霊山と修験道』〈山岳宗教史研究叢書11〉名著出版、一九七八年)。
(54) 上田さち子『修験と念仏―中世信仰世界の実像』(平凡社、二〇〇五年) 一一八頁。ちなみに、追塩千尋「叡尊の東国下向」(『中世の南都仏教』吉川弘文館、一九九五年、初出は一九八九年)は、西大寺を再興した「叡尊は後の三十六先達となる寺院の四分の一と当時関わりがあった」とし、「弘長二年(一二六二)二月から八月にかけての半年にわたる」「東国下向は直接的には北条時頼の要請で行ったにせよ、修験者としての回国行、勧進聖としての他国遊行の性格も色濃く有していたのではないか」と推定しており、律僧と修験の親和的関係がうかがえる。また、徳永誓子「修験道当山派と興福寺堂衆」(『日本史研究』第四三五号、一九九八年)は、「興福寺・東大寺の堂衆は大峰入峰を寺内の修験修行である当行の延長上に捉え、昇進階梯に組み込んでいた。この寺内限定と社会共通の修験による二重構造は畿内近国寺院の行人層に共通の現象と推定されるが、興福寺等南都堂衆の場合入峰等を古義律宗研鑽の一環と捉えた点が他と異なる。院政期から鎌倉前期にかけての戒律再興運動は興福寺堂衆にも影響を与え、彼らなりの律学高揚として大峰入峰が活発化し、これが他の南都堂衆にも波及する」と指摘、唐招提寺を再興した覚盛がもと興福寺西金堂衆であったことも確認されており、ここにも律と修験の関わりが認められる。その意味では、『日蔵夢記』(神道大系)で「蔵王菩薩」が日蔵に「汝護法菩薩為レ師、重受二浄戒一」と受戒を勧めている点も示唆的である。
(55) 小林直樹「『三国伝記』の弥勒説話と持戒――修験・律・禅を結ぶ――」(『国語と国文学』第一〇二巻第三号、二〇二五年)もあわせ参照されたい。
(56) 本書第二部第一章参照。
(57) 本書第一部第六章、第七章参照。

第三章　説教から説経へ――西大寺流律僧の説話世界を軸に

はじめに

説経という芸能は、一般に寺院説教に淵源するものと考えられている。この点について、たとえば秋谷治氏は次のように述べる[1]。

> 説経節は説経と書いて説教と書かないが、僧侶が説教を説いたように、仏教の法談・唱導から生じ、寺院の周辺で成立したというのが通説である。仏教の比喩や因縁話を物語化し芸能化したのが出発点であったろうが、その転化・物語化の過程は全く明らかでない。（傍点、原文のまま）

また、西田耕三氏によれば次のようである[2]。

> 説経は、中古以来の講経（経典講説）が、その場を寺院以外に拡げることによって語りの要素を強くし、さらにそれが遊芸化していったもの、と考えられている。しかしその道筋を具体的にたどることはほとんど不可能に近い。

このように、説教から説経へという「転化・物語化の過程は全く明らかでな」く、「その道筋を具体的にたどることはほとんど不可能に近い」とされているのであり、そうした困難を本章の課題は背負うことになる。その「不可能に近い」ことを十分に自覚した上で、ここでは西大寺流律僧（叡尊教団）の説話世界に注目してみたい。

それは説経の代表的作品中のいくつかに、西大寺流律僧の事績が深く刻まれていることがすでに明らかにされているからである。

西大寺流律僧と説経との浅からぬ関わりを初めて指摘したのは阪口弘之氏である。阪口氏はまず叡尊の弟子の忍性の事績と説経『しんとく丸』との関係に注目し、次のように述べている。(3)

……その忍性は師叡尊と共に、「非人」救済を目的とした社会救済事業に大いに貢献した律宗僧であった。例えば、「癩者」を中心とした「乞食」に対する「施行」を積極的に推進した彼の布教活動は、「しんとく丸」に於ける安倍野が原（四天王寺に隣接）の「施行」の場で、「のせの里」からさ迷い出た父信吉としんとく丸との出会いにみる如く、説経世界との重なりが注目される。説経が石の鳥居をめぐる奇瑞を盛んに説くことなどもあわせ、彼の宗教行動が説経作品世界にいかなる関りをもつのか、説経研究の一つの課題といってよいであろう。（傍点、原文のまま）

ここで触れられる四天王寺の石の鳥居は、永仁二年（一二九四）、四天王寺別当となった忍性によって造立されたものである。氏はまた「「しんとく丸」申し子譚で、御台の前生を「近江の国瀬田の唐橋の下に住む大蛇」とするのも、忍性の瀬田の唐橋架橋（修補）と関連があるかもしれない」と推測する。(4)

だが、説経との関連が認められるのは忍性の事績だけにとどまらない。阪口氏は後年、忍性の師叡尊も含め、この師弟の事績と『しんとく丸』との関わりをさらに詳細に追究している。(5)そこでは、しんとく丸が信貴山で修学するという設定に「忍性が幼時、信貴に登り、学問修行したという事実」との「重ね合わせ」を見、しんとく丸の四天王寺石の舞台での舞には「弘安八年（一二八五）、四天王寺別当に就任した「世一の僧」叡尊をまきこんだ「胡飲酒」相承一件」の「間接的な反映」を認めるほか、信吉長者の住む高安の地が叡尊再興の教興寺の所在地であることや、乙姫の住む和泉近木の荘も叡尊が菩薩十重戒を講じ高野僧らに授戒した地蔵堂を有する地であることなど、両者の足跡と作品との相関を明らかにする。

一方、阪口氏とは別に、歴史学の方面から松尾剛次氏も説経『さんせう太夫』と叡尊教団との関わりに注目し、作品に登場する丹後国分寺が西大寺流律僧の宣基らにより再興された事実や、先にも触れた四天王寺石の鳥居と忍性との関係などについて論及している(6)。

このように説経作品に叡尊教団の痕跡が刻まれていることは間違いなかろうが、それでは両者の交渉はどのように考えることができるのだろうか。阪口氏は作品の成立基盤と叡尊教団との接点について次のような見通しを示している(7)。

……これらの物語成長にかかわりをもった人々は、「しんとく丸」や「さんせう太夫」を例にいえば、四天王寺信仰圏、あるいは叡尊・忍性・宣基らの信奉者集団に直接間接に繋がる人々であった。そのことが、これらの物語虚構の中核に宗教的トポスとしての四天王寺や、そこに発する確かな伝承的想像力を看て取ることを可能にしているのであろう。

そして、説経は「叡尊・忍性らの信仰圏」「に繋がった下級僧や説教の人々によって語り物としての体裁を整えたのであろう」と推測するのである。

阪口氏は説経テキストの分析から、その背後にある西大寺流律僧（叡尊教団）の宗教的営為を見出しており、その意味では、いわば「説経」から「説教」を照射しようとするアプローチに立つものであるといえよう。阪口氏の論を承け、本章では、それとは逆に、西大寺流律僧の「説教」の分析から「説経」の世界を照らし出すべく考察を試みたいと思う。「不可能に近い」ことは承知の上で、阪口氏の論との円環を成すことを目指すものである。

一　叡尊の説教（一）――『興正菩薩御教誡聴聞集』

西大寺流の祖、叡尊の説教はどのような特色をもつものだったのだろうか。まずは「興正菩薩叡尊の晩年の説教を、聴聞した弟子の一人が記録したものである」[8]『興正菩薩御教誡聴聞集』からうかがってみよう。そこで気になるのは、たとえば次のような譬喩の存在である。

縦ヒ我ヲコロシ打ツモノアリトモ、痛キ計ヲ忍テ、悪《ニク》ム心アルベカラズ。タトヘバ少《ヲサナ》キ子ノ手ヲノベテ母ヲ打ニ、コレヲヨロコブガ如シ。（「修行用心事」）

又少キモノ、有二恐怖等ノ難一時如レク呼二ブガ父母一ヲ思召シテ観音ノ宝号ヲ唱ヘサセ給へ。（「持斎祈雨事」）

人ノ子ノヲトナシク成ヌレバ親ノ恩ヲ思知ガ如ク、明恵上人ハ恩徳ヲ思知リ御ス故、御歎深候。（「袈裟幷直突事」）

叡尊は説教をなすに際し、しばしば親子に関わる譬喩を用いていたとおぼしい。説教の合間に咄嗟に差し挟まれる譬喩に常用されるほど、親子関係は叡尊にとっての関心事であったのだろうか。そのことは、叡尊の自伝である『金剛仏子叡尊感身学生記』[9]（以下、『感身学生記』と略称）に、弟子とその母親に関する特徴的な記事が認められることともおそらく無関係ではないであろう。『感身学生記』の延応元年（一二三九）の条には、次のような忍性との出会いの挿話が記される。

九月八日、忍性〈良観房〉授二十重〈飲酒〉一。因勧二出家一、流レ涙答曰、「某甲為二父母一男子一。故父母共崇異レ他。就中母殊悲哀過二于常例一。母為レ病侵、命迫二旦暮一、願レ見二沙門形一。故俄剃レ髪着二法衣一。弥悲二将来一、夏冬無レ恃。而不レ厭二穢土一、不レ欣二浄土一。唯悲二忍性将来之憂苦一。而息絶魂去。於レ是某甲齢十六歳、報恩謝徳無レ力、抜苦与楽失レ術。唯仰二本尊文殊威力一、当二十三年忌辰一、奉レ図二七悑文殊一、安二置当国七宿一。毎月二十五日、一昼一夜不断令レ唱二文殊宝号一、以二所レ生功徳一、送二亡母之生所一、為二解脱之勝因一。果二此宿願一耳。当二出家学道一」云々。予語曰、「出家功徳広大無辺。不レ如二出家一。受二持仏禁戒一、以二所レ生功徳一、送二彼生所一、為二抜苦与楽之因一。財物不定、為二五主一奪、人命無常。寧可レ待二十三年一乎」。是時無二分明領状一退畢。

ここには、忍性の「母」の「常例」に「過」ぎた慈しみと、それに何とか「報恩謝徳」したいと願う忍性の思いの丈を吐露した言葉とが詳細に記し留められている。叡尊がこの挿話をこれだけ精細に書き残し得たのは、忍性の母への思いにことのほか強い感銘を受けたためにほかなるまい。さらに、『感身学生記』寛元元年（一二四三）の条には、長谷寺の善算という僧をめぐる以下のごとき記事も認められる。

二月、……廿五日、於二大路堂市庭一、遂二当宿等四箇宿文殊供養一。是日、長谷寺善算〈泉寂房〉聴二聞文殊供養縁起一、発二出家心一、於二十市道一随二其意趣一。廿九日、重遂二三輪宿文殊供養一。善算於二三輪河原一、対二悲母一告レ入二西大寺一。三月一日、入二当寺一。七月十五日、受二十戒一。十六日、受二苾蒭戒一。十八九両日、勧二化悲母一、令レ受二五戒一。殊説二飲酒過一。

この記事について、細川涼一氏は次のように述べている。(10)

叡尊は善算については、出家に際して二月二十九日に母に出家の意志を告げ、死の直前の七月十八日・十九日には母に勧めて五戒を受けしめたという、母との関係を示す逸話をその短い半年余りの記述の中に二度も記している。この善算に関する逸話は、日本の僧伝には、子の僧が母に手厚い孝養を尽くす、僧と母との密接な関係を示す逸話が少なくないという、大隅和雄氏の指摘（大隅和雄「仏教と女性」『歴史評論』三九五号、一九八三年）を凝縮された生涯の中に示した例とすることができよう。「この善算に関する逸話」が「日本の僧伝に」「少なくない」「僧と母との密接な関係を示す」事例のひとつに数えられることは間違いなかろうが、ここではむしろ当該の「逸話をその短い半年余りの記述の中に二度も記している」叡尊の側に注目したい。先に挙げた忍性の例とあわせ考えるなら、叡尊には弟子の「悲母」への思いに鋭く共振する心が備わっていたものと見るべきであろう。

その心はどこから来るのであろうか。実は、叡尊自身の「悲母」は承元元年（一二〇七）、叡尊七歳の折に亡くなっている。

七歳九月十日、悲母三人少兒置二懐内一逝去畢。予七歳、次五歳、次三歳也。（『感身学生記』）

松尾剛次氏が「この幼くして死別した母親への思いは強く、寛元三年（一二四五）九月の願文には、興法利生の功徳を母へ回向することを述べている」と指摘しているように[11]、叡尊自身「悲母」への思い入れは殊のほか強く、それが母親をめぐる弟子の行為に対する共感にも繋がっているものと推察されるのである。

ともあれ、本節冒頭で示した、叡尊が説教の折にさりげなく引く親子、母子に関わる譬喩の背後に、叡尊の「悲母」への意識が深く関与していることは十分に考えられよう。もとより、説教・唱導の世界では、父母とりわけ母への孝や恩愛の主題は伝統的に重視されるところであり[12]、決して叡尊の事例が特異であるというわけではない。しかしながら、叡尊自身、親子、母子の問題に間違いなく深い関心を寄せており、それが彼の説教にも反映していた可能性が多分にあるという点をここでは確認しておきたいと思う。

二　叡尊の説教（二）――『梵網経古迹記輔行文集』

『感身学生記』や、弟子性海による叡尊関東下向時の記録である『関東往還記』[13]によれば、叡尊はしばしば道宣撰『四分律刪繁補闕行事鈔』（以下、『行事鈔』と略称）と太賢述『梵網経古迹記』（以下、『古迹記』と略称）の講説を行っている。両書とも南都の律僧のもっとも重視した律疏であるが、叡尊にあっては『行事鈔』は律僧向けに、『古迹記』は俗人に対して講ぜられる傾向にあったとおぼしい。[14]そうした講説の様子を直接伝える資料は認められないものの、幸いにして『古迹記』には叡尊自身の手になる注釈書『梵網経古迹記輔行文集』（以下、『輔行文集』と略称）が残されている。そこから叡尊の説教をうかがうことは許されよう。

叡尊が親子や母子の問題に関心が深かったことはすでに触れたが、『梵網経』はその面でも叡尊との相性がよかったものと推察される。『梵網経』は中国撰述の経典であり、当然のことながら儒教道徳、とりわけ孝の思想が強調される傾向にあったからである。この点について、石田瑞麿氏は次のように述べている。[15]

梵網戒そのものとしては、端的に「慈悲」救済の菩薩精神を謳いあげている、そのことだけで、実は尽きているといえる。ただそれと同時に「孝順」が説かれた事実は忘れられないだろう。……戒を「孝」と名づけた点は、まぎれもなく儒教思想を導入したものである。しかもこの「孝順心」が佛教の「慈悲心」と幷用されて、種々の戒条で強調されていることは、その根強さとともに、「梵網戒」の基調をなしたものとして、注目されねばならない。

『梵網経』の有する思想傾向は叡尊のそれと極めて親和性の高いものであったといえよう。その『梵網経』に新羅僧の太賢が注したものが『古迹記』である。叡尊がこれをもっぱら俗人に講じていたとすれば、その講説には因縁すなわち説話の類がさかんに用いられたのではないかと想像される。はたして叡尊の手になる『古迹記』の注釈書『輔行文集』には少なからぬ数の説話の引用が認められる。ここでは、中でももっとも長編に属し、かつ『梵網経』に相応しい精神を伝えるひとつの説話を紹介しよう。『輔行文集』巻八に収載される長寿王説話である。

疏如長寿王至為勇、彼経曰、仏告諸比丘、昔者有菩薩、為大国王。名曰長寿。王有太子。名曰長生。王以正法治国。无刀杖之悩。不加吏民。風雨時節、五穀豊饒。有隣国王。治行暴虐、不修正法。国民貧困。謂傍臣曰、「我聞、長寿王国去是不遠。熾饒豊楽而无兵革之備。我欲今往攻奪其国」。〈乃至〉長寿王即召群臣而告之曰、「子所以来者、貪我国人民倉穀珍宝耳。若与其戦必傷害吾民。夫諍国殺民、吾不為也」。〈乃至〉群臣不聴。留王於宮、乃自相与於外発兵。出往界上、逆而拒之。王告太子長生曰、「今群臣以我故欲逆拒之。夫両敵相向必有缺傷。今欲与汝倶委国亡去」。太子曰、「諾」。即父子踰城而出、幽隠山間。於是貪王遂入其国、募求長寿王。「金千斤銭千万、誰能得者」。長寿王、後日出於道辺樹下坐。有遠方婆羅門来、亦息於樹下。〈乃至〉婆羅門曰、「我遠方貧鄙道士。遥聞此国長寿王好喜布施賑極貧窮。吾故遠来、欲従乞丐用自生活」。〈乃至〉於是王乃涕泣而曰、「我即是長寿王。有他国王前来攻我。我委国亡来隠此間。〈乃至〉我聞、新王募我甚重。卿可取我頭。往可得重償」。〈乃至〉婆羅門曰、「我不忍殺大王。大王、若有弘慈之意必欲殞命以相恵施者、但当散手相随去耳」。王即随去到城門前、而令縛之、以白貪王。王即酬婆羅門金銭之賞、遣令還去。〈乃至〉貪王於是乃使人於四街道頭焼殺長寿王。〈乃至〉太子長生時出道辺。聴聞人語知父為貪王所得。〈乃至〉間闇人中当父前住。父見長生恐其瞋恚為父報怨。父乃仰レ天歎息曰、「夫為二人子一欲レ為二至孝一。使三汝父楽レ死而不レ憂者、慎無三汝為報二父怨一。則汝父楽レ死而不レ憂也。若違二父言一而行レ殺二他人一者、即令三汝父死者有二余恨一」。長生不レ忍レ視二其父死一。因還入レ山。長寿王遂就二焼死之誅一。長生久思念、「我父仁義深篤至レ死不レ転。〈乃至〉然我不レ能レ忍也。我不三出殺二此貪王一者、我終不三苟生二於世一矣」。遂出傭賃。〈乃至〉大臣因呼二長生一問レ之、「卿頗能作二飲食一不」。曰、「能作」。便使レ作二飲食一。飲食甚甘美。因以請レ王、往臨飲食。飲食甚美。王因問、「誰作二此食一者」。大臣対曰、「前賃得二一人一、能作二此食一」。王遂呼二現長生一、録将帰レ宮使レ作二飲食一。〈乃至〉後日問二長生一、「汝寧好二射猟一不」。対曰、「臣少小好レ猟」。王便勅レ外厳レ駕、因与二長生一共行遊猟。適入二山林一便見二走獣一、王与二長生一馳而逐レ之。転入二深山一、或失二道径一迷惑、三日不レ得レ出。遂至二飢困一。王下レ馬解レ剣授二長生一曰、「我甚疲極。汝坐レ我。欲下枕二汝膝一臥上」。長生言、「諾」。王便得レ臥。長生自念、「我前後以来求二索方便一、今日已得二我願一」。便抜レ剣欲レ殺二貪王一、念二我父臨レ死之時嘱レ我慇懃一。「奈何快二我愚意一而違二慈父之教一、非二孝子一也」。即内レ剣而止。王便驚寤告曰、「我夢見三長寿王子欲二来殺一レ我。々大驚怖。何以如レ此」。長生曰、「此山中有二強鬼神一。見二大王在一レ此故、来恐二怖大王一耳。臣自侍衛。王、但安臥无レ所二畏懼一也」。王即還臥。長生復抜レ剣欲レ殺レ之。重憶二父言一復止。王復驚寤、告二長生一言、「我夢見三長寿王子故欲二来殺一レ我。々大畏レ之。何以爾也」。長生曰、「是山神所為耳。王无レ所二畏懼一也」。王復還臥。長生復抜レ剣欲レ殺レ之。思二惟父言一復止。遂棄二剣於地一、无二復殺レ王之意一。王復驚寤、告二長生一曰、「復夢見四長寿王子自言三原意不二復殺一レ我」。於レ是長生曰、「我即是長寿王太子長生也。我故実来、出欲下殺二大王一以報中父讐上耳。念下我父臨レ死之時慇懃嘱レ我不上欲レ使二我報一レ怨、而我愚癡故違二父之言一。詳思二父教懇惻慇懃一、不二敢違一レ之。是故今投二剣於地一以順二父言一。雖レ爾猶恐三後日迷惑失レ計而違二亡父教一。今故自覚。願大王、便誅二伐我身一早滅二其悪意一、可レ使二終始断絶一」。王乃自悔曰、「我為二凶逆一不レ別二善悪一。賢者父子行レ仁淳固、至レ死不レ転。而我貪酷、初不二覚知一。今日如レ是命属二子手一。子故懐レ仁而不二相害一。誠感二淳潤一。今欲レ還レ国。当レ従二何道一」。長生言、「我知二道径一。前故迷二惑大王一欲レ報二父讐一耳」。長生遂与レ王倶出二林外一。便見二群臣一散満二林際一。王便止坐施二設飲食一。王問二群臣一、「卿等寧識二長寿王子長生一不」。中有二不レ識者一。対曰、「不レ識」。中有二識者一。昔受二長生恩一。恐二王殺一レ之、亦言レ不レ識。王便指示言、「是即長生也」。王曰、「従二今日一始悟。自還二我故国一。願以二此国一還二付太子一。自レ今以後、卿為二是我弟一。若有二他国来相侵奪一、当二相救助一」。王遂引二率臣兵一帰二其本国一。々有二奇珍一更相貢遺。仏告二諸比丘一。時長寿王者我身是也。太子長生者阿難是。貪王者調達是。調達与レ我世世有レ怨。我雖下有二善意一向上之、故欲レ害レ我。阿難与レ之本无二悪意一。故至相見即有二和解之心一。菩薩求レ道勤苦如レ是。至レ見二賊害一无二怨恚之意一。自致レ得レ仏為二三界尊一。諸比丘歓喜為レ仏作レ礼。[16]

（増補改訂日本大蔵経第三七巻121下〜124上）

長大な話であるが、ごく簡略に梗概を記せば次のようである。

仏は比丘たちにお話になった。「昔、長寿王という国王がいた。その王には長生という太子がいた。国には正しい法が行われ、人民の暮らしは豊かであった。一方、隣国の王は貪王といい、暴虐な政治を行い、人民は貧困にあえいでいた。貪王は豊かな隣国への侵略を企てる。そのとき長寿王は「交戦すれば必ず我が国民を傷つけることになる。国の争いのために国民を殺すのは私の本意ではない」と主張した。だが、臣下に聞き入れられず、やむなく長寿王は国を捨て、太子とともに山に逃れた。やがて貪王が入国し、長寿王には懸賞金が掛けられる。長寿王はたまたま山中で出会った貧しい婆羅門への施心から、自ら出頭して捕らわれ、貪王のために焼き殺される道を選ぶ。処刑の直前、群衆にまじって長寿王にまみえた長生は、父から自分が殺されても決して貪王に報復してはならぬと堅く命じられる。だが、父の死後、復讐の念に燃える長生は、素性を隠して巧みに貪王に接近しその信用を得ることに成功する。そしてついに、二人だけで山に猟に出かけるという絶好の復讐の機会に恵まれる。疲労した貪王が長生の膝を枕に寝入ったとき、長生は剣を抜いて父の敵を討とうとする。だが、その刹那、父の遺言が思い出され、どうしても貪王を殺すことができない。これを繰り返すこと三度、ついに長生は復讐を断念し、貪王に自らの正体を明かし、自身を殺すよう進言する。しかし、貪王は長生の振舞いに強い感銘を受け、これまでの己の行為を恥じ、国を長生に譲ると、自らは本国へ帰っていった。その時の長寿王は私である。太子長生は阿難である。貪王は提婆達多である。」

人間の殺害（殺生）という行為をめぐって「孝順心」と「慈悲心」とが交錯する、まさに『梵網経』の精神を体現したような説話であるといえよう。ちなみに、『輔行文集』の当該部分に対応する『古迹記』巻下末の本文は次のようである。

言二以瞋報瞋等一者、如二長寿王経云一、以レ怨報レ怨怨終不レ滅。以レ徳報レ怨怨乃尽耳。是故菩薩不レ瞋為レ勇。

（大正新脩大蔵経第四〇巻712b）

右の引用のうち、傍線部が『梵網経』の本文である。そこに注した『古迹記』の「如二長寿王経云一」の文言に導かれて、叡尊は原典の『長寿王経』を参照し、一部節略しながら（本文中〈乃至〉と記されている箇所が省略部分）本話を引用したものと思われる。叡尊が俗人を対象に『古迹記』を講説した際、当話が実際に語られた可能性は十分にあろう。

長寿王の物語が内包する親子の問題、孝の問題、慈悲の問題はいずれも説経の主要なモチーフである。さらに、本話は釈迦の前生譚（本生譚）として語られるが、説経もまた神仏の前生譚の形式をとる。両者のこうした共通点には無視しがたいものがあろう。実際、『輔行文集』には長寿王の物語を含め、十話ほどの本生譚の引用が認められ、それらのうちには他にも孝順を説く内容のものを拾うことができる。『輔行文集』に本生譚が引かれる背景には、もちろん『古迹記』の本文がその引証を要求するという側面もあろうが、一方で釈迦の時代に回帰したいと願う律僧たちの本生譚への関心は高いものがあったと推察される。叡尊教団でこの手の本生譚がどれほど重視されていたかは、今後子細に検討する必要があろうが、『輔行文集』は建治二年（一二七六）に開版されており、おそらく西大寺流律僧の間では広く読まれたことであろう。たとえば叡尊没後、「永仁元年（一二九三）～正安二年（一三〇〇）の間には撰述されていたものと思われる」[17]『八幡愚童訓（甲本）』[18]には、次のような長寿王説話の引用が認められる。

昔大国ニ大貪王ト云人アリ。其ノ隣国ノ長寿王ヲ誅戮ス。長寿王、其子長生太子ニ向テ云ク、「我敵ヲ討事ナカレ。以レ怨報ルニレ怨、々互無二絶事一。以レ恩ヲ報レ怨ニ、怨永尽ル也」トテ失給ケリ。長生太子、父ノ遺言ハ去事ナレ共、親敵ヲ不レ討シテハ生タル無二ト甲斐一思テ、身ヲ羸《ツカラ》シ種々ノ方便ヲ廻シテ、大貪王ニ取寄ツテ、一事以上命ニ不レ違、随逐給仕、人ニ過タリシカバ、如レ影召具、心安キ者ニコソ思ケル。或時、深山ニ入テ狩スルトテ、大貪王労《クタビレ》テ、長生ガ膝ヲ枕トシテ眠タリ。長生、此日来躵〔ネラヒ〕ツル所ハ今成就スト悦テ、剣ヲ抜テ害セントスルガ、父ノ遺言思出テ剣ヲ収ヌ。王、寝覚テ云ク、「我レ夢ニ見ツル様ハ、長寿王ノ子ニ囚テ殺サレントシツ」ト云レケレバ、長生、「此所ノ山神忿タル歟。我角テアレバ可レキ有二何事一。只能休給ヘ」ト云ヘバ、王、聴而又寝入ヌ。其時長生、剣ヲ抜持、既殺ントスルニ、猶父ノ遺言不レ忘、剣ヲ重収ヌ。王又驚テ、夢ノ様ヲ語事如レ前。返事不二相違一。仍重テ仮寐。長生雖二剣抜一猶恐ル二遺命一。王驚語事、相同ジ。爰長生ガ云ク、「我実ニ長寿大王ノ太子也。汝ガ為ニハ親ヲ討レテ不二ル憤《イキドヲリ》散一故ニ、日来伺討ントス。只今既得リ二其隙ヲ一。殺害セン事如レ思ナルベシト云ヘ共、父ノ遺言不レ忘シテ、剣ヲ収事三ヶ度也。今ハ我ヲ殺シ給ハントモ可レ任二王ノ意ニ一」トゾ顕シケル。大貪王其時、翻シ二邪見ヲ一起テ二善心ヲ一、「貪欲無道ノ故ニ、汝ガ父ヲ失ヒケリ。怨ヲバ恩ヲ以テ報ズル、真実ノ孝養ナルベシ。今日ヨリ後ハ長生ヲ国王トスベシ」トテ、我身ハ位ヲ去給フ。長生ハ今ノ釈尊、長寿王ハ浄飯王、大貪王ハ調達也。

『八幡愚童訓（甲本）』の撰者は「石清水八幡宮関係の僧侶[19]」と推定されるが、石清水祠官家の氏寺であった八幡大乗院は、文永四年（一二六七）には東大寺戒壇院円照系の律院となり、さらに弘安四年（一二八一）頃までに西大寺流の律院となっていた可能性が高いと指摘される。[20] つまり『八幡愚童訓（甲本）』は西大寺流律宗の文化圏で成立したと考えられるのである。すると、本書で長寿王説話が語られる背景に、該話が叡尊教団で重視されていた事情をうかがうこともできるのではなかろうか。[21] このように、叡尊教団で語られていたとおぼしい代表的説話には、後代の説経が内包する主要なモチーフがすでに含まれているのである。

三　叡尊の説教（三）――『四分律行事鈔資持記』

次には、叡尊が『古迹記』と並んでさかんに講説を行った『行事鈔』について見ることにしよう。『古迹記』の場合と異なり、残念ながら叡尊は『行事鈔』の注釈書を残さなかった。だが、この時代の常として、叡尊は『行事鈔』を宋代南山律宗の注釈書、元照撰『四分律行事鈔資持記』（以下、『資持記』と略称）を用いて読み解いていたものと推察される。[22]『行事鈔』および『資持記』には説話的記事が散見されるが、先に見た叡尊の悲母思いの性向からすれば、たとえば『行事鈔』巻下三の一節「雑宝蔵、慈童女長者家貧独養二老母一現世得レ報縁、鸚鵡孝二養盲父母一得二成仏一縁」（大正蔵第四〇巻140ｃ）に注される『資持記』の以下の記事などは説教の際に必ずや取り上げられたに違いない。(23)

四中彼経第一云、仏言、我於二過去世時一、波羅奈国有二長者子一。名二慈童女一。父喪。売レ薪日得二両銭一、奉二養老母一。次得二四銭八銭十六銭一。後欲二入レ海採レ宝。母即抱捉。子掣レ手絶二母数根髪一。遂入レ海取レ宝。還発時、有二水陸二道一。即従二陸道一去。乃見レ有二城紺琉璃色一。有二四玉女一、擎二四如意珠一作レ楽来迎。四万歳中受二大快楽一。〈酬二上二銭一。〉次復前行見二頗梨城一。有二八玉女一、擎レ珠来迎。八万歳受レ楽。〈酬二上四銭一。〉復捨遠去至二白銀城一。十六玉女擎レ珠来迎。十六万歳受レ楽。〈酬二上八銭一。〉又復捨去至二黄金城一。有二三十二玉女一、擎レ珠来迎。三十二万歳受レ楽。〈酬二十六銭一。〉又復捨去遥見二鉄城一。心生二疑怪一遂入二鉄城一。有二一人一、頭戴二火輪一捨二著童女頭上一。〈酬レ損二母髪一。〉童女問二獄卒一言、「我戴二此輪一何時可レ脱」。答言、「世間有二人罪福如レ汝、然後可レ代」。又問、「今獄中頗有二受レ罪如レ我者一否」。答言、「不レ可二称計一」。聞已思惟、「願一切受苦者尽集二我身一」。作二是念一已、鉄輪堕レ地。獄卒以二鉄又（叉イ）一打レ頭、命終生二兜率天一。時慈童女者即我身是。当レ知、父母少作二不善一獲二大苦報一、少作二供養一得二無量福一。〈童女是長者名、非二女人一也。〉鸚鵡、彼云、過去雪山有二一鸚鵡一。父母都盲。時有二田主一。初種レ穀時願言、「与二衆生一共食」。鸚鵡子即常於レ田採取以供二父母一。田主按二行苗稼一、見下諸虫鳥剪二穀穂一処上、嗔恚便設レ網捕二鸚鵡子一。言、「田主先有二好心一。何見二網捕一。且田者如レ母。〈常生長故。〉種子如レ父。〈相継続故。〉実語如レ子。〈可二宝惜一故。〉田主如レ王、擁護由レ己。〈得二白（自イ）在一故。〉」。作二是語一已、田主歓喜問言、「汝取二此穀一何為」。答言、「有二盲父母一、願二以奉レ之一」。仏言、鸚鵡者我身是。田主者舎利弗是。盲父母者浄飯摩耶是。

（大正新脩大蔵経第四〇巻408ａｂ）

まず、「彼経第一云」（傍線部）として『雑宝蔵経』巻一から「慈童女」の因縁を抄出する。その梗概は以下のようである。

仏がお話になった。「わが過去世のこと、波羅奈国の長者に慈童女という子がいた。父が亡くなった後は（家が零落したため）、慈童女が薪を売って老母を養った。薪を売って得る収入は次第に増えたが、慈童女はさらに海に船出して宝を得たいと思うに至った。老母は子と別れがたく思い、慈童女の身体を抱き留めて離すまいとしたが、慈童女は母親をふりほどこうとして、その髪の毛を何本か抜いてしまった。その後、慈童女はついに海に入って宝を取った。帰路、慈童女は陸路を辿るが、その間、「紺琉璃色」の「城」、「頗梨城」、「白銀城」、「黄金城」が次々と現れ、それぞれの城で「玉女」たちから大変な歓待を受ける。実はそれらは薪を売って母を養ったことへの酬いとしての福であった。だが、慈童女はそれらを捨て去り（さらなる幸いを求めて）前進した。すると「鉄城」が出現、不審に思いながらも中に入ると、獄卒が現れ、慈童女は「火輪」を頭上に戴かされる。それは母の髪を損じたことへの報いとしての苦であった。獄卒から自分と同様の苦を受けている者が獄中には無数にいると聞かされた慈童女は、一切の受苦よ我が身に集まれと念じる。すると、頭上の「火輪」が地に落ちた。（怒った）獄卒が鉄のさすまたで慈童女の頭を打つと、慈童女は命終し、兜率天に生まれた。その時の慈童女とは私のことだ。父母に対し少しでも不善をなせば大変な苦しみを受けることになるが、少しでも供養をすれば無量の福を得ることができるということを知らねばならない」。

つづいて、「彼云」（傍線部）として再び『雑宝蔵経』巻一から「鸚鵡」の因縁を抄出する。その梗概も次に示そう。

（仏がお話になった。）「過去世、雪山に一羽の鸚鵡がいた。その両親は盲目であった。一人の施心ある田主がいた。鸜鵒の子はその田に実る穀物を取って両親に供していた。ある日、田主は虫や鳥が田の穀物の穂を剪ってしまうのを見て怒り、田に網を設置した。（すると鸜鵒の子が網にかかった。）鸜鵒の子は田主に対し、あなたはもともと施しを好み物惜しみをしない人、（だから私はここに来ていたのに）どうして今、こんなことをするのかと言い、諄々と道理を説いた。すると田主は歓喜し、鸜鵒に穀物を取った理由を問う。鸜鵒は盲目の両親に供そうとしたのだと答えた。その時の鸜鵒は私である。田主は舎利弗、盲目の両親は浄飯王と摩耶夫人である」。

「慈童女」「鸜鵒」両因縁いずれも本生譚のかたちを取り、話の主題は親への孝養を説く点にある。叡尊は前節で見た『輔行文集』においては、『古迹記』に言及される経典の本文について逐一原典にあたった上で注釈を行っていた。『行事鈔』の講説を行う際にも、叡尊が原典を参照したことは大いにありえよう。叡尊が『資持記』の「彼経第一云」という出典注記に導かれて『雑宝蔵経』巻一の「慈童女縁」を参照したなら、そこにはさらに詳細な次のごとき親子のやりとりが語られている。周囲の勧めによって亡父同様に海に出て宝を取りたいと願う慈童女と、それを止めようとする老母の応酬である。

衆人見二其聡明福徳一、而勤レ之言、「汝父在時、常入レ海採レ宝。汝今何為不レ入レ海也」。聞二是語一已、而白レ母言、「我父在時、恒作二何業一」。母言、「汝父在時、入レ海取レ宝」。便白レ母言、「我父若当二入レ海採一レ宝、我今何故不二復入一レ海」。母見二其子慈仁孝順一、謂レ不レ能レ去、戯語レ之言、「汝亦可レ去」。得二母此語一謂、「呼已定」。便計二伴侶一、欲二入レ海去一。荘厳既竟、辞レ母欲レ去。母即語言、「我唯一子。当レ待二我死一。何由放レ汝」。児答レ母言、「先若不レ許、不二敢正意一。母已許レ我。那得二復遮一。望以二此身一立レ信而死。許レ他已定。不二復得一レ住」。母見二子意正一、前抱レ脚哭、而作二是言一、「不レ待二我死一、何由得レ去」。児便決レ意、自掣レ手出レ脚、絶二母数

十根髪㆒。母畏㆓兒得㆒㆑罪、即放使㆑去。（大正新脩大蔵経第四巻450c451a）

慈童女の「慈仁孝順」なることを信じるあまりに発した老母の「戯」れの一言、「汝もまた去るべし」が、親子の悲劇を生む。母親の許可が下りたと信じた慈童女が船出の準備を整え、別れの挨拶に及ぶや老母は動転する。「我が死を待たずして何に由りてか去ることを得ん」。慈童女の足を抱きかかえて懇願する老母を、子は意を決して振りほどく。老母の髪が抜ける。そのとき、老母は子が不孝の罪を負うことを恐れ、ついにその手を放すのであった。ここで語られる恩愛の別れの連綿たる情調は説経世界のそれに極めて近いものがあろう。

前節の考察とあわせ考えるなら、『行事鈔』や『古迹記』をめぐる説教で、叡尊が語ったと想像される物語には、親子、恩愛、孝、慈悲、離別、盲目、さらには前生譚など、説経ゆかりのモチーフが多分に含まれていることを確認することができるのである。

四　無住の説教――『沙石集』

西大寺流と説教の関係を考える際、逸することのできない存在が無住であろう。無住は最晩年の著作『雑談集』に「貧道、二十八歳ノ時、遁世ノ門ニ入テ、律学及㆓ブ六七年㆒」（巻三「乗戒緩急事」）と記すように、二十代後半から三十代半ばにかけて集中的に律を学んでいる。無住が律学を開始した二十八歳時は建長五年（一二五三）にあたるが、その前年、建長四年には叡尊の弟子の忍性が関東に下り、十二月には常陸国三村寺に入っている。[24]当時、常陸在住の無住が西大寺流の教線に触れたことは間違いなく、「二十九歳、実道坊上人ニ止観聞㆑之」（同「愚老述懐」）と名前の挙がる「実道坊上人」も常陸出身の西大寺流律僧、実道房源海と推定されている。[25]その後、無住は南都で本格的な律の修学に入ったものと思われるが[26]、弘長二年（一二六二）の叡尊関東下向時には、尾張長母寺において叡尊と接触をもっており[27]（『関東往還記』）、少なくともこの頃までは西大寺流との関係を維持していたのであろう。

『沙石集』は八十代まで執筆活動をつづけた無住五十代の作だけに、前半生の律修学時代の投影が比較的濃厚に認められる作品である[28]。したがって、本書を通して西大寺流の説教の実態をある程度うかがうことも許されるのではなかろうか。その意味では、『沙石集』巻七第一〇「祈請シテ母ノ生所ヲ知事」（米沢本）などは注目すべき説話のひとつである。かなり長い話ゆえ、ここでは梗概によって示そう。

京に貧しい母と娘がいた。やがて都での生活が立ちゆかなくなり、二人は越後国に下って、辛うじて生計を立てていた。娘は京出身の念仏者を夫にもっていたが、念仏者は娘に京に帰ることを勧める。娘は母と離れることを歎いて断ったが、念仏者は母を説得、娘は母からも上京を強く勧められ、結局、泣く泣く別れを惜しみながら京に上る。その後、母との音信は途絶えたが、娘は清水寺に参詣し、母の安否を祈る。すると、夢に観音から「お前の母は別れの悲しさから病となり、ほどなく亡くなって、いまは栗毛斑の牝馬に転生し、京の某宿所にいる」と告げられた。夢覚め、娘が早速その宿所を訪ねると、馬は昨日、鎌倉に向かって出発したところだという。娘から事情を聞いた宿所の主人が馬を連れ帰るよう使者を遣わすと、「江州四十九院と云ふ宿」で追いついたが、馬は急な病で死んでしまう。そこで使者は手ぶらで帰るよりはと馬の頭を切断して宿所に持ち帰る。娘は馬の頭を抱いて声も惜しまず泣いた。そして頭を持ち帰ると墓を立てて供養を行った。

注意されるのは、本話の後に次のような『梵網経』の引用が認められることである。

梵網経云、「一切ノ男子ハ是我父ナリ。一切ノ女人ハ是我母也。我生々ニ是ニ随テ、生ヲ不レ受ト云事ナシ。故ニ六道ノ衆生ハ皆是我父母也。而ヲ殺テ食スルハ我父母ヲコロシ食スルナリ」ト説ケリ。

これとあわせて気になるのは、本話に「江州四十九院ト云宿」が登場する点である。京から鎌倉に下っていった馬を使者が追いかけ、ようやく追いついた場所が「江州四十九院」、しかし馬はそこで忽然と死んでしまう。一見、物語の展開上はどこの宿でもよさそうにみえる地が、どうして「江州四十九院」として語られるのか。

「江州四十九院」とは現在の滋賀県犬上郡豊郷町四十九院の地である。「四十九院」といえば、一般には畿内にあった行基建立の四十九院が思い起こされよう。だが、実は、江州にも四十九院の伝承はあった。『沙石集』より時代が下るが、室町前期成立の『三国伝記』巻二第一二話「行基菩薩事　明日本霊鷲山也」には次のように記されている。

其後、行基菩薩、近江国ニ止住シテ、寺堂ヲ建立有。湖水ノ東岸ニ平流山ト云山有。元ハ天竺霊鷲山ノ一岳ニテ有ケルガ、仏法東漸理ニ依テ、大蛇ノ背上ニ乗テ、月氏ヨリ日域ニ化来セリ。……因レ茲、行基菩薩四十九ケ所ノ伽藍ヲ建立有ニ、当山ヲ奥ノ院トシテ奥山寺ト名付テ、説法利生有ケルニ、……誠ニ貴霊場也。

これによれば、行基は晩年、近江国に住み、そこに「四十九ケ所ノ伽藍」すなわち四十九院を建立した。琵琶湖東岸に位置する平流山はその奥の院にあたるという。すると、『沙石集』が伝える「江州四十九院ト云宿」が含意するものも、あるいは行基の記憶と結びつくものだったのではなかろうか。叡尊・忍性の師弟は、文殊信仰を背景に、行基追慕の念が深かったとされる[29]。ここで、話末に『梵網経』の引用が認められることともあわせ考えるなら、『沙石集』の本話が西大寺流ゆかりの説話だった可能性が浮上してくるように思われるのである。そして、本話の有する、親子、孝養、清水観音、馬、といった要素がやはり説経世界に馴染みのものであることが想起されるであろう。

つづいて『沙石集』からもう一話、本話の直前に位置する巻七第九「身ヲ売テ母ヲ養タル事」を見ておこう。

去文永年中ニ、炎干日久シクテ、国ニ飢饉ヲビタヾシク聞ヘシ中ニモ、美濃尾張、殊ニ餓死セシカバ、多ク他国ヘゾ落行ケル。

美濃国ニマドシキ母子有ケリ。自レ本便リナキ上、カヽル世ニアイテ、餓ヘ死スベカリケレバ、忽ニ心ウキ事ヲ見ンモ口惜クテ、「身ヲ売テ母ヲ助ン」ト思テ、母ニ此様ヲ云ケレバ、只一人モチタル子ナリケル上、孝養ノ志モ有ケレバ、離ン事悲ク覚テ、「死ヌトモ同所ニテ、手ヲモトラヘ、頭ラヲモナラベテコソシナメ。イク程アルマジキ世ニ生ナガラ、離ンモ口惜キ事也」トテ、母、フットユルサヾリケレドモ、若命アラバ、ヲノヅカラ廻アウ事モ有ナン。忽ニ飢ヘ死ナン事モ、サスガニ悲ク覚ヘテ、母ハセイシケレドモ、身ヲ売テ、カワリヲ母ニアタヘテ、泣〳〵別テ、アヅマノ方ヘ下リケル。

三河国矢作ノ宿ニ、相知タル者ノ語シハ、「商人ノ、人ヲアマタ具シテ下ケル中ニ、若キ男ノ、人目モツヽマズ声ヲ立テ泣クアリケリ。人アヤシミテ、『何ユヘニ、サシモナクゾ』ト云ケレバ、『美濃国ノ者ニテ侍ルガ、母ヲタスケンガ為ニ、身ヲ売テ、アヅマノ方ヘ、何クニ留ルベシトモナク、下侍ル也。母ノ、余ニ別ヲカナシミ、モダヘコガレ候ツルガ、日ヲ数ヘテコソ思ヲコスラメ。命アラバ廻アウ事モアリナント、コシラヘヲキツレドモ、又二度、母ノスガタヲ不レ見シテ、アヅマノ奥、如何ナル山ノ末、野ノ末ニカサスライ行テ、夕ノ煙トノボリ、朝ノ露ト消テ、父《ママ》母ヲ不レ見シテヤ、ミナン』トクドキタテヽ、事ノ子細委ク語テ、声モ不レ惜泣ケレバ、見聞ク旅人モ、宿ノ者モ、袖ヲウルヲシケリ」ト語リシ。

至孝ノ志マメヤカニ、昔ニ恥ズ、アリガタク覚テ、返々哀ニコソ侍リシカ。

本話は母子をめぐるまとまった人買い伝承としてはもっとも古いもののひとつに数えられるであろう。[30]中ほどに「三河国矢作ノ宿ニ、相知タル者ノ語シハ」とあって、無住は知り合いの者から直接聞いた話として紹介している。だが、説話の後半部が無住の知人の視点で語られるのに対し、前半部は全知の視点から語られるというように、構成に工夫が凝らされており、そこからは本話がかなり語り込まれた形跡がうかがえる。そして、ここで語られる親子の別れの哀切な情感はやはり説経のそれと極めて近似するものであるといえよう。

本話の一件が生起したとされる「文永年中」（一二六四〜一二七五年）には、無住もすでに西大寺流からは離れていたとおぼしいが、それでもかつて西大寺流と密接に関わった無住がこの手の説話を採取し、西大寺流ゆかりの説話と並べて語っている点は、やはり注目せざるをえない。『沙石集』にはこのほかにも、舎利信仰、聖徳太子信仰、地蔵信仰など、西大寺流に関わる話柄の説話が多い。これらの中には、無住が律僧だった時代に入手した西大寺流ゆかりの説話が含まれている可能性がなお十分に存しているといえよう。

おわりに

本章では、西大寺流の祖叡尊が『古迹記』および『行事鈔』の講説に際して用いたとおぼしい説話と、西大寺流に接点を有した経歴をもつ無住の『沙石集』の説話を通して、西大寺流律僧の説話世界の一端をうかがい、それが後の説経の世界と極めて親和性の高いものであることを指摘してきた。

ただし、叡尊時代の「説教」と後代の「説経」とでは、両者の性格に歴然とした差異が認められる点にも留意しておく必要があろう。それは、たとえば第二節で取り上げた、『梵網経』の精神を体現したかのごとき長寿王説話を見れば明らかである。そこでは、慈悲心に基づき恩愛に纏わる復讐心を放棄することが何よりも肝要であると説かれていた。その精神は『さんせう太夫』の結末において、さんせう太夫と息子三郎を鋸引きに、山岡太夫を柴漬けに処するという「説経」の必罰の姿勢の対極に位置するものであるといえよう。むしろこの点では、森鷗外版の『山椒大夫』のほうが西大寺流の精神に近いとさえいえるのである。

だが、そうした点も、叡尊の没後には、西大寺流内部においていささか変化を生じた可能性がある。現に長寿王説話も『八幡愚童訓（甲本）』においては、その機能に本来のものとは異なる面が認められることを吉原健雄氏が指摘している。[31] 氏は「長寿王物語の引用は、『八幡愚童訓』の作者が戒律に関わる一定の知識をふまえていたことを示す」ものだが、「殺生否定・戦闘抑止といった戒律思想の受容・実践とは正反対に」「長寿王物語の内容を実質的に捨象したうえで、八幡の殺生を高揚しているのである」と論じている。これを長寿王説話が形骸化しつつも、なお西大寺流で語りつづけられている現象と捉えるならば、「はじめに」に示した阪口氏の仮説、[32]「叡尊・忍性らの信仰圏から次々と生み出され」た伝承が「やがてそこに繫がった下級僧や説教の人々によって語り物としての体裁を整えた」とする流れがより辿りやすくなるともいえよう。もちろん本章で指摘してきた「説教」の特色は西大寺流に特有のものとはいえないけれども、それでもなお「説経」という芸能の担い手へ西大寺流律僧の「説教」の諸要素が流れ込んでいる可能性については示しえたのではなかろうか。

〈注〉

（1）秋谷治「芸能の流転――説経節の場合――」（『一橋論叢』第一二五巻第四号、二〇〇一年）。

（2）西田耕三『生涯という物語世界――説経節――』（世界思想社、一九九三年）。

（3）阪口弘之「万寿の物語」（『芸能史研究』第九四号、一九八六年）。
（4）注3阪口氏前掲論文。
（5）阪口弘之「「しんとく丸」の成立基盤」（『古浄瑠璃・説経研究――近世初期芸能事情〈上巻〉街道の語り物』和泉書院、二〇二〇年、初出は二〇〇六年）。
（6）松尾剛次「説経節「さんせう太夫」と勧進興行」（『勧進と破戒の中世史――中世仏教の実相――』吉川弘文館、一九九五年、初出は一九九四年）。
（7）注5阪口氏前掲論文。
（8）田中久夫「収載書目解題」（『鎌倉旧仏教』〈日本思想大系〉岩波書店、一九七一年）。『興正菩薩御教誡聴聞集』の引用も同書による。
（9）引用は、細川涼一訳注『感身学正記1』〈東洋文庫〉（平凡社、一九九九年）所収の翻刻による。句読点および返り点等は私に付し、小書部分は〈〉で示した。
（10）注9前掲書一四四頁。
（11）松尾剛次「叡尊の生涯」（『持戒の聖者　叡尊・忍性』吉川弘文館、二〇〇四年）。
（12）田中徳定『孝思想の受容と古代中世文学』（新典社、二〇〇七年）、宇野瑞木『孝の風景――説話表象文化論序説』（勉誠出版、二〇一六年）など参照。
（13）細川涼一訳注『関東往還記』〈東洋文庫〉（平凡社、二〇一一年）による。
（14）細川涼一氏は『関東往還記』弘長二年四月一日の記事に注して「七月九日条によれば、内衆（律宗教団の人々）には小乗戒の経典である『四分律行事鈔』をテキストとして講義しているから、外衆に講義した大乗菩薩戒の経典である『梵網経古迹記』と区別されていることがうかがえる」と指摘している（注13前掲書一三八頁）。
（15）石田瑞麿『梵網経』〈仏典講座14〉（大蔵出版、一九七一年）。
（16）ただし、京都大学附属図書館蔵承応三年版本により訂した箇所がある。

(17) 新間水緒「八幡愚童訓と八幡宮巡拝記」(『神仏説話と説話集の研究』清文堂出版、二〇〇八年、初出は一九九三年)。

(18) 引用は、萩原龍夫ほか校注『寺社縁起』〈日本思想大系〉(岩波書店、一九七五年)による。

(19) 注17新間氏前掲論文。

(20) 上田さち子「叡尊と大和の西大寺末寺」(大阪歴史学会編『中世社会の成立と展開』吉川弘文館、一九七六年)、吉井敏幸「叡尊と八幡大乗院」(『戒律文化』第二号、二〇〇三年)。

(21) このほか『八幡愚童訓(甲本)』では、「五百ノ鴈ハ徘徊悲鳴シテ弓ヲ避ク」という『古迹記』由来の故事や、次節で扱う『行事鈔』由来の「雪山ノ鸚鵡ハ盲父母ヲ養ヒ」という故事にも言及する。また、『高僧法顕伝』(大正蔵第五一巻862a)に基づく阿難の「火生三昧」説話も引用するが、原口志津子『富山・本法寺蔵 法華経曼荼羅図の研究』(法藏館、二〇一六年)は本法寺蔵「法華経曼荼羅図」第九幅「妙法蓮華経授学無学人記品第九」に阿難の「火生三昧(火光三昧)」に該当する図像が描かれていることを指摘している。原口氏は本作に記名のある「勧進僧浄信」を律僧と推定しており、阿難の「火生三昧(火光三昧)」説話も律僧ゆかりの話柄である可能性が十分にあるといえよう。

(22) 平春生「泉涌寺版と俊芿律師」(石田充之編『鎌倉仏教成立の研究 俊芿律師』法藏館、一九七二年)、石井行雄「東大寺図書館蔵『行事鈔抄出上二三』解題並びに影印」(『鎌倉時代語研究 第一七輯』武蔵野書院、一九九四年)など参照。

(23) ここで取り上げられる慈童女の説話は、『私聚百因縁集』巻一第四話「釈尊因位慈童女事」(「四分律行事鈔ノ生縁奉仕ノ処ニ雑宝蔵経ヲ引テ云ク」)、『雑談集』巻五「呪願ノ事」、『直談因縁集』巻五第六話(「四分律ノ中ニ見タリ」)、『一乗拾玉抄』巻一などに引用を見ており、『行事鈔』由来の説話としてはもっとも好まれたもののひとつであったとおぼしい。

(24) 『性公大徳譜』(田中敏子「忍性菩薩略行記(性公大徳譜)について」『鎌倉』第二一号、一九七三年)。

(25) 三木紀人「作者の略伝」(山田昭全・三木紀人校注『雑談集』〈中世の文学〉三弥井書店、一九七五年)。

(26) 山田健二「無住の見た風景を歩く――『沙石集』『雑談集』を手がかりとして――」(小島孝之監修『無住――研究と資料』あるむ、二〇一一年、初出は二〇〇五年)。

（27）『関東往還記』弘長二年二月七日条に見える「常陸国三村寺僧道篋比丘」をめぐっては、それが無住道暁を指すものかどうかについて議論があったが、最近、阿部泰郎氏は「大須文庫の聖教断簡中に含まれる、逸題灌頂秘決の奥書識語（一二一合三二号）」に建治三年（一二七七）に「「道篋」が菩提山」「において同書を伝授・書写を遂げたとする」記述を見出し、「ここに注される「五十二」の年齢は、当時の無住の年齢と一致する。すなわち、道篋は無住の密教受法の資としての法名であろう」と推定している（「『無住集』総説」『無住集』〈中世禅籍叢刊　第五巻〉臨川書店、二〇一四年）。

（28）牧野和夫「『沙石集』論——円照入寂後の戒壇院系の学僧たち——」（『実践国文学』第八一号、二〇一二年）、本書第一部第六章参照。

（29）和島芳男『叡尊・忍性』（吉川弘文館、一九五九年）。

（30）文学に見える人買い伝承については、牧英正『日本法史における人身売買の研究』（有斐閣、一九六一年）参照。また、横田隆志「長谷観音が救った少女——『長谷寺験記』下巻第31話考——」（『中世長谷寺の歴史と説話伝承』和泉書院、二〇二三年、初出は二〇〇五年）は、『長谷寺験記』所載の人買い伝承について考察しており有益である。ちなみに、近年、長谷寺についても律との関係が指摘されている（大塚紀弘「中世大和長谷寺の造営と律家」『仏教史研究』第五一号、二〇一三年、瀬谷貴之「長谷寺観音信仰と中世律宗——金沢・海岸尼寺、厚木・飯山寺、鎌倉・長谷寺、尾道・浄土寺、奈良・西大寺をめぐって——」『鎌倉』第一三〇号、二〇二一年）が、この点、やはり律と関わりが深い『三国伝記』（第二部第二章参照）に『長谷寺験記』を出典とする説話が多く収録されている事実ともあわせ興味深い。

（31）吉原健雄「叡尊・八幡・蒙古襲来」（玉懸博之編『日本思想史　その普遍と特殊』ぺりかん社、一九九七年）。

（32）注5阪口氏前掲論文。

第四章　遁世僧の死生観

はじめに

人は誰もが死を免れないものだが、普段それを意識することは少ない。仏教思想が濃厚であった日本中世においてもさして事情は変わらなかったようで、鎌倉期の遁世僧無住（一二二六〜一三一二年）は「皆人ノ知リガホニシテシラヌハ死スル事也」として、九州のある僧の逸話を記している。この僧は、日ごろ自分が死ぬことになろうとはついぞ思わず、「後生ノイトナミ」もまったく行わなかったが、そのうち父親が死に、母親も死に、伯父伯母も、さらには兄も死ぬに及んで、ようやく自分も「死ニヤシ候ハンズラン」と心付き、「念仏ヲモ申、善根ヲモ営バヤ」と思うに至ったという（『沙石集』(1)巻八第五「死之不レ知人事」）。この僧は「サカシキ物」であったので、死を意識せずに現世に執着する「世人ノ心」を自らのこととして寓意的に語ったものだと無住は説く。だが、この逸話は一方で、たとえどれほど現世的な人間であっても死を意識した途端、「後生ノイトナミ」に励まざるをえなかった当時の事情をも語っている。

永観二年（九八四）、源信によって筆を起こされた『往生要集』は中世日本人の死後の世界に関する認識に決定的な影響を与えたことで知られる。まず開巻、大文第一「厭離穢土」で地獄以下、厭離すべき六道について、諸経論を引きながら説くが、とりわけ凄惨を極める八大地獄の描写は鮮烈な印象を刻むものである。源信はしかるのちに大文第二「欣求浄土」を布置し、以降、悪道を免れて極楽浄土に生まれるための方法を説いていく。かかる仏教の死生観を受容した日本人は、地獄をはじめとする悪道への恐怖から「後生ノイトナミ」に励まざるをえなかったのである。

本章では、中世日本人の死生観、他界観、および鎮魂（供養）のあり方について、主として遁世僧の視点から考察したいと考える。ここで扱う遁世僧とは、仏教の基本的修行要素である戒・定・慧（律・禅・教とも）のいわゆる三学のうち、慧（教学）を重視し戒・定という実践面を軽視しがちな顕門寺院の官僧とは一線を画し、三学兼備、諸宗兼学への強い志向性をもった僧侶たちをいう。[2] 遁世という概念は伝統的に実践面を重視する中国や韓国の仏教界には存在しない日本独特のものとされ、[3] 遁世僧はある意味で中世日本仏教を特徴づける存在形態であるとも言える。また、戒律を重視する遁世僧は、当然、如法でない振舞いに敏感であり、それゆえ官僧に比して、来世に対しより緊張感を帯びた認識を有していたのではないかと推察される。さらに、当時、葬送儀礼に携わるのは専ら彼ら遁世僧の役割でもあった。[4] 勢い彼らの残したテキストには、中世人の生と死に関する興味深い認識が随所にうかがえる。本章では、そうしたテキストを読み解くことを通して、中世日本仏教に特徴的な死生観や鎮魂（供養）の様相を、基層信仰との関わりも視野に入れながら明らかにしたいと思う。

一　往生という行為――看病人との協働

『往生要集』で説かれるごとき仏教の死生観を受容し、浄土への往生を希求、実践した人々の姿は往生伝類に描かれている。通常、思想史的考察では『日本往生極楽記』以下、平安時代の文人貴族の手になる往生伝を素材とする場合がほとんどであるが、ここでは鎌倉時代に上野国（現群馬県）山上の地で行仙（?～一二七八年）によって編纂された『念仏往生伝』[5]を繙いてみよう。行仙は真言、念仏を兼修し、禅にも関心を示した遁世僧である。[6]本書には簡略な記述の中にも、往生人とそれを取り巻く同法や看病人とのやりとりが、平安期往生伝とは異質の生々しさで描出されている。

まず第三四話から見よう。本話の前半部は残念ながら失われているが、その後半部には以下のような記事が見える。

六年五月の比、その次《ついで》なく俄に行仙が房に来たり、語りて云はく、「最後の見参のため参るところなり」と云々。その後、病床に臥しぬ。同じき五月廿一日、病者の云はく、「持仏堂の仏、只今極楽に安じ奉る」と。看病、意《こころ》得ず。同じき廿二日、又云はく、「明相忽ちに現れぬ」と。又云はく、「明相いよいよ現《うつつ》に至りぬ。彼還るべし」と云々。既に絶え入りぬ。還生の時、人問ひて云はく、「いかなる境界を見たる」と。答へて云はく、「聖人来たりて言《のたま》はく、『行水して念仏すべし』と云々。仍りて行水しをはんぬ」と。同じき廿三日、又云はく、「いかに聖の御房、遅く来たり給ふや」と。かくのごとく二反これを謂ひ、起居念仏して即ち逝去しをはんぬ。

本話の往生者は撰者行仙と交友のあった者とおぼしく、病床に臥す直前、行仙のもとに「最後の見参」に訪れている。注目すべきは、往生者の最後の三日間の行状が事細かに記されている点である。まず二十一日に病人は持仏堂の仏を極楽に安置したと語り、これを聞いた看病人は不審に思ったとされる。翌二十二日には病人は「明相」がいよいよ姿を現したが、また向こうへ行ってしまうと語ると、そこで息絶えてしまった。その後、蘇生した際、周囲の人がどのような「境界」を見たのかと問うと、病人は、聖人が来て行水して念仏せよと命じたのでその通りにしたのだと答えたという。さらに最期の二十三日、病人は聖の御房はどうしていらっしゃるのが遅いのかという言を二度発すると、身を起こして念仏し、ただちに逝去したと語られる。

当時、往生のためには平生の行業もさることながら、臨終のあり方がもっとも大切であると考えられていた(7)。『往生要集』(8)大文第六「別時念仏」では、次のように善導の著作を引用するかたちで臨終行儀について説かれている。

導和尚の云く、「行者等、もしは病み、病まざらんも、命終らんと欲する時は、一《もは》ら上の念仏三昧の法に依りて、正しく身心に当てて、面を廻らして西に向け、心もまた専注して阿弥陀仏を観想し、心と口と相応して、声々絶ゆることなく、決定して往生の想、花台の聖衆の来りて迎接するの想を作せ。病人、もし前境を見れば、則ち看病人に向ひて説け。既に説くを聞き已らば、即ち説に依りて録記せよ。また病人、もし語ることあたはずは、看病して、必ずすべからくしばしば病人に問ふべし、いかなる境界を見たると。……」

傍線部では、病人が往生の瑞相を認めればこれについて看病人に告げるように言い、また看病人はそれを記録せよと言う。また病人が自ら語ることが難しい場合は、看病人が必ず病人にどのような対象を見たのか頻繁に問いかけるように勧めている。先に見た『念仏往生伝』における病人の看病人への発言や、一旦絶入後、蘇生した病人に対する周囲の人の「いかなる境界を見たる」との問いかけは、まさに『往生要集』におけるこうした教えの忠実な実践にほかならなかったのである。

『念仏往生伝』には、これと同様の記事がほかにも散見する。第四六話では、上野国の大胡小四郎秀村という男が正元元年（一二五九）十月に脚気を発病した。

同じき五日丑刻に空に向ひて咲みを含めり。知識問ひて云はく、「いかなる境界を見たる」と。答へて云はく、「仏来迎したまふ。その体、瑠璃の如く、内外明映せり。また音楽を聞けり。人間の楽に勝る事、それ語の及ぶところにあらず」と。その後、十念七ヶ度、最後の念仏に、仏の字とともに息止みをはんぬ。

また第四七話では、同じく上野国の細井尼が、文応元年（一二六〇）の夏頃、流行病に罹患する。

この尼、既に病を受けて危急に及べり。二手を挙げて物を受け取らむと欲する体なり。看病、故を問ふ。答へて云はく、「蓮花雨下れり。その体、微妙にして、人間の花と異なれり。仍りて受け取らむと欲するところなり」と云々。最後、語無し。花を受くる手、なほまた前の如し。仍りて人々、往生人と称す。

以上の両話においても、周囲にいる知識（同法）や看病人が病人の表情や動作の変化に気づいて、病人の見つめる「境界」の如何を執拗に確認しようとしているのである。

『往生要集』で説かれる臨終行儀が、その成立後三百年近くを経て、都を遠く離れた上野の地において、なおこれほど忠実に実践されていることは一見驚くべきことのようにもみえる。(9) だが、死者が往生できたかどうかは、看病人とのやりとりの中で確認される病人の見た「境界」の如何と、息を引き取る間際の病人の外相とによって判断される（「仍りて人々、往生人と称す」第四七話）ものであるからには、両者は必死でこうした確認作業を行わなければならなかったのだろう。往生という行為は、病人と看病人とのいわば協働作業であった。病人によって見つめられた〈浄土〉という「境界」は、看病人に向けて言語化されることによって確認され、さらに「録記」されることによって初めて往生の保証として人々の間に共有されることになるのである。とはいえ、死者が確実に往生を遂げたかどうかは結局のところ、看病人や知識（同法）といった死者の周囲にいる人々の判断に委ねざるをえなかった。

もとより『念仏往生伝』には、如上の看病人と病人との確認作業以外に、臨終時に紫雲、音楽、異香といった奇瑞が出現したり、死者が生者の夢に浄土に生まれたことを示したりといった、平安期往生伝以来の馴染みの往生相が語られているものも少なくない。西口順子氏は平安期往生伝の「臨終時の記録中、とくに多くみえるのは、奇瑞であり、没後の夢告である」として以下の指摘を行っているが、[10]それは『念仏往生伝』にあっても例外ではない。

奇瑞・夢告が生者に示されるのは、多くの場合、死者に最も近い立場の人々である。僧侶ならば同法であり、弟子であり、檀越である。俗人ならば、その近親者——父母・兄弟・子・親類など——、友人、あるいは従者たちであった。まったく無関係な人が夢告をうける時もあるが、多くは何らかのかたちでゆかりの者である。

死者の往生を認定するのが、死者周辺の身近な人々であったこと自体は極めて自然なことであろう。だが、往生の判断をそうした身近な人々に委ねざるをえなかったこと、往生が彼らとの協働作業であったことが、かえって往生を確定することの困難さを当事者に意識させ、ほんとうに往生できるのかどうかという不安と背中合わせの状況を生み出す場合もあった。次節ではそうした状況について考察してみたい。

二　往生への不安——魔道への転生

前節で扱った『念仏往生伝』の撰者行仙は高野山の明遍（一一四二〜一二二四年）の宗教圏に近いところに位置していた遁世僧と推定される。[11]明遍は東大寺出身の著名な遁世僧で、高野山における彼の住房（蓮花三昧院）を拠点に念仏聖（いわゆる高野聖）の集団が形成されたことで知られる。[12]実際、『念仏往生伝』にも高野聖の姿が目立ち、行仙自身もとは高野聖であった可能性も十分に考えられる。[13] 実は無住の『沙石集』には、こうした高野聖の往生への不安がつぶさに書き留められた一連の記事が存する（巻十本第一〇「依二妄執一落二魔道一人事」）。本節では、まずこれらの記事の分析からはじめたい。

高野ニ有古キ聖人、「弟子アレバ、往生ハセンズラム。後世コソヲソロシケレ」ト云ケル。子息、弟子、父母、師長ノ臨終ワロキヲ、アリノマ、ニ云、カハユクシテ、ヲホクハヨキヤウニ云ナスニコソ。ヨシナキ事也。アシクハアリノマ、ニ云テ、我モネムゴロニ菩提ヲモ訪ヒ、ヨソマデモアハレミ訪ハン事コソ、亡魂ヲタスクル因縁トモナルベケレ。

ある年老いた高野聖が、「自分には弟子がいるから、一応往生はしたということにはなるだろう。だが、実際の後世がどうなるのか、それが怖い」と語ったという。親子や師弟など身近な人々の間では、臨終行儀があまりよくない場合も、そのままに言うのは本人に気の毒だということで、往生したように言いなすのが常であったという。世に往生と伝えられる事例の内実が、もしそのようなものであったとすれば、往生への不安はいかばかりであったろう。

そうでなくてさえ、往生できたかどうかの判定は極めて困難であった。

高野ノ遁世聖ドモノ臨終スル時、同法ヨリアヒテ評定スルニ、ヲボロケニ往生スル人ナシ。或時ハ、端座合掌シ、念仏唱テ引入タル僧アリケリ。「是コソ一定ノ往生人ヨ」ト、サタシケルヲ、木幡ノ恵心房ノ上人、「是モ往生ニハアラズ。実ニ来迎ニアズカリ、往生スル程ノモノハ、日来アシカラン面ヲモ、心チヨキケシキナルベキニ、眉ノスヂカヒテ、スサマジゲナルカヲザシナリ。魔道ニ入ヌルニコソ」ト申サレケル。

高野聖が臨終を迎える際には、同法たちがその行儀を観察して、往生の可否について議論したが、往生したと結論される人はめったにいなかったという。ある時、端座合掌して、念仏を唱えながら息をひきとった僧がいた。これこそ間違いなく往生人だと判定したところ、戒律復興運動を主導した覚盛門下の遁世僧として知られ、一時期高野山にも在住した廻心房真空が、「表情から判断してこれも往生ではない。魔道に堕ちたであろう」と評したという。往生の判断は困難を極めたのである。

もう一つ事例を紹介しよう。

　中比、ナニガシノ宰相トカヤ聞シ人、才覚モ優ニ、賢人ノヲボヘアリケルガ、出〔家〕シテ高野山ニ隠居シテ、念仏ノ行ヲムネトシテ、真言ナンドモウカヾヒ、道心者ノ聞エアルアリ。平生ノ願ニ、「最後ノ時、念仏スベキ用意ニ、大方ノ数遍ハ時ニヨルベシ。マサシキ最後ノ十念ヲバ、イカニ心ヲスマシテ唱へ、第十ノ念仏一反ヲバ、殊ニ声ヲウチアゲテ、思ヒ入テノビ〳〵ト申テ、ヤガテヒキイラバヤ」ト念願シテ、如ㇾク願スコシモタガハズ、念仏シテ息キ終ニケリ。

「ナニガシノ宰相」は在俗の頃、才覚もすぐれ賢人との評判をとっていたが、高野山に出家後も「道心者」との評価が高かった。臨終行儀も平生からの願い通りで、誰もが往生を疑わなかった。ところが、一両年後、同法の僧に宰相の霊が憑き、実は遁世後も乱れた政治のことが気になって、もし自分がその官職にあったならばこんな事態には立ち至らなかったであろうなどという気持ちが抑えられず、「人シレズ妄執ワスレガタクシテ、カヽルヨシナキ道ニ入レリ」と語ったという。無住が「賢人、道心者ト聞エシカバ、其執心モ世ノタメ人ノタメ、利生ノ一分ニテモアリヌベシ。アナガチニ罪アルベシトモ覚ネドモ」と言うように、宰相の執心は私欲から出たものではなかった。にもかかわらず、「ヨシナキ道」すなわち魔道に堕ちてしまったというのである。

本話の末尾を「サレバ臨終難ㇾ知物ナリ」と結んだ無住は、さらに次の短い挿話を記している。

常州ニ、真壁ノ敬仏房ハ、明遍僧都ノ弟子ニテ、道心者ト聞シガ、高野ノ聖人ノ臨終ヲ、「吉」ト云モ、「ワロシ」ト云モ、「イサ、心ノ中ヲモシラヌゾ」トイハレケル、実ニトヲボユ。

先に挙げた挿話にも語られた、高野聖の往生の評定について、自身も高野聖出身であったとおぼしい敬仏房が、人の心中は誰にもわからないものだと語ったというもの。無住もそれに心からの同意を示している。いったい何をもって往生の拠り所としたらよいのか、渦中の僧侶たちの不安は極めて大きかったと想像されよう。

このような状況の中では、遁世僧にとって願うべき浄土と恐るべき魔道とは、まさに隣り合わせの存在であったと言っても過言ではない。では、その魔道とはどのような世界だったのだろうか。当時、魔道は天狗道とも呼ばれ、僧のみが堕ちる特殊な悪道の一つと考えられていた(14)。無住は魔道、天狗道の住人である天狗について次のように記している。

天狗ト云事ハ、日本ニ申付タリ。聖教ニ慥カナル文証ナシ。先徳云ク、「釈、魔鬼ト云ヘルハ、コレニヤト覚ヘ侍ル」。大旨ハ鬼類ニコソ。真実ノ智恵、道心ナクテ、執心、偏執、憍慢アル者、有相ノ行徳アルハ、ミナ此ノ道ニ入ナリ。……大ニ分カテバ、善天狗、〔悪天狗〕ト云テ、二類アリ。悪天狗ハ一向ニ憍慢、偏執ノミアリテ、仏法ニ信ナキ物ノナリ。仍テ、諸ノ善行ヲ妨グ。出離其ノ期ヲ不ㇾ知。善天狗ハ仏道ニ志アリ。智恵、行徳モアリナガラ、執心ウセズ、有相ノ智行ニサヘラレテ、彼ノ疑ニ入レドモ、彼シコ（ママ）ニシテ仏道ヲモ行ヒ、人ノスルヲモ障ヘズ、悪天狗ノサフルヲモ制シテ、仏法ヲ守ル。此ハ出離モ近ナシ、トイヘリ。

（巻九第二〇「天狗人ニ真言教ヘタル事」）

無住によれば、天狗は経典類に記載の見えない日本独特の存在であった。そして本節で見てきたような、修行に励みながらも執心のゆえに魔道に堕ちた遁世僧たちの転生後の姿は「善天狗」であったと説明されるのである。

彼らは魔道に入ってもなお仏道修行をつづけており、そのため「出離モ近」いと考えられていたとされる。

ここで、魔道の具体的なイメージを見ていこう。『沙石集』巻一第六「和光ノ利益ノ事」（『春日権現験記絵』巻一六第二話も同話）では、解脱上人貞慶の弟子であった興福寺の璋円が魔道に堕ちた後、女人に憑いて次のように語っている。

我大明神、御方便イミジキ事、聊カ〔モ〕奉ニル値遇一シ人ヲバ、何ナル罪人ナレドモ、他方ノ地獄ヘハツカハ〔サ〕ズシテ、春日野ノ下ニ地獄ヲ構ヘテ、トリ入ツヽ、毎日晨朝ニ、第三ノ御殿ヨリ、地蔵菩薩、洒水器ニ水ヲ入テ、散杖ヲソヘテ水ヲソヽギ給ヘバ、一滴ノ水、罪人ノ口ニ入リ、苦患暫タスカリテ、少シ正念ニ住スル時、大乗経ノ要文、ダラニ、神呪ナムド唱ヘテ聞セ給フ事、日々ニヲコタリナシ。此方便ニヨリテ、漸ウカビ出テ侍ル也。学生ドモハ、春日山東ニ高山ト云所〔ニ〕テ、大明神般若ヲ説キ給フ、聴聞シテ論義問答ナムド人間ニタガハズ。昔学生ナリシハ、皆学生也。マノアタリ大明神ノ御説法ヲ聴聞スルコソ忝ク侍レ。

春日大明神は春日野の地下に特別な〈地獄〉を設け、少しでも大明神に縁を結んだ罪人は通常の地獄へは遣らず、ここに収容しているのだという。そして春日第三殿の本地である地蔵菩薩が、早朝の一定時間、人々の苦患を和らげ、その間に大乗経の要文などを説き聞かせることで、〈地獄〉に堕ちた人々の出離をはかっているのだという[15]。その後の傍線部では、璋円のような学僧たちは春日山の東にある高山（香山）で大明神の講義を聴聞し、論義問答を行っていると語られる。これによれば、学僧たちは一般の罪人とは扱いが異なり、苦患は免れているように見える。だが、『七天狗絵（天狗草子）[16]』「興福寺巻」では次のように、興福寺の衆徒全般が春日山で苦患を受けていると語られる。

是によりて、興福寺の衆徒、執心もいよいよ深く、驕慢も殊に甚しく、皆天狗となりて、春日山にすみて、熱悩の苦をうく。大明神これを哀て、昼夜に三遍甘露の妙薬をかれらのくちにそゝぎ給。まことにかたじけなき事ならむかし。

また、『沙石集』巻五本第六「学生ノ魔道ニ堕タル事」では、興福寺の学僧の弟子が亡き師の転生先を知りたいと祈願していたところ、「夢ノ心地」に師と出会い、春日山の山中に案内される。そこには興福寺のごとき伽藍が建ち、内部では問答論義が行われていた。だが、一日の一定時刻には天から地獄の責め道具のようなものが降りてきて、僧たちが苦患に苛まれる様子が語られている。さらに、『今昔物語集』[17]巻十九第一九話「東大寺僧於山値死僧語」では、東大寺に住む僧が仏に供える花を摘もうと「東ノ奥山」（すなわち春日山）に入ったところ、道に迷い、「谷迫《たにのはさま》ヲ夢ノ様ニ思エテ」歩いていた。すると僧房のごときが出現し、今は亡き東大寺の僧たちも姿を現す。そこでも、彼らは一日に一度、苦患を受けると語られるのであった。

これらを総合すると、当時、春日山から春日野の地下にかけて〈地獄〉があり、特に生前仏法を学んでいた僧侶は春日山（ないし高山も含む春日山連峰[18]）中の〈地獄〉において、多くは一定の苦患を受けつつも、なお仏法の学びをつづけ、出離の時を待っているというイメージが浮かび上がる。

魔道が〈地獄〉と結びつけて語られるのは春日山だけではない。『沙石集』では、「日吉ノ大宮ノ後ロニモ、山僧多天狗ト成リテ、和光ノ方便ニヨリテ漸ク出離ス、ト申伝ヘタリ」（巻一第六）と、比叡山にも同様の〈地獄〉があったことを伝えている。実際、『日吉山王利生記』[19]巻七第一話では、延暦寺の真源という碩学が早世した厳算という僧に夢の中で、日吉社の「奥の山、八王子谷のほとり」に案内され、そこで学問に励む亡き延暦寺の僧侶たちの姿を目撃したことを語っている。

一方、本節の前半で見た魔道に堕ちた高野聖たちに、こうした〈地獄〉が想定されていたことを示す証跡はない。しかし、無住の分類でいえば「善天狗」に該当するであろう彼らは、やはり魔道においても修学を積んで出離の時を待っていると考えられていたのではなかろうか。苦患は当然あっただろうが[20]、それは必ずしも大きなものではなかったであろう。『比良山古人霊託[21]』における比良山の天狗は、天狗道の苦患について、「鉄の丸を日に三ヶ度食するの由、申し伝ふ。実不、いかに」との質問者の問いに答えて、「丸にはあらざるなり。鉄の三角なるが、自然に天然の理にて口に食はるるなり。それが骨髄に徹りて術無きなり。毎日には食はれざるなり。もし僻事をしつる時に食はるるなり。されば構へて僻事をばせじとするなり」と説明しており、その苦患は『往生要集』などで説かれる地獄のそれと較べれば、かなりゆるやかなものと想定されていたようである。さらに、魔道において過ごす時間も、「末世の僧、名利の執心によりて、順次生に、おほく魔道に堕す。余執をつぐのふ事、あるひは二、三ねん、あるひは五、六年なり。そのゝち、人天に生ず」(『春日権現験記絵[22]』巻十六第一話)、「ただ、天狗と申すことはあることなり。来年六年に満ちなんとす。かの月めに、かまへてこの道を出でて、極楽へ詣らばやと思ひ給へるに、必ず障りなく苦患まぬかるべきやうに訪ひ給へ」(『発心集[23]』巻二第八話「真浄房しばらく天狗になる事」)のように、気の遠くなるような長久の時間を強調する地獄に較べれば、ずいぶんと短いものと認識されていた場合も少なくない。「魔道は仏教徒のための、往生に辿り着くためのもう一つの道であった[24]」とも評される所以であろう。

ともあれ、魔道は中世の遁世僧の周辺を常に取り巻いていたかのように見える。視点を変えれば、無住をはじめとする遁世僧の著作に魔道の記述が突出して目立つとも言えるのである。たとえば先に触れた、春日〈地獄〉に堕ちた学僧璋円の師でもある貞慶(一一五五～一二一三年)は、魔界に悩まされていた小田原上人瞻空のために

『魔界廻向法語』をものしている。[25]明恵（一一七三～一二三二年）も『却廃忘記』の中で魔道について説いた。[26]また、先に挙げた、魔道に堕ちた天狗との問答集『比良山古人霊託』の著者慶政（一一八九～一二六八年）も園城寺出身の遁世僧である。さらに近年、土屋貴裕氏は『天狗草子』の祖本を『七天狗絵』であると認定し、その「七天狗ノ絵ト云事、書レタ」とされる「八坂ノ寂仙上人遍融」（『壒嚢鈔』[27]巻八第三二段）なる遁世僧について、金剛王院流と勧修寺流を受けた東密僧であったことを明らかにするとともに、その師にあたる「良含周辺」の修学状況の検討を通して、該書の成立圏に「「諸宗兼学」的な学のあり方」が存在したことを指摘している。[28]ちなみに、この遍融の師とされる良含は、無住の著作において遁世僧と親和性の高い官僧として注目される金剛王院僧正実賢の孫弟子にあたる人物であり、[29]『七天狗絵』の成立圏は無住の宗教圏と確実に近接しているものと思われる。加えて、伊藤聡氏は最近、三輪上人慶円の逸話を弟子の塔義が集成した『三輪上人行状』に頻出する魔の記事に注目し、「〈魔〉と対話し、恩徳を施すことで彼らに影響力を与える験者」としての慶円像を抽出しているが、[30]この慶円、塔義の師弟も実賢周辺の遁世僧なのである。[31]おそらく魔道はもともと、菩提心を重視し偏執を嫌い、三学兼備、諸宗兼学を志向する遁世僧（ないし彼らと志向性を同じくする学侶[32]）の間を中心に成長してきた概念なのではなかろうか。その点で魔道は中世日本仏教特有の悪道のあり方を示すものであると言えよう。

三　地獄と基層信仰——山中他界観

前節では、伝統的な仏教の悪道認識に収まらない魔道という独特の概念が、中世日本における遁世僧の死生観の中心を占めている状況を見てきた。その際、興福寺や延暦寺の僧にとって、魔道に堕ちることは、春日や日吉の神が設けてくれた〈地獄〉において比較的軽度の苦患を受けつつも修学に励み出離の時を待つ、というイメージで捉えられていた。さらに、そうした〈地獄〉の具体的な位置については、「春日山東ニ高山ト云所」（『沙石集』巻一第六）、「春日山」（同巻五本第六）、「春日山」（『七天狗絵（天狗草子）』「興福寺巻」）、東大寺の「東ノ奥山」（『今昔物語集』巻十九第一九話）、「日吉ノ大宮ノ後ロ」（『沙石集』巻一第六）、「奥の山、八王子谷のほとり」（『日吉山王利生記』巻七第一話）というように、山中または山中の谷といったイメージで語られているのである。

山中の地獄といえば、直ちに著名な立山地獄が想起されよう。十一世紀の『大日本国法華経験記』(33)巻下第一二四話にはその様子が次のように記されている。

修行者あり、その名、詳ならず。霊験所に往き詣でて、難行苦行せり。越中の立山に往けり。かの山に地獄の原ありて、遥に広き山谷の中に、百千の出湯あり。深き穴の中より涌き出づ。岩をもて穴を覆ふに、出湯麁く強くして、巌の辺より涌き出づ。現に湯の力に依りて、覆へる岩動揺す。熱き気充ち塞ぎて、近づき見るべからず。その原の奥の方に大きなる火の柱あり。常に焼けて爆き燃ゆ。ここに大きなる峰あり、帝釈岳と名づく。これ天帝釈・冥官の集会して、衆生の善悪を勘へ定むる処なり。その地獄の原の谷の末に大きなる滝あり。高さ数百丈、勝妙の滝と名づく。白き布を張るがごとし。昔より伝へ言はく、日本国の人、罪を造れば、多く堕ちて立山の地獄にあり、云々といふ。

立山の火山性の噴煙や出湯が地獄を思わせたことは間違いないにしても、その立地の山谷である点はやはり見逃せない。『宝物集』(34)巻二は、三悪道については『往生要集』に詳しいと前置きしながら、次のように語っている。

地獄といふは、此閻浮提の下一千由旬に有。等活・黒縄・衆合・叫喚・大叫喚・焦熱・大焦熱・阿鼻地獄也。是をば大地獄といふ。をのをの十六の別所あり。すべて一百三十六の地獄なり。此外、野の間、海のほとりにも地獄はありとぞ、天親菩薩の倶舎論には申ためり。まことにさやうにと覚ゆる事ども侍り。越中国立山の地獄より、近江の国愛智の大領のむすめの、山伏につけて親のもとへことづてして侍りけるは。……

立山地獄は、『往生要集』などが説く「此閻浮提の下一千由旬」という想像を絶した地下深くにある八大地獄の類とは異なり、たとえば『倶舎論』が言及するような例外的なこの世の地獄の一つとして紹介されている。だが、それが「野の間、海のほとり」にあるのではなく、「日本国の人、罪を造れば、多く堕ちて立山の地獄にあり」と「昔より伝へ言は」れるとされる背景には、しばしば指摘されるように(35)、日本人の山に対する基層信仰、山中他界の信仰が存在することは間違いないだろう。

『万葉集』の挽歌には死者の魂が山に留まるとのイメージがうたわれているものが多い(36)。ところが、そうした山中他界の証跡、とりわけ仏教と重層していない形のそれを中世の文献に見出そうとすると、実はこれが意外に困難なのである。その中にあって、無住が『雑談集』巻九「観念利益事」に記した以下の伝承は希有に属するものであろう。

或俗人、妻ニヲクレテ年月ヘテ後、山中ニ行ケルニ、カノ妻、昔ノ形ニテ水酌ント桶イタヾキテ行ケルヲ、ミテ、「アレハ、イカニ」ト云ヘドモ、カレハ我ヲミズ、音モ聞ヌ体也。サテ、ツレテ家ヘ行テ、カタワラニ居テミレバ、桶ウチヲキテ、「アラ、心《ムネ》イタヤ」トテ、ホトホトヤミケリ。サテ、人々アツマリテ、「タヾ事トモヲボヘズ」ト云テ、陰陽師ヨビテ問ヘバ、「昔ノ夫ガ目ヲミ入タル也」トテ、ハラヘシケリ。ヤウヤウニ作法シテ、後ニ弾指ヲ一度シタリケレバ、ソレニヨリテ、風ニフカル、ヤウニ、ホドナク二三十町バカリホカヘサリヌ。後ニタヅネケレドモ、スベテミエザリケリ。

妻を亡くした男が、長年月を経て、山中に行ったところ、妻が昔のままの姿で水酌み桶を頭上に載せて歩いているのを見かけた。声を掛けてみたが、妻の方からは男の姿は見えず、声も聞こえないらしい。男は妻を家に連れ帰ったが、妻は胸が痛いと訴える。陰陽師を呼んで子細を尋ねると、夫が目をのぞき込んだせいだというので、お祓いの作法をした上で弾指を行った。と、妻は風に吹き飛ばされるように、一気に二三十町も彼方へ遠ざかった。後日探しても、その姿が見つかることはなかったという。こうした俗間の伝承を無住が書き留め得たのは、彼が日ごろから地方の民間伝承などにも深い関心を払っていたからであろう。(37) ともあれ死者の魂が山中に留まるという俗間の信仰は中世にも確実に存在していたのである。

一方、こうした古代以来の基層信仰をもとに、死者は生死の境に存在する山を越えて冥途の旅に向かうという発想も生まれた。「死出の山」という歌語にその発想は認められ、それは仏教思想と触れあう中で、日本人の死生観に深い影響を与えるイメージを獲得していく。(38) たとえば、『大日本国法華経験記』巻中第七〇話が伝える次のようなイメージである。醍醐寺の蓮秀は法華経の持者でかつ熱心な観音信仰の持ち主でもあったが、ある時、重い病を受けて息絶えた。

遥に冥途に向ひて、人間の境を隔てたり。深く幽なる山、険難の高き峰を超えて、その途遼遠なり。鳥の声を聞かず、僅かに鬼神暴悪の類あり。深き山を過ぎ已りて、大きなる流の河あり。広く深くして怖畏すべし。その河の北の岸に一の嫗の鬼あり。その形醜く陋しくして、大きなる樹の下に住せり。その樹の枝に百千種の衣を懸けたり。この鬼、僧を見て問ひて言はく、「汝今当に知るべし。これは三途の河にして、我はこれ三途の河の嫗なり。汝衣服を脱ぎて、我に与へて渡るべし」といへり。……

冥途の旅に向かう蓮秀が人間世界との境界をなす「深き山」を越えると、そこには「三途の河」が流れ、いわゆる奪衣婆が待ち受けている。こうしたイメージは、中国撰述の『預修十王生七経』の影響下に平安末期の日本で撰述されたとおぼしい『地蔵菩薩発心因縁十王経』にも取り込まれた。

閻魔王国の塊（堺ヵ）は死天山の南門なり。……此れより亡人、死山に向ひて入る。険しき坂に杖を尋ね、路石に鞋を願ふ。（新纂大日本続蔵経第一巻404b）[39]

ここでは「死天山（しでのやま）」が「閻魔王国」に接していると語られる。死出の山を越えて向かう世界に「閻魔王国」が位置しているという認識である。この経典は唱導の世界でも活用されたと考えられ[40]、その過程を通して、山と冥界とりわけ地獄とのイメージ連関はさらに強固なものとなっていったであろうと予想される。

ここで、無住が『雑談集』巻七「法華事」に引用する中国説話を見ておきたい。

陳ノ代ニ行堅トテ貴キ上人、法華経読誦、其ノ功久キ有リケリ。事ノ縁有テ、太山府君ノ社ニ宿セル事有ケリ。誦経坐禅シテ、夜陰ニ及ケルニ、府君出テ、相見シ、物語シ給ケル。唐国ノ人死セルハ、府君コレヲ知リ、生所ヲ沙汰シ給フ事ナル故ニ、上人ノ弟子ノ僧、二人、他界セル事有ケレバ、彼ノ生所ヲ問ニ、「一人ハ善所ニ生ズ。一人ハ地獄ニ入レリ。近処ニ有」ト答フ。「彼ヲ見ル事イカニ」ト問ニ、「ヤスキ事ナリ」トテ、冥官ヲ一人サシソヘテ、東北方、五六里行テ、山ノ谷ノ中ニ炎火満リ。喚ブ声有リ。形変ジテ焼タル肉ノ如シ。冥官之ヲ示ス。上人カナシク覚テ、返テ府君ニ問フ。「何ナル方便善業ヲ以テカ、彼ヲ助ベキ」ト。答云、「法華経ヲ書写シテ救ベシ」ト。仍テ一部書写シテ、裹ミ持テ、又参テ、問云、「経已ニ書写シ畢ヌ。彼ノ弟子如何」。答云、「題目ノ五字ヲ書写シタマフニ、獄ヲ出テ、人間ニ生テ、男子ト成レリ」。此ノ事、唐ノ法華伝ニ見タリ。

法華持経者であった行堅が、たまたま泰山府君の廟に宿した際、泰山府君から亡き弟子の転生先を教えられる。一人の弟子が堕ちた地獄に案内され、その様子を目の当たりにした行堅は何とか弟子を救いたいと、泰山府君の勧めで法華経を書写する。その功徳により、弟子は人間世界に転生することができた。無住はこの説話を「唐ノ法華伝」に拠ったとするが、実際には唐の僧詳撰『法華伝記』ではなく、南宋の宗暁撰『法華経顕応録』巻上「東嶽堅法師」の以下の記事に拠っているものと推定される(41)。

隋釈行堅、不レ知二何許人一。常修二禅観一、節操厳甚。因レ事経二游泰山一。日夕入二嶽祠一度レ宵。吏曰、「此無二館舎一。唯有二神廡下一。然而宿レ此者必暴死」。堅曰、「無レ妨」。遂為藉二藁於廡下一。堅端坐誦経可二一更一、忽見二其神衣冠甚偉向レ堅合掌一。堅問曰、「聞二宿レ此者多死一。豈檀越害レ之耶」。神曰、「当レ死者特至聞二弟子声一而自死。非レ殺レ之也」。又問曰、「世伝、泰山治レ鬼、是否」。神曰、「弟子薄福、有レ之」。堅曰、「有二両同学僧一已死。今在否」。神問二名字一。「一人已生二人間一、一人在レ獄受レ対。師往見レ之」。神遣三使引入二墻院一。見下一人在二火中一号呼上。形変不レ可レ識。而血肉焦臭。堅不レ忍レ観。即還二廡下一、復与レ神坐。堅曰、「欲レ救二是僧一得否」。神曰、「可。能為写二法華経一、必応レ得レ免」。既而与レ神別。旦廟令視二堅不レ死、訝レ之。堅去、急報二前願一、経写装畢。賫而就レ廟、神出如レ故。以レ事告レ之。神曰、「師為写二経題目一、彼已脱去。今生二人間一。然此処不レ潔。不レ宜レ安レ経。願師還送二入寺中一供養」。遂与レ神別。〈大宋高僧伝〉。

（新纂大日本続蔵経第七八巻36b）

両者を比較すると、原典では「泰山」の「墻院」と語られる「獄」を、無住が「山ノ谷ノ中」に位置する「地獄」として語っていることに気付かされる（二重傍線部）。ここからは、地獄を山谷のイメージで捉えようとする中世人の認識が顕著にうかがえよう。

翻って、中世日本仏教に特有の魔道という遁世僧の〈地獄〉イメージにも、山中他界という基層信仰が色濃く反映していることは間違いないであろう。

四　亡魂の供養――遺骨への視線

ところで、魔道に堕ちた遁世僧たちの霊はどのように救われたのであろうか。考察の最後に遁世僧と霊魂の救済、供養の問題に触れておきたい。

すでに見たように、魔道に堕ちた遁世僧の多くは、そこで修学の機会を与えられ、自力で出離の機会をうかがっているように語られていたが、中には『発心集』巻二第八話の真浄房のように、魔道に堕ちて六年目の来年には「かまへてこの道を出でて、極楽へ詣らばやと思ひ給へるに、必ず障りなく苦患まぬかるべきやうに訪ひ給へ」と他者に供養を願い、その結果、「仏経なんど心の及ぶほど書き供養し」てもらったおかげで、極楽へ往生したと語られる例もある。

供養に用いられる「仏経」とはどのようなものであったか。ここでも無住の言に耳を傾けたい。『雑談集』巻七「法華事」には次のようにある。

先年ノ或ル僧ノ説ニ、関東ニ沙汰スル事有ケルニ、法華経ト念仏ト、人ノ孝養ニスベシト。……経ニハ、梵網、神咒ニハ、宝篋、尊勝、随求、光明ト云事、聞侍シ。

追善供養に用いられるに相応しいものとして、まず法華経と念仏とが挙げられ、さらにそれ以外にも、経としては梵網経が、陀羅尼としては宝篋印陀羅尼、尊勝陀羅尼、随求陀羅尼、光明真言が好ましいという評価を伝える(42)。

無住はこれらのうち経典では特に法華経の功徳を強調している(43)が、陀羅尼に関しては、『沙石集』巻二第七「弥勒ノ行者ノ事」で次のように記している。

末代ニハ真言ノ益アルベキニテ、昔ヨリモ近代ハ次第ニサカリニ、亡魂ノ遺骨ヲバ彼ノ霊寺ニ送ル事、貴賤ヲイワズ、花夷ヲ不レ〔論〕、我モ〳〵ト持チ上也。此レ可レ然事ニコソ。亡者ヲスクフコト、ダラニノ力ラ勝レタリ。

この後、「行人アテ土沙ヲ加持シテ、亡者ノ墓所ニチラセバ、土沙ヨリ光明ヲ放テ亡者ノ魂ヲ導キ、極楽へ送ル」という光明真言の功徳を説く逸話を語るが、ここで注目すべきは、そうした真言加持の力と関連させて、傍線部のように、亡魂の遺骨を霊寺（ここでは高野山を指す）に送る、いわゆる納骨の習慣が近年非常に盛んになってきている状況に言及している点である。実際、『沙石集』には性蓮房という遁世僧が母の遺骨を高野山に納骨しようとする逸話も収められている（巻一第四）。この納骨という現象の広がりをめぐっては、佐藤弘夫氏に次のような興味深い指摘がある。[44]

　一二世紀から納骨信仰が生まれ、それが各地に広がっていったことは、この時期、肉体と霊魂の観念にも重要な変化が生じたことを意味するものと考えられる。……古代では、浄化や救済の対象として重視されたのは、もっぱら霊魂の方だった。死によって魂はただちに肉体を離れてしまうため、仏教の追善供養の儀式もまた、その霊魂の浄化を実現できれば十分であると考えられていたのである。……それに対し、死者の遺骨を霊場に埋納することは、霊場に運んだ段階ではまだ骨に霊魂が宿り続けている、という観念が前提になっている。そして、そうした習慣が広く社会に共有されたことは、霊魂と遺骨が死によっても即座に分離することはないという観念が、人々の間に共有されるに至ったことを示しているのである。

次に紹介する『沙石集』の説話（巻九第二「愛執ニヨリテ蛇ニ成リタル事」）は、佐藤氏の指摘を裏書するものであろう。

鎌倉ニ、アル人ノ女、若宮ノ僧房ノ児ヲ恋テ、病ニナリヌ。母ニカクト告ゲタリケレバ、彼ノ児ガ父母モ知人ナリケルマヽニ、此ノ由シ申合テ、時々児ヲカヨハシケレドモ、志シナカリケルニヤ、疎ナリユクホドニ、思死ニシニヌ。父母悲ミテ、彼ノ骨ヲ善光寺へ送ラムトテ、箱ニ入テヲキニケリ。其ノ後、此ノ児、又病ヒ付キテ、大事ニナテ物狂ナリケレバ、一間ナル所ニシテ籠メテ置キタルニ、人ト物語ノ声シケルヲ、アヤシミテ、其ノ母、物ノ、ヒマヨリミケレバ、大ナル蛇向ヒテイヒケルナルベシ。ツヒニ失セニケレバ、入棺シテ、若カ宮ノ西ノ山ニテ葬スルニ、棺ノ中ニ大ナル蛇アリテ、児ニマトワリタリ。ヤガテ蛇ト共ニ葬シテケリ。

サテ、彼ノ父母、女ガ骨ヲ善光寺へ送ル次デニ、トリワケテ、「鎌倉ノ或ル寺ニ置カン」トテ、ミケレバ、カノ骨サナガラ小蛇ニナリタルモアリ、ナカラバカリナリカ、リタルモアリケリ。

此事ハ、彼ノ父母、或ル僧ニ、「孝養シテタベ」トテ、アリノマヽニ此ノヤウヲ申ケルトテ、同法ノ僧、慥カニ語リ侍キ。纔ニ二十年ガ中ノ事ナリ。名モ承シカドモ、ハヾカリテシルサズ。

鶴岡の若宮の稚児を慕う余り思い死にした女は、蛇に転生して稚児と再び相まみえ、稚児の死後も棺の中でその遺体にまとわりついている。畜生道への転生を完了している以上、本来女の霊魂は遺骨とはすでに無関係なはずである。にもかかわらず、女を荼毘に付した遺骨は、この時、小蛇に転成するという異相を示している。ここには転生後も骨になお霊魂が宿りつづけるという中世人の認識を認めざるをえないであろう。それゆえ女の両親は、善光寺への納骨の際に遁世僧にその供養を依頼したのである。

では、高野山や善光寺といった霊場に納骨後、骨に宿った霊魂はどうなるのか。十五世紀と時代は下るが、『壒嚢鈔』巻十一第六段には「大師ノ御文ニ云」として次のように記している。

……但シ、我ガ山ニ送リ置クトコロノ亡者ノ舎利、我、毎日三密ノ加持力ヲ以テ、安養宝刹ニ送リ、当来ニハ我ガ山ノ慈尊説法ノ聴衆ノ菩薩ト為スベシ、ト云云。

霊地高野山に入定している弘法大師の三密加持力により、骨に宿った霊魂は「安養宝刹」（極楽浄土）に送り届けられ、やがて弥勒下生の暁には再びこの地に戻り、弥勒説法の聴衆に加わるのだという。遺骨に宿った霊魂は霊場における納骨を経て、浄土へ向かうことが期待されたのだろう。

ちなみに『発心集』巻七第一三話「斎所権介成清の子、高野に住む事」には、俊乗房重源が建立した高野山の新別所、専修往生院における「習ひ」として、「結衆の中に先立つ人あれば、残りの人集まりて、所の大事にて、これを葬るわざ」を行ったこと、それも「木を樵りて葬る」と荼毘に付して「骨拾ひて」葬ったことが記されている。魔道に堕ちたと判断された高野聖も、荼毘に付された骨は高野山に葬られ(45)、同法知識たちの手で光明真言加持などが修されることによって、浄土への転生が祈られたのではなかろうか。

一方、骨に関するこうした観念の変化は、往生の認識にも微妙に影響を与えた可能性がある。平安期往生伝には、たとえ荼毘に付された場合であっても遺骨に関する言及は認められない。ところが、鎌倉期に入ると俄に様相が変わってくる。第一節で取り上げた『念仏往生伝』の撰者行仙の伝が実は『沙石集』巻十末第一三「臨終目出キ人々ノ事」に収められているが、その臨終の相は次のように語られている。

臨終ノ体、端座シテ化ス。紫雲靡テ、室ノ前ノ竹ニカヽル。紫ノ衣ヲウチ覆ヘルガ如シ。音楽ソラニ聞へ、異香室ニ薫ズ。見聞ノ道俗市ヲナス。葬ノ後、ミルニ、灰紫ノ色也。舎利数粒、灰ニ交ル。

紫雲と音楽と異香は、平安期往生伝以来、馴染みの往生の瑞相である。だが、その後に語られる紫色の灰と舎利の出現は平安期往生伝には認められない新しい現象である。『沙石集』では、他に蘭渓道隆の伝にも、「葬ノ後、灰ノ中ニ得二舎利一云々」と舎利の出現が語られる。さらに、無住にやや遅れる虎関師錬撰『元亨釈書』[46]には、『沙石集』の当話に依拠したとおぼしい行仙伝（巻一二）以外に、無本覚心、蘭渓道隆（以上、巻六）、大休正念、東山湛照、桑田道海、無為昭元（以上、巻八）の伝に同様な舎利出現の奇瑞が記され[47]、そこでは「舎利者、戒定慧之所レ薫也」（昭元伝）と、三学を修めた僧に出現する往生の瑞相として捉えられているのである。

もとよりこうした高僧舎利出現のモチーフ自体は中国高僧伝に淵源するものであり[48]、その影響下にあることは間違いない。またその背後に舎利信仰が存することも勿論であろう。だが、遺骨への観念の変化が定着を見るちょうどこの時期に、往生の新たな瑞相として高僧舎利の出現が語られることは、やはりまったくの偶然とは思われない。悪道に堕ちた亡魂の遺骨に異相が認められるとすれば、往生を遂げた人の遺骨にもそれ相応のしるしが現れてしかるべきとの発想は極めて自然なものであろう。そうした当時の遁世僧の志向に中国高僧伝のモチーフが合致した結果、高僧舎利の出現が往生の瑞相として語られ出したという側面もあったのではないかと推察されるのである。

おわりに

本章では、無住をはじめとする中世日本の遁世僧の著作を通して、彼らの死生観や他界観、鎮魂（供養）のあり方について考察してきた。往生を強く希求していた遁世僧たちは、同時に往生の困難さを痛感し、悪道への不安に苛まれてもいた。遁世僧の恐れる悪道とは、菩提心を重視し偏執を嫌い、三学兼備、諸宗兼学という彼らの志向が大いに反映した魔道という中世日本に特有のものであった。さらに、魔道を〈地獄〉として語るイメージ形成も行われたが、そこには古代以来の基層信仰、山中他界の信仰の投影が看取された。一方、亡魂の救済のため経や陀羅尼が用いられるのはもちろんのこととして、火葬が増加したこの時代には、遺骨観念の変化から霊場への納骨も盛んに行われるようになった。そうした観念の変化は遁世僧の往生に新しい瑞相をも出現させることになったのである。

中世の遁世僧は、同時代における生と死の現場にもっとも密着した存在であった。それゆえ彼らの残したテキストからは現場の生々しい雰囲気が濃厚に立ち上ってくる。さらに、こうしたテキストをものした遁世僧の多くが唱導、教化活動にも携わったことを考慮すれば、生死に関する彼らの先鋭な感覚は時代を領導するものであったとも言えよう。本章で触れ得たのはもとよりその一端に過ぎないが、それらを通して知りうる遁世僧の死生観や鎮魂（供養）観念は、中世日本において少なからぬ広がりを有するものであったと推察されるのである。

〈注〉

（1）引用は米沢本により、北野本によって補訂した箇所には〔　〕を付した。

（2）上島享「鎌倉時代の仏教」（『岩波講座　日本歴史　第六巻　中世1』岩波書店、二〇一三年）。

（3）注2上島氏前掲論文。

（4）松尾剛次『中世律宗と死の文化』（吉川弘文館、二〇一〇年）。

（5）本書は金沢文庫に蔵される零本である。引用は、井上光貞・大曾根章介校注『往生伝　法華験記』〈日本思想大系〉（岩波書店、一九七四年）所収の本文により、私に書き下した。

（6）本書第一部第五章参照。

（7）西口順子「浄土願生者の苦悩――往生伝における奇瑞と夢告――」（『平安時代の寺院と民衆』法藏館、二〇〇四年、初出は一九六八年)。

(8) 引用は石田瑞麿校注『源信』〈日本思想大系〉(岩波書店、一九七〇年)所収の訓読文による。

(9) このことの背景には、十三世紀に入って『往生要集』の版本の刊行が相次いだという事情も関わっていよう。

(10) 注7西口氏前掲論文。

(11) 本書第一部第五章。

(12) 五来重『増補　高野聖』(角川書店、一九七五年)。

(13) 永井義憲「念仏往生伝の撰者行仙」(『日本仏教文学研究　第一集』豊島書房、一九六六年、初出は一九五六年)。

(14) 青木千代子「中世文学における「魔」と「魔界」――往生失敗者と往生拒否者――」(『国語国文』第六五巻第四号、一九九六年)。なお、魔道に堕ちる対象が、その後、「天皇・院・摂関といった貴顕」にまで広がることについては、伊藤聡「変貌する冥界」(『日本宗教の信仰世界』〈日本宗教史5〉吉川弘文館、二〇二〇年)参照。

(15) 本井牧子「罪業重き人々の救済――末代濁世の意識」(神戸説話研究会編『春日権現験記絵注解』和泉書院、二〇〇五年)は、春日野地獄の発想に地蔵菩薩の「福舎」の概念が利用されている可能性を指摘している。

(16) 引用は新修日本絵巻物全集の本文による。句読点は私に補い、一部表記を改めた。

(17) 引用は、小峯和明校注『今昔物語集　四』〈新日本古典文学大系〉(岩波書店、一九九四年)による。

(18) 高山(香山)の位置については、稲木吉一「香山寺創建考」(『女子美術大学紀要』第二四号、一九九三年)、前田雅之「「香山」考――宗教的公的空間ないしは聖地の変容――」(『古典論考――日本という視座』新典社、二〇一四年、初出は一九九七年)参照。

(19) 引用は神道大系の本文により、句読点は私に補った。

(20) 魔道に堕ちた僧の苦患に言及のない伝承は、春日や日吉の神による救済が語られるようになった段階から現れるもので、本来は『今昔物語集』巻十九第一九話や『沙石集』巻五本第六の伝承のように苦患を受けることが前提とされていたであろうと推測される。

(21) 引用は、木下資一・山田昭全ほか校注『宝物集　閑居友　比良山古人霊託』〈新日本古典文学大系〉（岩波書店、一九九三年）の訓読文による。
(22) 引用は注15前掲書による。
(23) 引用は、浅見和彦・伊東玉美訳注『発心集』〈角川ソフィア文庫〉（KADOKAWA、二〇一四年）による。
(24) 若林晴子「『天狗草子』に見る鎌倉仏教の魔と天狗」（藤原良章・五味文彦編『絵巻に中世を読む』吉川弘文館、一九九五年）。
(25) 清水宥聖「貞慶の魔界意識をめぐって」（斎藤昭俊教授還暦記念論文集刊行会編『宗教と文化』こびあん書房、一九九〇年）、筒井早苗「解脱房貞慶と魔道――「春日権現験記絵」を中心に――」（『金城国文』第七五号、一九九九年）。
(26) 注24若林氏前掲論文。
(27) 引用は、濱田敦・佐竹昭広・笹川祥生編『塵添壒嚢鈔・壒嚢鈔』（臨川書店、一九六八年）による。句読点を私に補い、漢文体の部分は私に書き下した。
(28) 土屋貴裕「「天狗草子」の復元的考察」（『美術史』第一五九号、二〇〇五年）、同「「七天狗絵」と「天狗草子」――〈二つの天狗草子〉とその成立背景――」（『仏教文学』第三〇号、二〇〇六年）。なお、その後、牧野和夫「延慶本『平家物語』の天狗とその背景」（佐伯真一編『中世の軍記物語と歴史叙述』竹林舎、二〇一一年）は、「「良含周辺」というよりも、「良含」に至る「慶政―理真―良含」の相承血脈と「良含」に発する「良含―遍融―円海―秀範」の相承という二つの師資相承の周辺と考える方がより妥当であろう」と指摘している。
(29) 本書第一部第五章。
(30) 伊藤聡「臨終と魔」（小峯和明編『東アジアの今昔物語集』勉誠出版、二〇一二年）。
(31) 本書第一部第四章。
(32) 当時、戒律に対する関心が遁世僧のみならず学侶の間でも高まっていたことについては、蓑輪顕量「官僧・遁世僧と論議における戒律」（『中世初期南都戒律復興の研究』法藏館、一九九九年）、上島享「〈中世仏教〉再考――二項対立論を超えて――」（『日本仏教綜合研究』第一〇号、二〇一二年）参照。
(33)引用は注5前掲書の訓読文による。ただし、表記等、一部私に改めた箇所がある。
(34)引用は注21前掲書による。ただし、表記等、一部私に改めた箇所がある。
(35)堀一郎「万葉集にあらわれた葬制と、他界観、霊魂観について」（『宗教・習俗の生活規制』未来社、一九六三年、初出は一九五三年）、五来重『日本人の地獄と極楽』（人文書院、一九九一年）ほか参照。
(36)注35堀氏前掲論文。
(37)佐竹昭広『民話の思想』（平凡社、一九七三年）参照。
(38)平田英夫「〈死出の山〉を越えて行く人たち」（『和歌的想像力と表現の射程――西行の作歌活動』新典社、二〇一三年、初出は二〇〇四年）。
(39)私に書き下した。表記など私に手を加えた箇所がある。
(40)本井牧子「十王経とその享受――逆修・追善供養における唱導を中心に――（上・下）」（『国語国文』第六七巻第六・七号、一九九八年）。
(41)本書第一部第十章。なお、『法華経顕応録』については、李銘敬「『法華経顕応録』をめぐって」（吉原浩人・王勇編『海を渡る天台文化』勉誠出版、二〇〇八年）、同「日本における『法華経顕応録』の受容をめぐって――碧沖洞叢書八・説話資料集所収『誦経霊験』の紹介を兼ねて――」（小峯和明監修・原克昭編『宗教文芸の言説と環境』〈シリーズ日本文学の展望を拓く　第三巻〉笠間書院、二〇一七年）参照。
(42)このほか、『雑談集』巻五「鐘楼事」では「経ハ見之愚惑ヲ除キ、鐘ハ聞之業患ヲ息ベシ」として、「鐘声」が三途の苦をやわらげる功徳について説いている。
(43)本書第一部第九章。
(44)佐藤弘夫『死者のゆくえ』（岩田書院、二〇〇八年）。
(45)日野西真定「高野山の納骨信仰――高野山信仰史における一課題――」（『高野山信仰史の研究』岩田書院、二〇一六年、初出は一九八二年）。

(46) 引用は新訂増補国史大系による。

(47) 和田有希子「禅僧と「怪異」——虎関師錬と『元亨釈書』の成立——」（『禅学研究』第八七号、二〇〇九年）。

(48) 西脇常記「舎利信仰と僧伝——『禅林僧宝伝』の理解のために——」（『唐代の思想と文化』創文社、二〇〇〇年、初出は一九九〇年）によれば、中国において高僧舎利の記事が認められるのは『宋高僧伝』以降であるという。

第三部　武士と遁世僧の伝承世界——『吾妻鏡』の源氏将軍伝承

第一章　実朝伝説と聖徳太子――『吾妻鏡』における源実朝像の背景

はじめに

『吾妻鏡』に描かれる源実朝の姿は伝説のヴェールに覆われている感が強い。そうした印象を与える理由の一つに、実朝の聖徳太子信仰があることは確実であろう。

たとえば、東大寺大仏鋳造に活躍した宋人の工匠、陳和卿が実朝と謁見する場面がその好例である。建保四年（一二一六）六月八日、陳和卿は鎌倉に到着した。その目的は「権化之再誕」である実朝の「恩顔」を拝することにあったという。二人の対面は一週間後の六月十五日に実現する。

> 召二和卿於御所一、有二御対面一。和卿三反奉レ拝、頗涕泣。将軍家憚二其礼一給之処、和卿申云、貴客者、昔為二宋朝医王山長老一。于レ時吾列二其門弟一云々。此事、去建暦元年六月三日丑尅、将軍家御寝之際、高僧一人入二御夢之中一、奉レ告二此趣一。而御夢想事、敢以不レ被レ出二御詞一之処、及二六ヶ年一、忽以符二合于和卿申状一。仍御信仰之外、無二他事一云々。

当初、和卿の過剰な反応に当惑気味の実朝であったが、実朝と自分は前生において宋朝医王山で修行する長老と門弟の間柄であったという和卿の言葉を聞くと、実朝は直ちにすべてを信用してしまう。なぜなら和卿の話は、それより六年前に実朝が蒙り、以後誰にも語らなかった夢告の内容とぴたりと符合したからである。そして、五か月後の十一月二十四日には、実朝は「先生御住所医王山」を拝せんがため渡宋を決意し、和卿に唐船の建造を命じるに至る。だが、翌年四月十七日に行われたその唐船の進水式は失敗に帰し、ついに実朝の渡宋の企ては未然に終わるのである。

実朝と和卿をめぐる以上の挿話に聖徳太子伝承の匂いを嗅ぎ取ることは容易であろう(1)。いま、古代における太子伝の集成であり、中世における太子信仰の根本典籍の位置を占める『聖徳太子伝暦』(2)によれば、太子は百済から来朝した日羅（敏達天皇十二年条）や阿佐王子（推古天皇五年条）と対面した際、観音の化身として彼らから熱狂的に拝されるが、後に太子自身の口からその秘密が、「児《ワレ》昔シ在シトキレ漢ニ、彼レハ為《タリ》二弟子一」「昔身ニ為《タリ》二我カ弟子一」と、両者ともに前生における修行時代、中国の地で太子と師弟関係にあったからだと明らかにされるのである。さらに『聖徳太子伝暦』には、太子が後年、かつて修行していた中国衡山に前生の持経を取りに小野妹子を派遣し（推古天皇十五年条）、それが不首尾に終わると、今度は自身、入定して魂を中国に飛ばし、くだんの持経を請来する（同十六年条）という、周知の逸話が語られている。『吾妻鏡』における実朝の姿は、聖徳太子伝承における太子のそれと明らかに重なってこよう。

実際、『吾妻鏡』には、実朝の太子信仰に関わる記述が散見する。まず、承元四年（一二一〇）十月十五日の条には以下のように記される。

聖徳太子十七箇条憲法、幷守屋逆臣跡収公田員数在所、及所レ被レ納二置于天王寺、法隆寺一之重宝等記、将軍家日来有二御尋一。広元朝臣相二尋之一、今日進覧云々。

実朝は、日頃から聖徳太子の『十七条憲法』や物部守屋の没収された土地に関する資料、それに四天王寺や法隆寺の重宝等の記録を探し求めていたが、大江広元の奔走によって、この日念願叶いそれらを入手できたというのである。そして、その翌月、十一月二十二日には、持仏堂において太子御影の供養を行っている。

於二御持仏堂一被レ供二養聖徳太子御影一、南無仏、真智房法橋隆宣為二導師一。此事日来御願云々。

この時用いられた御影は南無仏太子、すなわち太子二歳像であった。この供養が「日来御願」であったというところに実朝の太子信仰の並々ならぬものが窺えよう。ちなみに、供養のなされた二十二日は太子の命日であったが、建暦二年（一二一二）六月二十二日にも、忌日法要である聖霊会が行われている。

本章では、こうした実朝の太子信仰の背景を探ることで、実朝像を覆う伝説のヴェールの内実にいささかなりとも迫りたいと思う。

一　実朝と舎利信仰

先に挙げた実朝と陳和卿との対面記事の中で、実朝は建暦元年（一二一一）六月三日の深夜、一人の高僧から前生には宋朝医王山の長老であったと告げられる夢を見たことが語られていた。確かに『吾妻鏡』の同日条には「御夢想告厳重云々」との記述が見える。が、注意すべきは、この夢に関して類似の伝承が他の文献にも伝えられていることである。

まず瑞渓周鳳が文明二年（一四七〇）に著した『善隣国宝記』[3]に引載される『正続院仏牙舎利略記』を取り上げよう。本書は鎌倉円覚寺舎利殿に仏牙舎利が収められる経緯を記すものであるが[4]、その中に次のような実朝の夢想が語られるのである。

日本国相州鎌倉都督右府将軍源実朝、一夕夢到二大宋国一、入二一寺厳麗一。因見二長老陞座説法、衆僧囲遶、道俗満レ庭。実朝向二傍僧一問二彼寺名一。僧曰、京師能仁寺。次問二長老誰一。僧曰、当寺開山南山宣律師。又問、宣律師入滅年久。何今現在。曰、汝未レ知耶。聖者難レ測。生死無レ隔、応現随レ処。律師今現再二誕日本国一。実朝大将是也。又問、長老左右侍者是誰。僧曰、侍者今現再二誕日本国一。鎌倉雪下供僧良真僧都也。実朝夢中問答数刻而覚、心中生二奇異想一。便以二使者一召二良真僧都一。僧都又夢、早晨謁二幕府一。使者於レ路相遇。即随二使者一参詣。実朝先問曰、僧都来何也。僧都仍説二夢中事一。実朝曰、与二我夢一合也。其時寿福開山千光禅師又有レ夢。三夢不二少差一。実朝於レ是自悟二南山之後身一、深希レ拝二彼霊跡一。……

この夢で、実朝は宋国能仁寺の長老（南山道宣律師）の再誕であると告げられ、さらに鎌倉鶴岡八幡宮の供僧良真僧都[5]も長老の侍者の再誕だと教えられる。そして驚くべきことには、これと全く同内容の夢を当の良真僧都が見ていたのみならず、あまつさえ「寿福開山千光禅師」すなわち栄西までもが同夢を見ていたことが判明する。そのため実朝は自らが南山道宣律師の再誕であることを確信し、夢に見た霊地を一目拝したいと熱望するに至った。

この後、記事はさらに次のように展開する。渡宋の志を抱いた実朝は工匠に造船の命を下すが、役人たちの工作によって完成した船は動かず、やむなく実朝自身は渡宋を断念する。だが、代わりに良真僧都と葛山願性をリーダーとする十二人の使節団を宋国の能仁寺へ派遣、彼らは寺主と必死に交渉し、ようやく仏牙舎利の貸与を許されて帰国する。ところが、鎌倉への帰途、彼らは天皇からの舎利実見の希望により半年間も京都で足止めを食うことになる。実朝の意を受けた安達盛長は、多数の軍勢を率いて京都に上り、天皇と直談判して舎利を奪還する。実朝は盛長を小田原まで出迎え、舎利を受け取ると小輿に乗せ、自ら舁いて鎌倉まで下った。

本話によれば、実朝の前生ゆかりの地への思いは、仏舎利の存在と不可分に結びついていたことになろう。

いま一つ、永正十五年（一五一八）成立の『紀州由良鷲峯開山法燈円明国師之縁起』(6)を見ることにしよう。そこでは由良西方寺の草創由来を説く中で、本願上人願性（葛山景倫）に関わって以下のような挿話が語られる。

然ルニ実朝、一夕夢メミテ下吾カ前生ハ宋ノ温《オン》州雁蕩《タウ》山ニ有リ二夙《シク》因一、以テ二其ノ功力ヲ一為《ナル》ト中日本ノ将軍上ト、覚《サメ》テ後有リ二詠歌一。

世もしらし我もえしらすから国のいはくら山にたきゝこりしを

加旃《シカノミナラス》建仁開山葉上僧正《エフシヤウソウシヤウ》ノ夢メニ、実朝公ハ者玄奘《シヤウ》三蔵《サウ》ノ再誕也《タンナリ》云々。

本話においては、実朝は前生、宋国温州の雁蕩山で仏道修行に励んでいたことを夢によって知ったのだとされる。そしてこの時も、「建仁開山葉上僧正」栄西は、実朝が玄奘三蔵の再誕だとする夢を見たのだった。このため実朝は宋朝への因縁の深さを痛感し、近習の葛山景倫を宋に派遣し、雁蕩山を絵図に写して来させようとする。だが、景倫が博多で船を待つうちに、実朝の訃報が届き、計画は中止、景倫は出家して願性と名乗り高野山で主君の菩提を弔う。伝承はこのように語られている。

『正続院仏牙舎利略記』では能仁寺とされていた実朝の故地が、『紀州由良鷲峯開山法燈円明国師之縁起』では雁蕩山と一致しないが、「雁蕩山」と言えば想起されるのが、滋賀県犬上郡多賀町の胡宮神社に伝わる文暦二年（一二三五）七月の日付をもつ『仏舎利相承次第』(7)である。そこには、白河院が「育王山」と「雁塔山」とから仏舎利各一千粒ずつを請来したとの伝承が記されている。この「雁塔山」がどこをさすか未だ確定されてはいない(8)ものの、『紀州由良鷲峯開山法燈円明国師之縁起』における「雁蕩山」も『仏舎利相承次第』の「雁塔山」と無関係とは思われず、音の相通からやはり仏舎利ゆかりの聖地としてのイメージを纏っているものと推察される。

翻って、再び『吾妻鏡』の実朝夢告記事に目を転じるなら、そこでは実朝の前生が「宋朝医王山長老」とされていた。「医王山」すなわち「育王山」(9)（阿育王山）は、前引『仏舎利相承次第』でも「雁塔山」と並記されていたように、鎌倉時代における仏舎利信仰のメッカである。

一方、実朝に仏舎利信仰があったことも『吾妻鏡』の事例から確認される。まず、「はじめに」で言及した実朝の持仏堂に置かれた太子御影、太子二歳像も、聖徳太子二歳の春、東方に向かって南無仏と唱えた際、それまで握って開かなかった掌から舎利が現れたという伝承に基づくもので、舎利信仰と深く関わるものである。また、建暦二年（一二一二）六月二十日には、実朝は寿福寺において「方丈」すなわち栄西から「仏舎利三粒」を相伝している。さらに、建保二年（一二一四）十月十五日には大慈寺において「葉上僧正」栄西が舎利会を行い、建保五年（一二一七）にも実朝出席のもと、永福寺で舎利会が催されている。ここで、『正続院仏牙舎利略記』や『紀州由良鷲峯開山法燈円明国師之縁起』での実朝夢告譚に纏綿する仏舎利信仰の影をも視野に入れて考えるなら、『吾妻鏡』の当該記事の背後にも実朝の仏舎利信仰を想定するのが最も自然であるように思われるのである。[10]

加えて、気になるのは栄西の存在である。『正続院仏牙舎利略記』でも『紀州由良鷲峯開山法燈円明国師之縁起』でも、実朝の夢想と同調する栄西の夢想が語られており、実朝はそれにより自らの転生を確信するに至ったとされる。ちなみに実朝に関わる栄西の夢想は、永徳二年（一三八二）頃の成立とおぼしい『鷲峰開山法燈円明国師行実年譜』[11]にも記されており、「……而況故将軍者、再来人而非レ凡。建仁寺開山葉上僧正呈二玄奘三蔵再誕之感夢一矣」と、やはり栄西は実朝を玄奘三蔵の生まれ変わりとする夢を見たとされるのである。この栄西は二回に亘る入宋僧であり、二度目の渡宋の折には「詣二阿育王山一見二舎利放レ光」（『元亨釈書』[12]）と育王山の舎利を目の当たりにしている人物である。実朝の太子信仰や舎利信仰の背後に栄西の存在を想定しうるのではないか。次節では、実朝と栄西周辺の関わりを追ってみたい。

二　実朝と栄西・行勇

栄西は実朝と関わりを持つ以前から、既に実朝の母親の北条政子とは交渉があったが[13]、実朝との接触が『吾妻鏡』で初めて語られるのは、元久元年（一二〇四）十二月十八日の条である。この日行われた政子御願の七観音絵像供養の折、「金剛寿福寺方丈葉上坊」栄西は導師を勤めており、実朝もこれに結縁している。そして翌元久二年（一二〇五）三月一日には、実朝が「寿福寺方丈」に出向き、栄西と「法文」を談じるに至っている。栄西が十四歳の実朝とどのような法談を交わしたのか、もとより知るすべもないが、それは若い実朝にあるいは深い印象を刻んだのかも知れない。その二か月後の五月二十五日には、幕府で「五字文珠像」供養が行われ、導師はやはり「寿福寺長老」栄西が勤めている。この文珠像は実朝の持仏堂に安置され、その後毎月二十五日に供養がなされることになるが、実朝に文珠信仰の種をまいたのも、栄西である可能性が高いと言えよう。

当時、文珠菩薩への信仰は、文珠常住示現の聖地とされた中国五台山への信仰と不可分に結びついていた。森克己氏はその五台山文珠をめぐる中世初期の思想状況を次のように論じている[14]。

入宋巡礼僧侶によって輸入され、普遍化された五台山文珠菩薩に対する渇仰的思想は単に五台山信仰において終結されるものではなく、それはやがて外的連繫と内的連繫とにおいて展開されてゆく。その外的方面への展開は、奝然がその入宋の目的中に述べているように、五台山巡拝を終えたなら、更に中天竺に到達して釈迦の聖蹟にも参拝しようという意図の裡に既に現れている。……平安朝末期より仏舎利に対する崇拝が急激に高まり、或は京畿七道の神社に仏舎利を奉納し、或は舎利講などが流行し、或は又僧侶間には仏舎利偽造者までも現れたということは、如何に仏舎利崇拝が旺盛であったかを物語るものであり、それは間接的には、当時中天竺方面より宋へ頻繁に仏舎利がもたらされたこと等にも関係があるであろうが、しかし、その直接的原因は恐らく印度の教祖に対する欽慕の感情から起ったことに違いない。……次ぎに、内面的連繋の展開を見よう。当時においては、印度巡礼は殆んど不可能であり、また五台山も少数の僧侶をほかにしてはその巡拝は容易なことではなかった。まして一般民衆にとっては、印度はもちろん、五台山巡礼さえ実現の可能性の最も少いことを認めなければならなかった。従って、彼等のその充されざる感情はほかのものによって補われなければならない。……すなわち、既に印度の教祖の偉業を仰ぎ、印度の聖跡に憬れ、更に転じて大陸五台山に思慕の情を通わせた人々が、顧みて自国の教祖聖徳太子の偉業を偲ぶのは最も当然の帰結である。太子に対する追慕の思想は平安朝末期頃より油然《(ママ)》と興り、或は御伝記の編纂或は太子和讃の流行が現われて来た。殊に著しいのは太子の未来記、すなわち太子の御記文と称する偽造物が頻繁に発掘されたことである。

このように、文珠信仰は聖地に対する憧憬という点で舎利信仰とも密接に関連していた。しかも、平安末期には、宋は北方民族王朝金のために文珠信仰の聖地五台山の地を失い、ために南宋の育王山が五台山に代わる新たな聖地として急浮上してきていた[15]。こうした状況下、実朝の前に現れた栄西は、先にも触れたように、入宋僧であり、かつ育王山の仏舎利を実見した人物である。若い実朝の心は栄西によって未だ見ぬ宋国の聖地へと掻き立てられたであろう。

一方、森氏は仏教の聖地への憧憬が国内的には聖徳太子への関心となって現れる点をも指摘しているが、実朝の場合に即して考えても、この見通しは正鵠を射ているものと思われる。既に「はじめに」で引用したように、

『吾妻鏡』承元四年十月十五日条は、実朝が「日来」求めていた『十七条憲法』以下、太子ゆかりの品を入手できたことを記しており、これが彼の太子信仰を示す初めての明徴となるが、その前月、九月二十五日条には次のようにある。

御本尊五字文珠像更被レ遂二供養一。導師寿福寺方丈。此儀五十度可レ被レ行之由、有二御願一云々。

これによれば、この頃、実朝の文珠信仰にさらに弾みがついているように見えるが、それはおそらく同時期の彼の太子信仰に関わる積極的な動きと連動しているものと捉えるべきであろう。そして、ここでも注目すべきなのは、文珠供養の導師を「寿福寺方丈」栄西が勤めているという事実である。

もう一つ同様な事例を挙げよう。既に触れたように、建暦二年六月二十日、実朝は寿福寺において栄西から仏舎利を相伝した。

将軍家渡二御寿福寺一。自二方丈手一令レ相二伝仏舎利三粒一給云々。

そして、二日後の六月二十二日、実朝は持仏堂において聖徳太子の聖霊会を行っている。

於二御持仏堂一、被レ行二聖徳太子聖霊会一。荘厳房以下請僧七人云々。

請僧は栄西の弟子である荘厳房行勇以下、七名であった。

実朝において聖徳太子信仰と文珠・舎利信仰はこのように明らかに連動していたのであり、その接点には常に栄西の影が揺曳していた[16]。弟子の行勇も含め、実朝の信仰世界の形成に栄西周辺の果たした役割は非常に大きなものがあったと推察される。

ここで、栄西の弟子の行勇と実朝との関わりにも少し触れておこう。『吾妻鏡』によれば、行勇と実朝との最初の接触が認められるのは、栄西の場合よりも早く、建仁三年（一二〇三）十月二十五日のことである。この時十二歳、前月に将軍位に就いたばかりの実朝に行勇は法華経を伝授している。以来、行勇は持仏堂における恒例の文珠供養をはじめ、実朝関係のさまざまな仏事に勤仕し、二人の親密な交友は実朝の最晩年まで続くが、いま本節の視角に関わって注目すべき記事を挙げるとすれば、建暦三年（一二一三）三月三十日の条であろう。

　将軍家御二参寿福寺一、有レ御二聴聞御法談等一。又去年朝光所レ進吾朝大師伝絵有二御随身一、令レ覧二行勇律師一給。観二彼求法入宋之処々一、就二其銘字誤等一被レ直二進之一云々。

実朝は寿福寺における法談聴聞の際に「吾朝大師伝絵」を携行し、絵巻中に現れる宋国の聖跡の名称の誤りについて行勇に正させたという。行勇の入宋経験の有無については確証はない[17]ものの、彼もまた師の栄西とともに実朝の聖地への関心を惹起した人物であることは間違いあるまい。

　以上、実朝の文珠・舎利信仰、太子信仰に栄西・行勇の師弟が深く関わっている事情を見てきたが、してみると、『吾妻鏡』が語る実朝と陳和卿との劇的な対面場面の背後にもこの師弟の何らかの関与が疑われるのである。陳和卿の名は、建保五年四月十七日の唐船進水の失敗記事を最後に『吾妻鏡』から消え、その後の消息は杳として知れない。だが、実朝没後、その菩提を弔うために建立され、行勇が開山長老に就任することになる、高野山金剛三昧院の歴代住持について記した『金剛三昧院住持次第[18]』には、「第一開山長老行勇荘厳房法印」の事績を述べた後に、次のような記事をつづけている。

　首座　妙観房　改名尊浄房　唐人陳和主子息云々

これによれば、行勇長老の時期に、陳和卿の子、妙観房が金剛三昧院の首座の地位にあったことになる[19]。この妙観房はおそらく行勇の弟子であろう。とすれば、行勇が妙観房の父親の陳和卿と交渉をもったことも十分に予想されるところである。もしも実朝と陳和卿との間に『吾妻鏡』に記される挿話に近い出会いが事実としてあったとするなら、陳和卿が事前に実朝の信仰に関わる情報を得るためには、行勇との接触が不可欠の前提と言えそうだが、その条件が満足される可能性は決して小さくなかったものと思われるのである。

三　為政者としての実朝

前節までの考察で、実朝の太子信仰が文珠・舎利信仰とも密接に関わり、その背後に大陸の聖地への憧憬の念があったことを見てきた。だが、実朝の太子信仰の本質がこれによって全て説明されたわけでは、もとよりない。鎌倉将軍としての実朝は、為政者としての太子に範を求めようとした面も多分にあったものと思われる。実朝が大江広元に依頼して太子の『十七条憲法』を求めさせているのは、その証左であろう。『十七条憲法』には「天下の政道を直接説いた部分」もあり、「一種の帝王学としても実朝に裨益する面が多かった」[20]と考えられるからである。

加えて、ここには尊敬する父、頼朝からの影響をも読み取るべきかも知れない。元暦元年（一一八四）十一月二十三日、園城寺から平家没官領の寄進を求める牒状が頼朝のもとに届けられたが、その中に次のような一節が見える。

倩考二先例一、聖徳太子降二伏守屋大臣一之後、以二彼家宅一而為二仏寺一、以二彼田園一而寄二堂舎一。自レ厥以来、王法安穏、仏法繁昌。此時尤可レ追二彼例一。……

聖徳太子が物部守屋を倒した後、守家の家宅田園を寺院に寄進したため、「王法安穏、仏法繁昌」が得られたことを強調し、頼朝にも太子の例に倣って平家没官領を園城寺に寄進するよう勧めているくだりである。名畑崇氏は、この部分の叙述が『四天王寺御手印縁起』に基づくことを指摘した上で、「園城寺牒を頼朝に読み聞かせたのは大江広元で、広元の説明を聞いた頼朝が『御手印縁起』の趣旨を知って、太子に対する理解を深めたと推測しても不当でなかろう」と推定している。[21] ちなみに頼朝は、その後、十年以上を隔てた建久六年（一一九五）五月二十日、二度目の上洛の折、妻政子とともに四天王寺に参詣し「当寺重宝等」を実見している。

実朝が父のこうした事績を承知していた可能性は高い。『吾妻鏡』元久元年（一二〇四）五月十九日条は、十三歳の実朝の次のような行動を記している。

> 故右大将家御書等事、就二先日御尋一、所持之輩多以令レ進二覧之一。其中、小山佐衛門尉、同七郎、千葉介、各令レ献二数十通一。其外或一紙、若両三通之、皆被レ写二置之一。為レ被レ知二食彼時御成敗意趣一也。広元朝臣申行云々。

その前年、将軍に就任したばかりの実朝は、父頼朝の「御成敗意趣」を知らんがため、頼朝自筆の文書を御家人から収集し、自らの政道の範としようとしているのである。実朝にとっては、太子信仰も継承すべき父の重要な事績の一つであったに違いない。「はじめに」で引用した『吾妻鏡』承元四年十月十五日条で、実朝が『十七条憲法』と並んで探索させたという「守屋逆臣跡収公田員数在所」とは、おそらく『四天王寺御手印縁起』を指すものと考えられるが、[22] それがこのようなかたちで表記されているのは、上述の父の事績が念頭にあるがゆえであろう。父が実見したという四天王寺の「重宝等記」を求めさせたことにも同じ意味合いが汲み取れる。そして、この場合、実朝の太子信仰は、父と同様「王法安穏、仏法繁昌」を目指した為政者としての行為であったと見なさなければなるまい。

さらに、実朝の太子信仰が舎利信仰とも連動していたことを考えれば、同様のことは彼の舎利信仰についても言いうるはずである。それは単に聖地に対する憬れにのみ立脚するものではなかったであろう。先に引用した『正続院仏牙舎利略記』とほぼ同様の伝承をつたえる『万年山正続院仏牙舎利記』[23]では、宋からもたらされた仏舎利が鎌倉に安置されたことを述べた後、次のように記している。

鎌倉ノ諺ニ曰、国土平安、武運久長、皆依二テ舎利崇敬一ニ受二クト威霊一ヲ云々。

ここでの舎利は、田中貴子氏の指摘する「王法仏法相依の思想と緊密に結びついた〈王権〉の象徴」としての舎利であり、「所持者である統治者が一定の地域を安穏に統治することの保証となる」[24]ものであると言えよう。実朝が為政者として舎利に期待したのもこうした政治的機能であったと思われる。したがって、『吾妻鏡』の伝える実朝の渡宋未遂のエピソードに隠された彼の真意は、従来しばしば言われてきたように国内の現実から逃避することにあったのでは決してなく、むしろ聖地育王山の仏舎利を入手することで、自らの将軍としての立場を確固たるものにしたいと願うことにあったのではあるまいか[25]。

こうした見方に裏付けを与えてくれるのが、近年の五味文彦氏の研究[26]である。五味氏は『鎌倉遺文』所載の政所発給文書の分析から、実朝の時代を、第Ⅰ期（建永元年～承元三年）、第Ⅱ期（承元三年～建保四年）、第Ⅲ期（建保四年～建保七年）と三期に区分して考えようとする。ここでは、考察の必要上、第Ⅱ期と第Ⅲ期に限定して触れることにする。

まず第Ⅱ期の前半について五味氏は、承元三年（一二〇九）に政所を開設し、親裁権を行使しはじめた実朝が、和田義盛と提携しながら「統治権者としての積極的な政策を展開する」時期と規定する。実朝はこの期、建暦元年（一二一一）七月四日から十一月二十日まで『貞観政要』の談義を行っており、確かに彼の為政者としての自覚が高まっていることを窺わせる。ここで注目しておくべきことは、先に挙げた実朝の太子信仰や文珠・舎利信仰についての記事が『吾妻鏡』に現れるのが、承元四年（一二一〇）と建暦二年（一二一二）とに集中しており、ちょうどこの時期に重なっているということである。

　この第Ⅱ期は、建暦三年（一二一三）五月の和田合戦を挟んで、その前後の明暗が画される。義盛を失った実朝は失意の底に沈むことになるが、五味氏は「そうしたなかで政所を中心に将軍親裁の新たな方向が模索されていった」とし、建保二年（一二一四）六月、同三年（一二一五）十月付の大番役に関する文書の分析をもとに「和田合戦で痛手を負った政所は、京都・朝廷との関与を強めることにより再建へと動き出していった」ものと推定している。実朝も、この頃次第に失意から回復しつつあったのだろう、『吾妻鏡』建保二年六月三日の条には次のように見える。

　諸国愁二炎旱一。仍将軍家啒二葉上僧正一。為二祈雨一持二八戒一、転二読法華経一給。相州已下鎌倉中緇素貴賤、読二誦心経一、一心潔信而被レ致二精勤之誠一也。

折からの旱魃という事態を承け、実朝は雨乞いのため「葉上僧正」栄西を招き、自身も法華経を転読した。その甲斐あって、五日には待望の降雨を見る。

　甘雨降。是偏将軍家御懇祈之所レ致歟。皇極天皇元年壬寅七月、天下炎旱之間、雖レ有二方々祈禱一、依レ無二其験一、大臣蝦夷〈馬子大臣男〉自取二香爐一祈念。猶以雨不レ降。同八月、帝幸二河上一、令レ拝二四方一御之間、忽雷電、雨降、五ヶ日不二休止一。国土百穀帰二豊稔一云々。君臣雖レ異、其志相同者歟。

この時の実朝の行為を『吾妻鏡』が皇極天皇の故事に準えて称賛していることからも窺えるように、実朝は再び為政者としての意欲を取り戻しつつあったと見るべきであろう。

　さて、こうした時期を承けて、第Ⅲ期を五味氏は「将軍権力がもっとも高まりをみせた」時期と把握する。実朝は、政所別当を九人に増員することで「将軍親裁や積極的な訴訟指揮」を進め、別当には源家一門を加えて主従関係の形成をはかり、その結果「一門とは隔絶した権力・地位が必要になる」ことから、朝廷に対し高位の官職要求を行うこととなったとする。そして「朝廷とのつながりを保ちつつ、諸勢力を自己の下に結集させ、将軍権力の拡大をはかった」のがこの期の特徴であると結論付けている。ここで再び、本節の関心に即して注目するなら、『吾妻鏡』において実朝と陳和卿との出会いからその後の渡宋計画の未遂までが語られるのが、ちょうどこの時期、建保四年から五年にかけてのことなのである。

これらの符合は到底偶然とは思われない。実朝の為政者としての意識が高まりを見せる時、彼の太子信仰や舎利信仰も活性化するのである。したがって、繰り返しになるが、実朝の渡宋の真の意図は育王山の仏舎利の獲得にあったのであり、それは同時期に進められた京都への官職要求と同一の目的によるものであったと推定されるのである。

四　実朝と聖徳太子

第三節において実朝の太子信仰に為政者としての意識が濃厚に反映していることを見てきたが、この時、気になるのは実朝が自分自身を聖徳太子と重ね合わせにする意識をもっていたかどうかという点である。当時は聖武天皇や藤原道長などの権力者について、聖徳太子の後身であるといった言説が盛んに行われていた時代であった。しかも、『吾妻鏡』に描かれる実朝には聖徳太子に似通った面影がしばしば認められるのである。

まず、陳和卿との対面場面については、既に「はじめに」で触れた。こうした出会いが実際にあり、実朝が聖徳太子伝承に馴染んでいたとすれば、当然自らを太子と重ね合わせにせざるをえなかったであろう。そして、自己の前生を医王山（育王山）の長老と確信した時、やはり前生を中国衡山で送った太子が前世の持経（法華経）を請来したように、実朝が前世ゆかりの育王山の仏舎利を入手しようと考えたとしても、さして不思議とするにはあたらないであろう。

次に挙げたいのは、実朝の予知能力に関する挿話である。『吾妻鏡』承元四年（一二一〇）十一月二十四日条を以下に示そう。

駿河国建福寺鎮守馬鳴大明神、去廿一日卯尅、詫二少兒一、酉歳可レ有二合戦一之由云々。別当神主等注二進之一。今日到来。相州披二露之一。仍可レ有二御占一歟之由、広元朝臣雖レ申二行之一、将軍家彼廿一日暁夢二合戦事一得二其告一。非二虚夢一歟。此上不レ可レ及レ占云々。被レ進二御釼於彼社一云々。

駿河国の馬鳴大明神が、来る酉の歳に合戦があるとの託宣を行った。その知らせが鎌倉に届き、扱いが議論されたが、実朝が三日前に同内容の夢告を得ていたことから、託宣の信憑性が保証されたというもの。これは三年後の酉歳に起こる和田合戦の予知夢に関する挿話である。もう一箇所、建暦三年四月七日の記事を引こう。

於二幕府一聚二女房等一、有二御酒宴一。于レ時山内左衛門尉、筑後四郎兵衛尉等徘二徊屏中門之砌一。将軍家自二簾中一御覧。召二両人於御前之縁一、給二盃酒一之間、被レ仰曰、二人共殞レ命在レ近歟。一人者可レ為二御敵一、一人者候二御所一者也云々。各有二怖畏之気一、懐二中鐘一早出云々。

これも和田合戦の勃発まで一か月足らずに迫った時期の挿話である。実朝が酒宴の最中、たまたま見かけた二人の武士に声を掛け、両名が近日中に敵味方に分かれ、しかも共に落命するであろうと告げたというもの。実際、『吾妻鏡』同年五月六日条に記された合戦の死亡者一覧には、和田方に山内の、幕府方に筑後の名が、それぞれ挙げられており、実朝の予言が的中したことになっている。

周知のごとく、聖徳太子伝承には太子の予知・予言記事がちりばめられている。たとえば『聖徳太子伝暦』によれば、「はじめに」でも言及した日羅との対面の直後、「子《ナンチカ》之命チ盡《ツキナントス》」と太子は日羅に死の予言を行っており、それはまさしく現実のものとなっている。一方、『吾妻鏡』の実朝予言記事は二つながら、前節で触れた五味氏の時代区分では第Ⅱ期の前半、実朝が為政者としての自覚を高めていた時期のものにあたっている。特に承元四年十一月二十四日の記事では、実朝が夢告を蒙ったのが「廿一日暁」とされているが、彼は「日来御願」であった聖徳太子の御影供養を二十二日に行っているのである。しかも、その前月、実朝は待望の『十七条憲法』や『四天王寺御手印縁起』を実見したばかりという時期であった。『吾妻鏡』に記されている予知に近い事象が、もし実際に起こったとするなら、そこでの実朝の行動に太子伝承の影響がなかったとは言い切れないように思われる。

さらに、建保四年（一二一六）九月二十日の記事を見よう。実朝の朝廷に対する度重なる官位の請求を思い留まらせようと、大江広元は北条義時と相談の上で、この日、諫言に及んだ。それに対する実朝の返答は以下のようなものであった。

諫諍之趣、尤雖㆓甘心㆒、源氏正統縮㆓此時㆒畢。子孫敢不㆑可㆑相㆓継之㆒。然飽帯㆓官職㆒、欲㆑挙㆓家名㆒云々。

当時二十五歳の実朝は、既に子孫の断絶を覚悟した口ぶりである。そして、この子孫の断絶ということで直ちに想起されるのは、やはり聖徳太子の逸話であろう。『聖徳太子伝暦』推古天皇二十五年十二月条、太子は自らの墓を河内磯長の地に造らせるが、その造成現場を監督した際、墓工に向かって次のように命じている。

此処ヲハ必ス断《タチ》、彼ノ処ヲハ必切《キレ》。欲フナリ㆑令《シメントヘカラ》㆑応㆑絶《タツ》㆓子孫之後㆒ヲ。

『徒然草』第六段にも引用されて広く知られることになった箇所だが、太子の子孫断絶についての断固とした意志表明は、とりわけ子をもたない者の心に強く印象付けられることになったに違いない。実朝が太子伝承に触れていれば、我が身に引きつけて考えざるをえなかった記述と思われる。

いま一つ挙げるべきは、実朝が鶴岡八幡宮で公暁の凶刃に倒れる当日、自らの死を予知したかのような言動を示す著名な場面である。建保七年（一二一九）一月二十七日条は「抑今日勝事、兼示二変異一事、非レ一」として、大江広元の落涙など数々の不吉な前兆を挙げていく中で、次のように記している。

又公氏候二御鬢一之処、自抜二御鬢一筋一、称二記念一賜レ之。次覧二庭梅一、詠二禁忌和歌一給。

出テイナハ主ナキ宿ト成ヌトモ軒端ノ梅ヨ春ヲワスルナ

実朝は右大臣拝賀の儀式に臨む直前、理髪の役にあたった宮内公氏に自らの鬢の毛を一筋、「記念」と称して与え、庭の梅に目を遣ると、再びここに帰ることはないと死を匂わせる「禁忌和歌」を詠んだ。先に見た『吾妻鏡』に描かれる実朝の予知能力をもってすれば、自らの死を予感するのは当然のことであったかも知れない。しかし、この点でも聖徳太子は実朝の先蹤であった。『聖徳太子伝暦』推古天皇二十九年二月条で、太子は妃に向かって「吾今夕《コヨイ》遷化《スヘシ》矣。子可《ナンチヘシ》二共去《サル》一」と言い、事態は言葉の通り推移するのである。

このように実朝の行動と聖徳太子のそれは二重写しにされるところが少なくない。実朝に確実に聖徳太子信仰があり、しかもそれが為政者としての強い意欲と結びついていたことを知れば、彼が自らの生涯を太子と重ね合わせて考えることがあったとしても少しも不思議はないように思われる。ただ、ここで問題なのは、実朝が接し得た太子伝承がどのようなものであったか特定が難しいことである。『吾妻鏡』には、実朝が『聖徳太子伝暦』をはじめとする太子伝を読んだという記事は見られない。とはいえ、『十七条憲法』や『四天王寺御手印縁起』

の類をわざわざ入手して読むほどの熱意を示した実朝が、太子伝承と無縁であったと考えることも難しいであろう。栄西や行勇を通して、おそらく実朝も聖徳太子伝承に触れていたに違いないのである。[27] 実朝が太子と自身を重ね合わせにした可能性は、やはり認めておかなければならないと思う。

五　編纂者の意識

最後に、ここでもう一つ考えておかなければならないことは、『吾妻鏡』の編纂者の側に実朝と聖徳太子を重ね合わせにして描く意図があったか否かという問題である。結論から言えば、その可能性も十分に考えられるように思われる。

そもそも実朝の死の予兆については、先にも触れたように、実朝自身の予感以外にもさまざまな変事が語られており、実朝の死を神秘的に彩ろうとする編纂者による粉飾は明らかであろう。しかし、編纂者の意図を考える際に、最も有効な素材を提供してくれるのは、むしろ実朝と陳和卿の出会いをめぐる一連の記述の方である。

陳和卿が実朝と対面する一週間前、彼が鎌倉に到着したことを記す『吾妻鏡』建保四年（一二一六）六月八日条は以下のようである。

陳和卿参着。是造二東大寺大仏一宋人也。彼寺供養之日、右大将家結縁給之次、可レ被レ遂二対面一之由、頻以雖レ被レ命、和卿云、貴客者多令レ断二人命一給之間、罪業惟重。奉二値遇一有二其憚一云々。仍遂不二謁申一。而於二当将軍家一者、権化之再誕也。為レ拝二恩顔一、企二参上一之由申レ之。即被レ点二筑後左衛門尉朝重之宅一、為二和卿旅宿一。先令三広元朝臣問二子細一給。

冒頭、陳和卿が東大寺大仏供養の折に、頼朝との対面を拒否した挿話が紹介される。対面拒否の理由は、頼朝が多くの殺人を行った罪業の深さが忌避されるからだという。実は、この件については、既に『吾妻鏡』建久六年（一一九五）三月十三日条で詳しく触れられていた。

将軍家御二参大仏殿一。爰陳和卿為二宋朝来客一。応二和州巧匠一。凢厥拝二盧遮那仏之修飾一、殆可レ謂二毘首羯摩之再誕一。誠匪二直也人一歟。仍将軍以二重源上人一為二中遣一、為二値遇結縁一、令レ招二和卿一給之処、国敵対治之時、多断二人命一、罪業深重也。不レ及レ謁之由、固辞再三。将軍抑二感涙一、奥州征伐之時以下所二着給一之甲冑幷鞍馬三疋金銀等上被レ贈。和卿賜甲冑為二造営釘料一、施二入于伽藍一。止二鞍一口一、為二手掻会十列之移鞍一、同寄二進之一。其外龍蹄以下不レ能二領納一、悉以返二献之一云々。

ここでの陳和卿は「匪二直也人一」であり、「毘首羯摩之再誕」とまで称されている。「罪業深重」の頼朝との対面を断固拒否したことに、かえって感激した頼朝が和卿に贈った数々の品も、一部を造営の釘料などに充てたほかは、全て返してしまったという。現代人の目から見れば、実朝との対面場面での芝居がかった和卿の言動には胡散臭いものを覚えるし、実際、彼には東大寺造営に関してもその個性の強さゆえのトラブルが伝えられている[28]が、『吾妻鏡』では、全面的に和卿に信頼を寄せ、まさに権者に近いまでの人物として描いているのである。実朝との対面の直前に、もう一度、頼朝との挿話を引用して、和卿の人となりを強調している点も注意される。

『吾妻鏡』の編纂者は、実朝と和卿の邂逅を、明らかに「権化之再誕」と「毘首羯摩之再誕」の出会いとして描こうとしている。それは、観音の化身である聖徳太子と「聖人[29]」日羅との対面を描いた太子伝承と相似形を成しており、編纂者がそうした点を意識して実朝の「聖化[30]」をはかった可能性を十分に窺わせるものであろう。

ただし、実朝と聖徳太子を重ね合わせになるように描きながらも、この挿話に秘められている核心の部分、すなわち実朝の育王山の仏舎利に対する強い執着については一切触れられない。それは、北条氏にとって極めて危険な、実朝の真意を示す指標であったがゆえに、密封され語られないのである。[31]この時期、「将軍権力がもっとも高まりをみせ[32]」、実朝の為政者としての意識も強まっていたはずであるのに、『吾妻鏡』の記述からはむしろ実態とは異なった印象を受ける場合がしばしばあるのも、[33]そうした編纂者の作為のなさしめるところであろう。

おわりに

従来、源実朝についての研究は、作家や批評家によるものを別にすると、専ら和歌研究の立場から行われてきた。したがって、『吾妻鏡』における実朝像については、彼の「残された作品（和歌・歌集）が優れているだけに」、その分「よけいに骨抜きにされた将軍職、その中で苦悩する実朝像が導き出され[34]」る傾向にあったことは否定できない。

一方、既に触れたように、近年、歴史学の方面からなされた五味文彦氏の研究[35]は、実朝が実際には「将軍権力拡大の途」を突き進んでいたことを明らかにしたものである。そこで新たに提示された実朝像は、これまで文学研究で知られていた非政治的な実朝像と真っ向から対立するものであった。[36]

これらに対し、本章は説話伝承研究の視角から、『吾妻鏡』の実朝像の中でも、主として聖徳太子伝承と重なる側面を捉えて分析を加えたものである。その結果、伝説のヴェールの中から浮かび上がって来たのは、従来の実朝像ではなく、五味氏の研究によって明らかになった、為政者としての意識という側面を濃厚に有する実朝像であった。[37]それは、『吾妻鏡』編纂者によってかけられたフィルターのために真相の一部が見えにくくなっている面はあるものの、少なくとも実朝の側の姿勢としては、ほぼ一貫して存在したものと読み取れるのである。
伝説に包まれた実朝像——そこから実朝自身の真意を聞くためには、彼の信仰に寄り添って、その行動を説き明かしていくことが、何よりも肝要であると思われるのである。

〈注〉

（1）この点については既に、荻野三七彦『聖徳太子伝古今目録抄の基礎的研究』（法隆寺、一九三七年）、森克己『日宋文化交流の諸問題』（刀江書院、一九五〇年）、吉本隆明『源実朝』（筑摩書房、一九七一年）、林幹彌『太子信仰——その発生と発展——』（評論社、一九七二年）、門屋光昭「源実朝の聖徳太子信仰——二躰の聖徳太子像をめぐって——」（『盛岡大学紀要』第一四号、一九九五年）に指摘がある。ちなみに、太宰治の小説『右大臣実朝』（錦城出版社、一九四三年）にも同様な理解が示されている。

（2）引用は、日中文化交流史研究会編『東大寺図書館蔵文明十六年写『聖徳太子伝暦』影印と研究』（桜楓社、一九八五年）による。

（3）引用は、田中健夫編『善隣国宝記　新訂続善隣国宝記』（集英社、一九九五年）により、一部表記等を改めた。

（4）内閣文庫蔵『万年山正続院仏牙舎利記』や『新編鎌倉志』所載の『万年山正続院仏牙舎利記』も、ほぼ同内容の伝承をつたえるが、『正続院仏牙舎利略記』の『善隣国宝記』引載部分は上記二書の前半三分の二ほどの内容に相当しており、両者は「祖本を一つにするものと推測される」（注3前掲書補注）。このほか、『仏牙舎利記』（群書類従）をはじめとする同類の伝承については、中村翼「源実朝の仏牙舎利将来伝説の基礎的考察——「円覚寺正続院仏牙舎利記」諸本の分析を中心に」（渡部泰明編『源実朝——虚実を越えて』〈アジア遊学二四一〉勉誠出版、二〇一九年）参照。

（5）『鶴岡八幡宮寺供僧次第』（貫達人編『鶴岡八幡宮寺諸職次第』所収の鶴岡本影印により、表記等は私に整えた）には、永乗坊の条に「良稔（ィ真）」の名を挙げ、「世人雪下僧都ト申也。宰相阿闍梨。近衛大納言忠良公御息。良覚法印直弟。

建久五補任。貴僧効験名称普聞人也。頼朝卿実朝卿御賓翫《ママ》人也」とする。なお、注3前掲書補注参照。

(6) 引用は、『由良町誌』史料篇により、句読点は私に付した。

(7) 赤松俊秀『平家物語の研究』(法藏館、一九八〇年)の口絵写真参照。

(8) 森克己「仏舎利相承系図と日宋交通との連関」(注1前掲書、初出は一九四九年)は、「雁塔山」に比定すべき場所として、仏舎利との関連について証拠がない温州の「雁蕩山」よりは、むしろ、雁塔山と呼ばれた確証はないにせよ、西安大慈恩寺の「大雁塔」の方をより相応しい候補地として示唆している。大慈恩寺の大雁塔は玄奘三蔵によって建てられたものであるから、本来実朝が夢に見たのも大慈恩寺であった方が、栄西の夢想の内容とも呼応して相応しいことは間違いない。『紀州由良鷲峯開山法燈円明国師之縁起』の伝承にはおそらく「雁塔山」の位置をめぐって理解の混乱があるように思われる。

(9) 森克己「日宋交通と阿育王山」(注1前掲書、初出は一九四一年)に、当時、禅宗訓みで「育王山」を「いわうざん」と訓じたため、「育王山」を「医王山」とも表記し得たことを指摘している。

(10) 既に、荻野三七彦氏ならびに森克己氏注1前掲書において、こうした見通しが述べられている。

(11) 引用は、続群書類従により、返り点は私に付した。

(12) 引用は、新訂増補国史大系による。

(13) 今井雅晴「北条政子と栄西」(『三浦古文化』第四一号、一九八七年)、葉貫磨哉『中世禅林成立史の研究』(吉川弘文館、一九九三年)参照。

(14) 森克己「日宋交通と末法思想的宗教生活との連関」(注1前掲書、初出は一九三三年)。

(15) 注9森氏前掲論文。

(16) ちなみに、『空華日用工夫略集』応安三年(一三七〇)二月二十六日条にも、「建仁開山千光与㆓実朝大井殿《ママ》㆒、世々互為㆓師檀香火縁㆒。千光受㆓大井殿《ママ》命㆒、渡㆑宋取㆓仏牙舎利㆒而来。建仁開山塔有㆑記。今正続院仏牙即是也」(辻善之助編の大洋社刊本により、返り点など私に補った)という、舎利を介した実朝と栄西との深い関係をつたえる伝承を記している。また、『神明鏡』第八十三代土御門院の条では、建久年中に栄西が明恵とともに中国に渡って「道宣律師ノ在世ノ時、感得有シ仏牙ノ御舎利」を持ち帰ったとの伝承を記し、あわせて「実朝ノ大臣ハ道宣ノ再誕也」（続群書類従により一部表記等を改めた）と語る。

(17) 中尾良信『日本禅宗の伝説と歴史』（吉川弘文館、二〇〇五年）、同『栄西——大いなる哉、心や——』（ミネルヴァ書房、二〇二〇年）は、行勇入宋の可能性について指摘している。

(18) 『高野山文書』第五巻「金剛三昧院文書」所収。

(19) 「陣和主」は「陳和卿」の誤写と見る。「陣和主」が一定の知名度を有する人物でない限り、「唐人陣和主子息」という紹介の仕方は有効ではないと思われるからである。

(20) 志村士郎『悲境に生きる　源実朝』（新典社、一九九〇年）。

(21) 名畑崇「太子観の展開とその構造」（『仏教史学研究』第一八巻第二号、一九七六年）。

(22) 注21名畑氏前掲論文、注1門屋氏前掲論文、川岸宏教「中世初期の四天王寺」（『四天王寺国際仏教大学紀要』第三二号、二〇〇〇年）に指摘がある。

(23) 『新編鎌倉志』巻三所収。引用は、白石克『新編鎌倉志（貞享二刊）影印・解説・索引』（汲古書院、二〇〇三年）により、一部表記を改めた。

(24) 田中貴子「仏舎利相承系譜と女性——胡宮神社『仏舎利相承次第』と来迎寺『牙舎利分布八粒』を中心に——」（『外法と愛法の中世』平凡社ライブラリー、二〇〇六年、原著は一九九三年）。

(25) なお、実朝の舎利信仰に関わって、西山美香「鎌倉将軍の八万四千塔供養と育王山信仰」（『金沢文庫研究』三一六号、二〇〇六年）は、源氏将軍三代にわたる八万四千塔供養の事例を検討した上で、「八万四千塔供養は、施主が自らを阿育王・中国皇帝になぞらえて行った供養であること」から、「日本においては治天や将軍が行う供養と認識され、施主が王権を担おうとする意図に基づき、それを表明するものとして、八万四千塔供養を行ったことが推定される」とし、「育王山に限らず、聖地を巡礼することは、贖罪や滅罪の功徳を祈願するものであり、育王山巡礼を願い、八万四千塔供養や舎利を奉安する大慈寺の創建を行った実朝の信仰は、滅罪への強い願いと深く結びついたものであった」と推定、「その実朝の信仰・営為は、父であり、鎌倉幕府初代将軍・源頼朝の信仰・営為を継承しようとしたものであり、おそらくは実朝が考える武家将軍としてのあるべき姿だったのではないだろうか」と結論する。実際、実朝は唐船建造の前年、建保三年（一二一五）十一月二十五日には、建暦三年（一二一三）五月の和田合戦で滅亡した義盛以下和田一族が自身の前に群参した夢を見て、行勇に仏事を行わせる一方、唐船出航に失敗した翌月、建保五年（一二一七）五月二十七日にも和田一族の旧領にある神社・仏事の興行を現知行者に命じており、こうした迷える亡魂の滅罪・鎮魂を育王山の舎利塔に期待した可能性は十分にあろう。もちろんその場合も、実朝の行為は将軍として鎌倉に平安をもたらすためのものであった点が重要である。

(26) 五味文彦「源実朝――将軍親裁の崩壊――」（『増補　吾妻鏡の方法――事実と神話にみる中世』吉川弘文館、二〇〇〇年、原著は一九九〇年）。

(27) 栄西や行勇の太子信仰については、詳細は不明であるが、かつて『沙石集』の太子関係記事に関わって若干この問題に触れたことがある（小林直樹「『沙石集』と聖徳太子」『中世説話集とその基盤』和泉書院、二〇〇四年）。なお、注21名畑氏前掲論文や注1門屋氏前掲論文では、実朝の太子信仰に影響を与えた可能性のある人物として、大江広元の名を挙げている。

(28) 岡崎譲治「宋人大工陳和卿伝」（『美術史』第八巻第二号、一九五八年）。

(29) 『聖徳太子伝暦』敏達天皇十二年十二月条。

(30) 注1吉本氏前掲書。

(31) 関連して、実朝の近習として伝承世界で活躍する葛山景倫（願性）の名が『吾妻鏡』に全く現れない点も想起される。ちなみに、本章旧稿初出後、大塚紀弘「唐船貿易の変質と鎌倉幕府」（『入宋貿易と仏教文化』吉川弘文館、二〇一七年、初出は二〇一二年）は、この葛山景倫（願性）が実朝によって宋に派遣されたとする伝承について、「実朝の命によって建造された唐船は一度目の進水に失敗したものの、二度目は無事に出航できたという解釈も成り立つのではなかろうか。仮に唐船の出航地が鎌倉でなかったにせよ、実朝が南宋に使者を派遣した可能性は十分にあるように思われる。……以上は、あくまで鎌倉時代後期に存在した伝承に依拠した推測に過ぎない。とはいえ、この頃に①将軍あるいはその使者が唐船で南宋に渡ろうとした、②その唐船が鎌倉の由比浜から出航した、の二点が史実として受け入れられる状況にあったことは注目されよう」と述べ、源健一郎「中世伝承世界の〈実朝〉――『吾妻鏡』唐船出帆記事試論――」（注4前掲書）はその指摘を前提に『吾妻鏡』唐船出帆記事に潜む「構想」を推測している。

（32）注26五味氏前掲論文。

（33）吉野朋美「虚実のあわい――実朝の梅花詠から『吾妻鏡』の叙述方法へ――」（『明月記研究』第九号、二〇〇四年）が、この点に触れている。

（34）今関敏子『『金槐和歌集』の時空――定家所伝本の配列構成』（和泉書院、二〇〇〇年）。

（35）注26五味氏前掲論文。ちなみに、本章旧稿初出後、実朝の為政者としての姿勢を高く評価する坂井孝一氏による一連の著作が刊行された。坂井孝一『源実朝――「東国の王権」を夢見た将軍』（講談社、二〇一四年）、同『承久の乱』（中公新書、二〇一八年）、同『源氏将軍断絶』（ＰＨＰ新書、二〇二一年）など。

（36）五味氏のこの研究を承け、文学研究の側から、麻原美子「将軍源実朝と和歌をめぐる試論」（『国文目白』第三三号、一九九四年）は、実朝にとって和歌の詠作は「将軍としてあること、治者としてあることに不可欠のものとして自覚されていた」のであり、「それは、武をもって支配することではなく、みやびをもって支配する王道に他ならなかった」とする新たな観点を提示している。

（37）本書第一部第三章では、『吾妻鏡』とほぼ同時代の『沙石集』の「実朝伝説」を分析し、『吾妻鏡』と重なる為政者と信仰者としての実朝像を析出した。

第二章　『吾妻鏡』における観音・補陀落伝承——源頼朝と北条泰時を結ぶ

はじめに

『吾妻鏡』は説話伝承的記事が豊富に含まれる歴史書である。しかしながら、そうした記事は、歴史学の方面からなされる考察の網からはともすれば漏れ落ちてしまうことが少なくないであろう。だが、説話伝承学的視点からこれらの記事を考察するとき、そこに『吾妻鏡』の編纂や歴史叙述の方法がかえって鮮明に浮かび上がることも稀ではないのである。

前章では『吾妻鏡』に描かれる源実朝像について聖徳太子伝承との関わりから論じたが、本章では、源頼朝をめぐる観音伝承と北条泰時ゆかりの補陀落渡海伝承を取り上げ、両者を結ぶ歴史叙述のあり方に光を当てたいと考える。

一　頼朝の観音伝承

『吾妻鏡』にはさまざまな宗教政策を講じる頼朝の姿が描かれるが、(1)頼朝個人に関わる信仰では法華経信仰と観音信仰とが中心を占める。(2)本節の眼目である観音信仰の問題に触れる前に、ここではまず頼朝の法華経信仰について瞥見しておこう。

頼朝は、『吾妻鏡』開巻間もない治承四年（一一八〇）七月五日条で、伊豆走湯山の僧文陽房覚淵から「法華八軸持者」と称されるのをはじめ、文治元年（一一八五）八月三十日条では、亡父義朝の追善のため毎日法華経を転読していたことや、「性空上人聖跡、不断法華経転読之霊場」である播磨国書写山に「御帰依異二于他一」なるものがあったことが記されるなど、法華経信仰に関する事跡が散見される。さらに、長尾定景（養和元年（一一八一）七月五日条）、平盛国（文治二年（一一八六）七月二十五日条）、樋爪俊衡（文治五年（一一八九）九月十五日条）が虜囚となった折、法華経転読の行あるを知って、頼朝が感銘を受け、宥免に及んだ（定景・俊衡）という挿話も語られる。『吾妻鏡』における頼朝は法華経信仰に厚い人物として描かれているのである。ちなみに頼朝の法華経信仰については、『吾妻鏡』のほかにも『平家物語』諸本をはじめ、頼朝の前世を語る『六十六部縁起[3]』やお伽草子『大橋の中将[4]』など、比較的広範な文献に認められるところである。

一方、問題の頼朝の観音信仰については、『吾妻鏡』以外の文献では、延慶本『平家物語』巻十二に平家重代の家人、平貞能が観音信仰のゆえに死罪を免れた霊験譚を語った際、「鎌倉ノ大将、此事ヲ聞給テ、観音ヲ深ク信ジ給ケリ[5]」と触れられる程度であり、その意味では、法華経信仰以上に『吾妻鏡』における頼朝個人の信仰を特徴づけるものと言えそうである。では以下、頼朝の観音信仰について見ていこう。

まず『吾妻鏡』治承四年八月十六日条では、頼朝蜂起後の初戦となる山木兼隆への襲撃を前に次のように観音との関わりが語られている。

十八日者、自二御幼稚之当初一、奉レ安二置正観音像一、被レ専二放生事一、歴二多年一也。今更難レ犯レ之。

頼朝は幼少の頃から、観音の縁日である十八日には「正観音像」（聖観音像）を安置し、放生を行ってきた。それゆえ十八日の合戦はどうしても避けなければならないのだとする。[6] ここで語られる頼朝の持仏「正観音像」については、この後に引用する『吾妻鏡』同年八月二十四日条に詳述される。

結局、山木への襲撃は観音の縁日を辛うじて避け、十七日の晩に決行された。作戦は成功し、頼朝は幸先よい勝利を収める。だが、それも束の間、八月二十三日には頼朝は大庭景親率いる平家与党の武士たちと石橋山で合戦に及ぶ。山木攻めには直接戦闘に加わらなかった頼朝であるが、今回は三百騎を率いて陣頭に立った。しかし、三千余騎を率いる大庭に対し、いかんせん多勢に無勢、戦況は思わしくない。八月二十四日、敗走する頼朝は土肥実平とともに椙山の山中に逃げ込んだ。そこに景親の一行が迫る。

　景親追二武衛之跡一、捜二求嶺渓一。于レ時有二梶原平三景時者一。慥雖レ知二御在所一、存二有情慮一、此山称レ無二人跡一、曳二景親之手一、登二傍峯一。

この時、景親と行動を共にしていた梶原景時は頼朝の居場所に気づいたが、頼朝に情けをかけ、この山には人跡なしと偽って景親を別の山へ誘導したという。『吾妻鏡』はさらに筆を続ける。

　此間、武衛取二御髻中正観音像一、被レ奉レ安二于或巌窟一。実平奉レ問二其御素意一。仰云、伝二首於景親等一之日、見二此本尊一、非二源氏大将軍所為一之由、人定可レ貽レ誹云々。件尊像、武衛三歳之昔、乳母令レ参二籠清水寺一、祈二嬰児之将来一懇篤、歴二二七箇日一、蒙二霊夢之告一、忽然而得二二寸銀正観音像一、所レ奉二帰敬一也云々。

実は、梶原景時の情けある振舞いが行われるに先立って、頼朝は持仏の「正観音像」を「或巌窟」に安置していた。「或巌窟」とは、おそらく頼朝が椙山を逃走中、一時身を潜めた場所であろう。そして、この「正観音像」は、頼朝がまだ京都で暮らしていた三歳の昔、乳母が清水寺に参籠し、十四日間に亘り真心込めて頼朝の将来を祈願した結果、夢の告げとともに得られた、大きさ二寸の銀製の像であった。頼朝は長年信仰していたこの「正観音像」を今回の合戦では自らの髻の中に入れて携行していたが、窮地に追い込まれた今、敵方に首を取られた暁に、源氏の大将軍が死を恐れていたかのような風評が立つのを憚り、髻からはずすと、「或巌窟」に納めたのである。

ここでの頼朝の行動は、当時の武士の意識を探る素材としても興味深いものがあるが、何よりこの挿話で重要な点は、頼朝が幼少の頃からの守り本尊を自らが身を潜める「巌窟」という特別な空間[7]にともかくも安置したということであろう。これにより、頼朝を見逃すという梶原景時の情けある行動の背後に、守り本尊「正観音」のあらたかな霊験の発動があったことが示されるのである。頼朝が絶対絶命の窮地をどうして逃れ得たのか、梶原景時がどうしてこの期に及んで頼朝を助ける気になったのか、そうした疑問を観音の加護によって説明しようとする文脈がここには形成されていると言えよう[8]。

このように観音のおかげで危機を脱した頼朝は、海路安房に向かい、そこから捲土重来、有力武士団を次々と糾合しながら、やがて鎌倉入りする。かねて守り本尊の行方が気がかりだった頼朝はさっそく捜索を命じた。『吾妻鏡』治承四年十二月二十五日条には次のように見える。

石橋合戦之刻、所㆑被㆑納㆓于巌窟㆒之小像正観音、専光房弟子僧奉㆑安㆓閼伽桶之中㆒捧㆓持之㆒、今日参㆓着鎌倉㆒。去月所㆑被㆓仰付㆒也。数日捜㆓山中㆒、遇㆓彼巌窟㆒、希有而奉㆓尋出㆒之由申㆑之。武衛合㆑手、直奉㆓請取㆒給。御信心弥強盛云々。

数日かけて椙山山中の捜索を行った結果、くだんの巌窟を発見し、観音像を探し出したのである。伊豆走湯山の僧専光房の弟子が閼伽桶に入れて鎌倉に持ち帰った観音像を、頼朝は他人を介さず直接受けとった。この「正観音」に対する信仰心がいよいよ強まったことは言うまでもない。元暦元年（一一八四）四月十八日には、守り本尊を絵に描かせている。

依㆓殊御願㆒、仰㆓下下総権守為久㆒、被㆑奉㆑図㆓絵正観音像㆒。為久着㆓束帯㆒役㆑之。潔斎已満㆓百日㆒、今日奉㆑始㆑之云々。武衛又御精進、読㆓誦観音品㆒給云々。

さて、この頼朝の守り本尊「正観音像」が再び活躍を見せるのは、平氏滅亡後すでに四年を経た文治五年（一一八九）のことである。奥州出兵を直前に控えた頼朝は、七月十八日、密かに伊豆走湯山の専光房（良暹）を呼び寄せた。

召㆓伊豆山住侶専光房㆒、仰曰、為㆓奥州征伐㆒、潜有㆓立願㆒。汝持戒浄侶也。候㆓留守㆒、可㆑凝㆓祈精㆒。将又進発之後、計㆓廿ヶ日㆒、於㆓此亭後山㆒、故可㆑草㆓創梵宇㆒。為㆑奉㆑安㆓置年来本尊正観音像㆒也。不㆑可㆑仰㆓別工匠㆒。汝自可㆑立㆓置柱許㆒。於㆓営作㆒者、以後可㆑有㆓沙汰㆒者。専光申㆓領状㆒。

頼朝は「持戒浄侶」として信頼を寄せる専光房に、自分が奥州に出発して二十日立ったところで、自邸の背後の山に御堂を造り、「年来本尊正観音像」を安置するよう告げた。しかも、その作業を他の工匠に命じてはならず、御堂の柱だけでよいから専光房自身が立てるようにという謎めいた命令であった。

その命令の意味が明らかになるのは、翌月八月八日のことである。『吾妻鏡』同日条は、頼朝率いる奥州派遣軍が卯の刻、阿津賀志山において藤原国衡を大将軍とする奥州藤原勢と決戦の火蓋を切り、優勢に戦いを進めたことを記した後、次のような記事をつづける。

今日早旦、於㆓鎌倉㆒、専光房任㆓二品之芳契㆒、攀㆓登御亭之後山㆒、始㆓梵宇営作㆒。先白地立㆓仮柱四本㆒、授㆓観音堂之号㆒。是自㆓御進発日㆒、可㆑為㆓廿日㆒之由、雖㆑蒙㆓御旨㆒、依㆓夢想告㆒如㆑此云々。而時剋自相㆓当于阿津賀志山箭合㆒。可㆑謂㆓奇特㆒云々。

頼朝から奥州に出発後、二十日立ったら御堂を造れと指示を受けた専光房だが、頼朝が鎌倉を発ったのは七月十九日、この年、七月は二十九日までだから八月八日は二十日には少し足りない。だが、この日のおそらくは暁近くか、専光房にしかるべき「夢想告」があったのだろう。専光房は早旦に起き出して、頼朝邸の背後の山によじ登ると、かねての指示通り、仮の柱を四本立て、これを「観音堂」と名付けた。それは後で思い合わせると、ちょうど阿津賀志山における「箭合」の時刻に当たっていたのである。すなわち、奥州遠征の成否の鍵を握る分水嶺、阿津賀志山の合戦を勝利に導いたのは、ほかでもない頼朝の守り本尊「正観音」であったという霊験がここには示されているのである。(9)

治承四年の挙兵以来、頼朝自身が陣頭に立ったのは石橋山合戦とこの奥州合戦のわずかに二回のみ、そのいずれにも頼朝の守り本尊「正観音」の姿がある点は重要であろう。『吾妻鏡』にはこの「正観音」以外にも、頼朝の観音信仰を示す事跡が散見され、頼朝が実際に観音信仰を持っていたことは確かであろう。(10)しかしながら、そうした実際の信仰の問題とは別次元の歴史叙述の意識において、『吾妻鏡』編者は頼朝の生涯を守り本尊「正観音」の加護のもとにあるものとして描き出そうとしているのである。

こうして奥州合戦に勝利を収めた頼朝は、建久元年（一一九〇）十一月、初めて上洛を果たし、同月十八日には清水寺を訪れる。

亜相御㆓参清水寺㆒。御車也。……於㆓彼寺㆒、令㆔衆僧読㆓誦法華経㆒。施物多々云々。

既に触れたように『吾妻鏡』の語るところでは、頼朝の守り本尊「正観音」は、頼朝三歳の折、乳母がこの清水寺に参籠して、霊夢のうちに観音から授かったものであった。これまで辿ってきた『吾妻鏡』における頼朝の「正観音」信仰の文脈に即して読めば、今回の清水寺参詣は頼朝の一種の御礼参りのように受け止められないでもない。『吾妻鏡』編纂者の側にもそうした意識がなかったとは言い切れないであろう。

ともあれ、これまで見てきたように、『吾妻鏡』においては、法華経信仰以上に観音信仰、とりわけ守り本尊「正観音」への信仰が源頼朝の生涯を深く規定するものとして描かれているのである。

二　正観音縁起

『吾妻鏡』において、頼朝を守護する「正観音像」の行方をさらに追ってみよう。奥州合戦の折、専光房が仮柱四本を立て、この「正観音像」を安置すべく「観音堂」と名づけた建物は、その後どうなったのか。実は、頼朝邸（将軍御所）の背後の山に位置する「観音堂」については、『吾妻鏡』に再びその名が現れることはない。その代わり、「御持仏堂」なる名称が現れ、それが頼朝の死後には「法花堂」と称されるようになる。[11]そして、一般には専光房が「観音堂」と名づけた建物は、この「御持仏堂」に相当するのだろうと推定されているのである。[12]

ただし『吾妻鏡』によれば、「御持仏堂」には頼朝の生前、「画像阿弥陀三尊」（建久二年（一一九一）二月二十一日）や「金泥法華経」（建久五年（一一九四）八月二十七日）が安置されたことが記されており、建久五年閏八月二日の「御持仏堂」における「御仏事」でも供養された「仏」としては「釈迦・弥陀・弥勒・観音・文殊・不動」の名が挙げられるなど、「観音堂」という名称が相応しいほど必ずしも観音の気配が濃いわけではない。さらに、早く『新編相模国風土記稿』[13]が指摘しているように、「御持仏堂」の名称は、専光房の挿話が語られる文治五年（一一八九）の前年、『吾妻鏡』文治四年（一一八八）四月二十三日条には既に現れているのである。

「観音堂」「御持仏堂」をめぐるこうした不整合は何を意味しているのであろうか。おそらく、この現象の背後には、『吾妻鏡』編纂の際に用いられた依拠資料の問題が潜んでいるものと思われる。具体的に言えば、『吾妻鏡』において「正観音像」にまつわる一連の記事は、おそらくあるまとまった文献に取材することで挿入されており、それらが周囲とはやや異質の色合いを放っているのではないかということである。

では、その文献とはどのようなものであったのか。従来「観音堂」に比定されている「法花堂」は「室町期に鶴岡八幡宮相承院の下に組み入れられる」[14]が、『相承院文書』[15]所収の天明八年（一七八八）四月の日付をもつ相承院二十四世密信の譲状には「髻観音縁起」の名が見え、あるいはこうした縁起の原初的なものが『吾妻鏡』の編纂に用いられた可能性が考えられるのではなかろうか。[16]そうした縁起においては、建立された御堂の名は「持仏堂」や「法花堂」ではなく、どうしても「観音堂」でなければならなかったであろう。

以上のことからすれば、『吾妻鏡』における「観音堂」と「御持仏堂」をめぐる不整合は次のように説明されるのではなかろうか。つまり、事実としては「御持仏堂」には、「画像阿弥陀三尊」や「金泥法華経」が納められる以前に（おそらくは『吾妻鏡』に「御持仏堂」の名が初見する文治四年の段階には既に[17]）、頼朝の守り本尊「正観音」が安置されていたのであろうが、『吾妻鏡』においては、その堂の起こりをことさら文治五年の奥州合戦と結びつけて語ろうとする縁起的記事を挿入したがために、当該箇所が浮き上がって、他とやや乖離、矛盾して見える現象を呈しているのである。

『吾妻鏡』編纂時の依拠資料の問題に言及したついでに、もう一箇所、梶原景時に関わる記事にも触れておきたい。既に見たように、『吾妻鏡』治承四年八月二十四日条には、梶原景時が頼朝の所在を知りながら、それを見逃すという情けある行為が語られていた。ところが、『吾妻鏡』は頼朝と景時が、合戦後に初めて対面する場面を改めて設定する。治承五年（一一八一）正月十一日の著名な記事である。

梶原平三景時依レ仰初参二御前一。去年窮冬之比、実平相具所レ参也。雖レ不レ携二文筆一巧二言語一之士也。専相二叶賢慮一云々。

この記事について、山本幸司氏は「前年の暮れに土肥実平が連れてきた景時が、この時に初めて頼朝の御前に参上したこととなっており、文筆の能はないが「言語に巧みの士」として、頼朝の思し召しにかなったというだけで、山中における助命の件についてはまったく触れていない。旧恩を被った人間に対する頼朝の通常の行動様式からすれば、すぐにも面前に呼び寄せ、何らかの恩賞を与えるところであろうに、前年末から正月十一日まで放っておいた点も含めて、いかにも唐突な印象を否めないのである[18]」と指摘している。こうした印象も、それぞれの記事の依拠資料の違い、つまり前者が「正観音像」についての縁起のごときに取材するのに対し、後者は別の記録類に基づくことにより生じた落差と考えることができるのではなかろうか。もっとも、この箇所に関していえば、登場人物が頼朝、実平、景時の三人に限定されている点など、むしろ依拠資料の相違による亀裂の発生は最小限に食い止められていると評価すべきところなのかも知れない。

が、いずれにせよ、『吾妻鏡』は「正観音像」にまつわる縁起的記事を挿入することにより頼朝の生涯を荘厳しようとしたのである。この「正観音像」に関する一連の記事をすべて取り去ってしまっても、『吾妻鏡』の歴史叙述が特に破綻をきたすことはないであろう。にもかかわらずこれを導入したところに、繰り返しになるが、頼朝の生涯を「正観音」の加護のもとに描き出そうとする『吾妻鏡』編纂者の積極的な姿勢を見出したいのである。

三　智定房の補陀落渡海伝承

頼朝の熱心な観音信仰を反映してであろうか、『吾妻鏡』には頼朝の時代に観音に関する記事が目立つ[19]が、頼朝亡き後は一転、めぼしい記事はほとんど認められなくなる。[20]そうした中にあって、天福元年（一二三三）五月二十七日条は唯一のといっても過言ではないまとまった観音関連記事である。それは、観音の浄土たる補陀落山への渡海史を彩る著名な挿話であった。

武州参二御所一給。帯二一封状一、被レ披二覧御前一。令レ申給曰、去三月七日、自二熊野那智浦一、有下渡二于補陀落山一之者上。号二智定房一。是下河辺六郎行秀法師也。故右大将家下野国那須野御狩之時、大鹿一頭臥二于勢子之内一。幕下撰二殊射手一、召二出行秀一、被レ仰二可レ射之由一。仍雖レ随二厳命一、其箭不レ中。鹿走二出勢子之外一。小山四郎左衛門尉朝政射取畢。仍於二狩場一遂二出家一、逐電不レ知二行方一。近年在二熊野山一、日夜読二誦法花経一之由、伝聞之処、結句及二此企一。可レ憐事也云々。而今所下令二披覧一給上之状者、智定誂二于同法一、可レ送二進武州一之旨申置。自二紀伊国糸我庄一執二進之一、今日到来。自二在俗之時一、出家遁世以後事、悉載レ之。周防前司親実読二申之一。折節祗候之男女、聞レ之降二感涙一。武州昔為二弓馬友一之由、被二語申一云々。彼乗船者、入二屋形一之後、自レ外以レ釘皆打付、無二一扉一、不レ能レ観二日月光一。只可レ憑レ灯。三十ヶ日之程食物幷油等僅用意云々。

この日、執権北条泰時（武州）は一通の書状を持って将軍頼経のもとを訪ねた。泰時の報告によれば、去る三月七日、熊野那智浦から一人の僧が補陀落渡海を決行した。僧の名は智定房、出家前は下河辺六郎行秀という武士であった。かつて故将軍頼朝が下野国那須野で狩を行った折、行秀は大鹿を射るよう頼朝から命ぜられたが、これを射損じ、逃げた鹿は結局小山朝政が射止めるところとなった。行秀は狩場で出家を遂げ、そのまま逐電。近年、その行秀が熊野山で日夜法華経を読誦しているとの噂を耳にしたが、ついにこの挙に出たのだという。――泰時が持参した書状は、智定房が泰時に送るよう同法の僧に依頼しておいたもので、紀伊国糸我庄経由で今日到来したが、そこには彼の出家遁世以後の委細が記されていた。中原親実が御前で書状を読み上げると、その場に居合わせた男女はみな感涙にむせんだ。泰時は、行秀がかつて弓馬の友であった由を語ったという。

この記事の末尾には、補陀落渡海船の構造についての記述もあり、文化史的に貴重な史料であることは間違いない。また、補陀落渡海の知らせが泰時の手許に届く際、紀伊国糸我庄の名を挙げて、伝達経路を明示するなど記事は詳細で、それが一見事実に基づくような印象を与えることも確かである。実際、本話には補陀落渡海史の観点からなされた根井浄氏の詳細な考察[21]が備わるが、根井氏は基本的に智定房の補陀落渡海譚を史実として受け止めているのである。しかし、本話はほんとうに事実を語っているのであろうか。ここでは根井氏の論に導かれつつも、当該記事を『吾妻鏡』の文脈の中でもう一度検証し直してみたいと考える。

まず、下河辺六郎行秀の出家の因となった頼朝の那須野における狩が史実としていつ行われたのか確認しておこう。『吾妻鏡』によれば、それは建久四年（一一九三）四月のことであった。建久四年三月二十一日条には「将軍家為レ覧二下野国那須野信濃国三原等狩倉一、今日進発給」と頼朝が狩のため鎌倉を出発したことを記し、同四月二日条には「覧二那須野一」と頼朝が那須野に入ったことを、四月二十三日条には「那須野等御狩漸事終之間……」と狩の終わったことをそれぞれ記している。

次に、那須野の狩への参加者であるが、『吾妻鏡』建久四年三月二十一日条は「自二去比一所レ被レ召下聚馴二狩猟一之輩上也。其中令レ達二弓馬一、又無二御隔心一之族、被レ撰二二十二人一、各令レ帯二弓箭一。其外縦雖レ及二万騎一、不レ帯二弓箭一、可レ為二踏馬衆一之由被レ定云々」と、今回の狩猟では、「弓馬」の道に達し、かつ頼朝が懇意にしている者、二十二人に限って「弓箭」を帯びることを許し、その他の者はすべて「踏馬衆」つまり獲物を駆り出す役目に従事させると述べている。しかる後にくだんの二十二人の名を挙げるが、その中に、肝心の下河辺六郎行秀の名は見えず、下河辺氏では庄司行平が含まれるのみである。ちなみに、小山朝政の名も、この二十二人中には見えず、小山氏で参加しているのは七郎朝光のみ。朝政については、四月二日条に「小山左衛門尉朝政、宇都宮左衛門尉朝綱、八田右衛門尉知家、各依レ召献二千人勢子一云々」と頼朝の要請に応じて勢子を献じたことが記される程度である。このように、『吾妻鏡』天福元年五月二十七日条が語るところと、人物関係においては必ずしも一致しない。

そして、何より問題となるのは、下河辺六郎行秀なる人物について「今日の下河辺氏に関するどの系図をみても彼の名前は見いだせない[22]」という事実である。もっとも、同時代に「下河辺六郎」という人物は実在したとおぼしい。『吾妻鏡』文治五年（一一八九）六月九日条、鶴岡塔供養の際の「御馬引手」に「五御馬……下河辺六郎」と名が見え、建久四年（一一九三）八月十六日条にも、鶴岡馬場の流鏑馬の「射手」に「下河辺六郎」の名が挙がる。さらに、建久五年（一一九四）八月八日条には、頼朝の日向山薬師参詣の供奉に「後陣随兵」の一人として「下河辺六郎光脩」の名が見える。この「光脩」と「行秀」の音通に留意すれば、両者が同一人物である可能性も十分にあろう。ただし、その場合には、「下河辺六郎」は建久四年四月の那須野の狩以降も頼朝に仕えていたことになるわけであり、『吾妻鏡』天福元年五月二十七日条が伝える狩場での出家逐電のくだりは事実ではありえないことになる。

こうした点について、根井浄氏は「もともと行秀は出家、逐電したので系譜から抹消されることもあっただろうし、また世捨て人であったから、自分の行実や存在の痕跡まで消そうとしたこともあっただろう[23]」と、あくまで行秀という人物の存在とその出家逐電、補陀落渡海という一連の行状を事実として捉えようとする。だが、先に指摘した『吾妻鏡』の建久年間における記事内容との齟齬に加え、下河辺六郎行秀（智定房）の補陀落渡海については『吾妻鏡』にのみ孤立的に記されているものであって、同時代の史料には他に認められない点[24]なども考慮すれば、この一件を事実と見なすことにはやはり無理があるように思われる。それよりも、本話は虚構を多分に含む補陀落渡海伝承とでも呼ぶべき性格のものとして捉えるのが最も自然ではなかろうか。

そうした目で改めて『吾妻鏡』天福元年五月二十七日条を見直すとき、この伝承が説話として実によくできていることに気づくのである。既に見たように、建久四年の那須野の狩に実際に参加していたのは、下河辺六郎行秀ではなく下河辺庄司行平であった。行平は「弓箭達者」（『吾妻鏡』文治六年（一一九〇）四月七日条）として頼朝の信頼厚く、「日本無双弓取也」（同文治元年（一一八五）八月二十四日条）とも称され、弓矢の道に関して多くの挿話を残した人物である。一方、小山左衛門尉朝政も弓矢の名手として知られ、『吾妻鏡』建久五年（一一九四）十月九日条では、頼朝が「弓馬堪能」を集めて「流鏑馬」の射法について議論させた、その筆頭に「下河辺庄司行平」と並んで「小山左衛門尉朝政」の名が挙がる。この当時、下河辺と小山といえば、弓矢の名手の代名詞のような存在であったのだろう。したがって、『吾妻鏡』が編纂されたと推定される十三世紀末から十四世紀初頭[25]にかけての時代の人々から見れば、くだんの補陀落渡海伝承に登場する「下河辺六郎行秀」と「小山四郎左衛門尉朝政」は、弓矢の名手同士の絶妙の組み合わせと映ったはずで、「行秀」に関する詮索など思いもよらぬことであったのではなかろうか。

だが、先に記したような理由により、この補陀落渡海伝承は多分に虚構を含むものであって事実ではありえない。それでは、なぜこうした伝承が『吾妻鏡』天福元年五月二十七日条に布置されたのか。その理由は、本伝承を将軍頼経に語っているのが北条泰時である点に求められるのではなかろうか。結論を先にいえば、『吾妻鏡』天福元年五月二十七日条は、全体としては、智定房の補陀落渡海伝承としてではなく、むしろ「泰時説話」ないし「泰時伝説」とでも称すべき性格のものとして理解する必要があると考えるのである。

四　泰時伝説

『吾妻鏡』天福元年五月二十七日条で、北条泰時が将軍頼経の許に参じた目的はどこにあったのだろうか。そのことを知るためには、『吾妻鏡』におけるこの記事周辺の泰時の動向を注視する必要がある。

まず、当該記事に四か月ほど先立つ、貞永二年（一二三三）正月十三日条を見よう。

> 武州参二右大将家法花堂一給。今日依レ為二御忌月一也。到二彼砌一、布二御敷皮於堂下一座給、御念誦移レ剋。此間、別当尊範令二参会一、可レ有二御堂上一之由、頻雖レ申レ之、御在世之時、無二左右一不レ参二堂上一。薨御之今、何忘レ礼哉之由、被レ仰。遂自二庭上一令レ帰給云々。

頼朝の命日にあたるこの日、泰時は頼朝の「法花堂」に参詣した。第二節で触れたように、この「法花堂」は頼朝生前には「御持仏堂」と呼ばれ、守り本尊「正観音」が安置されたと考えられる場所である。泰時は法華堂の堂下に毛皮の敷物をしいて座し、念誦に時を移した。この間、法華堂別当の尊範がやって来て、堂に上がるようしきりに勧めたが、泰時は頼朝在世中にも容易に堂上することはなかったのに、亡き今となってどうして礼を忘れた振舞いができようかと答え、ついに堂に上がることなく帰ったという。

さらにその前年、貞永元年（一二三二）十一月二十八日条には次の挿話がある。

> 武州為二御当番一、今夜令レ宿二侍于御所一給。而御共侍持二参御莚一。不レ可レ布二御畳一之上、昵二近于人一之者、争不レ弁二此程之礼一哉。尤恥二傍輩推察一之由被レ仰。出羽前司、民部大夫入道以下、宿老両三輩候二其所一承レ之。周防前司親実、此事可レ為二末代美談一之由、潜感二申之一云々。

泰時はこの日、頼経の将軍御所に宿侍する番に当たっていた。ところが、その折、泰時のお供の侍が彼のために莚を持ってきた。これを見て泰時はこう言った。将軍御所への宿侍の際には莚を敷いたりすべきではない。しかるべき身分の人にお仕えしようとする者が、どうしてこれほどの礼法もわきまえないのだ。御家人仲間がどう思うかと考えると、誠に面目ない。――この泰時の発言を、その場に居合わせた中條家長や二階堂行盛ら二、三の宿老が耳にした。中原親実は、これは末代の美談であると密かに感嘆したという。

一読明らかなように、これら二つの記事における泰時の行動には共通する点が認められる。それは、泰時が将軍と御家人という君臣関係におけるあるべき「礼」の尽くし方について、自ら行動によって示そうとしていることである。特に正月十三日の条からは、泰時の考える君臣関係の基本が頼朝時代に求められていることが明らかであろう。ちなみに、頼朝の命日である正月十三日に、泰時が頼朝の法華堂に参詣したとの記事は、この年以外には見出せない。貞永から天福にかけての時期、泰時には頼朝との関係を意識せざるをえない事情が何かあったのだろうか。おそらく、この点は貞永元年における『御成敗式目』の制定と深く関わるものと思われる。

実は、貞永元年八月に泰時によって制定施行された『御成敗式目』には、頼朝時代を意識した文言が散見されるのである。以下に摘記しよう[26]。

一　諸国守護人奉行事（第三条）
右右大将家御時所レ被二定置一者、……早任二右大将家御時之例一、……
一　雖レ帯二御下文一不レ令二知行一、経二年序一所領事（第八条）
右当知行之後過二廿ヶ年一者、任二大将家之例一、……
一　女人養子事（第二十三条）
右如二法意一者、雖レ不レ許レ之、大将家御時以来至二于当世一、……
一　関東御家人申二京都一、望二補傍官所領上司一事（第三十七条）
右大将家御時一向被二停止一畢、……
一　奴婢雑人事（第四十一条）
右任二大将家之例一、……

このように『御成敗式目』の条文には、「右大将家御時」や「大将家之例」をはじめ、「源頼朝の時代の立法や慣例、頼朝による裁定などが源泉であることが強調されており、多くの政変や合戦の末に、絶対的な存在である頼朝の意志を受け継ぐものとして制定された」[27]ことがうかがえるのである。『御成敗式目』には頼朝の精神を体現している一面があると言えよう。とすれば、この式目の制定を準備していた時期の泰時が、普段以上に頼朝の存在を意識したのは当然であった。貞永元年十二月五日条には次のような記事も見える。

故入道前大膳大夫広元朝臣存生之時、執二行幕府巨細一之間、寿永元暦以来、自二京都一到来重書幷聞書、人々欵状、洛中及南都北嶺以下自二武家一沙汰来事記録、文治以後領家地頭所務条々式目、平氏合戦之時東士勲功次第注文等文書、随二公要一、依レ賦二渡右筆輩方一、散二在所処一。武州聞二此事一、令三季氏浄円円全等尋二聚之一、整㆓目録㆒、被㆑送㆓左衛門大夫㆒云々。

大江広元が関与した「寿永元暦以来」の文書が各所に散在していることを泰時が耳にし、それらの収集整理を命じたのである。広元の死は嘉禄元年（一二二五）六月十日のこと（『吾妻鏡』）、泰時がそれから七年も経ったこの時点でこうした収集事業を行ったのも、頼朝時代の記録の整備を意識した側面が強かったであろう[28]。

以上のように貞永から天福にかけての時期、泰時の念頭には常に頼朝があったとおぼしい。もっとも、そうでなくてさえ『吾妻鏡』において、泰時は頼朝の精神の継承者と見なされている面があった。次に引く『吾妻鏡』建久三年（一一九二）五月二十六日条は、本書に泰時が初めて登場する記事である。

多賀二郎重行被㆑収㆓公所領㆒。是今日江間殿息金剛殿歩行而令㆓興遊㆒給之処、重行乍㆑令㆓乗馬㆒打㆓過其前㆒訖。幕下被㆑聞㆓食之㆒、礼者不㆑可㆑論㆓老少㆒、且又可㆑依㆓其仁㆒事歟。就㆑中如㆓金剛㆒者、不㆑可㆑准㆓汝等傍輩㆒事也。争不㆑憚㆓後聞㆒哉之由、直被㆓仰含㆒。重行乍㆓怖畏㆒、全不㆑然。且可㆑被㆑尋㆔下于若公与㆓扈従人㆒之由、陳謝。仍被㆑尋㆓仰之㆒。若公無㆓如㆑然事㆒之旨申給。奈古谷橘次、又重行慥下馬之由所㆑申㆑之也。于㆑時殊有㆓御気色㆒、不㆑恐㆓後糺明㆒、忽構㆓謀言㆒、一旦欲㆑贖㆑科之条、云㆓心中㆒云㆓所為㆒、太奇怪之趣、仰及㆓数廻㆒云々。次若公幼稚之意端挿㆓仁恵㆒、優美之由有㆓御感㆒、被㆑献㆓御剣於金剛公㆒。是年来御所持物云々。彼御剣者、承久兵乱之時、宇治合戦帯㆑之給云々。

泰時がまだ十歳、「金剛」と幼名で呼ばれていた頃の話である。多賀重行が泰時の前を下馬せずに通り過ぎた。このことを頼朝が聞きとがめ、重行に事情を質したところ、重行は否定し、泰時と従者に確かめてほしいと言う。そこで頼朝が確認すると、両人はともに重行が下馬したと答えた。頼朝は、幼いにもかかわらず重行をかばおうとする泰時の「仁恵」に感嘆、重行の所領を没収するとともに、泰時には長年所持した剣を与えた。泰時は後年、承久の乱の折、宇治合戦にその剣を携行したという。

この挿話は、市川浩史氏が指摘するように[29]、「後年、名執権として高く評価されることになる泰時の、幕府最大の権威者頼朝による予祝の記事であ」り、「承久の乱の勝利をもって幕府の地盤を固めることになった名執権泰時は幼稚の段階から頼朝によって嘉された存在であったというメッセージが込められたものであった」と見て間違いあるまい。本話において、頼朝が「礼」を問題にしている点も示唆的である。この初出記事以降、『吾妻鏡』において泰時は常に頼朝の忠実な継承者として描かれていくのである[30]。

話を天福元年の時点に戻そう。『御成敗式目』を制定した泰時は、頼朝の時代を強く想起しつつも、現実との落差を痛感せずにはいられなかったであろう。建久十年（一一九九）正月十三日の頼朝の死から既に三十四年が過ぎ、頼朝を直に知る人は幕府周辺にもはやほとんどいない。しかも現在の将軍は京都から迎えた弱冠十六歳の頼経である。将軍と御家人の精神的紐帯のあり方は頼朝時代と比ぶべくもなく、君臣間の「礼」は当然乱れていたであろう。ここに泰時は、頼朝時代の君臣間の「礼」のあり方を復活させるべく躍起となったのである。

そうした文脈の中に『吾妻鏡』天福元年五月二十七日条を置いて、改めて読み直してみよう。おそらく泰時は、年若い将軍頼経に頼朝時代の将軍と御家人の関係について、その雰囲気を少しでも伝えておこうという教育的配慮のもと、将軍御所に赴いたのではなかろうか。那須野の狩という晴れの場で、頼朝から直々に射手に指名されるという栄誉に浴した下河辺行秀が、しかしながらその信頼に応えられなかったことを恥じ、たちまち出家、逐電する。将軍の御家人に対する命令の重さ、両者の信頼関係、そして名誉を重んじ礼を重んじる御家人の振舞い、君臣間をめぐるこうした諸々のことを泰時は頼経に伝えたかったのであろう。

ただし、ここで一つ注意すべきは、既に前節で確認したように、泰時が頼経に語った行秀の逸話は事実とは考えられないことであった。では、泰時は虚譚を語ったのか。もちろんそうではない。将軍御所に赴く冒頭の泰時の行動も含め、この条全体が虚構を多分に含む一種の伝承と見なされるべきものなのである。いや、この条だけではない。これまでに見てきた、将軍御所での宿侍を語る貞永元年十一月二十八日条も、法華堂への参詣を語る貞永二年一月十三日条も、さらには泰時初見の建久三年五月二十六日条まで含めて、これらは「泰時説話」「泰時伝説」とでも呼ぶべき性格のものであって、必ずしもそのまま事実であるとは限らないのである。[31]正確を期して言えば、それらの記事に認められる泰時の姿は、『吾妻鏡』の編纂者が描こうとした泰時像だということになろう。頼朝と泰時の関わりを初めて描く建久三年五月二十六日条で頼朝が「礼」のあり方を問題にし、貞永元年十一月二十八日条および貞永二年一月十三日条において泰時がやはり「礼」のあり方を問題にしていたことなど、明らかに意図的な記事の選択ではないかと思わせるものがある。『吾妻鏡』において、泰時は頼朝公認の後継者と位置づけられ、その精神を継承すべく行動する人物として一貫して描かれているのである。

五　頼朝と泰時を結ぶ

ここまで『吾妻鏡』の歴史叙述のあり方について、頼朝時代の観音伝承、泰時時代の補陀落渡海伝承をめぐって考察してきた。最後に、両者の関係についても検討しておきたい。

既に触れるところもあったように、『吾妻鏡』において観音に関わる記事は頼朝時代に集中しており、補陀落渡海伝承はそれ以降の時代の唯一のまとまった観音関連記事なのである。しかも、それは幕府周辺において頼朝への関心が俄に高まった天福元年の記事の中で、かつて頼朝に仕えた御家人の挿話として、頼朝精神の継承者たる泰時によって語られるものなのであった。頼朝の生涯を観音の加護のもとに描こうとした『吾妻鏡』編纂者が、補陀落渡海伝承を含む「泰時伝説」を導入する際、頼朝の観音信仰との繋がりを念頭に置かなかったとは考えにくい。加えて、この補陀落渡海伝承が語られる天福元年五月二十七日条の四か月前、貞永二年正月十三日条では、頼朝の命日に泰時が「法花堂」に参詣した記事が布置されていた。この「法花堂」が頼朝の守り本尊「正観音像」を安置した場所であること[32]に編纂者が気付かぬはずはないから、本条との対応からしても頼朝の観音信仰は想起されたに違いないのである。

このとき、もう一度、補陀落渡海伝承を含む「泰時伝説」に目をやると、第三節の考察では触れなかった伝承の後半部分の内容も当該記事の導入に際し、重要な意味を担ったのではないかと思われてくる。つまり、逐電した下河辺行秀がその後、熊野の山中で日夜法華経を読誦し、ついに観音の浄土に渡海するというくだりであるが、行秀（智定房）の法華経と観音への信仰が『吾妻鏡』描くところの頼朝生前の信仰と重なり、あたかも在俗時代に頼朝との君臣関係を全うできなかった行秀が信仰の世界において頼朝との一体化を目指すかのような印象を与えるのである。少なくともこの「泰時伝説」において、泰時が将軍頼経に向かって行秀の挿話を語る際、狩場での出家遁世のくだりのみならず、この補陀落山への渡海の部分まで含めて、頼朝と御家人の深い精神的紐帯を示すものとして提示されていることは間違いないであろう。

以上のように、『吾妻鏡』天福元年五月二十七日条には、頼朝の生涯を観音の加護のもとに描こうとし、かつ泰時を頼朝の精神の継承者として造型しようとする、『吾妻鏡』編纂者の歴史叙述の姿勢が交差するかたちで結晶していると言えるのではなかろうか。

おわりに

本章では『吾妻鏡』に豊富な説話伝承的記事の中から、頼朝をめぐる観音伝承と泰時に関わる補陀落渡海伝承を取り上げ、それぞれの伝承を通してこの書の歴史叙述のあり方について考察してきた。

『吾妻鏡』における説話伝承的記事は、それが事実ではないことが明白であるがゆえに、かえってそうした記事を導入した編纂者の意図が見えやすい側面がある。しかも、それは、一定の編纂意識、歴史叙述の意識のもとに配置されているから、決して孤立して存在することはない。必ず呼応する記事を有しており、それらをあわせて考察することにより、当該伝承の真の意味合いとその背後にある歴史叙述の意識とが明らかになるのである。

前章では『吾妻鏡』における源実朝像について考察を行い、実朝の生涯が聖徳太子伝承と重ね合わせにして描かれている点を指摘した。それがいわば「実朝伝説」の研究であるとすれば、本章は「頼朝伝説」「泰時伝説」に関わる研究であるとも言える。そうした主要登場人物の「伝説」相互間の検討も含め、『吾妻鏡』の説話伝承的記事の考察はさらに推し進められなければならないであろう。

〈注〉

（1）上横手雅敬「源頼朝の宗教政策」（『権力と仏教の中世史――文化と政治的状況――』法藏館、二〇〇九年、初出は二〇〇一年）など参照。

（2）菊地大樹「後白河院政期の王権と持経者」（『中世仏教の原形と展開』吉川弘文館、二〇〇七年、初出は一九九九年）

など参照。

（3）湯之上隆「源頼朝転生譚と唱導説話」（『日本中世の政治権力と仏教』思文閣出版、二〇〇一年、初出は一九八八年）、牧野和夫「叡山文化の一隅〈海彼敦煌並びに民間信仰の影〉――掌篇類の紹介――」（『日本中世の説話・書物のネットワーク』和泉書院、二〇〇九年、初出は一九八九年）など参照。

（4）中島美弥子「『大橋の中将』と法華経信仰――頼朝像への視角――」（『立教大学日本文学』第九〇号、二〇〇三年）参照。

（5）引用は、松尾葦江・清水由美子編『校訂延慶本平家物語（十二）』（汲古書院、二〇〇八年）による。

（6）頼朝の信仰と挙兵との関わりについて、読み本系『平家物語』諸本では、延慶本で「……来八月十五日以前ニハ、イカニモ思立ジト思也。其ハイカニトイフニ、今明謀反ヲ発シテ合戦ヲスルナラバ、諸国ニ被レ祝マシマス八幡大菩薩ノ御放生会ノ為ニ定テ違乱トナリナムズ。然レバ彼ノ放生会以後シヅカニ可二思立一」（巻五）とされるのをはじめ、長門本や『源平盛衰記』でも八幡信仰との関係が強調される。

（7）頼朝が待避した場所を、長門本『平家物語』や『源平盛衰記』の類話では、巨大な倒木の空洞とする。『吾妻鏡』の「巌窟」も含め、こうした「うつほ」は日本の伝承世界では神仏との交感を可能とする特別な空間と認識されていた（森正人「瘤の翁の変身――宇治拾遺物語第三」『古代心性表現の研究』岩波書店、二〇一九年、初出は二〇〇三年など参照）。なお、山本幸司『頼朝の精神史』（講談社、一九九九年）は、この空間について「人間にとっての一種の子宮の比喩」「母の胎内を寓意的に表現したもの」との理解を示している。

（8）長門本『平家物語』や『源平盛衰記』の類話では、景時による頼朝の助命行為がなされた後に、頼朝が八幡大菩薩に祈念し、兎（長門本）や鳩（盛衰記）が出現、大庭景親らの軍勢を遠ざけるという霊験が語られる。山本幸司氏はこのくだりにつき「椙山における頼朝の命拾いは、頼朝本人を含め、当時の人びとにとっては神仏の加護によって解釈するほかないような奇跡であって、そこから八幡や観音の関与する一つの「神話」が生まれたのであり、また他方、それに後年における頼朝の過剰なまでの景時の寵用に対する不可解さが加わって、椙山の危機における景時による頼朝の助命というもう一つの「神話」が生まれたものと考える」と推定している（注7前掲書）。ちなみに『吾妻鏡』と『平家物語』の類話との関係については、松尾葦江氏が「『吾妻鏡』を直接の典拠とすることはできないが、長門本・盛衰記の一見荒唐無稽な説話が核とした伝承なり事実なりの一端が、ここに顔を覗かせていると考えられよう」との見通しを述べている（「東国のいくさ語り」『軍記物語論究』若草書房、一九九六年、初出は一九八九年）。

（9）頼朝持仏の「正観音」が清水寺の観音からの授かり物であることからすれば、この時、清水寺の創建者と伝えられる坂上田村麻呂の蝦夷征討が想起された可能性もあろう。『吾妻鏡』では、頼朝の奥州遠征記事中、田村麻呂の事跡に言及がなされる（文治五年九月二十八日条）。

（10）菊地大樹氏は、正安二年（一三〇〇）に書写山の僧昌詮が著した『性空上人伝記遺続集』（『兵庫県史』史料編・中世四所収）に、頼朝が書写山の如意輪堂で「三十三巻観音経不断転読之行法」を行った事例を指摘している（注2前掲論文）。

（11）秋山哲雄氏は「持仏堂とは個人的な信仰の対象を祀る堂舎をさす語であるから、頼朝の「持仏堂」が彼の死後には頼朝の墓所として「法華堂」とよばれるようになったと考えるべきであろう」とする（「都市鎌倉」『史跡で読む日本の歴史6　鎌倉の世界』吉川弘文館、二〇一〇年）。

（12）貫達人・川副武胤『鎌倉廃寺事典』（有隣堂、一九八〇年）、注11秋山氏前掲論文。

（13）大日本地誌大系による。

（14）注11秋山氏前掲論文。

（15）『鎌倉市史』史料編第一所収。

（16）「正観音像」にまつわる記事に専光房良暹が執拗に顔を覗かせることからすれば、ここで想定される原初的な縁起の形成に、伊豆走湯山ないし彼が暫定的に別当を務めた鶴岡八幡宮（『吾妻鏡』治承四年十月十二日条）周辺が関わっている可能性が考えられようか。なお、「武衛年来御師檀也」（『吾妻鏡』治承四年十月十一日条）と頼朝との深い繋がりが語られる専光房について詳細は未詳だが、山本幸司氏は梶原一族との関係を推測している（注7前掲書）。

(17) この点につき、貫達人氏は、持仏堂が文治四年の段階から「立てなおしたり、移転したりし」た可能性を指摘する（注12前掲書）。
(18) 注7山本氏前掲書。
(19) たとえば文治五年（一一八九）十一月二十三日条は、頼朝とは関わらないものの、観音霊験譚風の興味深い記事である。この日の晩、大蔵観音堂から出火、別当浄台房は本尊を取り出そうと火中に飛び込んだ。誰もが彼の死を疑わなかったが、やがて浄台房は突如炎の中から本尊を抱えて出現、「衲衣纔雖㆑焦、身体敢無㆑恙」という状態であったという。本条の末尾は「偏是火不㆑能㆑焼之謂歟」と法華経普門品の文言を引用して結ばれる。
(20) 佐々木馨氏は、「幕府と法華経との関わり」についても、頼朝の死後は「さしたる法華信仰を感じ得ない」と指摘している（『中世国家の宗教構造——体制仏教と体制外仏教の相剋——』吉川弘文館、一九八八年）。
(21) 根井浄『補陀落渡海史』（法藏館、二〇〇一年）。
(22) 注21根井氏前掲書。
(23) 同右。
(24) 根井浄氏は、三重県熊野市の産田神社に伝わる下河辺氏を祖とする『系譜』を紹介し、そこでは「行秀」の名が「行義」の子として載り、「行秀」の注記には「下河辺六郎／建久四年三月右大将源頼朝卿那須野／御狩之供有故蒙勘気自狩場遂電而／来当国補陀落山麓終断仕官道／承久三年五月二日因病死焉于時五十八歳」という異伝が記されていることを指摘するが、根井氏自身「伝承のみに基づいた史料からの推測であり、根拠不十分である」（注21前掲書）とするように、当該史料の信憑性には問題がある。
(25) 五味文彦『増補　吾妻鏡の方法——事実と神話にみる中世』（吉川弘文館、二〇〇〇年、原著は一九九〇年）、同「『吾妻鏡』の成立と編纂」（鎌倉遺文研究会編『鎌倉期社会と史料論』東京堂出版、二〇〇二年）参照。
(26) 引用は、笠松宏至ほか校注『中世政治社会思想　上』〈日本思想大系〉（岩波書店、一九七二年）所収の翻刻により、私に返り点を付した。

(27) 本郷恵子『日本の歴史6　京・鎌倉　ふたつの王権』(小学館、二〇〇八年)。
(28) 五味文彦氏は、「こうした記録の蒐集などを契機にして、頼朝時代の記録を集めて歴史書の編纂が行われていたことが考えられよう」とし、「嘉禎の頃に原『吾妻鏡』とも称すべき「頼朝将軍記」が成立していた可能性を考えてみたい」と推測する(「鎌倉と京の王権──歴史書の系譜──」『中世社会史料論』校倉書房、二〇〇六年、初出は二〇〇四年)。
(29) 市川浩史『吾妻鏡の思想史──北条時頼を読む──』(吉川弘文館、二〇〇二年)。
(30) たとえば『吾妻鏡』建仁元年(一二〇一)九月二十二日条では、当時十九歳の泰時が頼朝在世中の例を引いて、将軍頼家に諫言するよう頼家側近の中野能成に勧めている。
(31) 五味文彦氏は、「泰時の逸話に文飾が多いこと」に関し、『吾妻鏡』正治二年(一二〇〇)四月十日条に記される、殺人を犯した武士の罪状につき泰時が道理ある発言に及んだとの逸話を取り上げ、大江広元を感嘆させたとする泰時の発言が、実は「『明月記』正治二年三月二十九日条に見える定家の言とほぼ同じであり、それに基づいて作られた話であろう」と指摘している(「道家の徳政と泰時の徳政」『鎌倉時代論』吉川弘文館、二〇二〇年、初出は二〇一〇年)。ちなみに本書第一部第二章では、『吾妻鏡』とほぼ同時代の『沙石集』における「泰時伝説」を分析し、その形成時期として北条時頼の時代を想定している。
(32) ただし『吾妻鏡』によれば、頼朝の「法花堂」は北条義時のそれと共に寛喜三年(一二三一)十月二十五日、火災に遭っている。この時、「右大将家幷右京兆法花堂同御本尊等為二灰燼一」とされ、「正観音像」の安否は不明である。法華堂自体はすぐに再建されたようで、翌月十一月十八日条には「今日、右大将家法花堂上棟也」と見えるが、泰時参詣時に事実として「正観音像」があったかどうかは定かでない。

第三章　『吾妻鏡』における頼家狩猟伝承——北条泰時との対比の視点から

はじめに

鎌倉幕府の歴史を編年体で記述する『吾妻鏡』は説話伝承的記事の宝庫でもある。そうした記事は虚構を多分に含む点で、歴史学の考察の俎上には載せにくい場合もあろう。だが、潤色の多い記事には、それらをあえて導入した編纂者の意図がかえって見えやすいという側面もある。しかも、ひとつの伝承的記事は『吾妻鏡』の中で一定の編纂意識、歴史叙述の意識のもとに布置されたものである以上、孤立して存在することは稀であり、通常は相呼応する記事を必ず伴って登場する。それらをあわせて考察することにより、当該伝承の真の意味合いとその背後にある歴史叙述の意識とを明らかにすることができるのではないか。——如上の見通しのもと、第三部第一章では『吾妻鏡』描くところの源実朝像について聖徳太子伝承の投影を指摘する一方、第二章では源頼朝をめぐる観音伝承と北条泰時ゆかりの補陀落渡海伝承との考察を通じ、両者を結ぶ歴史叙述のあり方について分析を試みた。

本章では、鎌倉幕府第二代将軍、源頼家をめぐる狩猟伝承を対象に、この書における枢軸的人物、北条泰時の同じく説話伝承的記事との対比的分析を通して、『吾妻鏡』の編纂や歴史叙述の方法についてさらに考究したいと考える。

一　頼家の狩猟伝承（一）――人穴探検

源頼家は蹴鞠と並んで狩を好んだが、『吾妻鏡』における物語性の高い狩猟関連伝承として、後に『富士の人穴草子』に材を提供したことでも知られる[1]、建仁三年（一二〇三）六月の記事を挙げることができる。六月一日、頼家は「伊豆奥狩倉」に出かけた。

六月大。一日丁酉。晴。将軍家着二御伊豆奥狩倉一。而号二伊東崎一之山中有二大洞一。不レ知二其源遠一。将軍怪レ之。巳剋、遣二和田平太胤長一被レ見之処、胤長挙レ火入二彼穴一、酉刻帰参。申云、此穴行程数十里、暗兮不レ見二日光一。有二一大蛇一。擬レ呑二胤長一之間、抜レ剣斬殺訖云々。

「伊東崎」という「山中」にある「大洞」に興味をもった頼家は和田胤長を探索に派遣、胤長は「大洞」の奥深くで「大蛇」と遭遇し、これを斬り殺したという。さらに二日後、頼家は「駿河国富士狩倉」に移動する。

三日己亥。晴。将軍家渡二御于駿河国富士狩倉一。彼山麓又有二大谷一〈号二之人穴一〉。為レ令レ究二見其所一、被レ入二新田四郎忠常主従六人一。忠常賜二御剣一〈重宝〉、入二人穴一。今日不二帰出一、暮畢。

頼家はここでも「人穴」と呼ばれる洞窟に、新田忠常の主従六人を派遣する。出発に先立ち、頼家は忠常に「重宝」の「御剣」を与えたが、忠常の帰還は翌日となった。

四日庚子。陰。巳剋、新田四郎忠常出二人穴一帰参。往還経二一日一夜一也。此洞狭兮不レ能レ廻レ踵。不レ意進行、又暗兮令レ痛二心神一。主従各取二松明一。路次始中終、水流浸レ足。蝙蝠遮二飛于顔一、不レ知二幾千万一。其先途大河也。逆浪漲流、失レ拠二于欲一レ渡。只迷惑之外無レ他。爰当二火光一河向見二奇特一之間、郎従四人忽死亡。而忠常依二彼霊之訓一、投二入恩賜剣於件河一、全レ命帰参云々。古老云、是浅間大菩薩之御在所。往昔以降、敢不レ得レ見二其所一云々。今次第尤可レ恐乎云々。

忠常の報告によれば、「人穴」の深奥で大河に行き当たった一行は、松明の光に照らし出された川向こうに「奇特」を見た。と、途端に四人の郎従が死亡、忠常は「彼霊」の指示通り、「恩賜剣」を川に投げ入れたおかげで、命からがら脱出することができたのだという。[2] 土地の古老の言によれば、そこは「浅間大菩薩之御在所」であり、昔から人が決して見ることができないとされている禁忌の場所であった。すなわち、忠常主従の目撃した「奇特」、「霊」の正体とは、富士山の神、「浅間大菩薩」の姿だったのである。おそらく、先に見た六月一日の条で、「山中」の「大洞」の深奥で遭遇したと語られる「大蛇」も、ところの山神だったと考えて差し支えあるまい。

さて、決して見てはならぬとの重い禁忌を破った探検行の首謀者、頼家のその後がよかろうはずがない。「今次第尤可レ恐乎」との『吾妻鏡』の評言通り、つづく六月三十日、七月四日、九日の記事には源氏の守護神、八幡の神使たる鳩の相次ぐ変死が語られ、二十日にはついに頼家が発病、「御心神辛苦、非二直也事一」と病状は深刻である。その後、頼家の「御病悩」はついに癒えることなく、九月七日には出家、伊豆修善寺に幽閉され、翌元久元年（一二〇四）七月十八日、二十三歳の若さで同寺において死去したと『吾妻鏡』は伝える。頼家没落の原因を富士の山神の怒りに求めようとする『吾妻鏡』の歴史叙述の姿勢は明瞭であろう。[3]

だが、ここにひとつ気になることがある。実は、頼家と富士の山神との関係は、『吾妻鏡』の中で頼家の幼少期の出来事として既に語られているのである。それは人穴探検のちょうど十年前、同じ富士の狩倉で頼家が生涯最初の狩の獲物を得た時のことであった。

二　頼家の狩猟伝承（二）――矢口祭

建久四年（一一九三）、前年に征夷大将軍に任じられた源頼朝は、後白河院の一周忌が明けるのを待って、大規模な狩を行った。まず、三月から四月にかけては下野国那須、信濃国三原の狩倉を巡覧、ひきつづき五月には駿河国を訪れ、藍沢、さらに富士野へと狩場を移動した。当時十二歳の頼家が獲物を射止めたのは、五月十六日のこと、『吾妻鏡』の記事は以下のようである。

十六日辛巳。富士野御狩之間、将軍家督若君始令㆑射㆑鹿給。愛甲三郎季隆本自存㆑物達㆓故実㆒之上、折節候㆓近近㆒、殊勝追合之間、忽有㆓此飲羽㆒云々。尤可㆑及㆓優賞㆒之由、将軍家以㆓大友左近将監能直㆒内内被㆑感㆓仰季隆㆒云々。此後被㆑止㆓今日御狩㆒訖。属㆑晩於㆓其所㆒被㆑祭㆓山神矢口等㆒。江間殿令㆑献㆑餅給。此餅三色也。折敷一枚九置㆑之。以㆓黒色餅三㆒置㆓左方㆒、以㆓赤色三㆒置㆑中、以㆓白色三㆒居㆓右方㆒。其長八寸、広三寸、厚一寸也。以上三枚折敷、如㆑此被㆑調㆓進之㆒。狩野介進㆓勢子餅㆒。将軍家幷若公敷㆓御行縢於篠上㆒令㆑座給。上総介、江間殿、三浦介以下多以参候。此中令㆑獲㆑鹿給之時、候而在㆓御眼路㆒之輩中、可㆑然射手三人被㆑召㆓出之㆒、賜㆓矢口餅㆒。所謂一口工藤庄司景光、二口愛甲三郎季隆、三口曾我太郎祐信等也。梶原源太左衛門尉景季、工藤左衛門尉祐経、海野小太郎幸氏為㆓餅陪膳㆒、持㆓参御前㆒、相並而置㆑之。先景光依㆑召参進、蹲居取㆓白餅㆒置㆑中、取㆑赤置㆓右方㆒。其後三色、各一取㆓重之㆒〈黒上、赤中、白下〉、置㆓于座左臥木之上㆒。是供㆓山神㆒云々。次又如㆑先三色重㆑之、三口食㆑之〈始中、次左廉、次右廉〉、発㆓矢叫声㆒。太微音也。次召㆓季隆㆒。作法同㆓于景光㆒。但餅置様、任㆓本体㆒不㆑改㆑之。次召㆓出祐信㆒、仰云、一二口撰㆓殊射手㆒賜㆑之。

三口事可レ為二何様一哉者、祐信不レ能レ申二是非一。則食二三口一。其所作如二以前式一。於二三口一者、将軍可レ被二聞召一之趣、一旦定答申歟。就二其礼一有レ興之様、可レ有二御計一之旨、依二思食儲一、被二仰含一之処、無二左右一令二自由一之条、頗無念之由被レ仰云々。次三人皆賜二鞍馬、御直垂等一。三人又献二馬、弓、野矢、行縢、沓等於若公一。次列座衆預二盃酒一、悉乗レ酔云々。次召二踏馬勢子輩一、各賜二十字一、被レ励二列卒一云々。

頼家は、愛甲三郎季隆の絶妙の補助を得て、初めて鹿を射止めた。頼朝は、その日の狩を中止し、夜には「生れてはじめて野獣をしとめた男子が、山神に対する感謝の意をあらわすものとされ[4]」る矢口祭を行った。北条義時（江間殿）が、黒、赤、白、三色の矢口餅を献じると、狩の際、頼家の近辺にいた弓の名手三人が選ばれ、矢口餅を賜ることになる。『吾妻鏡』の記事で注目すべきは、この矢口餅に関わる儀礼が実に詳細に記されていることである。

まず、「一口」は工藤庄司景光がつとめた。当初、左に黒、中に赤、右に白、と並べられていた餅を、中に白、右に赤と並べ替え、その後、三色の餅を重ねて倒木の上に置き、山神に供える。そして再び重ねられた三色の餅を手に取ると、三箇所を選んで食べ、最後に矢叫びの声を発したが、それははなはだ抑えた声音であった。次いで、「二口」は愛甲三郎季隆がつとめた。季隆の作法は景光と同じであったが、餅の並べ方は当初の状態を改めなかった。「三口」をつとめたのは曾我太郎祐信である。頼朝は召し出した祐信にことさら声をかけた。――「一口」、「二口」はとりわけ優れた弓の名手を選んでこれを賜った。さて「三口」はどのようにするのがよかろうか――頼朝は、祐信が一旦は将軍である自分にその役を譲るような返答を行うであろうと期待していたのだが、祐信は何の答弁もできないまま、前の二人と一向変わらぬ所作で餅を食べてしまった。頼朝は「頗無念之由」仰せられたという。

この挿話について、石井進氏は「いかにもまじめいっぽうで機転のきかぬ弓の名人という祐信の性格がうかがわれる、おもしろい話である」[5]とし、坂井孝一氏は「儀式に参加しようとしながら祐信に肩透かしをくわされて残念がる頼朝を……描いている。それは、冷徹な意志によって武家政治を創始した政治家頼朝ではなく、弱さや温かみを持った人間的な頼朝である」[6]との見方を示している。確かに二人のやりとりにのみ注目するなら、それはほほ笑ましい挿話のようにも見える。だが、『吾妻鏡』の当該記事はもっと別の側面から読まれることを期待されているのではないか。

実は、建久四年の頼朝の狩は特別な政治的意味合いを帯びていた。その点を初めて指摘したのは千葉徳爾氏である。[7]氏は「富士の巻狩の前後の関係を考え合せてみると、この狩は以前には計画されたこともなく、この後も類例がないほど大規模であって、決して単純な将軍の遊楽とは考えられない。頼朝にとっては何等かの重要な神の啓示を期待したものであった」とし、その「神の啓示」については次のように述べる。

……ちょうど地頭や守護たちが一郷一国の政治的支配者であると同時に、その地域社会の宗教的支配のパトロンであるという自負心、あるいは祭政上の最高責任者という自覚をもったのと同様に、征夷大将軍たる頼朝も一国家体制の維持の責任を感じていたらしいのである。当時はまだ、神仏を崇敬することは最高の国事であったし、ことに頼朝の神仏に対する崇敬は異常なまでに強かったことは、記録にも明らかであった。守護狩が一国の鎮守をまつり、神意をなぐさめ、もしくは神慮をうかがうための行為であったらしいのと同じように、頼朝もまた狩によって神を祭り、神意を占なうことを目的としてこの大行事を臨時に試みたのではなかったろうか。……文治五（一一八九）年に奥羽が平定し、翌建久元年には京に入って叙位された。同じく三年には征夷大将軍に任ぜられ彼の仕事はほぼ完成したのである。この時に当って、国家統治の実質的責任者として、また源氏再興の悲願を達成した者として、今後の運勢とその資格とを神に問う必要を感じたのではなかろうか。

氏はさらに頼家の矢口祭について、「狩猟本位の時代にはおそらく成年式の意味があったと思う。とにかく少なくも頼朝の心事を推察するならば、彼がこの盛大な行事を挙行した目標の一つはここにあったのではないかと考えられる。幕府をうけつぐ資格がこの子供にそなわっているという確信が頼朝に湧きおこったのではあるまいか」とその意味を推定した。

その後、石井進氏も、千葉氏の論を承けて、次のように述べている。[8]

> 武士の子弟らが狩に参加してはじめて獲物をしとめることは、いわば現実の成人式であり、その武芸の証明であるとともに、またかれが山の神によって獲物をあたえられた、すなわち神によって祝福されたものであることのあかしと考えられたのであろう。頼家が鹿を射とめるや、その日の狩がたちまち中止されたということだけでもその重要性は明らかである。（傍点、原文のまま）

頼家の初めての狩の成果はそれほどに重要なものであった。そして「山の神によって獲物をあたえられ」「神によって祝福された」はずの頼家が、山神と共食し、神に感謝の念を示すのが矢口祭である。[9]『吾妻鏡』が詳細にこの部分を記述しているのも、本儀礼の重要性を示唆するものであろう。そうした儀礼の最後、「三口」をつとめた曾我祐信の作法が頼朝の期待に添わず「頗無念」という反応を生む。もちろん、祐信は「一口」、「二口」をつとめた他の二人とともに、鞍馬、直垂を賜っているから、失態を演じたとまでは言えないかもしれない。だが、『吾妻鏡』が頼朝の「無念」を記すとき、頼家の矢口祭の神事に瑕がついたという印象は拭えない。山神は果たして頼家の謝意を納受してくれただろうか。

そうした疑念をさらに募らせるのが、『吾妻鏡』五月二十七日条である。

> 廿七日壬辰。未明催二立勢子等一、終日有二御狩一。射手等面面顕レ芸、莫レ不二風毛雨血一。爰無双大鹿一頭走二来于御駕前一。工藤庄司景光〈着二作与美水干一、駕二鹿毛馬一。〉兼有二御馬左方一。此鹿者景光分也。可二射取一之由申二請之一。被レ仰二可レ然之旨一。本自究竟之射手也。人皆扣レ駕見レ之。景光聊相開而通二懸于弓手一、発二射一矢一不レ令レ中。鹿抜二于一段許之前一。景光押懸打レ鞭。二三矢又以同レ前。鹿入二本山一畢。景光棄レ弓安レ駕云、景光十一歳以来、以二狩猟一為レ業。而已七旬余、莫レ未レ獲二弓手物一。而今心神惘然太迷惑。是則為二山神駕一之条無レ疑歟。運命縮畢。後日諸人可二思合一云々。各又成二奇異思一之処、晩鐘之程、景光発病云々。仰云、此事尤怪異也。止レ狩可レ有二還御一歟云々。宿老等申二不レ可レ然之由一。仍自二明日一七ケ日可レ有二巻狩一云々。

富士野の狩はこの日もつづけられた。と、突然「無双大鹿一頭」が騎乗の頼朝の面前に走りかかる。傍に控えた「究竟之射手」工藤庄司景光が頼朝の許可を得て大鹿に狙いを定める。弓手に追い込み、万全の体勢で放ったはずの矢は、しかしながら三本立て続けに逸れ、大鹿は山に逃れた。十一歳の時から七十余歳の今に至るまで、弓手に入った獲物を仕留められなかったことはないという景光は、大鹿は疑いなく「山神駕」であり、自分の運命もすでに極まったと嘆く。果たして、その日の暮れに景光は発病する。頼朝は、この変事に一旦は狩の中止を考えるが、宿老の判断により、さらに七日間の続行が決められた。

翌二十八日、同じ狩場で有名な曾我兄弟による敵討ち事件が発生する。二十七日の景光の挿話が翌日に起こる事件の前兆としての意味を有していることは間違いない。だが、景光は「山神駕」に矢を射かけたことにより、山神の怒りを買って発病したのである。[10] そのほんの十一日前、山神への感謝の念を表明する頼家の矢口祭で「一口」をつとめた当人が、同じ狩場で山神の怒りを招いてしまう。それは、やはり頼家の矢口祭神事に不吉な影を落とす結果になるのではないか。

一方、頼家の矢口祭への参加者には、曾我兄弟の敵討ち事件に関与する者が妙に多いような印象も受ける。まず矢口祭で「三口」をつとめ、頼朝に「頗無念」と思わせた曾我祐信は、曾我兄弟の継父である。また、矢口祭の折、餅の配膳役をつとめた工藤左衛門尉祐経は、言うまでもなく曾我兄弟に殺される当の敵である。さらに、『吾妻鏡』五月二十八日条は曾我兄弟の刀で負傷した者として「所謂、平子野平右馬允、愛甲三郎、吉香小次郎、加藤太、海野小太郎、岡辺弥三郎、原三郎、堀藤太、臼杵八郎」と九人の名を挙げるが、このうち愛甲三郎は「二口」をつとめ、海野小太郎は配膳役に供奉している。血塗られた惨劇の関与者が矢口祭に多く参加していることは偶然ではあろうが、後の目から見れば、これも不吉な心証を結ぶであろう。

さて、本節で扱っている『吾妻鏡』建久四年五月十六日条と二十七日、二十八日条は、実は一つの条を挟んで連続して配置されている。その間に挟まる一条、五月二十二日条は次に挙げる北条政子にまつわる著名な挿話である。

廿二日丁亥。若公令レ獲レ鹿給事、将軍家御自愛余、被レ差二進梶原平二左衛門尉景高於鎌倉一、令レ賀二申御台所御方一給。景高馳参、以二女房一申入之処、敢不レ及二御感一。御使還失二面目一。為二武将之嫡嗣一、獲二原野之鹿鳥一、強不レ足レ為二希有一。楚忽専使、頗有二其煩一歟者、景高帰二参富士野一、今日申二此趣一云々。

頼家が初めて鹿を獲たことに狂喜した頼朝は、鎌倉の政子のもとに梶原景高を使者として一報を届けた。だが政子は、武将の子が狩の獲物を仕留めることなど一向に珍しいことではないとして、こんなことで軽率に使者を送ることは「頗有二其煩一歟」と頼朝の行動を厳しく批判する。この挿話について千葉徳爾氏は、先に触れた神意を占う政治的な狩猟の重要性という観点から「それが彼女の偉さとして伝えられてもいるけれども、実はそれは大集団狩猟の意義を知らない女性の思慮にすぎなかったのではあるまいか[11]」と指摘し、石井進氏も「これまでもっぱら頼朝の親バカさと対比して、のちの尼将軍政子の賢婦ぶりを浮き彫りにする素材とされてきたようである。だが、この報告をうけた頼朝は、おそらく心中「何もわかっておらんのだな」と慨嘆したのではなかったろうか[12]」と千葉氏と意見を同じくする。

ことの真相はともかくとして、本条が矢口祭を語る十六日条の次に並ぶという『吾妻鏡』の記事配置に留意するとき、北条政子の「頗有二其煩一歟」との批判は、十六日条における頼朝の「頗無念」という落胆の言葉同様、頼家の矢口祭神事の価値を貶める方向に作用するのではなかろうか[13]。

以上、『吾妻鏡』において連続して配置される、建久四年五月十六、二十二、二十七、二十八日条について、頼家の矢口祭が詳述される十六日条を中心に見てきた。通常は二十八日の曾我兄弟の敵討ち事件を中心に置いて読まれることの多いこれらの記事を、十六日条との関わりで読み解くとき、頼家の矢口祭神事に不吉の影が色濃く滲むことを指摘しようとしたのである。見事鹿を射とめたかに見えた頼家であったが、矢口祭において山神は彼の謝意をはたして納受したであろうか。次節において、さらにこの点を検証したい。

三　北条泰時と頼家の対比

頼家の矢口祭記事に負の側面を読み取ろうとする著者の姿勢が、決して恣意的なものではないことを証するため、頼家に遅れること四か月、同じ建久四年九月十一日に行われた北条泰時の矢口祭記事を『吾妻鏡』から引用しよう。

十一日甲戌。江間殿嫡男童形此間在二江間一。昨日参着。去七日卯剋、於二伊豆国一、射二獲小鹿一頭一。則令レ相二具之一、今日参入。厳閤備二箭祭餅一、被レ申二子細一之間、将軍家出二御于西侍之上一。上総介、伊豆守以下数輩列候。先供二十字一。将軍家召二小山左衛門尉朝政一賜二一口一。朝政蹲二居御前一、三度食レ之。初口発二叫声一、第二三度不レ然。次召二三浦十郎左衛門尉義連一賜二二口一。三度食レ之、毎度発レ声。三口事頗有二思食煩之気一。小時召二諏方祝盛澄一、殊遅二参之一。然而賜二三口一。三度食レ之、不レ発レ声。凡含二十字一之体、及二三口之礼一、各所二伝用一、皆有二差別一。珍重之由、蒙二御感之仰一。其後勧盃数献云々。

当時十一歳、まだ「童形」の泰時が伊豆国で小鹿を射止めた。数日後、父義時が矢口餅を準備し、頼朝臨席のもと、将軍御所の西侍で矢口祭が行われた。頼朝の指名により「一口」をつとめたのは小山左衛門尉朝政。朝政は餅を三度口にしたが、一度目のみ矢叫び声を発し、後は黙した。次に「二口」の指名を受けた三浦十郎左衛門尉義連は、三度餅を口にするごとに矢叫び声を発した。最後に「三口」の人物を選ぶ際、頼朝はずいぶん思い悩む様子であった。しばらくして指名されたのは諏方祝盛澄。盛澄は大分遅参したが、三度餅を口にする際、一度も矢叫び声を発しなかった。頼朝は、三人の「十字」(むし餅)を口に含む作法やそれに伴う儀礼について、各人が伝え用いたものがそれぞれ異なっている点を賞美したという。

泰時の矢口祭でも、儀礼の焦点は「三口」にあったようである。頼朝は「頗有二思食煩之気一」と慎重に人選を行っている。その結果、指名された諏方祝盛澄は「殊遅参」したというが、これはあるいは「三口」の作法について盛澄が熟考を要したためかもしれない。いずれにせよ、矢口祭の神事の成否が「三口」をつとめる者の首尾如何にかかっていたことは間違いないようで、その点、盛澄の所伝に則った振舞いは頼家の矢口祭における曾我祐信の無思慮ぶりと好対照を成しており、それゆえ頼朝の反応も片や「頗無念之由被レ仰」、片や「珍重之由、蒙二御感之仰一」と毀誉両極に振れるのである。このように泰時の矢口祭記事と比較してみるとき、頼家記事における頼朝と曾我祐信のやりとりが決してほほ笑ましい類の挿話ではなく、むしろ矢口祭の神事としての価値を貶めかねない危険性を孕むものであることが明らかになるであろう。しかも、頼家と泰時の矢口祭の記事は、以下に述べるように、『吾妻鏡』の編纂者によって積極的に対比が意図されている可能性が高いのである。

くだんの北条泰時は『吾妻鏡』の中で特別な位置を占める人物である。泰時は建久三年（一一九二）五月二十六日の以下の記事をもって初めて『吾妻鏡』に登場する。

廿六日丁酉。多賀二郎重行被レ収二公所領一。是今日江間殿息童金剛殿歩行而令二興遊一給之処、重行乍レ令二乗馬一打二過其前一訖。幕下被レ聞二食之一、礼者不レ可レ論二老少一、且又可レ依二其仁一事歟。就レ中如二金剛一者、不レ可レ准二汝等傍輩一事也。争不レ憚二後聞一哉之由、直被二仰含一。重行乍二怖畏一、全不レ然。且可レ被レ尋三下于若公与二扈従人一之由、陳謝。仍被レ尋二仰之一。若公無レ如レ然事一之旨申給。奈古谷橘次、又重行慥下馬之由所レ申レ之也。于レ時殊有二御気色一、不レ恐二後糺明一、忽構二謀言一、一旦欲レ贖レ科之条、云二心中一云二所為一、太奇怪之趣、仰及二数廻一云々。次若公幼稚之意端挿二仁恵一、優美之由有二御感一、被レ献二御剣於金剛公一。是年来御所持物云々。彼御剣者、承久兵乱之時、宇治合戦帯レ之給云々。

「金剛」と幼名で呼ばれる泰時はこのとき十歳、その泰時の面前を多賀重行が下馬せずに通り過ぎた。頼朝がこのことを聞きとがめ、重行に事情を質したところ、重行は否定し、泰時と従者に確かめてほしいと言う。そこで頼朝が確認すると、両人はともに重行は下馬し問題はなかったと答えた。頼朝は、幼少にもかかわらず重行をかばおうとする泰時の「仁恵」に感嘆、重行の所領を没収するとともに、泰時には長年愛用の剣を与えた。後年、泰時は承久の乱の折、宇治合戦にその剣を帯して戦ったという。

この記事については、早く八代國治氏が「泰時幼時の微細なる善行をも仰々しく記したり、殊に若公と書くに至りては、殆と将軍子息と同等の敬称を用ひたり[14]」とその特異性に注目し、五味文彦氏も泰時の「顕彰記事」の一つに数え上げる[15]。さらに、市川浩史氏は「後年、名執権として高く評価されることになる泰時の、幕府最大の権威者頼朝による予祝の記事であ」り、「承久の乱の勝利をもって幕府の地盤を固めることになった名執権泰時は幼稚の段階から頼朝によって嘉された存在であったというメッセージが込められたものであった[16]」と本記事の意味を的確に分析する。『吾妻鏡』において、泰時は登場の最初から頼朝公認の後継者として位置づけられているのである[17]。

実は、こうした泰時の頼朝精神の継承者としての面が初めて本格的に発揮されるのが、将軍頼家に対してであった。将軍職就任後、頼家は父頼朝の「先蹤」を踏襲せず、盛んに「新儀」を打ち出す[18]一方で、狩猟と蹴鞠に常軌を逸して熱中していった。『吾妻鏡』建仁元年（一二〇一）九月二十日条は、連日の蹴鞠に頼家が「抛㆓政務㆒」っていたところ、この日の夜更け「如㆓月星㆒之物自㆑天降」ったという怪異を記す。ここからしばらく『吾妻鏡』の記事を順を追って見ていこう。次に布置される九月二十二日条は泰時に関わる挿話である。

廿二日己巳。陰。又御鞠会。人数同前。今日人々多以候㆓見証㆒。其中、江馬太郎殿〈泰時〉密々被㆑談㆓于中野五郎能成㆒云、蹴鞠者幽玄芸也。被㆓賞翫㆒之条所㆓庶幾㆒也。但去八月大風、鶴岳宮門顛倒、国土愁㆓飢饉㆒。此時態以自㆓京都㆒被㆑召㆓下放遊輩㆒。而去廿日変異、非㆓常途之儀㆒。尤被㆑驚㆓思食㆒、被㆑尋㆓仰司天等㆒。非㆓異変㆒者、可㆑及㆓如㆑此御沙汰㆒歟。且幕下御在世建久年中、百ヶ日之間、毎日可㆑有㆓御浜出㆒之由、固被㆑定之処、天変出現之由、資允朝臣勘申之間、依㆓御謹慎㆒、止㆓其儀㆒被㆑始㆓世上無為御祈祷㆒。今次第如何。貴

　客者昵近之仁也。以㆓事次㆒盍㆓諷諫申㆒哉云云。能成雖㆑有㆓甘心気㆒。不㆑能㆑発㆑言云々。

この日も御所では鞠会が行われた。当時十九歳の泰時は、前月の「大風」で鶴岡八幡宮の門が倒壊し、国土には飢饉が広まり、なおかつ二日前にもただならぬ「変異」が起こっているのに、わざわざ京都から「放遊輩」を招いて蹴鞠をつづける頼家に危機感を募らせる。そこで、頼家側近の中野五郎能成に諫言を勧めるが、その際、泰時は、建久年中に頼朝が百日間の浜出を固く決意していた最中、にもかかわらず天変出現のゆえにその儀を取り止め、世の平安を祈ったとの先例を引いて頼家を批判する。頼朝精神の継承者としての泰時の面目躍如たる挿話である。だが、頼家はどこ吹く風、次の十月一日条でも鞠会はつづく。

　十月大。一日戊寅。晴。御所御鞠。北条五郎、紀内、富部五郎、肥多八郎、比企弥四郎、源性、義印等候㆑之。数三百六十也。

翌二日、頼家の不穏な動きが伝えられた。

　二日己卯。霽。入㆑夜、親清法眼潜参㆓江馬太郎殿館㆒。申云、去月廿二日、被㆑談㆓仰能成㆒事、具達㆑聴。但紕繆相交歟間、閣㆓父祖㆒被㆓諷諫申㆒之条、違㆓御気色㆒之由、慥見㆓其形勢㆒也。然者、称㆓御所労㆒、暫可㆘令㆓在国㆒給㆖歟。先々見㆓他上㆒、御気色強不㆑歴㆓旬月㆒、只一旦事也云々。亭主仰云、全非㆓諷諫申㆒。愚意之所㆑覃、聊相㆓談近習仁㆒許也。於㆑被㆑処㆓罪科㆒者、不㆑可㆑依㆓在国㆒歟。但有㆓急事㆒、明暁欲㆑下㆓向北条㆒。兼令㆓出門㆒畢。就㆓今告㆒非㆓構出㆒。称㆑恥㆓貴房推察㆒、召㆓出旅具〈至㆓蓑笠等㆒、悉在㆓此中㆒。〉等㆒、令㆑見給云々。

親清法眼が泰時の館を訪れ、先日の中野能成との会話が頼家に漏れ、頼家が不快感を示しているから、しばらく伊豆に下るようにと勧める。泰時は、自分には頼家を諫める意図はなかったし、罪に処されるならどこにいても同じではあるが、実は急な所用で明暁、北条に下ることになっていたのだと既に用意の旅行用具を法眼に見せた。泰時の振舞いにいささか不自然な感を覚えるところのある挿話ではあるが、ともかく翌三日、泰時は北条に下る。

　三日庚辰。晴。卯剋。江馬太郎殿令レ下二向北条一給。

さらに、次に布置される六日条では、泰時生涯最初の徳政が実行される。

　六日癸未。江馬太郎殿昨日下二着豆州北条一給。当所、去年依二少損亡一、去春庶民等糧乏、央失二耕作計一之間、捧二数十人連署状一、給二出挙米五十石一。仍返上期、為二今年秋一之処、去月大風之後、国郡大損亡、不レ堪レ飢之族已以欲二餓死一故、負二累件米一之輩兼怖二譴責一、挿二逐電思一之由、令二聞及一給之間、為レ救二民愁一、所レ被レ揚レ鞭也。今日、召二聚彼数十人負人等一、於二其眼前一、被レ焼二棄証文一畢。雖レ属二豊稔一、不レ可レ有二糺返沙汰一之由、直被二仰含一。剰賜二飯酒幷人別一斗米一。各且喜悦、且涕泣退出。皆合レ手願二御子孫繁栄一云々。如二飯酒一事、兼日沙汰人所レ被二用意一也。

泰時は、八月の「大風」被害により出挙米を返せなくなった土地の住民のため、その証文を彼らの面前で焼き捨て、あまつさえ酒や米を振舞った。人々は感涙を流して手を合わせ、泰時の子孫繁栄を願ったという。まさに「泰時伝説」ともいうべき逸話である。

　これら一連の記事については、上横手雅敬氏が「泰時を美化する脚色が見えぬでもない[19]」と指摘し、さらに五味文彦氏が「頼家の蹴鞠熱を批判し、泰時の徳政を顕彰するものとなっており、どこまで事実に立脚したものか問題となろう[20]」と述べている通り、頼家と泰時の行動は明らかに対比的に描かれているものと見るべきであろう[21]。この点を念頭に改めて矢口祭記事に目を転じるとき、頼家と泰時のそれが対比を意図して配置されている可能性は極めて高いと推察される。すなわち、頼朝の「頗無念之由被レ仰」、「珍重之由、蒙二御感之仰一」という対照的な反応は、それぞれ頼家と泰時の矢口祭の首尾如何を示すものであったのであり、それゆえ泰時とは反対に、頼家の武士としての将来には出発点の段階から既に暗い影が兆していたと読みうる記事配置となっているのである。『吾妻鏡』の編纂者は、矢口祭における頼家の謝意が富士の山神に納受されたかについては懐疑的な姿勢を滲ませようとしているのであろう。

ここで、第一節で扱った頼家の人穴探検伝承をもう一度想起しよう。そこでは頼家が富士の山神「浅間大菩薩」の怒りを買って、自ら没落の因を招いていた。その富士の山神は、十二歳の頼家が「富士野」において矢口祭を捧げた「山神」と同一の神と見なせよう。しかも第二節以降で指摘した諸点により、頼家と富士の山神との関係は、最初の出会いからしてやや円滑を欠くとの危惧を抱かせるものであった。青年期の頼家が過剰に狩猟にのめり込むのも、人生を決定的に暗転させる契機が山神の禁忌の侵犯に起因するのも、いずれも頼家の矢口祭の不首尾と無関係ではないとする『吾妻鏡』編纂者の歴史叙述の姿勢を、そこには読み取ることができるのではなかろうか。

四　北条経時と時頼の対比

前節で考察した、武士の将来の明暗を矢口祭と関わらせて暗示したり、明暗の分かれる人物を対比して叙述したりという手法は、『吾妻鏡』の編纂者が方法的な自覚のもとに行っていたものではないかと推察される。ここでは、北条泰時の孫にあたる経時、時頼の兄弟の記事を例に、その手法を明らかにし、もって頼家の狩猟伝承に関する先の考察の補強をも図りたいと考える。

嘉禎三年（一二三七）七月は、北条泰時の二人の孫、十四歳の経時と十一歳の時頼にとって武家の子弟としての節目の時節に当たっていた。『吾妻鏡』において隣り合って布置される、同年七月十九日条と二十五日条はそのことを物語る。まず、弟、時頼の挿話である十九日条から見よう。

十九日甲午。北条五郎時頼、始可レ被レ射二来月放生会流鏑馬一之間、此間初於二鶴岡馬場一有二其儀一。今日、武州為レ扶二持之一、被レ出二流鏑馬屋一。駿河前司以下宿老等参集。于レ時招二海野左衛門尉幸氏一、被レ談二子細一。是旧労之上、幕下将軍御代、為二八人射手之内一歟。故実之堪能被レ知レ人之故歟。仍見二射芸之失礼一、可レ加二諷諫一之旨、武州被レ示レ之。射手之体尤神妙、凡為二生得堪能一由、幸氏感二申之一。武州猶令レ問二其失一給。縡及二再三一、幸氏憖申レ之。挟レ箭之時、弓ヲ一文字ニ令レ持給事、雖レ非レ無二其説一、於二故右大将家御前一、被レ凝二弓箭談議一之時、一文字ニ弓ヲ持ッ事、諸人一同儀歟。然而佐藤兵衛尉憲清入道〈西行〉云、弓ヲバ拳ヨリ押立テ可レ引之様ニ可レ持也。流鏑馬、矢ヲ挟之時、一文字ニ持事ハ非レ礼也者、倩案、此事殊勝也。一文字ニ持テバ、誠ニ弓ヲ引テ、即可レ射之体ニハ不レ見、聊遅キ姿也。上ヲ少キ揚テ、水走リニ可レ持之由ヲ被二仰下一之間、下河辺〈行平〉工藤〈景光〉両庄司、和田〈義盛〉望月〈重隆〉藤沢〈清親〉等三金吾、幷諏方大夫〈盛隆〉愛甲三郎〈季隆〉等、頗甘心、各不レ及二異議一、承知訖。然者是計ヲ可レ被レ直歟者、義村云、此事、令レ聞二此説一、思出訖。正触レ耳事候キ。面白候ト云云。武州亦入興。弓持様、向後可レ用二此説一云々。此後、閣二其儀一一向被レ談二弓馬事一。義村態遣二使者於宿所一、召二寄子息等一令レ聴レ之。流鏑馬笠懸以下作物故実、的草鹿等才学、大略究二淵源一。乗燭以後各退散云々。

北条時頼が来たる八月十六日、鶴岡放生会における流鏑馬神事で初めて射手をつとめることになった。祖父泰時は、習礼の行われたこの日、時頼のために、わざわざ頼朝時代からの弓の名手、海野左衛門尉幸氏を招き、孫に

「射芸之失礼」がないかどうかを確認させた。幸氏は時頼の射芸を誉めるが、欠点を質す泰時からの再三の要請を拒めず、弓の持ち方について一箇所だけ修正点を挙げる。それは「一文字ニ弓ヲ持ツ」のではなく、「弓ヲバ拳ヨリ押立テ可レ引之様ニ可レ持」、すなわち馬上で弓を横にするのでなく、すぐに弓を引けるよう立てて持て、というものであった。この故実は頼朝がかつて「佐藤兵衛尉憲清入道」（西行）が語ったものとして「弓箭談議」の折に披露し、列席の一同の賛意を得たものだという。幸氏の話を聞いて、泰時も興に入り、その後は日が暮れるまで宿老たちを交え、ひたすら「弓馬事」について談ずることとなった。

頼朝が披露したという西行の故実とは、言うまでもなく、『吾妻鏡』文治二年（一一八六）八月十五日条が語る頼朝と西行の名高い対面の折、西行の口から頼朝が直接耳にしたものであろう。(22)その西行故実が海野幸氏を通して時頼に伝えられる。ここでも泰時は頼朝の精神的継承者として、頼朝の評価する西行故実を次代にまで伝承させるようつとめているのである。ただ、その伝えようとしている相手が兄の経時でなく弟時頼である点が重要であろう。泰時の時頼に寄せる期待の大きさが窺える記事である。

一方、この条の直後に布置される二十五日条は以下のようである。

　廿五日庚子。北条左親衛潜赴二藍沢一。今日始獲レ鹿、即祭二箭口餅一。一口三浦泰村、二口小山長村、三口下河辺行光云々。

この日、北条経時（左親衛）は「潜」かに駿河国藍沢の狩場に赴き、初めて鹿を射止めると、すぐに矢口祭を行った。『吾妻鏡』に記される矢口祭の事例としては、先に挙げた頼家と泰時のもの以外では、この経時の例を数えるのみである。経時が「潜」かに狩場に出かけたと記述されるのは、あるいはこの頃、すでに幕府中枢部には狩猟が忌まれる風潮が広まりはじめていたという背景が想定しうるかもしれない。(23)それにしても、十九日条の詳細さに比べ、本条の簡略さはどうだろう。片や、泰時の全面的支援を受けて、華やかな鶴岡の流鏑馬神事の射手に初めて臨もうとする時頼、片や、兄でありながら、本来記念すべき初めての狩の獲物と矢口祭を「潜」かに狩場に出向いて果たさなければならない経時、ここには明らかにこの兄弟を対比的に描こうとする『吾妻鏡』の姿勢が、早くも現れているように思われる。

だが、『吾妻鏡』のこうした歴史叙述の姿勢がより顕著に看取されるのは、その四年後、仁治二年（一二四一）に入ってからのことである。九月十四日、経時は再び駿河国藍沢の狩倉に向かった。『吾妻鏡』にはこの時期すでに狩猟に関する記事はほとんど見えなくなっており[24]、その点で経時の当該記事はかなり異色である。

十四日己亥。北条左親衛為二狩猟一、被レ行二向藍沢一。若狭前司、小山五郎左衛門尉、駿河式部大夫、同五郎左衛門尉、下河辺左衛門尉、海野左衛門太郎等扈従。又甲斐信濃両国住人数輩、相二具猟師等一、奉レ待二渡御一云々。

先に見た、嘉禎三年の矢口祭でそれぞれ「一口」「二口」「三口」をつとめた、三浦泰村（若狭前司）、小山長村（五郎左衛門尉）、下河辺行光（左衛門尉）が今回も経時に供奉している。狩の成果は上々であった。

廿二日丁未。左親衛自二藍沢一被レ帰。数日踏二山野一、熊猪鹿多獲レ之。其中熊一者、親衛以二引目一射二取之一。為二先代未聞珍事一之由、諸人一同感申。又下河辺左衛門尉行光者、自二幼少一住二于太田下河辺等田畔一、定不レ馴二如レ此狩場一歟之由、傍輩依二侮思一、動為レ試二其堪否一、毎二走獣之便宜一追二合之一。行光必射二取之一。然者今度物員、独在二行光一。但若狭前司及二相論一云々。行光為二故実射手一之上、毎年交二那須狩倉一、太堪レ馳二嶺谷一也云々。

多くの獲物のうち、熊は経時が「引目」で射止めたものであった。「先代未聞珍事」と人々は誉めたたえたという。経時は相当な弓矢の腕前をもっていたらしい。これらの記事だけ見るなら、経時の狩猟の技を賞賛するための挿話とも受け止められないことはない。だが、『吾妻鏡』の歴史叙述は別の意識のもとに進められていたものと思われるのである。狩の二箇月後、十一月二十五日条を次に引こう。

　廿五日戊申。今夕、前武州御亭有㆓御酒宴㆒。北条親衛、陸奥掃部助、若狭前司、佐渡前司等着座。信濃民部大夫入道、太田民部大夫等、文士数輩同参候。此間及㆓御雑談㆒。多是理世事也。亭主被㆑諫㆓親衛㆒曰、好文為㆑事、可㆑扶㆓武家政道㆒。且可㆑被㆑相㆓談陸奥掃部助㆒。凡両人相互可㆑被㆑成㆓水魚之思㆒之由云々。仍各差㆑鐘。今夜御会合、以㆓此事㆒為㆑詮云々。

北条泰時は自邸で酒宴を開いた。嫡孫経時（北条親衛）、甥の実時（陸奥掃部助）、後藤基綱に加え、文士数人も参加した。いつしか「雑談」に及んだ泰時は専ら「理世事」を話題としたが、経時に対し「好文為㆑事、可㆑扶㆓武家政道㆒」と諫め、さらに「好文」の人である実時と親密な交際を結び、何事も相談するよう勧めた。泰時が経時を諫めたのは、経時が「好文」の人ではないとの懸念があったためであろう。「今夜御会合、以㆓此事㆒為㆑詮」、つまり実際には、経時への諫めを目的として開かれたというのだから、泰時の懸念はかなり強かったに違いない。[25]おそらく『吾妻鏡』においては、そのような泰時の懸念材料を示唆するものとして、嘉禎三年の矢口祭や仁治二年の狩の記事が布置されているものと見るべきであろう。

　泰時の懸念が現実化するのに時間はかからなかった。酒宴が開かれたほんの四日後、事件は起こる。

　廿九日壬子。未剋、若宮大路下々馬橋辺騒動。是三浦一族与㆓小山之輩㆒有㆓喧嘩㆒。両方縁者馳集成㆑群之故也。前武州太令㆑驚給。即遣㆓佐渡前司基綱、平左衛門尉盛綱等㆒、令㆑宥給之間、静謐云云。事起、為㆓若狭前司泰村、能登守光村、四郎式部大夫家村以下兄弟親類㆒、於㆓下々馬橋西頬好色家㆒、有㆓酒宴乱舞会㆒。結城大蔵権少輔朝広、小山五郎左衛門尉長村、長沼左衛門尉時宗以下一門、於二同東頰一又催二此興遊一。于レ時上野十郎朝村〈朝広舎弟〉起二彼座一、為二遠笠懸一向二由比浦一之処、先於二門前一射二追出犬一。其箭誤而入二于三浦会所簾中一。朝村令三雑色男乞二此箭一。家村不レ可二出与一之由骨張。依レ之及二過言一云々。件両家有二其好一、日来互無二異心一。今日確執、天魔入二其性一歟云々。

「好色家」で「酒宴乱舞会」を行っていた三浦と小山の一党が、取るに足りないことで喧嘩となり、双方の縁者が馳せ集まって一時状況は緊迫した。北条泰時は即座に後藤基綱らを派遣して事態を沈静化させたが、関係者の中には経時の矢口祭で「一口」をつとめた三浦泰村と「二口」をつとめた小山長村が含まれていた。とりわけ「一口」をつとめた泰村と経時は親しかったのであろう。実は、経時は武装させた「祗候人」を泰村のもとに派遣していたのである。そのことが明らかになるのは、翌三十日条である。

卅日癸丑。駿河四郎式部大夫家村、上野十郎朝村、被レ止二出仕一。昨日喧嘩、職而起レ自二彼等武勇一云々。凡就二此事一、預二勘発一之輩多レ之。雖レ非二指親昵一、只称二所縁一、相二分両方一、与二本人等一同令二確執一之故也。又北条左親衛者、令三祗候人帯二兵具一、被レ遣二若狭前司方一。同武衛者、不レ及レ被レ訪二両方子細一。依レ之前武州御諷詞云、各将来御後見之器也。対二諸御家人一事、争存二好悪一乎。親衛所為太軽骨也。暫不レ可レ来レ前。武衛斟酌、頗似二大儀一。追可レ有二優賞一云々。次招二若狭前司、大蔵権少輔、小山五郎左衛門尉一、被レ仰曰、互為二一家数輩棟梁一。尤全レ身可レ禦二不慮凶事一之処、輝二私武威一好二自滅一之条、愚案之所レ致歟。向後事、殊可レ令二謹慎一之由云云。皆以敬屈、敢無二陳謝一云々。

泰時の懸念は的中した。経時は「好文」の対極にある「武勇」の人だったのである。一方、弟の時頼はこの時、事態を静観していた。事件の後、泰時は兄弟に次のように告げる。——将来執権として将軍の後見をつとめなくてはならない者が、御家人たちに対し、好悪の感情を表に出すことは許されない。経時の行動は極めて軽率である。しばらく私の前に姿を見せるな。その点、時頼の立場や状況への配慮ある振舞いは誠に大事なことと言ってよい。追って褒美を取らせよう。——ここに至って、泰時の兄弟に対する評価は決定的となった。十二月五日条には、「御所中宿直祗候事、勤厚之故」に時頼が「一村」を拝領したのに対し、経時は御家人の取りなしでようやく譴責を解かれたことが、これも対照的に記される。

その後、経時は翌仁治三年（一二四二）、泰時の死により執権となるが、体調すぐれず寛元四年（一二四六）には二十三歳の若さで世を去った。これに対し、後を襲った時頼は執権に強力な政治権力を集中させ得宗専制を展開していく。(26)この二人の軌跡は、どこか経時と同年で夭逝した頼家と、執権政治の体制を確立した泰時のそれを彷彿とさせるところがある。いや、『吾妻鏡』はむしろこの類似を自覚した上で、意図的にその相似形を浮き上がらせるべく叙述を進めているのではなかろうか。

頼家も経時も「好文」の人ではなく、均衡を欠いて狩猟を好む「武勇」の人であった。『吾妻鏡』はそれを矢口祭の首尾との関わりにおいて、おそらくは方法的自覚のもとに示そうとする。頼家の矢口祭については、すでに第二節で詳述したが、「三口」をつとめた曾我祐信の無思慮が頼朝の落胆を招き、「一口」をつとめた工藤景光が直後に山神の怒りを買い、さらに「二口」をつとめた愛甲季隆らが曾我兄弟の敵討に巻き込まれるなど、その矢口祭には不吉の色が濃かった。一方、経時の矢口祭で「一口」「二口」をつとめた三浦泰村と小山長村は、経時の評価を決定的に失墜させることになる後年の喧嘩にともに関与していた。泰村に至ってはその後、宝治合戦において時頼に滅ぼされる三浦の首領でもあるから、経時と泰村との交友は後の目から見れば負の側面で捉えられる種類のものであったろう。その上、経時の時代の幕府中枢部においては鹿狩を伴う矢口祭自体が「潜」かに行わなければならないような後ろめたい性質のものに変化していた可能性もある。経時の矢口祭にも十分に暗い影が兆していたのである。

『吾妻鏡』は、このように負の側面を多くもつ頼家、経時の矢口祭を、片や泰時の上首尾の矢口祭と、片や祖父の全面的支援のもとに行われた時頼の華やかな流鏑馬儀礼の射芸と、それぞれ対比的に記事を配置しながら、その後の人生を予感させるように叙述していくのである。そして、頼家と泰時、経時と時頼、彼ら二人の明暗を分かつ裁定者として、前者については頼朝が、後者については頼朝の精神的継承者たる泰時が、その場に立ち会うという構図もまた『吾妻鏡』編纂者のおそらくは強く意識するところであったと思われる。[27]

おわりに

『吾妻鏡』は歴代の将軍ごとに記事をしるす、いわゆる将軍記を単位とする編成を有する書物である。[28]各将軍記にはそれぞれ異質な編纂姿勢が認められ、それは将軍記ごとに異なる担当者が編纂に従事したことによる結果と考えられている。[29]確かに『吾妻鏡』にはそうした事情に由来すると思われる記事の重複や矛盾が少なからず認められる。しかしながら一方で、『吾妻鏡』全体を統括する編纂意識、編纂方針とも言うべきものが存在することも間違いないところであろう。その点、「幼少の頃から顕彰記事に満たされ[30]」、頼朝、頼家、実朝、頼経の四代の将軍記に亘って存在する北条泰時に関する記述は、本書のそのような側面を体現するものと見なして差し支えあるまい。

本章では、『吾妻鏡』編纂者の意図が濃厚に反映するとおぼしい北条泰時関連記事との対比的分析を通して、源頼家の狩猟伝承のもつ真の意味合いとその背後にある歴史叙述の姿勢についていささか探究を試みた。もって『吾妻鏡』の説話伝承的記事を「泰時伝説」との関わりにおいて考察することの有効性を示そうとしたものである。

〈注〉

（1）小山一成『富士の人穴草子――研究と資料』（文化書房博文社、一九八三年）など参照。

（2）米井力也「大蛇の変身――『富士の人穴草子』と『小夜姫の草子』の接点――」（『国語国文』第五二巻第四号、一九八三年）は、「蛇は一般に金属を嫌うものであるが、海神の怒りをしずめる際に剣を投げ入れるように、人穴探検における蛇神との対立もまた、剣を投げ入れることによって解かれたのである」と指摘している。

（3）ちなみに、頼家の死因について『愚管抄』は入浴中に刺客に襲われ、激しく抵抗した後に刺殺されたと記すが、おそらくそれが真実に近いのであろう。刺客を派遣したのが北条氏であったことは、間違いのないところである」（本郷和人「本巻の政治情勢」『現代語訳　吾妻鏡7』吉川弘文館、二〇〇九年）とするのが代表的見解である。

（4）千葉徳爾『狩猟伝承研究』（風間書房、一九六九年）。

（5）石井進『中世武士団』（小学館、一九七四年）。

（6）坂井孝一『曽我物語の史実と虚構』（吉川弘文館、二〇〇〇年）。

（7）注4千葉氏前掲書。

（8）注5石井氏前掲書。

（9）千葉徳爾氏は「武家の矢口開きの作法が、射手のするところでなく、別にそれぞれの役目の人によって営まれる理由は、おそらく射手が貴人でしかも幼少であるためであったかと思う。一般の人びとの場合には、……当然射手当人のつとめであったにちがいない」と推測している（『狩猟伝承』法政大学出版局、一九七五年）。

(10) ちなみに仮名本『曽我物語』では、以下に示すように、富士野の狩で新田忠綱が山神の化身である巨大な猪を仕留めた咎により没落するとの類似の伝承が語られる。「この猪は、富士の裾、かくれいの里と申す所の、山神にてましくけり。権に人に見え給ひしを、凡夫の悲しさは、夢にも是を知らずして、止めける御咎めにや、その夜、曽我十郎と打ち合ひて、手負い、危うかりし命、生きにけり。其の後、幾程なうして、田村判官謀叛同意の由、讒言せられ、……廿七にて討たれけり。運の極めと云ひながら、富士の裾野の猪の咎めなりとぞ、皆人申し合ひける」（村上美登志校註『太山寺本　曽我物語』〈和泉古典叢書〉和泉書院、一九九九年）。石川純一郎「中世・近世における狩座と狩猟信仰」（小山修三編『狩猟と漁労――日本文化の源流をさぐる』雄山閣出版、一九九二年）参照。

(11) 注4千葉氏前掲書。

(12) 注5石井氏前掲書。

(13) 『吾妻鏡』の文脈においては、「政子は頼朝の志した狩祭の意義をほとんど認めていなかったということになるのであろう」との福田晃氏の理解（「曽我御霊発生の基層――狩の聖地の精神風土――」『曽我物語の成立』三弥井書店、二〇〇二年、初出は一九九八年）が妥当であろうと思われる。

(14) 八代國治『吾妻鏡の研究』（明世堂書店、一九一三年）。

(15) 五味文彦「吾妻鏡の筆法」（『増補　吾妻鏡の方法――事実と神話にみる中世』吉川弘文館、二〇〇〇年、原著は一九九〇年）。

(16) 市川浩史『吾妻鏡の思想史――北条時頼を読む――』（吉川弘文館、二〇〇二年）。

(17) 『吾妻鏡』において泰時が頼朝の忠実な継承者として描かれる挿話の数々については、本書第三部第二章参照。

(18) 『吾妻鏡』建仁元年（一二〇一）九月十五日条には、鶴岡八幡宮の放生会に頼家が随兵を供奉しなかったことに触れ、「希代新儀也。近日於レ事陵廃、如レ忘二先蹤一。古老之所レ愁也」と頼朝時代の「先蹤」が踏襲されない嘆きを記している。

(19) 上横手雅敬『北条泰時』（吉川弘文館、一九五八年）。

(20) 注15五味氏前掲論文。

(21) この九月二十日から十月六日までの連続する記事のうち、泰時の徳政を語る十月六日条にだけ天候記載がない点も、背後に潜む記事の操作をうかがわせる。なお、『吾妻鏡』における天候記載の問題については、高橋秀樹「吾妻鏡原史料論序説」(佐藤和彦編『中世の内乱と社会』東京堂出版、二〇〇七年)参照。

(22) 髙橋昌明「鶴岡八幡宮流鏑馬行事の成立――頼朝による騎射芸奨励の意味――」(『武士の成立 武士像の創出』東京大学出版会、一九九九年、初出は一九九六年)参照。

(23) 中澤克昭「殺生と新制――狩猟と肉食をめぐる幕府の葛藤」(『東北学』第三号、二〇〇〇年)は、弘長元年(一二六一)二月三十日、鎌倉幕府により発布された「関東新制条々」のうちの殺生禁断条文、およびその前年の文応元年に出された殺生禁断令について、「いずれも、幕府の殺生禁断令としてはこれまでになく長文で、「殺生」を最悪の「罪業」とし、「仏教の禁戒」の重さを説くあたりも、これまでの幕府法にはみられなかった」と注目、さらに同時期の『極楽寺殿御消息』第四六条にも触れ、「狩猟は罪業であるから避けるべきであること、六斎日・十斎日には精進潔斎すべきであることなどが説かれているが、注意したいのは、鹿や猪などの四足獣についてはまったくふれられていないことで、ということは、この頃すでに幕府中枢部では、かなり獣肉食忌避が進行していたとみてよいだろう。狩猟民的性格を有していたはずの武士が、いまや狩猟や獣肉食を忌避し、その罪業や精進潔斎について説くまでになってしまったのである」と指摘している。経時の矢口祭が行われた嘉禎三年(一二三七)は、時期としては少し早いが、すでに幕府はその翌暦仁元年(一二三八)には六斎日殺生禁断令を出しており(平雅行「殺生禁断の歴史的展開」『日本社会の史的構造古代・中世』思文閣出版、一九九七年)、幕府中枢にはそうした雰囲気が浸透していた可能性があろう。加えて、文応・弘長の禁断令が時頼の治世下に出されたことも、経時との対比上、『吾妻鏡』編纂時には意識に上ったとしても不思議はない。ちなみに、中澤克昭氏は、最後の得宗、北条高時が「徳治二年(一三〇七)、鹿ではなく雀を射て矢開(矢口祭)を行った」事実を指摘、「北条得宗家は矢開を廃絶させずに継承してはいたが、四つ足の獣を忌避するようになっており、鳥を獲物として行うようになっていたのである」と推定している(「狩る王の系譜」『人と動物の日本史2 歴史のなかの動物たち』吉川弘文館、二〇〇九年)。ただし、中澤氏は、経時が「潜」かに狩場に出向いた理由については、「源氏将軍の狩場であった藍沢」で狩猟を行うことが「この時点では摂家将軍や将軍派の御家人たちに憚られることだったということを示唆しているのかもしれない」と、著者とは異なる理解を示している（「武家の狩猟と矢開の変化」『狩猟と権力』名古屋大学出版会、二〇二二年、初出は二〇〇八年）。

(24) 盛本昌広「「共生」と苅米報告」（『史潮』新四〇号、一九九六年）は、「鎌倉幕府の将軍の場合は頼朝・頼家の時代には『吾妻鏡』に狩猟に関する記事が多いが、実朝以降にはその種の記事がなくなり、狩猟が行われなくなったことがわかる」と述べている。

(25) この点、すでに市川浩史氏は「現実には、経時は「好文」を事としていない、次代を託するには不安要因がある、ということで、泰時の経時へのいらだちもあったのだろう」と推測している（注16前掲書）。

(26) 村井章介「一三―一四世紀の日本――京都・鎌倉」（『中世の国家と在地社会』校倉書房、二〇〇五年、初出は一九九四年）など参照。

(27) 市川浩史氏は、『吾妻鏡』成立時点での「幕府・北条氏得宗（家）とは、若き日に頼朝から予祝を受けた泰時から継承され、その泰時によって以降の得宗たるべく決定され、重時家をも併せた家の祖となる時頼にはじまる家系であった」と本書の歴史叙述から読み取れる「得宗家のライン」を指摘している（注16前掲書）。なお、本章旧稿初出後、藪本勝治『『吾妻鏡』の合戦叙述と〈歴史〉構築』（和泉書院、二〇二二年）が、「頼朝の政道を頼家や実朝ではなく北条泰時が継承し、その幕府統治者としての正統が得宗家嫡流に受け継がれてゆくという、『吾妻鏡』の歴史叙述の要となる論理を考察し」、さらに研究を進展させている。同氏による『吾妻鏡――鎌倉幕府「正史」の虚実』（中公新書、二〇二四年）も刊行された。

(28) 注14八代氏前掲書。

(29) 石田祐一「吾妻鏡頼朝記について」（『中世の窓』同人編『論集　中世の窓』吉川弘文館、一九七七年）。

(30) 注15五味氏前掲論文。

〔主要テキスト一覧〕

本書で主要な考察対象とした作品の依拠テキストは次の通り。そのほかの引用テキストについては、その都度、本文中に示した。また大蔵経ほか叢書類の引用に際しては、字体を通行のものに改めたほか、返り点や鉤括弧等を補い、二行割書部分は〈 〉で表示するなど私に手を加えた箇所がある。引用テキストに付した傍線や傍点は特に断らない限り著者による。

○沙石集

・米沢本（市立米沢図書館本）　国文学研究資料館蔵のマイクロフィルムおよび紙焼写真による。句読点、濁点、鉤括弧を施し、振仮名は適宜省略するなど、表記は私に改めた箇所がある。
・北野本　北野克編『元応本沙石集』（汲古書院、一九八〇年）の影印による。
・俊海本　古典研究会叢書の影印による。引用に際し、句読点および濁点を施した。
・内閣文庫本　土屋有里子『内閣文庫蔵『沙石集』翻刻と研究』（笠間書院、二〇〇三年）による。引用に際し、私に濁点を施した。
・阿岸本　国文学研究資料館蔵のマイクロフィルムおよび紙焼写真による。引用に際し、句読点および濁点を施し、一部返り点を補った。
・梵舜本　日本古典文学大系による。
・古活字本　深井一郎編『慶長十年古活字本沙石集総索引――影印篇――』（勉誠社、一九八〇年）による。句読

点、濁点、鉤括弧を施すなど、表記は私に改めた箇所がある。

○雑談集

古典資料（寛永二十一年版本の影印）による。句読点や濁点、鉤括弧を施すなど、表記は私に改めた箇所がある。また、振仮名や送り仮名は適宜省略した。

○聖財集

東北大学附属図書館狩野文庫蔵本のマイクロフィルムおよび紙焼写真による。句読点、濁点、鉤括弧を施すなど、表記は私に改めた箇所がある。

○閑居友

新日本古典文学大系による。

○三国伝記

古典資料（巻一、二、六、七、八、九、十、十二は国会図書館蔵写本、他の巻は寛永十四年版本の影印）による。片仮名小字を大字に改め、句読点や濁点、鉤括弧を施すなど、私に表記を整えた。また写本の脱字を版本で補った箇所には〔　〕を付した。

○吾妻鏡

新訂増補国史大系による。字体を通行のものに改めたほか、句読点、返り点の位置の変更、割注を〈　〉で示し、鉤括弧を施すなど、私に手を加えた箇所がある。

〔初出一覧〕

序説　新稿

第一部

第一章

「『沙石集』における徳目――北条政権との関わり――」

（『人文研究（大阪市立大学大学院文学研究科紀要）』第五七巻、二〇〇六年三月）

第二章

「無住と武家新制――『沙石集』撫民記事の分析から――」

（小島孝之監修、長母寺開山無住和尚七百年遠諱記念論集刊行会編『無住　研究と資料』あるむ、二〇一一年一二月）

第三章

「『沙石集』の実朝伝説――鎌倉時代における源実朝像――」

（渡部泰明編『源実朝――虚実を越えて』〈アジア遊学二四一〉勉誠出版、二〇一九年一二月）

第四章

「無住と金剛王院僧正実賢」

（『文学史研究』第四九号、二〇〇九年三月）

「無住と金剛王院僧正実賢の法脈」

（『説話文学研究』第四四号、二〇〇九年七月）

〔初出一覧〕

第五章
「無住と遁世僧説話——ネットワークと伝承の視点——」
（神戸説話研究会編『論集 中世・近世説話と説話集』和泉書院、二〇一四年九月）

第六章
「無住と律（一）——『沙石集』と『四分律行事鈔』・『資持記』の説話——」
（『文学史研究』第五六号、二〇一六年三月）
「無住と律（二）——『雑談集』と『四分律行事鈔』・『資持記』の説話——」
（『文学史研究』第五七号、二〇一七年三月）

第七章
「無住の三学と説話——律学から『宗鏡録』に及ぶ——」
（『説話文学研究』第五二号、二〇一七年七月）

第八章
「『沙石集』と『宗鏡録』」
（荒木浩・小林直樹編『日本文学研究ジャーナル』第一〇号〔中世説話の環境・時代と思潮〕、二〇一九年六月）

第九章
「無住の経文解釈と説話」
（『説話文学研究』第四八号、二〇一三年七月）

第十章
「無住と南宋代成立典籍」
（『文学史研究』第五三号、二〇一三年三月）
「無住と持経者伝——『法華経顕応録』享受・補遺——」
（『文学史研究』第五五号、二〇一五年三月）

「無住と南宋代成立典籍・補遺」
（土屋有里子編『無住道暁の拓く鎌倉時代――中世兼学僧の思想と空間』〈アジア遊学二九八〉勉誠社、二〇二四年一〇月）

第二部

第一章
「『閑居友』における律――節食説話と不浄観説話を結ぶ――」
（『国語国文』第八四巻第一〇号、二〇一五年一〇月）

第二章
「『三国伝記』と禅律僧――「行」を志向する説話集――」
（小助川元太・橋本正俊編『室町前期の文化・社会・宗教――『三国伝記』を読みとく』〈アジア遊学二六三〉勉誠出版、二〇二一年一一月）

第三章
「説教から説経へ――西大寺流律僧の説話世界を軸に――」
（神戸女子大学古典芸能研究センター編『説経――人は神仏に何を託そうとするのか――』和泉書院、二〇一七年三月）

第四章
「中世日本仏教の死生観と鎮魂」
（東北亜歴史財団・韓日文化交流基金編『韓国人と日本人の生と死』景仁文化社、二〇一五年三月）

〔初出一覧〕

第三部

第一章

「実朝伝説と聖徳太子――『吾妻鏡』における源実朝像の背景――」

（『文学史研究』第四七号、二〇〇七年三月）

第二章

「『吾妻鏡』における観音・補陀落伝承――源頼朝と北条泰時を結ぶ――」

（『文学史研究』第五〇号、二〇一〇年三月）

第三章

「『吾妻鏡』における頼家狩猟伝承――北条泰時との対比の視点から――」

（『国語国文』第八〇巻第一号、二〇一一年一月）

あとがき

本書『無住と遁世僧の伝承世界』は『中世説話集とその基盤』（和泉書院）に次ぐ、私の二冊目の論文集である。全体は三部構成になっているが、第一部が量的にも過半を占めているように、私の関心の中心は無住にあって、それは第二部の論考の背後にも流れているし、第三部の考察対象である『吾妻鏡』も、もともとは無住の時代の背景を知りたいとの思いから読み始めたものである。

無住との付き合いも思えば長くなった。私が無住の名を初めて意識したのは、学部時代、佐竹昭広先生の『民話の思想』（平凡社）を読んだときであったろうか。しかし、無住の著作を本格的に読み出したのは、母校の国語学国文学研究室の助手を務めていたころ、専門課程進学前の二回生を対象とする「講読」という授業科目で『沙石集』を取り上げることに決めたときからだろう。それからすでに三十余年の歳月が流れた。

私がこれほど無住に惹かれるのはなぜなのだろうか。説話集の多くが書承の説話を主体として構成されるのに対し、『沙石集』や『雑談集』には同時代のさまざまな位相の口承説話が充溢しており、そこからは無住の生きた時代の雰囲気が濃厚に感じられる。それらの説話を、現象世界と「法門」の間を絶えず往還しながら、「我身ノ過《トガ》」「我失《トガ》」に常に内省を怠ることなく、活き活きと語る無住の筆。それが魅力の第一であることは間違いない。だが、それだけではない。無住は梶原景時の末裔として生を受け、自らの意志で遁世し、時にその自由な境涯を謳歌することもある一方で、貧しい遁世僧に向けられる世間の冷ややかな視線には生涯苦しんだ。その屈折した思いは官僧と遁世僧のあわいを描く説話に自ずから滲んでいるほか、長年の修学の結果得られたとおぼしい「自己ノ法門」と称する経文解釈の過程でも自らの貧しい境遇を肯定しようと努めているほどに切実なものがあったのだろう。そうした無住の抱える一種の人間的な弱さも私にとっては魅力である。

前著でも無住の著作を考察対象としてはいたが、それはほんの表面を撫でただけの研究に終わっていた。無住という人をもっと知りたい、時代の中で理解したいという思いから本書の研究は出発している。とはいえ、人間を理解するのは難しい。勤務先の大阪市立大学（現大阪公立大学）で最初の数年間をご一緒した平安文学の増田繁夫先生は、『冥き途―評伝和泉式部―』（世界思想社）の「あとがき」に「和泉式部の場合に限らず、一般にある人間やその事跡を記述し批評することは、それを書く人間の器量以上のものにはなり得ないところがあって」と記されたが、私の小さな器量で照らし得たのは無住という人間のほんの一側面に過ぎないであろうことは認めざるを得ない。

ただ、本書の研究にとって幸いしたのは、近年、日本史や仏教史、思想史などの学問領域で無住に対する関心が高まるとともに、律僧をはじめとする遁世僧についての研究が急速に進展したことである。無住をめぐる新出資料の紹介も相次いだ。そうした研究潮流に後押しされながら、私の研究も少しずつ進んでいった。その際、説話研究を志す者として、あくまで説話を考察の主体とすることにこだわった。無住の学問も、主として請来典籍中の説話受容を通して跡づけることにした。無住師からは格にこだわりすぎとお叱りを受けるかもしれないが。

『吾妻鏡』についても説話的記事に注目しながらその歴史叙述を読み解いていった。私が説話の読み方の基礎を学んだのは、大学院修士課程在学中に池上洵一先生の『中外抄』の大学院演習を受講した三年間であったと思う。私自身はこの手の作品の研究を手がけることはなかったが、言談の背後の文脈を読み解いていく行為は、書物の性格はまったく異なるにもかかわらず、『吾妻鏡』の編年体に配列された記事の背後に意図された文脈を読み解く行為と意外に近いものを感じた。付言すれば、『吾妻鏡』については大阪市立大学の大学院生諸氏と十年以上に亘り輪読会を行ったこともよい思い出である。

本書を成すにあたっては、塙書房の寺島正行氏のご高配に与った。実朝伝説に関する拙論をお読みくださったという寺島氏が私の研究室を訪ねて来られたのは、二〇〇八年ころであったろうか。この拙論は、前著を刊行する際にお世話になった安田章先生がお亡くなりになった折、執筆中だったこともあり、私にとっても思い出深いものである。寺島氏はその後も折に触れ来阪され、一度は二〇二〇年の東京オリンピックまでには刊行をという話にもなった。だが、その前年、大学統合を間近に控えた時期に研究科長・学部長というまったく不向きな職責を担うことになり、折からのコロナ禍も重なって生来虚弱な私は心身ともにすっかり消耗してしまった。遅れに遅れてようやくここに刊行を迎えることができるのは、ひとえに寺島氏の粘り強い慫慂のおかげである。

なお本書の内容は、以下のJSPS科研費（基盤研究（C））による研究成果を含むものである。「鎌倉幕府と説話伝承文学との交渉についての研究」（二〇〇八～二〇一〇年度、課題番号二〇五二〇一六九）、「無住道暁の学問基盤と遁世僧ネットワークについての総合的研究」（二〇一二～二〇一四年度、同二四五二〇二二三）、「禅律文化圏と説話伝承文学との交渉についての研究」（二〇一五～二〇一八年度、同一五K〇二二一九）、「遁世僧の宋刊仏書受容をめぐる説話伝承学的研究」（二〇一九～二〇二三年度、同一九K〇〇二九九）、「無住道暁と南宋代成立典籍に関する総合的研究」（二〇二三～二〇二五年度、同二三K〇〇二九八）。また、本書は二〇二四年度JSPS科研費「研究成果公開促進費（学術図書）」（課題番号二四HP五〇二六）の助成を得て出版されるものである。記して謝意を表する。

最後に、本書を闘病中の妻小島明子に捧げたい。

二〇二四年九月二十一日　二十八回目の結婚記念日に

小林　直樹

小　林　直　樹（こばやし・なおき）

略歴
1961年　静岡県藤枝市生まれ
1984年　京都大学文学部卒業
1988年　神戸大学大学院文学研究科修士課程修了
1991年　京都大学大学院文学研究科博士後期課程研究指導認定退学
京都大学文学部助手、大阪市立大学文学部講師、同助教授、同教授を経て
現在、大阪公立大学大学院文学研究科教授　博士（文学）

主要編著書
『中世説話集とその基盤』（和泉書院、2004年）
『日光天海蔵 直談因縁集 翻刻と索引』（共編著、和泉書院、1998年）

無住《むじゅう》と遁世僧《とんせいそう》の伝承世界《でんしょうせかい》

2025年２月25日　第１版第１刷

著　者　小　林　直　樹
発行者　白　石　タ　イ

発行所　株式会社　塙　書　房

〒113-0033　東京都文京区本郷６丁目26-12
電話　03（3812）5821
FAX　03（3811）0617
振替　00100-6-8782

亜細亜印刷・弘伸製本

ISBN978-4-8273-0144-1　C3091

索　　引

・本索引の対象は前近代の書名（一部文書名も含む）および人名とし、現代仮名遣いの五十音順で排列する。
・索引の検索範囲は本文のみとし、原則として引用および注は含まない。
・章題や節題に書名を含む章・節については、書名索引における当該書の項目に最初の頁のみゴチックで示し、他は省略する。
・章題や節題に人名を含む章・節については、人名索引における当該人物の項目に最初の頁のみゴチックで示し、他は省略する。

書　　名

人　名

ろ

わ